文成天縱

太行山笔记

阮章竞手稿四种

（下）

阮援朝 编

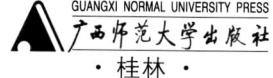

GUANGXI NORMAL UNIVERSITY PRESS
广西师范大学出版社
·桂林·

四月三日夜里谈的

崔保富 武装部第二政委 38岁 北四渠人

小时(十四岁)时当过[学铁匠]。

43年十月参加民兵，在石岩山，抗日第三区。

开始组织[redacted]工会。在村内开了个会，布置运菜。后来就叫民兵。掌握抢粮打运输。村长王盛有个铁把，我们各个手榴弹。

第二年老乡不敢在村住了。很紧张了一阵。成天掩护群众。夜里埋雷，不断出征。

在四区也打了几个伏击。

45年一月参加长治第二团的修械所里。主要是制刀。修枪，做子弹。45年入党。

那时在湘潭英队？

解放陵川后，工厂要往外搬。

56年一月去选区农会。第二天就知道叫我们做组织。以后叫我们做武装二委员，国营修械（做政委员）。

陵川解放后听说搬去，当时村里的干部领导……碑山……

四六年复收时在村（修械）任委员。

晚上下地雷，（阳城庙，九连山（修试））掩护群众。在没成寡妇，我不认得，听当过主犯，逃了，说第二天敌人要来。这事书记也知道了，他信赖在心里。後在主粮和我党的付区长研究，把地雷把她封锁了。

这粮回都是揭，我们付区长和老人在摆下休息。天未明，听到地雷响了。敌当的武兵，缴获手榴弹，没有暗号。敌向我们地方边报告，敌人都追来了，在地地打开了。我方牺牲一人。打得很光，消灭敌人，地雷炸伤二，死一，打死的三四人。

修武北边营敌人从路打来了。我们就解围了。高家西板桥。

我一把小炮弹的被俘。

原兆在村区长家里弄了很多地雷，引火都有，十几个土地雷。

被敌人停在的武兵告密，敌人把地雷拉响，把村区长家炸了。

那次得了很多教训。

再一回在高庄（4月间），去偷割电线三四十斤。原用锯，后锯子坏了，以爬上去，割电线在门圈布雷放哨，然后再割电线。白天给神的报告三百多斤，还有些爬去

附近经常还有部队，打过几次，每次叫我们去把路儿，如敌人来，报告枪声。

我们要求打，说我们没有近枪。不叫我们破坏。

破坏运输通讯。　　苗润堂，当时游击队员，张□平

4月第个运到要在，苗叫去七区民兵去打炮楼，天亮了，就走了，各人三二十人，原来

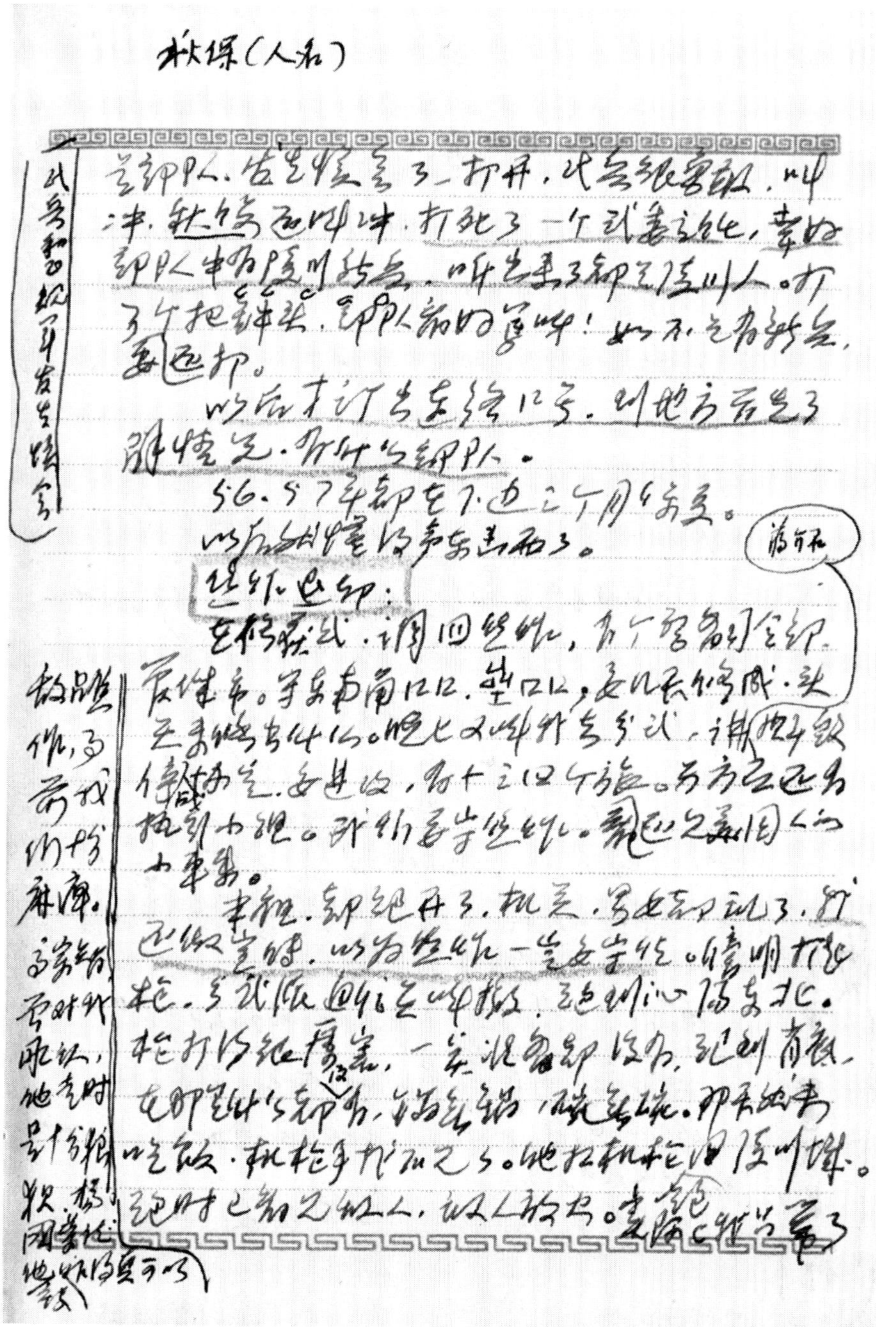
秋保（人名）

[illegible]

六十多人，三十多人已跑回去了。

第二天我们分试，叫我们回陵川。山下以东的民兵都调在那里，急能多。

47年要打清化，地里正长着麦苗。任务以第多民兵千多人。我第一个区的一百二三十人。我也在一区。

休息一天，晚上布置任务，每天打小碉，被包围住了。跟着全部突围，跟着他，给他找路，冲下河去，摸到真定部去。

但是他不去打小碉，不去方向，问着他不肯说。我一直以为走错路了，它不成任务，还是不了去。

离城没有远的一个村（离清化五里），到时，人家早睡好觉了。叫我们休息。不脱衣服，打开炮。还未睡就打开了，走到切墙上，半夜时候先听枪了。差些临一个排，五六个，抢一大个停着来了，天不亮，我们又去，接了很多停着，还有很多大炮，

首长，记了停着，送了东西，又给回他。又把他们给了班排。

又动员停着去清化把炮搬出来。

我们进城，我抢着把城门攻破，每人八什么都没有出去。

第三天打线陆，那时很害怕，还是我们

没有多了，想进城着急（部队）

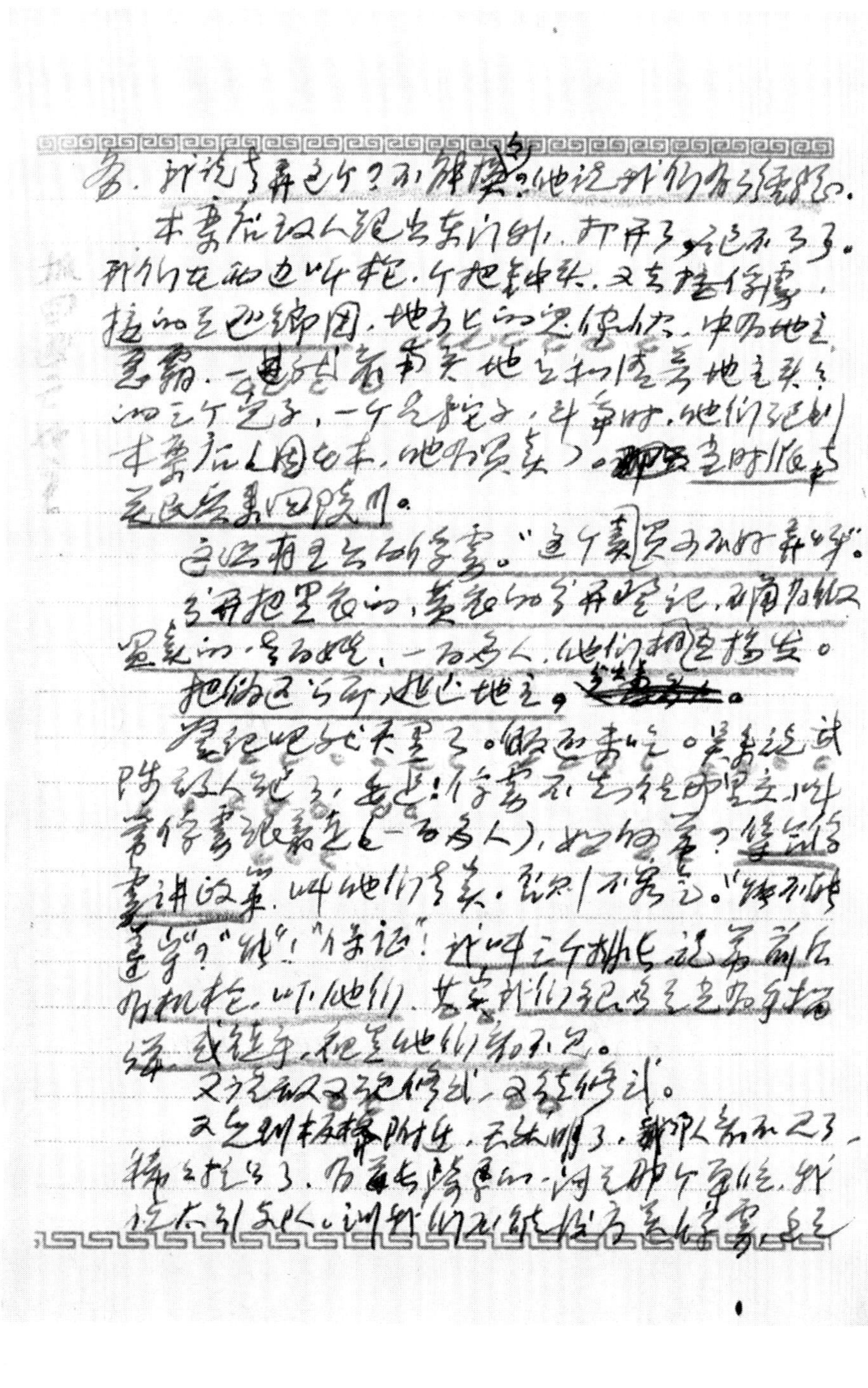

有方，也不能老这么休息，就往板桥那走，停下，部要休息了，走不动了。

吴书记，老给吃饭，没饭，今天节约，怎样渡呀？全面断粮不能给停费渡河，昨部知道山上民夫。我给全面断粮说了好半天好话。

修到[illegible]绝了，我们交了停费又返回停议，问国部之水，布铁丝网。

这三四天粮食不够吃，以后经他敌人也绝了。

在涉休息，吴和吃饭，吃猪肉，心情也解放了。

回来休整，过黄河，济川民兵，代工一千六百多人，是怀义区支队长，[illegible]守雪山的委，从吾烽走，在郎里开大会，在指挥部。打济源，接送炮弹任务。从西富渡河，黄明，部队在陌曲，济源山上往南（西富）打，上面有炮楼，先过一营，把炮楼拿掉，部队就渡过了，有一个团，九过河，爬上山，以从，大引太岳会然来了，他们过来

渡河，看见部队，前炮楼已在挥停费，那时三路时，几十条船。

老天明了渡河又罢地，念稗吃不上饭，第二天又走了。可能对[illegible]稀，记不清了。有个叫什么，孙书西，收拾口[illegible]，七[illegible]检，我们打死他了，

渡[illegible]

这部队打的，土匪炮出来，不在乎。一个班长一班人打了，讨了便宜，好多支。炊事员也爬上城墙，一部都开枪了。

从滏阳[illegible]纵队的是[illegible]新三师。我们转到滏阳河边，等他来，一与走搭吃。我们就打[illegible]土匪的地方去[illegible]粮，向地方借。

又与股[illegible]安[illegible]关的，跟四旅[illegible]二十旅部。（书多）

新三师被部队消灭了。剩了三天新兵等他来。飞机来了，我们把新兵部从医院里出来了。

到保丰，部队去打保丰，他会定往外搬枪。信明打开，听到枪响，西堡，部队、保安部没有了，无主枪，都换了新枪，都是两支，把俗县长、保安队长的家，拿出三四百支枪。

许多是机关、[illegible]、公司、学校，[illegible]一天不来了，来命令，改八路军，如何变样，跟西的时候，变了坏（很多）。也机枪都扔了（好的）。天黑了，要[illegible]我们，因部队两支，这是绝对的纪律，把枪拆开，分开埋了（埋起来），又把这部队烧了。

周围情

读写好

走了一程，到下[illegible]，有饿死（饿人饿的）。天明，[illegible]，饭后，生病的都送好，吃完[illegible]，这次都好了。

经过[illegible]东、李汉[illegible]、县陵[illegible]、三个大镇。

都是大山，很引人，好像逢到土匪。（像那八路军给那里）

一些地区，连乡开了。一部分来的，一部分去[illegible]是剿匪任务。那里有个岗口，路过两村，要过两个镇，平寺坪，进了伏牛山了。高堆，西瓜，高山都在其中，分布开阔。

部队一些战斗员去把路去，交换去，要打开了路大队长，有个隐蔽学校，已经[illegible]，和那些青年去，把那村子整合起来。

那里有三十多户村庄，一个叫李德仁，本地人，44岁，新四军到了后接队的支部，搞大地主杨秀圆。同时那山区，也是他的，把四个户组织起来三个团，打杨秀圆。杨大儿子是团长官，当团长，当民回来，把李赵砍了头。李德仁是队长，申龙田是小队长，把村子里的人围来，把他们围来，说是党员。有一个老太太也说是党员，是李赵发展的。是剿匪吧。李德仁都在这里，是谁害的，当夜跟三天交枪，都以李的名义发信。第三天真送了一百多支枪，六百多支，共4把手枪。把人也带回来了，但土匪的头子没坚决。送到王德厚，训练一些地区文工团教师，打开，等着和我们的。

土匪有一千四百人，李德仁认识的很多。

组成游击大队，李为大队长。

共产的土匪还是抗日，九纵过来一些人来到，我们也到了一部分，枪决了很多坏了。始打不败，枪以前还是打（国民党）。

这股二十多人，打死，伤的十多人，小组抗日南。

那时两个队（在那里活动）。

有次有了百姓送信，说有二十土匪来（清）要物资。

传说是一连约二十多里，二十里，那有两个土匪？

又来了几个的情报，说吓唬我们。此处地主富农可。去攻，上山，百姓都不认得的，都是草房，一户两户的，此开门，百姓以为八路军（国人民解放军不是）。说说几个土匪，有东西，实是的，我们是来抢，以说这地方有多少，我说以来几十多。在那里被老百姓宣传去了，不送情报了，我们又去攻，上山。说到此已八路军了。共实我们是每天在那里实。指导员顺开。

第二天白天去攻，到了土匪窝了，去打。

接触窝

八路军

伪

暴露

山东山后有十几户。有一天，来了土匪了，把我们包围了。只有来往去包城。从那里出去上山。然后又不坏，包以机也卧了一些了。推了他已上墙。我带去上山，架起机枪打开了。随着了土匪也就解了。

以十一月上旬的打机枪，土匪果然不到一百多人。我说不怕他，我指挥，他跑。同中有看部分想包围我们。我已有人，在他指挥时打死他八人，跑了。

有次七龙王庙，部队接应，有土匪（我们把他打散），在地主借到粮。

以后九纵来，剿匪。因陵川民兵不认得，就叫我们大队到青江的人去带路。部队在山上走。查地形不知是什么人来，都跑了。我们部队是晚上的土匪，以为是同我走在两队的中间。他们队伍就到有城东里扛粮食，拿枪了。设在山上的部队发，以为是土匪，打了一枪，未打中。这人回头一枪，把我军的一个班长打死了。战士愤怒地冲下去，要求打枪，就把我们大队的那人枪毙了。我军非常不满，问是，你们叫的是什么队伍？李说他，只有人害了自己的人，一就去请么家来一口棺材来抬埋班长的尸首。我军看到他们又去来解么的木棺，更受了。

但周围都是敌人，只好把[illegible]在那里，写下名字送给老乡。到了我们前几天到过的村子，见到土匪，打开了（部队不能[illegible]，只能说有敌情）。[illegible]把土匪消灭了。

这次改编时，因为是自己人打自己人，[illegible]都害怕。[illegible]，我再不敢说向何大队走去了，我们自己走出，我有个乡亲引路。

在那里共呆了三个月就回陵川。回来时在埋枪的地方取了枪。回到家乡是大年。

陵川的二月二，家家沿墙根撒上细灰，叫[illegible]，并口中念着："蚰蜒休出来，二月二担上盒子[illegible]"。

贶（音kuang）（赐予之意）

六月六日，是天贶节。家家上山赏节，[illegible]，祭[illegible]、土地、圈神。

七月十五拂晓，每个人都吃"抢头菜"，相传是为了抢收[illegible]，这天要给牲口喂好饭，有"打一千，留一万"，七月十五吃[illegible]饭"。

除夕，[illegible]、门神、团圆，吃"隔年捞饭"。

李井岸

黄寨村，贫农干部群众，过年来思想很不
好，开会不发言，什么都不能动了。去年
暴蒋进攻太行时，有一家地主，注：富农开
会，共有七次（都在晚上）（是地主）
开会的地点都在地主家里，这
地主的房子在土改时已分给三家贫农，只留
左角一个小房子给他。在这个院中，有一户
贫农是贫农团主任的。地主和富农几家进来
的地富都说这句话："咱说不来吧，你说来，
来了你又不说。"看见无人注意，就进地
主的房里。

和平后，地主的老婆在院里神神道道说：
"给了我房的，要赎出去。"同院的贫农老
婆听，就说："谁没有良心谁要给退赔"。

放出一个谣言，说有人在山上放羊，遇
见一白胡白发老人，老人问："你给谁放
羊"，又说"蒋介石要回来了，你还给谁放羊了。"
给了他
说后就不见了。

地富也活动了，对那些参加干部的人
说："要想地划户，就得要蒋介石回来"。

又编（出）些顺口溜在"干部"的话，说："咱

“咱不开会，人家开会”

村公所仍管不了村，干部管不了武的。

又说：咱村在上面，看在下面，底层种，过去，支部才警惕起来，说村的把持动，不开会，可是人家在开会。最后把地主被坏分子打击下去。

宋文孝谈

本州13在38年师人团支部长时，特务曾经来拿取村政权。他们在高家开会，宋文孝和一道（当时是农会主席）就组织贫雇农几个人，进行反击，另差三票，终于没让他们拿去村长权。

第二次是44年，借公粮及抽闲[illegible]，进行一次暴动。

十二月以后，斗争很激烈，（他们（地富）之）反师动员发动区之一。张信汉来当县长时，曾把宋文孝钉镣投入监狱。以后张县长把他放出来。

十二月以后变了，他当董怀臣（的）部人（已去）留下斗争，动员去参加暴动组织。后董被捉住出来，在他当木匠的地方被捕，他想知敌人用[illegible]去破，[illegible]，他被[illegible]。

董怀臣是木匠

王万兴，王喜保都是出名人[illegible]。

万隆害了病后，秦隆害了一次。王家的男人被日本人害死，留下女人和小女，女人比秦隆大二岁，不怕吃险。有次秦到[illegible]里去王家，先把锁在她里自己和人说宁从已过来，她家的回去，趁早几用[illegible]后头来子用麦秸盖被窝去，说女人的小女（十二岁）看见，女的不舒服，打了一架。女的就往日本人的区政府找地主女记（[illegible]）读，被原介绍秦去当孩的人看见，叫她要去报告维持会，女人又说："他要走，不让走，我要死孩子，不叫活孩走"。女人就去告秦快走。

秦长得害了痢疾，一天泻多次后，他又要去告诉在附近村的另一个房东之外借息，早晨，又怕日本人出来，费了很大劲才走到姐姐家，吃大蒜把痢疾"补"住。这时又下了大雨，山洪水涨，行走艰难。回去后，他弟不敢让他再出来进行活动。过了些日子，被大家一说，又出来了。这时万隆已去回来，进行活动。

（以上是[illegible]：宋国荣的老人经常[illegible]。
[illegible]）

不怕死，又能来进行活动，经常给他送针线，给吃，给衣，给盖。这样和群众和各地老乡保持同群众联系。

我47年第一次来时，又回太北，他们到别地去活动，只有二位X村民兵，很高兴他们，有次晚上进一家老乡吃饭，刚端上碗进来两特务，特务问了几句就走了，老乡害怕得全身发抖，没发现他们，第一次离开了。

有次遇到敌人，打了起来，他以为敌人走了，从山地里出来，有只两个伪军问他，他急中生智，说自己是警备队，又指伪军后边那不是两个八路军（喜右面山上走），伪军就走了，他也跑了。

敌查各地查要枪，被十三分队抓住，要拉去枪毙，当时觉得这那里开个会，请敌人喝酒放过了他。

有打和枪

说家之他地域

八路军已在总部回来查训班时，李东在东西盖，从石姓墙上拿张椅子盖，拆车盖不住，家人从他家弄到了一张桌子，借了给他。

已摘录

两个枕头，两张铺毡、两把笤帚、一张镜。

过去结婚习惯

（一）通知，婚成之后，由男家给女方送白面。女方将面和小米做成些油饼，送一部分到男家。两方都将此油饼分送给亲友，作通知的作用。

（二）下彩，男家将首饰、金钱、食品（馒头、蒸饼、喜糖，由男家）聘礼，装入食盒、彩篮送给女家，并决定娶亲日期，换庚帖。

（三）娶亲　新娘乘花轿，穿蟒衣，戴凤冠，轿前有打灯笼、火把、吹鼓手。

由男子和陪客把新娘迎回。

女到男家后进帐房（洞房），晚上村人和亲友"闹帐"，新郎新娘"换盅"（合卺）。次日上午"拜天地"，亲友送礼贺喜，女家托亲友到男家"上饭"（有饼糕点），送娘"陪送"，"送嫁妆"（同新郎）

（四）回门，第三天女回娘家住。

（五）对九，九天之后女回娘家住，有的至"对对九"（即十八天）才回去。

再婚，如娶寡妇，按上方式举行。如是再嫁，"不能踏地"（寡妇女子）。

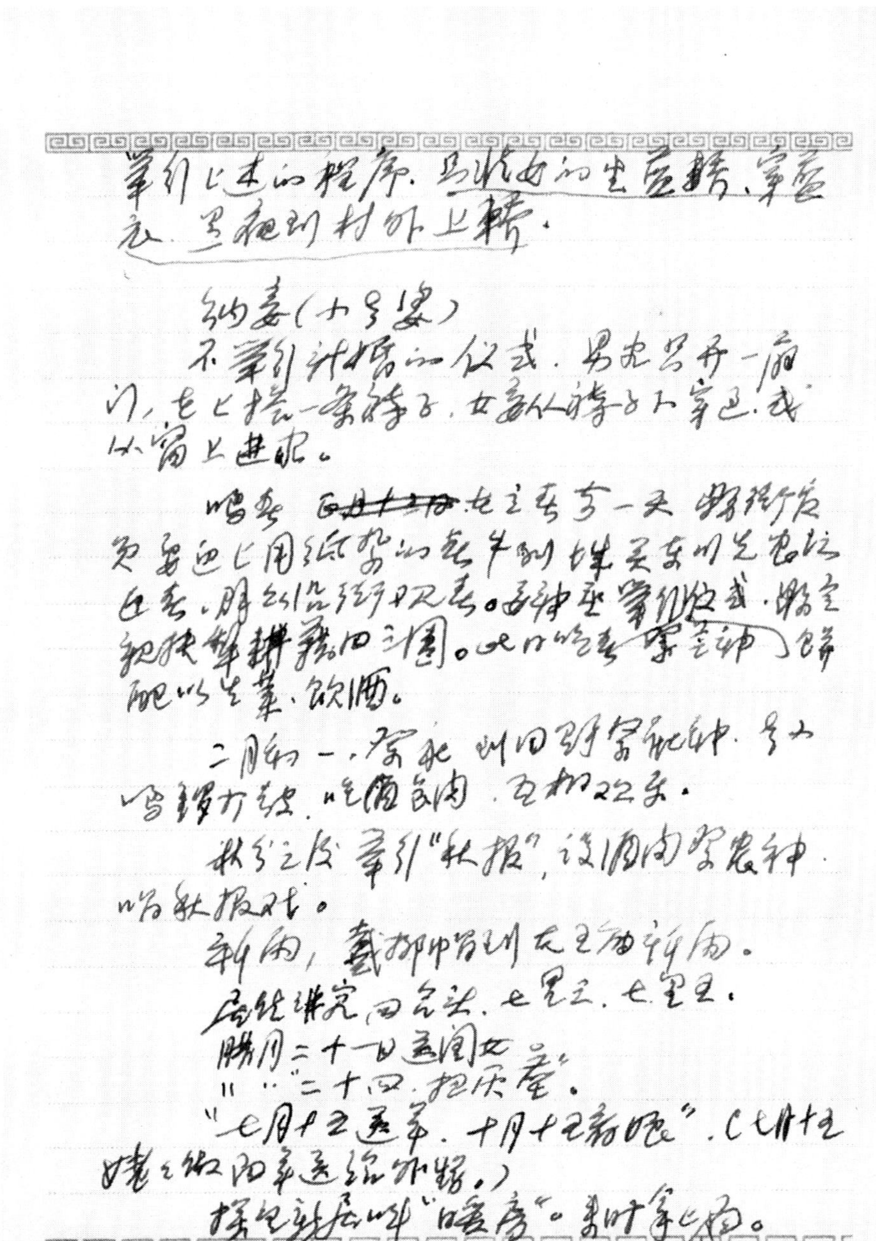
举行上述的程序。男娶女的坐花轿、穿嫁衣。男抱到村外上轿。

纳妾（小老婆）

不举行结婚的仪式。男家另开一扇门，或上搭一条梯子。女家从梯子上下穿过，或从窗上进家。

咬春 ~~[illegible]~~ 在立春前一天，男孩们穿黑衣，上着用纸扎的春牛到城关东门之庙坛迎春，用鼓乐锣鼓迎春。而神巫举行仪式，将宣视扶犁耕地四三圈。此日咬春（家家会神）备肥以生菜、饮酒。

二月初一，家家到田野祭社神，多以唱锣打鼓，吃酒食肉，互相[illegible]。

秋收之后举行"秋报"，设酒肉祭农神，唱秋报戏。

祈雨，戴柳帽到龙王庙祈雨。

居住讲究四合头，七里三，七里五。

腊月二十一日送阎女

" " 二十四，扫房屋。

"七月十五送年，十月十五新娘"。（七月七姑娘之织女送给外婆。）

探望新居叫"暖房"。当时常上同。

四月十五日在长治座谈

刘三[illegible] 防空办公室主任 40 [illegible]

39年参军。山东人。逃荒到山西。长治下秦村落的脚。该村有我[illegible]（窦英财）[illegible]父亲被[illegible]死。我才十二岁。母亲领回[illegible]不了山东。

父给一秀才打长工。天旱。叫父到山上[illegible]节。给二十斤小米[illegible]。一[illegible]。父去了。偷来[illegible]了。一[illegible]。[illegible]。说[illegible]的。父亲[illegible]到[illegible]。[illegible]父打了一[illegible]。[illegible]，以长工扣债。那时我有[illegible]。打了[illegible]。父回家就[illegible]，病了。死了。

我兄弟四人。[illegible]23[illegible]。叫[illegible]死了，最小的[illegible]。大家[illegible]山东去。

我十一二岁在[illegible]。

[illegible]，也与山[illegible]。

在[illegible]，[illegible]。说[illegible]，[illegible]孩子[illegible]村[illegible]。

抗日时[illegible]。[illegible]在外[illegible]。

当时[illegible]，[illegible]，二十七[illegible]在[illegible]。说[illegible]的[illegible]。说[illegible]了[illegible]的[illegible]。[illegible]，[illegible]，[illegible]。[illegible]在外。[illegible]

35—36年。村外有防共团（阎的）。团长是地主有钱的绅士。经常打门问[illegible]了没有。[illegible]把我们四个孩子不敢动。也[illegible]过了一年多。

听说共产党来了。（我和他）在[illegible]经管过年。看见把地主戴高帽子游街。

说是指点，当大头说，当找穷人，咱们吃粮来吧。（穷的朋友）我的指点的地方说：

"老乡，咱们参加红军"那人说，"你参加了红军"，当说不是，参军。

（指点的人引他们）刚才指点的[illegible]王[illegible]，[illegible]，引到[illegible]吃了大锅饭。他[illegible]，[illegible]三人到[illegible]，说是[illegible]，你们参加了红军，[illegible]我们的[illegible]。[illegible]村长（地主）的[illegible]，要他帮助解决问题。

（[illegible]大[illegible]的[illegible]？）

以后又三七年[illegible]来的，指了[illegible]。以[illegible]。不[illegible]红[illegible]。

（38年[illegible]村[illegible]？）

39年，[illegible]来了[illegible]，[illegible]。[illegible]三个月，小[illegible]。[illegible]，写[illegible]红[illegible]，防空，[illegible]，[illegible]文化，[illegible]，我第一次唱歌。

77晚上，[illegible]咱们回家吧。[illegible]，一起[illegible]，第二天回了，[illegible]，午睡，[illegible]，我[illegible]回去，[illegible]不[illegible]了。[illegible]

[illegible]撤.说部队已开走了.我回家。

杨璧鸾.她全部为了.张常俭文（她写[illegible]）.逃青救会救去.因我要跟着走.我[illegible]她.据当时参加大家[illegible]。

叫我们杨璧鸾[illegible]受训.[illegible]她[illegible]。我[illegible]部是地主的人.[illegible]问题.青救会报到我.每次打个问[illegible]把我[illegible].问了我出世.[illegible]的[illegible].问我为什么抗日。她说青年救国会组织村青年抗日、反汉奸人.又说[illegible]机关[illegible].救了我青救会。

39年 这时十六岁

她给我们[illegible]七个小孩讲了[illegible].抗日为了。

受训回来.组组[illegible]大组。日本来了.二七年也来.[illegible]队伍.这就[illegible]抗日政府.[illegible]村.[illegible]出的组.给我们手榴弹.跟着[illegible]斗争。

39年

[illegible]卫的皇协军去抓[illegible].不好[illegible].在周武村.

国民党的[illegible]参谋.带着[illegible]团[illegible].[illegible]中学。

我们[illegible]手榴弹.[illegible]刀.她经常救人.[illegible]。

后来编村[illegible]给[illegible]。

后又[illegible]个[illegible].和[illegible].和我们[illegible]一起

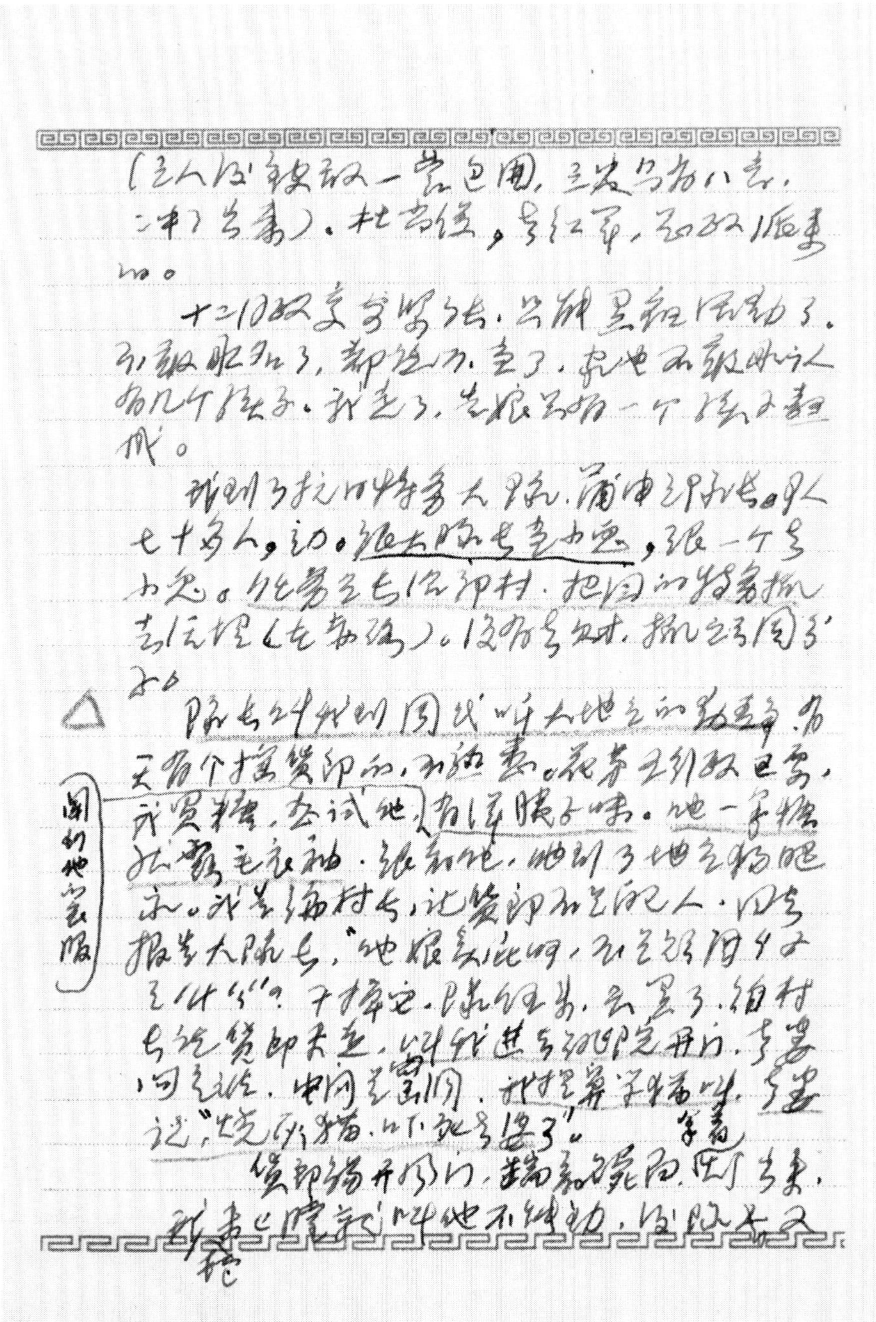

（三人因被敌一营包围，三发子弹八去，
冲了出来）。杜书信，当红军，后叛变
的。

十二团政委[illegible]，[illegible]了。
不敢服从了，都让人杀了，我也不敢出门认
有几个孩子。我走了，当娘只有一个孩子[illegible]
成。

我到了抗日特务大队，蒲中之[illegible]。队
七十多人，记：张大队长李[illegible]，张一个[illegible]
[illegible]。任务是去[illegible]村，把[illegible]特务抓
去[illegible]（在[illegible]）。[illegible]，抓[illegible]
[illegible]。

△ 队长叫我们同我叫大地主的[illegible]。有
一天有个[illegible]贫[illegible]的，[illegible]。[illegible]
我买粮，会试他，[illegible]。他一[illegible]
[illegible]毛衣袖，张[illegible]，他到了地主[illegible]
[illegible]。我[illegible]村长，让贫[illegible]人。[illegible]
报告大队长，"他[illegible]，[illegible]
[illegible]"？[illegible]。[illegible]，[illegible]了，[illegible]村
长[illegible]，[illegible]开门，[illegible]
[illegible]，[illegible]。[illegible]，[illegible]
说"[illegible]，[illegible]了"。[illegible]

贫[illegible]开门，[illegible]，
我[illegible]他不[illegible]，[illegible]

[illegible]这个太行孩。

有些说这人是地主的孩子干部（指牺牲者）。

[illegible]他是国[illegible]学生[illegible]。在外把他勒死。[illegible]

那时才相信[illegible]。

十二月政变，[illegible]把人抓开了。[illegible]打得手腕[illegible]。[illegible]

39年[illegible]，把[illegible]

[illegible]人。

[illegible]个国民党[illegible]，他[illegible]，结果[illegible]不明，把我们救了。救了国[illegible]人。

[illegible]大[illegible]，把[illegible]大[illegible]。

[illegible]大[illegible]，[illegible]七[illegible]，[illegible]。[illegible]，八大[illegible]，掩护[illegible]，第一个[illegible]，第二[illegible]，第三[illegible]。

把[illegible]国[illegible]。

"[illegible]"[illegible]。不[illegible]"。他[illegible]。[illegible]他[illegible]我[illegible]。[illegible]"[illegible]我[illegible]）

这个同[illegible]了[illegible]了。

在家间。

第二天不亮，悄悄的[illegible]中[illegible]走，[illegible]了[illegible]的[illegible]。

[illegible]二[illegible]，[illegible]了一[illegible]，八大队长[illegible]我[illegible]，不敢掉队，[illegible]了反[illegible]的[illegible]。[illegible]

[illegible]八大队[illegible]八大队，[illegible]八大队十几人，[illegible]交代了。[illegible]跑了，[illegible]，[illegible]日本人。打[illegible]了，孩子跑了。日本兵[illegible]，[illegible]，[illegible]用掷弹筒，[illegible]，[illegible]。日本人也[illegible]一人。

[illegible]，打死了[illegible]人，[illegible]。

[illegible]地方[illegible]，[illegible]在大雪窝里，[illegible]也[illegible]不害。[illegible]日本[illegible]，[illegible]一枪，[illegible]了，又[illegible]了[illegible]人，在一破窑洞，[illegible]，不知[illegible]，又不知[illegible]。[illegible]一人。手也[illegible]，[illegible]一人，[illegible]问我们[illegible]村长。已[illegible]。

[illegible]，但不敢[illegible]。[illegible]一[illegible]，把[illegible]家[illegible]他父，叫他开了[illegible]，[illegible]了一个[illegible]。

天黑了，走错了道，不辨别方向，才去叫开门走。吓得人抓着，把鸟枪放在背上。八点多了吧，把村干部找起来也不容易。铁部队来了，吃了些和饼。

第二天又走了一天，不敢走村，钻山走。经刘井、铁墙：石佛、王堂、井店。

到了闫王寨子，没有路，天黑了，走错道。下雨时，也只好爬出去。我躲在个小村边，以后又找到队伍，接着即上去[illegible]，上去。天黑了，[illegible]也看不见了，我不见了。也不能辨别方向，以后见粮食[illegible]，到着我们[illegible]，我和队伍，给粮吃了。队长以为我被俘了。

西北风，走向东，我吧[illegible]“不走，[illegible]，[illegible]了（枪毙），那里有我的消息，但一问不敢问。她说[illegible]，我说[illegible]。”

王[illegible]一见我抱着去大队，笑了。大队长说是好小鬼，以后[illegible]不会再被抓走。叫做饭给我吃。我一面吃一面哭。

吃了饭，转移到前线，整理人事。有个赖[illegible]（[illegible]），[illegible]，把我们[illegible]人打死，我们去扫战场[illegible]在那里。

[illegible]地区都[illegible]，[illegible]了。

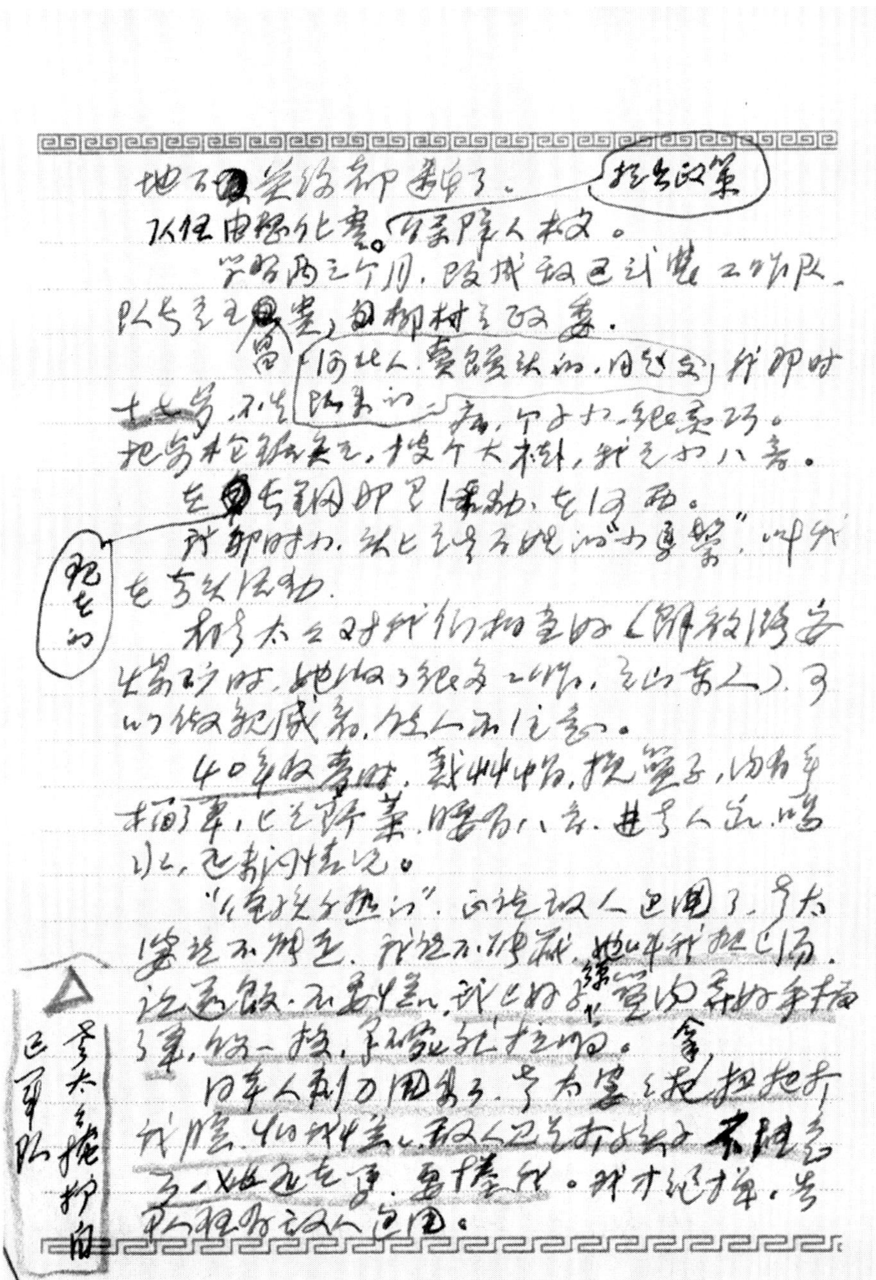

没寻王国忠，当纷打了手榴弹。以后就没有他的踪影和下落。(他[illegible]早就死了)。

在攻镇[illegible]指挥队。队长刘镇小个子，他亲人家里，要和我们作对来。只在我们[illegible]认识的都打死在窑里。

这场部署了白科长，让我二队去把刘镇拿掉，才能开展工作。

在攻镇了解情况，刘家来，[illegible]。把刘[illegible]。他[illegible]刘[illegible]人。

[illegible]，[illegible]。刘[illegible](抗日区长)[illegible]，村[illegible]。[illegible]，[illegible]认识刘，[illegible]。[illegible]"坚风帽"，[illegible]我[illegible]。他[illegible]，刘[illegible]，[illegible]队[illegible]。刘[illegible]，[illegible]。"

(打死者，人们)

我们[illegible]，[illegible]。[illegible]他。[illegible]他[illegible]，[illegible]他了，他[illegible]。我说他[illegible]我把他[illegible]。[illegible]大[illegible]把[illegible]。[illegible]他[illegible]开。队长[illegible]他[illegible]。[illegible]人)刘[illegible]

[illegible]他。他

在家睡了）

就，我害了了，当楼去个子，有枪，我叫了，敌人把扣机，排长给他使劲不让他开枪，不敢去拿，咬他手，他痛，把枪拿过来，他跑了，开枪打死他。

他有二十多人，刘其协作。

搜出他身上有小日本地图，并写给交27军，会用术，立功。

黄研份一百多日骑兵，三个太君，三太君砍头，五人受伤人。维持会也害他们。

白科长说好的把他姑娘送出去献掉。

队长说这任务去办不到，我把维持会长叫去一休，在西南大地主黄家，简单筹备会去就家里抗日。

我找窑洞去，都叫他们了。白、马科长给他开了个窑，叫送饭给三太君。

说黄的给日人做饭，说维持会长，叫三太君去部队小窑。说送礼，款都被截了。

白科长调魏伟送信去，在黄家院子七万（地图作和）结伏好，给日子都要出发了。晚上，日本人来了，没骑马。三太君掌个擦黑了。

我们把他打死。一个都跑不了。

以后二维开展了，小的军来去，说是给

来，干部也较干了。

到了西峪村去，工作好开展了。在（开）。在南北中村，实行四一分。新军已军事教导队学习，三纵队主所专在区。

那时是第五区。

学习三个月，搞了枣、刘家、村屯。在和顺李些。发了三条步枪，回来到东庄节，又到刘三角、柳村，叫我做人民武装自卫委员会，村主民兵（41年），主教员，武装委员，训练武委主任，一村来一个，那是属四区。

三条枪，三个区干部一人一条。

打游击，在花洲。

李道斌之武主任，曹是主政委。地刘村，先在村外滴，又那么穷，纸钱那家。

给分了指挥部，宣传青年参加民兵。通过双减壮大民兵，第一条枪，打些联防，俘获军器。要枪，刘师长说，张打得枪和打等他没说的，呢我的是游击队人来了。

柳村组了联团，好和。

在敌区打枪（川军扔下的）。关公桃红袍（柳溪），人在曹营心在汉。叫我抱去送给八路军先后。

在从前好此新四军，六首开会，每人轮

攻坚少时的情况

过了魏区开展路阻

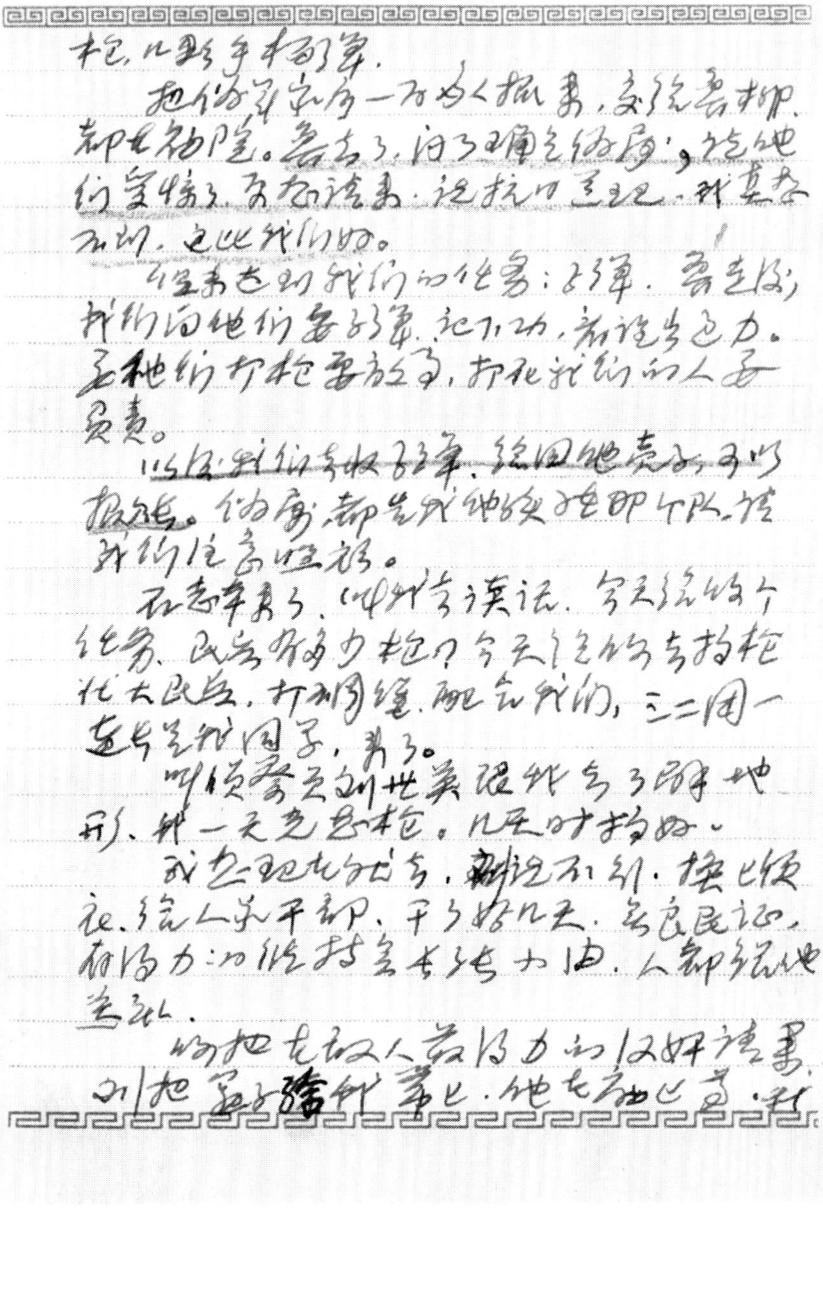

枪，几颗手榴弹。

他们说家有一万多人抓来，交给各村，都安然无恙。客走了，问了确是俘虏，给他们宽待了，客来请来，说抗日道理，我真奉承的，这比我们好。

他走来走到我们的任务：打弹，要走路；我们向他们要子弹，记下功，前进出色力。要他们打枪要放空，打死我们的人要负责。

以后我们去收子弹，给回他卖了，可以报告。你们都是我的，他换了个队，给我们住在[illegible]。

在走来看了，叫我们演说，今天给你们个任务，民兵多少枪，今天给你们去拾枪给大民兵，打[illegible]，配合我们，三二团一连长是我同学，来了。

叫侦察员刘世英跟我去了解地形，我一天出去拾枪，几乎时时好。

我在那边住了几天，[illegible]不到，接上便衣，给人家干部，干了好几天，发良民证，有困难[illegible]，人都给他送礼。

他把[illegible]人的困难[illegible]清楚，叫他写[illegible]，他也[illegible]。

去，知道我去，刘队长来了。我就见到另一个刘队长，要请他谈话。

我先没要笔记他，刘看，他不愿出，后我叫他出。刘把枪交当场缴去，扔了。对维持会长说：（送人去：）

"很客气的说，'好说了好说了'。对我们要求说'尽力尽力'。'把我们两家划分以调停一停'，后来说不到，后说到，他让我们去可以去。但叫我们不要在。刘说不行。要我跟他去登记。

听说他在敌人面前

刘拉新闻（之后炮楼）内。我想日本讨要枪炮图。

维持会长说了话，要叫胡子，去了。说话太长羡乱。

刘问老人，我问老人，他叫我们先不说话。

刘若璩西面的两房炮楼，还有一个班。

说老百姓生活很难，苦苦不乱篇，吃饭不饱，喝汤不醒。

刘伯承地形。我们家武器，包十二支
枪。
刘若管东，不记甚地枪，给四个
兵很少的甚么，伸开队，日本部来甚么，
日本回头转了两挺枪。只剩了支路。
我们也不记他拿的是甚么，他走了。
也不敢动。他走了，常回去。
王东华说三年，打下这地枪，武器是
给我们。
部队长对台上说出了机枪，
我们队员要悉弄两支铳子，他也
枝，我叫他用布不要丢。
刘给我枪。
钱 我已甚，告诉说人，当队
组，我部组织动，拘留。
民兵把门拉开，部组打开了。
说不出支枪，我叫太太，但是子队长不
肯交，我说你不交就把他弄掉。被太烟
熏受不了，交了，只一支不够，他队长还
一支，也就交了。
把十二支枪都给我们，和部队同
吃饭，吃猪肉，各队和和民兵在一起。
这是41年秋天干的事。
42年秋天，吃高粱时。

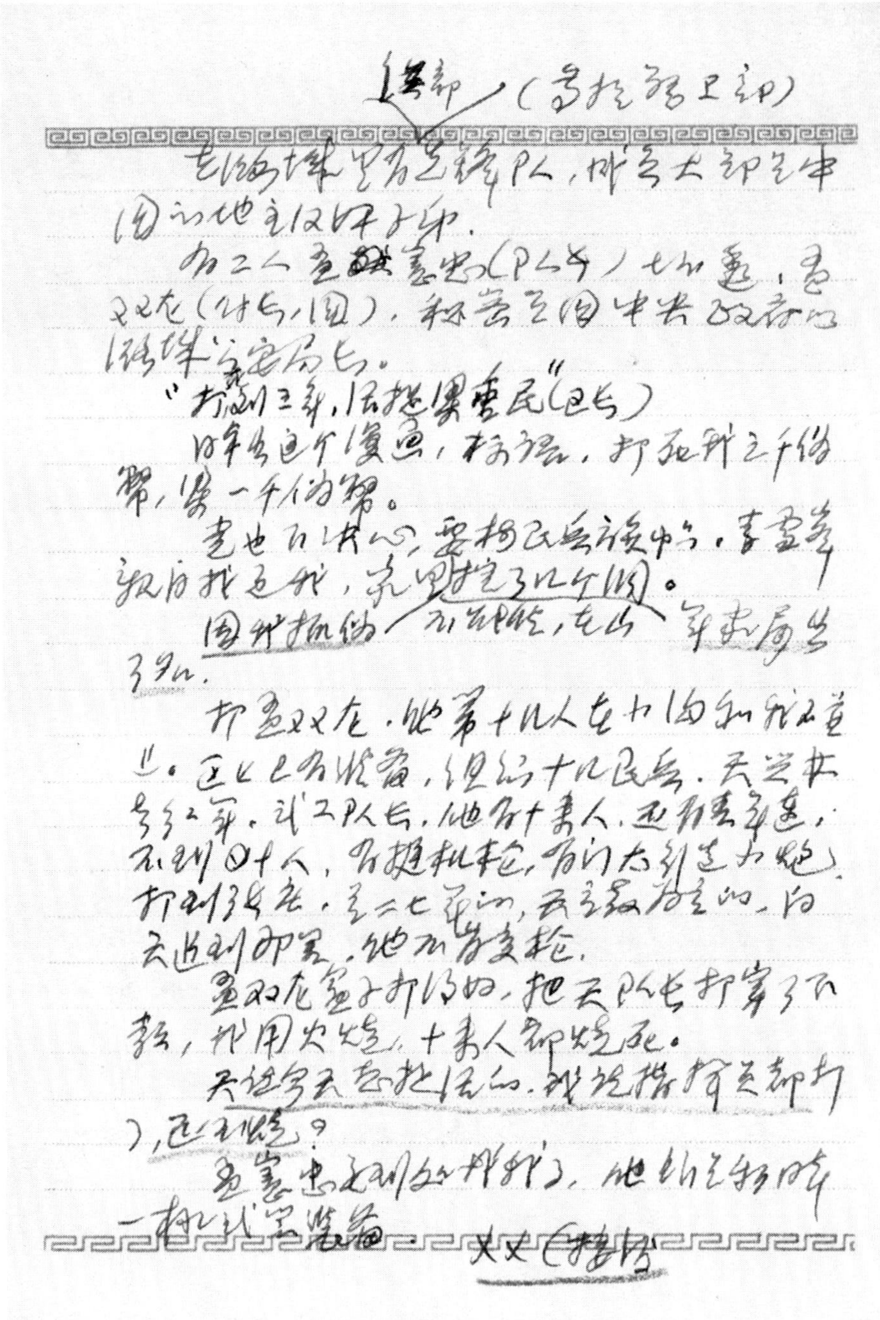

李仁进 山东寿光. 38岁. 市武装部副部长
6岁逃荒到山西. 河津黄村. 安家.
9岁放牛羊. 16岁当长工。
41年在村当民兵(也当自卫队). 分
队长, 半年当武委会主任. 学习. 民兵骨干训练
班[illegible]不会. 在小学学习(41年)。
得了学习模范. 42年3月调区武委
会中当主任. 指导员, 1年。
一开始就带民兵活动直到45年解放
榆次. 8月调到部队太岳一分区警卫
连长(当之前是武委会主任)。
42年的民兵活动——
主要是在西[illegible]区[illegible]. [illegible]。
组织发展民兵. 上级来事件. 复杂
情况. 敌人出来就打和[illegible]。
也有当自己分队人. 特务队人. 和区分
队配合作战。
区的是连长. 村武委排长。每天是
夜到村周围. 白天是掩护群众. 不让
小股土匪[illegible]人。
42.43.44.45年都在参加活动
"一手拿锄一手拿枪"。
没打过什么大仗. 主要是配合分队[illegible]

要平村庙，雷检结集会议，敌伪等去（警备队、日本人），收到为去二十里。汽车不往来，组方向经。

打游击时，夏收时（阴历五月），在43年，民兵把雷埋在要道，防其重兵，百姓要活动。

埋了几次在公路，未发生效果，未炸坏汽车，雷力弱。

我们在王家岸伏，敌军去台里。

一个班在""东面，敌人过此上马。吃早晨饭时。我们打了排子枪，敌人撤到东面。区干队住东西村一带。

在平村庙接了火，打退了敌人。得掷弹筒，九十多发掷弹筒，三四支步枪。打死了三四个日本人，五六个警备队。

在群众中，民兵有了威信。到了收罢秋，七八月，参加训练班学埋雷，学习爆炸。

民兵集体请求，制配了炸药（12斤）。

民兵有三八式，六五（自造枪），掷弹筒。

组织了机枪突击队，进攻，突袭伪据点，日本人和伪军只能一个碉，不在这里，在对面碉堡，我们布地雷。

敌人出来，打开枪了，拦人横进去，打开

门，等他不肯出来，刺他，刀弯了，没用来的砲。鬼请[redacted]得拖出来，敌逃出去，我夺过来枪。把鬼送到中村。

七岁在开明区大会，奖励了(长枪)。上级记功奖。

上党战役：

部队要民兵：押俘、担伤、抬。

配合打屯留城。任务在西关送担伤。部队坚壁会合给的。

攻城从西、北、南、西东门。

长子也解放了。

参加了节山战斗，民兵随队出去了。

(九)八月打长治，在正城南关西。部队准备坚守，突然命令不打了，撤退。半夜时走，饭时没到了屯留，我从东门进西北关。吃饭很好。

合围后，敌来下山。

我们接近分割，就叫包围。一天攻一天，攻了三天，打到山顶附近，任务是等敌担架，四周都是地形，围了三人下来，天黑了，高不很清，把民兵送第七头，分三排，四个排好，敌人下来了，喊话，人就打了几个提弹筒。民兵没有经验，不服气，我又冲上去，把敌人抓来了（同手弹）交来枪了。

缴枪，捉了俘虏。共五十多条枪，三门迫炮，四挺机枪，七八十个俘虏。

天明战斗结束，打扫战场，背回枪，牲口等。

敌人跳崖，先跳的被刺刀，后跳的都跳在刺刀上，死了很多人。

45年队伍不在了，那时只有10好好杀敌人。

46年8月建立红军，有一个营，我带一连，到平原坡地带（东团、西阁、赵村）地活动。

和当地的武装部联系，学习过和当地经验。

新四军的在平汉路活动。

到十月底，在那里打了几个胜仗，配合新八、九团。

在路南安新坪三年多霸。情况变了一些。

敌人常常出来抢粮抓丁，我们解决它。主要是埋雷、拉雷、串雷。

埋伏好，敌进村就打枪。

三个月后，转回调，天冷了，生活又不好，动员老留下，我跟着留下，我抱把好枪，好的都留下，组织一个民兵，选好四人，到休。经训半月多，则较好，特别是地雷。已经不需张家一线。

当地民兵参加了三番，骚扰敌人。

布置埋伏，敌已知道，包围。他们受了损失。因此，我们必需打个胜仗。

我们这次带的是铁雷和炸药。

敌人在张家与七个村活动。

搞了个雷枪结合阵。一切把地方封锁了，也不能搬、吊雷。

敌们西乡团、屠斗团，先后劫烧地方。

把信写好，盖好章。埋好，接好，吊雷（看门狗）

晋东部的管村等，即是在校雷，那地安埋雷。我们派突击队，突击。

敌一进村，第一响，前后一响，敌乱，把地雷都响了。

敌丢了五挺机枪。

那次我们缴获机枪和五六个人。

一号在县城用酒肉、酒菜慰劳我们。他们不会忘记民兵。

在西南，又打过敌人一次。

那次后，离敌五六里地，敌人主动撤了前沿。

了解情况，打了次埋伏，排挖，我们

进你去，只留东门，说着两个突击队。

这家民组到了结束，不能结过一小时。

上午，敌攻时，敌从西门来，占南门楼地、枣林，有二百多个人，敌发觉了，他不在。

可能是用排枪手榴弹

我们那、机枪[illegible]手榴弹打下去，打死敌连长，他有二百多人，我一百多。

我第一排从北门出，被一挺机枪压住出不来，从人从西门绕过去。

敌负伤十多人。

打完，我捕获文件，敌来，把他的东西弃了，另外被毁了炭挨火。

在那一阵，有人又打响了。

时间太长，不行，领导不让走，然后多才走。开欢送会。

回来总结评比。

47年8月又到分休西南机关一时，约三个月（来回）。那时分休区在发展也多了，配合会打了几次胜仗。

又以常委兼副政委（57年6月），四个多月。以后，支部，传西。

后勤主要照顾程和五明之间。擒了三十一个匪，三十一支步枪，两部电台，以日后了给当地政府）

做调查，总回，撤出来。

担任的勤务队

长治1的底已八月15。

48年秋，到林县次，我去参加太原战役。天津了，该第二年西安解放。

1942——48年

步枪 39支	运输31次
小炮 3门	作战 173次
冲锋枪 3支	击伤、俘敌 236名
手枪 17支	击毙日本军官30名
子弹 2,000余发	伪军官10名
手榴弹 500余颗	机枪4挺
保卫粮 100余石	主动次数
牲口 17头	42年11月 1次
	47" 1"
	刘通 1"
	大功2，小功25。
	回国后 模范称号。

神枪英雄

大军已带领了他（个人的

小时候文化与完成了土枪，学打枪，神枪手。

练枪打了个野鸡。

○

打枪法

土枪：比打头，不打尾，不比不打鹰擂。

我们已击毙俘敌31名。

训打野兔，麻雀（后已绝迹），现在，学喵不叫，把我们的柳树都打死了。

接安××点刘玉章谈

孟[illegible]安成仁（小队长），分队藏不好，被敌打死（买通）。

安成仁叫他设计捉拿特务，带三十人在那里埋伏八路军，拴，弄得我们开不了工作，影响很坏，再不除。

上级决定消灭这批人。

他三十一人，有三十一支步枪，二支盒子。

我们从老乡那里得报，问好了他吃饭时间偷袭，把他打垮。

当时我在四区，柳林村在六区，

跟我半月时间，迂回侦察，很[illegible]。去年到敌区活动，[illegible]，则[illegible]十天，不是抓紧时间侦察，而不能[illegible]。

我带二十人，[illegible]，[illegible]，[illegible]十六[illegible]。这时不[illegible]，[illegible]人的枪。

[illegible]，在地[illegible]，[illegible]，[illegible]，[illegible]，[illegible]，我们[illegible]人，[illegible]。

吃的。说他们往山那里走了。他们也穿便衣，有穿军装。我吃大家的煎饼，但是没吃饱，他也未吃。

在说到[illegible]接头，他去和说我们到目标，有两个同志到侦察。吴根大（郝家山村人），去和郝明[illegible]，我们三人去，要去找十队长，告他听到枪声就去接我。

走了二十里路，向穿衣，穿衣，发现，看见里边，则问去，看他不了解人家，他们农民说，到，问口粮了什么事，我就进去问什么情况，我是八路，他说八人九个。

我们出发了，两路包抄搜索，在村边碰到，听他穿长衫的，十几岁了。听队长不要出发，但是研也不穿出去，什么也不出发，转往村西走了。

同自己人 [illegible]

打他一下，则连开火的打。在他们[illegible]说，我问，他们也问，他们都不信，但不是打着自己人。

我们

他们三十一人第一次口令问他是谁，有的耳朵也在听到是敌人，肯定是敌人的说话声。

我手弹也准备好了，我一问口令，敌人就打开，那边的人也去问，

他们抓住当家的我们一个地下工作人员，家中有手榴弹，敌人[illegible]，[illegible]

地下工作者李满福

有四十多岁。

脸色黑，慢慢地转了一下，李说在第，他的面前自己交的，我说是黄和饶碧篇队，他的队长还来了，说队长是邢XX，问为什么第二部不先通知我们。三天之后八路军叫他们下枪，到黄碾又与太君再给回答。

李已转到他的面前收拾，

说队长要叫他们下枪往他这，我们有两个炮，说送到一条来。

叫李去下了枪栓。（李满福）

不会说太君不要，要赎回枪带，到第二天在地上拾粮食等，天明候命。今晚八路军要来扰乱。

他叫大家第三个枪，去家夜，说对我也，再不准回枪选，先下了枪栓。

我想是，他们二人也明白。叫了粮物来，说是要去除夕，进去了。

叫到中间窑洞，李叫我们去训话。

一直叫下令（外面两个门）

李把他当户（后手插腰）

叫给他们说，坐在地下，我说讲今晚情况（告诉他们）

我说起他们的回答，今天全部投降。

听见他。

为了迷惑敌人，外面

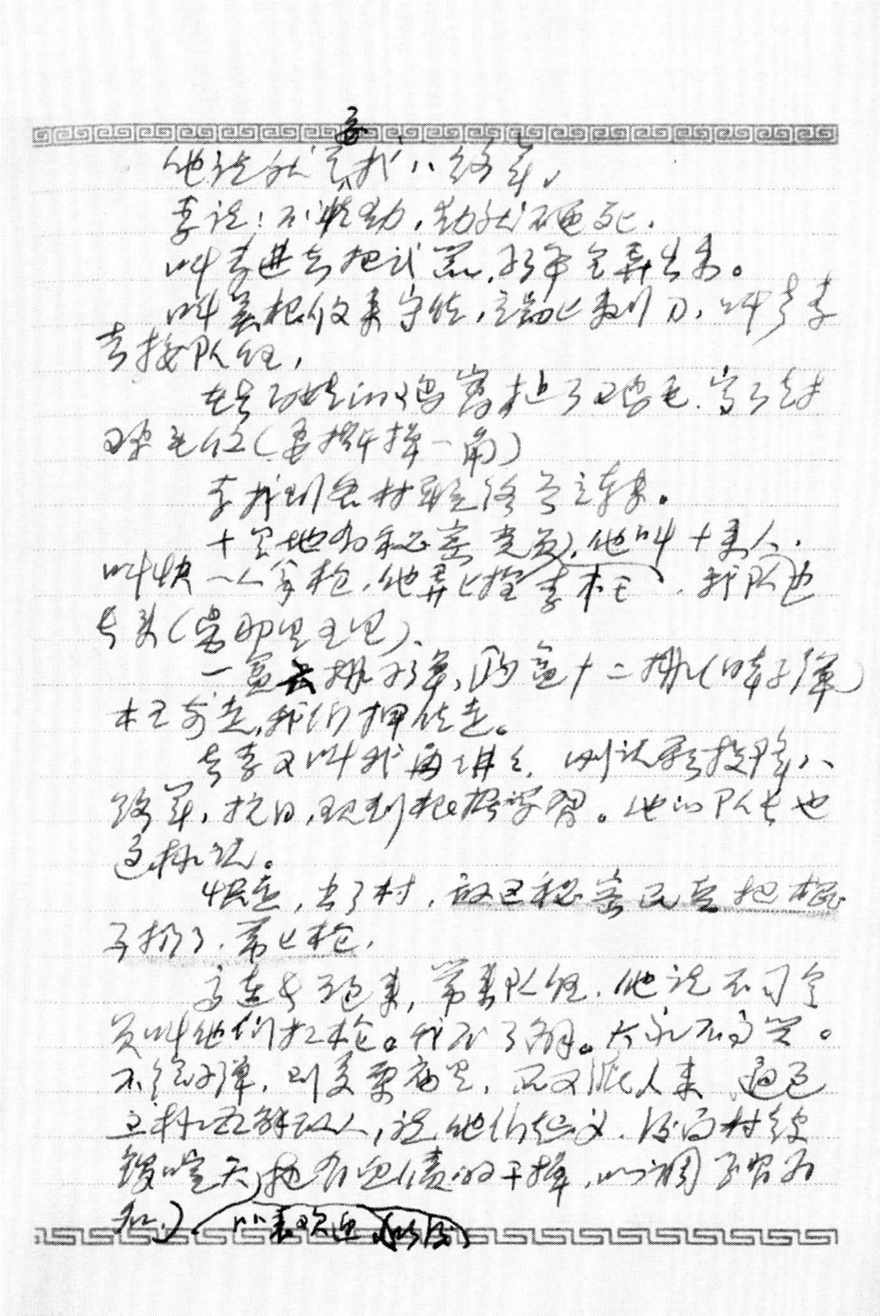

回到司令部，枪也已给了我们。

每人给了六七丈（？）洋布，我有一套。

黄碾伪警备队，以后都不敢过来，从太岳调粮成功。就要两天包子。他到他家里，路过同此[illegible]中八路走过道去，又投敌。调来陈赓又对付我们。

研究了这个人，当我这人很狡猾，要提高警惕。

每天同他打开，我在黄碾附近一带，他不敢出来。

过了43年我
44年后[illegible]

打到敌人们已去，扩大根据地。

民兵队长叫号召给三连（排）去，由司令员陈[illegible]道敌，敌人力交手。

在宋村埋伏，敌去，我们去，埋伏好。

新着给（新村西头）试试，合了有两公尺，一枪打通两眼，吹号冲锋，敌以为八路军来了，退了。

新华日报表扬过。

把全区都搞的好不好？去了敌走都怕（革命），向他们解，后来细细去，我们要研究枪的，[illegible]到十分，向他们解，怕我们给你吹了号声。八路军自动大队长回家来叫我们到三草洞，外国人 [illegible]

队。后来又解放了。

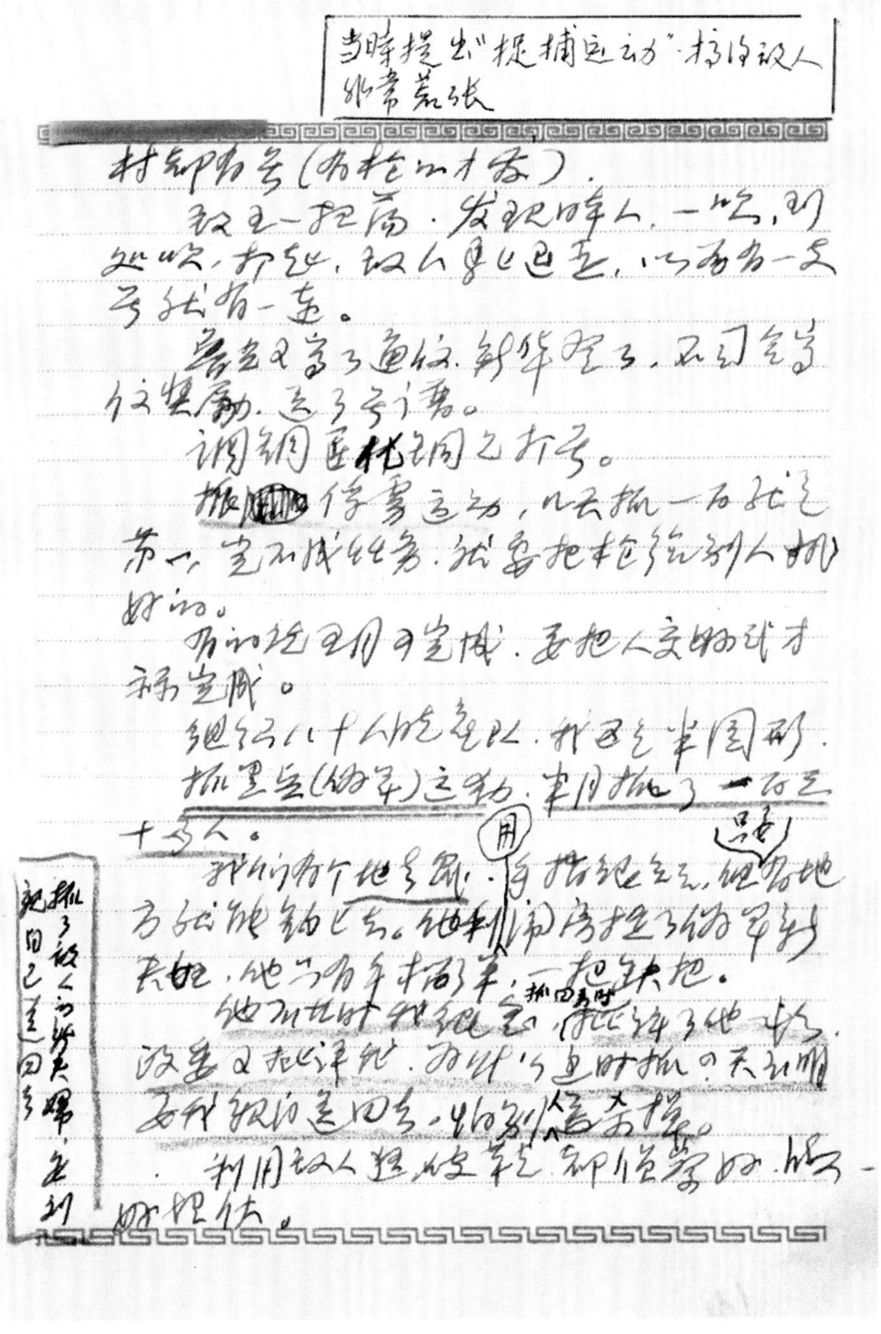

当时提出"捉捕运动"，将使敌人非常慌张

村干部开会（有枪的才参加）。

敌至一村庄，发现群人一哄，到处跑，打起，敌人多已逃走，以后每一支手枪有一连。

营长又当了通信员，新华社了，不到全营位奖励，送了奖状。

调钢匠做钢之打手。

撤[illegible]停当运动，以去抓一百和之第一，完不成任务，就要把枪给别人拿好的。

有的枪三月可完成，要把人交出我才算完成。

组织八十人的爆破队，我们已半固形。

抓黑鱼（伪军）运动，半月抓了一百三十多人。

我们有个地主家，用手指挥全区，组织各地方的能够[illegible]去。他利用房柱子伪军到天地，他们有手榴弹，一起缴获。

他们在此时我组合，抓回来时许了他一些，改变又批评他。为此后这时抓回来的要我们路过回去，让他们大会去摆。

利用敌人组织的群众，配合好的担任。

抓了敌人的夫妇，先到把自己送回去

43年秋收时，去扛敌人抢粮，打出敌把我两连包围，子弹不多，拼开刺刀，用枪托捅（因其长短，那长大），刺刀又不好用）

通统发告我独立营被包围，第一队化跑出去，走大路，想到据点没有人，打他屁股，新兵我营长一，敌人掩护去撤回。

我连打枪掷手弹，敌人追了，此故在高指。指一死伤在走了。敌人下来，（十七营来的），把我正编去打断了，机枪封住，只能一个个的动，继续指导射手机枪掩护，突出来了。

咱突击稿成功，说不得以后军，以打刘三到。

秋天，杨山石南打咱突袭，缴出去，从没向来打我的。

我村里敌了一个王担，新敌人走在不来，一了石坟头弟我子刘，让藏了心来便衣队，我会和用手制面饼，柳形来地，敌在运动，但教部队急援（掉大），一机枪打死几个敌人，敌人用手雷子腾回，扛着九的都是敌人，枪。

图取烟的动去找……想吃窝，交名叔

报告乡以后到我大人

敌人缩装 服去氏 赤 安怀 担 新煤

（抱）

人俗然。这次狠狠打走了敌人。
全县都选我为杀敌英雄。县府立了武状元。
一支步枪，两个手榴弹。
敌人知道我武状元了。
44年除夕，正过年，拉铁轨，我是突
击队长，另九团也出了，各村的都来了。
我打头炮，八十多人，我去来[illegible]人，
晚上，
天亮来了，民兵自卫队退了，敌接
应来，机枪，不能动，打。
敌把掩护部队的地方住了。
我去撤，在[illegible]河，敌人的机枪打。
我队有防护，很危险，很多是近组团
来的，我打了一枪，机枪不响了。把负
伤的俘虏拉出来，阎山的日本兵，往
东打。
我们八个小队突围，把[illegible]
在内，我跟日本人走了一下，我把日本枪
，我知他的任务，把日本引过打，我边
西面保存，
我叫通知八把[illegible]打起来，
我第四小队在后，也往[illegible]打步枪，以
迷敌人，往襄垣跑了140里。
小队长[illegible]，[illegible]

利用日本人的旗帜迷惑敌人突围。

人，敌人才发现。

44年，在西井南（庄）开英雄大会，我分区的侦察出席大会，得了一首英雄，太行军区一面旗，武装部奖一支枪，

张银也发动，

大哥从小当长工，在山东查窑场，二哥在做买卖当长工，娘送到我们这里来。

小红云也常在那里，回来的时候，打了三炮。

李玉锁我们的，因我们，枪是从敌手夺来，每年都去。他们四五炮，机枪。我抱着讲到天亮，后来敌人来了，说敌人出来，我快跑了。

明晚上，村中有贵金龙汉奸三人，一听炮响，去报敌人，调来六百多人，搜到村后，包围了，我们都不打。

鬼子把我家包围了（离村二里），抓住民兵指导员，和哨兵，狗见日本人不吭了，敌人就把他们包围了。

美破当纸扇，敌人在后动，叫人把他当在门口，敌也来就找，

我们四十多人，

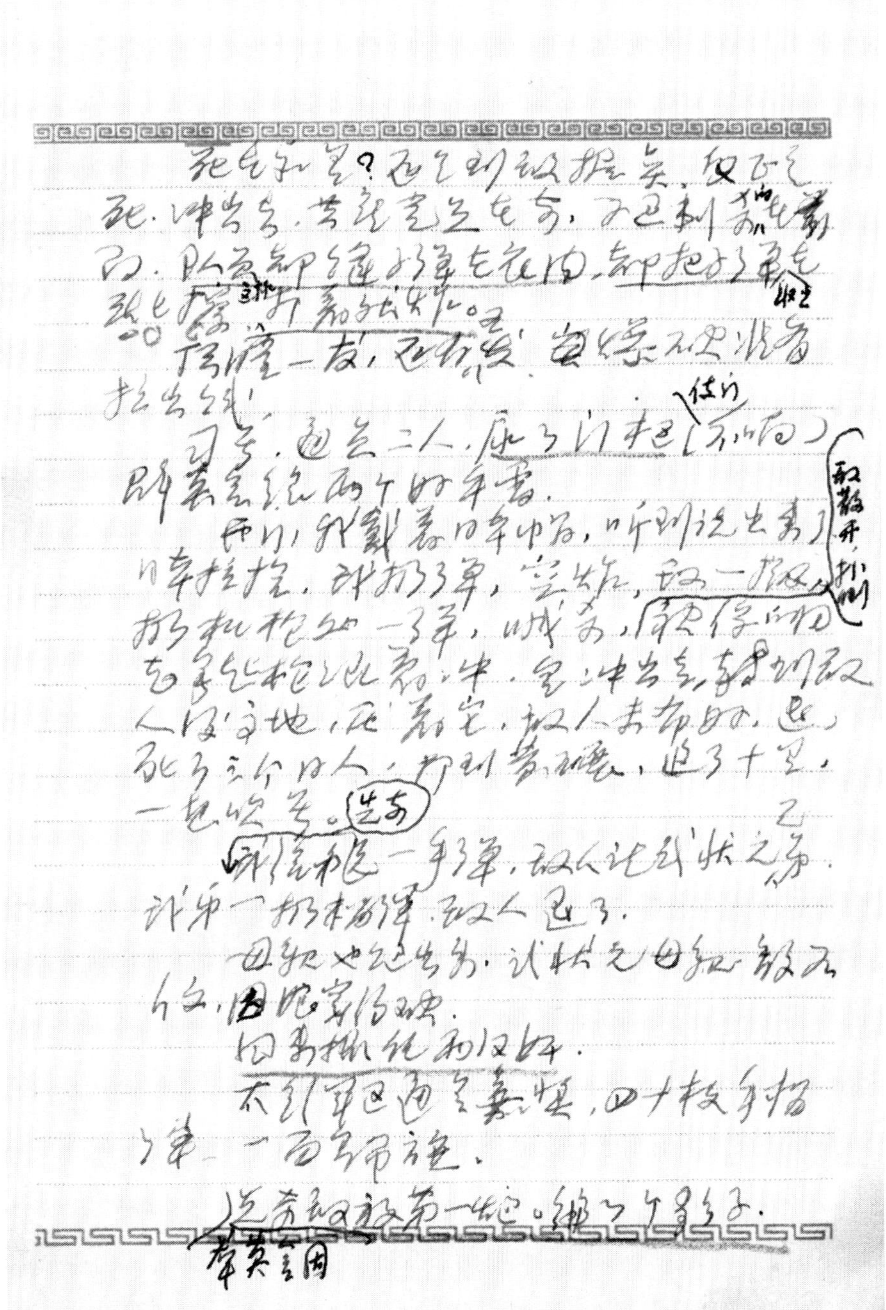

敌人们，（我们射击）一打，他就往草里去了。
我却是打他的腿。

（到这里为止目前的提纲，以后待继续写，以后的把土地与战争纪念的结合中，即黑面要发表）

4月16日下午座谈（第二次）

李仁[illegible]

打了勇山。不知情况，大家都有思想情绪。

想等往上走时，携的是手榴弹，万一要挂彩。

有通讯员那里来的。

白天是要[illegible]挡，黑夜去出攻，每天夜里前进一点，三天才开始总攻。

最后到的是磨盘垴，打扫战场时，见地都挖空了。

我这连是主攻[illegible]作用。

我们三个干部，我算是一个排，村里主任叫排长。

敌人在下来，敌副团长带着，我们那天在北面。民兵说不能去，跟下来，她的干部走了，说我在后面不让退，一个反冲，冲上去，把敌人副团长掌握，[illegible]机枪下来掩护，抢了一百多人。

（大家）他是突破了部队；中不来的。

那几夜，手榴弹闪电，一片红，最后一夜更厉害，全是喊声、机枪声。

敌炮指[illegible]，敌人[illegible]

[illegible]

彭德怀试在晋东南士兵养伤的。

离敌三百米内才准开枪。

在战斗时候，我不让民兵在敌人不到三百米之内开枪，因为那样不易杀伤敌人。在三百米内的，只要配备好的射手和组织好火力，杀伤数字就大。

我在六百米内，打敌人的指挥官，当把指挥：敌人指挥官打下来，剩的常常就失去指挥，打骑兵，先打马，再掌握追歼。

小时，每逢饭，能逢破窑洞，那里曾有些山柏枝，又把晋饭被虫物咬伤。

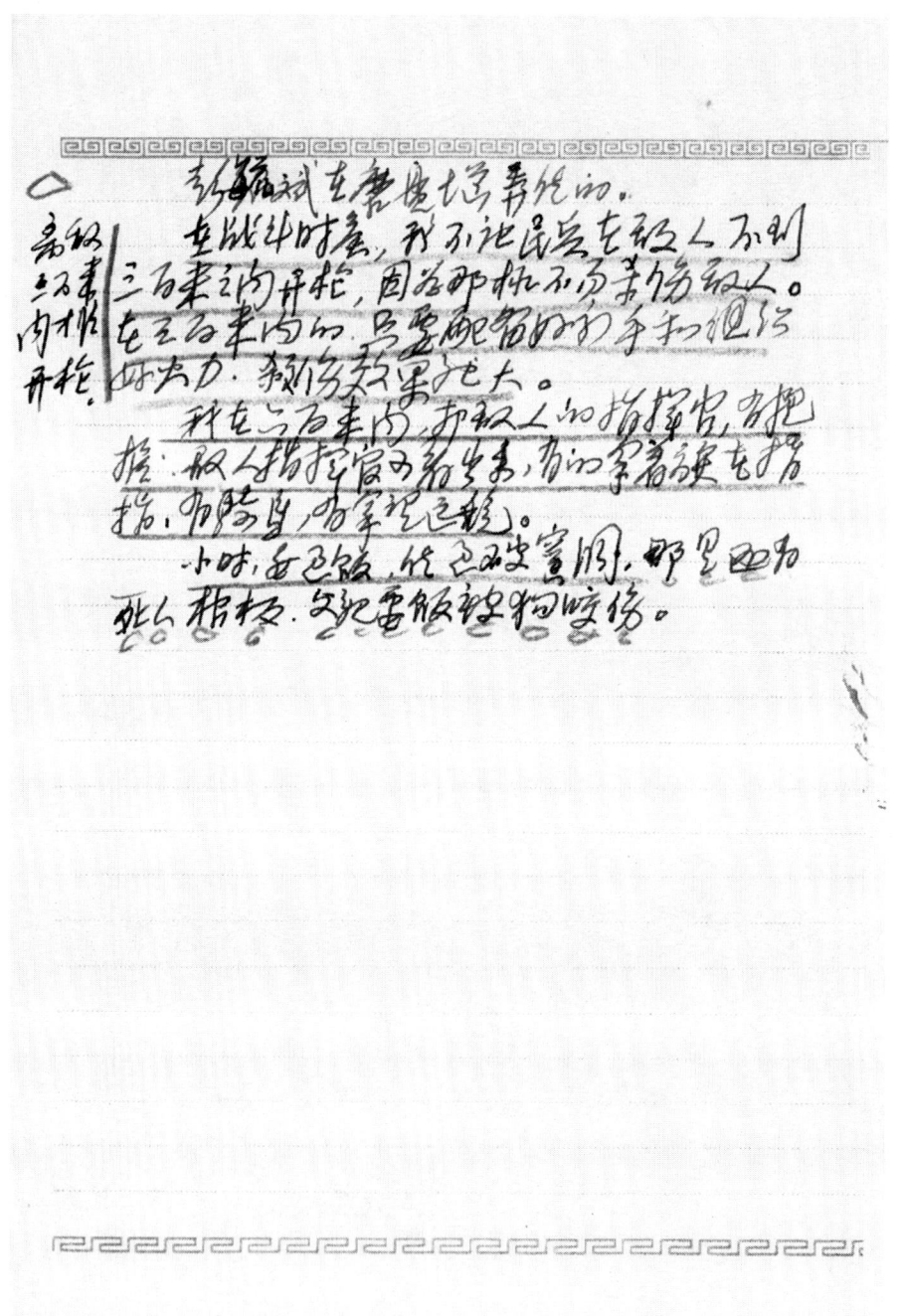

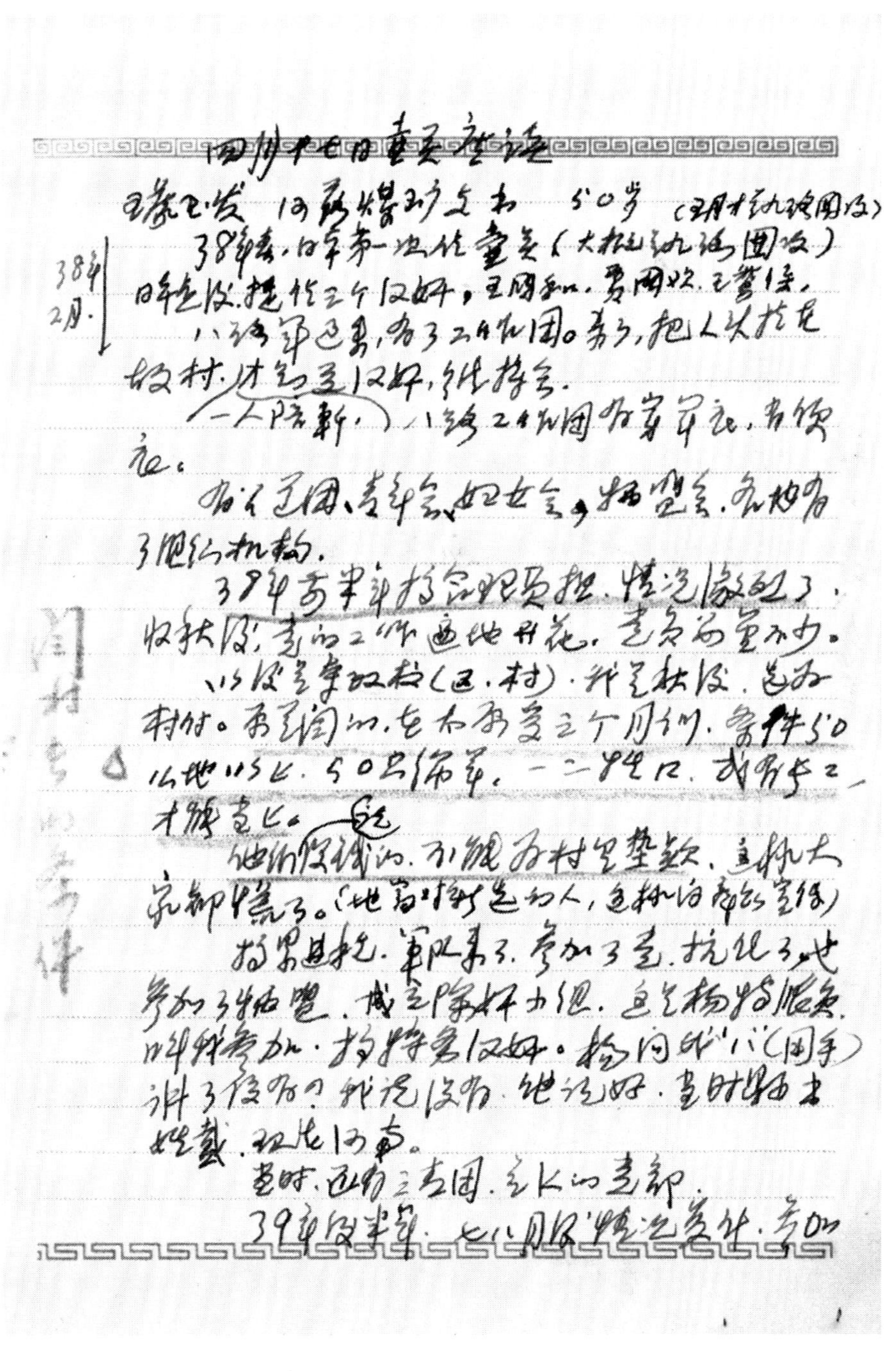

四月十七日[illegible]

王[illegible] 19岁 [illegible] 50岁 （王月林九路团长）

38年2月. 38年春，日本第一次[illegible]（大概九路团长）

日本走後，提拔三个汉奸，王国和，贾国欣，王喜保。

八路军過来，留了24团。[illegible]，把人从[illegible]

[illegible]村，[illegible]三汉奸，[illegible]。

（一人陪斩）八路24团[illegible]，[illegible]

[illegible]。

有了自卫团、青年会、妇女会，[illegible]会。[illegible]

了[illegible]机构。

38年前半年[illegible]，情况[illegible]了。

收秋後，[illegible]工作[illegible]开花。[illegible]不少。

以後[illegible]（区、村），我是秋後，[illegible]

村付。[illegible]三个月[illegible]。[illegible]50

[illegible]115[illegible]，50[illegible]。一二[illegible]。[illegible]

才[illegible]。

他们[illegible]，[illegible]村里整款，[illegible]

[illegible]了。（[illegible]人，[illegible]宣传）

[illegible]，[illegible]了，参加了党，[illegible]了，也

参加了[illegible]，[illegible]小组，[illegible]

[illegible]参加，[illegible]汉奸。[illegible]八（国手）

讲了[illegible]？我说没有，他说好，[illegible]

[illegible]，[illegible]。

当时，区有三青团，三K的支部。

39年後半年，七八月[illegible]，情况[illegible]，参加

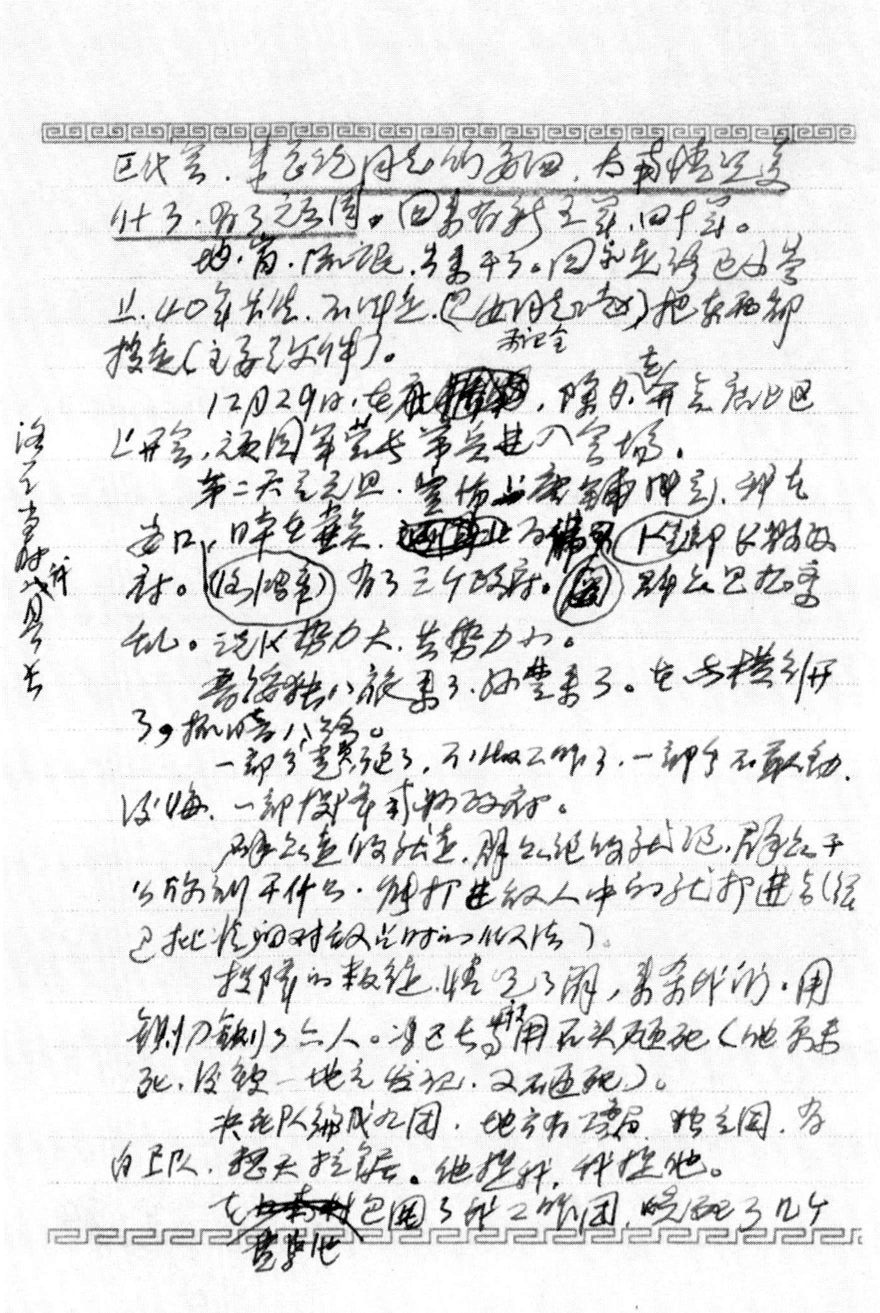

[illegible]

12月29日，[illegible]

第二天[illegible]

一部[illegible]，一部[illegible]

[illegible]

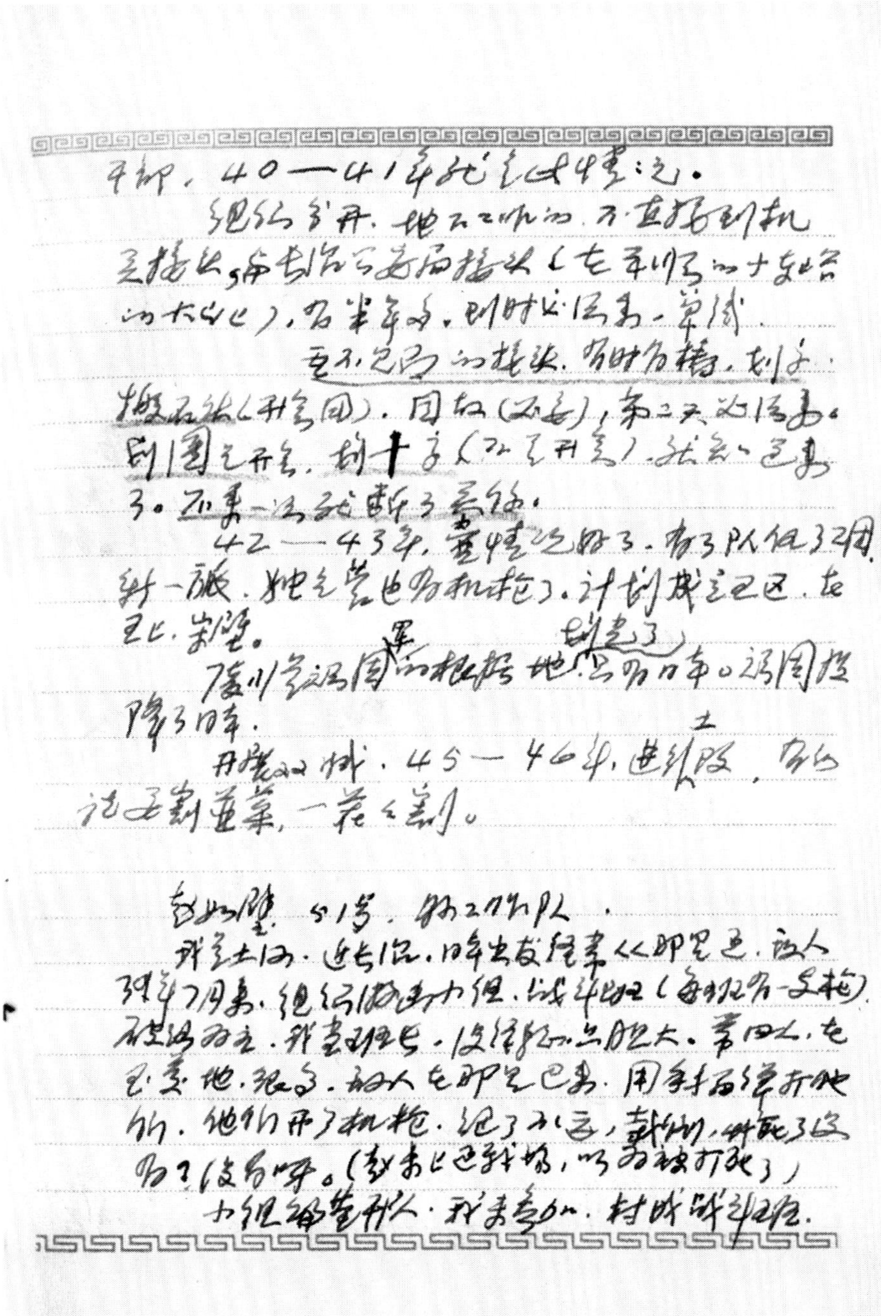
干部。40—41年就这样过来了。

组织分开。地方工作的，不直接到机关接头，而是经交通站接头（在平川的十字路口的大路上）。有半年多，那时候经常一个人。

要不是原来的接头，有时会错。划了，搬石头（开会用）。用棍（不要），第二天必须到。到圆圈开会，划十字（不要开会）。然后[illegible]了。不来一次就断了关系。

42—43年，基本情况好了。有了队伍了，团，新一旅。她们参加了机枪了。计划我去[illegible]区，在[illegible]。

[illegible]的根据地。[illegible]

[illegible]。45—46年，去土改，[illegible]。

[illegible]，一[illegible]。

[illegible]。51岁。[illegible]队。

我是土[illegible]。[illegible]，[illegible]敌人[illegible]。组织[illegible]小组，[illegible]（每[illegible]一支枪）。[illegible]。我当组长。[illegible]胆大。[illegible]，在[illegible]地，很多。敌人在[illegible]。用手榴弹打他们。他们开了机枪。[illegible]了[illegible]，打死了[illegible]。（[illegible]被打死了）

小组[illegible]，我去参加。村[illegible]。

42—43年，双减斗开了，揭敌特，
在群众中防范敌人，整干，把党员留在家里，
把住口子。

43年12月廿四事件

新村王二和、三和，参加杀敌队，叛变了，
带日本人，二千多人，半夜，第二天包围村。

民兵组织突围，和敌人打。

有一个班，在村内，开始敌未发现，因为
附近向那里跑，为敌人发现，子弹打光，敌
打手榴弹，烧死了，共二十二人，三个负伤。
第二天，敌已走了，人们地道里把棺木弄出来，衣
服，都把尸体埋葬。

提出报仇。

汉奸刘和吉，武委会主任带十来个民
兵去抓，汉奸正吃饭，抓出来了。在村
外枪毙了。

每天相当艺，除八团，地方上吃，连
平三十四个汉奸，都在这窑里住。

我们就敢杀，去了群众心。

靳松任43年，杜民兵长

第二区，西阳邑，王家山，第村民兵在
那里把口，宿在山后敌人。

41年，我当民兵，随主任村的农会主席
和武委会主任到区上吃饭，送情报，白天把子

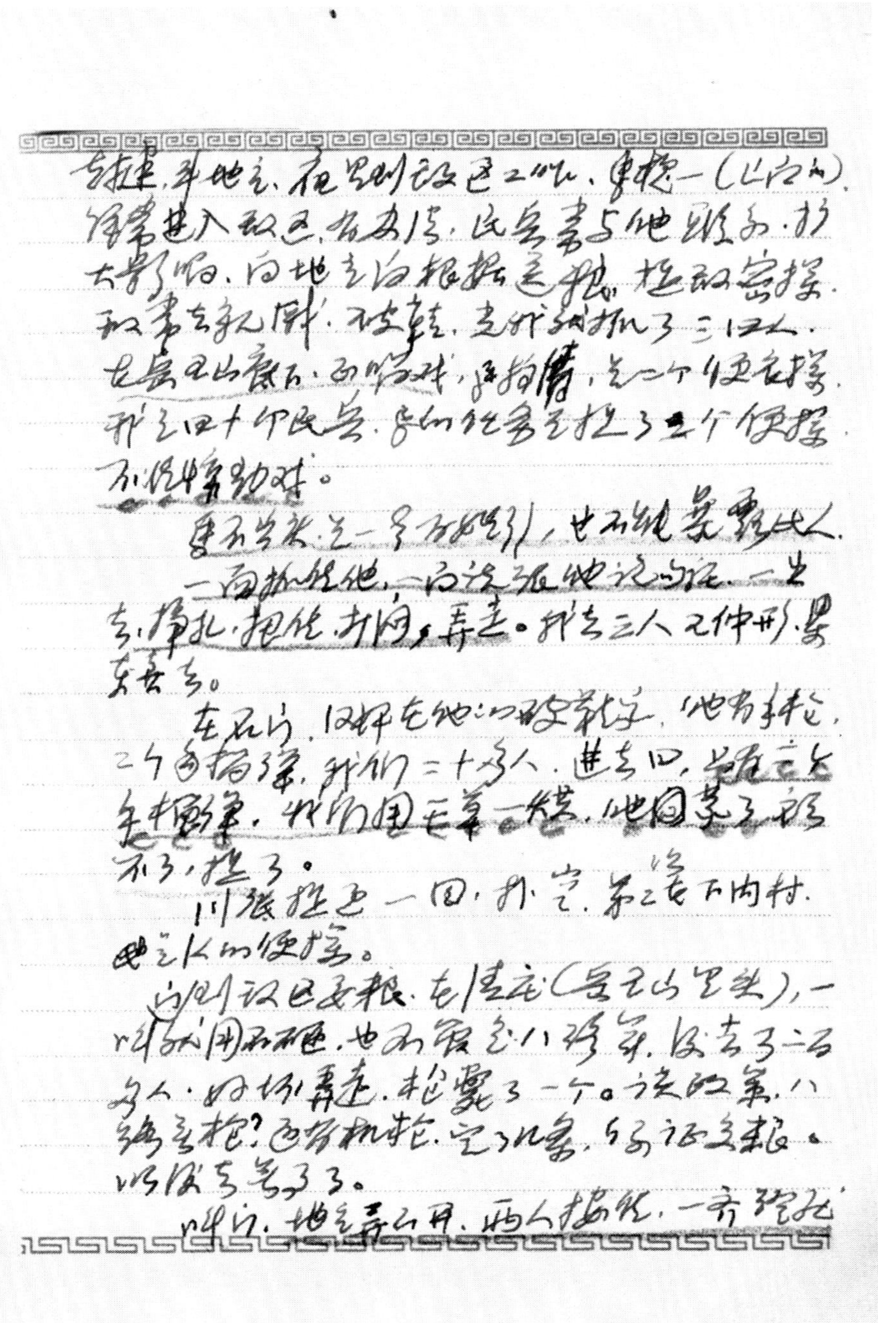
[illegible]，斗地主，在[illegible]区工作，[illegible]（[illegible]）
经常进入敌区，[illegible]，民兵青年与他[illegible]，打
大影响，向地主[illegible]粮[illegible]，[illegible]密探
[illegible]，[illegible]，是我们抓了三个人。
[illegible]山底下，[illegible]，[illegible]，这个便衣探
我三四十个民兵，[illegible]了三个便探
不[illegible]惊动[illegible]。
[illegible]，也不[illegible]人。
一面抓住他，一面[illegible]他[illegible]。一些
[illegible]，挣扎，抱住，打闹，弄走。我去三人[illegible]
[illegible]。
[illegible]，[illegible]他[illegible]，他有手枪，
二个[illegible]，我们三十多人，进去以后，[illegible]
[illegible]，我们[illegible]，他[illegible]
不了，捉了。
[illegible]捉去一回，[illegible]，第二次下内村，
[illegible]三人的便探。
[illegible]区要粮，[illegible]（[illegible]山里头），一
[illegible]，也不[illegible]八路军，[illegible]了二百
多人，[illegible]弄走，枪毙了一个。[illegible]八
路军枪？[illegible]机枪，[illegible]，[illegible]。
以后[illegible]了。
[illegible]，[illegible]，两人[illegible]，一齐[illegible]

拆，开了。

以前关家垴之十来，有外情，写标语，喜报已来，把前线标语写好（二十日时），最后以浅张十来分钟，敌来劲，大声，又重要，敌人打开枪了。

至应当我们的无了，42—43年时，

指挥的停止，有一地步势力加大，不明白时，42年，（第一步呈）到回香倍等[illegible]，刚之部惜。

走急开去部之娃子。以后来，了了之，把他弄），跟军队走，指定下不来。以后，斗争手之，开始停止部惜，黑夜指发明，第一次来放，有一个一边掌控手主公，在说和着去。第二次才打倒了他。

有三个一些部先说中的堂阳，有三个之之，黑夜等那里的。

指定着使野，敌什么都指不好。

指定助组，又之战斗组（43年）。那年[illegible]学，敌人又拖。

（43年4季度，胜利年（以审核除奸），秋第43年以已比。）就寒冬，我之连指等点。等32团，13化去第针关系对敌区活动，打垄关键山接之棒，之体，全头不打了，之之比意战斗分子。打换之，新和东面后，

再是　团长之等苏团.

八月十三日（阴历）再打，子团长苏之和他华，
讨敌、民兵团长陪，敌人估计不够所
行。
敌突围，也两天未一点面没吃。又要军
事学好的纪律。子之团一个营长带和排学
敌人一营，敌人缴枪。

马存有 43岁 。 物统主任.
42年当民兵，以后直做武装工作.
马井（宋董16里，据美10里）
115师689团，在村搞工作团（38年）拉
去，敌伤亡，正式部队子弟兵，纪律很好，打仗
很为部队.
堡北北寺山打了一胜仗，打下据点。
有游击小组长，被敌抓住，扛炮弹，卸挑
去刷子。
打死了
打的很好。真日本人.
中纪成基干队——民兵队——独立营。
我当民兵排长。抗战书物牲色人，但每
天都出动。家负伤不顾，坚持当会长.
个性男：拉来河河子，不让他出门。
抗日拉色门上，安地雷，一出门就响.
割电线安割机长1米出门外。开始有线车，后来
圈坑。后又埋炸弹，上被雷炸翻，也要割[illegible]

董团长给东行十多公里。

百团战，把铁路破了，挑铁，八路军 山西长治邯村、马村，把铁路破了，搬至铁轨，回去做打造枪。

挖12坪，十几个小时冒着炮火挖掘（开头地道）。挖12坪。

配合部队统定个会战。

有地主之子张得甫投敌，为害极大，是王某捉住他，他押粮回来了。

有次巴以南，巴长被围，我们和地主团冲中，把他救下来。

一手拿枪，一手拿锄，搞互助组。

43年9月，敌到邻村抢粮，有三五千人。我老村孙家，160 当时有31团4连，另外还有两村的地主营。

（分不清）

因为是碎石山地，敌不见人手用手榴弹。发现敌人，地雷已炸死了，然后开枪打。

民兵情报员和31团和地主营联系。

地主营的机枪手在那村后，冲过来，营长冲把打翻炮。

机枪打坏开了，团长牺牲。

敌人全部抢的粮都丢下。

打死他几个机枪手。

确实够了数，其妻被告知死了。营长牺牲

挖新。老百姓自动去掌握它。

7月30日。晚，情报敌出来，也去第三平松在张村，开了会。我十几连路，快点以为敌不能来。

拉，敌来，不支持，以为挖地雷去了，敌人也放枪。我们指着大山，警备队抢着挖，敌我双方也开了枪。

敌人把地雷踏响，死了几个人，不敢前进。天明才进村，村子都烧了，损失。

踏绳雷、踏雷、也可以把枕头放进去，附近踏雷、包袱雷、接火雷、推门雷（拉拉绳收）开门雷、开抽屉雷、挂钩雷、踩线引爆雷（踏着了桶上）挂包的挨上、放哨打、瓷石雷、绊火雷。

地雷名称多样

去偏僻之，敌人行之，未去踏雷。

我是43年的地雷英雄（路村四人第一名）

打石垒，大小的44、32团，每个团不能过了。人人喜爱搬下去的。

史团长进了长治，要在打退据点，打开据点，在北山大庙开大会，我们打了他几下，不敢开了。

引部队从崇（庙）绕回。

解放战争时，屯留、襄阳、伏牛。

四月十八日在[illegible]座谈　　赵[illegible]

徐俊贵　[illegible]，煤矿工人，36岁，[illegible]村[illegible]
[illegible]，[illegible]

"从我记得，八路军来和县，39年，12岁，父亲至八路军[illegible]家，他跟走了。这[illegible]村[illegible]在[illegible]行，差不多了四年，[illegible]八路，在[illegible]家[illegible]中搜出[illegible]，说是八路军，把母亲奶奶捉去审，后才放出来。

父亲时时打[illegible]的[illegible]新家，[illegible]，[illegible]一家，我不到十二岁，[illegible]一个，我父也要[illegible]一家，共[illegible]不[illegible]苦力[illegible]，顶不住了，我就走了，[illegible]不了我们一家，但[illegible]不[illegible]。我们[illegible]不了几个月，又不到[illegible]。

天亮我跟[illegible]，[illegible]把水。

母亲奶奶叫我不[illegible]，我[illegible]，[illegible]八路，我不懂，就是[illegible]不和他闹了。

我父在[illegible]煤窑挖煤，有一工人告我说你爸爸叫你去，我就去，[illegible]不敢去，叫那么[illegible]快走。

[illegible]，[illegible]，[illegible]年[illegible]死，父亲[illegible]，[illegible]。

[illegible]人[illegible]，[illegible]，[illegible]人，[illegible]，从此[illegible]。[illegible]

内

(闫)翰下去的，我们伍柱。一个被四里镇，黑夜埋，啥也看不见子。

日本鬼子投降，把这村打散。他们也著实投降了日本。

八路军走时到了陵川。

这村有个翻译，当年住过山上的十多个回来，十多家回来，围起来，抢窑洞，窑，以后东西拉到往陵川走了。拉走一部分人。这时村里这些他们投降了日本，抓一些人地窖回来的。

八路军回来，这村回来常引起一些人，八路军打了他们一下。

我父和徐鹏也来了，公立的村长，徐鹏是武装主任。

组织民兵，这村一直来相持，常引起也去维持，抢劫了徐狗子(村什)。

日本队也来，向这里来里租走。

工作组来了，陵川可算也成立民兵，和陵川城建了联防区。

陵书什么引宽，傅增也上山的抗日兵需，犯起纠纷，他来了就听到啦，没来不犯纠纷。日本队是回去出投降(陵川)，他却死他娘了。

又把敌一起把可募拾掉了，敌人又直接对常引，抓起打窑洞，回到周堡窑打通了洞西炮窑，打掉砲二段，缴枪三人，让敌人打出[illegible]。

明洞，敌人进不去，放毒气，有天中午来了五颗毒炮，北面洞口不得进，敌已进到洞来，又在[illegible]，就用手巾湿来捂，有的[illegible]不行，一直打出，[illegible]不来气。

[illegible]炮和手电筒一样，死在外边，也不在这里，也好刺刀出。

这样窑洞不行了，这以后部队来了，黑夜只二三月，敌人还包围[illegible]，[illegible]一晚打到[illegible]，把[illegible]，只[illegible]不好打。

停雪

以后敌人不来了，到了七月，主力部队又在[illegible]洞口修炮楼。

有一次七月几时，[illegible]，听见枪声，老百姓[illegible]来不及穿衣，进洞，民兵[illegible]了，但洞内[illegible]东西，有的[illegible]。

天快亮的时候，敌人都来村里，有些[illegible]，村边上放炮[illegible]，民兵打，敌人走了，天明了，以为敌人走了，民兵出来了，敌人[illegible]，[illegible]，[illegible]，敌人[illegible]走了，民兵[illegible]，打走了，但敌人仍[illegible]，[illegible]。

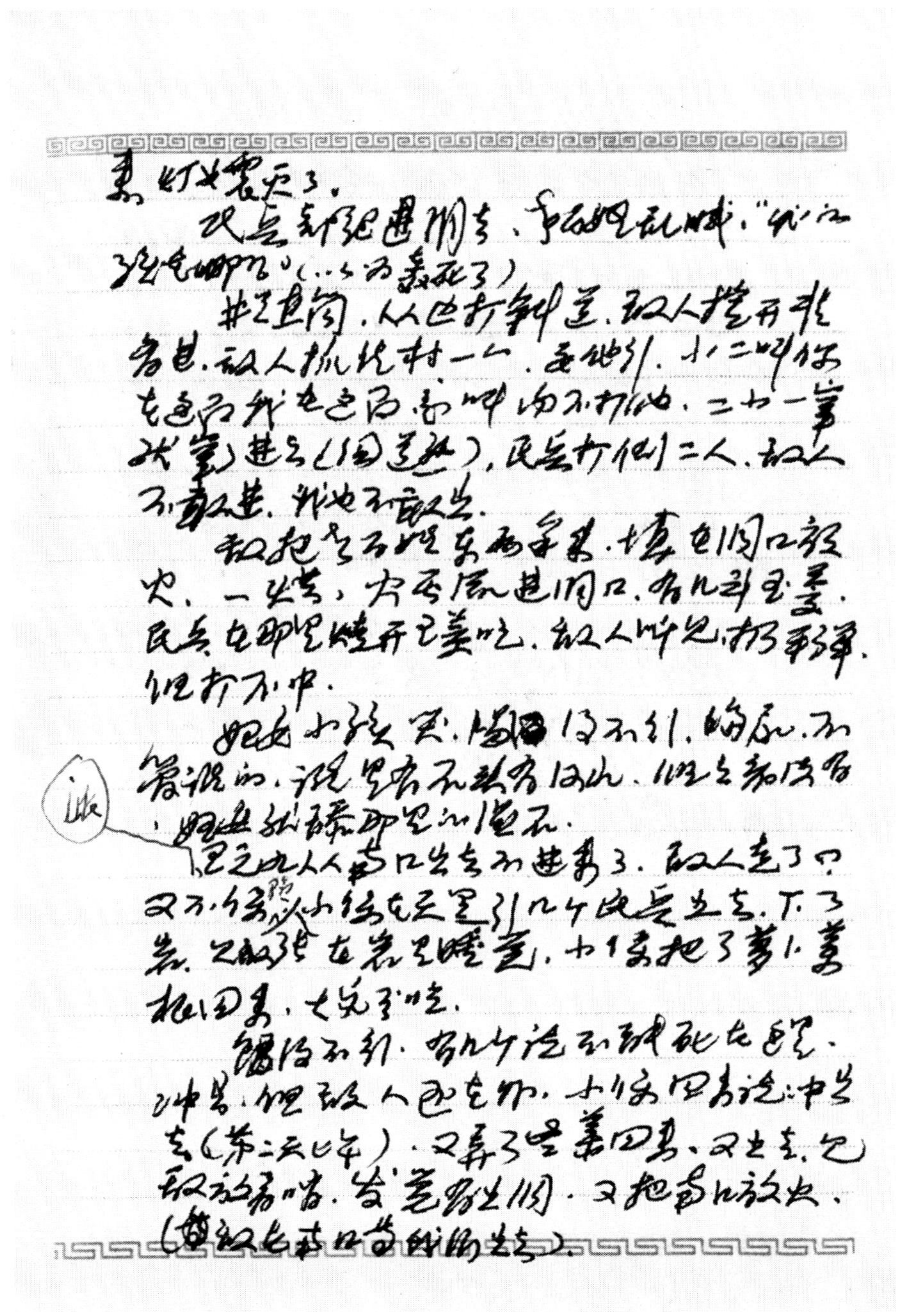
来灯火震灭了。
民兵新张遇洞去，手拍地乱喊："我的张先哪了"（……的吓死了）
井上直闹，人人也打翻了道。敌人撞开北各边，敌人抓住村一人，要他引。小二叫你去……我在……不打他。二十一第……进去（……），民兵打伤二人，敌人不敢进，我也不敢出。
敌把包谷秆东西拿来，堆在洞口放火，一点着，冒烟风进洞口，有儿到里边。民兵在那里堵开口盖吃。敌人听见，打了手榴弹，但打不中。
妇女小孩哭，闹得不行，的不管说的，说里面不知有什么……妇女就躲那里的洞石。
里边九人从洞口出去不进来了。敌人走了只又不小心……下了……在……里……把了萝卜菜拿回来，大家都吃。
饿得不行，有几个说不能死在里边，冲出，但敌人还在那，小伙子回来说冲出去（第二天上午），又弄了些菜回来，又出去，又敌人在哨，发觉就出洞，又把洞口放火。（当敌人从洞口当时的出去）。

徐发来、徐金来本民兵。（没见回来。）

说三个民兵出去，来出洞口，[illegible]把他捉住，张发来、徐金来睡死，活在那里。日本[illegible]回洞，不敢说话就死了。[illegible]

[illegible]家四六口人，[illegible]（李应礼）[illegible]二人，说敌过九宗松林，日本鬼子不敢放，叫[illegible]佳[illegible]，说[illegible]队[illegible]，[illegible]民兵。

徐[illegible]女人[illegible]了[illegible]

[illegible]把[illegible]民兵[illegible] [illegible] [illegible]

[illegible]，[illegible]不敢[illegible]

[illegible]了[illegible]了。[illegible]

[illegible]。（徐[illegible]）

[illegible]44年[illegible]10月[illegible]。[illegible]

[illegible]，村[illegible] [illegible]村，[illegible]了。

[illegible]，[illegible]了。

四月十八日下午到常行看徐顺德、张小保的窑洞保卫战地道

常行离壶关县城约七十多华里，与陵川的平城很近。这是陵壶大道。平城的铁货，都从此道运来壶关。

因夜里下了雨，路很不好走。常委的吉普也太旧，司机技术也不好，原估计走两小时，结果走了三小时，在过了东井岭以后的下坡道，车子的方向盘突然失灵，幸好是上坡路，如是下坡路，就要发生危险。

东井岭，是壶关的高点之一，天气较冷。是东井岭公社所在地。离常行还有二十里。

常行公社位在东部边，离常行八里。

常行是处在一条很重叠的山峡里，村朝东南。有一百多户，400多人。抗日战争时，有300多人口。国民党部和县政府在此住了10年。和徐顺德等战斗的，就是在此后投降了日本并引来日本人的国民党队伍。

敌人是从陵川来的，有一千多人，把村北的高山、南山都包围，要在南山盖炮楼。

来打常行的敌是一个小队，百多人。

窑洞在村正中的山崖上，原来都有民房

第三个人从南挖进半山的煤窑洞道里面曲折，有的地方很宽。为了抵御敌人，当时村里的16个民兵和群众，在此从北门挖道，约八九丈，接通窑道，并在北洞口，修了个三层的砖炮楼。可以从炮楼後边出山寨子。洞的形式：

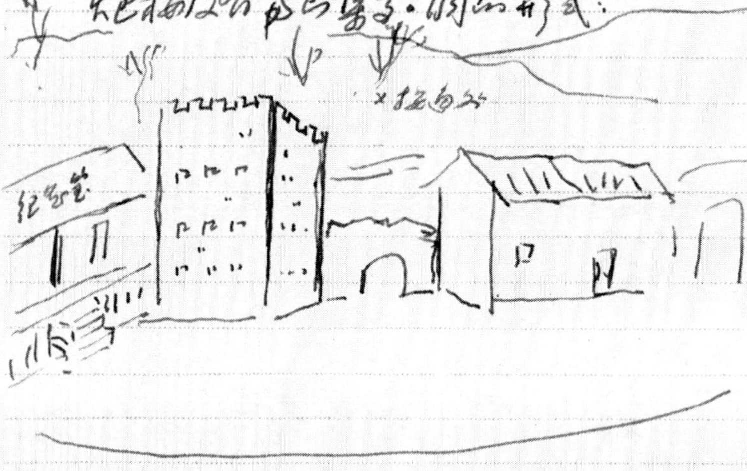

南洞口：

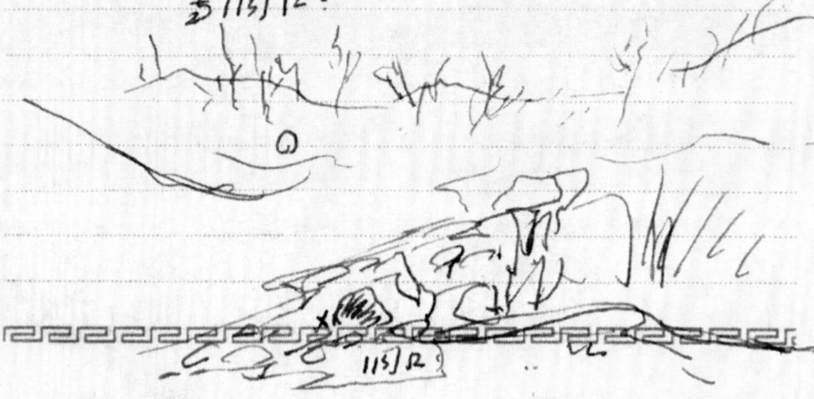

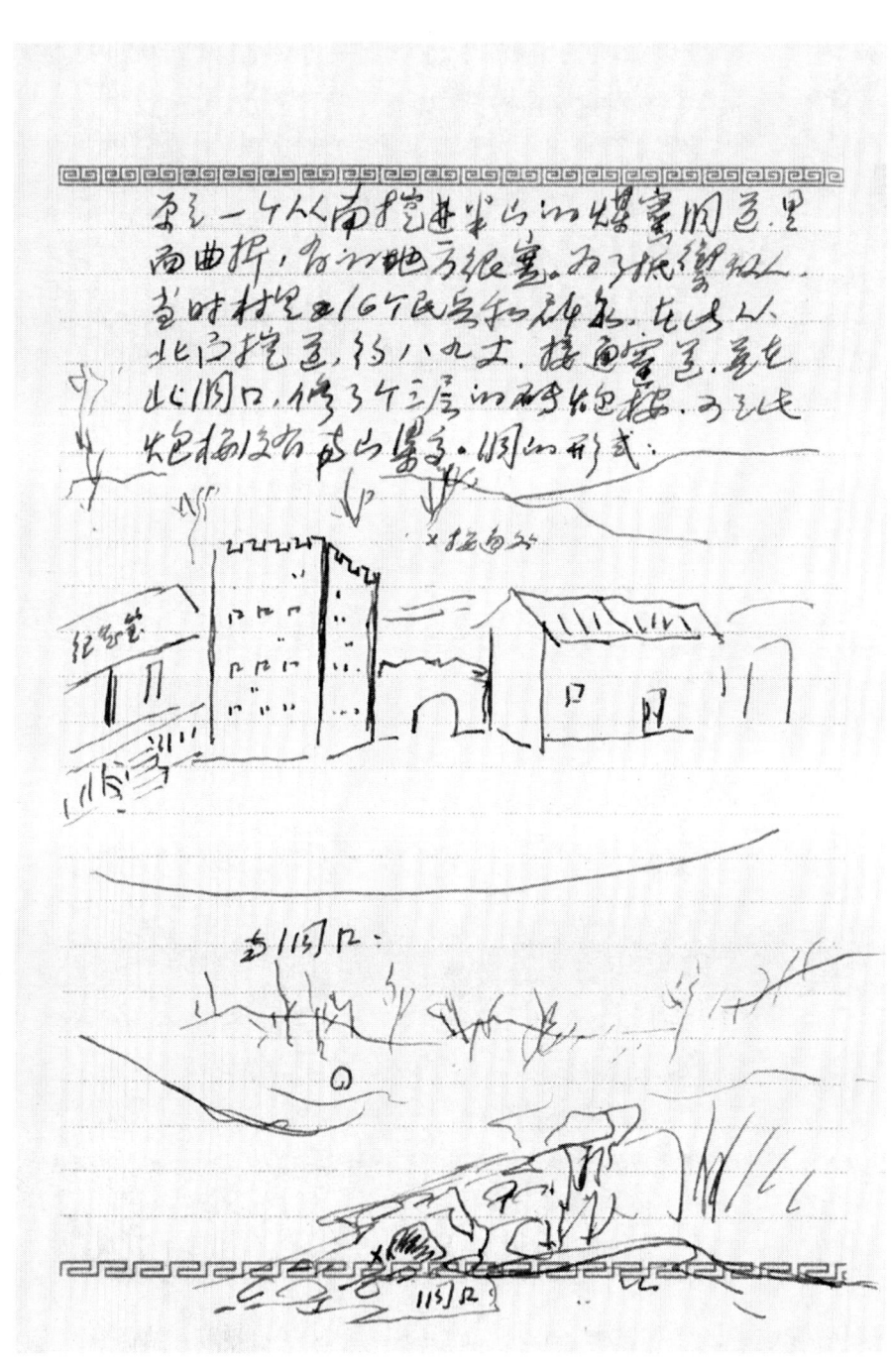

东口纸小只钻地出来，第三枪出来这位（刘铭记村和巴平游击队）站人从这出来，左边一个小坑地就是当年敌人掌握的地方。我藏着打敌人时退了回去报告，也有人说进去的，他在洞口前到后被敌人用烟熏死的一个民兵，哭了，进去又看见，又哭了。

当日（敌人方）有人（张小保）当时开枪打的地方，据小保说是夜里，不知道是否打死。

敌人是庞五十六县（日本人和一些投降的军队在内）。村中有牺牲了三个民兵。

以上是徐明维（现公社副书记）、张小保（现大队支书）在现场讲的。

现炮楼左边的两个小房是纪念室，是县[illegible]的之一。有些标志。

徐明维有四个孩子两个女，张有三个孩子。

我问他什么年参军，另一个就说，他不记得名字。我们在车站坐了一个时间，不感到多么好，到了这小时，只是雪花似的落了一遍，然后回时四十分钟了，就到回家去。

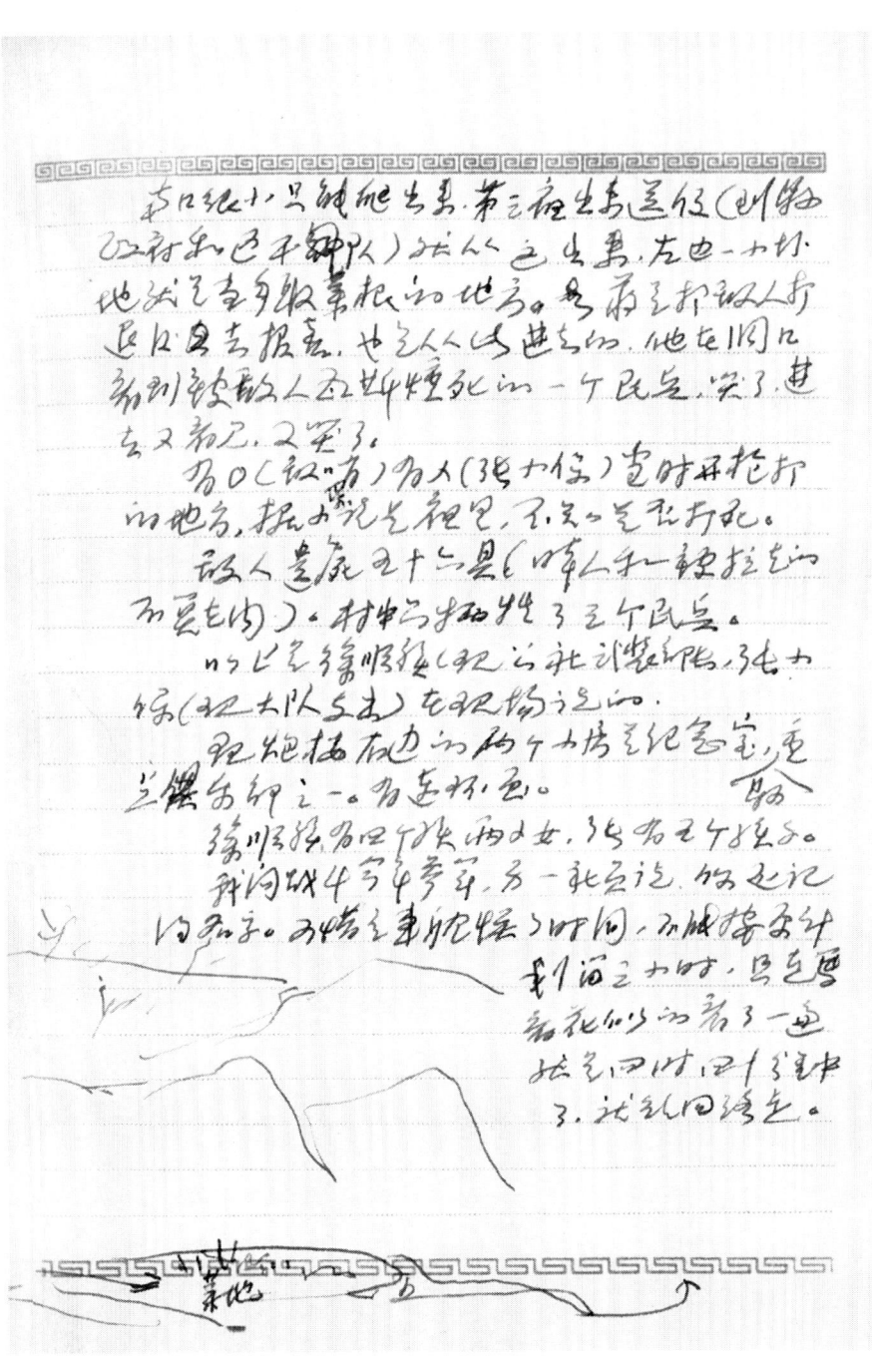

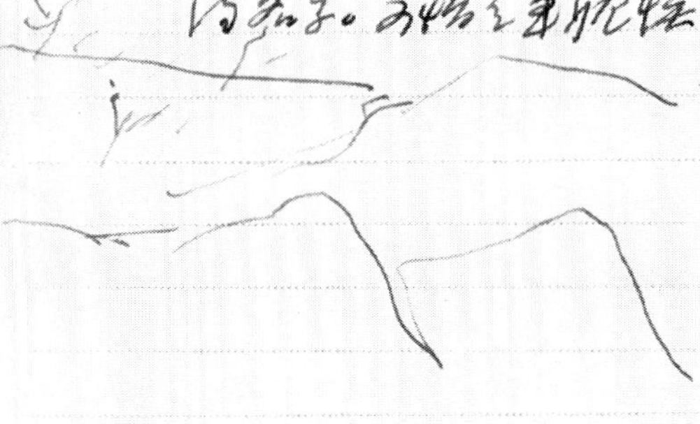

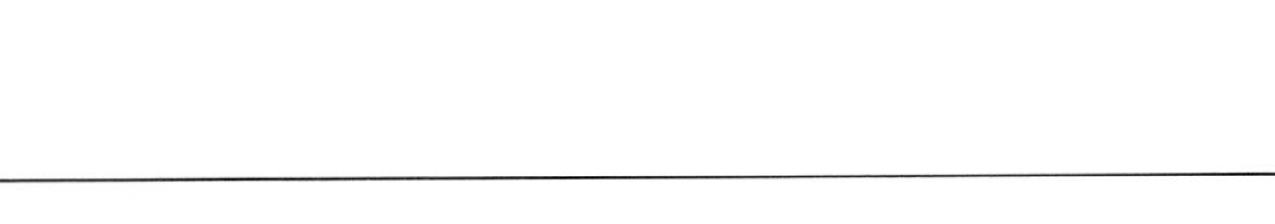

上海長風公園

"担红黄盖受苦的，一年四季没吃穿。"
"秋后的蚂蚱，蹦不了几天"
已摘
"穷叫家穷，不叫社穷，只有社富了，家才能富"
"防毒"、"擦锈"
"前头七年等，我连锅也不会去了。""心里该是个啥滋味了"
"是在苦水里泡大的。"

（回山志）
[涂去]武士敏98军长，中条战役后在沁水、阳城以南活动，以此为界。

我和它中央嫡系，一是同抗日，二则同进步，三统战对付。因当时不能去他，派军队入。

41（年6月）剿共，中央统计长三项的变化。秋天，日本用三万多人扫荡，98军中的几个军与日通敌联系。98军在东西峪线，两天后98军被扫荡，我军支援前后，未之收救。

地下工作干部公开了。很多被捕了，以后为了在地下工作中避开困难。死伤干部一百多人。

43年我调到军队的侦报工作，后来做杜任专员，建国后，回晋冀工作。

以上是董某某谈话。

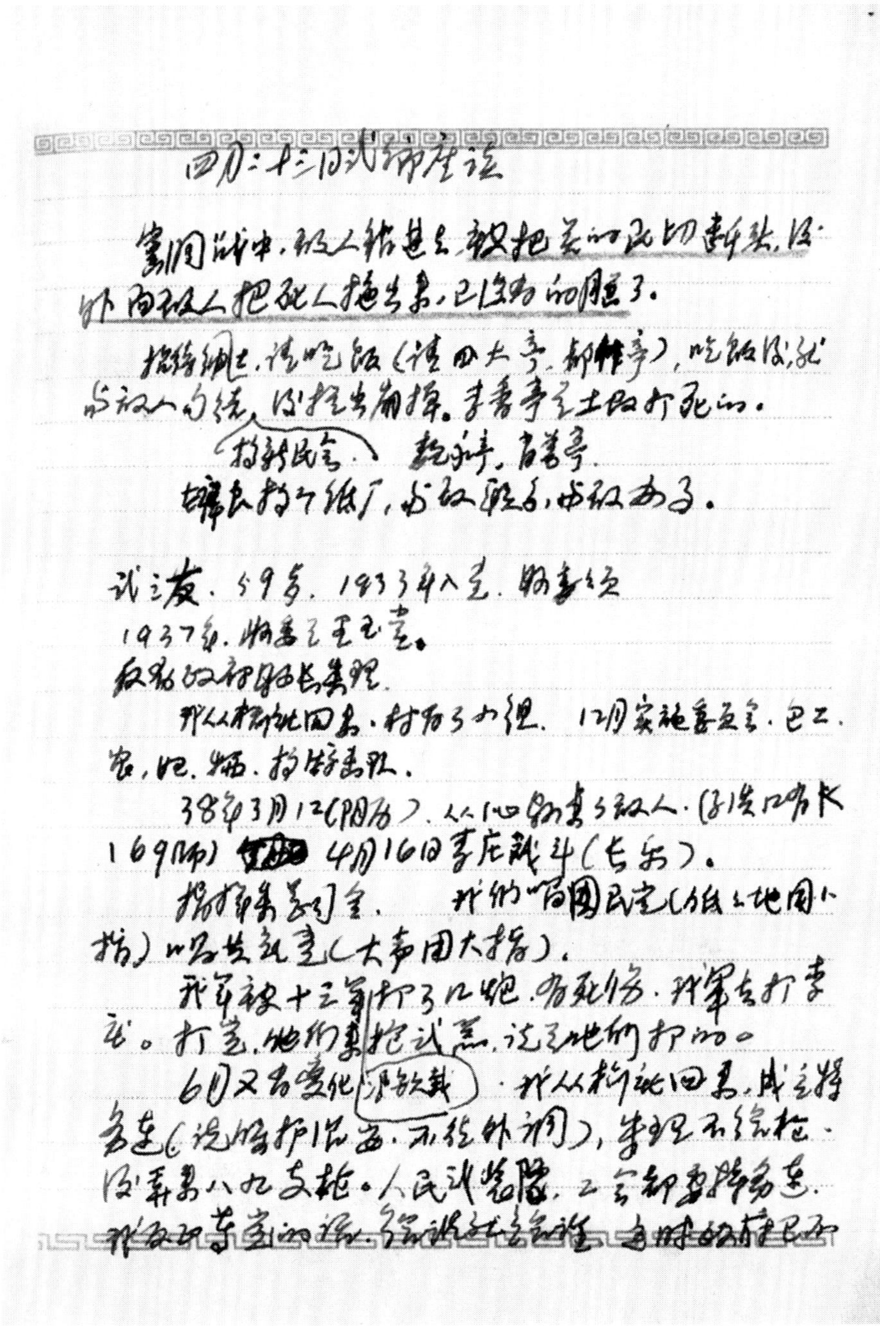
四月二十三日武[illegible]谈
突围战中，敌人[illegible]，就把关口[illegible]切断，[illegible]外面敌人把死人拖出来，已经[illegible]了。
[illegible]，请吃饭（请四大亭、[illegible]亭），吃饭时就出敌人的话，[illegible]出前排。李青亭是土路打死的。
（[illegible]民会。）[illegible]、[illegible]亭。
[illegible]个纸厂，出敌[illegible]，出敌[illegible]了。
武之发，59岁，1933年入党，[illegible]
1937年，[illegible]王玉堂。
[illegible]
[illegible]回来，村[illegible]。12月实施[illegible]、[illegible]
农，[illegible]。
38年3月12（阳历），[illegible]敌人。（[illegible]169师）[illegible] 4月16日[illegible]战斗（长乐）。
[illegible]。我们[illegible]（[illegible]地[illegible]）[illegible]（大[illegible]）。
我军被十三[illegible]打了几炮，有死伤。我军去打[illegible]。打[illegible]，他们[illegible]武器，[illegible]他们打的。
6月又[illegible]（[illegible]）。[illegible]回来，成立[illegible]（[illegible]，不[illegible]外[illegible]），[illegible]。
[illegible]八九支枪。人民武装队，[illegible]。
[illegible]

供应。

反动的存心要全把我包围。

以后接了粮食，减少好一些。[illegible]

那时的局面够紧张。我一

一回来碰到王士朋，同民兵的[illegible]。[illegible]

行委会。

同志们胆大[illegible]常开会。

王士朋当时说我是学生，还诚的回来。他不敢说不抗日，因不抗日是汉奸。

他当参议员时把东条[illegible]很大（主要是我们）。我们就以此向他要负担。

除一年的公粮，开支为多。

王士朋之弟王士毅是抗日的。

敌人调20日以后走了。

与开斗争是关系，那么不敢叫，就算[illegible]。

我们说他和同敌人有关系，负债[illegible]的东西。

在各村发展党员。

从四年了[illegible]，[illegible]的[illegible]团[illegible]。[illegible]。我们[illegible]，都是大学生。当时很多人害怕，[illegible]。下雨了，不撑雨伞了。[illegible]，[illegible]那里有土绅[illegible]那里[illegible]。他是[illegible]。

从他被[illegible]，我被选为农会主席。

[illegible]

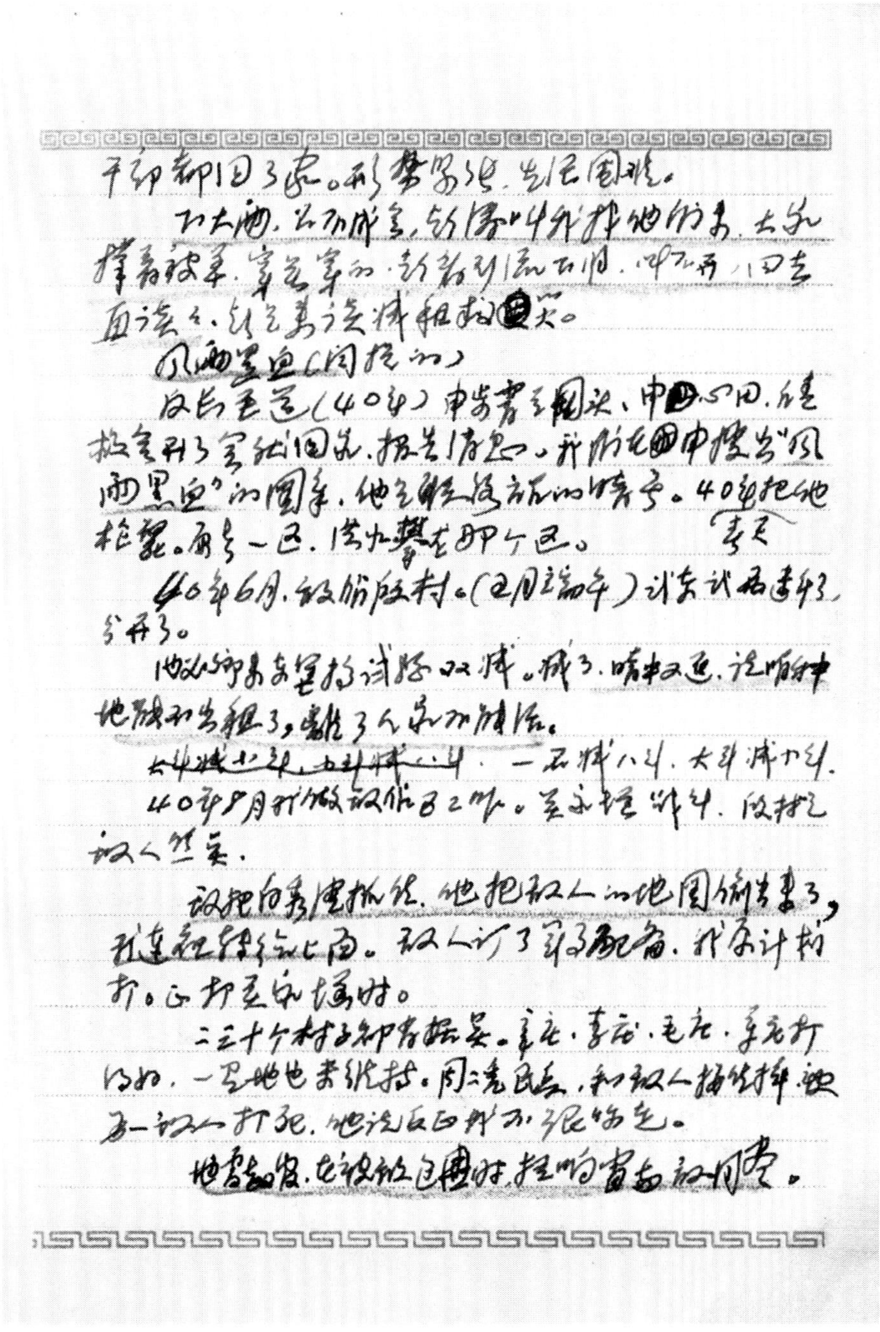
干部都回了家。形势紧张，生活困难。

到大庙，出了成[illegible]，敌人叫我挥他们来。大家撑着被子，穿着[illegible]的。敌人看到流下泪，叫不开，回去直说：[illegible][illegible]接相[illegible]哭。

风雨黑鱼（同楼的）

政委王道（40年）由出青年[illegible]、中[illegible]回，后被敌人打了，[illegible]回家，报告情况。我们在村中搜出"风雨黑鱼"的图章，他全家转移[illegible]的情况。40年把他枪毙。南乡一区，洪九[illegible]在那个区。李天

40年6月，敌人防在村。（五月端午）敌人来试探，来了分开了。

他认识我来要枪，试探双减。减了，哨中又逃，说咱们中地被敌人抢走了，害了人家[illegible]。

~~六斗减二斗，九升减八升~~。一石减八斗，大斗减八升。

40年8月打败敌人作了22个。[illegible][illegible]，从那之后敌人丢了。

敌把白秀生抓住，他把敌人的地图偷走了，我送到县政府。敌人打了整个配备，我们计划打。正打上那场好。

二三十个村子都有据点。王庄、李庄、毛庄、李庄打仗，一些地也未收获。闹清民兵，和敌人拼着掉，[illegible]一个敌人打死，他说反正我不[illegible]。

地雷知道，地雷较重时，挂响当当的[illegible]。

3件

张桂春 56岁 1937．妇救会主任

临县人[illegible]．村干部开会．闹吃窝饭、[illegible]一人为

39年 [illegible]．[illegible]的[illegible]团．向那里[illegible]

（那里[illegible]）．

[illegible]的[illegible]会生术的[illegible]。

[illegible]的有十人．[illegible]团．捆了九人．[illegible]时．[illegible]他的[illegible]用[illegible]打倒．他们[illegible]．[illegible]．结合他们的民夫．

[illegible]了三几个．[illegible]了一些．

[illegible]团约有二十人．民夫有二十多人．[illegible]一部分．[illegible]了．

[illegible] 4[illegible]岁．1938入党 [illegible]

[illegible] 46年[illegible]．[illegible]人[illegible]小组了（三人小组）．[illegible]村一起．[illegible]。三四[illegible]时[illegible]心[illegible]一个小组．这[illegible]大．[illegible]．[illegible]部队．[illegible]。

[illegible]，[illegible]她们不[illegible]她们[illegible]．[illegible]村的．[illegible]部队．他[illegible]．[illegible]民兵．[illegible]．[illegible]．[illegible]民兵[illegible]．[illegible]．[illegible]附近．人[illegible]他不[illegible]、又[illegible]．

[illegible]、[illegible]．[illegible]

贾玄来讲到这个问题

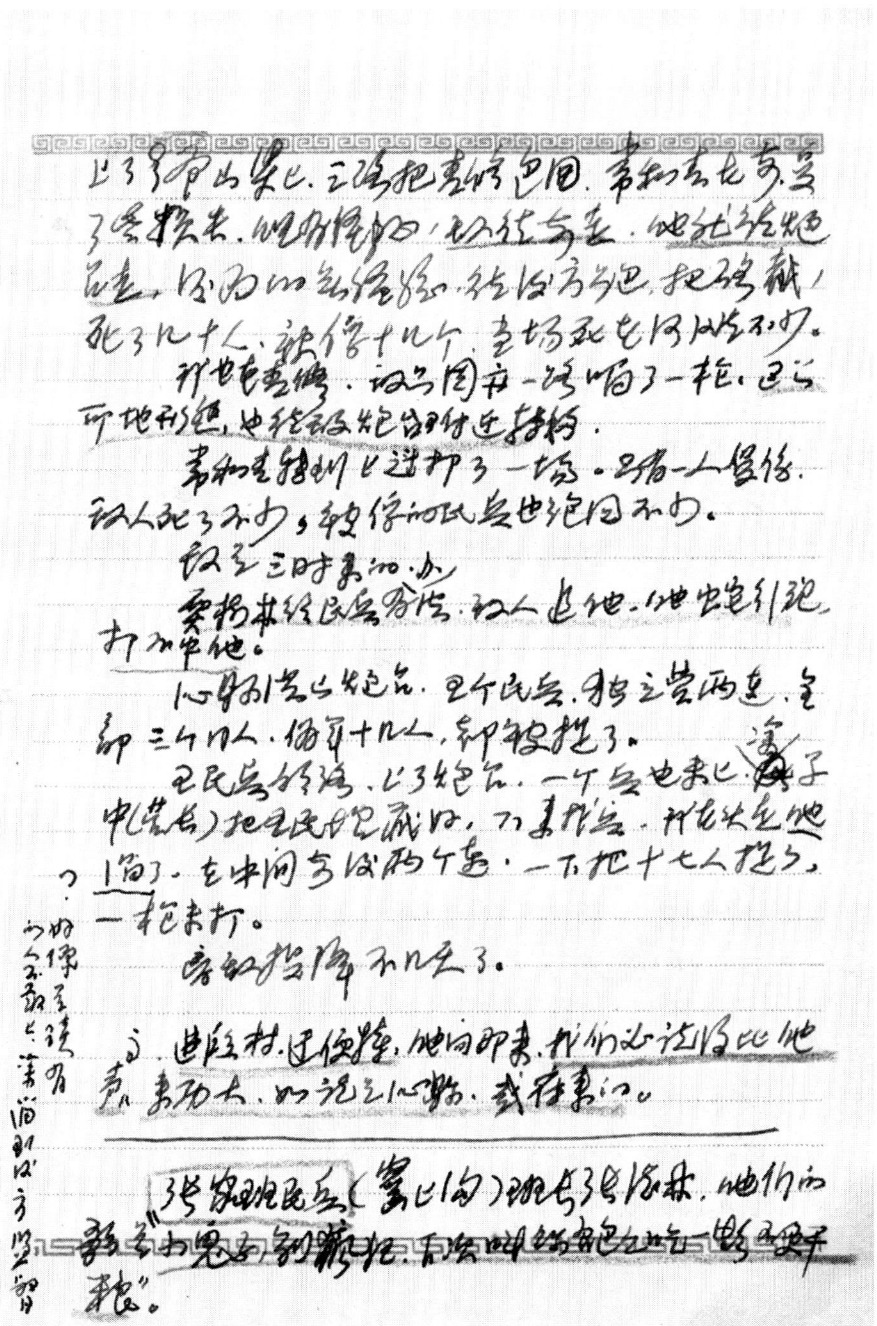
[illegible]
死了几十人，缴获十几个。[illegible]
[illegible]
敌人死了不少，我们的民兵也伤亡不少。
敌至三时未[illegible]
[illegible]
[illegible]三个民兵[illegible]全部三个[illegible]人，俘虏十几人，全部被捉了。
[illegible]
[illegible]一下把十七人捉了，一枪未打。
[illegible]投降不几天了。
[illegible]
张家[illegible]民兵（[illegible]）班长张[illegible]，他们[illegible]

成立民兵班时只八人，没有武器，只有把老掌握武术的大刀，他们指挥练，打了六土炮，请会做烟火的制火药。用铁换了百多个手榴弹地雷。

42年秋季，清早，敌从襄垣出来，张化林、李孩、青山带民兵上了南岩上，把他家向敌的路，通向山上的路全埋了地雷。晌午敌人来了，李孩用"七九"枪诱敌，敌向沟里冲，张化林指挥民兵用土枪、手榴弹、地雷，打击敌人。敌人不甘心，从红场上山坐民兵修的沟楼土岭，刚向山里又踏上了地雷，敌人伤亡八九个，抬了死伤人马退去。当到敌人再去包抄他们时，民兵早已转移。

43年敌人经过，张家现已有了七个党员，把道村的王锦云、李保和、李春法等党员也参加，成了联防。

△ 夏季收烟田的民兵活，敌在路边埋地雷，在空场上设陷阱。

张希孩等五六个人在花椒地上大西沟一带，[illegible]十来个大小敌人在这里。他们来了个齐射，有的瞄着，有的瞄准，打了好几个敌人。有个连衣不穿的鬼子，[illegible]炮楼跑，又被希孩打死了。

他们回来时，看见敌人拆了民房木料，准备拉回去。张希孩埋下了地雷，第二天果然炸死好多敌军，吓得日本人再不敢动了。

他们觉到敌人要来报复，就先收拾藏起，敌人来搜查，弄了一头猪牛，又被民兵打倒十几人，[illegible]了。

保卫秋收，在炮楼附近，只有敌人的炮楼附近的地里还不能收。他们去了，张俊林等二十多人，在碉堡下附近。分队长希孩等十几个射手在高岗上掩护。[illegible]，敌人[illegible]了。希孩在高岗上，张把敌人[illegible]的木料点着，敌人在那里开枪。张俊林[illegible]给老百姓抢收了。

二十多公里远，四里平川。

以后又抢收[illegible]平川公。

（太行卷一第四）

四月二十三日下午

王善，16岁参加革命，做保段村，以后他回段村工作，犯了错误，[illegible]到[illegible]，被敌人注意，捕了，审了七八次，用[illegible]开水，在肚皮上烫，[illegible]他们的一层皮，要[illegible]他们消息。

李玉秀同志，也被抓进去，共八人在牢中一个小窗口，用钉挖[illegible]墙，挖通[illegible]来，在城墙，爬过，八人都跑出来，跳下，王善因此穿了长绳坠下来。

牢里黑的长工[illegible]。

[illegible]出来，大[illegible]回去报告，又到三区查[illegible]。

△在[illegible]报告敌人，把三区包围，晚上投降一日半，我被[illegible]，[illegible]下好[illegible]子，同[illegible]睡，快天明四时，外边打了枪，[illegible]下来敌人，包围了三区。

我说以[illegible]上[illegible]，日投降[illegible]，[illegible]，[illegible]投降[illegible]。

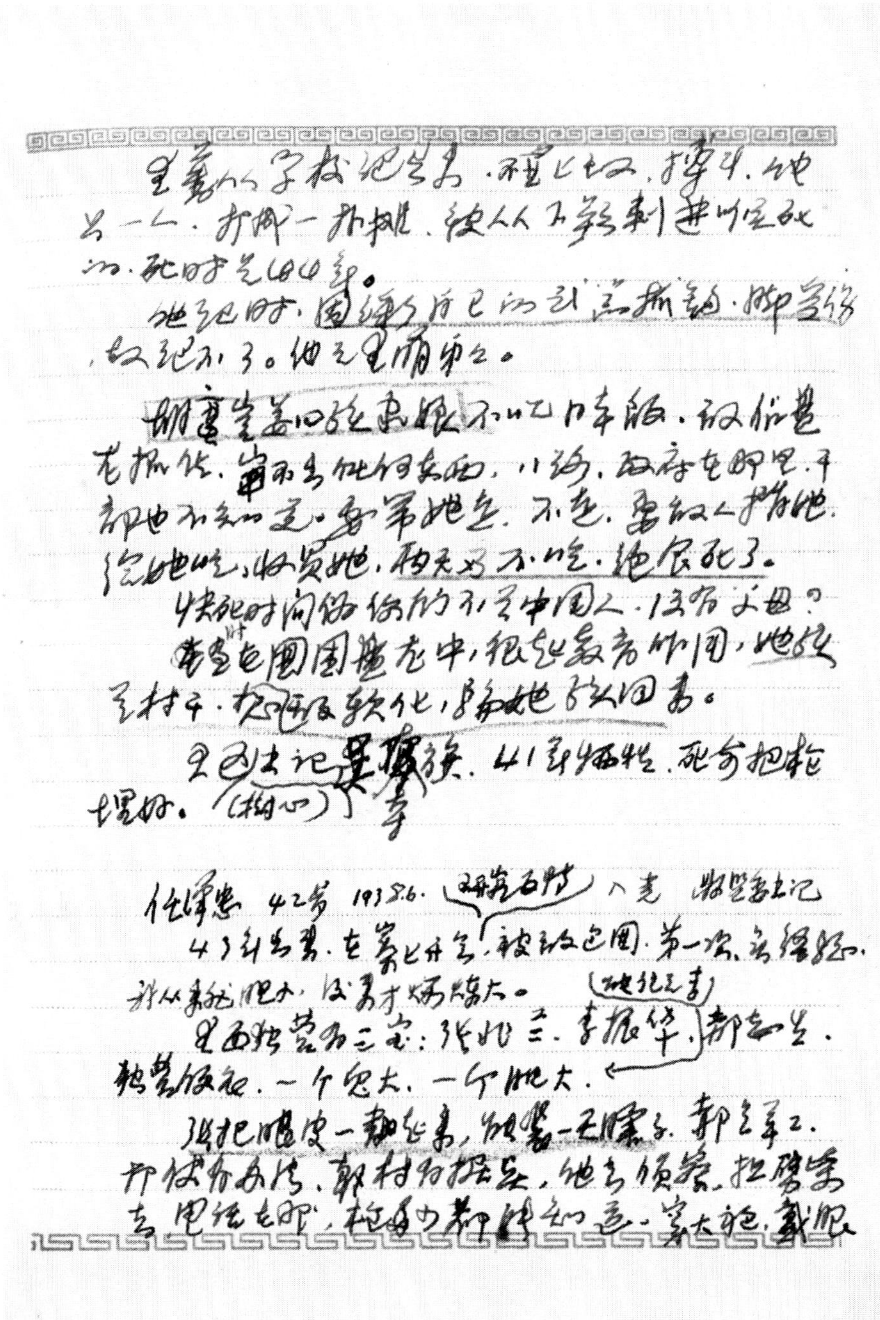

王蕙的学校纪念馆，砸上墙，撑斗，她为一人，打成一排排，使人人不能刺进心窝的，死时是18岁。

她死时，国难当头已到了最关键时，脚步等，故死不了。他是王[illegible]弟之。

胡富堂姜的地方不吃日本饭，敌伦甚走抓住，审不出任何东西，小孩，放存在哪里，干部也不知道。要审她，不去，要叫人抬她给她吃，收买她，两天两夜不吃，绝食死了。

快死时问你们你们不是中国人，没有父母？

当时包围困难在中，很少敌方的周围，她说要村干，把我的软化，使她能回来。

王国生记某某，41年牺牲，死前把枪埋好。（树心）

任得忠 42岁 1938.6.（在东石门）入党 曾当书记

43年出来，在家七升，被敌包围，第一次为经验，我从来就胆小，从那才练胆大。

王西村党有三家：张北三、李振华（她北三书）、郝玉生，抱着钱粮，一个胆大，一个胆大。

张把眼皮一翻起来，敌人一天瞎了，郝是耳工，打伏击时，郭村为据点，他去侦察，把脚步去，电话走哪，枪子也都能知道，穿大袍，戴眼

两个侦察员的胡遇好了

说，戴眼帽。

李维仁，说相声，什么都别。

张兆兰，李庚仁一起的做弹药结婚，他们吃了亏，住十几二十天，把村里干部都了解了，训了人，把三个妇女都感化了。临走说话。

有次从敌炮楼来的向东走，有些危险，中国年纪大，训中遇遇敌，他穿着白衣，提一小篮，敌发现他不是老百姓，一问，他则下跪说是太不高，但他袖中有手枪，敌人未防，却被他把枪入在胸里。那人说是决死队的（两人的作弊）把敌人情况带回来。

有次在里面，说去敌开门，向敌说是他的追了。

不久后，他回来到寨上，敌已在寨上，送训了，被抓住了，都认识（有旧警察），他说是开小差跑了，又抓回，敌又信又不信，带他走，他说不走了，敌说，你要带你们找我吧。敌带到后村为时。

第某村的村支书打仗时受了伤。敌人要杀张兆兰，说是联络员把张的衣服给村支书，敌杀了。

第某个手枪不如个撞火枪。

被抓去当苦力，也到了警备队，也很好，送个气。

他跑了，敌人机枪也打不中他。[illegible]他。

黑夜走路，不迷路，不怕冷，在半山腰跑。

郝吉生，辛庄人，他大胆打仗，果敢。4月12日在

崔家沟，他和特务队李队长，有时，[illegible]他

回村，打开了。

44年，他当县大队40团，[illegible]了回家。

他对我们很[illegible]，他一串四个，边吃边打，这[illegible]

[illegible]，你们吃吧。（移开话题，

[illegible]团长，弄了个好[illegible]，来[illegible]，被敌包围

常里去，第民总会[illegible]，已到了最一[illegible]，[illegible]

还。打殴村，[illegible]，[illegible]了个好[illegible]。

[illegible]了东西，[illegible]时，把回来了。

一个[illegible]了，我对他说。

还有三兄弟：穆伴年，四川人，大子生，穆[illegible]子，地

[illegible]。

他的[illegible]，[illegible]不净，[illegible]，[illegible]。

有次在红土山，山上不知[illegible]多少人，[illegible]

上了红土山，敌人已来了，敌人知他常在那里，

问谁是穆，他说叫穆铁地。

在地儿，被包围，[illegible]

了，[illegible]他，他[illegible]，[illegible]手[illegible]。

（一档）他死了，他个子小，叫他儿童团长。

在本村的，和民工队在出发，被包围，[illegible]了，被杀了。他为白杨大叔，他走到红土山上，他把敌人指挥机枪打第一方向，他却死了。

白天不见他，寻不到，[illegible]。[illegible]卫[illegible]太。

贾拾林，本地人。44年5月27日，被抓去，在义和井杀了很多人。

李多泉，被捕了。[illegible]回家，说是敌人死的。

宋营长（后14团长）40多岁，大个子，能打两支枪。

47年秋，第三分区一连为保卫秋收，[illegible]，但占领第一个连点。王开顺是指导员，赵元和卫生员[illegible]，[illegible]炮台，走了一天，[illegible]，掷弹筒，吓唬敌人，敌不知道多少人，[illegible]向敌报告，说走了一天八路军。

44年秋吃了败仗，在[illegible]，[illegible]包围，掉我军出去的空间来。（文件）

[illegible]，敌人在红土山，捉住母亲，[illegible]把日本人打倒山渠，她怕儿吃[illegible]，拿出切菜刀，把敌杀死。

后敌人又来把她捉住，打，跪死，又[illegible]出来，[illegible]又捉住

白天清扫

（有地）

（[illegible]儿）

段全儿母子牺牲：

她参加民兵段全儿，因患疥疮不能随队伍活动而留在家里。敌人偷袭来，母子和群众跑到山上。一日兵遇见妇女头箍着毛围巾，说是八路军才有的，取了围在脖上。又遇见一妇女也有一条，又加围在脖上，同时看见屋内还有一双手套。正要放段全儿看见。段将他拉倒，日兵挣扎。段的手又伏敌人脖子。母和她儿子坚持来。拿菜刀往敌人头上砍，连砍几刀，未砍死，把儿子的手指也砍伤。敌人得手枪砍掌了。母子正抢走，这时其他的敌人急忙赶来，段又用敌人的枪打了一枪才死。

四月二十四日下午

冯凤美 39岁 妇救主任。 40岁

开始16岁，开始组织民兵，担任女武装部长。主要给首长们（地下的妇救），已在部队。穿男衣引军。不咳嗽。穿衣服。由土13州剿匪。天还不明。一些有的把女的，全过的。我村只有我一人。共路外至宋赞兵彩霞至章七13，李月娥，我四人去干部。她们都共杨麦闪女比我大。段跨骑了男人（12个）。自卫队的：扛长枪，天天锻炼，埋伏，守哨，守碉。服从领导的。

训练几天后回村发动妇女，我家穷，12岁给许……

冯长俊访谈17
学把高娃

闺女。不在家，出去。坐娶的。家里没吃的。要不
出不来。妈叫离第米，拿不出来。熬之不富，不够自家
盐之买。回来吃不上。则大家女儿家吃上些。那
时会真苦（困难。
"打上枪，挖为的不之个好闺女，除人把
她杀了。有人说她能。
第一次民兵打靶在上庄志，那时16岁。
手巾子做革的打跑。我们去五机意。二区
的，一区家里一个辫子。她们赢得不到。光
西区给强些少垒人山（输就家的）
欢迎啦我，我们把人民花开。唱得好。
没有正式打过枪，每人三发子弹，各人打，公路
我和史晓路打。她开始十环。我一枪一环，第
二枪九环。她比我打得好。

第一次受奖
今子

（第三枪上靶不上环。）第二次则淡我宣
区。我、晓路，九盏。我了三个区的代表。
在寨镇（四人和男的）开会。
晚上睡，穿一般米然穿衣。打把区盖、背包、长
田场意，寞三花卷。这次三枪十五环。得了
支步枪（黄色枪，打三八子弹）。三条毛巾、红
绸被、铅笔。后的发弄福弹。回来拿不到了。
第前吃的，前面会枪来的。回来时别人为
我扛上。
回来，更隐便，家也放了了，一天不偷欢

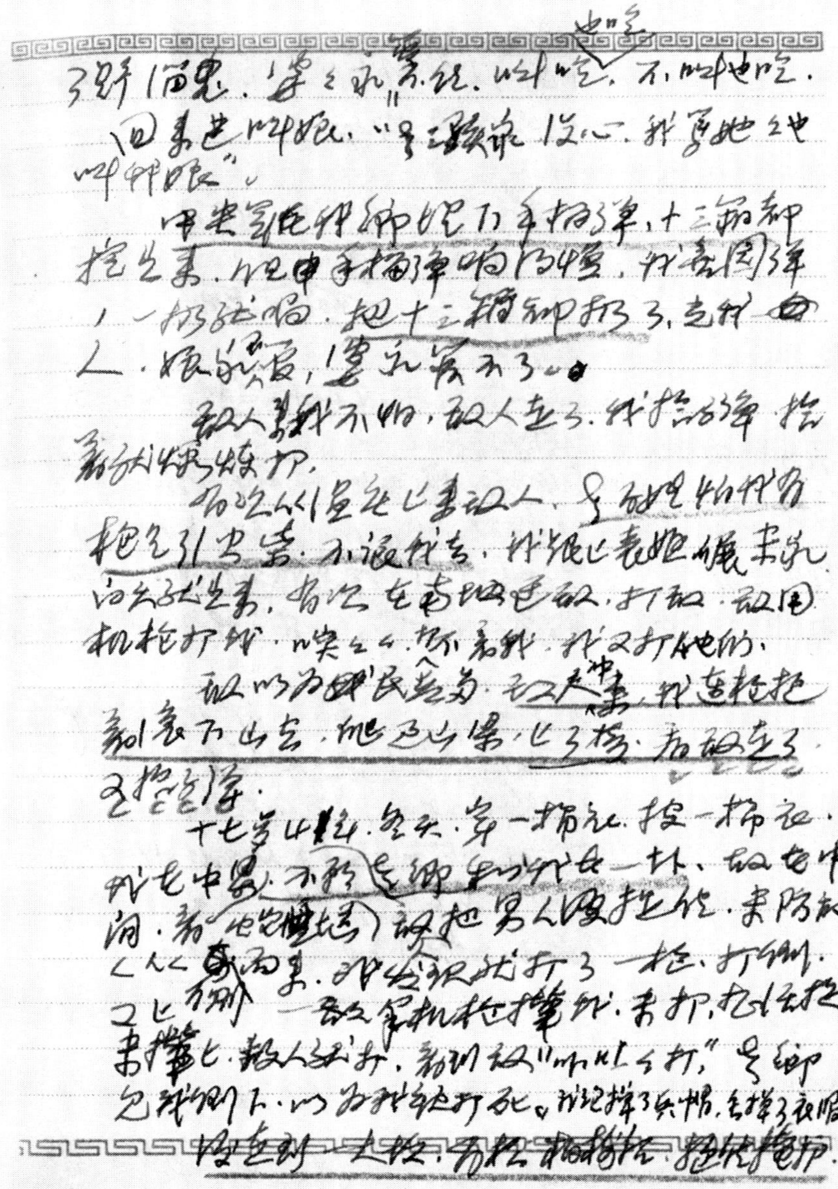
了[illegible]滑鬼，笑了不[illegible]，叫吃，也吃，不叫也吃。
回来也叫娘，"要[illegible]放心，我要她也叫叫娘"。
中农写的[illegible]妮子拿手榴弹，十三颗都拉出来，[illegible]手榴弹响的慢，我看同伴人一般就响，把十三颗都打了，[illegible]人，娘就[illegible]，[illegible]不了。
敌人来我不怕，敌人走了，我拾子弹，拾[illegible]。
有次从这边上来敌人，[illegible]我[illegible]出来，不让我去，我跟上[illegible]来，[illegible]出来，有次在[illegible]敌，打敌，敌用机枪打我，嗖嗖嗖，[illegible]我，我又打他们。
敌以为我是老百姓，走过来冲来，我连枪把[illegible]下山去，他过山[illegible]，上了坡，看敌走了，又[illegible]。
十七岁[illegible]，冬天，穿一棉衣，挎一棉衣，我在中[illegible]，不[illegible]，敌在中间，[illegible]把男人[illegible]，来防敌人人[illegible]来，我给敌就打了一枪，打倒。
又上[illegible]一敌人机枪[illegible]我，来打，[illegible]来[illegible]，敌人就打，[illegible]敌"快快打"，[illegible]我倒下，以为我被打死。我把掉了兵帽，丢掉了衣服。
[illegible]一大枝，[illegible]。

敌人打不上，又跑到小松山。敌人不撵了。
我觉得自己跑得慢，只有一天，一跑跑了十几里。
跑得心嘣嘣，心里打鼓，但不后悔。
在小松山，心不慌，因为[illegible]，那了[illegible]，
十[illegible]。

男民兵不大活动。

以后敌人出来，我们打枪送他。人说你送吧，敌人打死你。

那时是41年，随军的枪开进我村，有枪响，空枪，就去打，我跟他搞来（小机枪）看，也想打，叫我打，打过[illegible]机枪。那时还未嫁[illegible]，受人家[illegible]，一开会她就去了，人家不去。

我军区机关对我的帮助

42年反又包围一次，[illegible]，我不知道，[illegible]，敌人来了，进了院，看见一个不[illegible]，叫人二亮，我开枪打他，打中了，他[illegible]我，我冲出来，从崖上跳下跑了，[illegible]，[illegible]。[illegible]，没人了，我[illegible]出来。

乡绅劝我嫁个汉吧，我说嫁了[illegible]，嫁了不能[illegible]。

去参加妇救会了。42年秋[illegible]在大[illegible]村[illegible]，[illegible]。

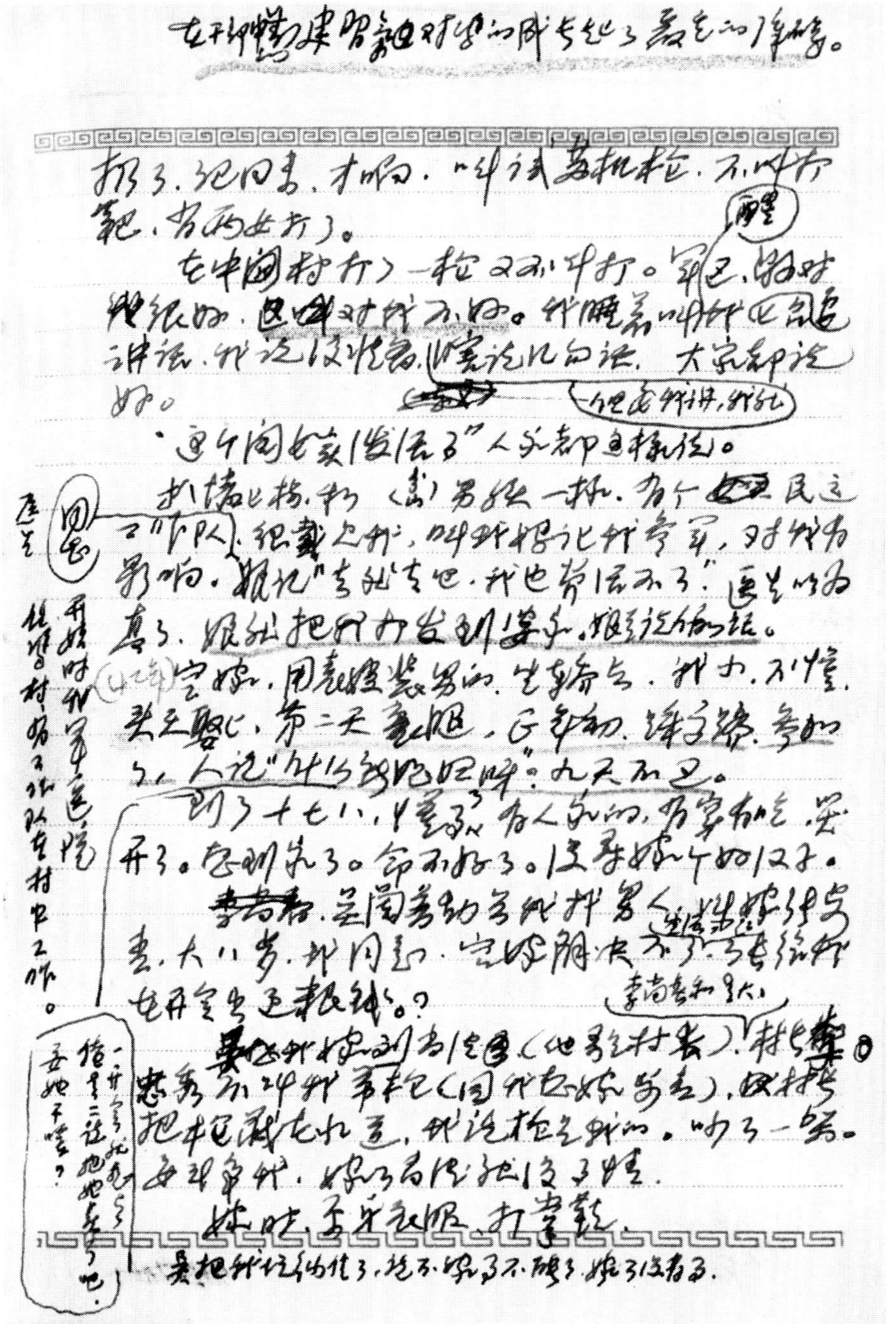

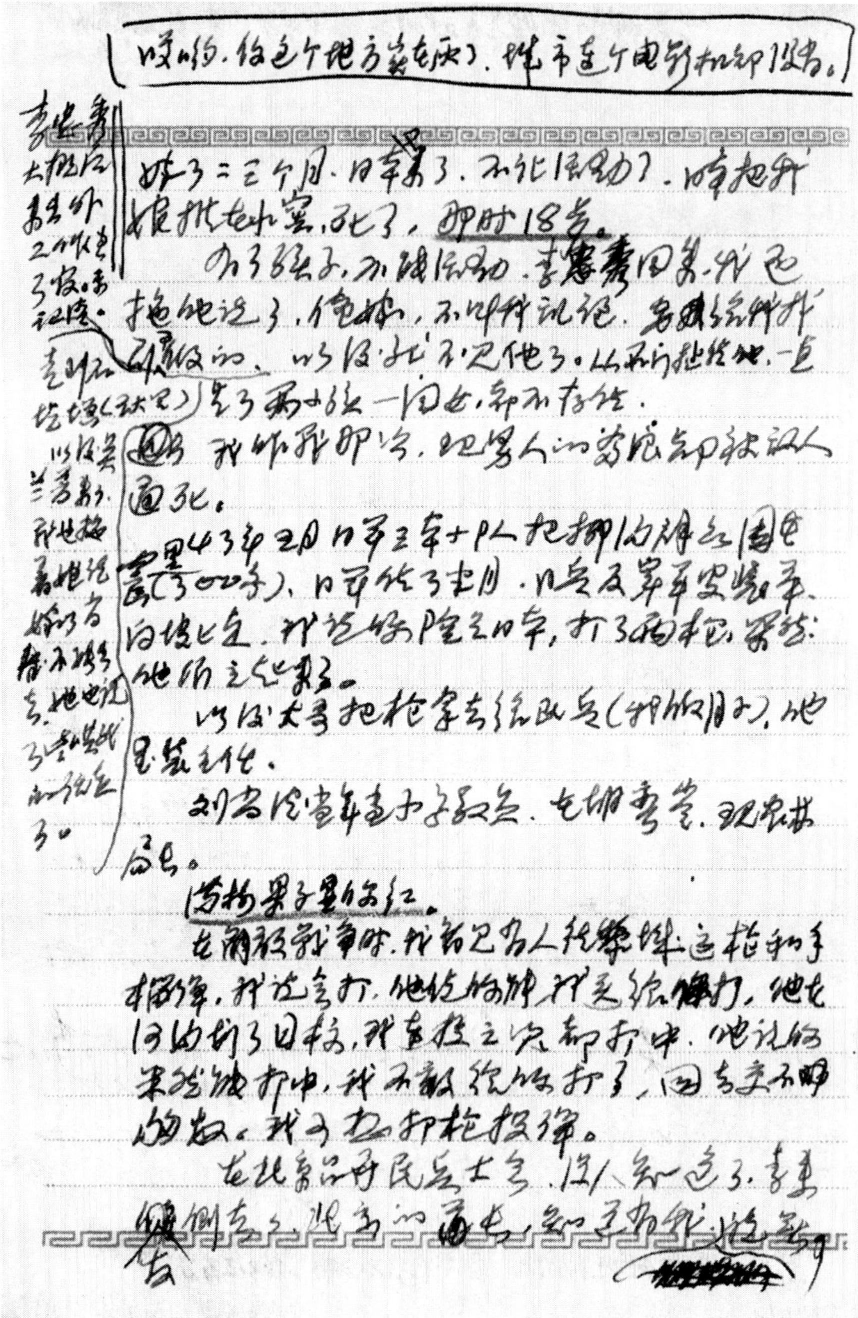

咳呦，给这个地方实在厌了。[illegible]这个电影机都没去。

李寒秀 [illegible] [illegible]

姊了二三个月，日本来了，不能活动了，婆把我娘推在水窑，死了，那时18岁。

有了孩子，不能活动，李寒秀回来，我也拖他走了，俺娘，不叫我认他。[illegible]，以后我不见他了。从那以后，一直坐了两小孩一间屋，都不存活。

[illegible] 我们那那的，把男人的[illegible]都被敌人逼死。

1943年三月日军三千多人把那的[illegible]围（里）家（3000多），日本住了半月。日兵及[illegible]安营扎寨白塔上至[illegible]，打了两枪，[illegible]他们走了。

以后大哥把枪拿去给队长（那时19岁），他是[illegible]主任。

刘青[illegible]当年[illegible]。[illegible]，现在[illegible]。

游杨果子里[illegible]红。

在解放战争时，我们[illegible]人[illegible]送枪和手榴弹，我送去打，他给的钟，我又给[illegible]打，他也同的打了日本，我每枪三次都打中。他说的[illegible]打中，我不[illegible]打了，因为[illegible]。我们[illegible]打枪投弹。

在北[illegible]民兵大会上，[illegible]李[illegible]

[illegible]

我有一个儿子，现在跟随着[illegible]工人，我常以自己的工资，帮助他，为他办[illegible]做些农活。我们夫妻二人[illegible]，什么事帮助他。不要人[illegible]，我[illegible]。[illegible]。

[illegible]也来访问。她们都学会了打手枪（半自动枪回来）。

（她谈起过去多了，哭了好几次。

她现在还在工会，在外贸公司食堂当管事员。）

郝[illegible] 43 宽嶂 [illegible]

37年16岁，成立自卫队，[illegible]二人，全村三十来人。

训练[illegible]，训练七天，当自卫队班长，[illegible]模范队，[illegible]粮[illegible]。

[illegible]（[illegible]），[illegible] 15 （我们的）当村长。村长是[illegible]队长。

[illegible]到小[illegible]村，我回宽嶂当村自卫队长。[illegible]站岗放哨，[illegible]，运粮。

40年第七十[illegible]参加百团大战，第一次[illegible]自卫队。在左权40多天[illegible]回来。

40年组织民兵。每年冬天集训，自带粮食。[illegible]训练一天，[illegible]武器，自做的地雷，用洋铁、铜丝、硫、火药，做雷管，用石头凿个洞，装黑火药。一硝二磺三木炭（柳炭），[illegible]不开。

左权[illegible]（60里）、[illegible]（40里）

水

2

敌来，把不需要的东西，拆了拉雷。每敌一百来米，都拉响，在山路上。在全县各地范围一共多枪打掩护。

云明，在全县民兵队长，可算争了人村的民兵防毒面具。

以后敌人扫荡，42—43年，民兵有武器了，不稀罕，铁雷用了。

那时民兵都是秋刀、手榴弹和红缨枪。

以后部队也要了，有了工厂，民兵有了枪，打响也不了子弹，三八、七九部队用，把敌人的，缴获了十几支步枪，更不能管用了。

每年春、夏、秋来敌来扫荡，民兵掩护群众转移了。民兵打几枪，埋着地雷，敌不敢动了。引火爆炸，他也不敢出，多少地人才敢。

我们穿的是鞋，搬山太远。敌一来就开始就得到消息，将东西起埋。但家家联络，可以掌握的是敌人。

出了魏志勇英雄，神枪手，吴二妞（吴东塘）民兵都向他们学习。都不怕雾怕风的。

王青发，地雷大王，里峪人，民兵队长，曾

造了跳雷、踏雷（挂上镰箕）、子雷（地上打打上，加上柳条）、空中吊弹雷（在树梢上拉绳，黑夜一碰就爆炸）。经常是在东西路上安雷，炸死鬼子一百二十多人，洋马四匹。敌人是反使不来的。

敌人对民兵特别怕。想个是乡开花地雷细，叫人家是地雷，干脆也称地雷。

变成自卫护。

常想他已将敌接化事。

42年秋，敌人侵入红台区，刘中村，高巴里底乡，去七年，打死日军，打死一人。用步枪十二支步枪打了一排子枪

的步枪伙

关二妹在寨山停打，不当老百姓小。

敌则藏在屋里，把她，又被打。

差二妹和高贵莲，适之相对，打走敌人

太行山的文字，挖地道，自卫队。

拉雷包。埋雷（晋冀中的大行运动）

（战争时期的小说）

设伏

任汉忠谈——

在里面有一小学，校长是党员，教导主任是团员。有天鬼子围了村，给鬼子的汉奸队包围了。校长领着学生冲出，却冲在敌人的中间，敌人把校长抓住，学生见了老师被抓住，不肯走，向敌人

和我争着

上海閔行一條街

要放回老师. 校长被捆绑. 向学生讲话. 讲坚持抗日救国. 学生们走. 学生不答应. 大家向敌人纠缠要求。叫敌人打学生. 并把校长拉出村外河沟. 学生追上去. 校长看形势对学生说. 不要怕. 要他们很好地为人民服务. 并高呼革命口号。敌把校长和教导主任逼死. 学生追上去和敌搏斗. 许多学生被敌打伤. 部分被抓去。

其中有一学生的名字也编写中央. 故有的写认为他. 说他是×人的叛逆. 他他

大骂敌人，说说笑话的笑乐，你们都是很好。

张老先生骑马和第四卫兵的主任骗我们要他把他们放走，他说到什么地方就放，放到了哪里，不见放，老先生大骂他失信。后放回部队，这老先生跑回一二十里，回到个师被袭的地方和受伤倒在那里的地方，回部队师的广告栏。

大概是三要之一，有次在执行侦察时，已到出现的庙里，敌人段村的特务队长跟来了，侦察员装着不知道，看着神像，敌人从后把两臂抓住，侦察员说别乱嚷（装着是自己人给他玩，叫敌人不注意），却从肩膀往后一枪把打中敌人喉咙。

段村敌人听到他的队长死了，全镇不少商也开门，进到山里。这个队长，是敌最得力，对人民最凶残的走狗。

有次已经有许多军民要开会的安局把三十多名俘虏押送往东，他们和群众接触多的是长者，到了X地，住在一大院的后房，却被敌探知道他们[illegible]，报告段村敌人，又派了俩俘虏告诉他的村，说敌人会来，到村外北方的X地，他们以为真，就把[illegible]

放在东北山上，大家认为丢了，就在村中买了十多斤酒，银子为纳闽人的三、四元后收回的方式等等）。当时去信银器，他们把酒喝了，就倒了睡了。

敌人来了，公安局的知道，就带中队翻下了隔山长春高山。敌人扑了空，把买酒的事情追死在村头，乘机鸣放土炮时，他当场把他们在后院的住宿。

到了天亮，敌人退了，公安局的同志他们全被俘，押寻到他们时，都还未醒。

受了这教训之后，在防去工作的，再不敢喝酒了。

某乡有个民兵干部，有次被敌抓住，敌人想把他推到一个粪池里。这个干部当敌人把他推到池边时，他大惊地喊了声哎呀，敌人以为池里被他发觉了什么，惊慌地松了手。这个干部一下把两个敌人都打下池去，他自己逃跑了，等敌人开枪时，他已逃远了。

"初岁去送××村村，现在是××村之长"是在的一个商人回印一个名片后："初岁去送某××斗行，现在是某大字号××大平字"。

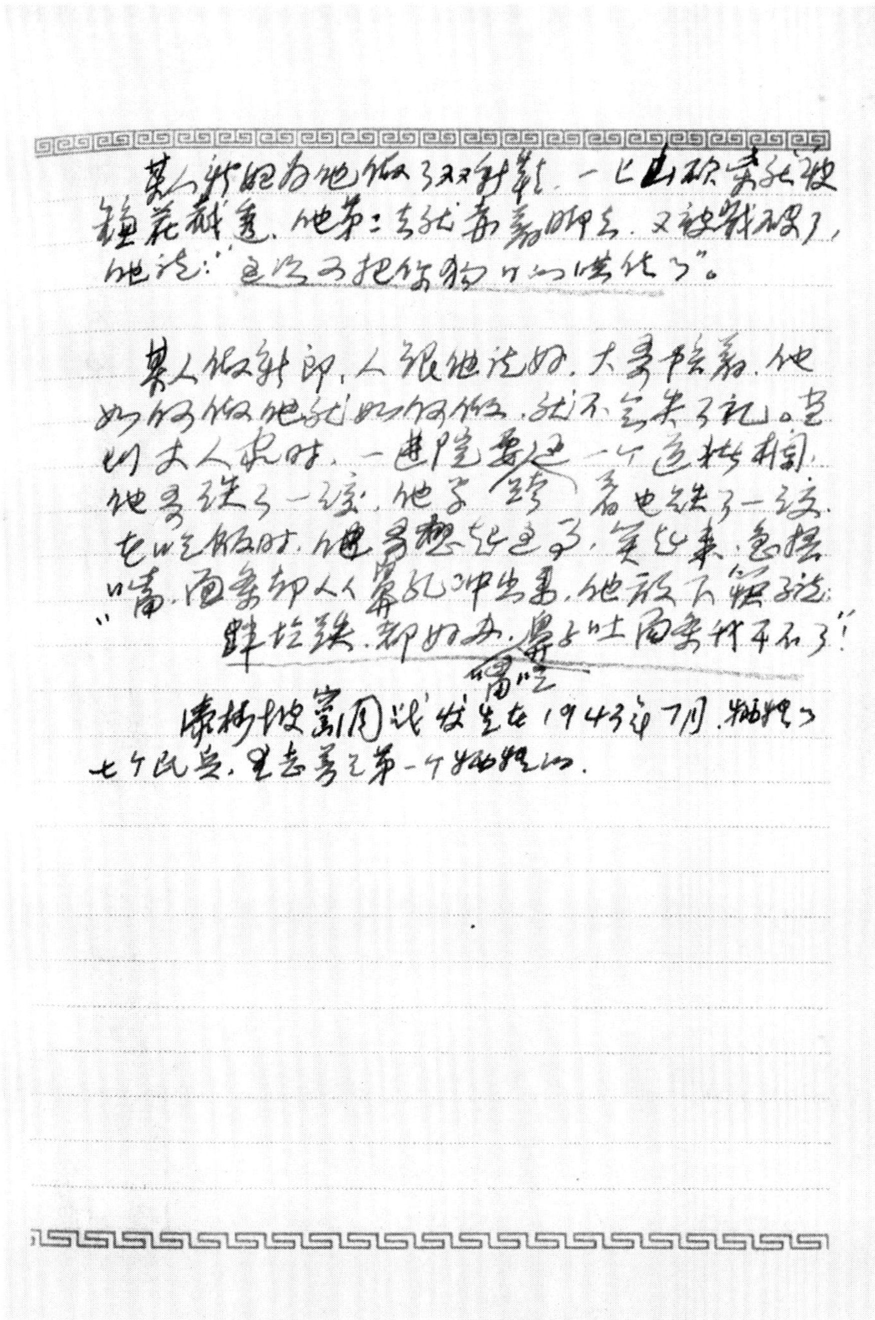

某人新妇为他做了双新鞋，一上山砍柴就被荆棘扎透，他第二次就光着脚去，又被戳破了，他说："这次可把你狗日的供住了"。

某人做新郎，人跟他说好，大哥陪着，他如何做他就如何做，就不会失了礼。于是到丈人家时，一进院要跨过一个道槛，他哥跌了一跤，他学着他哥也跌了一跤。在吃饭时，他哥想给他递了，笑起来，急捂嘴，面条却从鼻孔冲出来，他放下筷子说："蹲拉跌，都好办，鼻子吐面条我干不了！"

枣树坡突围战发生在1943年7月，牺牲了七个民兵，是志愿之第一个牺牲的。

长乐围攻，发生在1938年四月敌人从邯郸、邢台、石家庄、阳泉、榆次、太谷、沁县、屯留长治出发，主力从武乡直扑榆社，被我徐旅赶回武乡，另一旅之一团从武乡赶到榆社，又从榆社赶回武乡，与敌平行走在两个山梁上，敌未察觉。

四月十五日夜，我军到达武乡时，敌向东撤退。一二九师则以徐深吉部为右纵队，沿浊漳南岸东进，以叶成焕和汪乃贵部为左纵队沿浊漳北岸，由陈锡联以七六九团为后续纵队，沿大道进逼。徐旅以一个团集中于通过敌的路上堵击敌人。

长乐离武乡城二十华里左右，东至[illegible]里庄。

十六日上午九时，敌25旅团117联队（联队长苫米地）附骑兵辎重三千余人开始进入我军口袋。

日军开始吃饭时，我们冲锋，神速十分。

敌人被我在马庄、白草垴、里庄、型村、长乐截成数段。

十时，战斗开始。敌人[illegible]。我

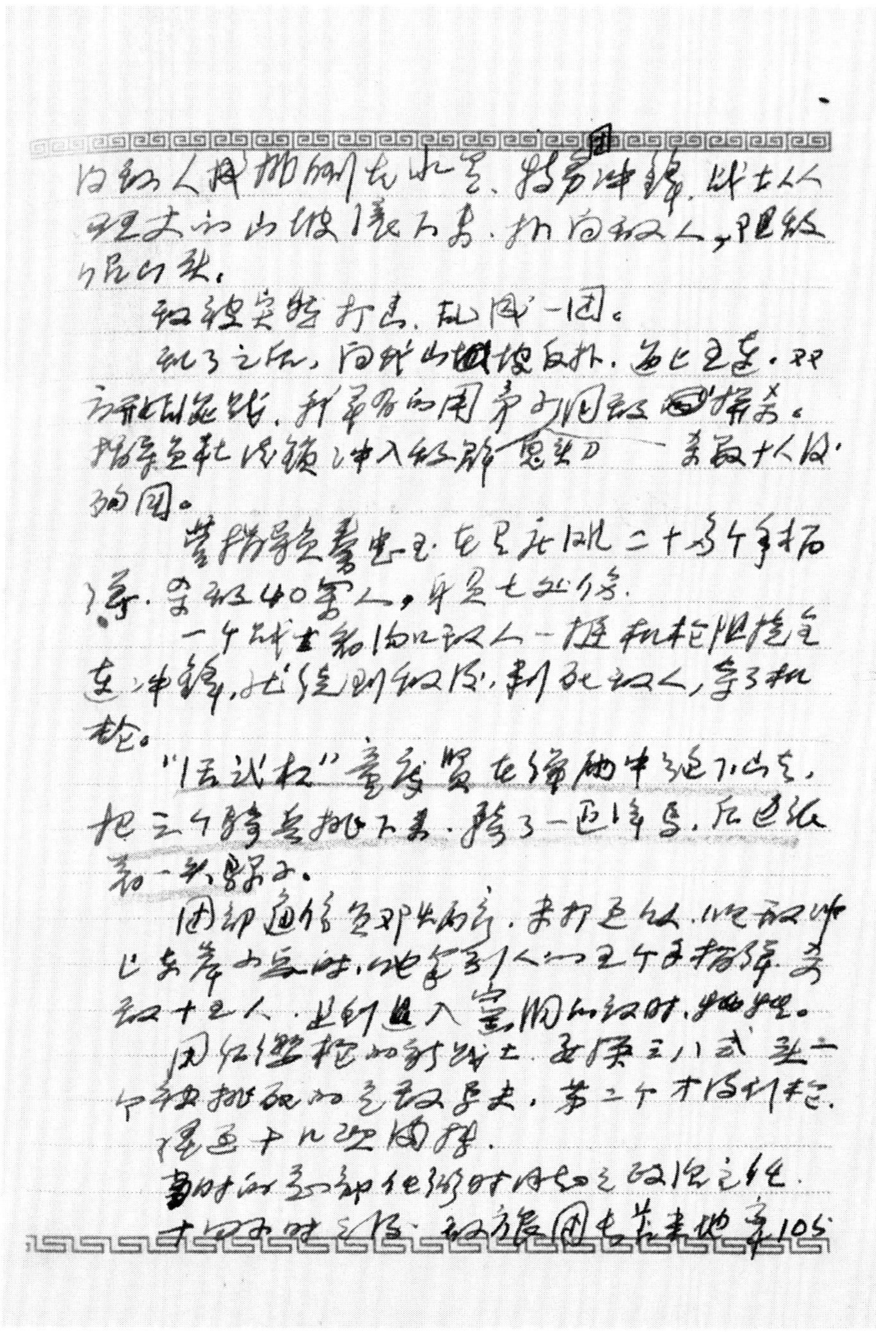
向敌人阵地侧后冲去、猛勇冲锋，此七人
迎头向山坡滚下去，打向敌人，[illegible]
[illegible]。
敌被突然打击，乱成一团。
乱了之后，向我山坡反扑，[illegible]
[illegible]
指导员[illegible]冲入敌群[illegible]
[illegible]。
[illegible]二十多个手榴弹，[illegible]40多人，[illegible]
一个战士[illegible]敌人[illegible]机枪[illegible]
[illegible]冲锋，[illegible]敌人，[illegible]机枪。
"[illegible]"[illegible]
把三个[illegible]下来，[illegible]
[illegible]
团部通信员邓[illegible]，[illegible]
[illegible]
[illegible]十[illegible]人，[illegible]
[illegible]三八式[illegible]
[illegible]第二个[illegible]
[illegible]
[illegible]
十[illegible]时[illegible]旅团长[illegible]105

工藤联队来，附骑炮辎重三千余人。和独旅在东北角打飞机。七八次冲锋把援敌歼灭。

敌尸塞满十里长的向阳沟。黄崖洞战斗。敌伤亡三千多，当夜搬尸烧了大半。缴千余步枪，百多挺机枪，全部辎重。

我也伤亡2,200余人。

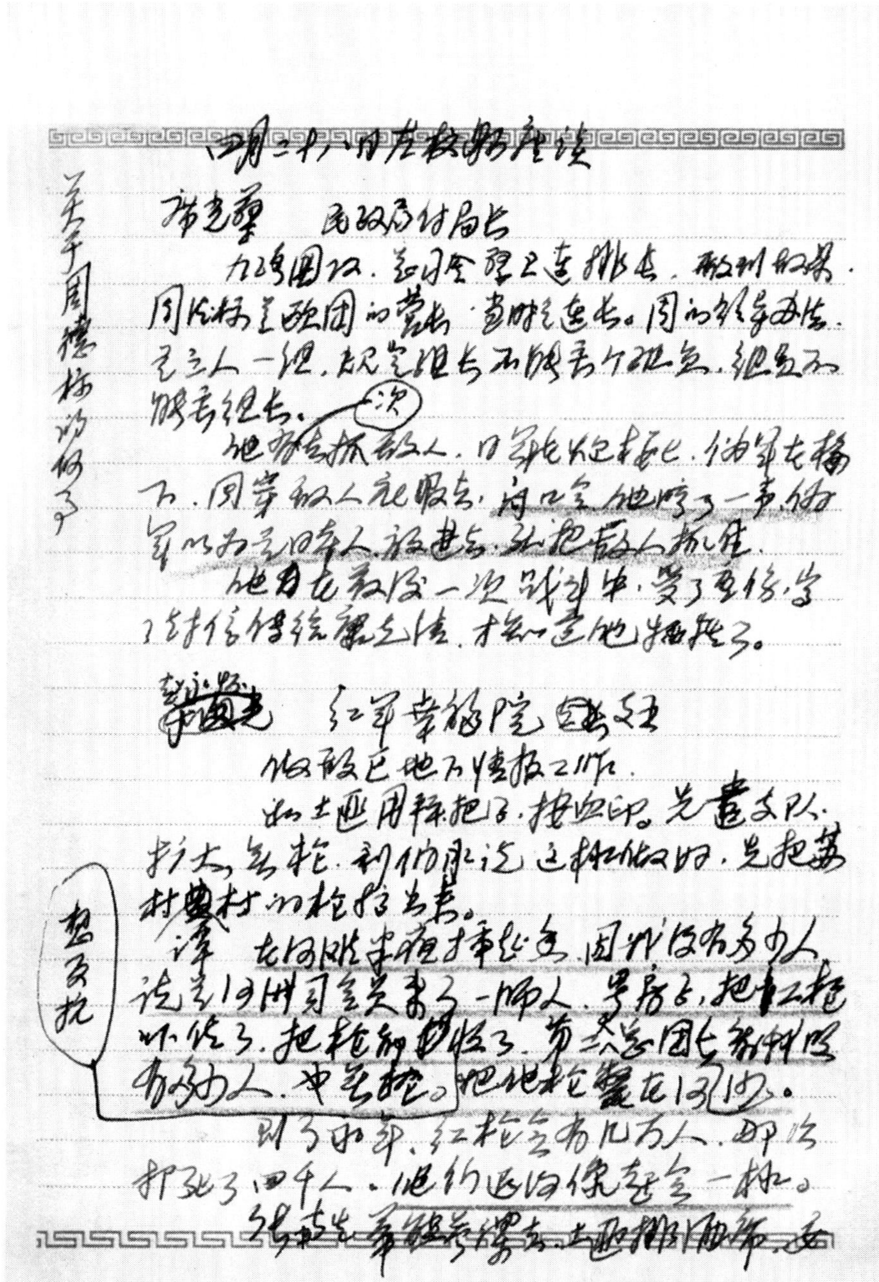

四月二十八日在[illegible]座谈

[illegible] 民政局付局长

[illegible]

红军幸福院 [illegible]

[illegible]

打死了四千人。[illegible]

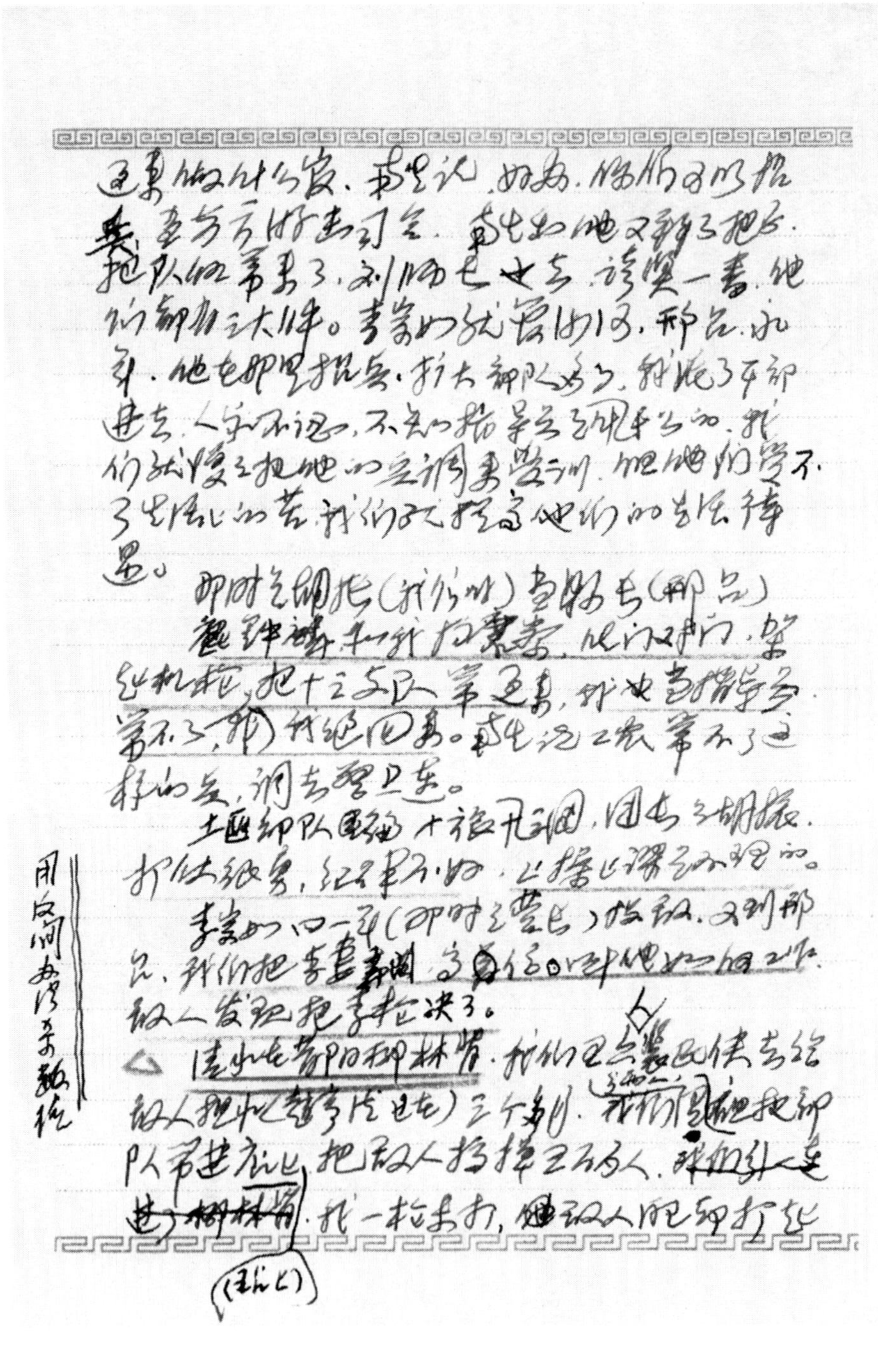

来。把回家请得也来了。

许在柳林背和的杨平轩把子，最有好，他们和杆们四人一起把敌人80来人解决。

在黄家村，敌把我抓住，拿进太原，被抓去三人，打得不象样。我有一张参谋二把进去当特务大队长，他看见不对头，就不问，来把高着放设法弄出去送回来。

△ 芦镇来，又叫我和这个张当进太原找张参谋。武工队去人，包面有几人的胡子，在阳泉一栈房，就把十来个日军和警备队都围起来，把他拉出去打死在了当地。

伪警队不忙报，当然，经常哭骂了我们。

在寿阳来说，当好自己的革命者胡，打他来一刮来，在来说就把他和几个小孩弄到，弄开他的手窝，逃回了太原。（这和刘二白谈的有出入）

第二天（?）敌不包围我们全部，那里有一家闺人就打死，把敌人大部分送到了全部，他们全部不吃，只吃山药蛋。我们拿得这个好的服装，全给毕说都吃不好，封（?）又去。

到了部队来后，又当了敌人的警卫员，在来原盖炮台。

吴三楼是敌人的中队长，大烟鬼，四十多人，拜了三个人，挟枪投奔，只三人不同意，……

……做好工作，扶着枪出来。

（左侧旁注：刘二白说：……三郎的……了游击……在厕所里……）

捆一个回来，交了给十旅团。我们又走了，敌人第二天来扫荡。

明白了一点，没学过正式军队，就学会这种本事。我们曾被五个队扫过，回来的已经知道，收了。

练习绝队长，刘比较付队长，李学贵当政委，李在道去太谷，我去中队长，章玉人。

我们出去与敌工作，二科留着。

我们也在预设解决根据公路的敌团性。首次去不挖部被当马部门没收，当时说，对，你们西边好了，又打了四百万正，有刘不挖部上报，把他们吓跑了。以后当然等研究书记学艺术解决了这个问题。

周子骏，不当子，通情报。

抓叛徒，老小孩曲等了十三天，五六天没吃东西，回来病了半年，道

张剑结婚那十三天，李空袭长水，我在队，敌接了刺案，我已爬了八三井，李把叛徒打死后，出来走了四十多里路，就不能走了。

于文光　红军朝鲜队长

敌人翻掌安鑫、柴福抢北堂司令部

有次事们做侦察工作，李县一些其事，没当年通，正式写报，收情报的。

所也在此，通信只有这信的？

连子倫　[illegible]

在李堡参加抗日高小。打仗化名河北民军，当队长宣部，主要发展特务组织。

八路军曾宋父在东黄庄，发动群众反二路军，农会会长左进之领导，开始了清算，让他们回到河北。在李堡开了次清算大会，左右，二路军收缴[illegible]来，派了个科长来。杨绣南用八路军记者出席，这次[illegible]李长春那个解放。

第二年七年，为打仗请愿。人家都知了消息，我们停下只能撤退。他们在西安了机枪。

那天正赶集，群众去叫我们包围，都怕了。把那个姓宋的去了。未成功。

民军控制了庄，过了几天，又发动群众，各自出发，儿童团也去。大队长把到范庄，这个科长在，请喝水，便山上打消息。

他们在庄住下了。我们都[illegible]各住一排。

[illegible]下去，化装成伙夫，挑担食油，调查情况回来。再清算，从河北包围八路军，但不被他们打枪。

（副总指挥）

杨秀峰那时是民军司令员，到了河北，解决了。杨和宋任劳做了冀南[illegible]主任。

在打仗时，宋哲元的部队和民军混编，河北民军，群众去叫他们楼[illegible]了楼梯。

一个排

抗战小报：左权小花戏，老唱，系宗教等。以
民歌。化装人和小丈夫的叫小花戏。
特点主要载是唱，如"妓女告状"。
抗战中，结合国内外大事宣传。
起先於明末清初，带人小秧歌服装，是男女小孩
各一人唱，有一小丑（男），暗设。一手拿纱链，女的
一手扇子，一手绸巾。内容敬神，或歌旧礼教（的内容）

正月十四是一天
社火出来数三日
二数本中生
一年四季保平安

进了大门进二门
二门著多挂三尖
新壁墙上写大字
家里出来接主人。

发展于孔家庄，渐来绝感到了戏剧性。
扮演者都是十岁以下的。
以后是十二三岁的儿童，当为（60%）
少人然闹的少人，已发展为戏剧性的，以了些是
鹽菜之"韩湘子""断桥"。民初发展到有道具
和宪为清是男女多少。为纱锣，胡琴，四弦等。
来是演出，但没有什么步伐。
民初有作开始把，穿插，戏舞编性。"送小
妹""送茶""卖扁食"等之。
一九二〇年"喜第"的扬纪把了"放风筝"
等。曲调多样多极。一九二?多到绍，比成为

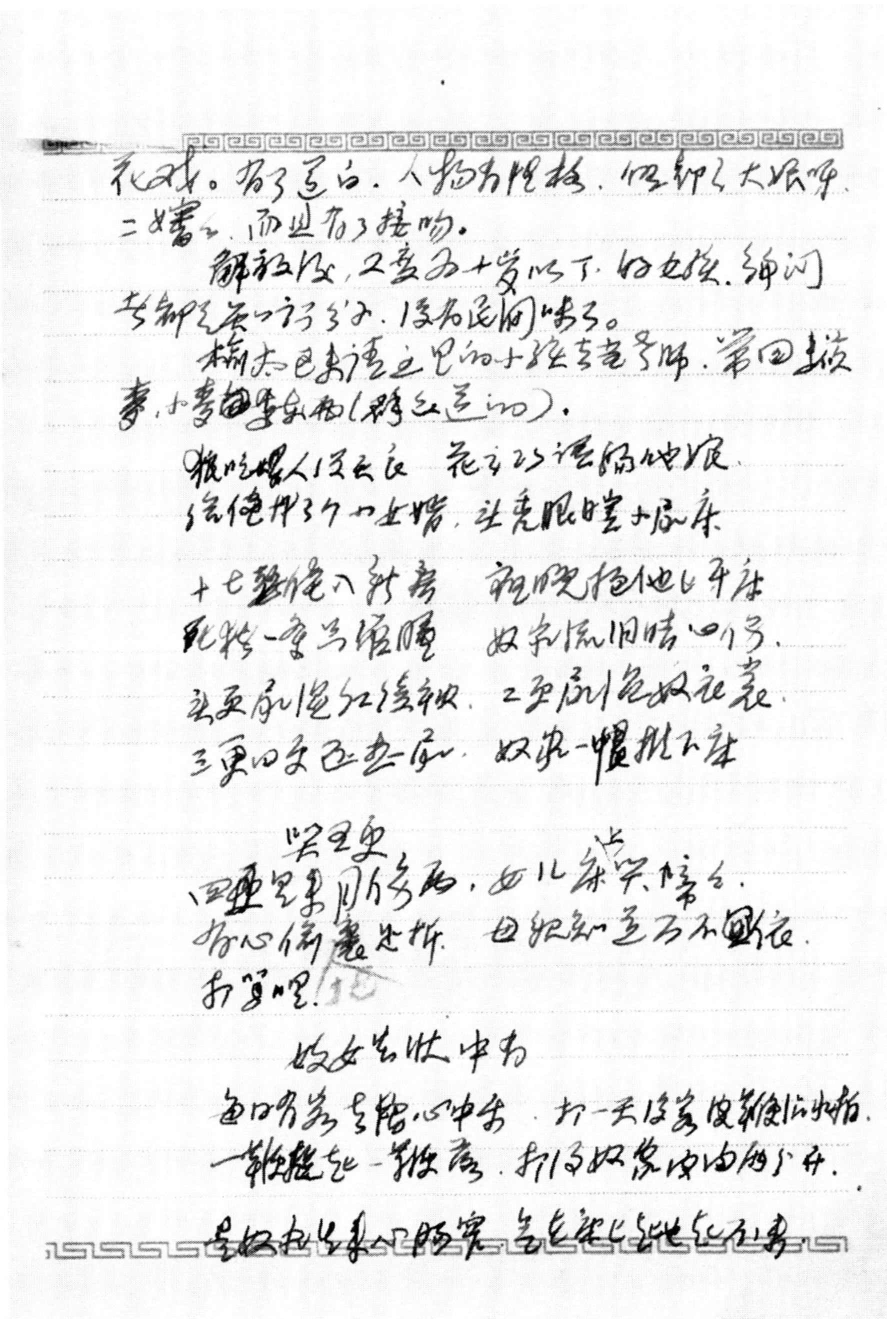
花鼓。有了道白，人物有性格，但却了大娘呀，二嫂嫂，而且有了接吻。

解放后，又要求十岁以下的女孩，编词专却是最小的了，没有民间味了。

榆社县来这里的小孩专看了师，第四集演李，小李[illegible]兰花（转江道词）。

狼吃喂人没良心　花言巧语骗她娘
给俺找了个小女婿　头秃眼瞎小尿床

十七整俺八岁哥　新婚抱他上牙床
能够一宿尿湿腰　奴家流泪暗心伤
头更尿湿红绫被　二更尿湿奴花衣
三更四更还尿床　奴家一恨推下床

哭五更

四更里来月偏西，女儿床上哭啼啼。
好心俺[illegible]走[illegible]　也不知道可不回家。
打个呀。

妇女当妆中书

每日有[illegible]陪心中去　打一天没家没鞋没[illegible]
一辈[illegible]一辈[illegible]　打得奴家[illegible]

是奴想起来心酸寒　急急忙忙[illegible]

三天没吃隔间饭、七天为绝红之了纪绵台.

男人担一担，女人端一盆
这水也长作边、小的多那迷不开迷.

这水也长作、姑々想长怀
出了一条好花 倒我佬的的头、

那々走得照鸳鸯．玉钗为整坐々行.
粉脸如一盏红．春香结话是怎々.
大丈夫一腔怨毁三分。

春々姑娘多不多．七讲脚耳四陪儿头々戴
盘々头．绑々袖 女明小鞋的衣化.
红羊锅炮々盖翻节。

山摇々开花不来来．谁能管住你妈々。
桑椹花苞你去不下去．成串花瓣等不到明.
桃花红，梨花白．翻山越岭找你的果。

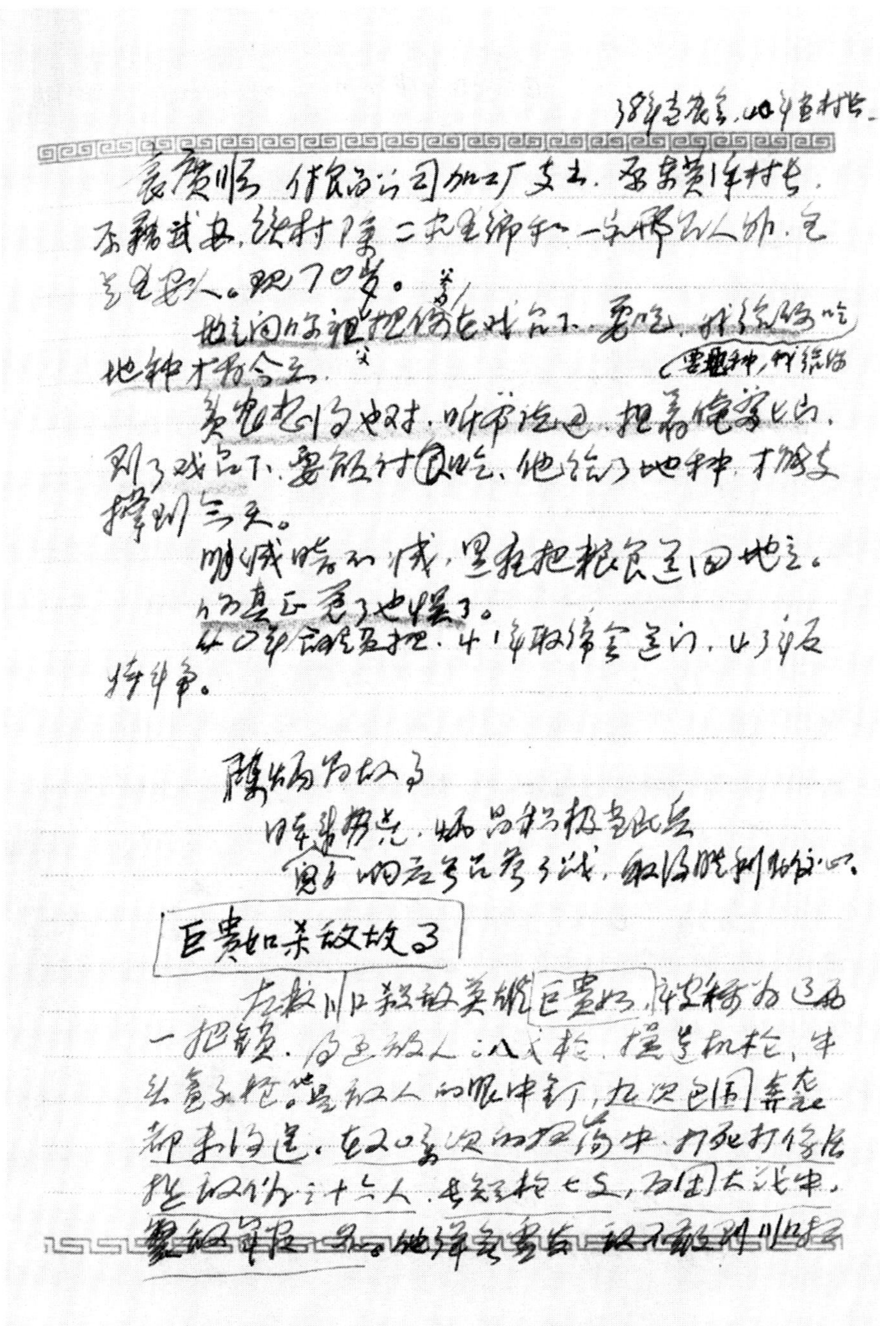
38年当农会，40年当村长。

袁广顺 供销合作社加工厂支书。原安景泽村长，东籍武安，该村除二家里乡和一家讨饭的外，全是外来人。现70岁。

他们问你祖[父]把你[爹]卖到这里了，要吃，我给你咱地种才有今天。

[illegible]

[illegible]

巨贵如兵救救了

[illegible]

正贵如兰中了敌人诈退计而牺牲。

虑。1944年四月十九日，敌寇袭击西庄，贵如率民兵在山上，打死一个领头的敌人，敌冲来又打死九人，敌诈退，贵如以为真退了，不顾毒[illegible]，追击中敌计埋伏牺牲。

他常对民兵说：不怕咱没有枪，不怕枪不好，只要多打死敌人，就能武装自己，这才是本领。咱们不能光靠政府补给武器，要自己动手。

其次，是四月天气，早晨，贵如在村东岗放哨，天还不很明，看见村西有两个黑影，他想不是敌人就是自己人，一刹那就上来四十多人，贵如断定是敌人，准备打，但想到[illegible]，可是贵如还是从土窑里跑出来一打，把敌引到村北，贵如当然有危险，这时敌已进入村心，贵如躲在一边围墙，看敌不是主力，四十多人只有十三支枪，没机枪大炮，他便带上四个人从西北沟包抄下，把[illegible]敌人赶走，贵如和民兵在附近村侦察，得知敌情，贵如不慌不忙地对大家说：咱们的机会来了，用敌人的武器武装自己。[illegible]

潜水摸敌

兵从村西南地摸出去。敌已经包围了[illegible]，已打了两枪。敌惊都跳下河去，拼命向东岸逃。此时一个[illegible]胡同口的[illegible]，向已打来。已经在河里。前[illegible]潜水到了跟前把敌刺死。拿了挺三八枪，[illegible]当夜[illegible]，[illegible]一连打了八手榴弹。敌惊慌一团。其它敌兵一齐跳下去。又拿了步枪三支。敌不知虚实，惊逃了。

后来团长亲自给他写奖状[illegible]，[illegible]他，[illegible]说：[illegible]大家[illegible]不[illegible]打手榴弹，敌不会惊慌。[illegible]自己[illegible]。后来，又[illegible]。

打了这[illegible]，他们[illegible]参加[illegible]打[illegible]，我们[illegible]不[illegible]参加[illegible]。他们[illegible]。

他们七一夜和一个上午没[illegible]，在山坡吃山药蛋，听说四个敌人和一个[illegible]从西门[illegible]，[illegible]打散的。他们不吃山药蛋了。[illegible]从井[illegible]口西。[illegible]三人[illegible]，[illegible]。大[illegible]

[illegible]

探望，不知走那里。文蛮把敌[illegible]脚踢倒在土坑下，一个白胖的鬼子[illegible]从后打文蛮，文偏枪没打，敌钻进麦地，文就进去推着敌腿，一枪把打死。得了支盒子枪，部队又喊敌人一个钻到麦地，敌纷纷向文蛮打枪，文一闪躲到跟前[illegible]，一枪打死敌人。

贵如学的傻眼，不见生力[illegible]，爬到上坡，见一坐窑，[illegible]窑[illegible]去，进去还不见，[illegible]敌[illegible]眼，利用[illegible]林，钻在小屋里，[illegible]他不理，自[illegible]人中计，[illegible]到合[illegible]，他将枪交去，敌[illegible]打中敌人左臂，贵如乃把敌捉住。

自己在东井[illegible]，包全部抓住四个日本人，[illegible][illegible]敌人还不以[illegible]机会，他悄悄向前偷走去，日也[illegible]，忽然一个日本[illegible]枪刺来，他一[illegible]，敌也[illegible]，文蛮的人[illegible]下来，敌把[illegible]，贵如上去一刀把敌刺死。

那次会来敌扫荡，他们转到九龙[illegible]自用[illegible]，[illegible]

飞夫飞行，不敢往后退，一直向西跑，得了八[illegible]好军。

敌先动的是张着，中间是群众民夫，最后是日寇。

他们连发四枪，把最前头的特务军官打倒。

用松枝打头等，一例战斗的记录。

[illegible]

陈[illegible]，是从小由是安地来到相峪村的，他俩在解放前是个长工，成了民兵（1938）开始打枪，以由政府分给了一支。他天天去练，42年二月扫荡，他在高粱地（[illegible]）十三枪，打死三个日本兵，伤四个。从此他有了信心。到今天已经，他们打死11个鬼子，[illegible]。

在抗战中，他一人打死了八个敌人，[illegible]十三人，共三十五人。

[illegible]英雄，出席四个县的群英会，得奖旗一面。

他和民兵打死敌伪军1313个，[illegible]62个，俘虏50个，[illegible]10个，[illegible]

[illegible]全国民兵代表。

号称"全旅坐哨射手"。第一次配合三八五旅长柏官寺同战打仗，得到部队表扬，奖给缴步枪二枝。他们用火药作。

张家五日

第一次，敌人扫荡长一百多天多，十二枪打死三个日寇，伤四个。又转移阵地，伤了雷路，敌进入雷区，炸死八人，他们两霸了。

群英大会受奖励，火药局得了新奖，打枪成了甲种枪手，并获太行区地雷队。

受奖荣誉后参加"特等射击能手"得一新步枪，回村任武装部主任。

42年扫荡前御，他布地雷阵（七五八架），他七枪，打死敌两人，敌中毒引出劫，他又长途中安雷，敌出去时又死一伤一。

43年春，他和县区民兵配合，去柏官寺同战52，再在打敌后尾，他打敌骑兵和张卸，又打走了敌人，数字不清，只见抬着二人回去。

掌握敌人规律性，火药作到细心的用。

地雷放在路当中，拉线时要多子弹。

三个地雷全踏响，敌当场死一人，伤四人，其余吓得急回左权城。

打得鬼子服服帖帖，插复到柏峪村。

上海中蘇友好大廈

陈炳昌等加[illegible]，[illegible]把[illegible]敌人。

日寇修了[illegible]据点，把民兵和[illegible]中打，44年6月，等中共方进犯，合击相峪，陈[illegible]等[illegible]两班，[illegible]村[illegible]出[illegible]，[illegible]敌人，[illegible]不[illegible]又[illegible]三十五名。

46年[illegible]大巴[illegible]英雄，[illegible]一面。

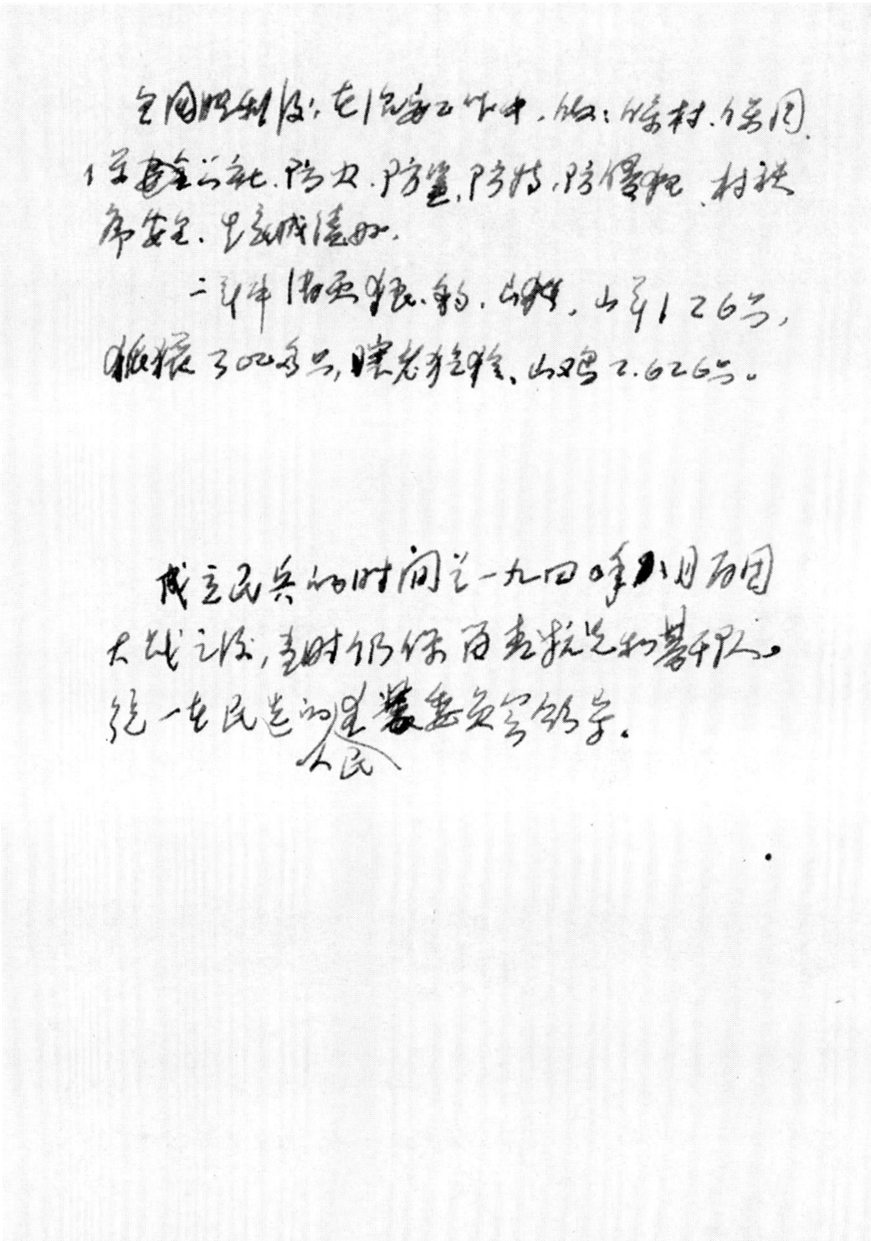

全面服务阶段：在保家工作中，做：保村、保田、保家公社、防火、防盗、防特、防偷粮，村庄安全、生产成绩好。

二、狩猎：协助打狼、豹、山猪，山羊126只，狐狼3000多只，野兔狍獐、山鸡2626只。

成立民兵的时间是一九四一年八月百团大战之后，当时仍保留着抗日和基干队。统一在民兵之内的是基干自卫队常备队。（人民）

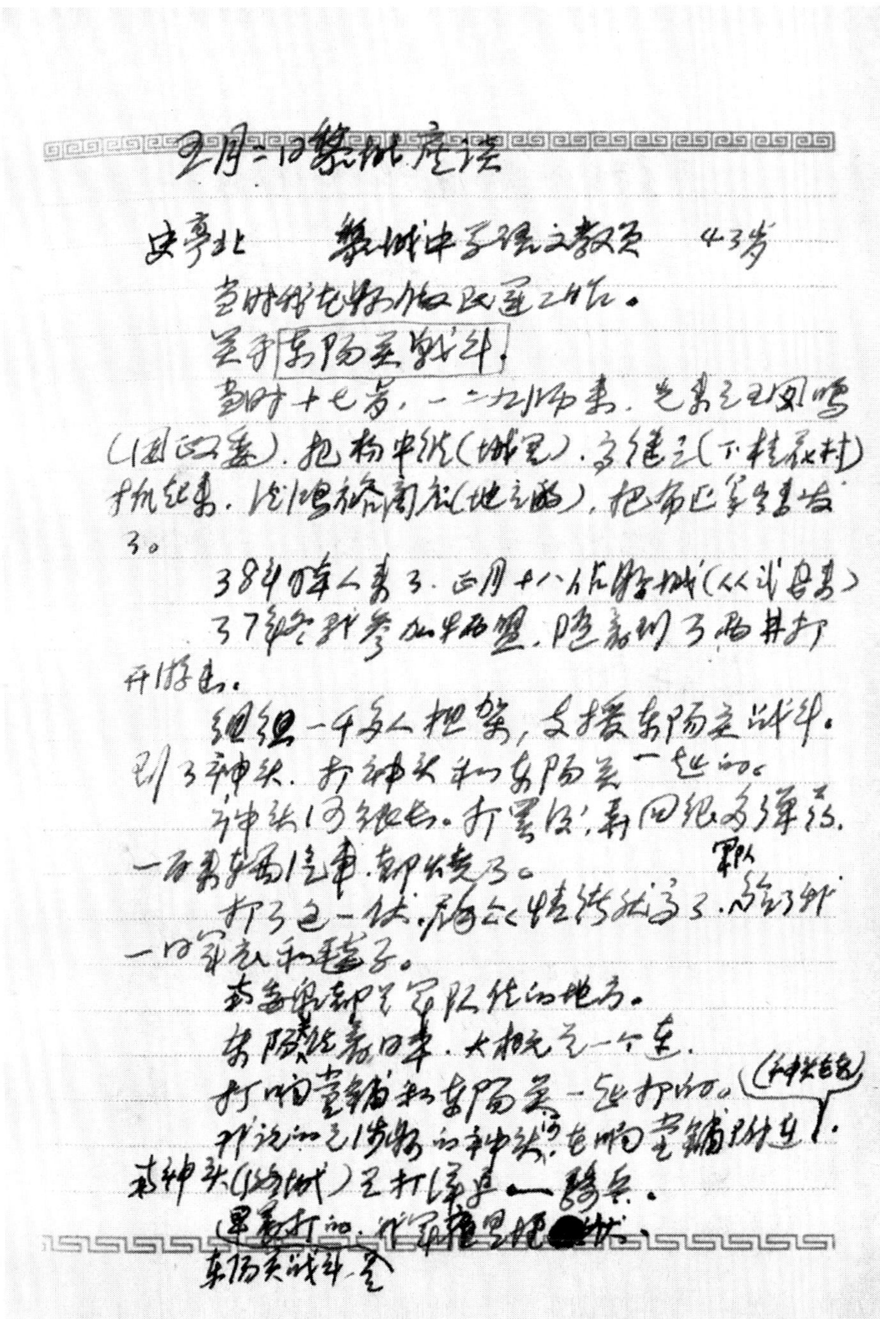

三月二日黎城座谈

史亭北　黎城中学语文教员　43岁

当时我在黎城做民运工作。

关于东阳关战斗

当时十七岁，一二九师来，先来了王凤鸣(团政委)，把杨中化(城里)，高德三(下桂花村)抓起来，把鸣梧阁(地主的)，把帝正军官害了。

38年鬼子来了，正月十八占黎城(从武安来)

37年我参加牺盟，隐蔽到了西井打开游击。

组织一千多人担架，支援东阳关战斗。到了神头，打神头和东阳关一起的。

神头河根据地。打完后，看回很多弹药，一百来辆汽车，都烧了。

打了这一仗，群众情绪就高了。[illegible]军队[illegible]一日军和鬼子。

老乡们都是军队住的地方。

东阳关在黎城东，大概是一个点。

打响堂铺和东阳关一起打的。(神头战斗)

那说的是[illegible]的神头，去响堂铺时出来神头(黎城)至打掩护一个营兵。

(最先打的，[illegible])

东阳关战斗完

我军主要用手榴弹，把敌人吓得钻在汽车底下。我军受的也损失大。

打了两个钟头。群众才说给八路军，比中央军强。从来没打过这样大的仗。

37年或38年初，住县城的四川军被日军打散了。

以前敌人扫荡，烧杀很厉害。有一井，八丈多深，填满了。有一新婚的男人，由于有新媳妇的掩护才逃出，但不知她丈夫，是新媳妇被推下，给了别人家。

都是用刀砍的，有的砍死，有的未砍死，但在井内挤死。

敌退时，把很多第二批走的群众，扔在别的井里。

王殿臣．东阳村大队副村长．56岁．

38年春，四五月，敌人包围（特务）村庄临河三里，和北面敌人联系，好几个月，那时毛主席，他会组织群众，坚持游击，掩护退却。

在花棉地里明目张胆的唱歌跳舞，精神不敢动，天黑才出来，敌人常来搜山，但找不到了，他组织发展党员，以群众为依托。

王殿臣同志的经历很有精神，他在抗日初期的艰苦斗争，又在困难环境中，坚持不屈的斗争，他在群众中坚持党的领导。

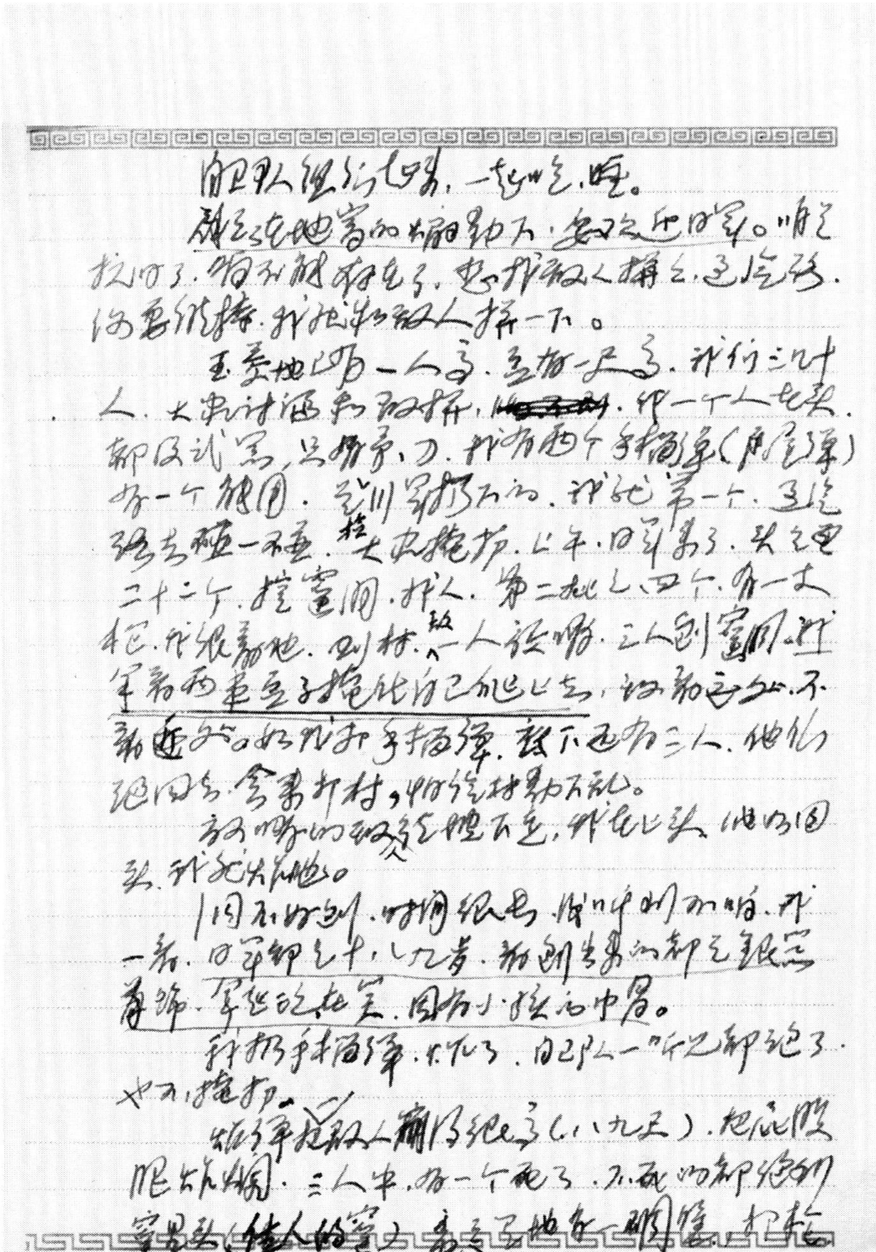

来介绍，我老乡喊"你坏"，一敌人出来了，要跑，但死了。又喊叫一会，又出来一个，把衣服全脱，手被打断了，身腰也受伤，出来就跑，第二次又死了（冷半日地）。

自卫队跑出三里地，又跑回来了，以为我被敌捕走了。其实我还在，我说咱一块下，敌都死了，各人在家里。

这些敌人约四百二十二人，所见都跑了，我们防备他们。我们一些人，扑在院中跑了。我们就快拿枪跑，但回来，敌人来了，他用刺刀追我，王大给拿起一下，又用脚踩，又一把，拖出来拿，用手捏住，把自己弄去一会，敌来了，就打机枪。

缴这次弄了一枝枪，三把刺刀，三排子弹，等。

破道归长太山的[illegible]，干部都知道了。到晚第二天夜里，把枪留下，只给了几颗手榴弹，不管怎么都可以，[illegible]。

日寇想在四十点，不敢打安阳村。

""逃了，都害怕，近了，民兵看见，知道他出来，不害怕。

把它搞回去（第二次来我们），[illegible]。

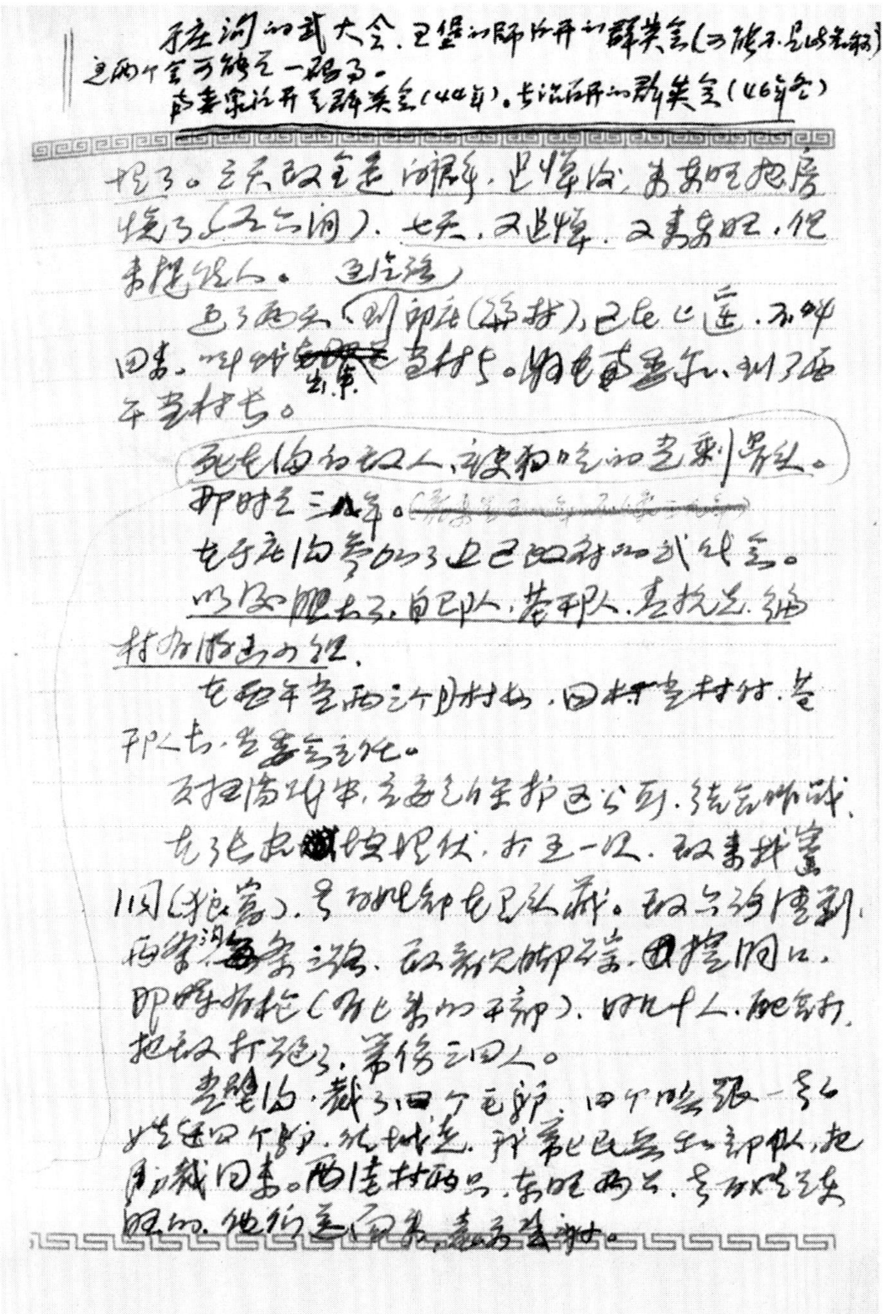

[illegible]长[illegible]个日子。第一部，我们打下来，但是[illegible]，我不到[illegible]，自己村[illegible]来。

[illegible]张学[illegible]，[illegible]，又是[illegible]地理伏（[illegible]四十多[illegible]地），用人[illegible]八[illegible]，[illegible]，叫我们下来，[illegible]我们[illegible]山上[illegible]，[illegible]。

第一次受冤屈

△ 因为[illegible]出名，地富分子[illegible]我，然后开宣传，说我[illegible]了十[illegible]。张[illegible]？还找我谈过一次，张不相信我们[illegible]（打不我。）

因花了钱买了枪，要了个[illegible]。[illegible]了十[illegible]。

第二次打，是高卦道，他们拿[illegible]了旧枪。我掌握了民兵。

[illegible]高卦道，不参加[illegible]，[illegible]人，[illegible]了旧枪。

高[illegible]王[illegible]的枝[illegible]第二次发[illegible]

说民兵打了村长，又把我[illegible]。[illegible]，[illegible]打枪，[illegible]

[illegible]委员和通信中县[illegible]部的[illegible]
可以说是[illegible]活动的[illegible]委员、县长。

把他打。

这人是[illegible]指挥人的。我不管三七二十一把他判了半年徒刑。

第三次，是[illegible]村长在[illegible]，又组织[illegible]到这[illegible]，说我[illegible]。把人[illegible]出院就死了。这人[illegible]。

[illegible]又把我[illegible]，我说，我[illegible]他，只要他[illegible]（他[illegible]）。[illegible]又不[illegible]，以[illegible]把[illegible]村长[illegible]指挥。

第三次[illegible]

"[illegible]团结[illegible]"[illegible]
"[illegible]团结[illegible]" 王[illegible]

新一旅[illegible]团[illegible]（村里）[illegible]人。[illegible]一个人[illegible]，[illegible]很多人[illegible]，[illegible]一[illegible]很多人[illegible]一[illegible]，[illegible]我们[illegible]二团[illegible]，第二天，二团[illegible]

[illegible]

禁城就能看到这个碑，规模很大，有人，有人的那很多了。经常做志物的多数机关，拿取说叙，致攀爬苦苦多“鱼子象插”

有，侦察追上，被子弹了，人跑了。以那些去了的我军，当我村的，也有外村。

由于这样的才知道，（孙殿）为保他们安全。

当时是[redacted]这个地方，隐蔽之总部。

“让我在这里大意，然后这人就离地”飞往长治的时候的口号。

敌后获高级军之后，返回当员不知道的人很长治投敌，口号响了：

康礼耕　坚壹书记　60岁

康家贵出身贫农家庭，工人（石匠），父亲也是石匠，今年已53岁，兄是工人，他是长子。二弟做长工，三弟给了别人。

从小时跟父亲学手艺，修补山的石窑，是喝我们的头的雨。

他38年入党，在区上做过不脱产的干部。

两社联人，担任七里营指导员（40年—41年）

43到40年，就担任满三四个月。那是过去开会，说敌人扫荡，备战，当时就在长治。

我村有炸一旅，北社一带，临了六七个村。有一百多万十斤的炮弹，我们村，队伍要去拉炮弹运输，三里路个，三五堆，有不同三大房窑（北岸山），研究把炮弹搬到那里，运往后方炮弹，到平顺县各个干部，大部分都……

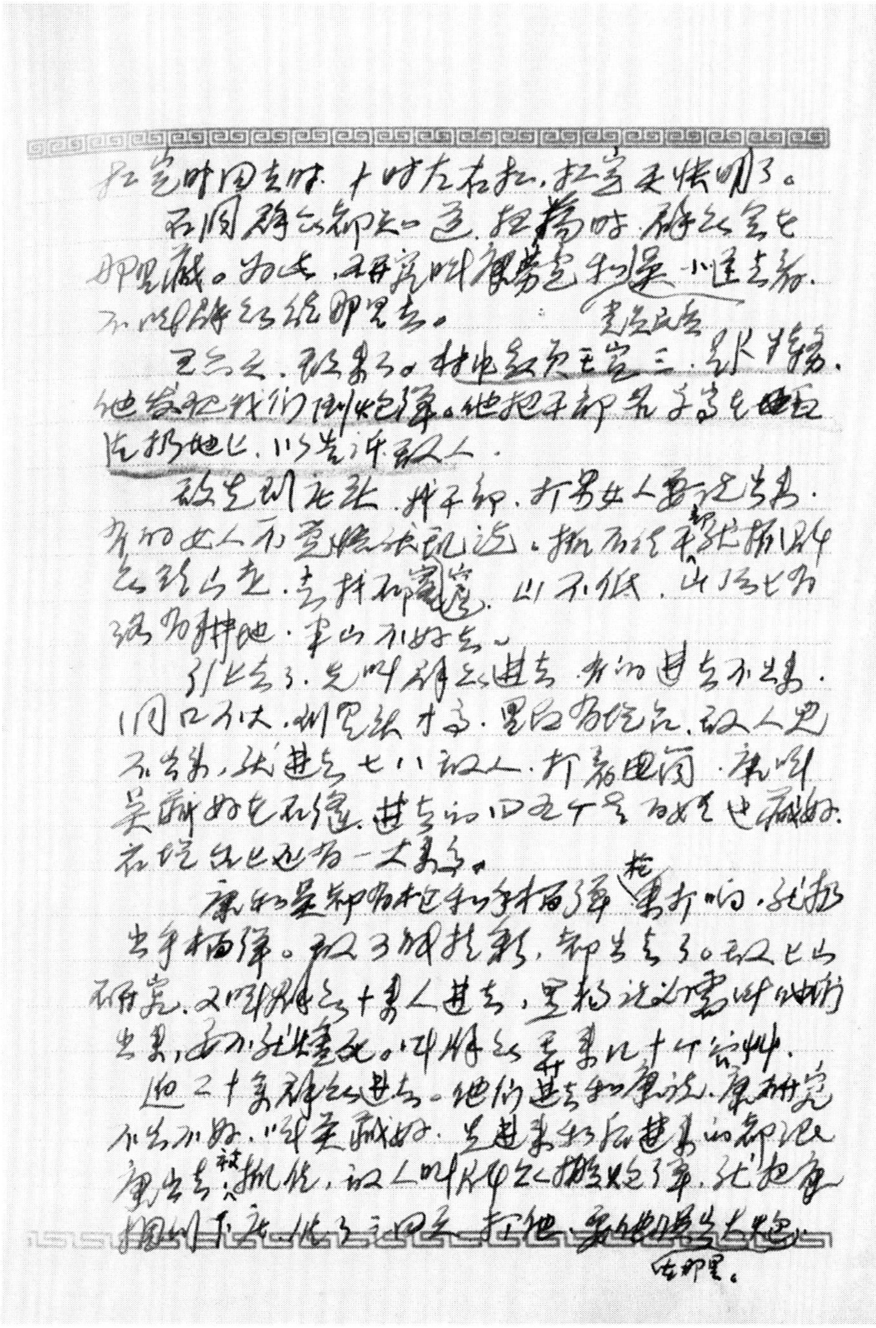

扫荡时回去时，十时左右扫，扫荡更快明了。

石门群众都知道，扫荡时，群众会包那里藏。为此，敌寇叫康秀和吴小注去看，不叫群众说那里去。

王三元：敌来了。村中敌人王宝三，张峰，他给我们倒炮弹。他把子弹装了子弹包，后来把他杀了，以告诉敌人。

敌来到石门张子卿，打骂女人要说出来，她们女人不管怎么说也不说。敌人扫荡时扫到那里，去林和窑。山不低，山上也有地方种地，来山不好去。

张长有了：先叫群众进去，她们进去不出来。洞口不大，洞里很大。里面有炕，敌人也不出来，就进去七八个敌人，打着电筒。康叫吴藏好也不行。进去的四五个老百姓也藏好，在炕后也有一大家子。

康和吴都有枪和手榴弹。枪里打响，就扔出手榴弹。敌人了就打死，都出去了。敌人也不研究，又叫群众十来人进去，里面说叫他们出来，要不就烧死。叫群众弄来几十斤谷草。

约二十多群众进去。他们进去和康说，康研究不出不好，叫吴藏好。先出来和后进来的都说，康出去被抓住，敌人叫他们搬炮弹。就把康捆到下边，他了一回来，打他，要他的出大炮。

他那里。

先用皮鞭打，第二又用老虎凳、抓村长，让村长去叫王。香芝去康家、叫西孔破窑。康不我村干，说不知道，就去叫王的亲戚。他又去端老爷烟斗。敌人气得当东西，把老爷点了，烧死了。她得些东西不去叫王，把老婆也不要了，在破窑里，她去到当大炮，则我就有西孔破窑，有一破屋，什么都打了，老猪的孩子的把钱米干都打了，小全虫都打了。

弄不出什么，又打劳芝，连鞋都打烂了，又弄回下庄。

我村坟有六七丈深的大沟，有桥，劳芝当时受刑不过了，跳下，把腿跌折了。敌人打发队伍抬上来，抬在头口上，缺到下庄，叫队伍们打他，他还不说，把耳、鼻都割了（一耳还在着），他还不说有干部在这。

第四天敌去退时，在下庄村西场上砍了头。

敌退后，我们去把尸首抬回，这是亲七八个他，知道，买上好棺材，开追悼会，他妈气瞎了，这是决定给烈属优待。她才死了二三年。

劳死时三十三岁，未结婚，一般个儿，五尺左右。

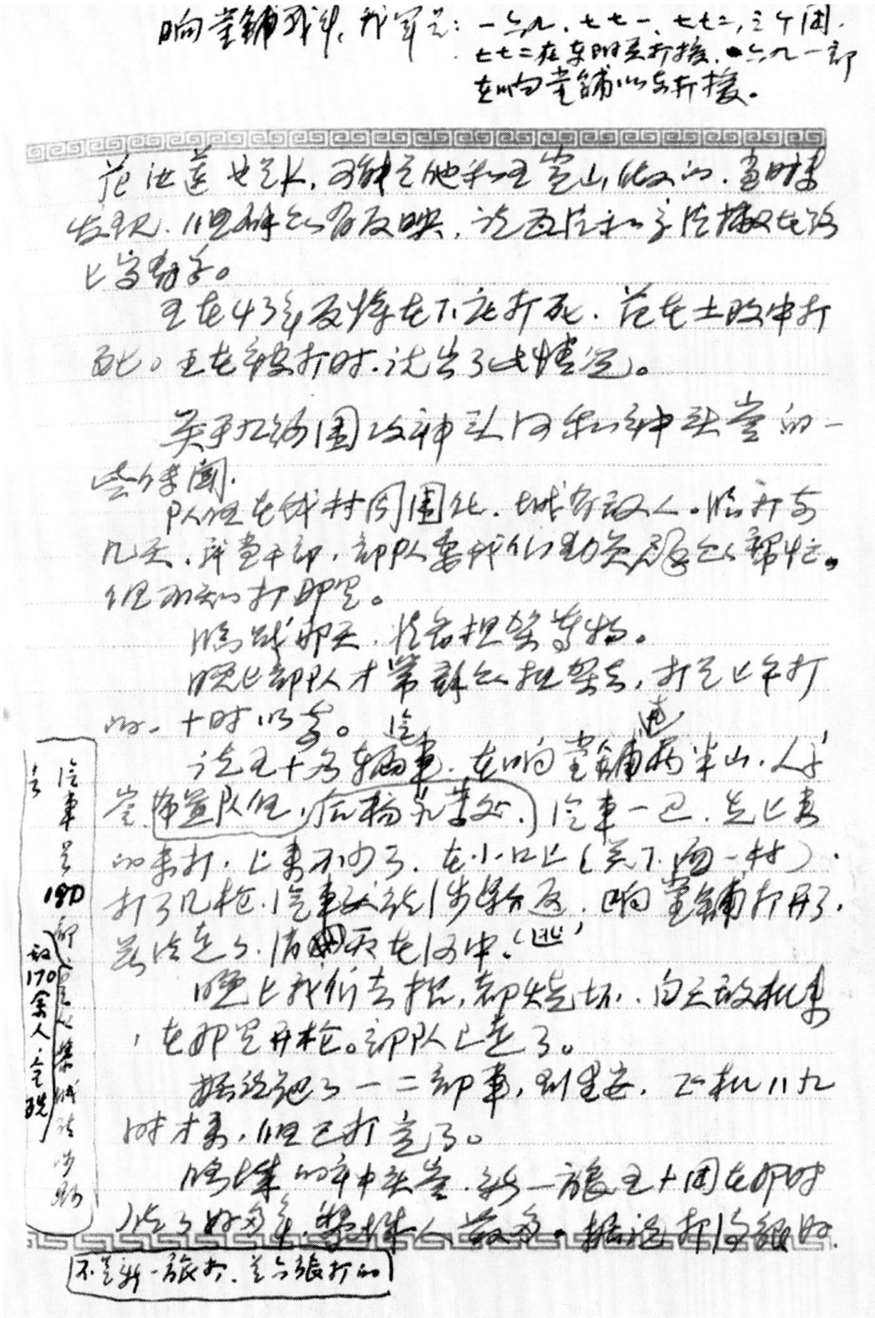

响堂铺战斗，我军是：一二九、七七一、七七二，三个团。七七二在东阳关打援，一二九一部在响堂铺以东打援。

[illegible]

关于九[illegible]团以神头岭和响堂铺的一些情况。

队伍在[illegible]村附近住，[illegible]敌人。临开前几天，[illegible]，部队要我们[illegible]部队[illegible]。组织[illegible]打伏击。

临战那天，[illegible]担架[illegible]。

晚上部队才带[illegible]担架去，打完以后打扫[illegible]，十时以后。

说是七十多辆车，在响堂铺前半山，[illegible]。说车一已[illegible]。在小[illegible]（[illegible]一村），打了几枪，[illegible]。响堂铺打开了，[illegible]。

晚上我们去[illegible]，[illegible]，[illegible]开枪。部队上去了。

据说烧了一二部车，[illegible]。飞机八九时才来，但已打完了。

响堂铺的[illegible]。[illegible]一旅[illegible]，[illegible]。据说[illegible]。

说车是180部[illegible]

敌170余人，全歼

不是打一旅[illegible]，是[illegible]打的

拿到一二百元津贴，弹药很多。

34.35年，我在东阳关做秘密工作，只有两个人，由政府保护，里应外人学卫，保护送他们的烽火。他们熟悉那地方，能画出画地形。国民外国人，把张部长看好。

平顺的猴梯关

战争时期是三区，现属阳高公社。

高比登，现在修建6万瓩的，是最大的水电站，在候壁沟口（即猴梯山沟），已筑成拦河大坝。坝顶可通行人。过去到这里就方便了。现在虽然不是风期，从坝顶走过，还觉着大雨飞溅。甚是气派（去三纵队路过，百团大战时发动群众上岩上（岩已迁邯郸）。

文化大革命中捣毁宣传的个，致残中的一个。

一九四二年春季扫荡，我曾在侯家庄住过，那屋后边还会空地，现是小学，有大门楼，额"庸家春第"四字，字迹苍劲。

过洞，有侯壁，田庄，侯家庄，壶关庄，柳树岩共四个村。（回满头）

从阳高到田庄八里，到柳树岩十五里，从柳树岩到梯跟三里。梯根有碑，上

叫"北大路"、"南大梯"。大路即大狼梯，大梯即小狼梯。其实本书都叫"大梯"（即大路）"小梯"（即小狼梯）

小狼梯从山下到梯顶二里，大狼梯从山下到梯顶三里。大狼梯顶，沿山西去就和小狼梯会路，叫喜虹梯关。

大小梯都是车（约三四里路），顺往石城，隔着高西的大路，说有了石城，隔了，到隔城就要走路，已不利用了，城墙很高，过大梯下即被山羊踩下的乱石填塞。

大梯顶上刻有"李公道"，是民国之初的平顺县知事修路时立的。

小梯顶有清代嘉庆年间的两面筑路碑。小梯前面有修路碑，路是沿山崖陡壁的凿岩修成的。因而很难走，上是陡岩，下是深壑，路很窄，两人并列不可过，只容一人。

大梯可走牲口。

大梯是从卧龙山的夹谷修成。最大的大梯层足有三四米，因是在峡谷中，不那惊人。

两梯长约四里，即使如此很高，也很难登攀。

【鸿峰神头岭战斗】发生在1938年2月15日。据当时同来在魏同志说（当时二十岁，另一个当时十四岁） 此材料是在神头讲的。

神头岭是横贯长大路经过的一个长土岭

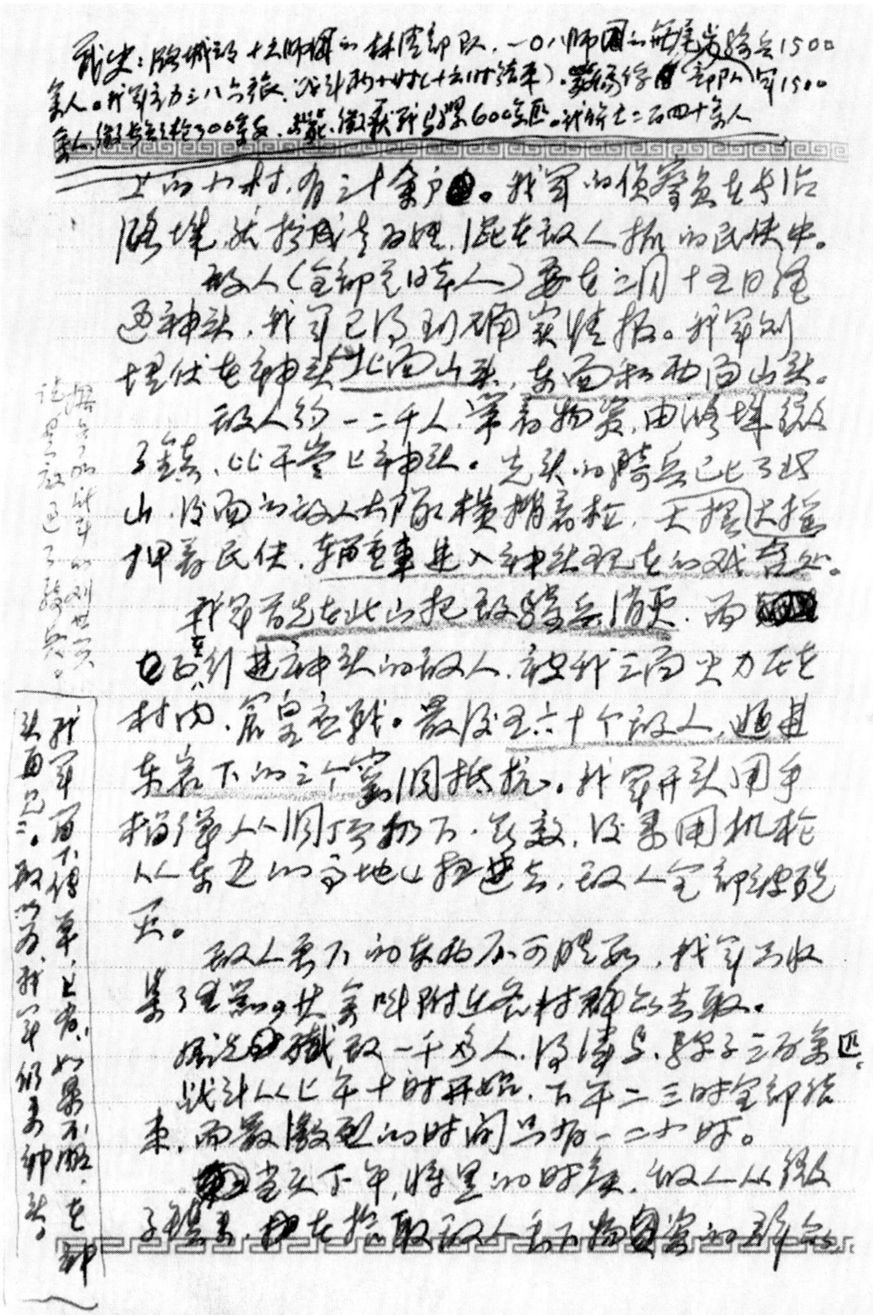

战史：临城战斗十六师团的林营部队，一〇八师团的鲍尾步兵队各1500余人。我军有九三八六旅，战斗的十时（十六时结束）。敌总伤亡（全部）约1500余人，缴步马枪300余支，缴获战马骡600余匹。我伤亡二百四十余人

上面的村，有三十余户。我军的侦察员在此临城，化装成老百姓，混在敌人抓的民伕中。

敌人（全部是日本人）要在三月十六日经过神头，我军已得到确实情报。我军则埋伏在神头北面山头，东面和西面山头。

敌人约一二千人，带着物资，由潞城出发，八时左右到神头。先头的骑兵已上了北山，后面的敌人大队横排着走，大摇大摆押着民伕，辎重车进入神头村在的戏台处。

我军首先在北山把敌骑兵消灭，西面直至打进神头的敌人，被我三面火力压在村内，仓皇应战。最后有六十个敌人，逃进东岩下的三个窑洞抵抗。我军开头用手榴弹从洞口打不下去，后来用机枪从东边的高地上扫进去，敌人全部被烧死。

敌人丢下的东西不可胜数，我军只收集了其中的一部分，其余叫附近各村群众去取。

据说此役歼敌一千多人，得俘虏、骡子三百多匹。战斗从上午十时开始，下午二三时全部结束，而最激烈的时间只有一二小时。

当天下午，将黑的时候，敌人从微子镇来，把在抢取敌人丢下物资的群众

据当时的战斗的判断，还是敌过了踏实。

我军留下传单，上告，如果不服，在神头西边二。敌如何，我以军队来神头。

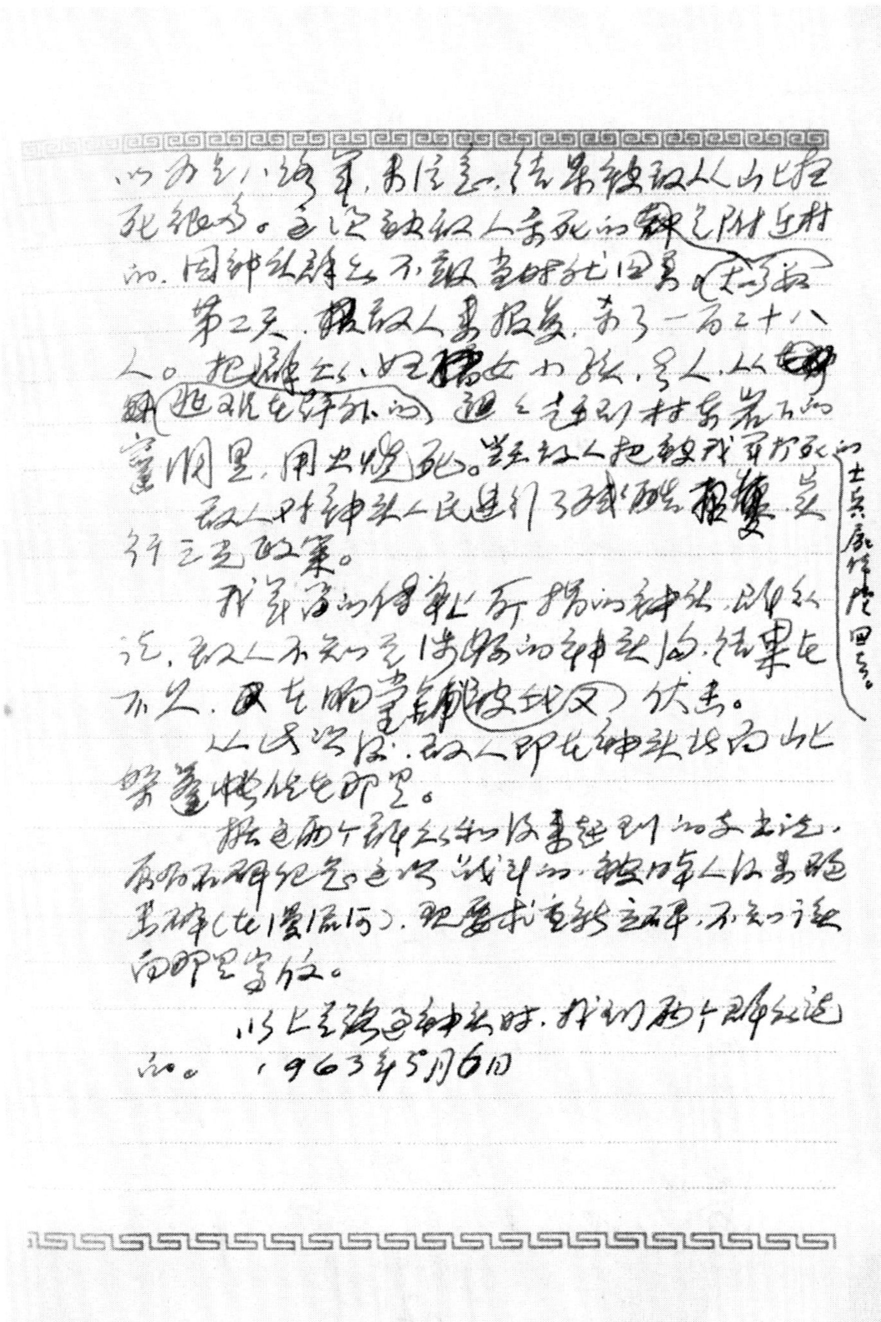

的为了八路军，为住宅。结果被敌人从山上推死很多。主要被敌人杀死的是附近村的。周钟秋群众不敢走此地回家（太可怕）。

第二天，据敌人来报复，杀了一百二十八人。把妇女、儿童、老人从[illegible]赶到村东岩下的窑洞里，用火烧死。（敌人把被我军打死的士兵尸体烧了回去。）

敌人对钟秋人民进行了残酷报复，实行三光政策。

我军当时得到[illegible]所指的钟秋，郎秋说，敌人不知道是[illegible]的钟秋，结果在不[illegible]，又在[illegible]伏击。

从此以后，敌人即在钟秋村南山上修筑碉堡据点。

据这两个群众和我亲眼所见的事实说，原来在钟秋牺牲纪念这次战斗的，牺牲人员墓碑（在[illegible]），现要求重新立碑，不知该在哪里安放。

以上是路过钟秋时，我们两个群众说的。1963年5月6日

△地道战　襄垣民兵钻到从地道钻回村去，在洞口看见敌人在开会，扔两个手榴弹，敌人死伤大半，又扔下到洞口，敌很害怕，也不敢进去，只在洞口打枪。接着他又在洞地看见一个日兵在小便，他第七个民兵飞快地扑上去，捉住了这个敌人。

一九四五年中央提出的十五项任务中有"扩大解放区，缩小沦陷区，部队一定要攻打城市"。

△一九四五年二月二十九日，第一次打襄垣城，决九团班长裴振和到了宣峰寺铁路附近，他们另一人担任警戒，两人作业，安装火（炸木桥）。忽听到燎亭方向有火车声，他想到火车不让它到这里，火车一过怎么炸呢？只剩绳完成任务，机动一下吧？火车越来越近，决定先炸桥等火车，导火线有一二丈长，他急忙掐去一段火线，（差不多）火车离桥不足百米左右，已如，把火车炸在桥，炸得火车掉进河里。

十多米河中

1945年9月1日攻打襄垣东门的办法。
国敌（阎）军密集炮火封锁着东门吊桥，不好通过。我们破城组先派勇士，找了三个木匠，卸下车轮轴，用木箱紧扎在车轴上。然后再以用水浸透的几层棉被，紧裹炸药包和车木箱上。推着车轮前进。安全通过吊桥，炸开东门。

杜云棠 上司村公社下司村大队，地主

赵怀保在长治工人疗养院当收发。已有二四个小孩。

王炳尧（在钢铁厂队工作）后来。

兄弟（王保旺（本村地主）
王正中（在卫生院当院长）老婆，老医大夫。

大司村公社党委书记宋虎江

保柱 保兴 水堂、金堂、华贵（女）
振民（炳旭） （炳） （炳）
43岁

赵云保 2626（山西日报）

八路军就是保护人

天上彩虹照眼明，
地下八路爱人民。
人民就是江山主，
八路就是保护人。

旗红和毛主席

抗日的是大红旗，
旗手就是毛主席，
大伙百姓跟着走，
抗日一定会胜利。

牧牛娃

我们学会了战斗，
记起了血海深仇，
今天呀！
谁再想来吃害我们的牛，
我们几千只手，
一齐举起太行山的石头。

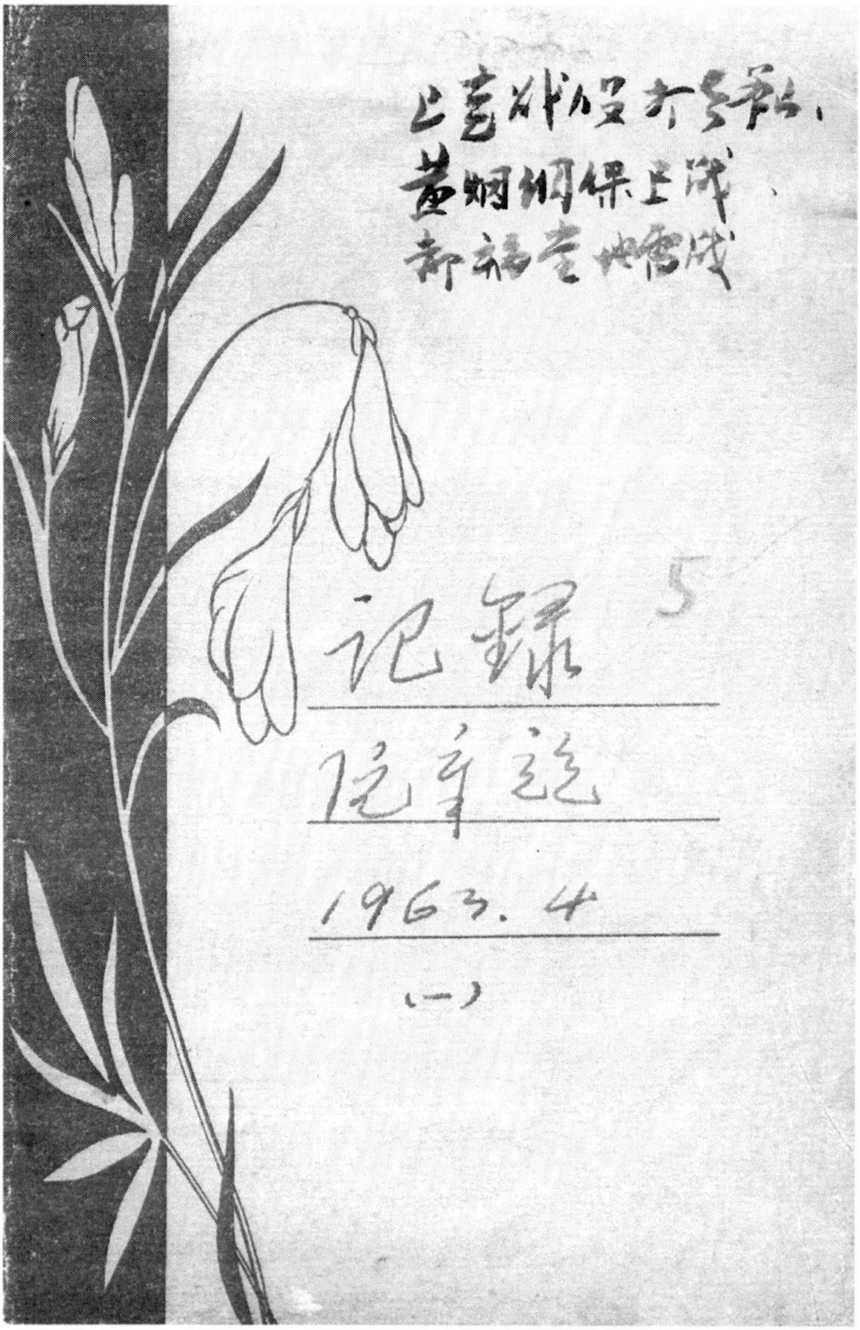
5
记录
阮章竞
1963.4
(一)

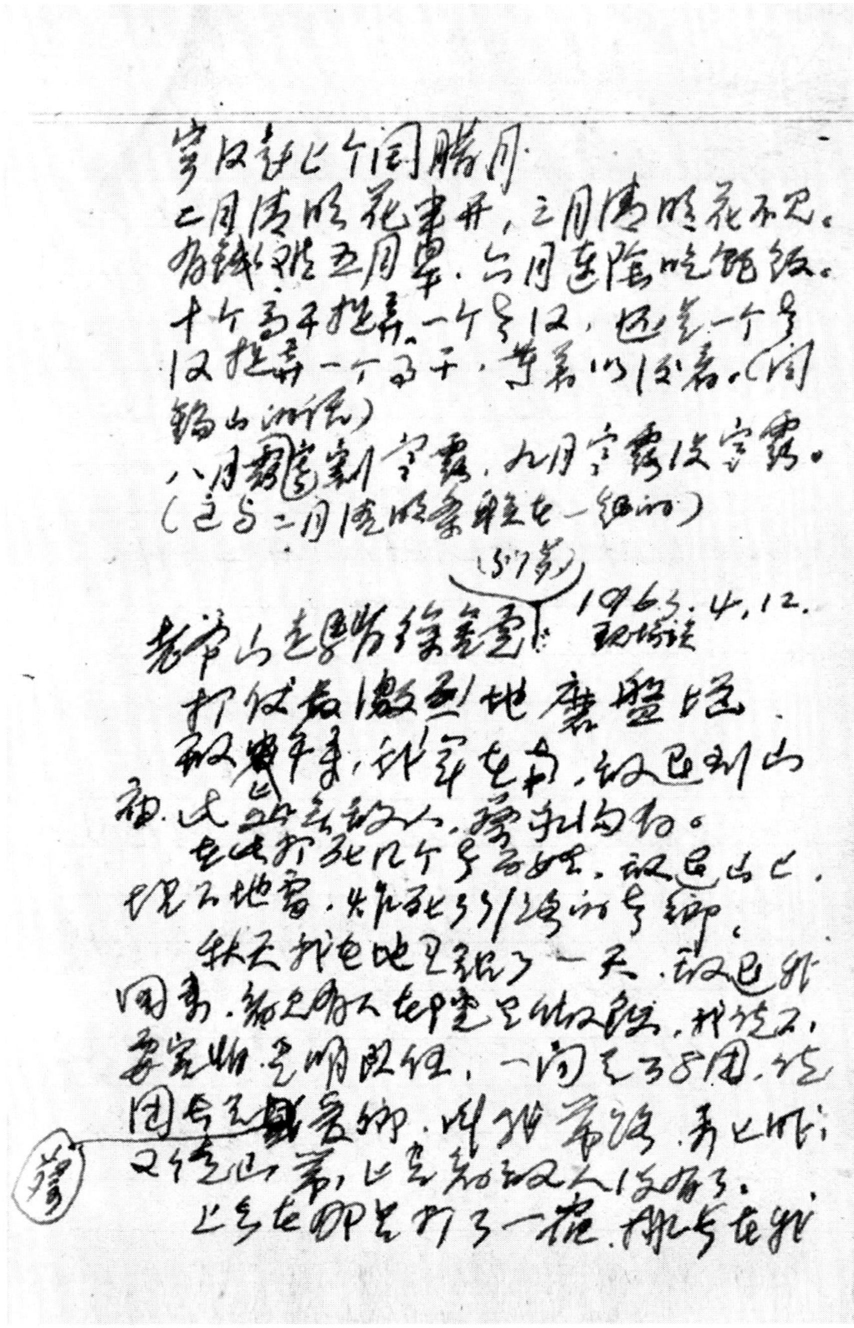
穷汉盼上个闰腊月
二月清明花未开，三月清明花不见。
有钱难买五月旱，六月连阴吃饱饭。
十个富汉提弄一个穷汉，也是一个穷汉提弄一个富汉，带着心情着。（阎锡山时候）
八月割谷割穷露，九月穷露没穷露。
（这与二月清明意思是一样的）
（57岁）
1963.4.12.
老爷山老区战斗英雄：张纺谈
打仗在激烈地磨盘垴。
敌人来了，我军在前，敌退到山顶，我们去敌人，捉了俩个。
在此打死几个鬼子兵，敌退出山上，埋下地雷，炸死了33/2……
秋天我在地里锄了一天，敌退了回来……我说不要……一问是38团，找团长……
上去在那里打了一枪，那个在我

襄垣，武乡，我军退下来。

在此院住饭，卫生部都也在此。

那时是八月十五，尔黄了。至八月二十九。

黑夜又打，

二七、二八、二九，打了三天。

想个[illegible]七天七夜。

从廿六、廿七、廿八、廿九、三十、三十一六天，~~[illegible]~~ [九月]四初五。

敌人军部在土屋（襄垣）[illegible]在此[illegible]。

分个团在此经了（太岳部队）。

第四连打此庙，[illegible]，[illegible]，[illegible]山门，[illegible]门，人[illegible]，[illegible]。[illegible]退下。

[illegible]打出[illegible]，[illegible]那[illegible]。又[illegible]了。

初一完全打下，[illegible]。

交川民兵指导员乔廷元（50）
常芑武委主任。第一支民兵，共
有二十多人
廿四，敌到西亭，敌到榆林底
（直3门）我去掩护群众，同我吃了
饭，敌已包围村。把枪埋了，就走了。
敌人已到村口，遇见我已部队，叫号
鄉，说要问他的消息，问我这村是什么，
我们掌握，不肯说，部队不叫走，要放
下武器，三人跟着我，我说已明白，我说
是交川，我是本地人，问到家里，我们
说实在话。
那时是时局（不平），我们检举个敌
人，打开（交界）部队叛变不断，到
了一个村，是10了部队（暂编部队）
和敌人过了，打开，受了剥削，得
了枪120多，机枪18多，我们也到
本坡七支，第二天打下来，抢叠山，
打了29日。
一次空，部队出走，与我敌给出
西跑，给我穿棉衣了。
我来了聊不遇了，我不能走。
与谁聊聊，来了聊我就不回了。

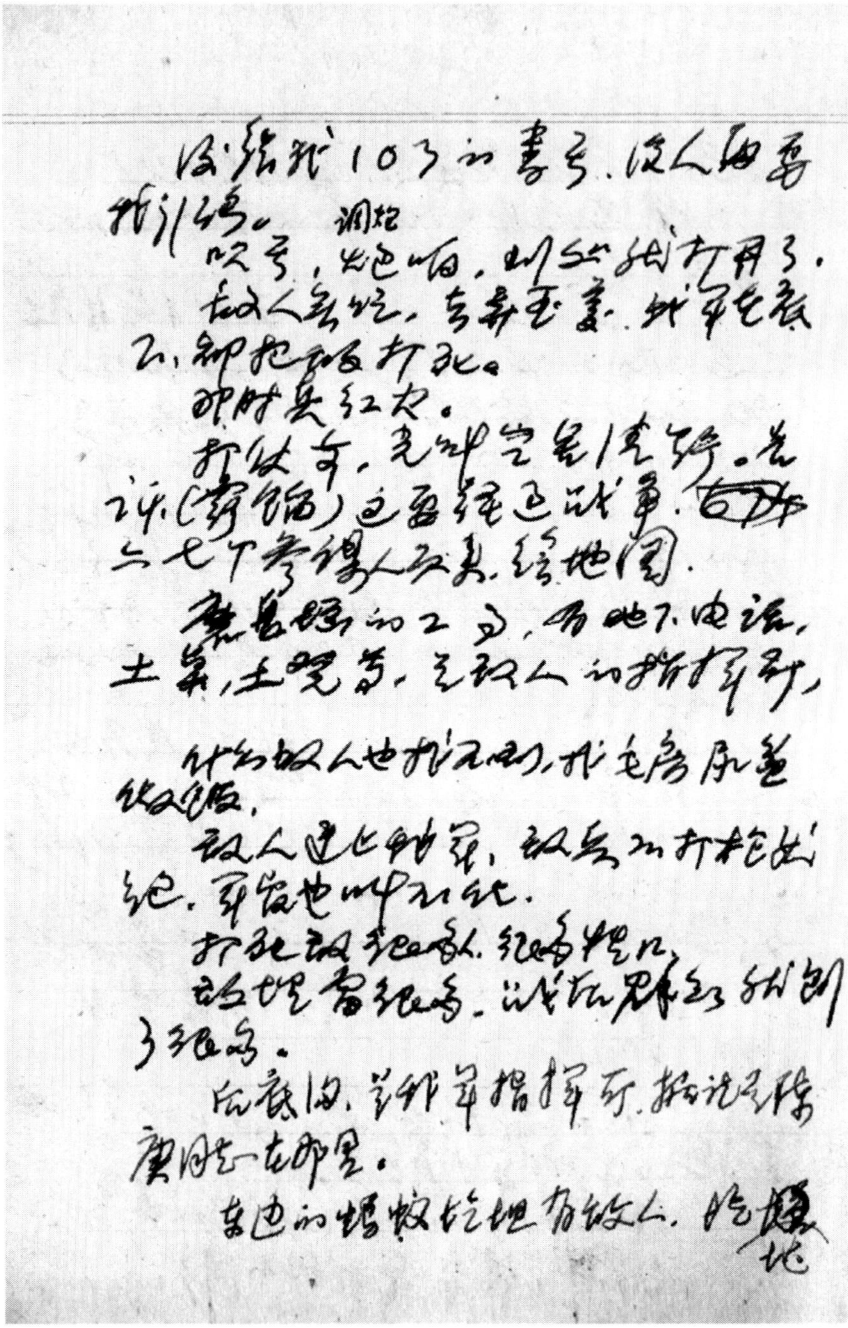

敌给我103的毒气，使人晕昏[illegible]。（调炮）
吹号，火炮响，[illegible]我们打开了。
敌人无耻，专弄毒气，我军[illegible]，却把敌打死。
那时是红军。
打仗前，[illegible]传令。告诉（鄂豫皖）边区经过战争。六七个参谋人员来，看地图。
[illegible]的工具，有地下电话，土炮等，全敌人的指挥部，
什么敌人也打不动，我们包围后[illegible]。
敌人进攻中的军，敌兵[illegible]打枪出绝，军官也叫不住。
打死敌指挥官，[illegible]。
[illegible]当很多，[illegible]了很多。
后来说，当初军指挥所，据说是陈赓同志在那里。
东边的蚂蚁[illegible]人，[illegible]地。

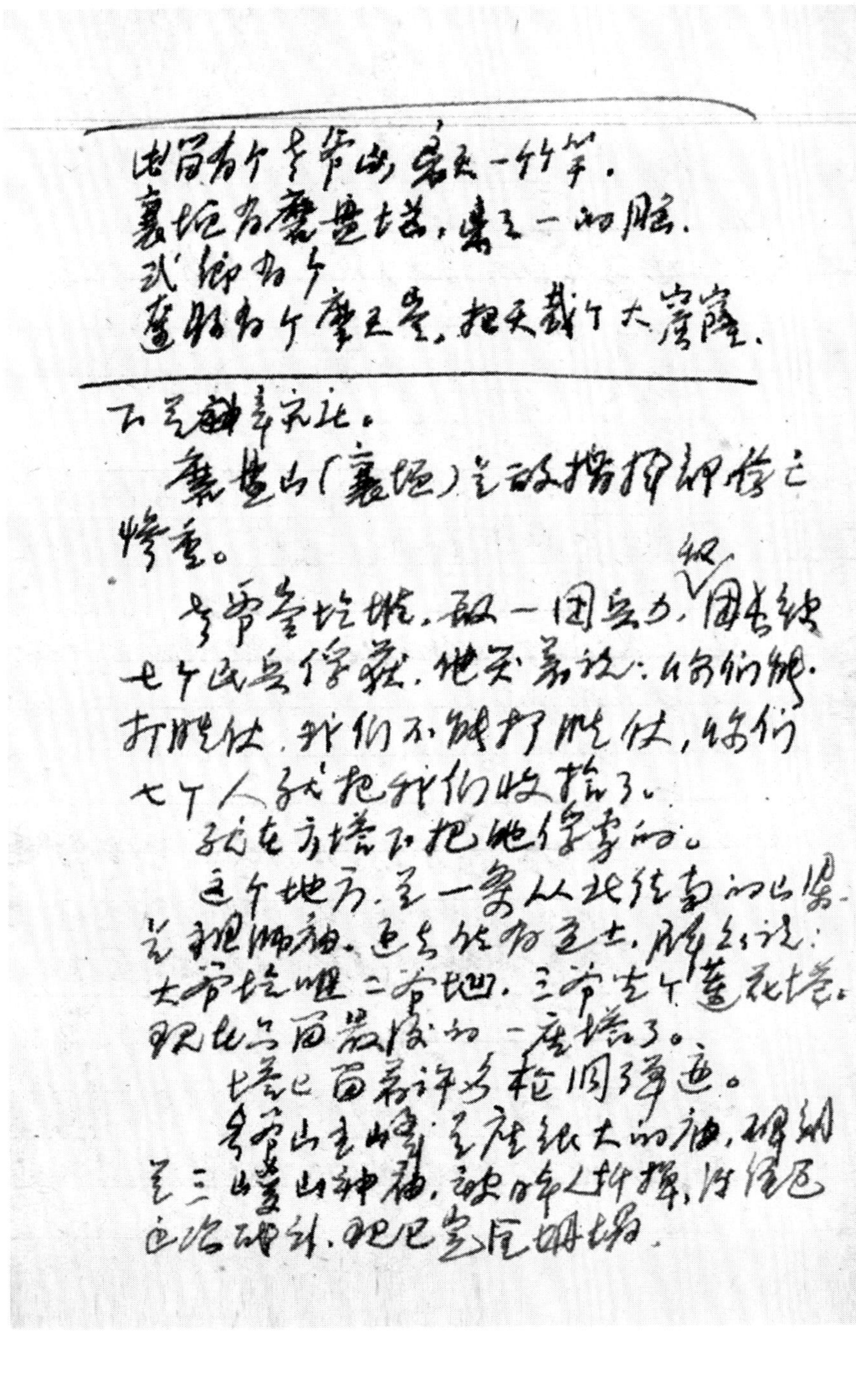

此留有个黄崖山，高天一竹竿。
襄垣有麓台塔，离天一肩膀。
武乡有个
辽县有个摩天岭，把天戳个大窟窿。

下是翻译完毕。

麓台山（襄垣）是敌指挥部停之驻重。

黄崖垴战斗，敌一团兵力，团长被七个民兵俘获，他笑着说："你们能打胜仗，我们不能打胜仗，你们七个人就把我们收拾了。"

就在古塔下把他俘虏的。

这个地方是一条从北往南的山梁，是狮脑山。过去能有道士，所以说：大爷垴里二爷坳，三爷出个莲花塔。现在只留最后的一座塔了。

塔上留着许多枪洞弹迹。

黄崖山主峰是座很大的庙，村里是三嵕山神庙，被日本人拆掉，将佛像砸碎打破，现已完全倒塌。

墙壁上面有一些敌人的枪眼。

12日晚上
座谈

张子森（西村公社 供销社主任）48岁 山东人也 [illegible]
太岳决死队[illegible]团二营七连，排长。
敌人61军第69师，黄[illegible]团长。1位。25
团编九纵队，[illegible]固结号。
以为敌人撑不住，营部令[illegible]队连成打队
打梯子
打开了
我部围北门。3点，一路[illegible]才一门炮。
[illegible]成风，打了两主炮，占两炮[illegible]打响，
路边[illegible]。
打地洞。西边八连攻，[illegible]我连攻。
二营七连七人，[illegible]。
[illegible]开[illegible]运动，[illegible]到[illegible]
炮大，上至了，张[illegible]攻下学校大房。
太岳主攻北门，我营部攻东门，
太行攻西门。
当了八九点，全了，[illegible]。[illegible]
装。[illegible]撑不住[illegible]进七营[illegible]
张北，[illegible]全吃，给出。100多[illegible]都是
敌人。

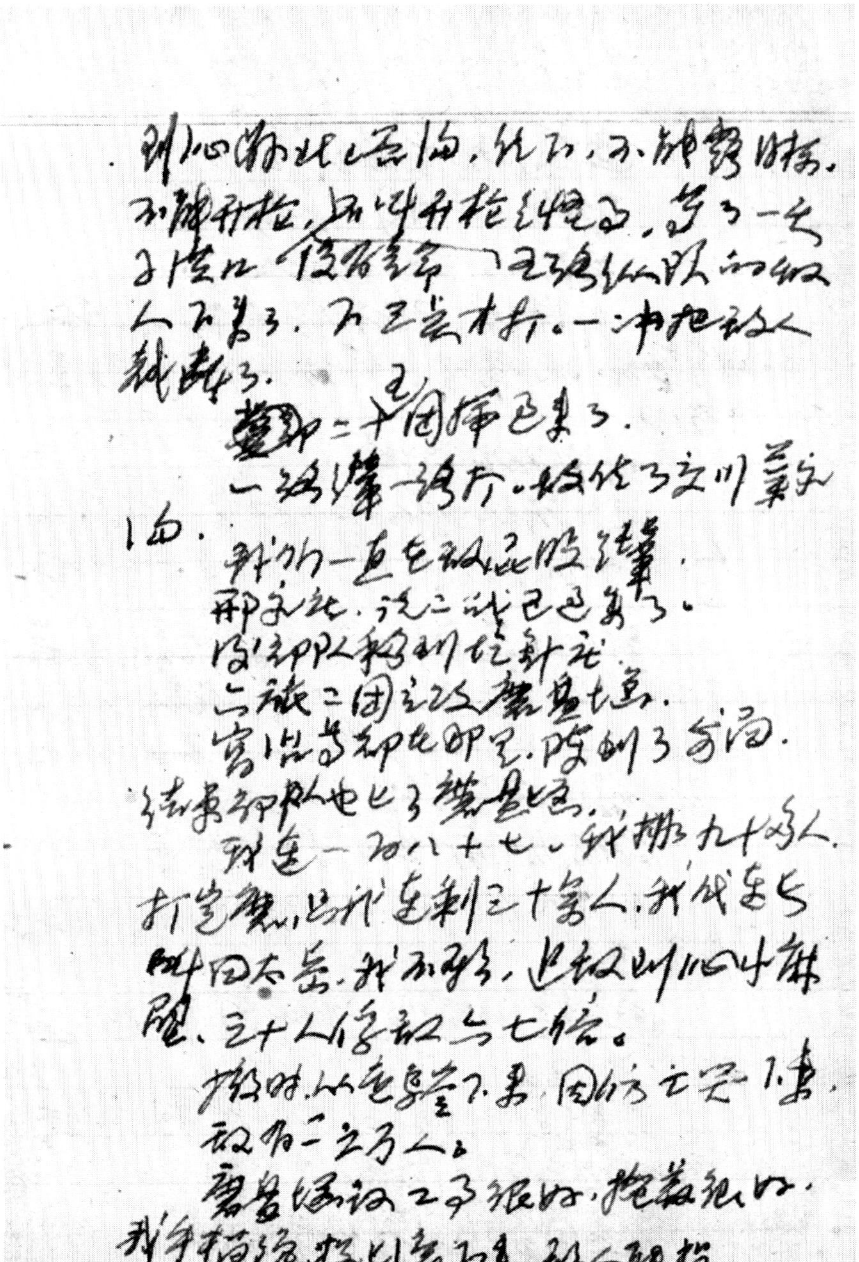
[illegible]心将此[illegible]向，往下，不能[illegible]旧[illegible]。
不能开枪，只得开枪去[illegible]了。弄了一个
子弹[illegible]，[illegible]全部 [illegible]纵队的敌
人下来了。下王家村。一冲把敌人
截断了。
[illegible]部二十王团掉过来了。
一路冲锋一路打，攻进了[illegible]川[illegible]
[illegible]面。
我们一直在敌后战斗，
那年秋，说：我已过来了。
后[illegible]部队转到[illegible]新社[illegible]
六旅二团主攻[illegible]上[illegible]。
官[illegible]都在那里，毁了[illegible]。
结束部队也占了[illegible]。
我连一百八十七，我排九十多人，
打完仗，只我连剩三十多人，我成连长
时回太岳，我不行，[illegible]心中[illegible]
[illegible]，三十人[illegible]七[illegible]。
撤时从[illegible]下来，[illegible]下来，
敌有二三万人。
[illegible]工事很好，掩蔽很好，
我手榴弹[illegible]，敌人[illegible]。

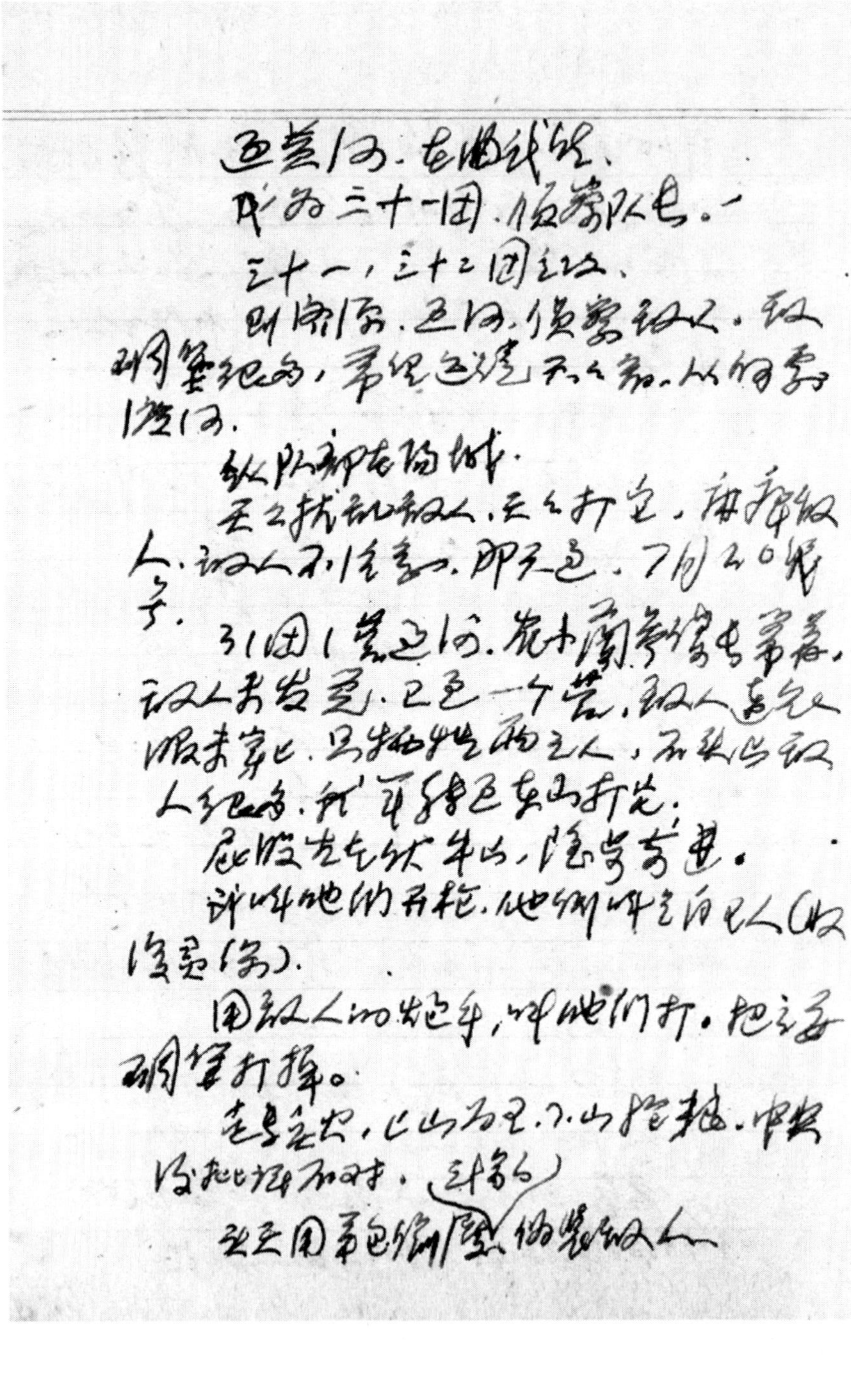

过[illegible]河．古曲线路。
我为三十一团．侦察队长。一
三十一，三十二团主攻。
到[illegible]．过河．侦察敌人．敌碉堡很多，第二连[illegible]，从侧面渡河。
纵队部在[illegible]城。
[illegible]抗敌敌人．六点打完．俘虏敌人．敌人不[illegible]．即过．7月20号了。
31团1营过河．后来[illegible]。敌人未发觉．已过一个营．敌人来不及穿衣．只拿出了枪[illegible]，不[illegible]敌人包围．我军得以在[illegible]打完。
屁股还在被窝[illegible]。
许[illegible]他们开枪．他们[illegible]自己人（收复区）。
用敌人的炮手，叫他们打．把主要碉堡打掉。
[illegible]，上山打[illegible]．下山[illegible]枪．中央[illegible]和[illegible]。[illegible]
[illegible]团第[illegible]，[illegible]敌人

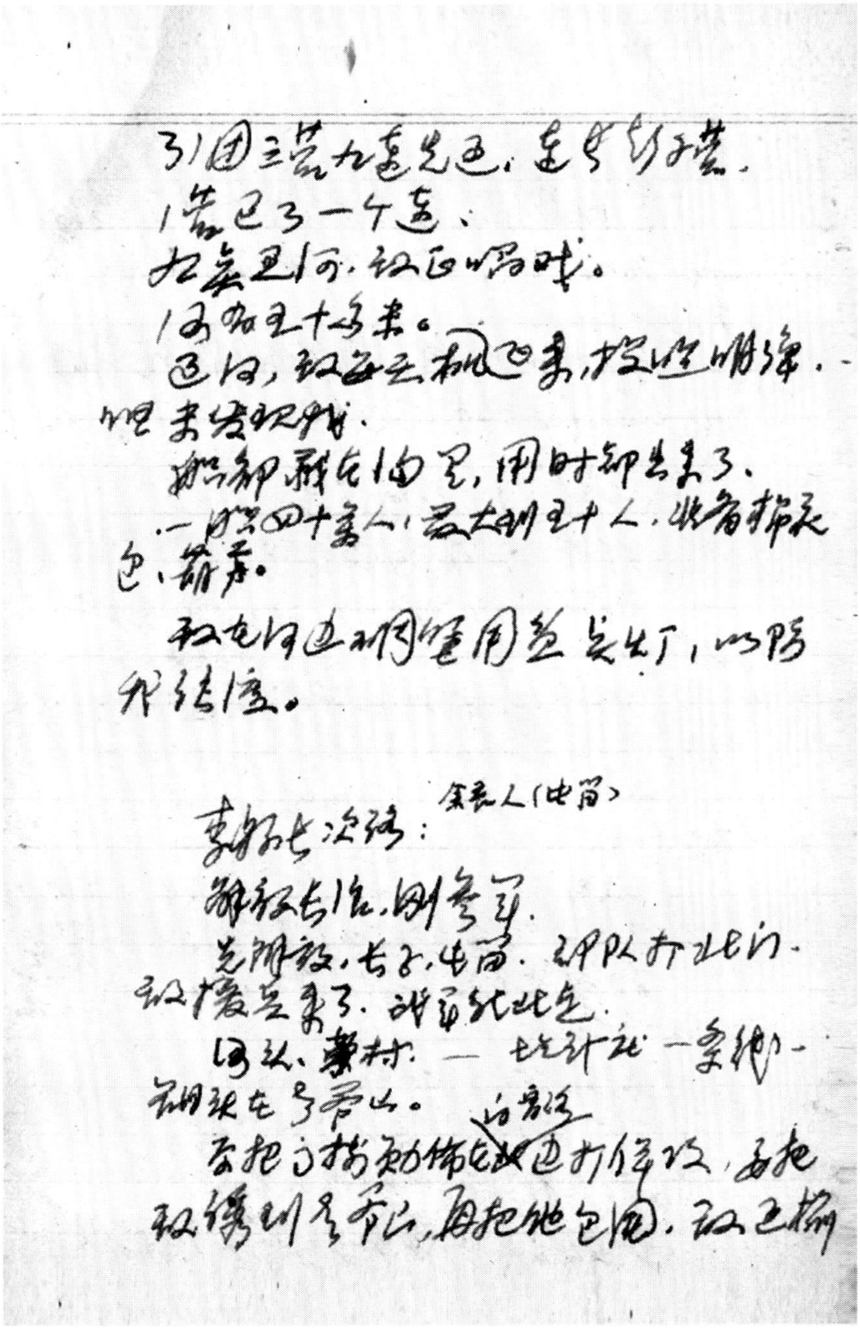

31团三营九连先过，连长引了营。
1营过了一个连、
九连过河，敌正唱戏。
距离五十多米。
过河，敌[illegible]回来，挖[illegible]碉堡。一[illegible]他来发现了。
敌却藏在[illegible]里，同时却出来了。
一排四十多人，[illegible]五十人，收[illegible]包、药。
敌在河边对[illegible]用[illegible]灯，以防我偷渡。

[illegible]人（也留）
李部长谈话：
[illegible]
[illegible]长子、屯留，2队打北门。敌增兵来了。我军[illegible]。
[illegible]——[illegible]
[illegible]在[illegible]山。
[illegible]再把他包围，敌已[illegible]

后。

襄陈赓将军谈当时他在师里经常戒，不叫他打枪，後他同我们在一起，打了枪。

当时下大雨，1师某部队绕路由西北进，因路很滑了，通知下来改变了计划。

西城司令部在兵营。

打开1路指挥所在县公署。

开始还轻视猛打，后来也不行。二营控制敌阵地。

敌人多次冲下来，炮火更猛太密。有时隔四五丈，有时：半丈，已损伤几人。

北地，控制，敌在北面，敌控地区，较多些。

敌有七个控制碉，七号至山上一个碉。敌想从营堡墙冲下来。当此已打垮了

打垮堡墙，战士们不在乎。有说有笑。

枪，不出打了

连敌的包围也不在乎。

冲，我们是阵地，正对着。

我要投弹，冲得不利。

我部队从西北路当天快往北

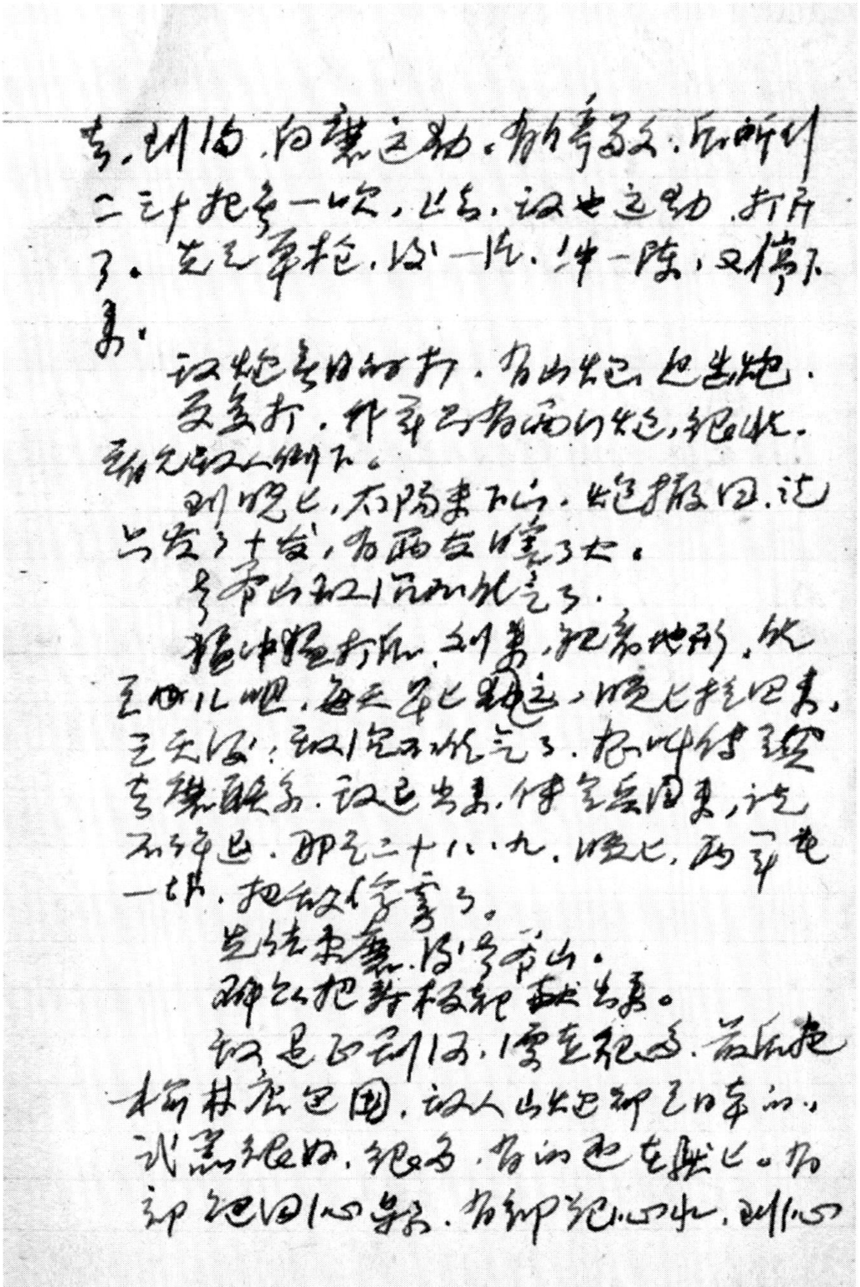

16日彭总结了。

冀南的部队、攻城用绳、向敌我上。用掷弹筒手榴弹。

有人说，闫锡山军队都常进到沁县城，城已为闫军，见他们来攻，有的去扶去送、不开城放进。当时从城上弄下一些手榴弹给溃兵。

姓李 晚岚

潞阳副队长说，他是三区长、带他部队来夜间他们屯留东北面山沟里有些什么村子。为了解情况，即叫他派来夜把各乡粮秣送到阳邑，设集一到然后见到许多部队。

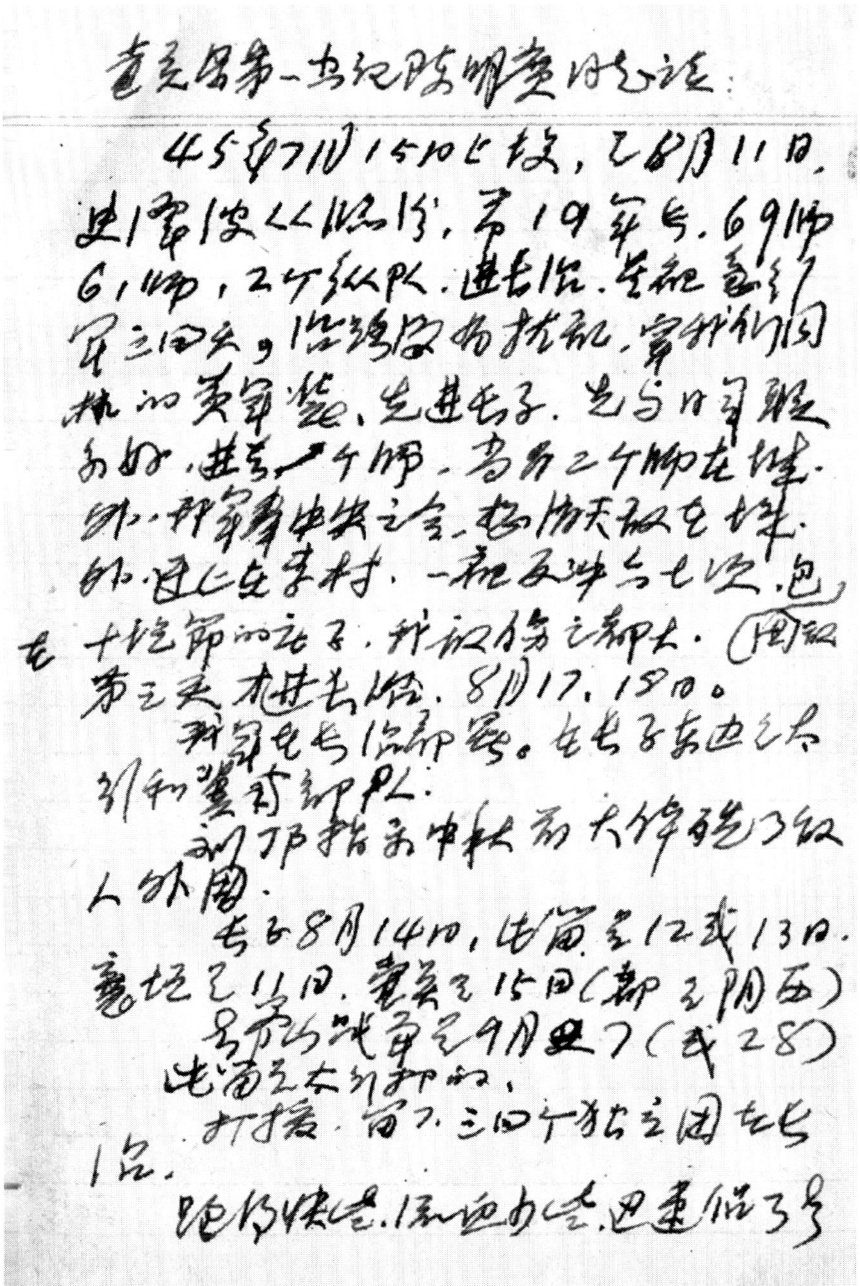

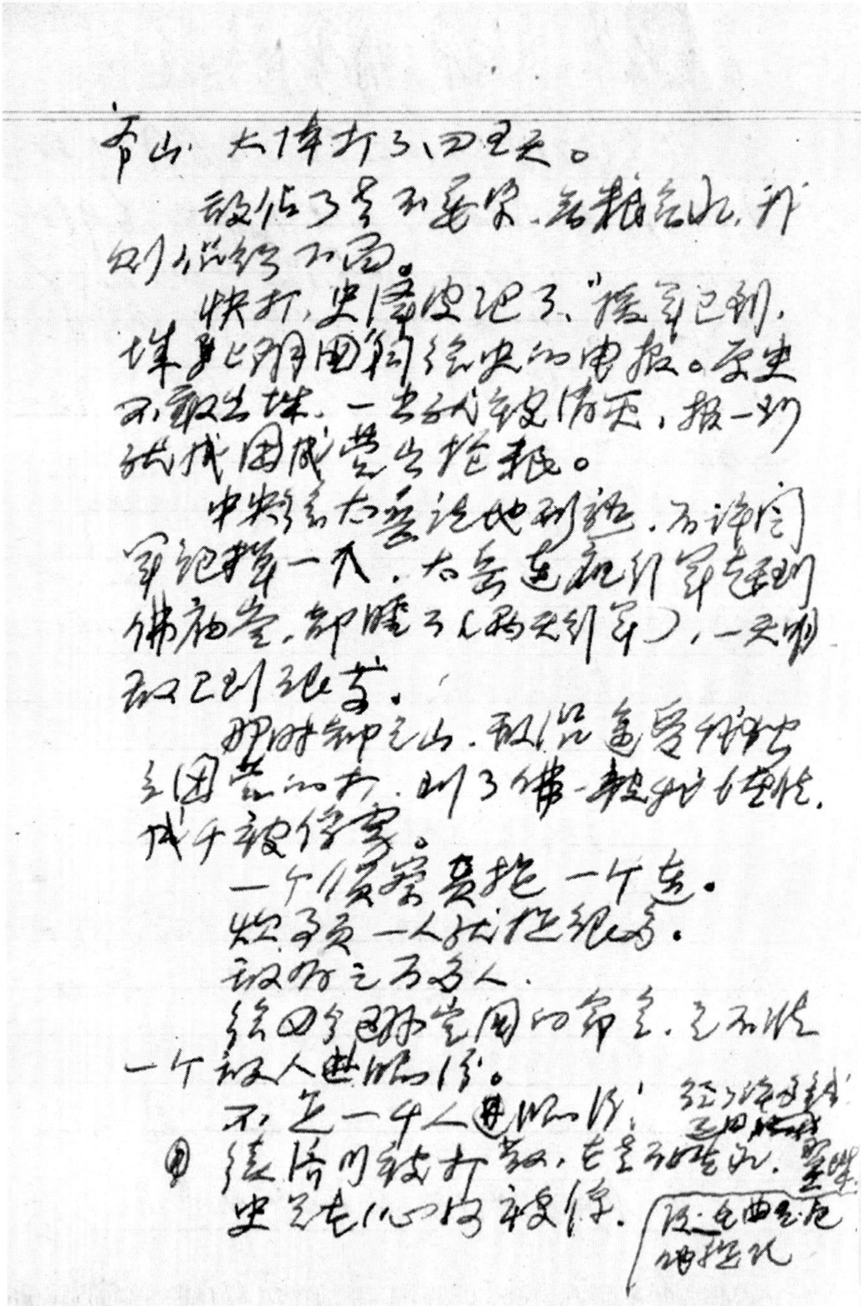
南山，大体打了四五天。
敌伤了多少不要[illegible]，各粮[illegible]山，[illegible]则供给不困。
快打，史[illegible]过了："援军已到，[illegible]明[illegible]给史的电报。[illegible]史不敢出城，一[illegible]被[illegible]，[illegible]一切[illegible]成[illegible]出[illegible]。
中央军[illegible]太岳地[illegible]，[illegible]军[illegible]一天，太岳[illegible]军[illegible]到佛庙堂，[illegible]了（[illegible]），一天[illegible]已到[illegible]。
那时[illegible]山，敌[illegible]团[illegible]，打了佛[illegible]，成千被俘虏。
一个俘虏要抢一个连。
炊事员一人缴枪[illegible]。
敌[illegible]多人。
给四[illegible]团[illegible]，[illegible]一个敌人出[illegible]。
不[illegible]一个人[illegible]，
[illegible]被打[illegible]，史[illegible]被俘。

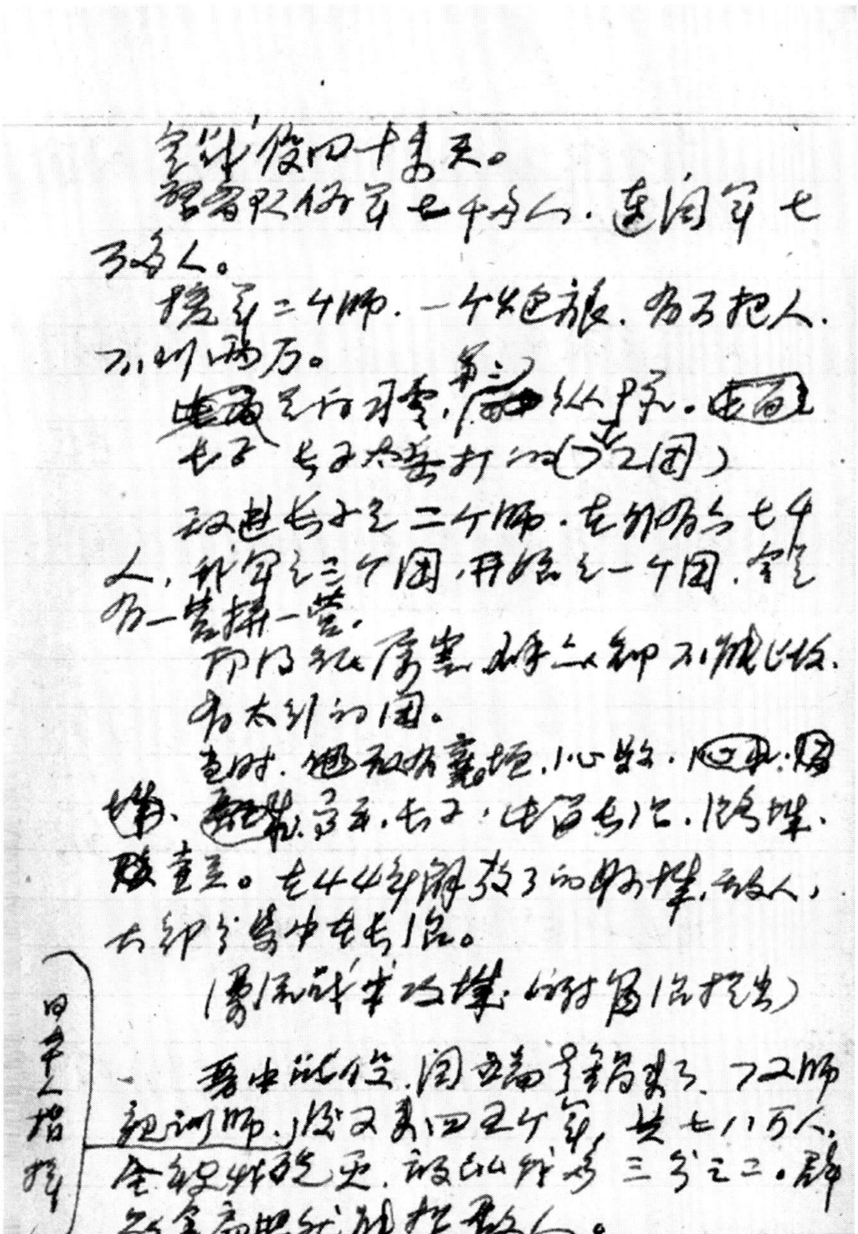

在太谷的第八纵队全是旧军，穿阎军服。饷每天一斤的[illegible]。

沁县国府，原来的地下交通站、来访刘惠明活动的党员。
据说由于没有经验，被敌人打了进去，把交通站破坏了，杀人很多。
敌人打进的方式，是利用我们的联络暗号。紧闭通关说完。

榆次地区县委书记王贵生，谈照龙斗争。
魏明杨（在太原）
李俊魁（在太谷下乡区一纵队）
张玉一（在华北局）李取鱼政权。

在汉不救护（天狗食月），出门指风雨

陕北地区民谣（摘抄）

耕地走得不么的，
耢地捞得么的。
你把尾巴直得不快么的。
你要东去西倒，我觉得想起不好。

你坐了汽车去上车站，比比喻向
骨桂
聪社中，他拿着根根跟他小小的

一个老党员70多岁

走西口
河曲保德州，
十年九不收，
男人走口外，
女人挖苦菜（赏风流）。

二人台
想亲亲想得迷了窍，
在门外搬来铡草刀，
嚓哟嚓，
机手把俺手切了。

开花

桃花儿（哈那）红来，杏花儿（哈那）白，
爬山过岭寻你来。
咱俩好的么么紧，
榆树（哈那）开花枝枝儿多，
你的心眼儿比俺多。
金盆子里开花（哈那）下上来，
不想旁人就想你。

开花

门楼楼开花不来来，
甚风儿飞得你来来。

小榆来开花白生生，
心里想你不敢挨。

新媳妇要下河洗衣裳，
双膝顶（膝）跪在石头上，
小新疙呆。

小红红，小蛋蛋，
把你的好脸（儿）扭过来，
小红疙瘩。

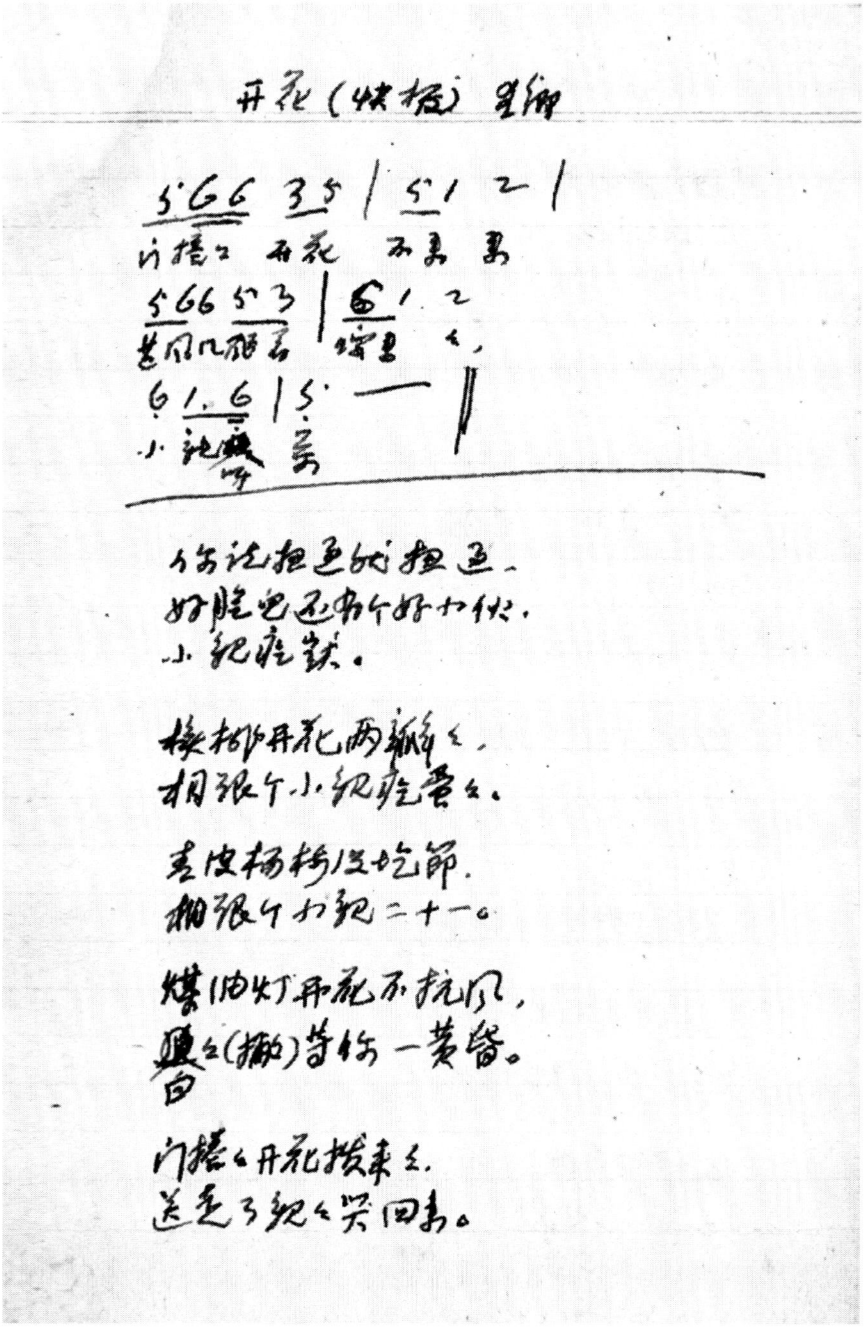
开花（快板）
566 35 | 51 2 |
门搭搭 开花 不要 要
566 53 | 61 2
6 1.6 | 5 —
个个说挺通般挺通，
好脸也还有个好女伙，
小妞在娘。
榛柳开花两瓣瓣，
相跟个小妞往晋晋。
青皮杨树没疙节，
相跟个小妞二十一。
煤油灯开花不抗风，
白白（擱）等你一黄昏。
门搭搭开花拨来来，
送走了妞妞哭回来。

骑驴要骑黑毛驴，
栅娘栅娘七个大闺女。

苜蓿开花败了边儿，
栅娘个小耙没娘娘儿。

盐水开花穿了莲，
妈也门口不进来。

玻璃开花里外明，
这这看见在哥儿。

玻璃开花里外明，
情情藏在窗台跟。

炕沿开花一炕滴，
夜里没空出外头。

小狸猫开花穿水道，
你要不说谁知道。

花椒树开花麻又麻，
谁要吃他来送给他。

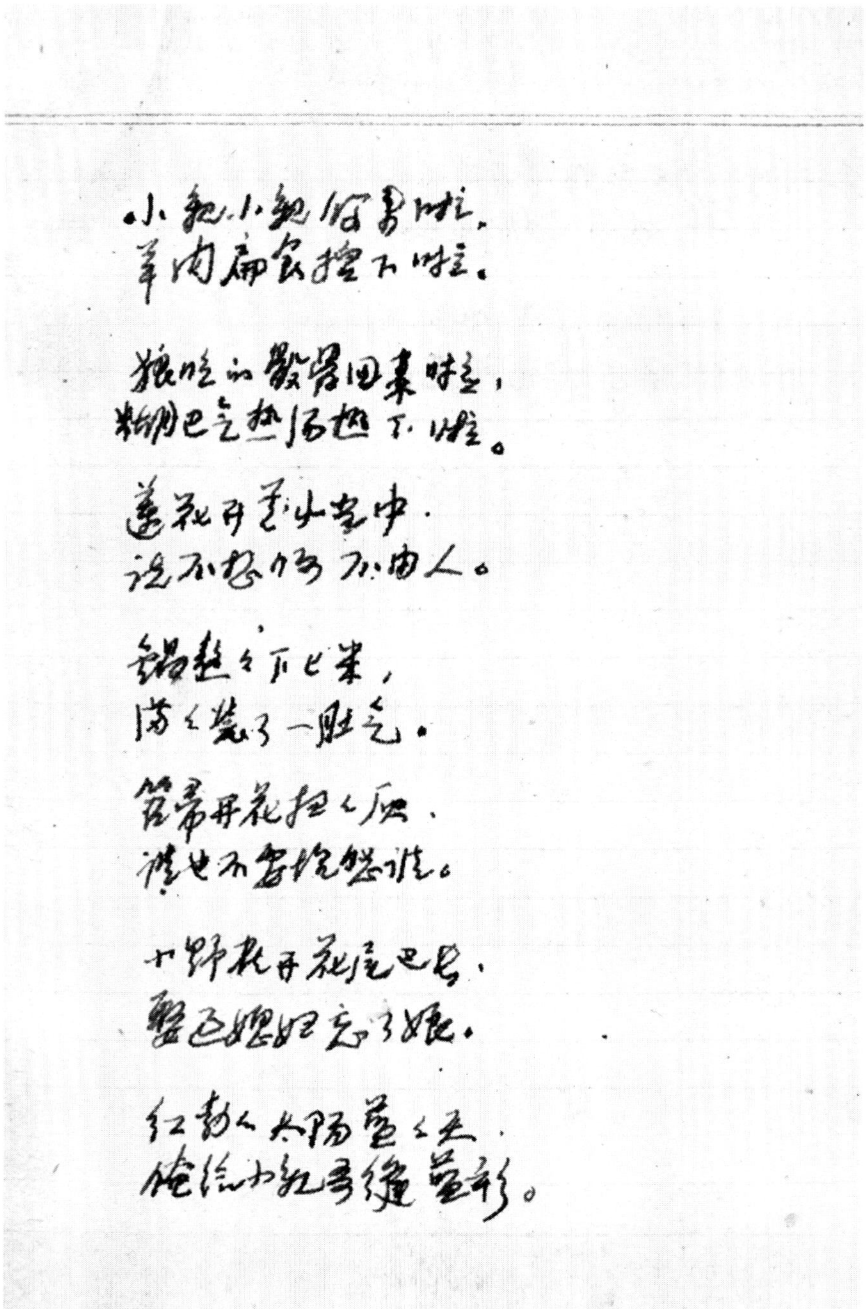

小妞小妞你要啥，
羊肉扁食捏下啦。

狼吃的数着回来哩，
糊巴气热汤熬下啦。

莲花开在水当中，
说不想你不由人。

锅热热下上米，
满满蒸了一肚气。

笤帚开花扭扭脸，
谁也不会怨谁谁。

十野枣开花尾巴长，
娶过媳妇忘了娘。

红彤彤太阳蓝蓝天，
俺给小红军缝蓝衫。

缝々蓝衫你穿々，
瞧我赶会相跟々。

你骑毛驴我住々，
你串々麻糖我摊々。

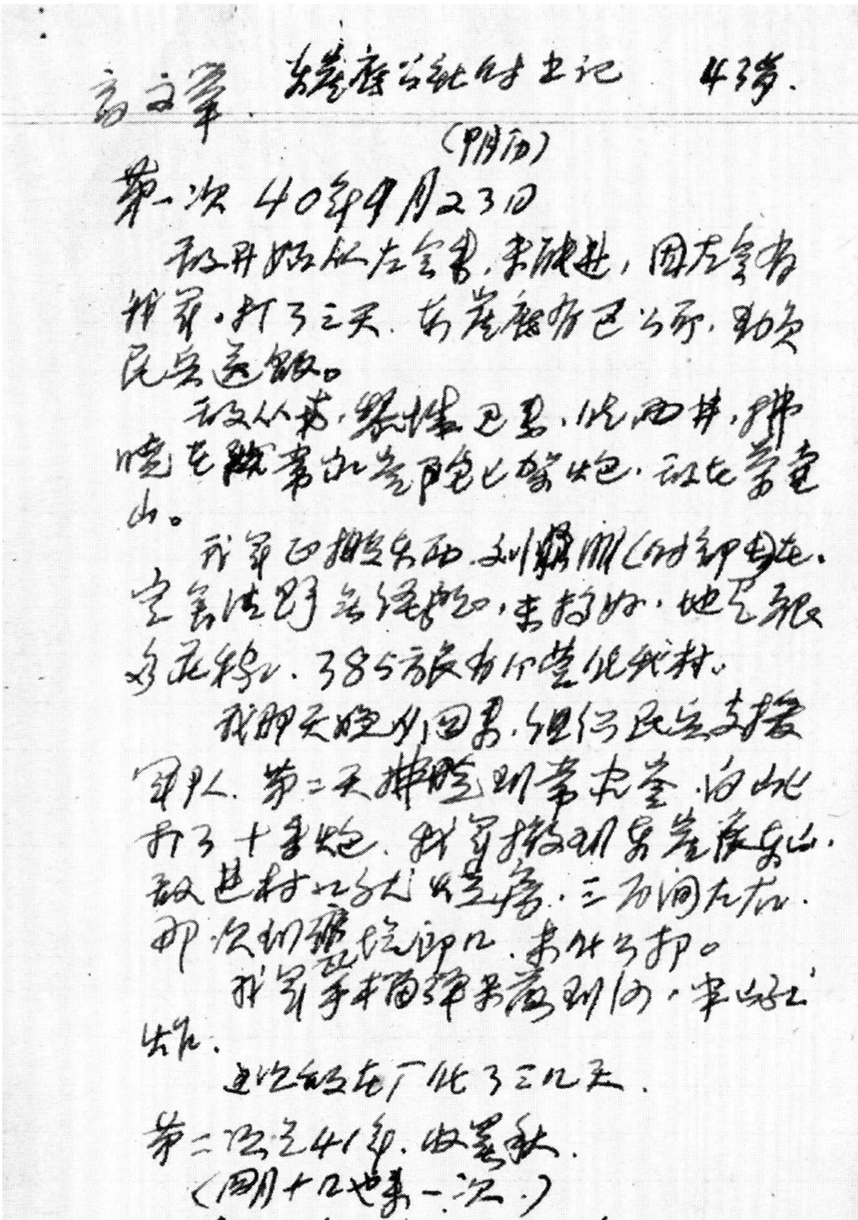

高文华　东崖底公社村史记　43岁。

（阴历）

第一次 40年9月23日

敌开始从左会来，未碰进，因左会有我军，打了三天。东崖底有区公所，动员民兵送饭。

敌从[illegible]、[illegible]、[illegible]西井，拂晓在[illegible]常[illegible]上[illegible]炮，敌在[illegible]山。

我军已撤出[illegible]，刘[illegible]（时任旅长），[illegible]，未[illegible]，[illegible]。385旅[illegible]我村。

我们头晚上[illegible]回来，组织民兵支援军队。第二天拂晓[illegible]向此打了十来炮。我军撤到东崖底[illegible]山，敌进村以后烧房，三百间左右。那次[illegible]，[illegible]。

我军[illegible]。

这次敌在[illegible]了三九天。

第二次是41年，收完秋

（阴十几也是一次。）

[illegible]人，从[illegible]井一路，[illegible]一路。

里雍来，古韩，洋峪、裹家窑，刘家垴即返回来，又到小寨，又返回来，经过窑东庄底、东峪、西井、峪口、南勤。

行了一天一夜，自己修。第三次拂晓开始。寨上有三门大炮，武寨上一门，南史堂一门，槐树坪一门。

往上是东面（炮弹）。

寨上炮打南门寺，槐树坪的打寨垴即，马寨上打紫金山，南史堂打东山。

有飞机，往下扔东西，好向婶妇们之吴（阴落弹）。

老百姓全要的飞机大炮。

西井委力（一个营）也往上打，主要的为兵。

民兵72人，为战斗指挥部，25分李排长领导，72人分

营长也指挥，民兵队长付指挥，农会组织管保障，自卫队管运输，一人管一户，通的搭伙股。

72人分三个排，一队做直通兵的，一战斗，一通讯，一便衣三个排。

敌封锁了我和外边联系，以往回来

报告. 战斗班排. 敌人来敌不打我不打.

敌打排长要七天炮. 紧中自打哪里.

停里打了些. 第一些打了敌五名. 第二天上水塘上了工厂. 工厂里缺药好东西.

民兵和敌人战了四五次.

一次在常家堡. 当时民兵7人已包围, 打排子枪.

二次在鸡冠山(二里铺) 敌扛机枪摘去, 有一个连. 民兵指挥部吃饭. 周围封锁线. 有村里一眺. 沟里[illegible] 敌不理民兵打. 直进. 部队也参加打. 手榴弹[illegible](用了). 敌退. 敌被打死一敌人.

三次 土地部沟. 民兵战斗班. 烧椒坨洞. 有30多个民兵. 通知把口. 敌已去一连. 在半沟. 民兵发现开枪. 敌不理. 要本火烧了象鼻打小枪. 敌死不理. 只有抛石头. 敌用炮打。两边搬石头. 包围. 敌人都退了。

四次 李家庄.

部队和民兵打得好, 拍手。

良沟. 又上来一次. 民兵打排枪.

早晨，我军打一班。

三次 打瓷邦，前冲打上来。

敌来以后降前，民兵未停打，部队送来手榴弹和子弹。

二次 袭陶，把给民兵审计，敌要他合作以后，他给割了，回来搬不来，面敌人喊开，两边的民兵都打他不来，敌退了。

在村前炸死一匹马。

民兵在村前埋好地雷。

民兵当打炸死两个敌人，炸死一匹马。

申主任，高振共两人打死的呀埋。对一方民兵缴了两支步枪。

把他申主任通知，打枪好，解除主意。

我们一团冬天一手吹号一手打手榴弹，在柳家寨我军埋了许多大地雷，敌人冲了七天，只有我军有一个受伤。

我军在金灯一营，柳家寨一营，坟地留守一营。

後我军打不赢，山上的都撤走，敌上北方。

敌上了丁家寺岭一两个路边走了。

天。

抢的不多，民兵埋粮也没有了。

郭信民兵去借粮食被敌人抓住刺死。

民兵中有姓…二人，两个是本村（外村三个）都是刺死。

群众被杀十余人，郭家共十人，死了七口。他家（老三）不曾引敌到工厂，被敌警备队长砍死在窑里（连大人带小孩），…件也被刺了两刀。

《战史》

以黎城特务团为主，师调四个主力团。

特务团进行阻击，打退敌十余次冲锋，毙伤敌八百余人。

经八昼夜激战。十六日我主力转移，兵工厂终于被敌破毁。

日敌入水腰后，师部令作战部队，从侧背后方和敌打击敌人。游击营团以地雷杀伤敌人。使敌不得不在风雪交加中，率万余兵狼狈逃窜。中途又遭我伏击于横…，十余部队截腰痛击，死伤二百余人才逃到黎城，又遭我跟踪追击。遂于二〇日夜逃回潞城。二十二天的反扫荡结束。

西沟村
申纪兰同志谈：过去有七十万株。
又三万株（中有核桃三万株）
共44万多株。
苹果树四百多亩，结果40多亩。
（去年收入4万多斤。）
明年大收入七千斤核桃。
今年成活率80%。
现在沿河植的杨树柳树都不算森林。
七道大沟，都栽了核桃花椒，沿岸植杨柳。
羊1030，牲口201头。
每羊剪30两毛　骡马44头
牛250多头。
猪200多　每头驴卖20多块。
每七户一户一口。

全大队301户。
1.300人
土地1.500人

畜牧业条件，~~林地~~面积达二万多亩。

药　党参400亩 今年增收入

20亩参秧

明年能种200亩。

去年每人　粮740来斤（连自留地）

款91元（每个劳动日7毛）

今十年规划　五十多万斤果

600斤粮

扩大耕地　50亩，三年完成

今年完成87亩

此外有万亩林，现有八千亩

现70多万株多是植树

核桃要达到十万株，现

已植为[illegible]

二万株[illegible]

~~[illegible]~~

做到一人地一只羊，一户一头猪

[illegible]一户一果，三年每户二[illegible][illegible]

乡乡有卫生所，卫生员十名。

今年每人底粪一百担，追肥20担，

化肥每人二三斤。

蓄肥解决良土地，每亩万多斤。

找地积肥，解决主要地。

同时地才三百多斤。

四座小学，一完小，学生446人。

毕业(中学)回乡数百人。

通过本社(初级)合作社干部培训，现在什么都有，

有个医院，门诊所，助接生。

有缝纫社。

有一所高中。

高小毕业70多人。

参加部队中学生，学生出去读书多人。

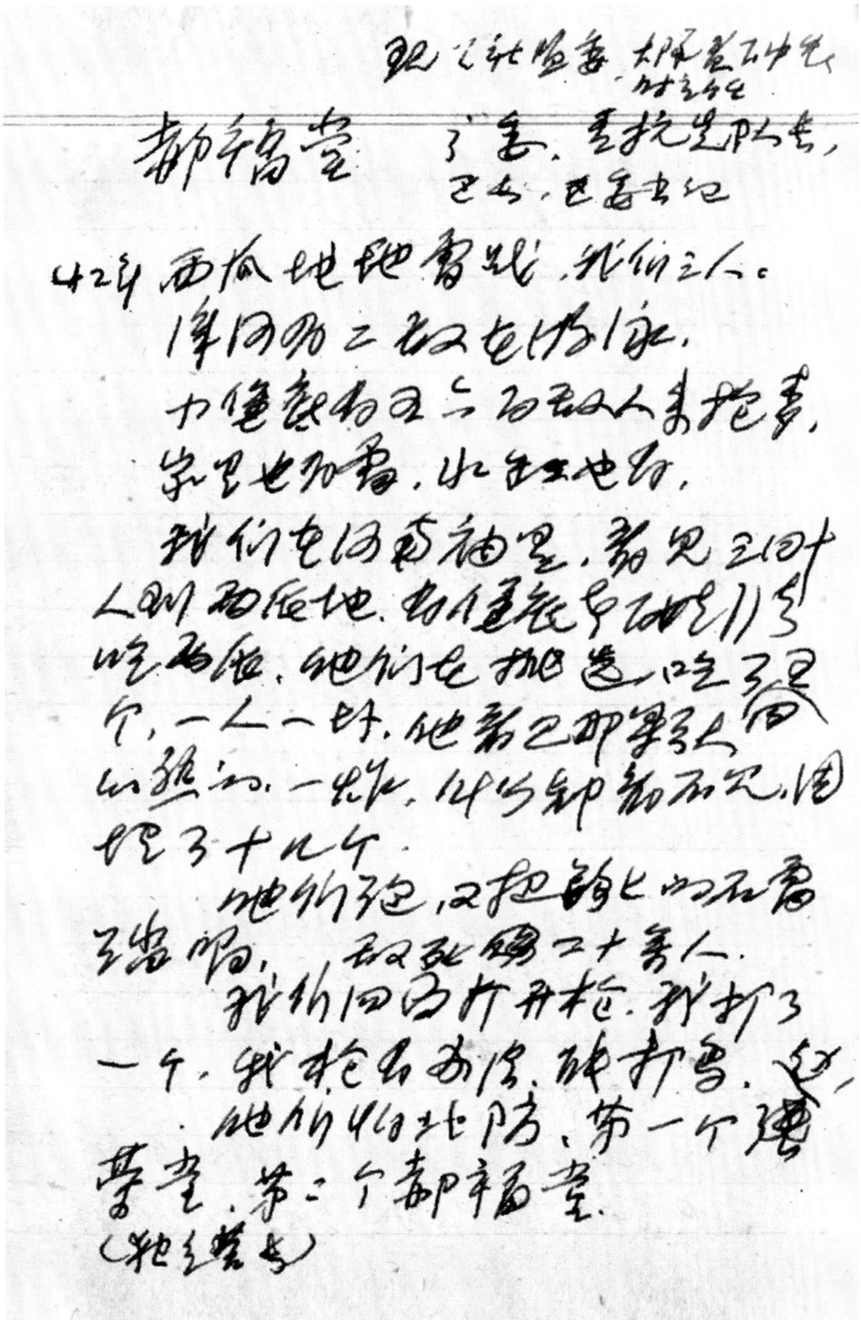

现公社监委、大队党支部付主任

郝福堂　37岁、老抗先队长，党员、老支书记

42年西瓜地地雷战，我们三人。

埋同另二斤地雷埋伏。

日寇来有五六百敌人来抢麦，家里也知道，小孩也好。

我们在河南袖里，看见三四十人到西瓜地，拿个篮线早在地里埋了，吃西瓜，他们在那里吃了三个，一人一个，他看见那里有人向他踢了一脚，什么都看不见，倒埋了十几个。

他们跑，又把路上的石头踢响，敌死伤二十多人。

我们回来开开枪，我打了一个，我枪出故障，被打弯。

他们从北防，第一个李学堂，第二个郝福堂。

（抄自笔记）

（上来事也当此）

敌人退大峪谷，十几天后才到大窑，那里有游击队，我们在岩上打手榴弹，死了一个日本敌人，不知敌死了多少。

一会二区游击队来，敌就合诱至，枪一响，敌军当时倒乱纷纷，她逃散。

我们到达这二十多游击队，那十几二十条枪瞄准一个，一二三，那军官从马上掉下来。

敌死用机枪掩护抢了尸首回去。

敌有四五百人把我们一连包围在将军七窑，把我们也打死，当时人们往狭缝洞窜，决九团出，冲出来了。

我牺牲七八个，敌可能死三四十人，用一挑手榴弹打机枪。

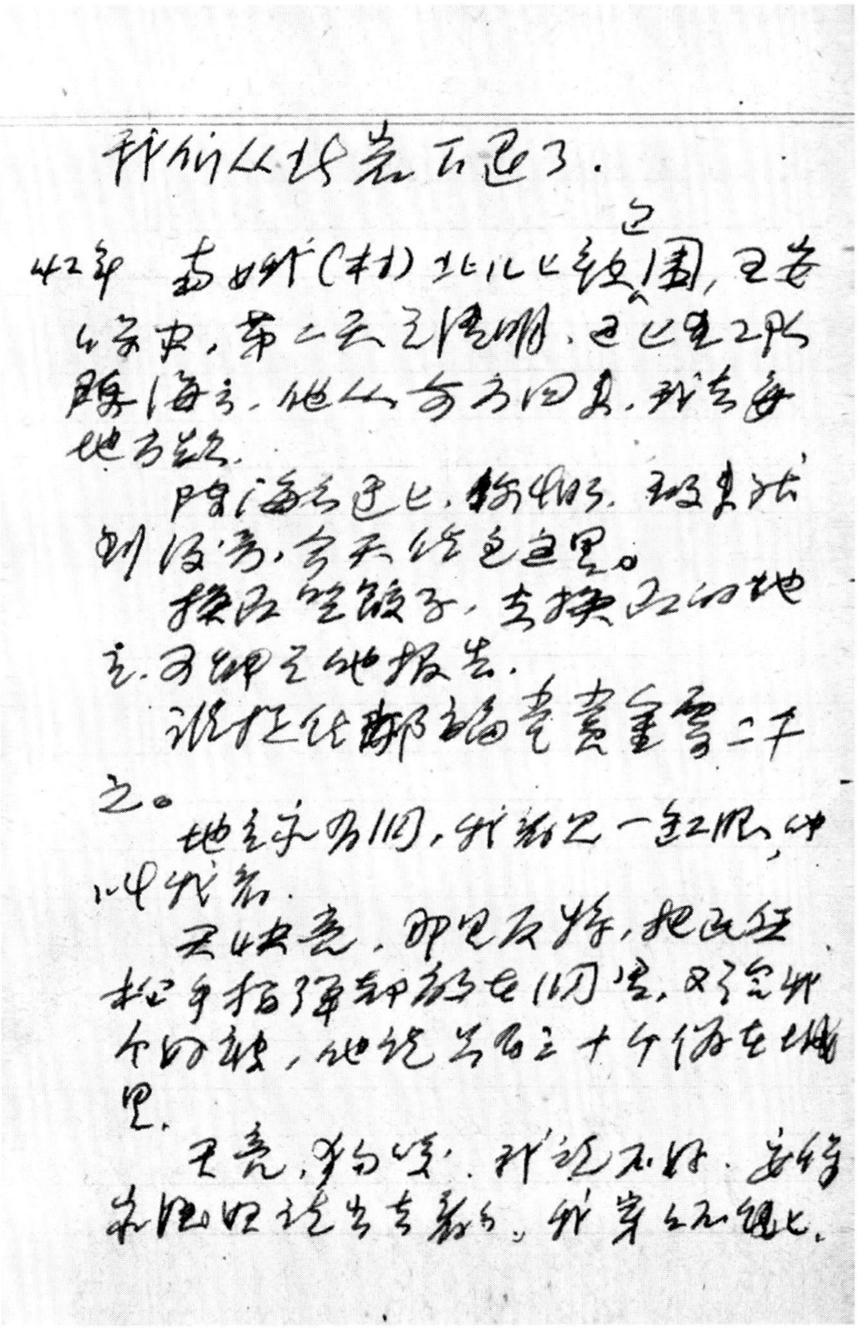

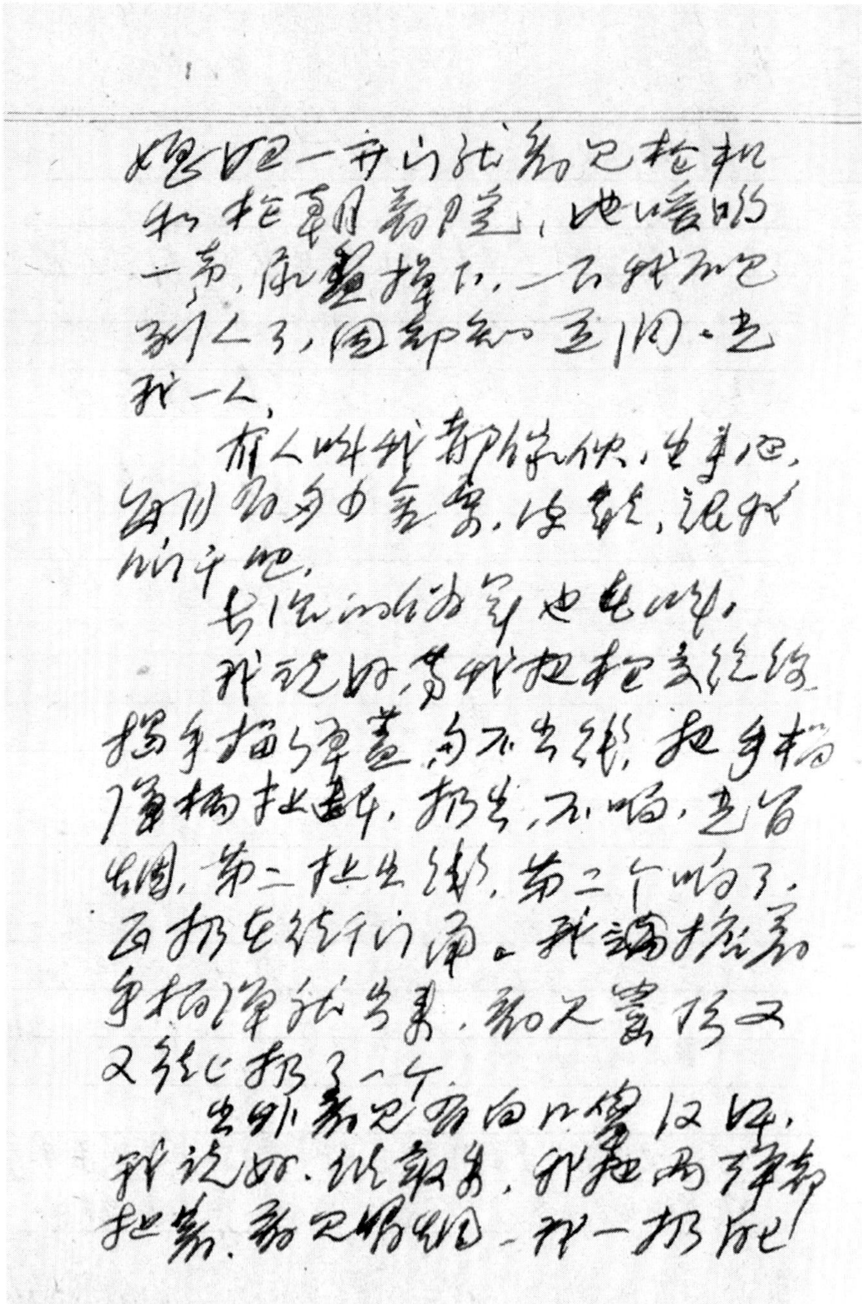

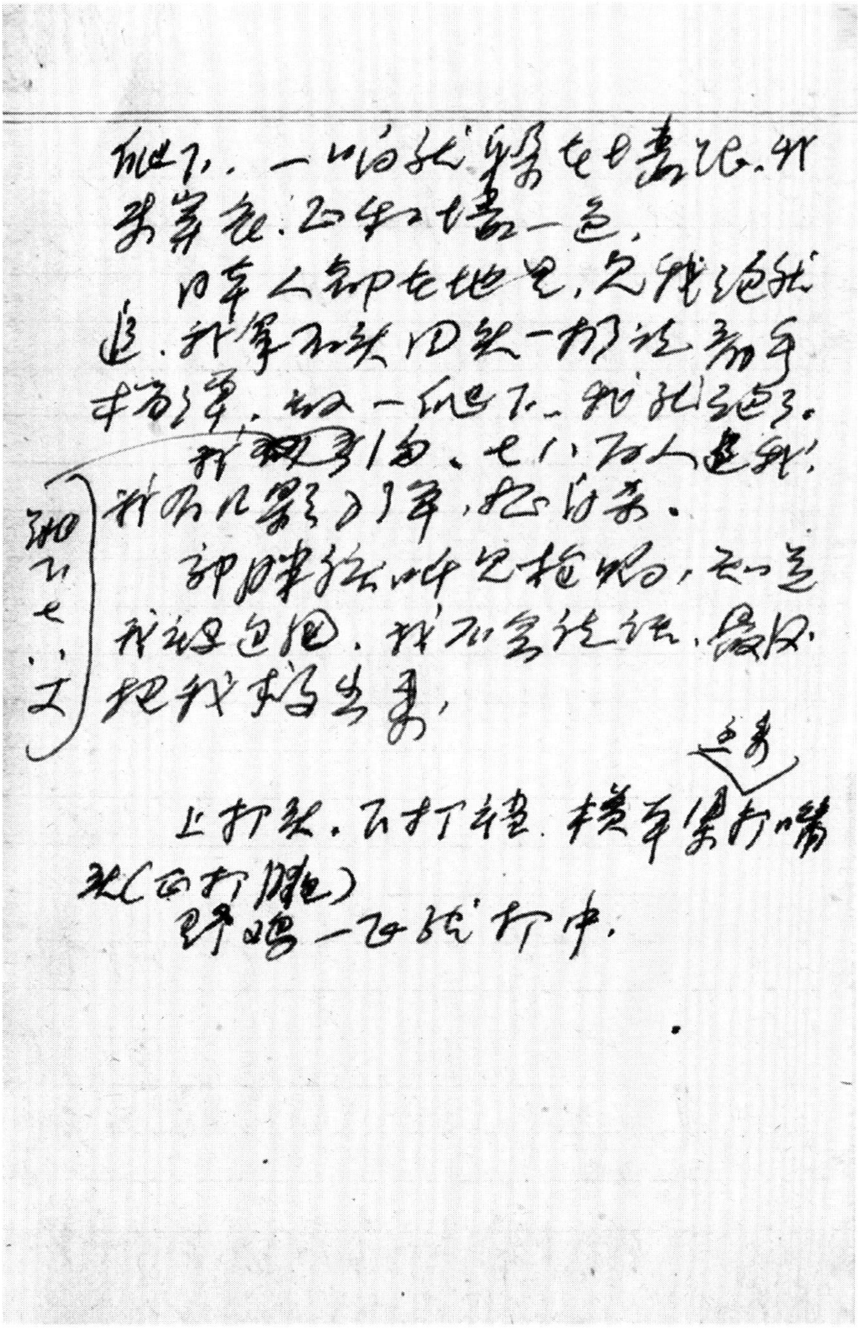

爬下。一响我就躲在土墙后。我
当步兵，不如土墙一道。
日本人都在地里，见我跑就
追。我拿机关枪一打，就投手
榴弹，敌一爬下，我就跑了。
我跑到前面，七八个人追我，
我用几颗手榴弹，把他打退。
郭队长他听见枪响，知道
我被包围，我不会说话，最后
把我救出来。

细写七、八、又

这样

上打头，下打裆，横着打嘴
巴（两打腿）
野鸡一飞就打中。

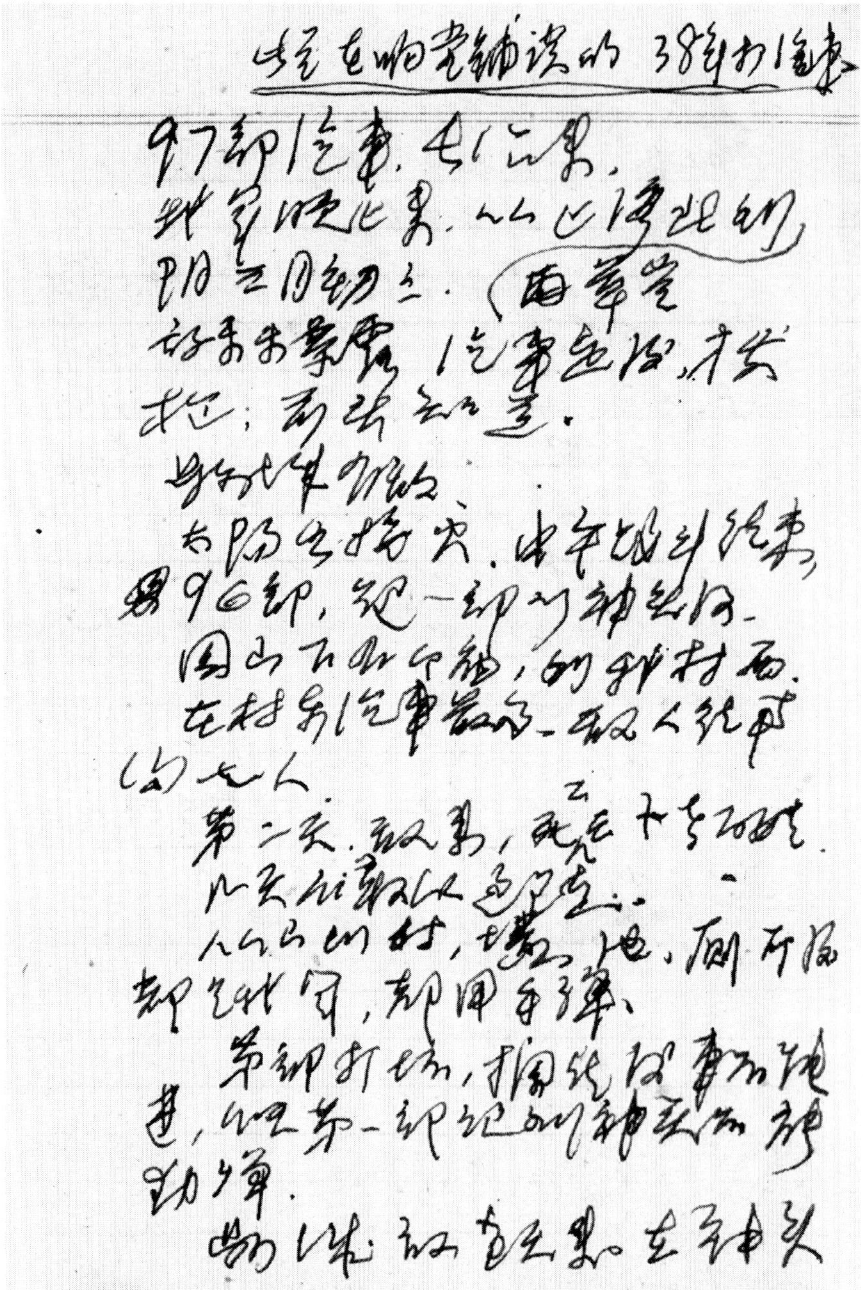

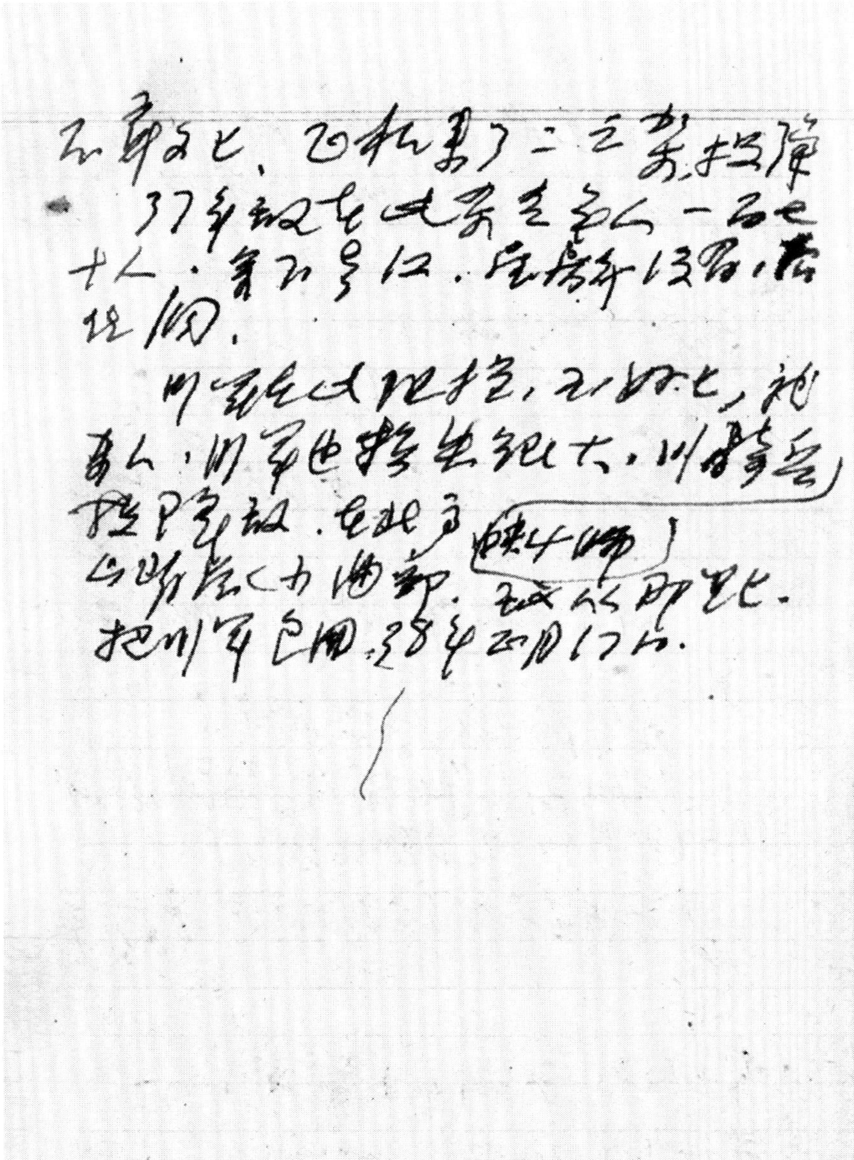
不算多么，飞机来了二三架，[illegible]
打了半截，敌人共伤亡一百七
十人，[illegible]
[illegible]
[illegible]
把川军包围，28年四月17日。

三八五旅，与二团，97军中村川军（误认敌为敌八路军）。

如伪县长假，子弹很多，

第二天敌来袭。

敌人从钟让村突袭伪警二三十人（击毙）。

敌在三日后，来到敌营挂在乡公所人，

川军之杨森经常闹，他很亲如。

我军和敌人打交手战。

后敌包围军民用地道追到底，敌人伤亡外界，损失不少。

一开始把我军包围以后尽力突围。

李炳元 武乡，委员，书记之一

王大海，沁县 付书记。

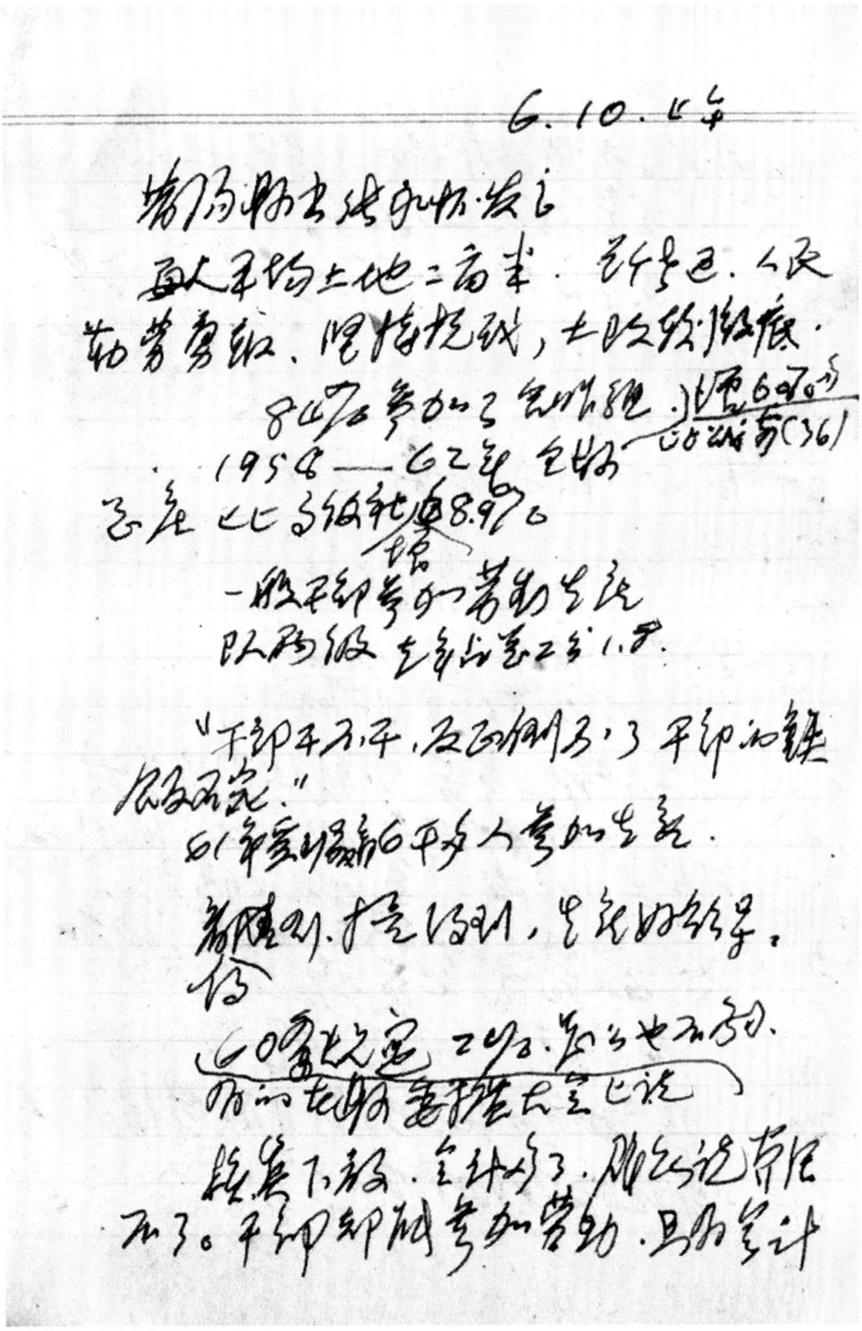

6.10.上午

[illegible]

每人平均土地二亩半。[illegible]。人民勤劳勇敢，坚持抗战，土改彻底。

84%参加了[illegible] [illegible]60% [illegible](36)

1958——62年全村

总产比58年增长8.9%

一般干部参加劳动生产

队干部 [illegible] 1.8。

"干部不下手，[illegible]，干部的[illegible]。"

61年[illegible]60多人参加生产。

[illegible]

[illegible]

[illegible]

[illegible]

[illegible] 干部都能参加劳动。[illegible]

不能。不能要那样的小大衣干部。

要出色的，21个好。

要能去指挥，又是干部参加劳动生产。

800亩土地

大寨十三年变化。80人，把七条沟沟变成米面窑。面石一里的沟沟没人种。

十三年增产七倍。

①陈永贵说：春耕、收割、收割、秋收。

干部参加生产才行

②干部不参劳，不能从家门口出去。

58年的浮夸，但他不，坚持不到北京，他说浮夸要向他借粮。

以后（1962年）的满足，他不满。每人向国家卖七百斤。

③大家帮干部做模范。

④劳模要走在前头才能带头做。大寨现在已经[illegible]。

干部参加劳动的五大好处

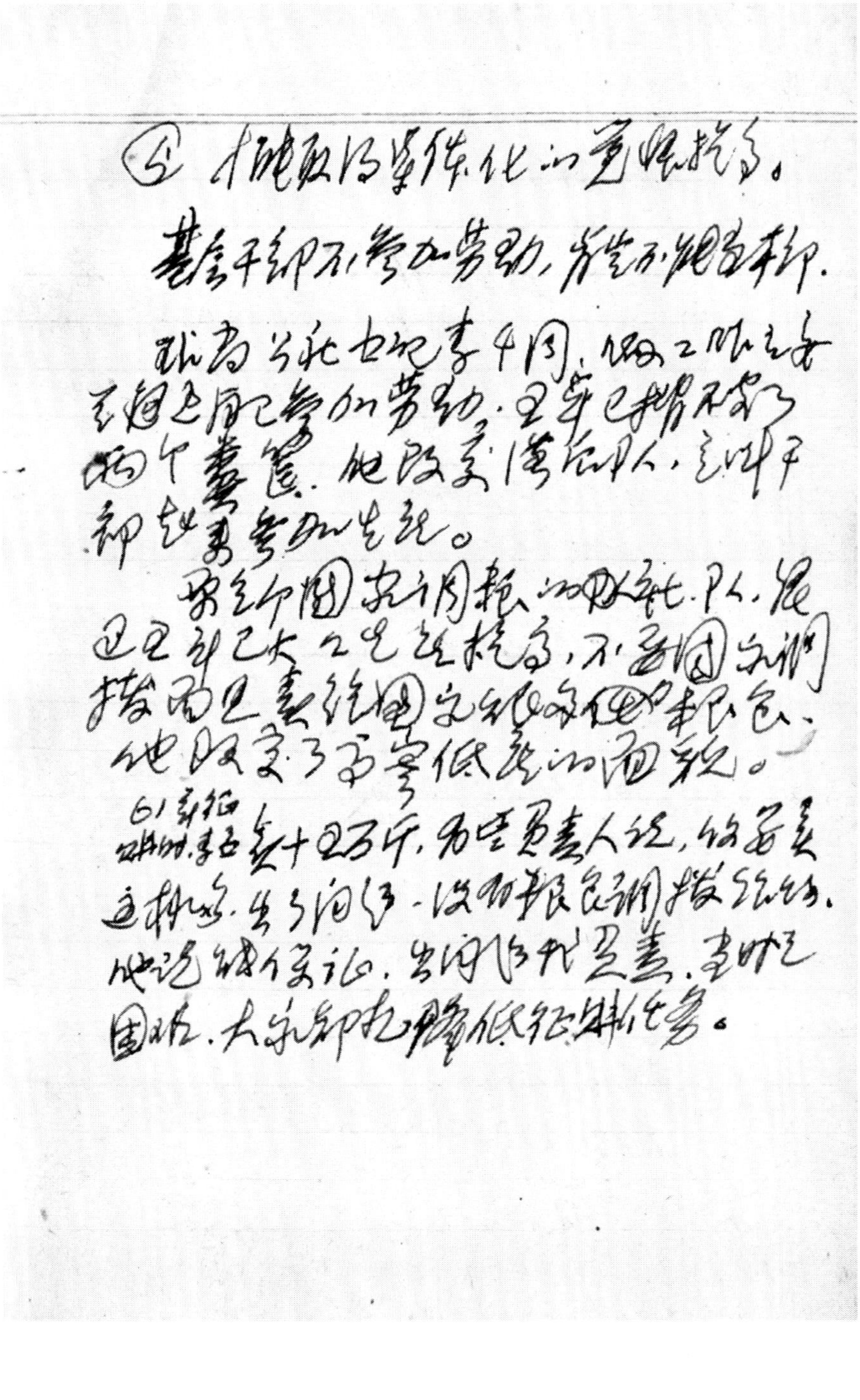

⑤ 机械执行集体化的盲目指导。

基层干部不参加劳动，[illegible]不[illegible]当干部。

张高公社[illegible]李[illegible]同，[illegible]参加劳动，[illegible]两个[illegible]。他改变[illegible]，主张干部[illegible]参加生产。

[illegible]粮食，[illegible]低产的面貌。

61年[illegible]十五万斤，[illegible]粮食调拨[illegible]，大家都[illegible]。

1月[illegible]宣传

“回读”之作。

第一阶段形式[illegible]革命作风。

第二〃〃是解决干部中的问题[illegible]。

50[illegible]。40万[illegible]。30[illegible]。

现在第三阶段。

60[illegible]。[illegible]报纸报[illegible]钱。

全体会。

60[illegible]了。（[illegible]回读的反映）。

有的说：运动来了，[illegible]干部。运动走了，干部[illegible]。[illegible]革命等。

给谁读，谁来读。

在[illegible]，在[illegible]。

临[illegible]。

[illegible]说[illegible]，[illegible]，[illegible]第三次革命。

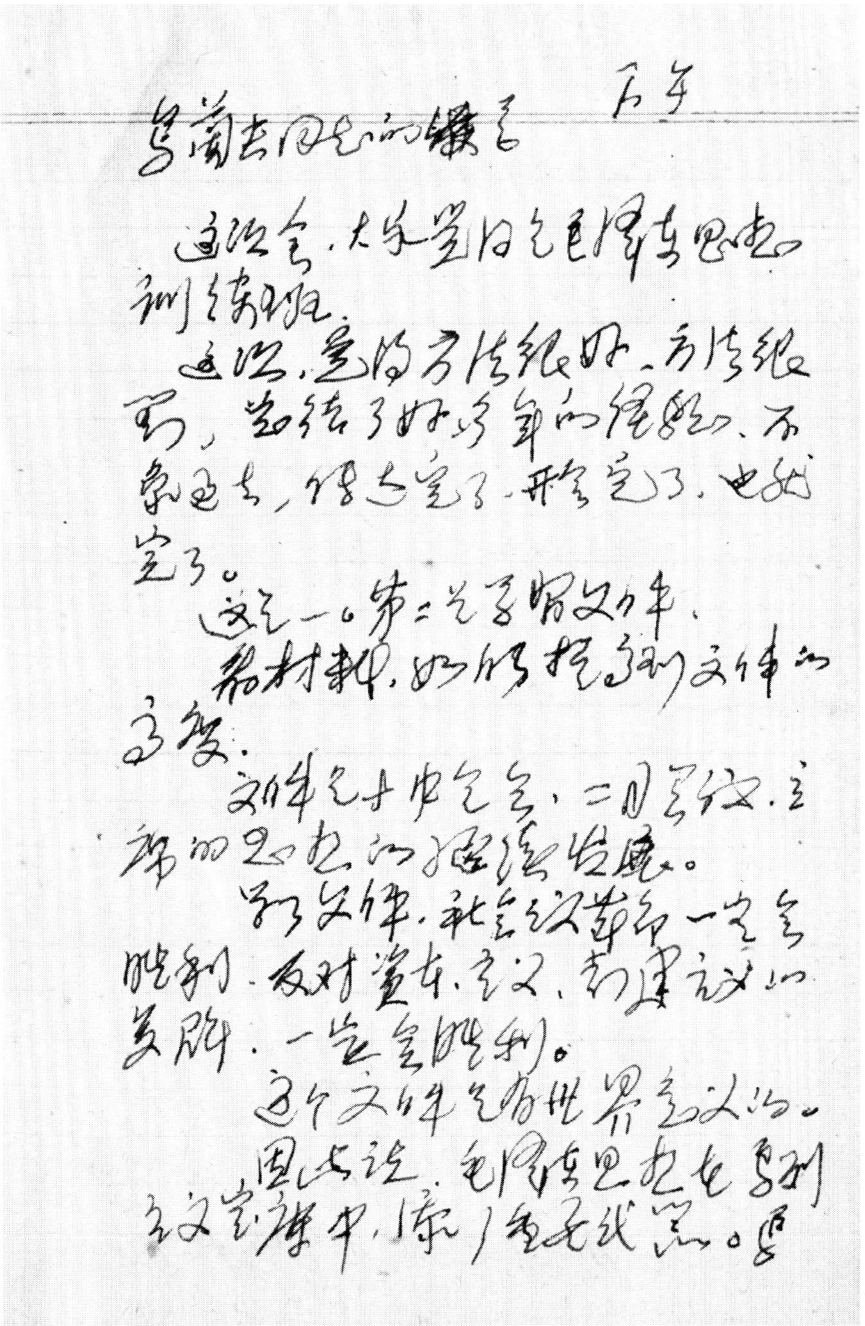

下午

与简去同志的谈话

这次会，大家学习毛泽东思想训练班。

这次，总的方法很好，方法很对，总结了好多年的经验，不象过去，什么都定了，开会定了，也就定了。

这是一。第二是学习文件。

看材料，好好揣摩到文件的实质。

文件是十中全会，二月会议，主席的思想的指导出发。

学习文件，社会主义革命一定会胜利，反对资本主义、封建主义的复辟，一定会胜利。

这个文件是有世界意义的。

因为说，毛泽东思想在马列主义发展中，做了重大贡献。

固到然都没有解决的问题。

这些，这些基本问题解决了。外国的经验艺术主义，但是走这十年的道路。

这就是毛泽东思想的伟大贡献。

桂林的读者、不能参加劳动也得不着实。

过去的工作出毛病，基本上是世界观和方法论上的错误。

方法不对头，有了材料也怎么也搞不到文件那样子。

问题看到，办法不当头，也不能解决问题。

现在实践了，觉得很好，但实践工作中的好的经验，这是一件不容易的事，还须好好地学习。

不要心急，这是总结了过几

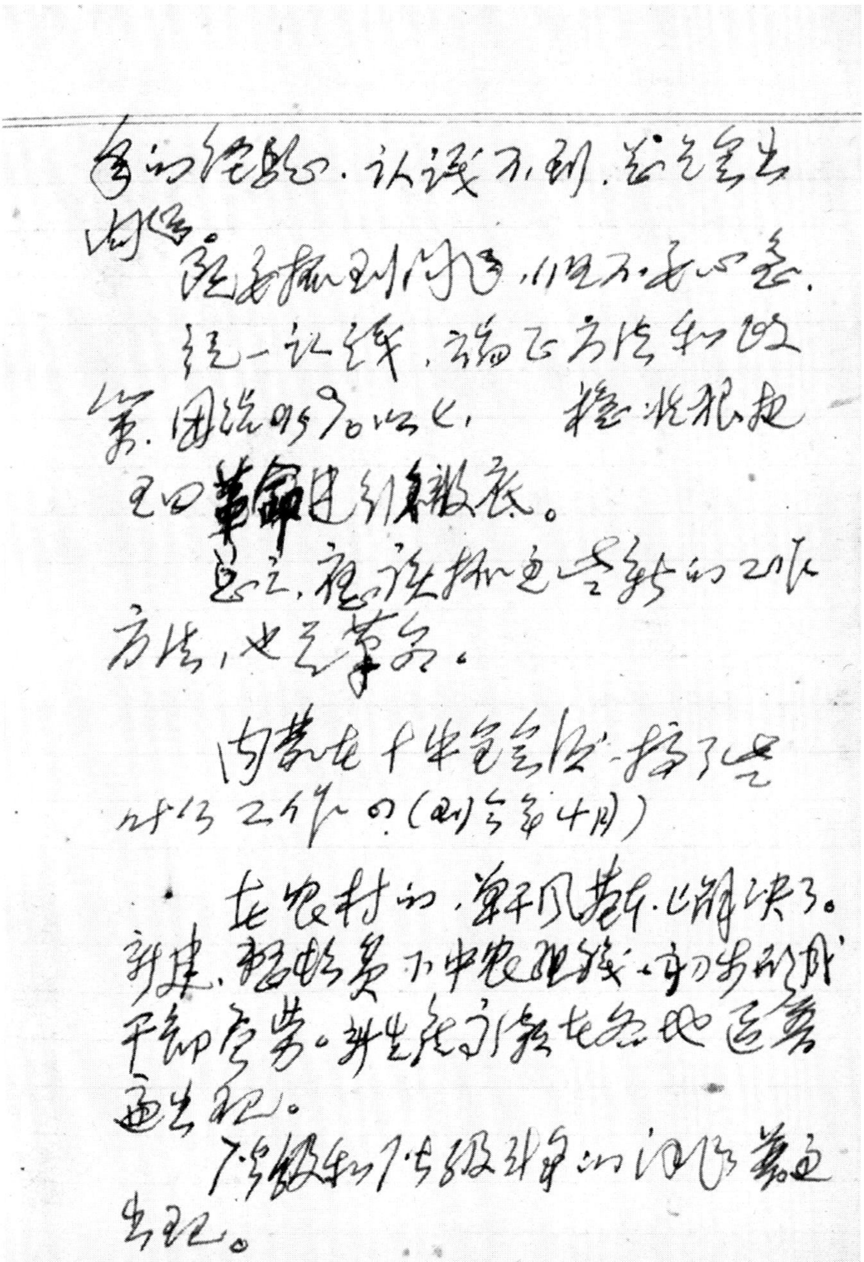
自己的经验。认识不到，总是会出问题。
已经抓到问题，但不要心急。
统一认识，端正方法和政策。团结95%以上，稳步推进把自己的革命进行彻底。
总之，能够抓这全部的工作方法，也是革命。
内蒙在干部会议一换了些好的工作的（到今年4月）
在农村的，单纯风暴，已解决了。新建，彩旗类似中农组织，可以去那的干部实事。并生产了很长的地区普遍出现。
阶级和阶级斗争的问题普遍出现。

要揭露出。宣传会打出傍边之，和统一活动。反对内部民族投降分子。

从去年，从国外来的，情况很紧要，地方进来汉奸，杀人出去。

我们搞宣传，说英雄模范，杀了多少日本军，杀了好些敌人，就认为好了。

第三，社会主义了，但还存在一些问题，社会主义对阶级斗争的长期性、复杂性认识不够。

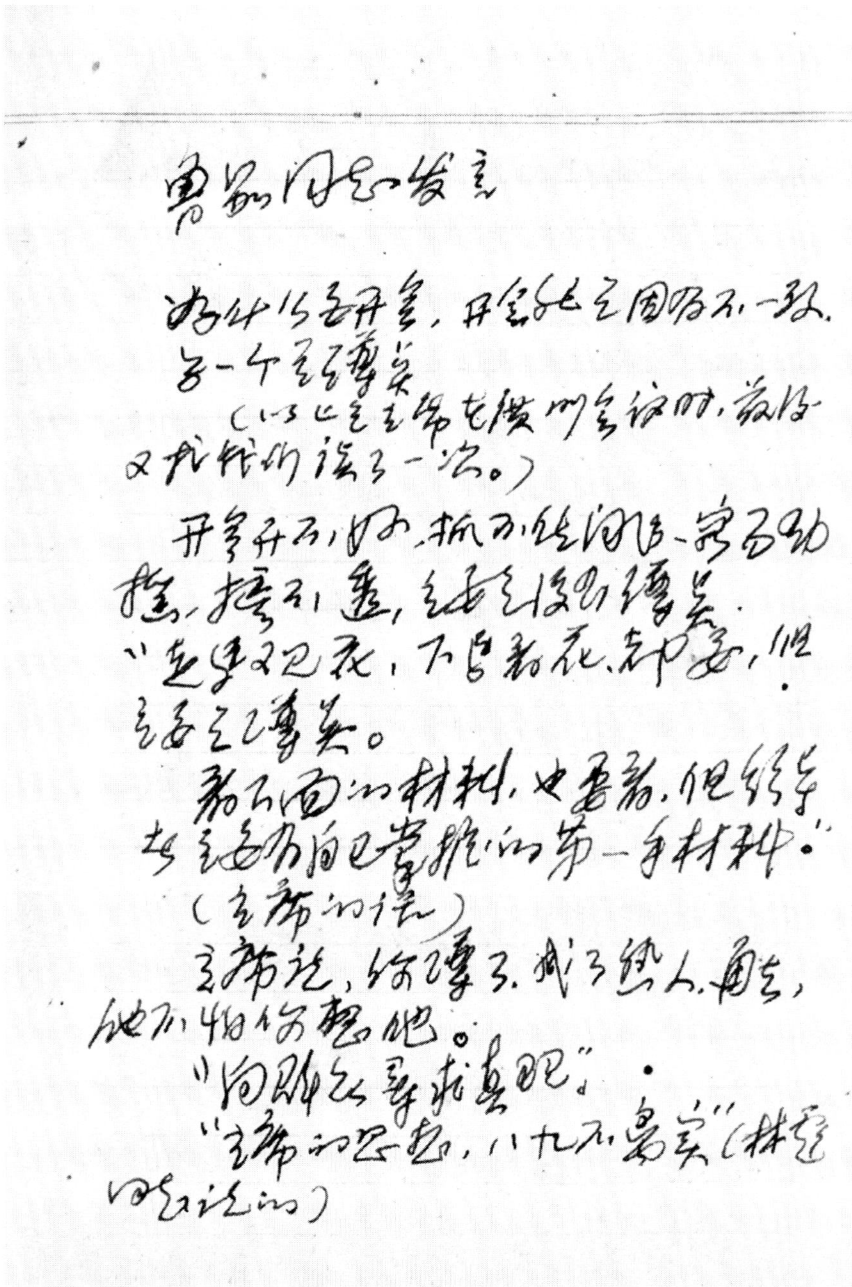

曹戬同志发言

为什么要开会，开会和生产同为不一致。
第一个主观主义
（以上是主席在延安开会议时，最后又找我们谈了一次。）
开会开不好，抓不住问题，实际帮助指导、指导不了，还是主观主义。
“走马观花，不是看花、赏花，但还是主观主义。
看下面的材料，也要看，但领导者主要靠自己掌握的第一手材料。”
（主席的话）
主席说，你讲了，成了熟人、通气，他不怕你整他。
“向群众学习吧”。
“主席的思想，八九不离实”（林彪同志讲的）

主席把文件撕掉，现在当作已发现的东西很重视。

是自觉的不是被迫的勉强的。（对干部的经常方法）。

共产主义者个性最高度发扬的问题，一方面还有个性最被限制的问题。

二、阶级、阶级矛盾、阶级斗争问题

这是阶级斗争，不是和五二年、五五年、五七年比，而是要和土改来比。这次革命运动，而不是一些一般的阶级斗争。

这次是挖剥削阶级的苗头。还挖修正主义的根子。

实际上是把民主革命和社会主义革命分割得很紧的部分，也是这些指导思想。

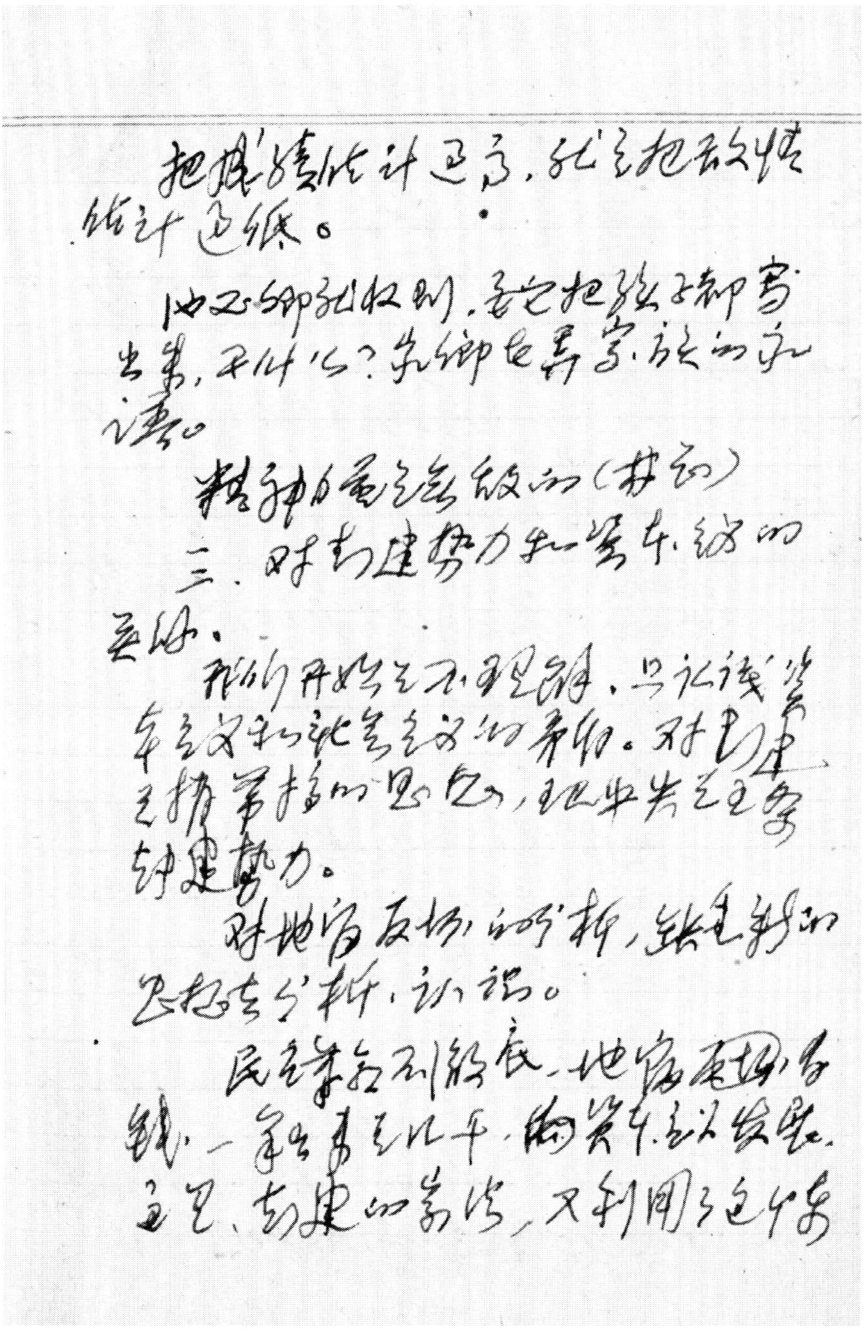

把报纸统计过了，就是把敌情统计过来。

地主、乡村权利，要它把孩子、妇女害出来，干什么？先乡长要家族的家谱。

精神方面是系统的（具体）

三、对封建势力和资本主义的关系。

我们开始是不理解，只认识资本主义和社会主义的矛盾。对封建主义掠夺的思想，现在当前主要封建势力。

对地富反坏的分析，能全面的思想去分析、认识。

民主革命到解放，地富农场、金钱，一年多来这几年，而资本主义发展，血腥、封建的剥削，又利用了这个机会

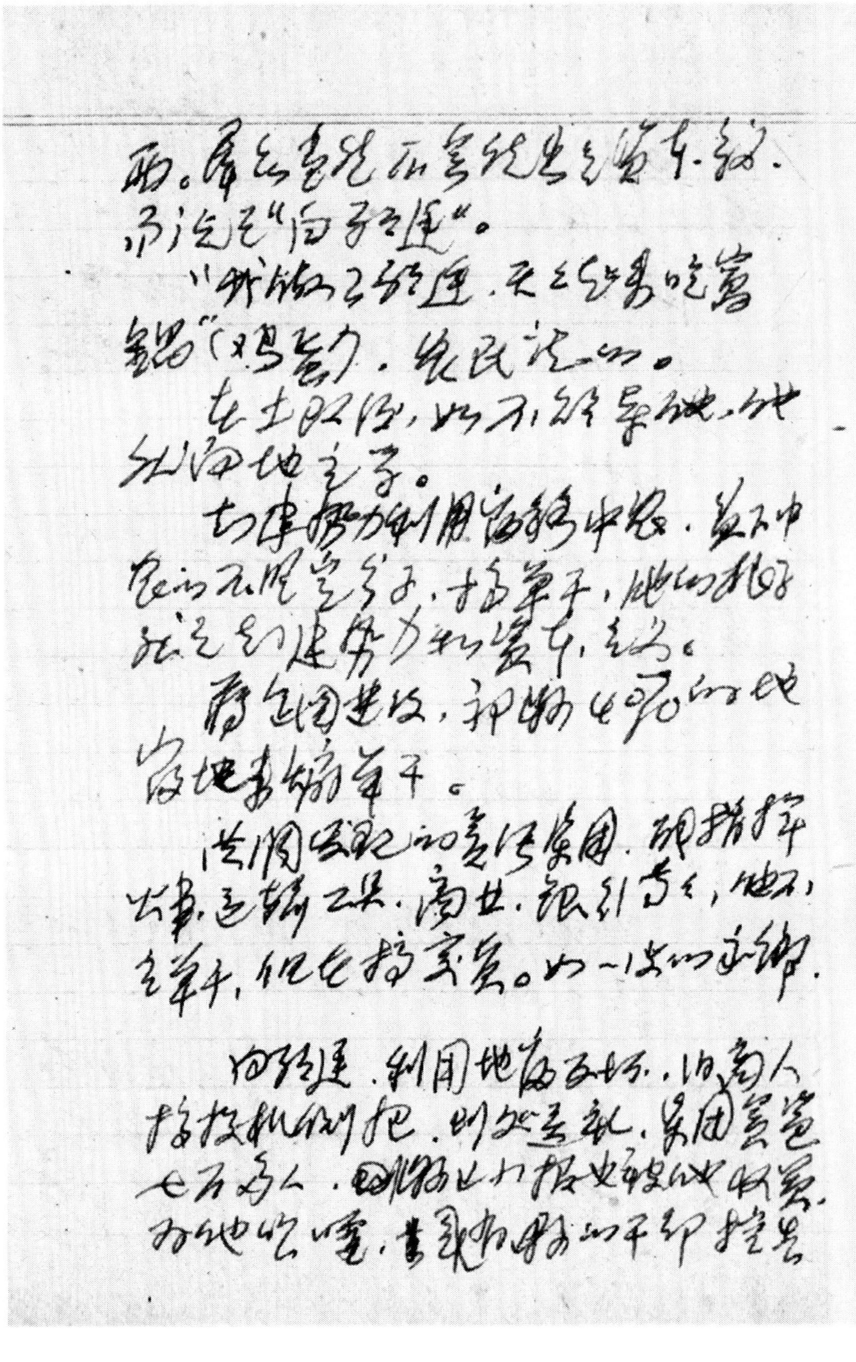

西。群众意见不要纯出去卖东西，而没有“向导队”。

“我们组织运输队，天天给[illegible]吃[illegible]”（鸡蛋）。农民说的。

东土区[illegible]，如不能买碱，他们向地主买。

[illegible]利用商贩中农，[illegible]不用[illegible]子，打条子，他们[illegible]运输[illegible]。

[illegible]进攻，神[illegible]的地方地主请条子。

[illegible]运输团，[illegible]运输工具、商业、银行方面，他们[illegible]，但[illegible]实[illegible]。[illegible]

向导队，利用地方关系，以商人[illegible]倒把，[illegible]七万多人，[illegible]收买，打地[illegible]，[illegible]

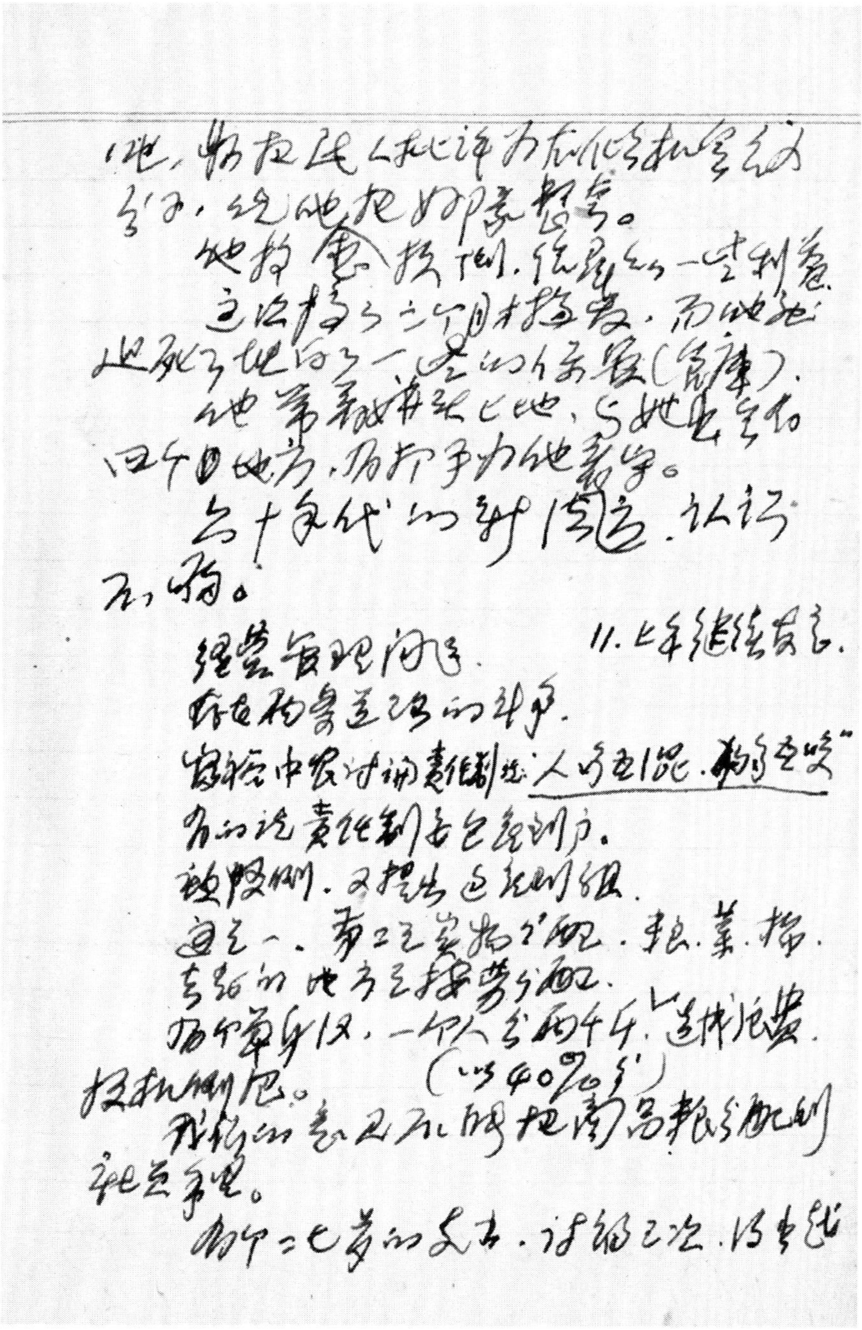

为结婚到了公家，旧的要不要，大家不要。
结婚早。

算了早婚晚，几岁的。

地租不是地主占了三五十。

商品为什么不拥由集体买卖？

长治有银行中收把钱交给人民[illegible]

·纺织、制造、打铁、纸业，铁路也给

公家一些。

干部也不能参加党，因为有了什么：

什么是分了的，肥是集体，书本。

会不会丢面子？

插队来的会丢面子，吃的也少，和

多做计划。

真的是检讨检讨，不偏不倚。

如丢面子，只要抓住，自己也就行了人。

要解决了基本的问题。

今年春，主要是把海上打井，今年

搞了多少，明年是三千，是已经完成。今年

明年要搞60%的，有样板的，是可能

的。

剩下三亿(3072)在明年的春播

而明年的麦子要做到一亩。地委同意开始半个月会，约二十天。

抓劳动，把它作好时机。

在中国社会，不懂农村就不是好的革命家。(毛主席)

选择先进队，准备三万人，没有参加四清的不能参加。

选择一些农村，工作可搞四一五个月。

准备搞到8442小组。

6.11.上午

北京

十中全会以后，七、八、九三个月进行了社会主义教育。

农村把它当作经常[illegible]。

但大多数是口头，阶级斗争很尖锐。毛主席的思想很远，是过地区中很远。也深入到农村阶级斗争的形势。要认识清楚的尖锐性，估计不足。

有人东西当了封建迷信的风水[illegible]，西房有人病了，说人死了用，所以要西房。医生不是很好，医生不病。

长辛店有个老太太西医，病了，请人招魂。

小汤山，有个反动军官，组织青年，讲七侠五义、济公传，宣传封建毒素。

有个照相馆，给各种画报给青年们，有的[illegible]，也有人叫"沙龙"

通报。

新闻告示台，叫人吹了号表，建设的告示。

这里有明清两代的封建遗孽。农村中的宗法遗毒很多，虽不至象山西那样严重，可是比南方的要多些。

十八个青年团员和地富子弟结婚中，有六个发展成富户了。他们对这些团员说，你是团员，随意开会，没有时间。为什么呢？有的懒了，就不参加团的会议了。

工人子弟娶了媳妇，为了出风头要和那个四个同婚姻不满，离婚了。

资产阶级革命时期的作品，来提倡个性自由，在今天这个历史条件下集体主义相对抗的。

北京同样发现村中出现五百多名学生，读书少。

河北　林铁同志发言

阶级斗争问题

买卖婚姻问题的情况又在农村发生，这个妇女二百，那个三百四百，所以在那隔，我们出来算账，使人从封建意识的阶级斗争来了新认识。

下午

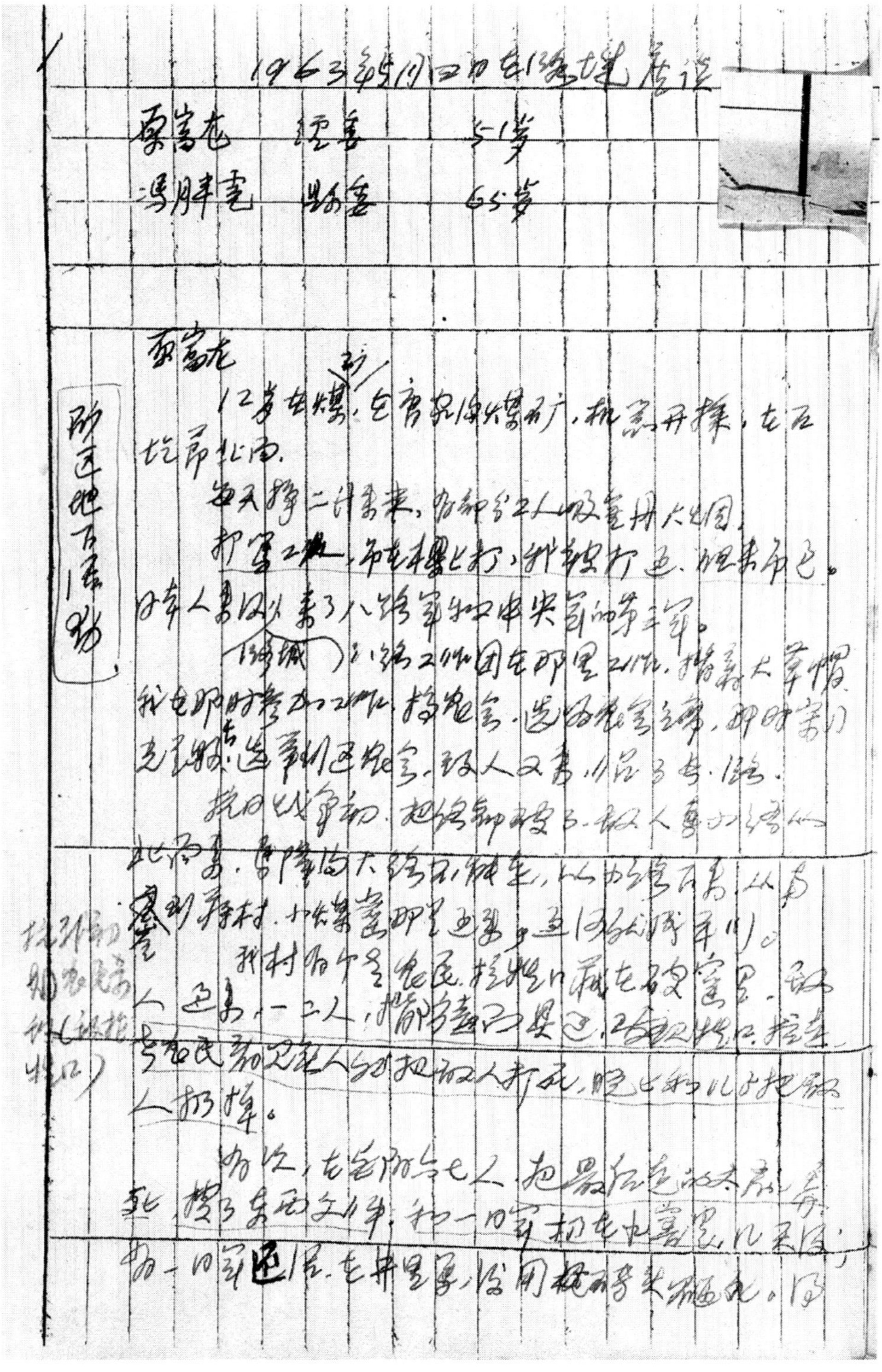

2

了两条枪。

敌人来后，伊始继续[illegible]，回去投去，需与[illegible]斗争，派出代表去，什么部队[illegible]。

去年敌人已经深入地方，地方汉奸特务活动。李金斋得意去与他们打开我们，祸死了一二十个八路军。

中央第三军的参谋长姓刘，那里有个外国雷神甫，组织一个队伍，有几千人，刘参谋长便要收编敌军工作，当队长去打我们。

他们和特务写到日本方面，刘他说是去收编敌军工作，也会被斗争开。但他不敢捉人，把特务送去了。

阎特、汉奸、神甫勾结在一起

黄花营附近周家村有个村长叫李子信。李秉忠在这里当是大绅士，兼三军。雷神甫的部队大部住在周家村。他们在我军的中农、贫农以上的地主家房中，化名秘密活动。对这些[illegible]去了多少，是在富中农的部队。特务还在我们几个干部。

我们在山里开个大会，要捉拿他们，他们也知道了，在周家村的里面特务跑了。响应反队伍

他们也去在山上作了一部分，也退回部去了。

人走了，隐藏在地富家中有一部分，我们查出清理了一些，这才打击了他们。

将来回区工区大会就召开公。

雷神甫先走了，但特务留在李厂、张庄、吴阳

[illegible]了阎特勾结神甫的力量，抗日大一个[illegible]

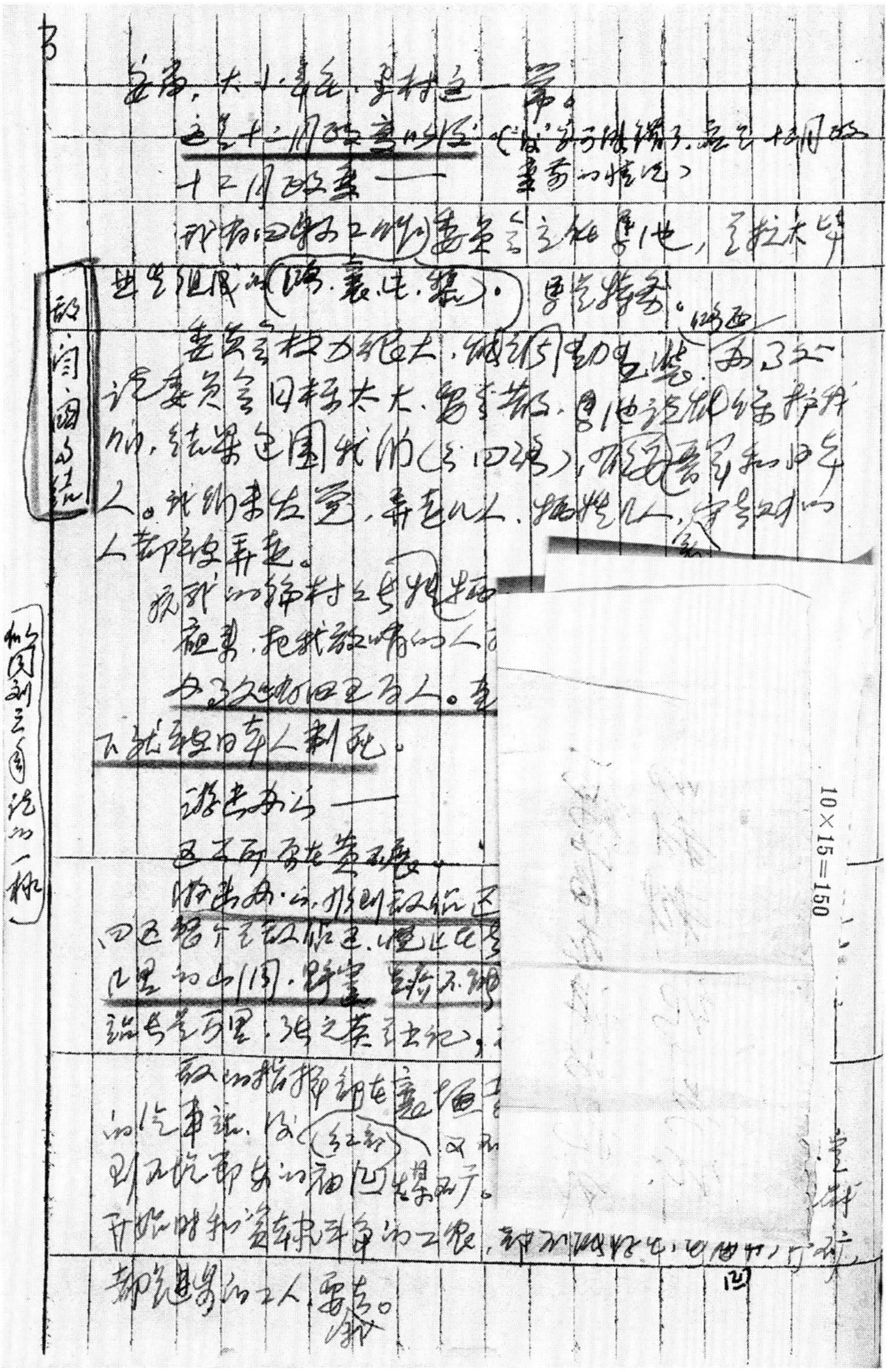

[illegible]

十二月政策——

[illegible]

我们[illegible]来去[illegible]，[illegible]人，[illegible]人，[illegible]人都没弄走。

[illegible]

游击办公——

[illegible]

10×15=150

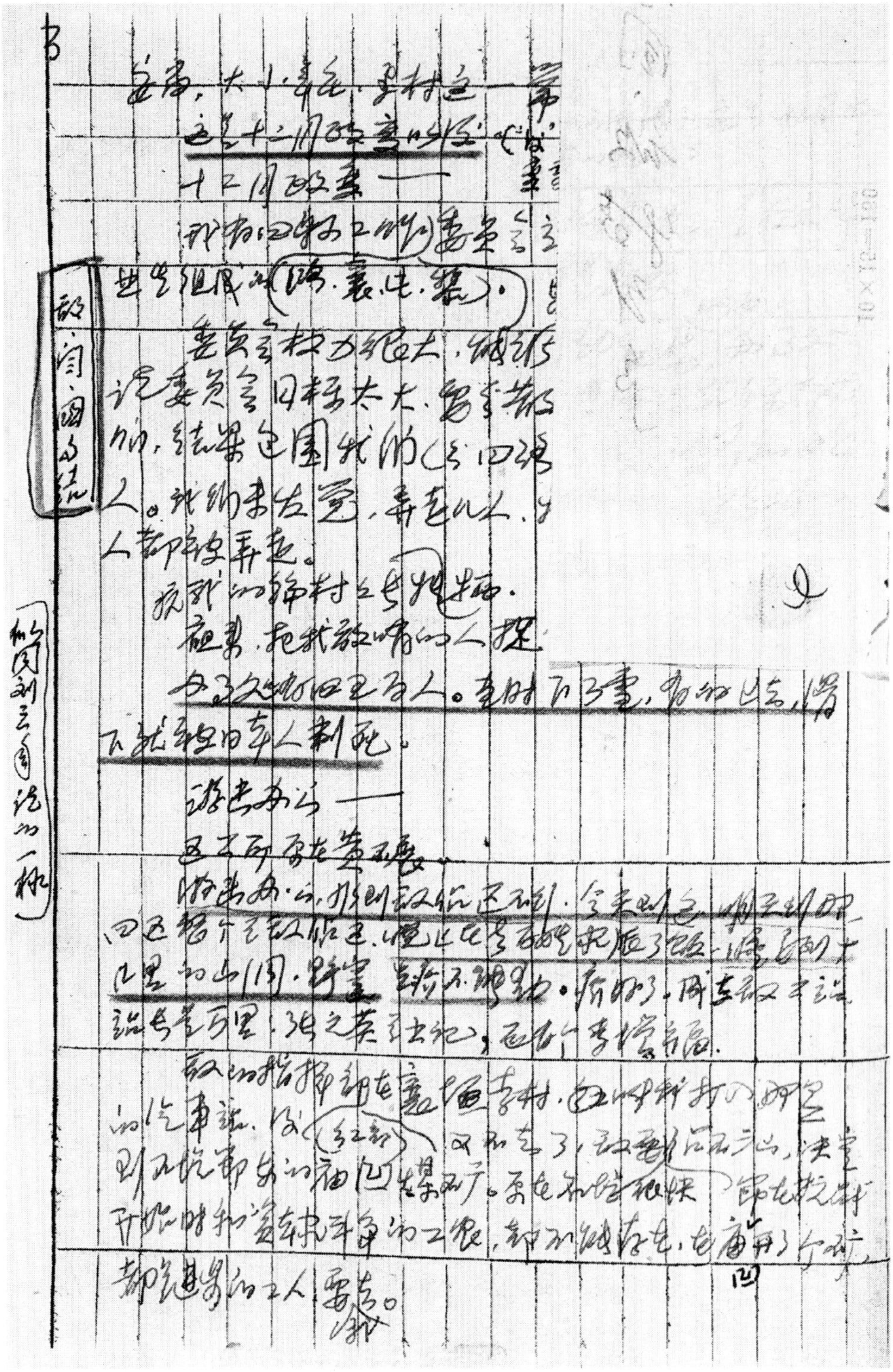

4

我去那里什么都干，安机器。

赵秉壮他的兄弟杨华也在那里保秘。

当我为太行付经理，已知是已来宣。

资本家是特务，用机器多件，入股。如李现的信红花板，我们每人都要走坏人。他们加害我。

苗蔚告，在秋林受已训，行政军官大，回来了。李现的太太叫他去找，他每天都说了，他我们来让他去。

安好机器，我在那里做了敌区工作。太行军区政工站的李海来了。当时我未能一时期，作为我的秘藏，先把我在窑洞住下（了解），以后对付敌人。

我和他住一土窑。他股东为股东后来。

计划是修和北铁路。在西山阳右日炮楼。

李海在那里查煤窑。他常来差，把工资都给送去，给游击队送出去。

资本家李金宝把和记的事给日本人。日本人直接管了。负责人叫池田。厂的井队的芹田。付队长松田。有时几名警备队。

工人把井淹了，日人安锅炉十台。常造成大量排水。这样他们就向我们拉炭供锅炉用。

上决定要把日本人的矿的工作做通。

在矿井队的技术员张景良（部册人），任班长（年了几人），利用他们，混朋友，小恩小惠，关系好了。我拿了他们给我拉煤，就请他们吃饭。了解到日本人信奉的中央军，对中共，对日本人都绝缘。以后出路，我问他将来如何？

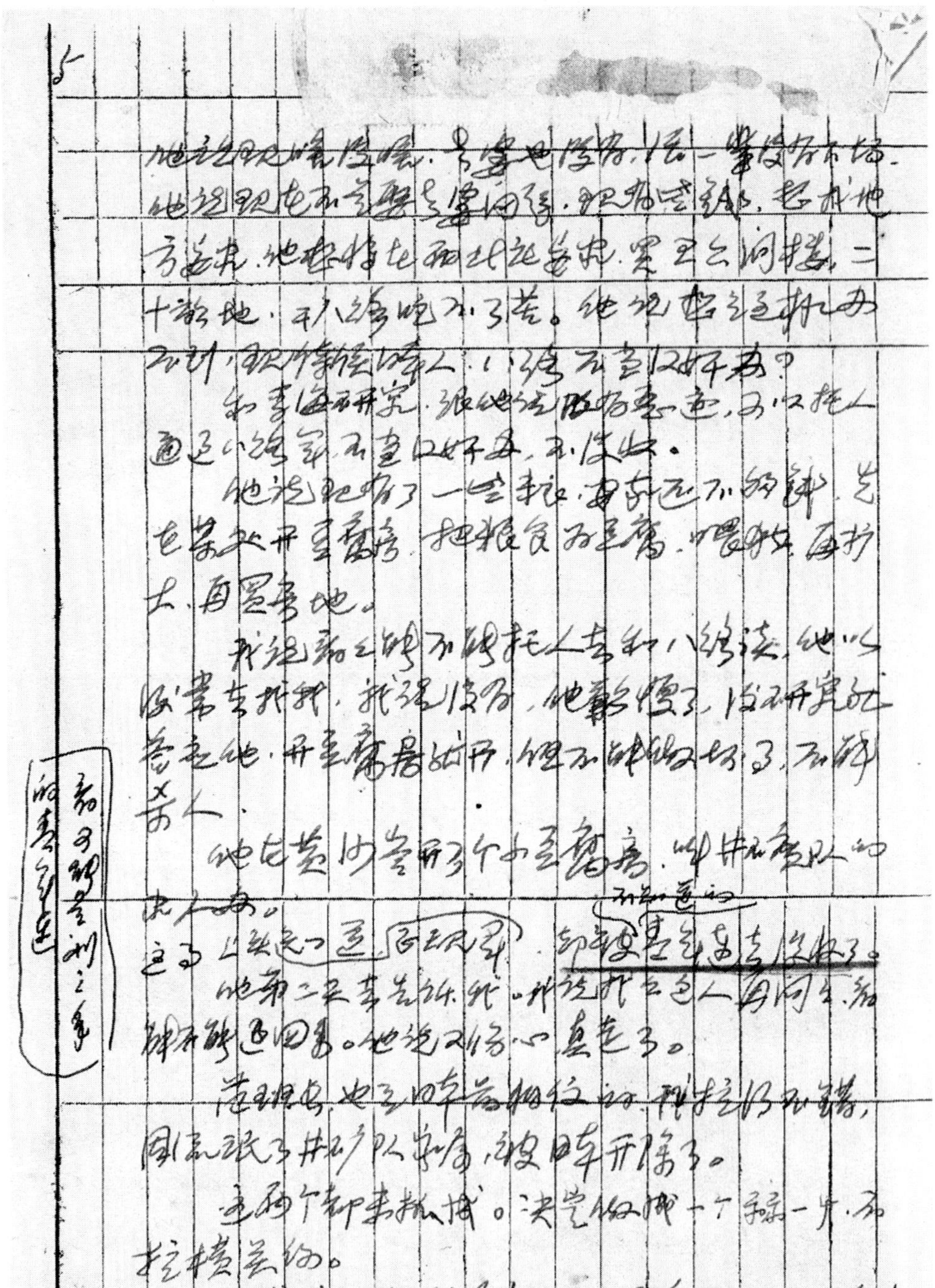

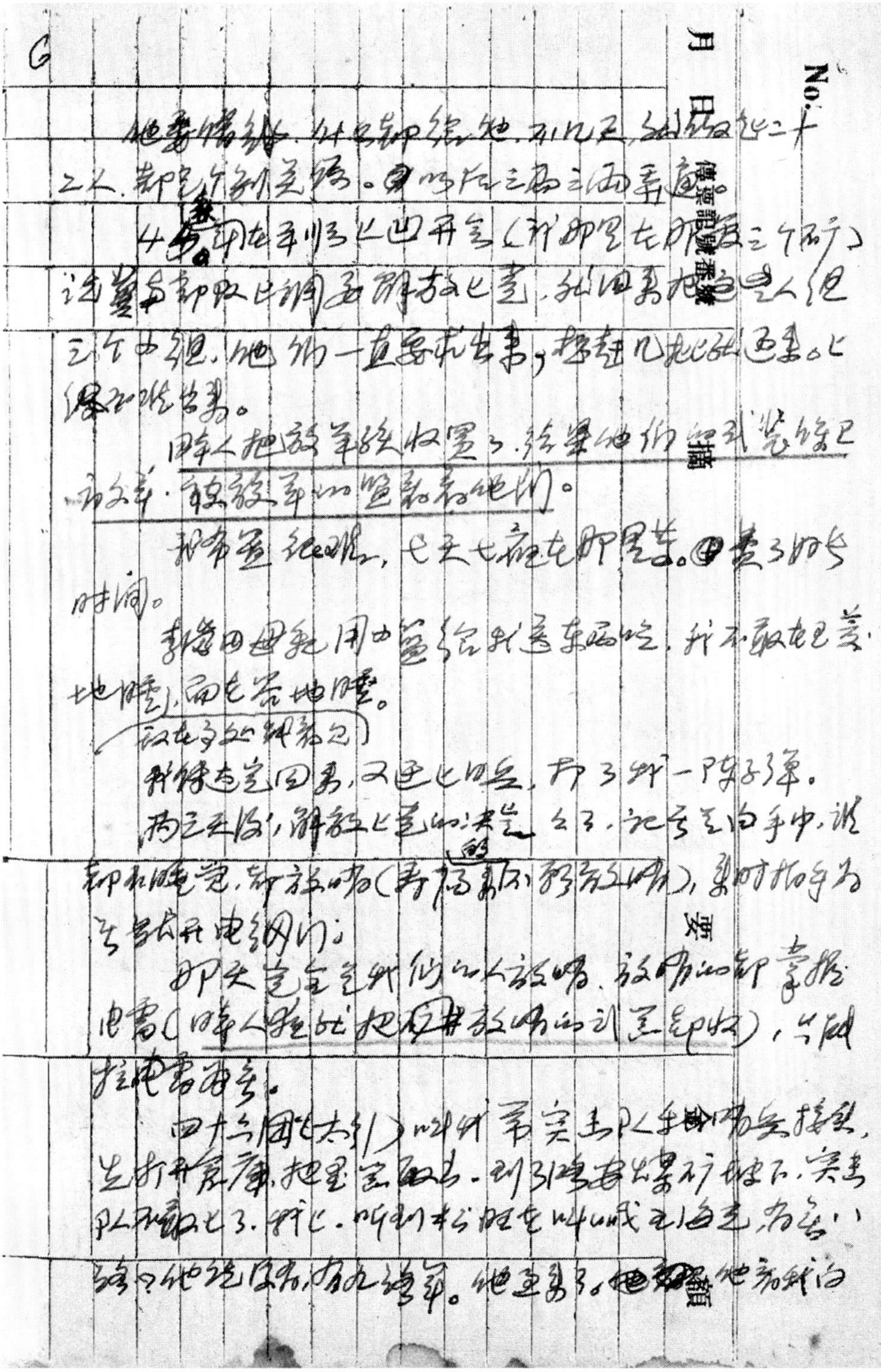

7

袜，他回答是要水。杨旺走了，我们的人来了。
我问他怎么说话，没有动静，只有狗咬。
我拍手，他回，我又拍。
开门我进去了，纠察出队接头，翻过二十九
人（实二十八人，跑了一人）。他说不到，只两人了，
行（内部的暗号手巾）。
先打开窑洞，另二人把窑打开，把里面搜出来，把他们抓了。
王海亮把电雷拉响了。
我们向外四十分钟，不敢动，突击队又走了两
人，说明情况才敢动。
日本人都留在炮楼上。
日本人的宿舍放了个电雷，把三间房炸了，全
日兵都留在窗。
杨旺被雷炸（烧）死。
抓了日本的女情报员，伪军队长冉革三。
当天有敌三个炮楼，（约风嘹望）高喊救命。
第二天敌人来村子，把房、窑（有粮）烧光了。
过了不几天，敌又要修炮楼，烧了房子。
接着荒滩等地的警备队也走了。
以后我们在那边长治，当地做军事工作
做事。

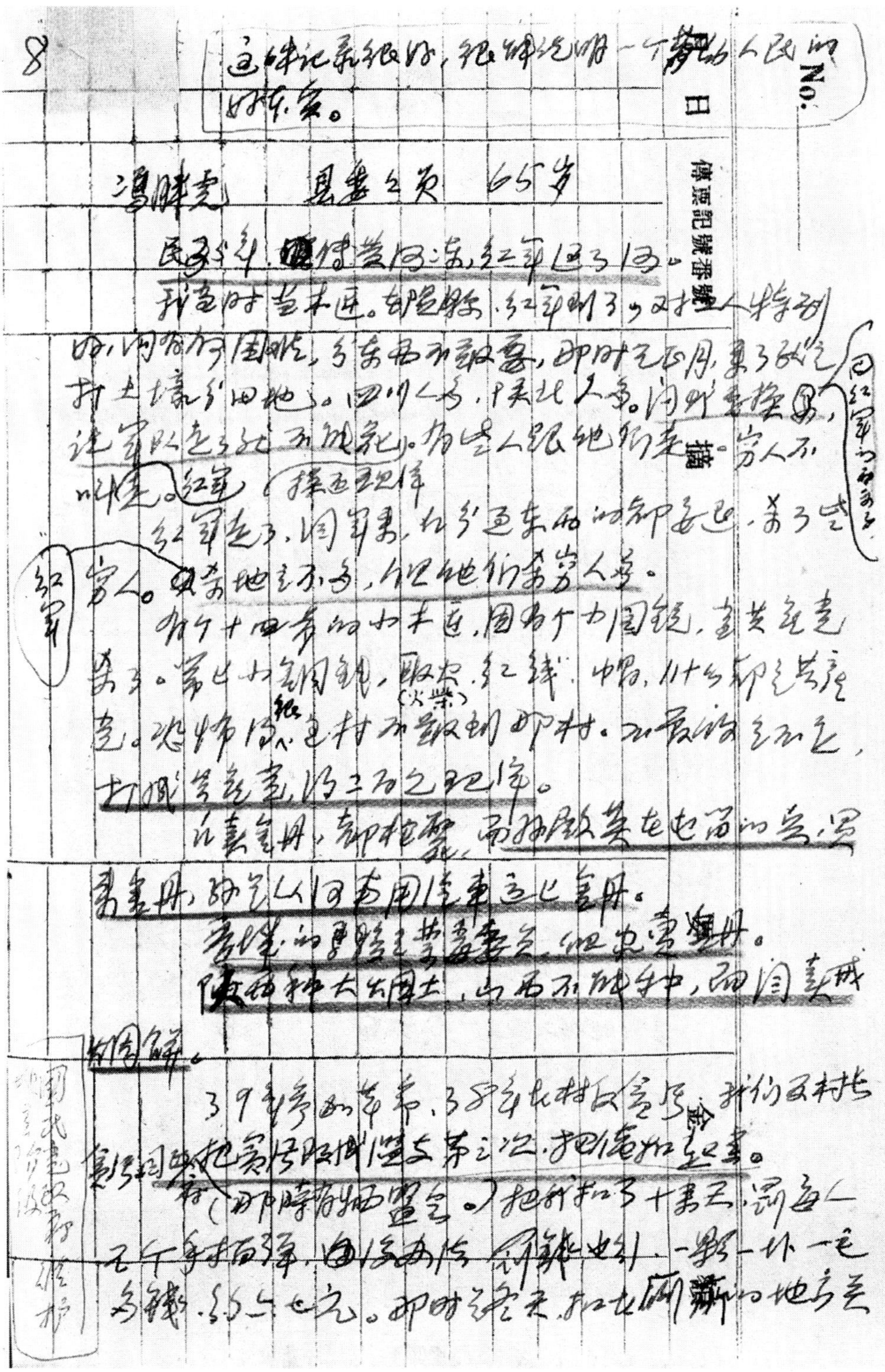
No.
日

9

他。

我回来后，打杀村长和六区团长，可终我不出个机会。

别人叫我参加共产党，我不为报仇，参加了。

[illegible]长是区长李运生。

39年，在我村闹的保证民运，会是四存。我们清查，反对区长，把反动村长，六区团长翻了。在我思想上报了大仇。反动的村长、团长，把他叫我去受训，结束，叫我当伪村长，我说"当天学，我当村警都当不了，能当村长"我对于不了这材料，又不是木头，我一定能做好东西"。

2给团里叫我干，为国[illegible]我们。

我接上村长，十二月政变来了。说风声很大，到了党员家，一家就说坏人，威胁咱们不能当干部。我分析，由它去拚。组织都叫我回去当木匠，不要闹乱。

我女人也当了村长，儿子当了民兵。（很好）

到40年政策转变，把李铁拴回的人扣起来，准备叫他做典型，要枪毙他，我心很难受，救联会主席叫我去，说政府要跟我谈话。

我到了县政府，县长要我谈杨某汉奸的了。我想着我叫他去的。我报告了汉奸就是他的通敌罪行。他叫我回，几天后，就放他出来。

这是保护人民的治安，教育说明党员

们至终事

可惜保障人权

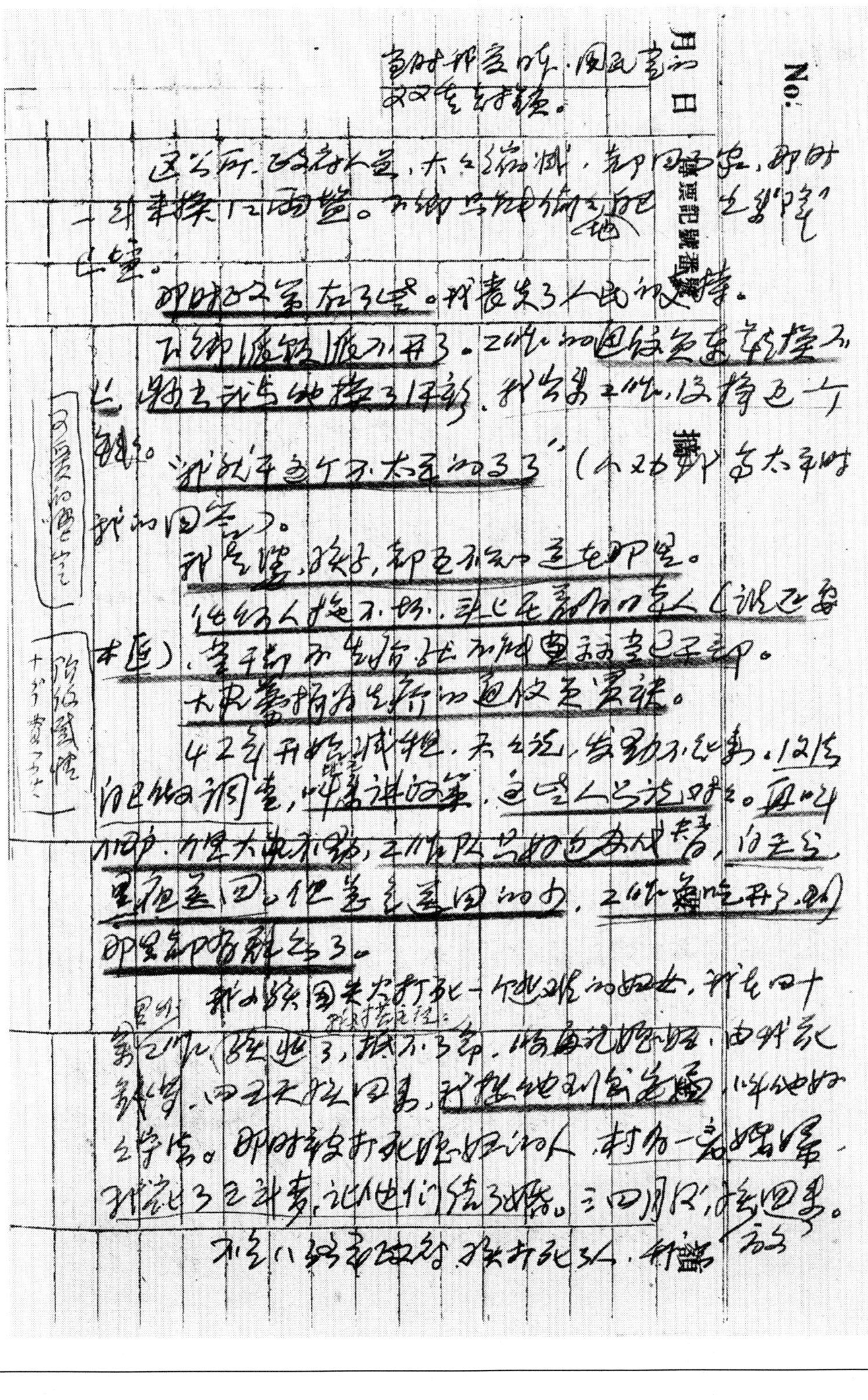

11

几亩好园地，怎么也不到。

43年，又当个差会长，当袁嫂卸任，走了卸主意，没卸开除了。来了来。

当时陷落区四百多个村，只有七个没维持。

我村村动摇了，卸要维持。袁嫂去找警备队人，说部队去掉我和卸维持就罢了。安排赵英旺（赵石匠）我有次到赵村工作，听说他回来，我说要找他谈，他不敢进村，而在野地。我将来不是日本人的走下，汉奸是汉奸人民的汉奸。他说是呀，也对害。他最后告诉卸土金找他几回，他村要维持，先枪毙他两人，就好了维持了。他说我把他枪毙，我把他害死。

我说你就和他好好，好好干，袁我，讨好讨好我，包让他做个好人。他答应，我去和工作团谈，县宋泰将出说：这小子就是坏，但还不是真的。将来又找人和赵谈，说不去就来捉我。那时是秋收的时候，敌人来了，人赵已有人给我送信，叫我不要去。说不了危险。

天气还很热，我却觉烦，敌人就进来把我捉去，到村外，和这千队碰上了，打起来，我就穿到了玉米地里。

卸土金被捉，不空了。他回来，靠子捉了。

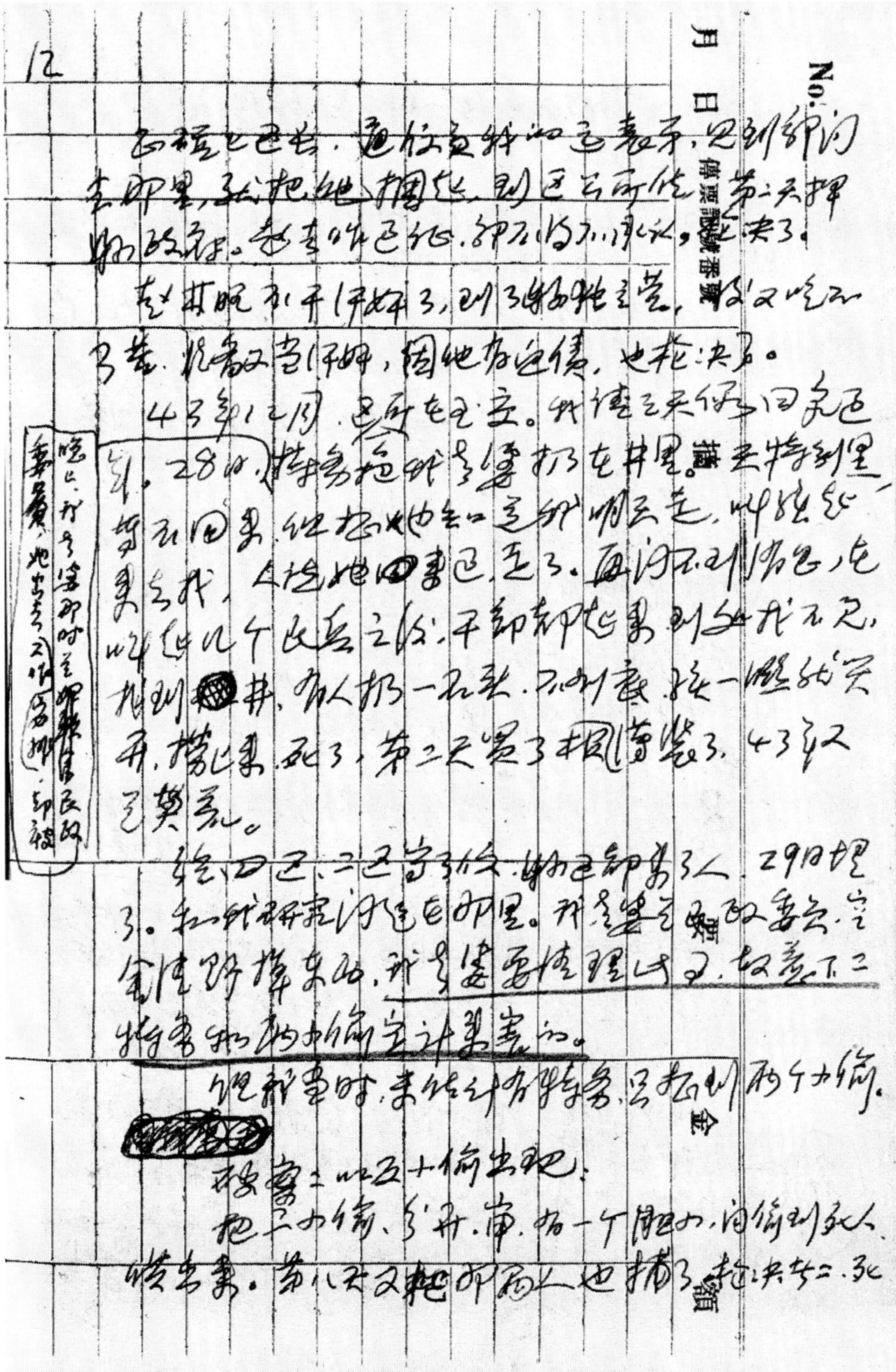
12
No.
月 日

13

我当中一。现在也好一（我已经结婚）。

妻死时三十八岁。

45年，平原部队要打上党，我急想去，但因我已四十多，不让我去。

精神那时无大，体力也大，硬是打干粮（给军队），支帮我上地。45年冬季才全部穿起公家衣裳，可是只得了13了。每月发三元，以后又有些年费，更戴傲了。

我从不缺了咱的事。46年到太岳学习七个月（整风）。

47年南下，一百多干部都牺牲了，都是精者多人。他牺 长，县长都牺牲了。有的从河南、北京跑回来。

果然全完后。
中年一二九（小事）
坚了苗壁亚（贞婆）

54年到太原到干部学校学习。张一子她们把我们闹倒，劝我退学，我当然不通，他们不会搞得这么深。在家也是休息，在学校就不休息。休息好，还可试试。大家接受了我的意见。

休息时把，我去听课，陪我做。我这心脏病

我也不能唱出，我也在唱，跟毛主席，我在太原，小队当第一个教练员唱出的，许多唱完，看的人还不知道是谁唱的，是我学唱。我没从没唱出过

村村医生给我写记

人物记

班

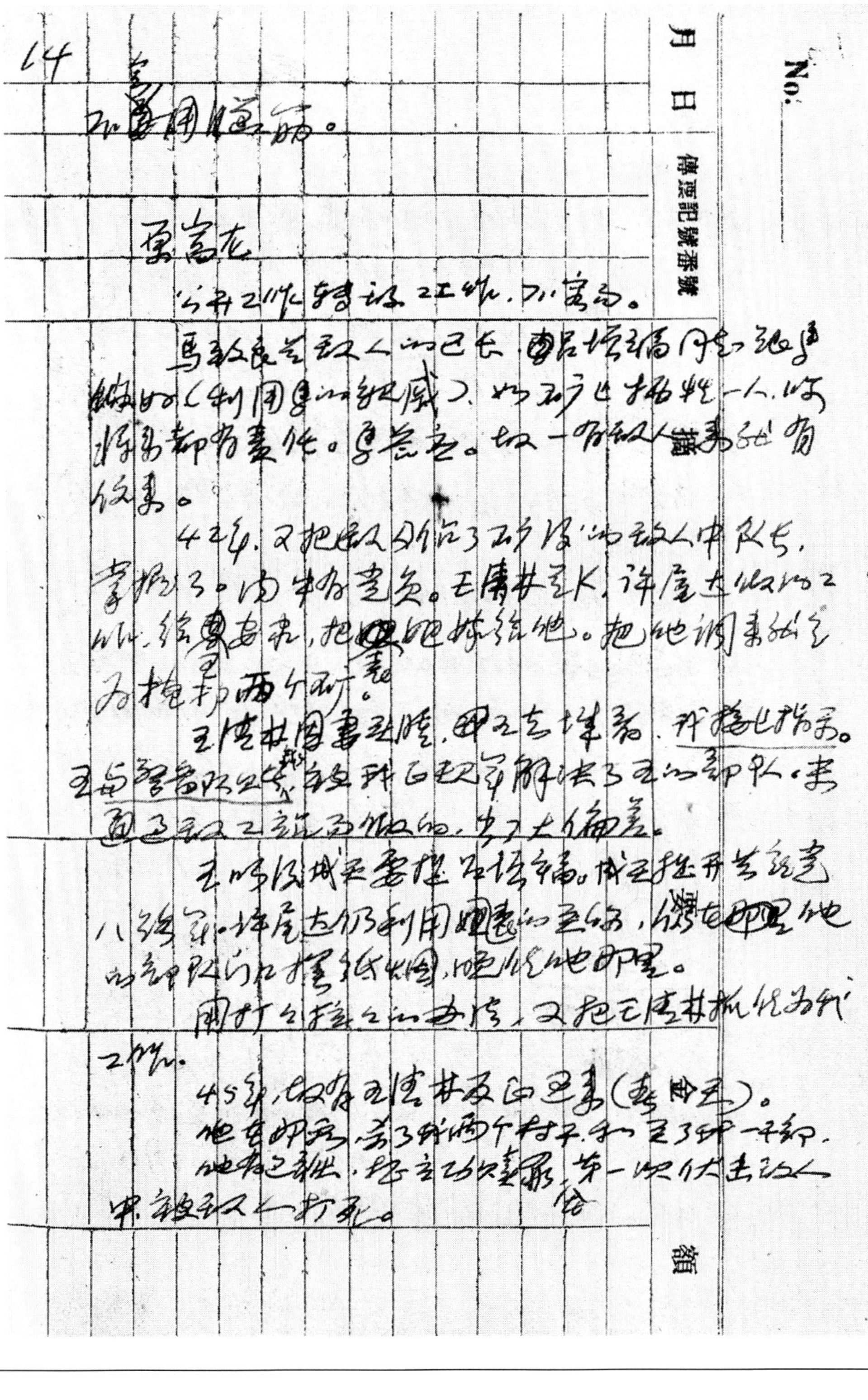
14
No.
月 日
備要記號番號
額

15

榆社队九旅总司令赵富荣。

张腊贵（榆社）对我说：中央军和日本合，变成新式军，说共不好（他说要争取我，不知我的身分），被王振才听到，他向了县府中说，后找我张腊贵谈话，说他是共产党员，不要说这种话，结果把我暴露了。他说叫报赵福荣要枪毙我，幸我提早地离开了，我跑到会故未中计，过一会就抓住，以为是我，用烧夹火枪打死了。

刘二宝谈到杨成功：

赵不敢当指导队，只一人跑成了。

杨成功是级中的保长（杨是杨树的警备队）后徐嘉，作战路在七分八路军，用刺刀刺死，打了另一枪，要饭几天，绝对害怕，张走贵把他收下来开火，好几年。活动的小孩，估计指导员（隐在石子上）是八路军，然后就把我指用，打了他一枪。说他是小偷，到了后，在工人子弟中回家。

警备队来，把了徐嘉等七个人都收服走了。此人说路七名八路军，常来我麻烦。此处为他们做饭的小孩（是我的不堂兄弟的小孩），然后说是八路军太屈，小孩不说，用刺刀刺死他。他小孩后被吓坏，他不说。

66

为此，地委决定在矿上的领导干部都退出，在外线领导。后来又把几年的工作闹垮。

以后全部党工人都退出来了。放弃了矿。

小河修、石圪节、柏山（退出的，只有这两个矿）。

王法林的警备中队，很有搞出起义的时候，但是要送信给和县的特务营来接，但送不出去，几次都被这一片的敌人封锁住，一边就打枪，情况很急，如送不出去，起义就会错过时机。原省委同志都情况不能再等，就要自己亲去送信。何凤鸣当时问他什么时候能送到，他说十二点以前。原来他们都不敢让他去，因太危险。

他绕了一大个圈，绕了好几十里地，用一个钟头的时间，绕过了敌人封锁线，他一人独自把信送到。（冒险）

第一次，王法林的中队被军队抓了以后，上级知道搞坏了事情，就把王的中队放回去。王不仅扣留了，坚决反共，把在他中队的我们干部抓了，并且一并害了两个干部我方人员。故以后又组织工作起义后，第一次和他谈的是全体谈话，王明指出他有罪，但要他带罪立功，故王有了包思想

17

社，想急于立功，搞告进步人，却被我们发现（先报告的），通过伪当局将其打死了。

石家庄的解放，内部工作是与两条线进行的。原市委的路工站争取了那二十二井矿队，其中李海旺是外城工部做的工作，转给市委充分掌握的。

第二条线是城工部通过地下工人进行的。在解放石矿出山时，保护矿山，从井中搬出黑色和黄色炸药箱，机器等是地下工会进行的。

解放的准备会议时，在西睢对方已知了道。

C8

3月5日（1963）

[illegible] 漫流河村 55岁.

抗日战争开始后给村里当了队员。

1937年芦沟桥事件后，开始训练村自卫队员，就参加了三个月。后来同和村里开始合作。

训练结束后分配到各村训练自卫队。

1938年1月19日，敌到潞城，21日到长治。

过川军（戴方字）要到黎城抗敌，过了几天军队，又回来，说日本来了。到了晚上，了军前头部撤走了，到了半夜，敌人来了。19日到了潞城，20日到了长治。

晚上敌人炮打长治，第二天把长治打开了。

川军的纪律也不错，不骚扰群众。

敌人进了黎城到了东西邢、襄垣。

牺盟会受徐团长领导，号召去队，政府转到[illegible]深山上。

[illegible] 3月19日，日本人走了。39年7月敌人又来了。

九路围攻前，情况不好，相信中国能胜。

（穿短裤，老乡喊，腰里挂着个手榴弹，日本来了都不怕。）这是说川军。

38年九路围攻，黑夜，八路军撤了，不。

（日本人发动的九路围攻）

19

[illegible]人[illegible]里去的，三十来里（神头[illegible]围[illegible]，

直到[illegible]），申家山之指挥部。

早晨，有八路军从[illegible]打神头。我们从[illegible]坡，隔[illegible]过，打开了。经两个钟头，有人在喊叫：老乡都来拿东西。

敌人跑到山上去。敌人扔下米、盐、衣物、洋布、大米、烟丝、[illegible]的衣服，什么都有。

见到三个受伤未死的日本人，几个钟头后，都来拿东西，就指了三头驮骡，八路军[illegible]人到家里去。十来时到下午五时。

到敌人都是日本宪兵，[illegible]里死了四十多日本人，死尸[illegible]都有三十几。

到晚上，有月亮，见山门[illegible]人，[illegible]路，日本人来了，天亮炮响了。我跑到对[illegible]，神头[illegible]日军下了。半天[illegible]，王家[illegible]都[illegible]出来了，都[illegible]了。神头死了三百多人，[illegible]在王[illegible]的窑里死了七十多人。[illegible]都是[illegible]的。[illegible]都是死人。

敌人经过神头，[illegible]，占了一个多月。

3月20日敌人退出神头，[illegible]，[illegible]中都[illegible]死的，什么都认不得了，[illegible]

20

死了。神头死了三百多人。把老神头区来回恢复。

39——41年，敌人不相信我们了。我在那工作三四年，敌人不大相信。怕暴露，敌人残酷报复。

第二次来，从神头、微子镇，特别坏的汉奸。一个汉奸也跑在那里活动。敌人不敢到家，[illegible]。对汉奸宽，不是坏了的就可以维持。

有个支部的干部被抓去，用三百元大洋赎回来。

有个支部报告投敌。

有个人从东北回来，宣传好得很。决定了几个人，半夜把这七个（通敌的支部），抓了，放在个窑里，拿手榴弹往外冲，后来人员打了一排枪，还不能制止，最后才把他打死。有的推在煤井里。最后这两个人，要我去处理，不能用枪，我带去用枪，打死一个，都未打死，他跑到微子镇。

40年八路军降人枪，政府把小学扣起来。

后来在第三区区干队当队长。有二十七人。

潞城同队长都是投敌的。我经常住在家，三年没挨过敌人，每天打仗。

日本人每年五三月秋收节，八月十五节。

有次夜里从这里过敌人铁路，我们人人撵过去，后头从这边来，发现情况，又追回去，在同不转发现敌人，转回，只从他身上，他问我们，我们知是敌人，打了一枪，[illegible]在长治村，回去没有找着。

敌人只把[illegible]回来就开展组织，被抓了新八路军。

21

我们已经作过很好的宣传教育，争取伪军，敌人那里搞来的[illegible]，则[illegible]。我们揭露敌阴谋，开导他们，他们把枪拿回来，把[illegible]以后还[illegible]一类，他主动报告情况。

对敌伪活动

对敌伪活动，我们经常派人到伪军家里，[illegible]，他们来了，我们也欢迎，[illegible]，[illegible]，[illegible]，[illegible]。[illegible]报告敌人，[illegible]。[illegible]他们的底。

22

潞城县李庄村

1943年26岁

黄小巴．黄集公社武装部长．46岁．

以前是手艺，是木工．37年从平阳府回来．八路军到那里．闹把全部工人弄到[illegible]修炮楼，宣传八路军杀人的事情．叫得工人不敢出城．他们不开工资，也不让出城．

我从城门出来和许连长接头，他很知道，开始他以为我不是好人，我说明是为穷人．经了一星期，第二次又回到城里宣传，却暴露了，说我出去接头，把我抓去了．我说出去是取衣服，打了四十板．4个[illegible]，咬定是取衣服．

过几天，找人，（工作搞大）他去加[illegible]我说我不知，组织出去做炮楼．城外都是八路军．各部的工人不敢拿，工资要[illegible]不干事，我继续以八路军不会杀人，我发动了三十多人（指发动卅人跑出来）．

吃饭时，我说都不要睡．到十二点，出来拉[illegible]，[illegible]回，[illegible]回工房．今晚走不了．明天就[illegible]和[illegible]八路了，迎这来．我翻过了，就从此门外走．[illegible]也不敢出去，我先用绳子，[illegible]十多人．[illegible]了三十多人，[illegible]打开炮了．

顺城墙向东城八路军阵地，找到许连长，我不见，被全部弄到[illegible]里．我说来被[illegible]了，要[illegible]第一连长去．他说没有许连长．但什么没有证明，说是去[illegible]吃饭了．一个问话．问清楚是确是工人．

左边旁注：这里讲的是红军东征时情况．时在1936年

23

说回家不好回，路有来些困，但她说路有好些去处，回家走着缠，说我们弄了很明，说过过八路军就露出，白军就不会露。过去山、一路都是八路军。

她家山住这的是院，过了××以北不是八路军了，我把住址说也不敢露。

第二天，田书记（给路问军）叫进我们的干事，把我们一直送到牙脚，中间还有人打割草。给了回书记，村长给出来。

38年，她在游击小组当村妇救会一年。

下来我当了一个妇会长，

游击小组给我当站岗放哨。我是小组队长。自向我当家长那里，我把一路的情况告诉他，我就把这些（查记）通知了他。给他们，他说给他，好好工作后，给他们我们到我姓家，后来换一次出他每天家跑在他村调查情况。

半月后，他问我愿不愿参加组织，我的为是党门，我说我不愿参加。

他们这是工作后，

问我愿不愿参加共产党（我问是否可以个人参加。他说）第的，不在别人。我同意，填了表，宣了誓。

以后工作组来人少了。

我说村里村中我知有好人，

从这里勤之把的材料

24

我说村中有几家有700来石，引他去前3家。

问群众要不要吃。如将开了仓我会动群众开义仓。群众还不要吃。

我说回去有户，另一家有户要开。

先跟村干部商量说，他说那个说的，能不好住了？

我不敢了。拿据良说不怕，叫去发动群众拿东西来。我就叫来开仓。

那时游击小组有70多人。问我敢不敢去？我说怕不怕你？他说有他不怕。

村长不叫开。村警等绝来，不准把仓开了。我算了，不敢回去了，要找到我说不怕。

第二天村长人们叫第来二人，带来说，问是谁开？我说群众要开，就把我捆起来。她也叫我说不要怕，区区长已经叫回来了。

到了动员会，见了区长，他叫我开我说当面去开，很好。

这村就发动群众起来，撤了村长，又选出一个村长。

游击小组到政府去抗议，3个情况。

这种武装截电线，是不起来。还是个很阳壮，人人种类割的很细。割了几千斤。（张井）

以后把电线杆挖埋在地雷，炸死到村二人。那二人是村警种。

那我组是打通西山，有个死毛拆去，有个挑东西的，拾回来，送到张井。

组织游击小组，开展发动群众，游击小组民兵抗战，阻击……

25

我们把第十纵队去，给他们留个口，吃了午饭[illegible]往东（邯）北冲去，来了[illegible]。

敌人七八十名，跑出去了，[illegible]也扔去了。

我[illegible]地[illegible]，[illegible]三个村，用火烧，[illegible]。弄去三个。不够坐回，又去[illegible]十来个[illegible]，[illegible]十几根[illegible]，二[illegible]线。

[illegible]，[illegible]一[illegible]。我们[illegible]，用[illegible]，[illegible]，[illegible]。[illegible]敌人[illegible]，[illegible]。

我们[illegible]，[illegible]。我们[illegible]。

敌人[illegible]。

[illegible]，把敌人[illegible]。

榆木炮

用榆木炮打敌人。用这粗的榆木做的炮，二尺长，用[illegible]火药，[illegible]。

[illegible]。[illegible]。

敌人在[redacted]第2月包围过我们一次。我们[illegible]，敌人来包围那里。[illegible]。[illegible]我们[illegible]手榴弹，[illegible]。[illegible]手榴弹。[illegible]，[illegible]

26

一路找不到空子。我们一直把[illegible]打开，打跑了。就[illegible]

了们拿了东西。

民兵阶段

[illegible]给我说组织小组拿东西了，说敌人来了。

出来成立了民兵组织，我村有了10多人参加小组。小组弄了些枪和子弹。李老第一杆枪是我们带的。那时叫李老枪。向部队要些子弹（那时用鸟枪）。

那时我们拿不好，拿不多，以后找到枪的好些，也是[illegible]人也要我。

41年 敌人打出去，民兵不懂，以后跟着区部，又拿出回十多个姓口，打死了不少。敌人已经[illegible]，以后[illegible]拿手榴弹、敌人拿了，把姓口弄回来。[illegible]服了。"[illegible]说了"。[illegible]听说了。民兵[illegible]，[illegible]出来出去了。要抓到敌人据点去抓汉奸，手[illegible]

以后敌人怕了，小生意[illegible]不敢进村。

以后给[illegible]都[illegible]成。

又成立[illegible]民兵。

一般出县里 抓到汉奸

抓了几十个汉奸。要他们去[illegible]。

敌出布告抓我要多少钱。（一万金票）

陵[illegible]，陵贤明（红部密探），这两人是国民（抗日村长）党，在李家安了个小铺（做买卖）

贤明在我们这里当情报，实际是敌人的密探。

在小铺，贤明给我说今晚[illegible]个红部密探，说好吃好饭去，他说他两个和我去。我说要叫上个人，他不叫我找人。我和他弟到西部有枪。他一枪打了两颗弹，一颗哑的，一颗没有打了弹。他要我

27

给村里，哪个给。他本不管以后我去找人，直到十一点。我想不对，但他是公安局密探和抓的村长。去找来，去村，越想越不对，回去叫民兵，他们拿着手枪，说不去就不行，他两人把我送军区了。

我那时我们村长逮住他，我也只是抬着他（方）传进来告诉他。他大家都自动起来。

李明派人去抓，高晚几人，向[illegible]，问人说他在哪里，抓回来。他才说出来我们他已有一万多家，这才发现小铺的特务机构。没把他俩人枪毙了。他们已参加大团民运的特务组织。（高登王、周亭希、贵建帮）

他们村子多小铺，但这是特务。

民兵组织调查后上报（1943年）。

我家一个走在高王，那会儿收了要不放哨。

要开始动全区侦查，敌人来了包住，加上我们都快完了。几十个村都唱开了，很好通气。去年把敌了个排消灭了，没有一个，自己第个机去，快到三岔道里老头哪里找着，这样了去了，也不放哨。

去明，敌人只隔一块地，去民兵没发现。黄昏后发现，穿黄衣的，以为是敌人的工兵和[illegible]的工兵快接近来。

敌人（我们）大[illegible]，一民兵投弹，我掩护

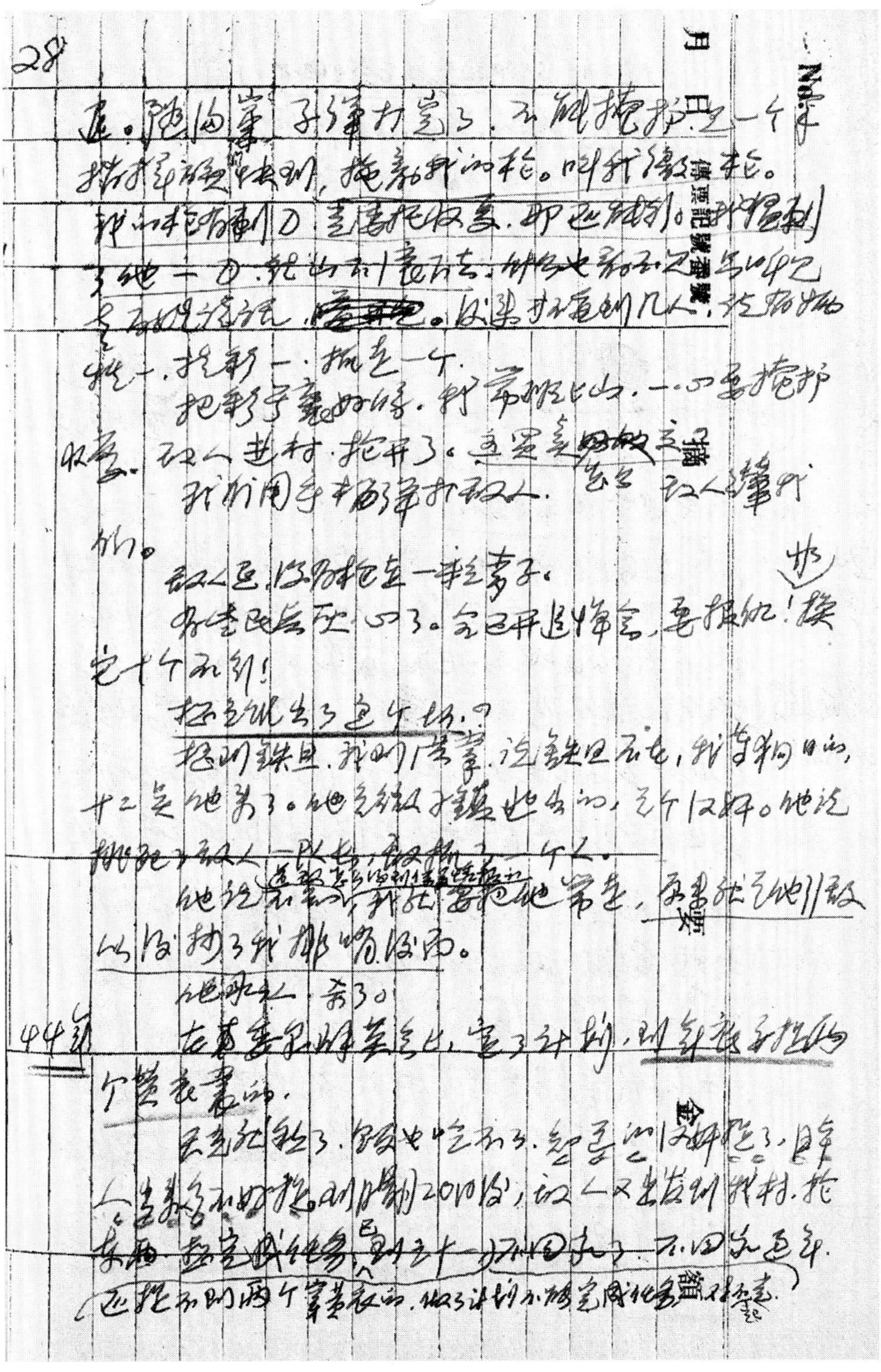

28

月 日 No.

庄。阵地掌子弹打完了。不能掩护。一个
[illegible]，掩盖我的枪。叫我缴枪。
我的枪[illegible]。[illegible]
[illegible]
[illegible]。[illegible]几人，[illegible]
[illegible]一个。
把[illegible]。[illegible]一[illegible]掩护
收[illegible]。敌人进村，抢开了。[illegible]
我们用手榴弹打敌人。[illegible]敌人[illegible]
的。
敌人[illegible]一[illegible]子。
[illegible]了。[illegible]！
它十个[illegible]！
[illegible]了这个[illegible]。
[illegible]，我的[illegible]，
十二岁[illegible]了。他[illegible]。他说
[illegible]敌人一队[illegible]一个人。
他说[illegible]，我[illegible]他常委。[illegible]
[illegible]。
他[illegible]了。
44年 [illegible]计划，[illegible]
个[illegible]。
[illegible]了。[illegible]了。[illegible]了。
[illegible]，敌人又出发到我村。抢
东西。[illegible]。不回家[illegible]。
[illegible]两个[illegible]。[illegible]计划[illegible]。

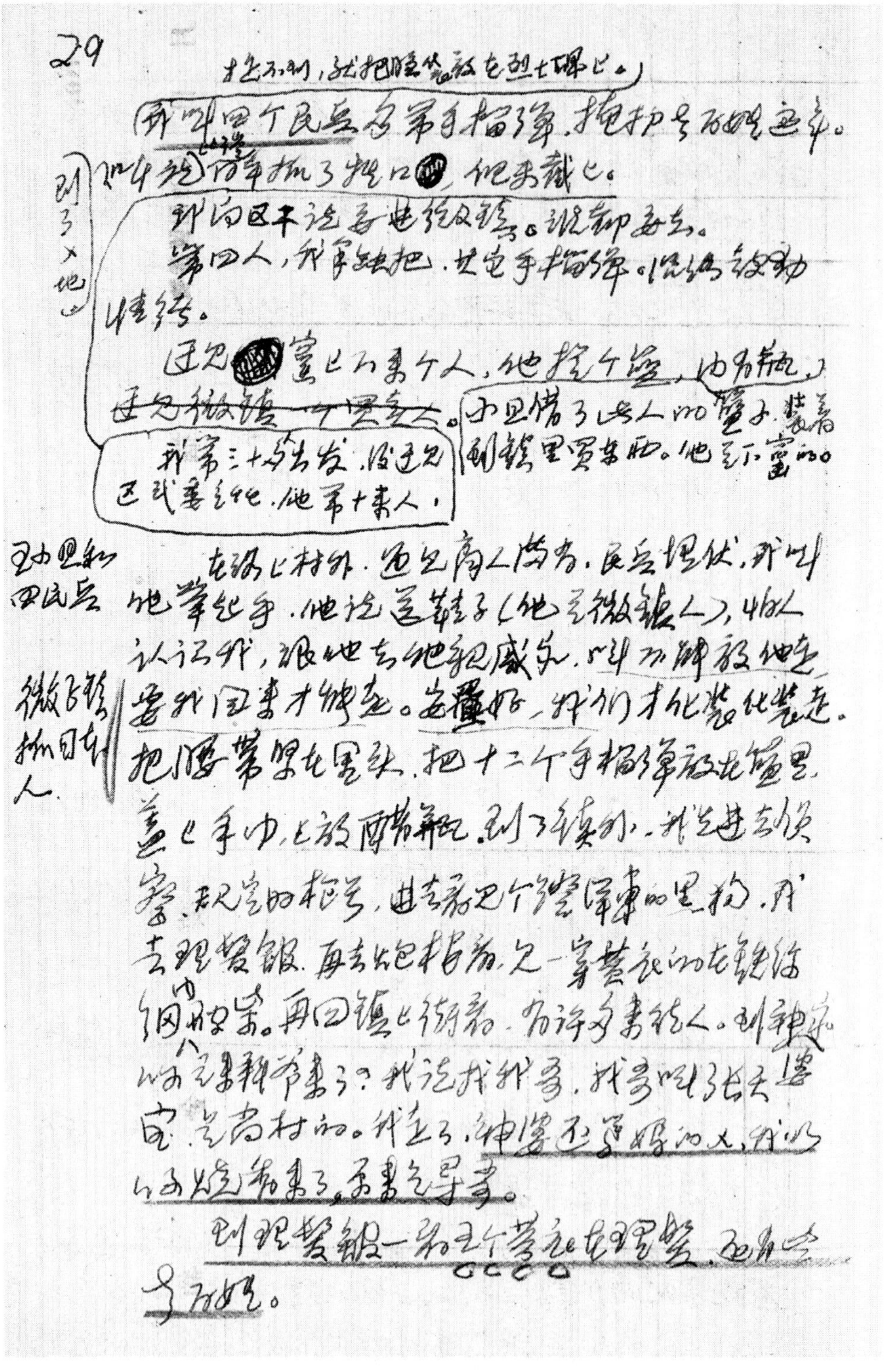

29

抢不到，就把腰篮放在野地埠上。

我叫四个民兵各带手榴弹，掩护着石妮过来。

到了×地。

叫牛起门牛抓了牲口[redacted]，他来截上。

我向区长说要些纸币钱。跟都要去。

第四人，我拿短把，其也手榴弹。说他说敌动情况。

这儿[redacted]宽上不来个人，他挂个篮，内为先把，

~~这各微镇一个买卖人~~。小田借了些人的篮子，装着到镇里买东西。他是不害的。

我第三十步出发，说这儿这我要去他，他带十来人，

王小田和四民兵

在路上村外，遇见商人满者，民兵埋伏，我叫他拿纸手，他说道鞋子（他是微镇人），怕人认识我，跟他去他那家，叫我给他抓着他要我回来才能走。安置好，我们才化装化装走。把腰带架在里头，把十二个手榴弹放在篮里，盖上手巾，上放商品。到了镇外，我先进去侦察，找人家的粮号，进去看见个警备队的里边，我去理发馆，再去饱包铺看，见一穿黄衣的在理发馆坐着。再回镇上街看，有许多来往人。到神的是来找他来了？我说找我哥，我哥叫张大宝，是前村的。我走了，神保还在好的人，我以为她来了，不来见哥哥。

微子镇抓日本人。

到理发馆一看王个警察在理发，还有个于万姐。

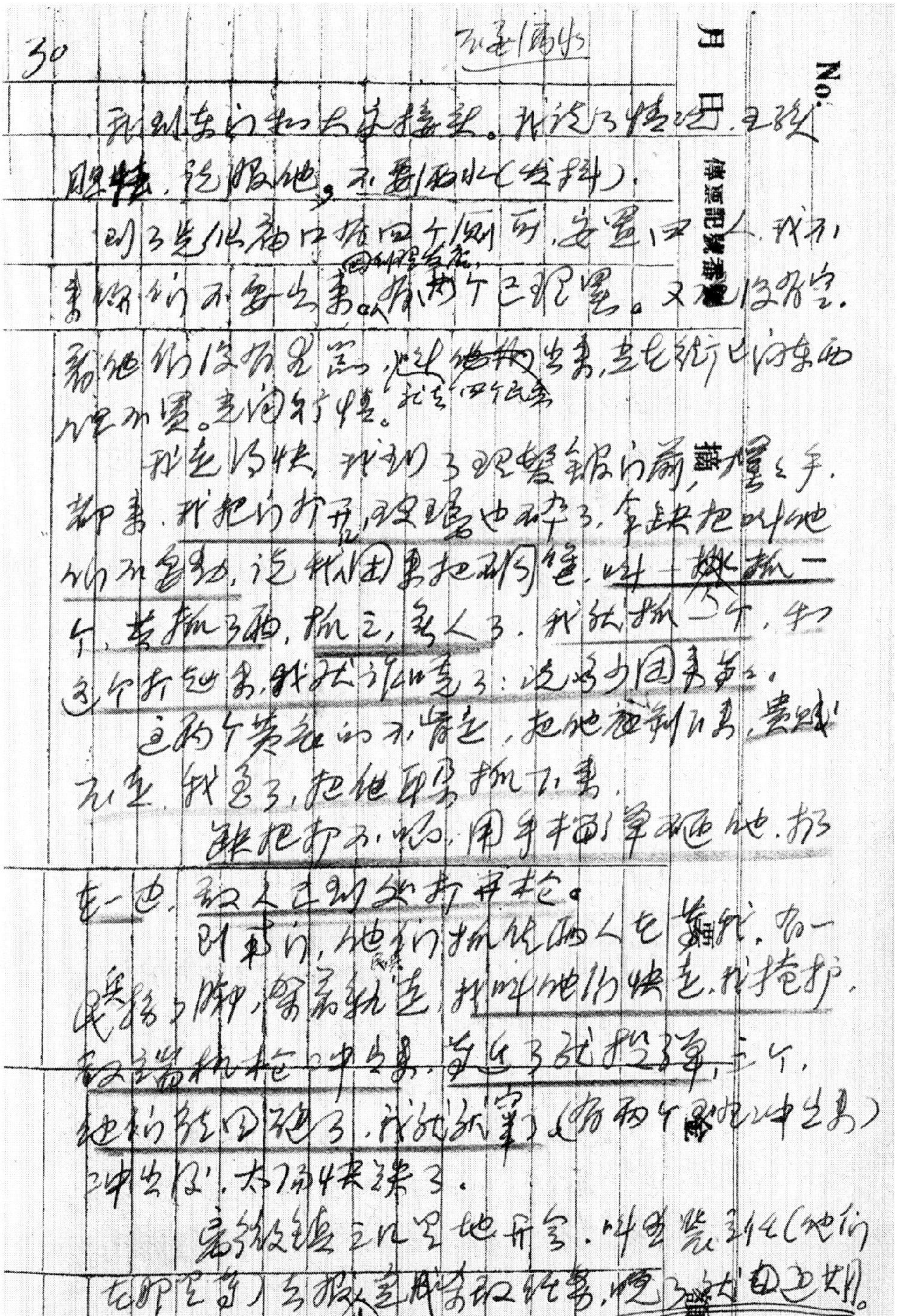

30　　　　　　左权满水　　　　　　月　日　　No.

信源记录簿

我到东门和大家接头。我说了情况，三路人

服装，说跟他，不要[illegible]水（[illegible]）。

到了先从庙口接回个侧面，安置四人，我们

来你们不要出来。有两个已观察。又在没有空。

看他们没有出窝，[illegible]出来，走在街上向东西

个里加围。走向行情。我去四个民兵

我走得快，我到了观察银门前，摘摆手，

都来，我把门打开，玻璃也碎了。拿铁把叫他

们不要动，说我们回来把那门镜，叫一楼抓一

个，黄抓了两，抓三，多人了。我能抓一个，和

这个打出来，我们就这样了：说要不回来再[illegible]。

这两个英在的不肯走，把他拖到门来，[illegible]

不走，我急了，把他耳朵抓下来。

铁把打不响，用手捂[illegible]他，打

在一边，敌人已到处开开枪。

对面门，他们抓住两人在旁我，有一

民兵格了脚，家属就走，我叫他们快走，我掩护，

敌人当机枪冲出来，逆近了我，打了子弹，三个，

他们往回跑了，我就跑了。（有两个[illegible]冲出来）

冲出后，太阳快落了。

高级镇主任里地开会，叫出紫主任（他们

在那里等）去报告，这我们就红纸事，晚了就由这胡。

告

31

赶进去找敌人的山货行，先把抓来的送到黄泥梯，那第二十一人去袭上镇。在黑了正是吃饭的时候，镇里一点动静也没有了。听到敌人在碉楼上说话，说原来只有三四人，几个人正准备不能地喊。

前山货行的老丁，叫人叫哪里，叫开门，他不开，从墙头下，他跑了。其它的人从门跑了，进去看它很多东西，山货很多，拿不完了，就要一人拿一点东西，拿的扛的，把理发馆的东西也拉上去，什么也有，又去用它买了一百几十条金枪烟。来到黄牛梯，天快明，就回老百姓。

正是过年（腊月），老百姓高兴，过年了，这次也去了，用抢来的东西给了老百姓小孩。

以后编了"黄小四大闹理发馆"。

~~那是44年至45年之间的时间。~~

过阴历年，有四个新媳妇被敌军抢去，四个姑娘，来了两把人，我们报告，带十来人去追，在人前追上，用手榴弹在上打，敌人正在碉附村附近，她们是花姑娘，敌人往东跑，她们慌了，也往西跑，我叫她们往东跑，是带上姑娘，把黄牛梯的媳妇救出了，她们都很感激的。

32　　月　日　No.

昨投降时，我正在医院养伤，向姑娘出院。

出院第一个战斗是围攻太谷，二十天，[illegible]三九天，敌人拆了东西很多，但也[illegible]，民兵[illegible]，常发牢骚，说人民子弟打开一个地方得了这些，[illegible]，民兵连纸烟都没有了。

长治时我们大队扛了十几箱纸烟，李连说缴获，我说不是缴获，慰劳一下民兵。[illegible]

又去围黄碾，三四天，敌人千把人，火力集中在那里，打开后，大家在子弟兵那里，又弄东西，我们大家都叫他们放下，大家子弟兵说纸烟可以随便拿。

又去打运城，下雨。

一直到了民兵，住在敌军。

打枪，投弹，我不怕，我们学习文化。

以后随九纵五旅到伏牛山，我当了一个卫生员，[illegible]医院。

摘　要

金　额

33

五月七日 平顺座谈

王嘉恺（高地妇女主任）

地委、专署撤李家时期，安阳民兵組織很好，当时保卫了县政府。

妇女每天都出操，男人站岗放哨。

保卫队长在花园 后方屯子峡菜。

民兵配合正规部队，把他们解决，他们要了及家长很绝。当时安阳西部，把他们抢的东西都弄回来。

我是井底村人，（在村做支书）民兵当时搞地雷。其余偷袭因不会。

张健 工商局付局长

敌住此平当时，打了三次仗出、和我们自卫队坚持那边的一次战，敌出来，民兵坚持十几个钟头。敌人未来，我们就安埋地雷。敌人踏响两个，敌人就再出来，被死了四人（伪军）。有一民兵

被敌砸死

在乡里做宣传工作。去二十多人，在凤村周围进行，独立营掩护进行。村妇女们大嫂不敢开门，一讲开始开门，欢迎，都是给我们做饭吃。

大战响堂铺时，敌的东西多，我们一夜把敌汽车烧毁，比较把他运输，弄回的汽车铁在打成刀、弯子。

42年五月扫荡我们县委是主任，专哨岗。敌包围时民兵引到机关，帮助突围。

34

No.

月　日

民兵给刘师长谈过的情况。

1）带路，担水，配合，帮助转移机关。

机关走后，民兵打游击，扰敌。敌人修了石城周围，住到七天，离去后也没回来。

掩护一些留下的部队，妇女，和伤病不出去的。给他们送了衣服。

五营打游击战，敌人去郭庄后，留下部分，民兵集中了，叫住黄花。三八五旅二团，一个连也在此地驻扎，要消灭敌一个团。敌在黄花休息，西花黄花的民兵，二团的指导员，带队消灭敌人。敌在黄花去高坊休息，民兵配合的大队，墙报了，部队爬过墙打敌人，打死敌二百多，缴获很多。

我带领侦察组人，遇到连长空俊。

43年二月敌人扫荡，偷袭民兵挖石窑躲藏，敌人占领北山，住了一二天，烧林，没有开走了。

敌一连走过东边，过了洪水河在北山，集中了三个村的民兵，和在东山，上西山，黄花北山打响，敌不敢走，走东山，民兵上山截击。敌人打了几天不动，第打着冲锋，困了七天，开始民兵不敢接近，逐步接近，深入柳树沟，用力攻打，接近敌人，敌不敢出枪，去峡沟也走了。第三天民兵接近敌人，接近了，敌走后，黄花路沟。

门洞山花(?)

（追打）

在东西沟突破口（七里沟），敌七天不能通行。

打高坡里，二团坚守高地，西打开路，军号部

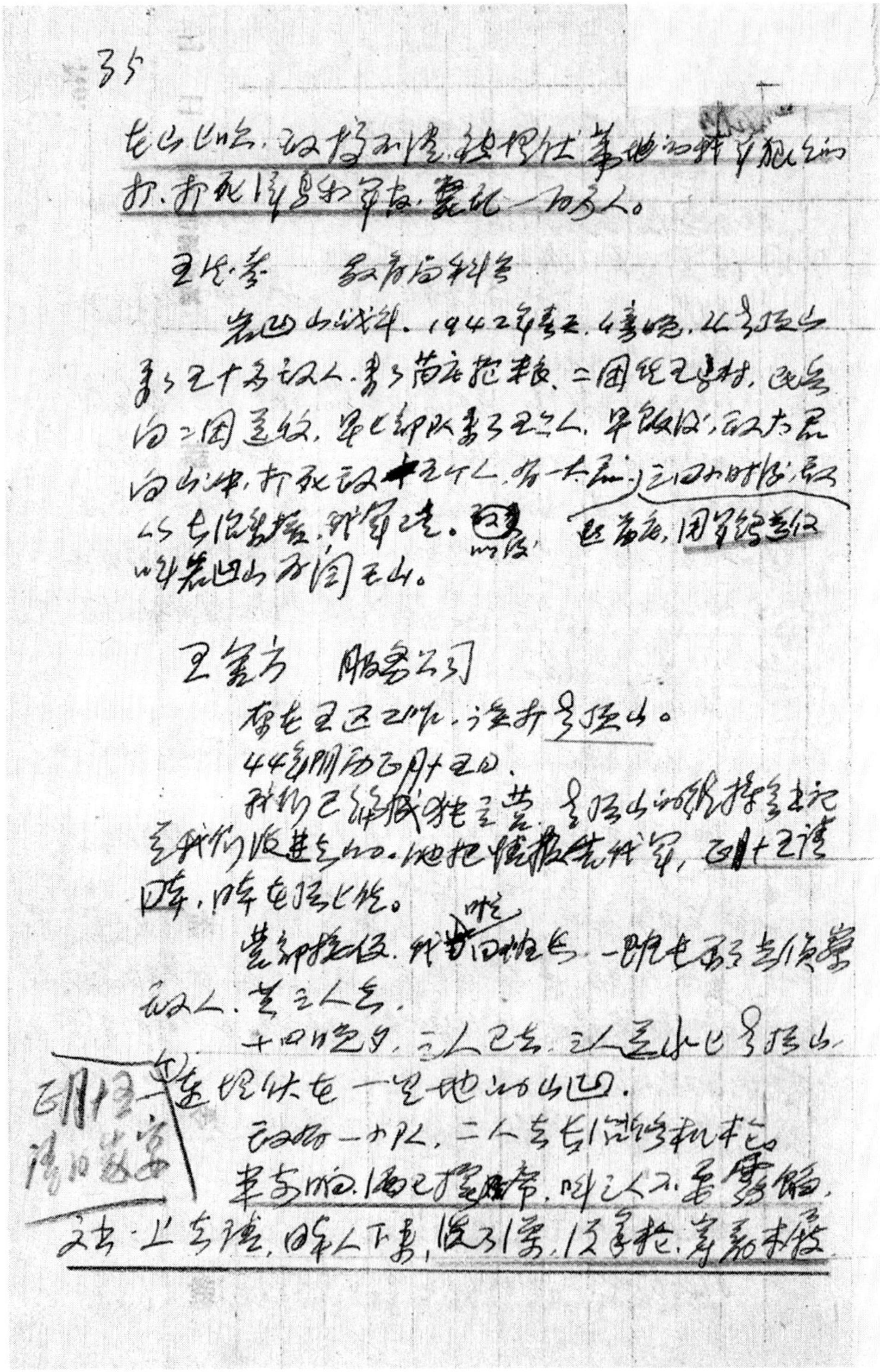

35

长山此次，敌被打退，被埋伏在第七地方的群众民兵的打，打死伤日本军官，毙死一百多人。

王化蔡　敌后宣科长

岩凹山战斗。1942年春天，4点钟，从马蹄山来了三十多敌人，来了苗店抢粮。二团在王家村，民兵向二团送信，第七部队来了三个人，早饭后，敌大队向山冲，打死敌十三个人，另一大队，三面的时候，敌人从东面包围，我军追。退苗店，团里给民兵作，叫岩凹山为阎王山。

王金方　服务公司

营长王这工作，没到马蹄山。

44年阴历五月十五日，

我们已经成排三营，马蹄山的敌据点来把守我们攻进去的。她把情报告我军，五月十五清晨，清晨去阵地。

营部接报，我们回想，一路去了三个侦察敌人，共三人去。

十四晚夕，三人已去，三人是小北马蹄山，埋伏在一里地的山凹。

敌出一小队，二人去占的机枪，来了的。偏已撑腰帮，叫二人不要等待，

又去上东坡，日本人下来，误了……

五月十五　清晨出发

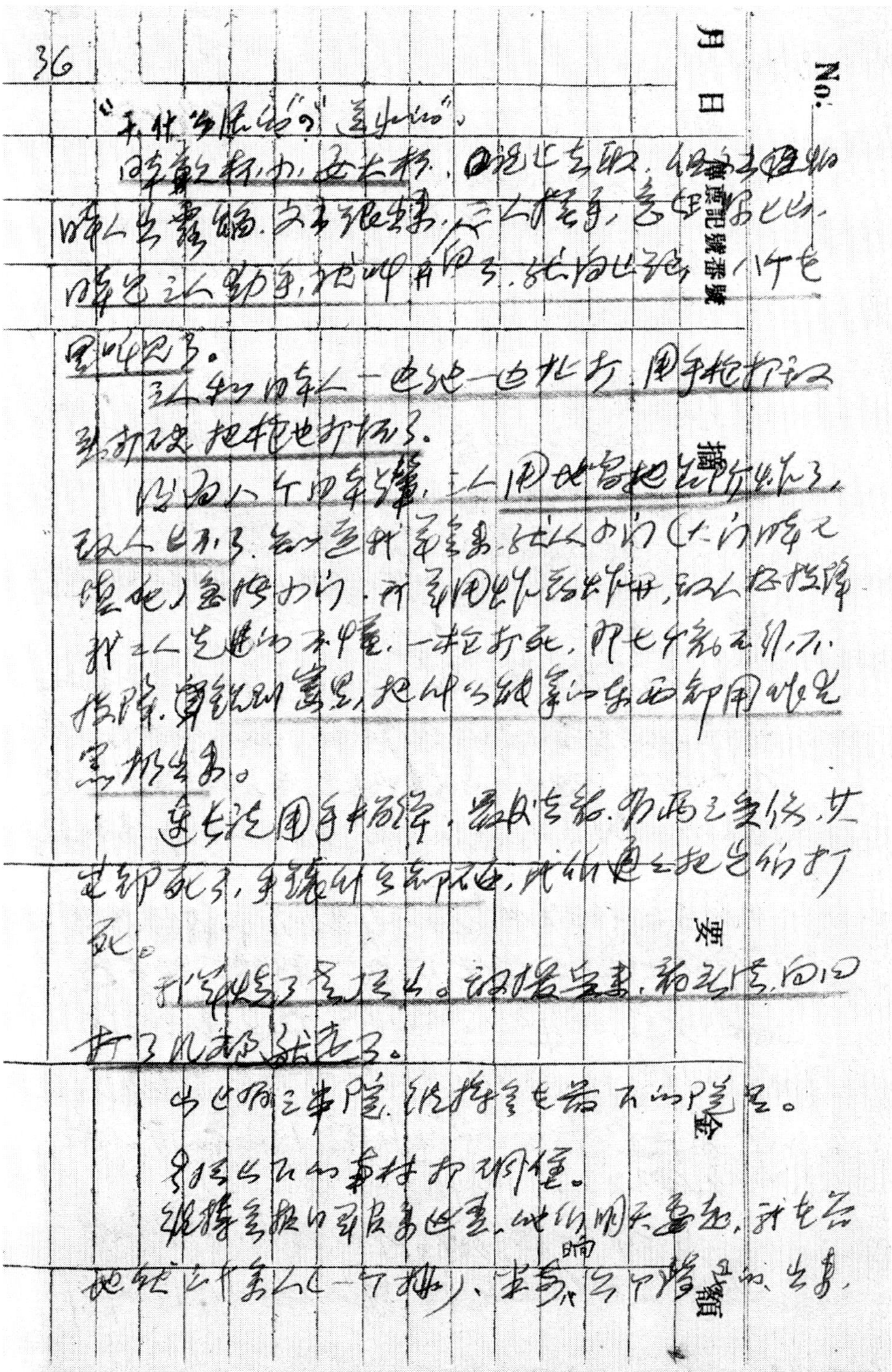
36
No.
月 日
摘
要
金
額

37

打下来一个，其它几个下边回南村，有个跑不远跌下来，打死了。

我们追了，敌人从南村的洞里被赶出来了。

敌人的电线杆，常被割断了好几段，北坡也被割了，也被村内群众割去了。

李俊杰　文化组　和峪村人

42年五月扫荡，组织担架、一二中，郝家村村。王以来，我们二中上山。

敌人七次搜山不敢上去，后之搜。

敌人发现山洞，想要也害怕，不敢搜，只有在洞口放火

烟。

五大赵九荣（15人）（五三）赵九峰（6人），赵秀子（童养媳），共十五口人，被搜出，他全家都不投降打敌人，敌人没有法子，后用手榴弹把全家刺死，与敌人拼命，把敌人人的头打下。全家只九荣一人在外，未死绝。

和峪民兵主任王金应，在42年五月扫荡中被敌人抓住，打的皮开肉绽，要他说我们的兵工厂和资财藏在何处。他引敌人到山上去，走在经过最险峭的山崖时，他回身把敌人军官推下山去，与敌同归于尽。另一敌军官也跳下山岩，用刀把他头砍下以泄愤。

42年敌扫荡中，所以能打到和峪一带，是这村有也在汉奸的一个汉奸引

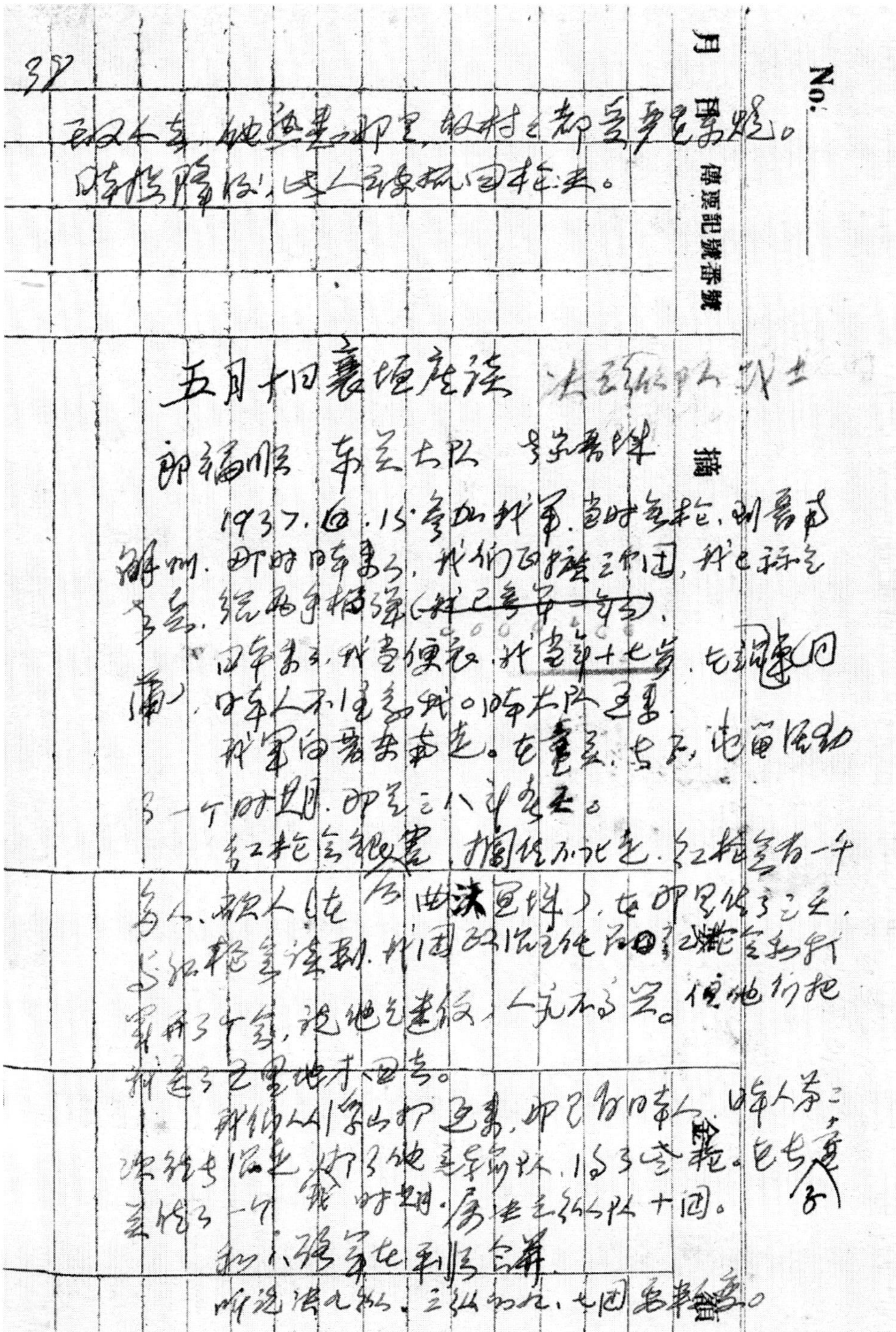
No.
月 日
傳票記號番號
摘
38
日本人来，他逃是山里，敌村上都是受过[illegible]的。
日本投降以后，这人又被抓回枪毙。
五月十四日襄垣座谈 太岳纵队 战士
郎福顺 东关大队 [illegible]
1937.6.15参加我军，当时是枪，[illegible]解州。那时日本来了，我们改编三团，我已经是[illegible]，缴两手榴弹（[illegible]）。
日本来了，我当便衣，我当年十七岁，[illegible]日本人不[illegible]我。日本大队[illegible]
我军向[illegible]走。在[illegible]，屯留[illegible]一个时期，那是三八年[illegible]。
红枪会[illegible]，[illegible]红枪会有一千多人，[illegible]
红枪会[illegible]，我团[illegible]
[illegible]
我们从[illegible]过来，那已有日本人，日本人第二次[illegible]
子
[illegible]三纵队十团。
[illegible]
[illegible]三纵[illegible]七团[illegible]。

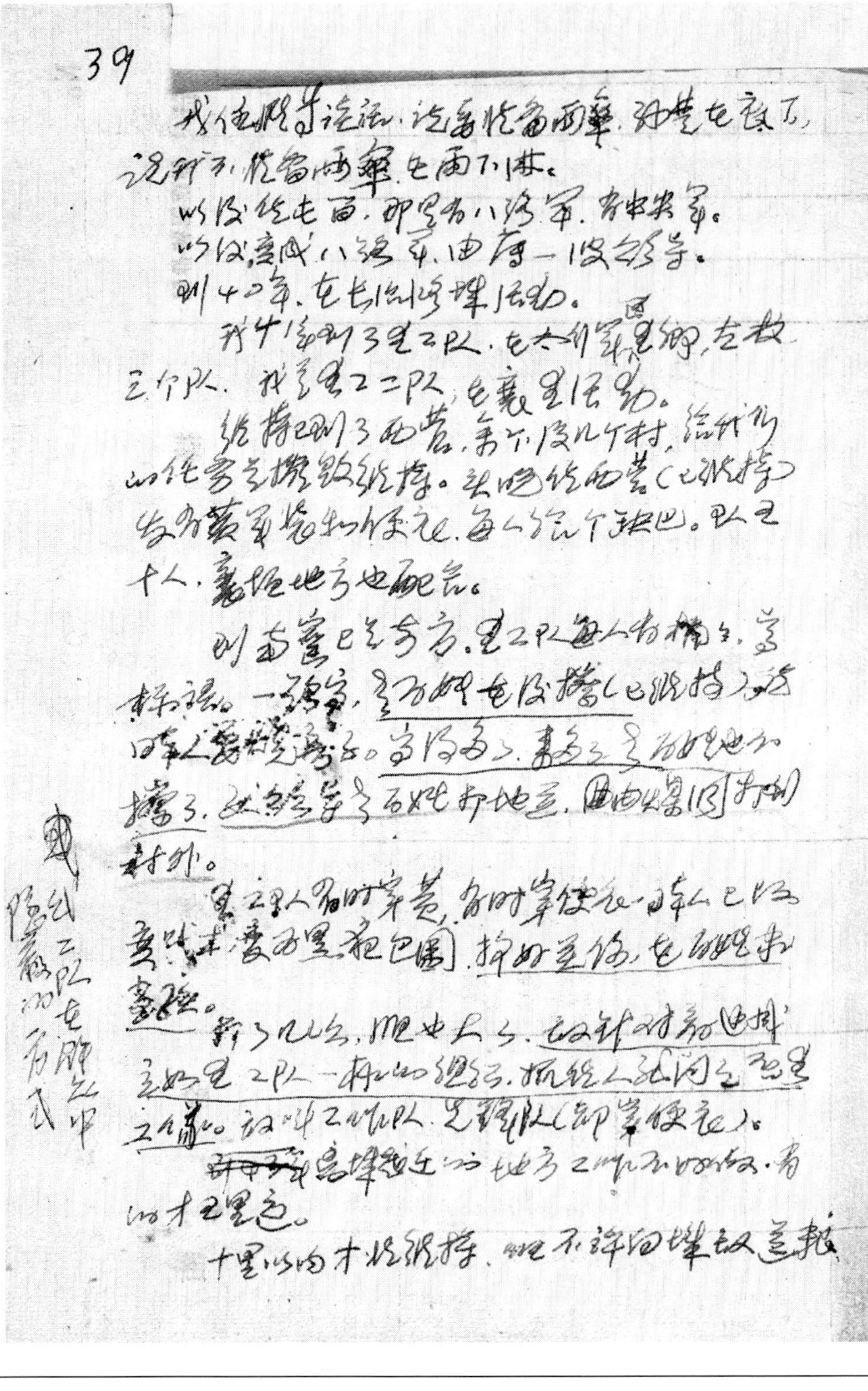
39

我们在晚上谈话，谈要优待俘虏。对他也谈了，说我们不优待俘虏也[illegible]。

以后他也回，那里有八路军，有中央军。

以后变成八路军，由[illegible]一[illegible]。

到42年，在长治爆炸活动。

我们[illegible]到了[illegible]二队，在太行军区，一共三个队。我是第二队，在襄垣活动。

伪据[illegible]了两营，[illegible]几个村，给我们[illegible]伪据。[illegible]伪西营（[illegible]）[illegible]，每人[illegible]个[illegible]。队里十人，[illegible]地方也配合。

[illegible]第二队每人有[illegible]，[illegible]。[illegible]百姓在[illegible]（[illegible]）[illegible]，[illegible]。[illegible]老百姓也[illegible]了。[illegible]百姓打地道，[illegible]村外。

[illegible]有时穿[illegible]，有时穿便衣。[illegible]，[illegible]百姓[illegible]。

[illegible]。[illegible]二队一样[illegible]。[illegible]，[illegible]便衣。

[illegible]爆炸[illegible]的地方[illegible]，有的[illegible]。

十里以内[illegible]，[illegible]不许[illegible]爆炸[illegible]。

[illegible]二队在[illegible]

不这样不行，我们就把思想不通的人的材料，报到区里，周长和他谈，村长就在这人那里，一抓了他的人他就怎，说出来我家的事。

我们家交给村里，叫把这些交给村里，他不理官员，不理，就要交给八路军去。

是1944年以后到日本投降。全体都胜利。

破电线，我们去拆他的电线，部队去割电线，割完他们叫他就快去报告（在铁路）。

用反战同盟的人去喊话，碉堡内的日本人就会听话，我们把好烟纸烟放在那里，由他们去取。

反战同盟会的？

俘虏

反战的队员，和我军一样，搓苞米，吃树叶。他去这边也要他去喊话。有次喊话不成，日兵大概向有着，要他来，他也回来，完了就叫我军打他几个掷弹筒。

到了部队，那里穿的好。我们去送钱和鞋去报效，给我们发了一双洋袜，要村里，去村里报。抓住伪村长，才营救给我们送粮和钱报。

刘兴喜　东营大队支书　河北平山人　七岁来嘉峰

1937.10参军，山西抗日游击队。当时17岁，人家不要。去了八路工作团。

我当来时，他回家动员政府反当，别人被杀害。

38年四月二十四日日本人杀了一百，但来多人。我在

41

连队七支枪。

（游击队到38年[illegible]的。敌人这时[illegible]十个。

38年3月4日8路九路围攻，我们在[illegible]外打游击，叫敌炮响，敌人受伤，牛饭没吃，炮打西门外，未吃饭，游击队长在门跟去了一[illegible]撤退。

长乐战斗

敌人在后良，[illegible]给民得走。

中央军和我军住在长乐一带。

长乐战斗，敌人从柳道回绛县，[illegible]（因第一次敌来[illegible]，麻痹）。

敌人已来时，仍正打[illegible]，吃了几天亏。

39年5月25日，敌人又进攻[illegible]。

枪多者，只有三四支枪，[illegible]15发，背大刀，长矛[illegible]，水大，[illegible]十几个人。

这样[illegible]冲进[illegible]。

39年春天，从中队抽三四人参加[illegible]队，[illegible]参加县干队，侦察敌情，催粮。

40年部队整编，变成了民兵，[illegible]都经[illegible]。

我们和[illegible]，[illegible]

下，一百几十人。我回去的指导员带部队，打回了家。当时环境正需要。

又打汤阴，二百多人，都在根据地打。

我在游击连当排长。在这时负伤了，把敌人一个中队的总部包围一部。

在[涂改]王陵前打了一仗，俘了两百多。

白天训练休息，黑夜出动。将来已解放区不敢送粮，我们配合部队去增援。

47年任指导员。部队到西活动，我接我的防，对敌人粗暴殴打。黄镇，王一伦，鲁玉全这些坚持过一次会。李福喜当部队来的干部，他自觉他不够当工作，对群众粗暴，黄批评了他。他没起回来了。

48年转为简队，不好的都回家了，我当营指导员。

当时在新乡，我当营长兼指导员，黄镇当县长，把他调走。当时我当团长。当营指导员，[illegible]大地主[illegible]，[illegible]。

白天即上开会，敌人来了，我当营打了一仗，杀伤二十多人，他们都乱在阵营。

那年在王陵，攻上敌人的房子，包围敌人一次。开了几个村，宣传了一番又转回去，在民兵，他们都不知自己闹翻军。

当营了指导员，敌人每在我们村住十多天。打了几次突击，敌人都撤退了。

43

在下良屯当敌人进攻时，在北面阵地的窑里，他坚持着敌人的冲锋，战斗了十七八个人，自动炮向我们，不能打了，就来以为鬼子，未能过此。打下五六十人。在敌人时分割开，坚持统一带着几个人。

我们回去时，经过高庄，前几天，敌人进攻机枪来，我们在这里与敌人警戒地作战，打退我一个连。我们坚持冲锋，要给敌人。敌人有一百多人，我们才十几人，我们在右，向敌人的阵地冲锋，缴获枪，都是三八式。敌人和敌人打来，我们机枪的掩护两挺了，不能说，我们绕到敌人，把枪机弄好，把敌人一打就退。

敌人以为我们是在独立出动，没想到我们的部队在后面出动，把敌人弄的向三面包围等待坚持过了，独立地与人打下，抓住敌人，送回司令部。

和我们连队，警卫队打的，都是敌人，经常在一起吃饭，有的孩子时常在一起玩。他们是村的，注意穿小鞋，我们来了算是下乡，我们也帮他。

敌来抢夺，被我们打下，群众对独立营都好感，那年正月里，群众常给我们吃的，我们也不行。但不少是不能吃的些粮菜，棉衣。

在李家庄，日本人三十多来抢夺，我们三十多人，有机枪掩护弹药，打死敌人好几个，但日本人死拖回去。大家都都来看我们打。

壹连长王[illegible]堂。

到堡门抓敌人的哨兵枪。五人去，两人掩护。三人到跟前说是良民，一近就把他的枪抓住。

以后包围敌军，不怕在堡内的[illegible]敌。

在堡敌伪以为敌一班，其实（合），就退到我们，我们[illegible]。

△ 估计敌第二天会出来搜索，我军就布置好，等敌进河沟，当时[illegible]打出来，我们埋伏在沟口，敌一过到就把十二人全部抓住。

把十二人在脑后面捆上，去找白家的（枪）[illegible]，向他们喊，但敌人[illegible]未成功。

在下店子站侦察的一个日寇常到[illegible]他住地儿十来的一妇女家，我五人去抓，在妇女门口抓住，他又踢又咬（他穿着中国便衣），四人把他抬回去，他不肯走。到了半路，又不[illegible]他才走。回去交五六团，他们给他吃了几顿，第二天他跑了，出来[illegible]了。

日本投降后，编为三十八团[illegible]，营编为太行军区警卫团，在涉县，以后也参加过上党战役。

改为[illegible]去九团。我是三连长。

在43年攻襄垣城时，我们担任打伪区公所，有两个炮楼，一个已被打下，另一个敌不投降，机枪向大道，不能去接近，[illegible]地方，敌人才投降，出来，[illegible]他们一见我[illegible]，[illegible]，[illegible]一[illegible]，[illegible]也[illegible]了。

45

（壶南村人） 我也记得

五月十四日下午三时来西陰山

郝福喜　56岁，现为社管委，大队贫下中农代表主任。

抗日战争时期，当过分委，当过游击队长、区长、区委书记。

[illegible]时当过[illegible]，因[illegible]不[illegible]回来，以后在农业生产，当过小队长等职务。

他一个字都不认，自己说是东[illegible]在[illegible]部[illegible]，来家也是在抗日中学的，因此，他[illegible]人[illegible]生日，我们回去查了几样[illegible]二者之（[illegible]）[illegible]生的时间。

郝从小爱打山兽，打野鸡、野鸭。用火药枪打，打枪打的，因此他练出来一手好枪法，一搭就能打中。他的打枪要诀：

上打头（目标朝上走时瞄头部），下打蹄（人往下走时瞄准脚部），横着走就打胸头（这样可以打中胸部）。

以下就是他谈42年最艰苦的日子里的几件事了：

（42年）[illegible]

第二

年龄　65岁　58岁　53岁　48岁　47岁　38岁　44岁　39岁　45岁　40岁

打枪要诀

要路由阳邑（不良以东，襄垣路掉以北地区）将军岙（注：三岙），抢粮。将来指示要他把将军岙烧掉，不让敌人供给（那么给敌两侧的群众空，然回归下着农村）这个地区。是襄垣路的大门，能掉村就在这里。

他们斗争情报是非常准确的。他们在晚上把那烧掉。并在上封村布雷。

上封的地形很好，一墙围之土一面是土墙坚固。大路就在土墙根。敌人非常怕地雷，出动时都带着长竹竿做的探竿，都前到这一点，就是用这种枝很粗大的障碍物，因为在道上。在障碍物和铁丝的前面的半墙里，藏了十个铁雷，用铁丝串起，用泥把铁丝盖好，拉到墙后。他们就埋伏在那里，都由拉着，并把岗哨，防了的民兵，不听见地雷响不打枪，并规定不准说话、咳嗽。

他们离障碍物只有七八米远。民兵都怕得很，好他自己掌握拉地雷。

果然，敌人来了，没有很多个很长的大队。有的半人也有的多。敌人沿路探索前进。到障碍那里，先是来了一个敌人用他的探索来发现地面的雷出，再他前慢慢用手扒。看见没有地雷，就去把大的障碍，就回去报告。真的来了三四十个敌人，排得很多要来来搬这障碍。

[illegible]

敌围村时都来此笼，让大家投降，石头砸回烧火敌队。

郝前到车站机会了，就做动一样，十分钟雷雷都拉响了。里头十个敌人，在一阵浓烟之中和烟雾中，有的被炸下回去，有的被炸成了灰烬。敌人一惊，回头就跑，又被响的地雷埋在地下。

黑的石雷

民兵听到地雷响就打枪，扔手榴弹，撤退。

[illegible]后面的敌人迷路走了，又怕追打郝及民兵，一个四十年人就被郝一枪打倒。

郝急派人去报告游击队，自己，游击队（以）来到了这个西面的山坡上，架机枪，把追打民兵的敌人打得退回山坡下去，更保护了（敌）打敌的组织。

当天晚上民兵又在把它都广播回去。

这次光郝一人就得了四个手表。民兵得了很多东西。

敌人对此恨，最怕的两个人，一是独当的李学堂，一是郝福堂，出了两千元重赏的悬赏捉他。

48

西瓜地里的地雷阵

(41年)仗完、敌兵来抢麦，郝福堂同训练班的指导员，让敌人要到第四次伊河的小路一带抢麦。

~~[illegible]~~。这是村中的小红，很多门窗都藏了地雷。

在西瓜地，找到一个又熟又大的西瓜，在那里埋了十个铁雷。又在其它地方（附近）埋了石雷。埋好之后，就给着点快乐埋伏在伊河对岸。

果然有个敌人从路上来了，天气很热，敌人提出一个要求，要他们进西瓜地吃西瓜。敌人在那里，挑吃了好几个西瓜，一边走着吃。就是没有挑上那个大西瓜，都显得非常心急。敌人看到要走了，也就在地里找大瓜吃了，发现那个瓜了，一拉，十个铁雷响了。炸得敌人死的死，伤的伤，惊慌中又踏响了石雷。（绊上的）

有两个在河里洗澡的敌人，慌得就跑，郝一端就打死了一个。民兵们回西却打起枪。

这一下敌人死了二十多人。

敌人进犯大锥镇，洪水里头那里的民兵组织，都又积极结合，伏在十几丈高的崖上，下面是大路，敌人从那里经过，他们又用手榴弹给了敌人以重大的杀伤。敌人死了一百多。不知

49

敌人死伤不少。

后来，二区的游击队听到枪响，就包围了敌人，敌人急忙向着东逃。部队到了一个峰岭发[illegible]围打垮了一营[illegible]治安[illegible]连。俘虏四五十多人，有二十多条枪，都是打那个据点的大炮[illegible]，[illegible]收了一二三一门手枪，那个军官人员都投下来。

敌人用机枪死守住，把尸首都拖回去。

在峰家峪突围

二十九团一连和特务部分人，住在峰家峪，外面的敌人只知道，半夜来包围，要把我们的阵地摸掉。哨兵发觉的时候已只有三四十米。

东面是敌人，有四五百人。有的人[illegible]给炸倒里来，我们也听到了敌人的咳嗽，叫大家往外冲。

我们全部用机枪、手榴弹、手枪一起冲出去，[illegible]行[illegible]，然后[illegible]，打垮了东面的敌人，我们[illegible]，只[illegible]七八人。敌人死了三四十人。

50

No.　月　日　傳票記號番號　摘要　金額

(45) 民兵在苏峪突围

后明第一天，我们到苏峪村找联络和收取情报。遇见了民兵队的陈海云。他们从前面回来，他是来找苏峪的。

陈一见我们就开玩笑道："他妈的，敌人一来就找到我，??就没有去，敌人刚来村就来，今天不走了，就在这里。"他要留我在苏峪置办肉包饺子吃。

当时出洼河周期，真想解放，我们留下同他在这里安歇住来。

据说（周末家）的是一个地主，日本鬼子地主报告敌人。

吃了饺子后，陈就引我们在窑里新挖了出路（洞口）是一个盆口，在里间的后门。他说以后有危险。我还来翻墙，就住在这夜晚找地睡觉。

我们和王要?一块住在一起的主人在炕上，我在炕边睡。他又弄了条好被子给我。

当时有情斗争，敌把民兵的枪和手榴弹都收了，也都放在了窑洞中。

天快亮时，猫叫得很厉害，我们醒了，觉得不对头。里面像妈妈在说她出去看看。她从门口一看，看见机枪，步枪都从围墙朝着我们。她也惨叫了一声，把你爸也打了。

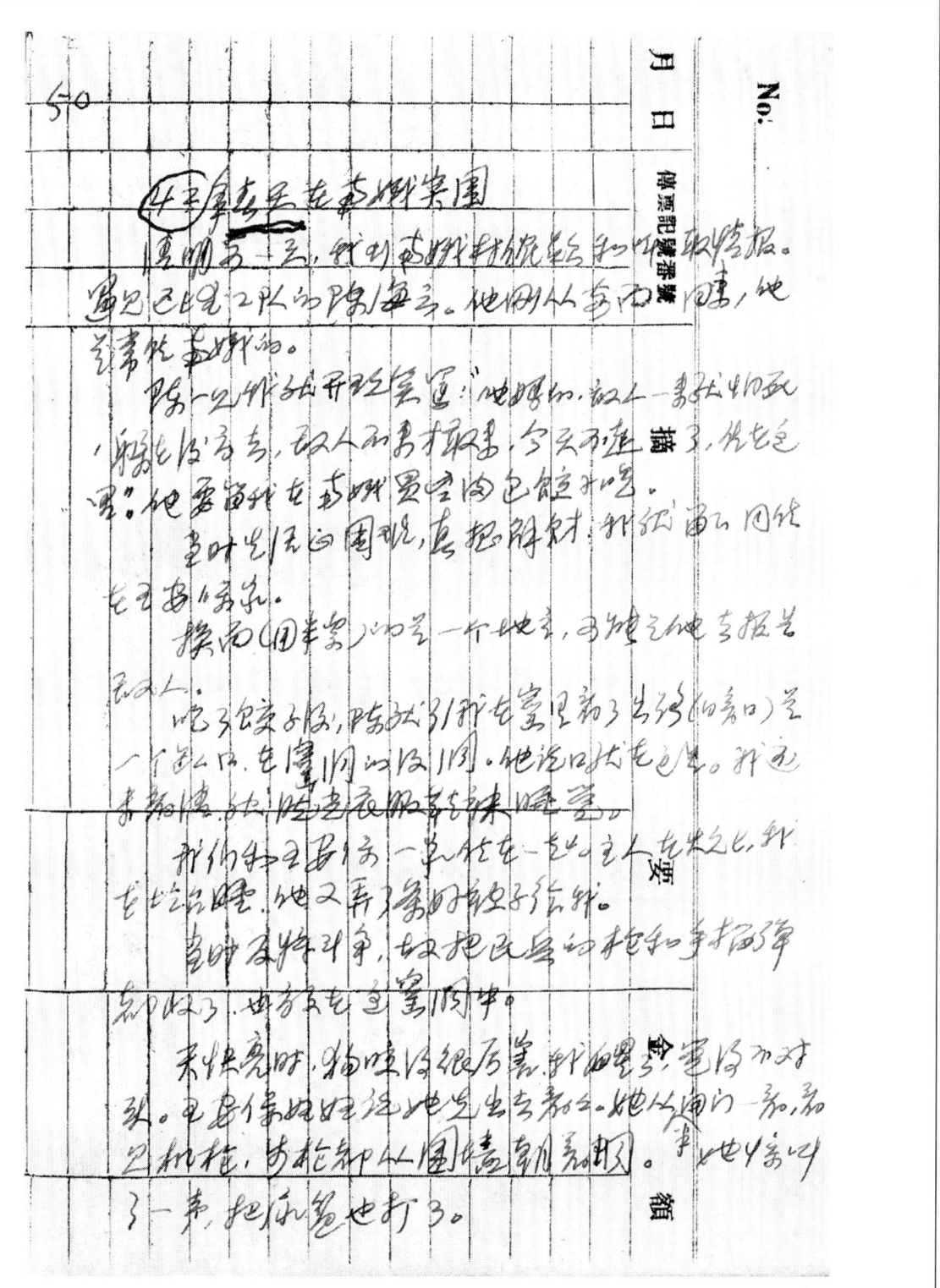

51

我那时想，1没有拿起，就把拿着，一下又拿不过去。他这一叫，更慌了，一下不见了他们（他们都会叫这个那里跑（墙洞）：一个人了。

敌人已跳过墙去。

有人在叫："都停住，出来缴枪吧，这里一个月有多少金票，好安家，跟我们干吧！"

这个是喊投降。

另一个是在洞口喊也在叫。

我：说好，等我把枪扔给你们。

我就拿手榴弹盖，怎么也拿不开，拿开了，出的引线也拉不出来，急了就把弹把折断，把弹头扔出去，两个弹头，连冒烟不冒烟都不知道，等了一会，等了十多秒就知道是坏了。又拉第二个，拉出线了。这个炸了，敌人一阵乱叫，我急奔出去，脚踏在敌人的枪尖窝里，急往脚拔不出来，我急往北墙角里。来我来穿衣，和墙一样颜色，敌来发觉我。我一看，拿打死了敌人，又拿起拉了一手榴弹，急穿出街门，遇见戴白口罩的汉奸军，他们都大喊要捉我。我两手拉着手榴弹站在街边，两手向两边举着冒烟的手榴弹说：好，谁敢过来？

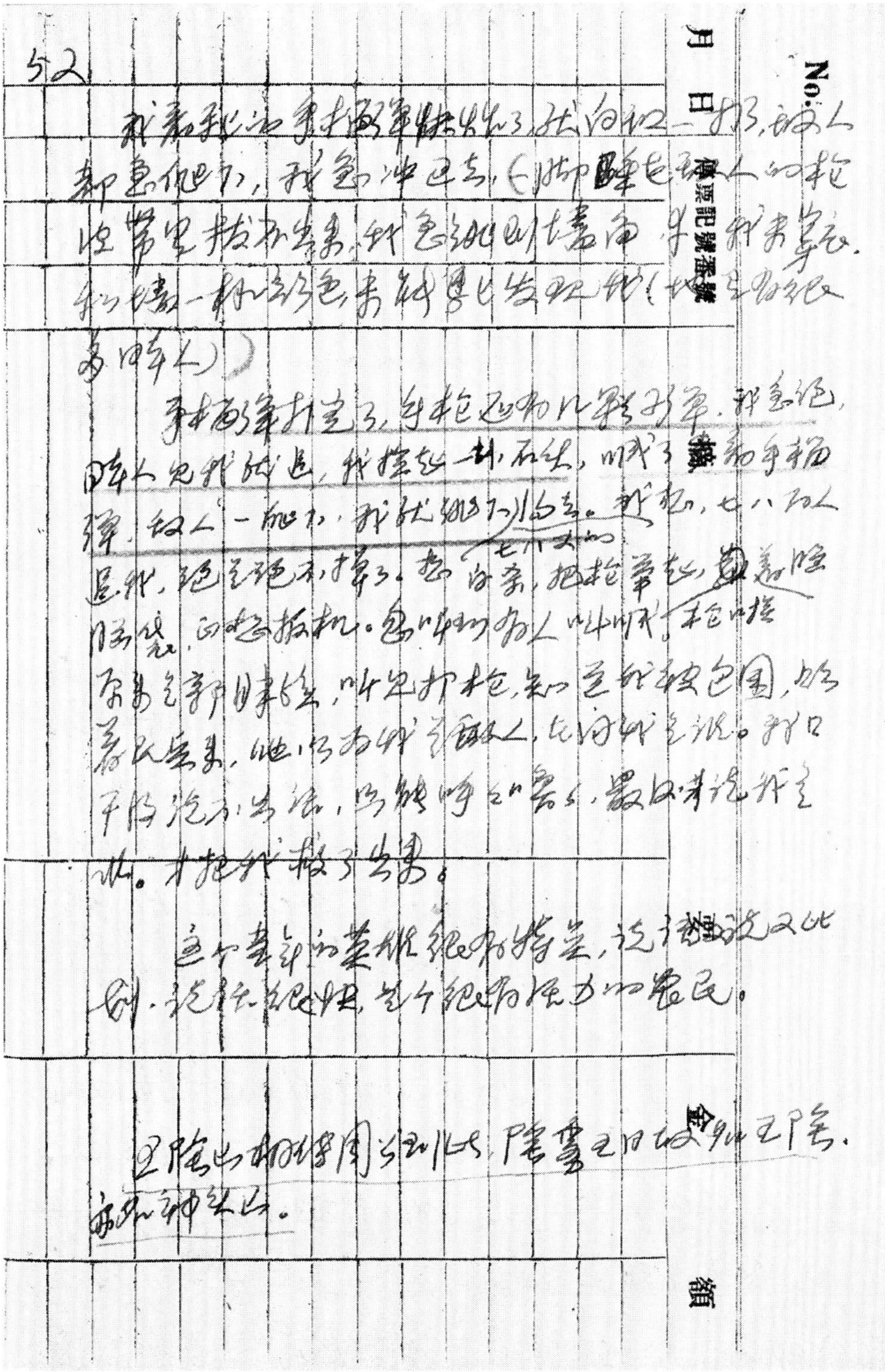
52
No.
月 日
傳票記號番號
摘要
金額

53

刘说

上党战役

1945.9.初，在黄碾，刘邓开会"上党战役组织会议，关系着全国的战局。党中央毛主席命令我们必须把侵进来的敌人消灭。保卫上党。这次战役在战术上是带有新的转变。从分散到集中，从游击战到运动战、攻坚战。"

三八六旅主力打屯留，太行三二团，地方团打壶关。385旅14团和决九团、七844九团，决一旅等主力部分别打屯留、潞城。九月十日，屯、潞、壶、长子先后克复。太军直逼长治。

阎锡山二万五千余人，在其第七集团军副司令彭毓斌指挥下，从沁县出发，日程兼程前进，企图解史泽波之围（他率37、68、69三个师，挺进二、六两个纵队，保安第5、9两团，共17,000余人，从临汾、浮山窜上党）。

决定以太行32、40团和部分地方力量围困长治，主力太军分东西两路，太行、冀南部队沿白晋公路、太岳部队沿屯留[?]至沁县大路，北上迎敌。

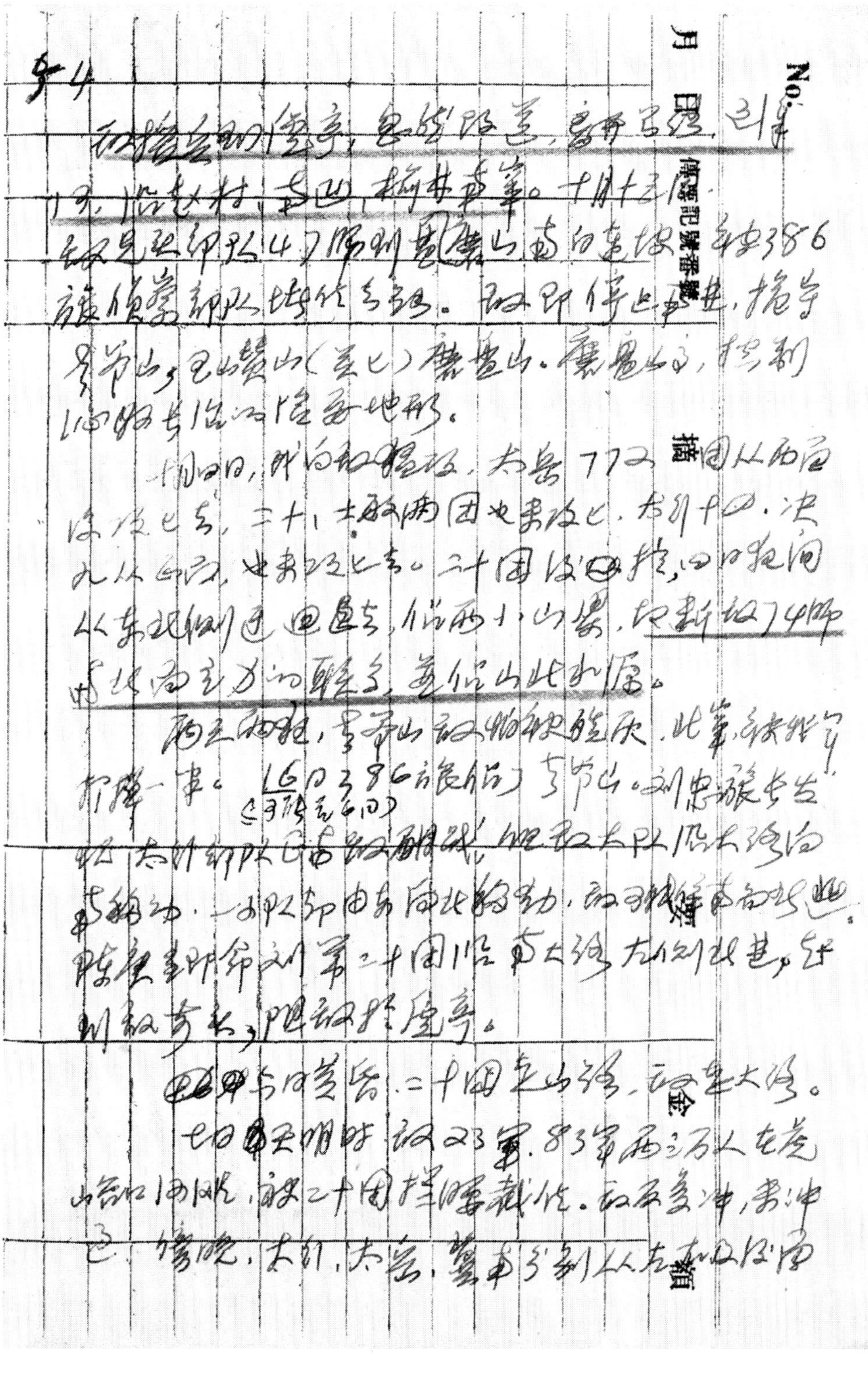

No.

月 日

備忘記號番號

5.4

敌[illegible]亭，[illegible]路，[illegible]到
[illegible]，[illegible]村，[illegible]西，[illegible]。十月十三
敌先头部队4 7 [illegible]山[illegible] 386
旅侦察部队[illegible]。敌即停止前进，抢占
[illegible]山，[illegible]山（[illegible]）[illegible]山、[illegible]，控制
[illegible]地形。

摘

十四日，我[illegible]。太岳 772 团从西[illegible]
[illegible]，二十[illegible]团也[illegible]。[illegible]十四，[illegible]
[illegible]。二十团[illegible]，[illegible]晚间
从东北侧[illegible]，[illegible]小山[illegible]，[illegible]74师
与北面主力的联系，[illegible]山[illegible]。

[illegible]，[illegible]山[illegible]。此[illegible]
[illegible]一[illegible]。16日386旅[illegible]山。刘忠旅长[illegible]
（[illegible]）
[illegible]部队[illegible]，[illegible]大队[illegible]
[illegible]。一部队[illegible]由东向北[illegible]，[illegible]
陈[illegible]即命令第二十团[illegible]大路[illegible]，[illegible]
[illegible]，[illegible]亭。

[illegible]。二十团[illegible]，[illegible]大[illegible]。

金

七日[illegible]明时，敌23军、83军[illegible]万人[illegible]
山[illegible]，被二十团[illegible]截住。敌[illegible]，[illegible]
[illegible]。[illegible]晚，太[illegible]，太岳，[illegible]人[illegible]

額

5.5

团长，敌两万余人除残部和少数随军逃脱外，
全部被歼灭。

十月八日，史泽波经屯留土门，弃长治西逃，在十一日下午，在桃川村，史一万人马，除少数先头部队，全被歼灭。史被之旅活捉。

全战役共歼敌19、23、38军等13个师3万5千余人，逃二千，打散一千，俘敌付总指挥胡之余11511，将官27人，约当时阎军力三分之一。乞彡彭毓斌在心将自杀。

我军参战主力三万一千余人，民兵五万余人。

× × × ×

民谣　往日小米好油，天旱也不愁，（已摘录）
往日种小麦，出稀家人播，
收了峰岩岭，淹了全河漕，
收了全河漕，早死峰岩岭。

旧诗小集诗
挑帅壮志立全豪，斩断漳河锁长蛟，
穿岩山下立闸汇，太行山麓白帆飘。

No.
月　日

5

外望崖，里靠山，道路不过二尺宽，
一切运输凭肩担，爬上坡顶气喘喘。
[illegible]，不[illegible]背[illegible]。

山区[illegible]路不便，大小车辆不得过，
土特产品卖不了，生活用品买不回。
山区若不修好路，需几代时间改变。

×　×　×　×

[illegible]，使两人化装[illegible]人[illegible]，他们[illegible]民[illegible]，却拿出一把[illegible]，[illegible]人眼上，两人就把敌人捉住，拿了枪，[illegible]，[illegible]敌人逃出来，[illegible]我们[illegible]，[illegible]我们痛哭一阵，[illegible]人。

（用[illegible]记）

"[illegible]"说妇女生活。
"穷人死媳妇，好比蚂蚱打了肚，富人死媳妇，就如[illegible]"。
"[illegible]不死妻，[illegible]"。
"[illegible]，死儿童媳妇"。

[illegible]

额

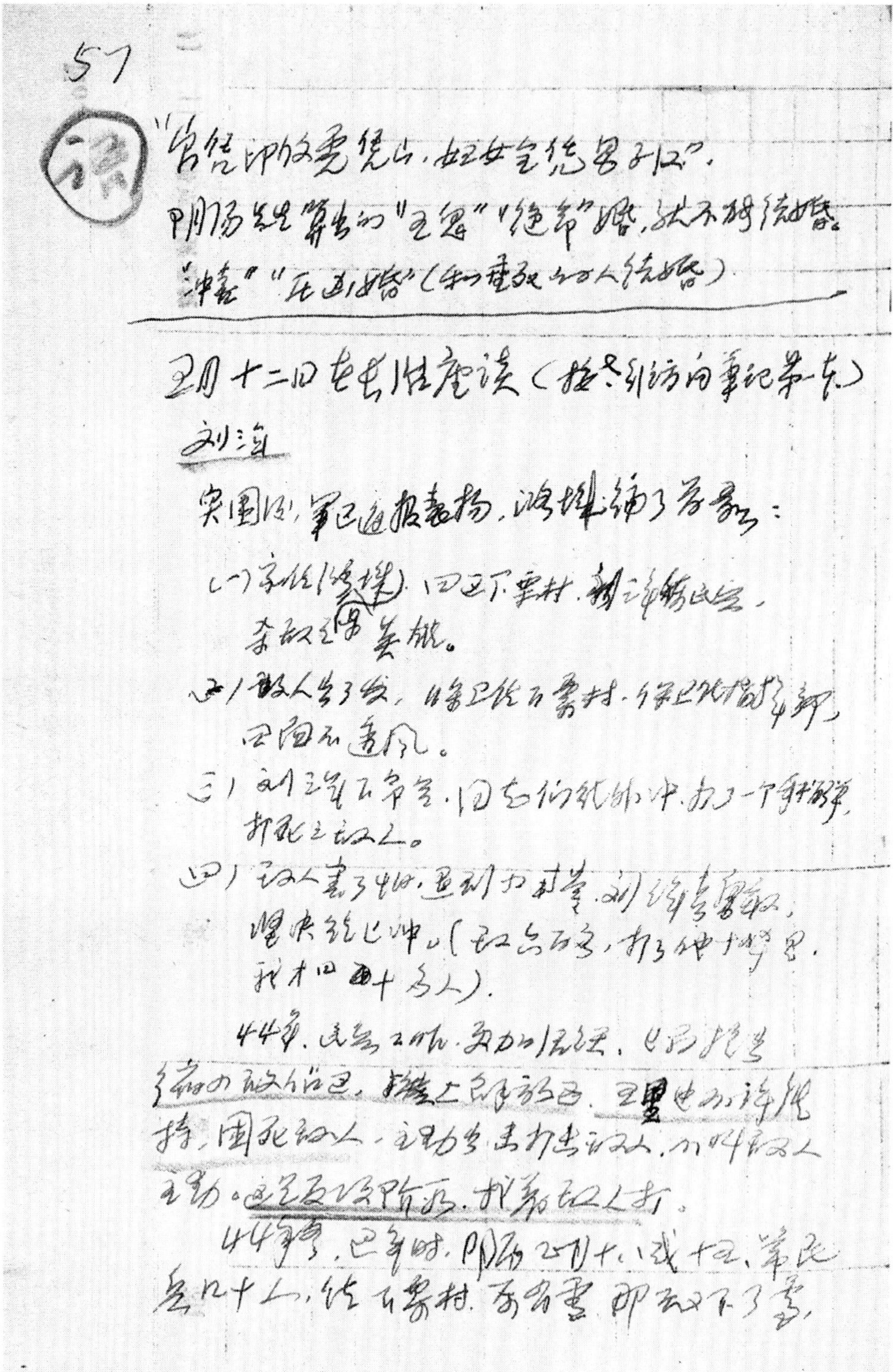
57

"旧结婚是包办，妇女全凭男子的"。
阴历年终算命的"三返""绝命"婚，就不能结婚。
"冲喜""连夜婚"（和垂死的人结婚）。

五月十二日[illegible]座谈（接续访问笔记第一本）
刘淮
突围时，军区通报表扬，他掩护了首长：
（一）[illegible]，回五下要村，刘淮带领民兵，
杀敌三[illegible]。
（二）敌人出了发，[illegible]村，[illegible]，
四面不透风。
（三）刘淮在[illegible]，回去的途中，打了一个手榴弹，
打死三敌人。
（四）敌人[illegible]，遇到[illegible]，刘淮带领[illegible]，
[illegible]（[illegible]，打了[illegible]，
我村四十多人）。
44年，民兵工作，参加民兵，[illegible]
[illegible]，[illegible]，[illegible]
[illegible]，围死敌人，主动出去打击敌人，不叫敌人
主动。[illegible]，打[illegible]敌人[illegible]。
44年[illegible]，[illegible]，阴历二月十八或十五，第[illegible]
[illegible]十人，[illegible]村，[illegible]，[illegible]了[illegible]，

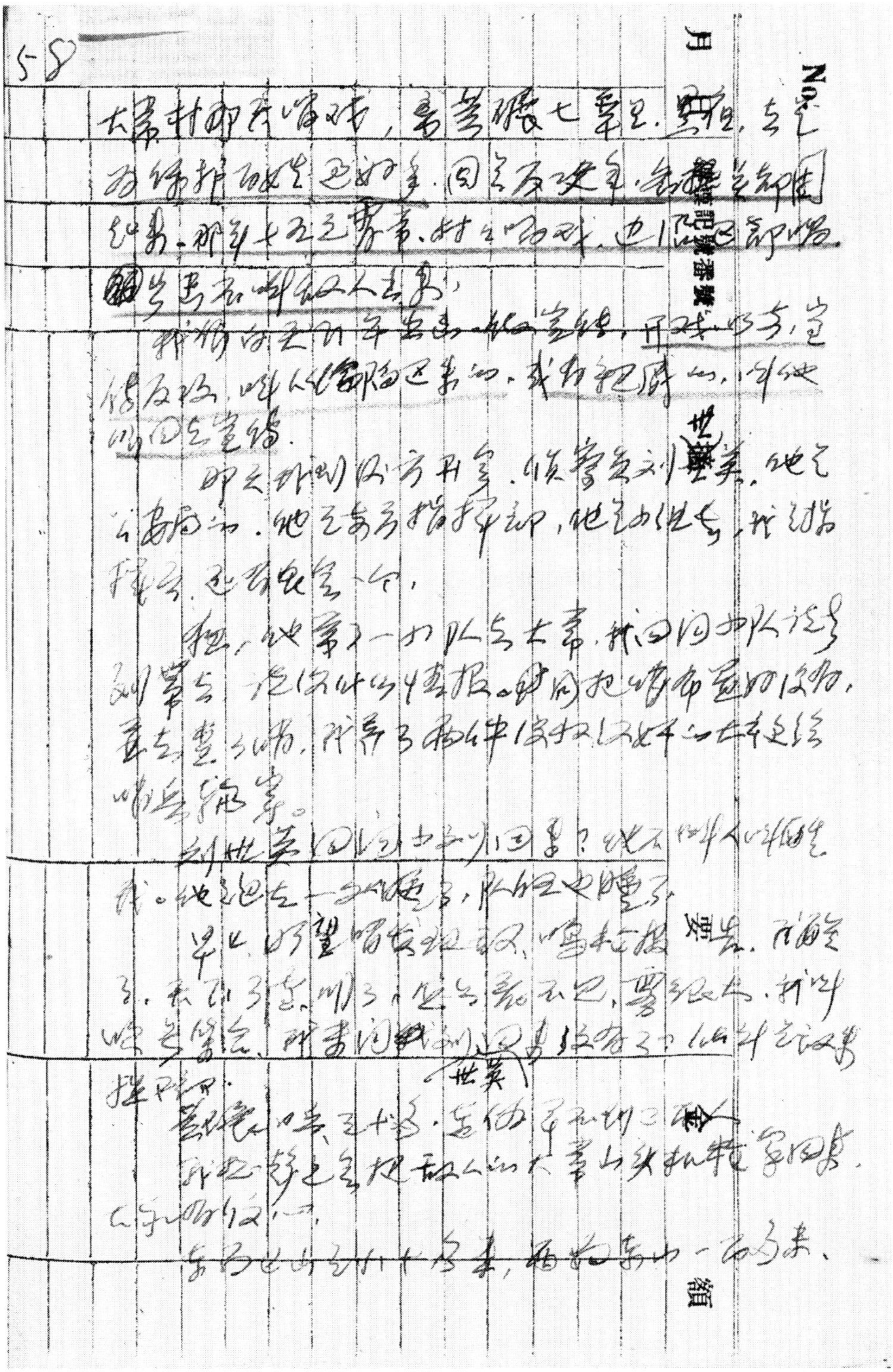

59

敌人已上了山，占领周围高山，一望不绝，是开阔地，我只有三十多人，敌人在我们周围（从东到北）包围着，我只几门小炮，[illegible]几下，小炮弹打完了，我们陷入包围，敌人已包围我们三面的人。[illegible]

不是单独对敌人，是三面[illegible]人，我们[illegible]坚持抵抗，我来掩护[illegible]。

一连机枪打着，把敌人[illegible]了两个小时，使敌人不能前进一步，[illegible]，我不会停止射击，掩护退却，[illegible]退却，我[illegible]，我把[illegible]，敌人发现我们掩护，敌人[illegible]一[illegible]，我才[illegible]敌人，我们用[illegible]掩护退却，退已三百十来步，就走了平地，[illegible]都在这里，加紧后退，坚决抵抗，[illegible]报告，掩护退却。

从天明打到九时，我只[illegible]四十多人，[illegible]了个小队去报告，我们只有三十多人。[illegible]，一枪一个敌人，打不中不打。

敌人机枪打开了，地[illegible]，敌军[illegible]指挥[illegible]冲。

[illegible]，才告诉[illegible]我们掩护，[illegible]

60

告诉回去共我逃出经过来。回去二十多人（都是连级干部）到咱我这以打，我不退。

宋村上老百姓[illegible]不容易。刘营长了村四位老乡接了我，送回了老百姓北岸都来了，让我接手，要打敌人掉。这时队伍才冲上来把我接走。

加上村中改善，当晚召开了会，东西村集合了二三百人以上，分配到第几小队，我们分了三人组里写，敌人力量比我们多，把敌人搞垮。我们在村子，在敌人向下，本来就向东向东走。

我们回去后，晚上，以指挥，随后俺这里，通讯员把我指定，刘世英指挥。

△ 敌人从东向西逃过河，因没船，在冰上缘踩破，掉在河里，正好打，把敌人打出来（我们刚回过河），我们先上了二十多里路。

我们全会去打，老百姓也喊打得好，村上的民兵都在打，到处人山人海，喊杀声，我们又吹号，我吹了号给我接手，（来给我）让这村里民兵以炮，打了几炮。

结查战果：俘虏打死二十七人，俘虏[illegible]，俺军队不敢出来。

我是唯一人接手。经过[illegible]，队长几个向他们来道，先这里毛巾把我们包好，给了几个[illegible]，又给了[illegible]吃[illegible]，各村老百姓都送鸡蛋。

61

略去不记

弄得担惊很害怕。
东西多很多，害把我拿去了。
伤口图（差点没给他……）幽囚，一个多月才好。
敌人会了，这我枪毙，掩护的第三中队的支
队，一中队（一连）三十多个军人（黄[illegible]的），
到了下枣村的北山西坡，已经找到了正路都。
我的人到了世界事，他给手枪，但
我告诉过他，在夜里时不要烟火吃人，要要好
好瞭望，东西里如果掉，人说三以下不要吵走
过人。他说到。
在这行中，他很小心，这治敌人却一下走
了十里路，他们迷失方向。
我叫到枪跳来跳去，只有回来里地。通
讯员说敌人出发，我叫他走，就要回来把
枪拿来了，把枪拿了很好，叫通信员走
上了八枪，很好。他说回去要叫我行。我
批评，便叫他走。我带领了[illegible]
上了西坡，敌人一直追赶到。
我们伤了正要去好，把枪放一打，老百姓就
这拐了人，等到去[illegible]，通讯员说我走了，我在
路中，有几个人下来抢我的，已经成功，我护
他走，停止退却。
敌人端起枪来冲，我叫通信员拿枪来把
[illegible]枪打掉，坐好枪，又[illegible]

前头有山高在也没到的[illegible]

62

去，打了[illegible]。我瞄好，一直跟着他，把红[illegible]打死。我说了[illegible]，[illegible]疯了。

他指挥[illegible]了。[illegible]也很[illegible]围了一大堆，问我好了。

打了好几个小时，团长[illegible]又[illegible]。团[illegible]，[illegible]。

[illegible]

我[illegible]他们的[illegible]。

"[illegible]"。

[illegible]（几年），[illegible]。

[illegible]九团长，[illegible]四队长。[illegible]

[illegible]（四百多人）[illegible]。[illegible]我第九团的[illegible]团回来，九团[illegible]6、7人，我

63

说，团队长，山上人不多，她说都[illegible]。

[illegible]了[illegible]，[illegible]了七八[illegible]，[illegible]当。我们[illegible]进去，[illegible]，[illegible]。[illegible]来。[illegible]人[illegible]，[illegible]，[illegible]。[illegible]两三人[illegible]四个中队十二挺机枪。这[illegible]北[illegible]的一个[illegible]，[illegible]。

下午，[illegible]开[illegible]会议，九团[illegible]一营，10[illegible]，[illegible]，[illegible]。[illegible]一连，又[illegible]村民[illegible]。

九团[illegible]，[illegible]，他们[illegible]西南。[illegible]一营打[illegible]，我们[illegible]。

[illegible]，[illegible]，10时[illegible]，打开[illegible]。

我们[illegible]进行[illegible]，[illegible]打[illegible]。

我[illegible]，我们[illegible]。[illegible]

我[illegible]九团[illegible]。

[illegible]九时，[illegible]，[illegible]地[illegible]，[illegible]。我们[illegible]，打[illegible]，[illegible]部队[illegible]回[illegible]，[illegible]，[illegible]机枪[illegible]。[illegible]。团长[illegible]。

[illegible]了，[illegible]人[illegible]枪，东北[illegible]，[illegible]口，[illegible]机枪打，[illegible]几挺机枪[illegible]退回，又[illegible]，又打回去，冲了三回[illegible]。[illegible]打[illegible]，[illegible]了[illegible]，我们[illegible]中[illegible]，打[illegible]。[illegible]

64

剩了卅一枝仁，死七名，敌人死了很多。我们先后夺了东房，楼开包，搬了半木箱弹，四五个人从北房都跑上了。敌人交枪，四百多条，捡了弹筒，子弹打不上去。死堆摞，把楼上下都烧塌。

先是老百姓帮敌找我们的很多，把粮食都偷留，捏是，老百姓都不惜。

夜里没带了，许多弹药都丢弃出来，走了二十多里，正听到炮响，

天明至敌封锁线，敌人三个据点都不打枪，我叫司号员吹号，是敌特务队天地四个半队。

天明，把紧急之部先做好，要不正面打仗，我设不到才转回去。

老百姓掩护我们，保密出来，我们给他钱，

老百姓不肯要。

伪军被我们打得犯难极。

老百姓都知道，说是，毛主席说的年胜利就是要胜利。

去西陵开会，总结会三四天，生气不少，九团说明了反攻，把机枪给部队，步枪分配给地方，配了五十多条给各村。

我们又依靠这样的军队算是打仗，我不知道这样子是枪回来。

敌人吃黑豆子多了，我们围住他，一些都吃了。

65

敌要抢[illegible]乱，已被民兵[illegible]，不以敌抢走一部。人家护不如[illegible]手给敌人送粮。

我们开了会，各村也开了会，敌要开始抢粮，去来抢开粮。我们是要一传做一[illegible]，打一片，藏一片。

[illegible]敌人来抢开粮，去我们的游击队开始出[illegible]，[illegible]，把原来的民兵争取调出去，配合九十人，敌去就打。

我第三八六旅野战部队，在敌寇的东方。

我部去准备东西边（中间），早上，敌人分两团出发，用四部兵力制我，大部人西、东直入中心地抢粮。

敌用机枪开路很厉害，我靠不住抢粮的样子，叫号召群众用旧枪打几枪，我主部队绕向上后，插到敌人的屁股，一直追到据点，给敌人吃了大亏，把抢去的东西[illegible]群众。

正在这时，西南面机枪响了，我在侧面由东路出去迎敌，我和村中的民兵[illegible]把[illegible]，[illegible]也打了（[illegible]），[illegible]到了大常村，常和大事。

那从东向过一下，在已来，打出山头的地形，打敌人屁股，大家也不知怎么就跑了，敌退出这村，我们也出这村，口头说了拿粮队来了。

66

我从村的[illegible]过村，我叫[illegible]把粮食[illegible]，大事要紧急，不能让敌人得了吃。我和敌人[illegible]民兵开会说话，向他们做宣传。

45年日闹端午，[illegible]送给我们粽子，[illegible]白面。只留了细米，其它送回去。叫[illegible]来做包工(?)。

44年敌人扫荡(三一)经过苦荞洞，我带十几人，敌人[illegible]，我们围着[illegible]三天三夜。[illegible]山[illegible]，[illegible]山头。[illegible]人留[illegible]打。我[illegible]了一下，[illegible]不[illegible]，不[illegible]暴露，把十几人[illegible]开，[illegible]，[illegible]敌人，[illegible]打，[illegible]。用[illegible]作[illegible]。[illegible]了三天，[illegible]不[illegible]，[illegible]，[illegible]了，不[illegible]，[illegible]。

[illegible]不[illegible]，[illegible]不停[illegible]，我们[illegible]回去。

第四天，上午，[illegible]，[illegible]。我[illegible]。他[illegible]人了，[illegible]，我一[illegible]，他，他[illegible]，我们[illegible]把他[illegible]，[illegible]出去敌人[illegible]。[illegible]到了[illegible]，[illegible]、[illegible]、[illegible]，十几人[illegible]。

[illegible]，[illegible]山，我们[illegible]了个[illegible]，[illegible]苦荞洞，[illegible]敌人。

67

在我包围线已燃着火，直至山中路已烧[illegible]以后。

燃火当地老人，两边房人，给一些烧两边村去。

我能计算出老人，两边房。

突围的情况已画出，以前通火，收复坚火，第二中队[illegible]、[illegible]一把把[illegible]，大[illegible]在[illegible]已，着了，[illegible]，[illegible]草。

他们当进，他一个点，[illegible]，[illegible]两边开[illegible]枪，[illegible]人自己打起来，[illegible]用[illegible]，[illegible]了，[illegible]了进去，[illegible]人进去时叫喊。

[illegible]山[illegible]，又[illegible]又[illegible]，[illegible]，[illegible]水，[illegible]。

[illegible]部分[illegible]，[illegible]山，[illegible]。

[illegible]，[illegible]。

我们在那里打枪，[illegible]打，机打，[illegible]打，[illegible]打，叫他们投降，说他们[illegible]已[illegible]。

我打了一会一会，[illegible]叫他投[illegible]，[illegible]，[illegible]，[illegible]一[illegible]，[illegible]一分[illegible]他们[illegible]。我们[illegible]，他们[illegible]一[illegible]。

（页边）共十几人，[illegible]。[illegible]，共十几人，[illegible]一[illegible]

68

到山北墙，一人出马，山墙坏，斗争大会胜利。

第二、三天，敌人搬回来。敌人回时，我们又到东面边。新政权把他家里分了，把他个仔细。[illegible]九[illegible]边（下雨下成河），我用草遮住，眼到[illegible]，头发都已去。他背了一个[illegible]走不动，他拿了纸包给我[illegible]，一路了[illegible]，他掉队了。以后他写了，我一摸他把他摸住，摸回来，他找个地方，送去，一直到了[illegible]，也卸了他的枪，[illegible]了，只剩下，把他的枪，他又不能开枪，只好出来讲。

以后到太行军区报到。

我已已[illegible]，以他的[illegible]我们的五十一团，我去报到，[illegible]到四十一团三营去，也去过（以后才知道，因我们的人，是个多，[illegible]，他落了一）军区来电报要我们司令部报到，以后调到太行军区（47年11月5日），已过年，九日报到。

第二天我到李雪峰，在参谋，我和他谈话，李已进去吃饭，就是我，他叫我一起吃了饭。问我懂不懂这些。我说不懂，他叫我去学习几天，去到政治部（[illegible]），给我几本书，我想我把错误了？我又去找李。[illegible]（在部队干部工作的手册之查的东西），[illegible]进攻[illegible]，要我去一个[illegible]，[illegible]团，了解几天，[illegible]。[illegible]

彭[illegible]安经上中央和毛主席

对战士的宣传要我[illegible]

[illegible]审查

69

[illegible]指导员，我说[illegible]。李雪峰同志说：
你是主席，主席团[illegible]临时[illegible]，你说代表太
行区[illegible]。
第一标[illegible]，第二个[illegible]，
第三标，[illegible]世纪[illegible]。
[illegible]
[illegible]大[illegible]。[illegible]
[illegible]（[illegible]）[illegible]
[illegible]十五[illegible]地。我[illegible]
不[illegible]。[illegible]
[illegible]
一人一[illegible]，一[illegible]
[illegible]部队[illegible]。
[illegible]
[illegible]
[illegible]。
[illegible]部[illegible]，[illegible]一百七十人。
[illegible]通讯队[illegible]。
（[illegible]）
[illegible]，[illegible]一[illegible]，[illegible]
[illegible]。
[illegible]，中央[illegible]
[illegible]，中央[illegible]。
[illegible]

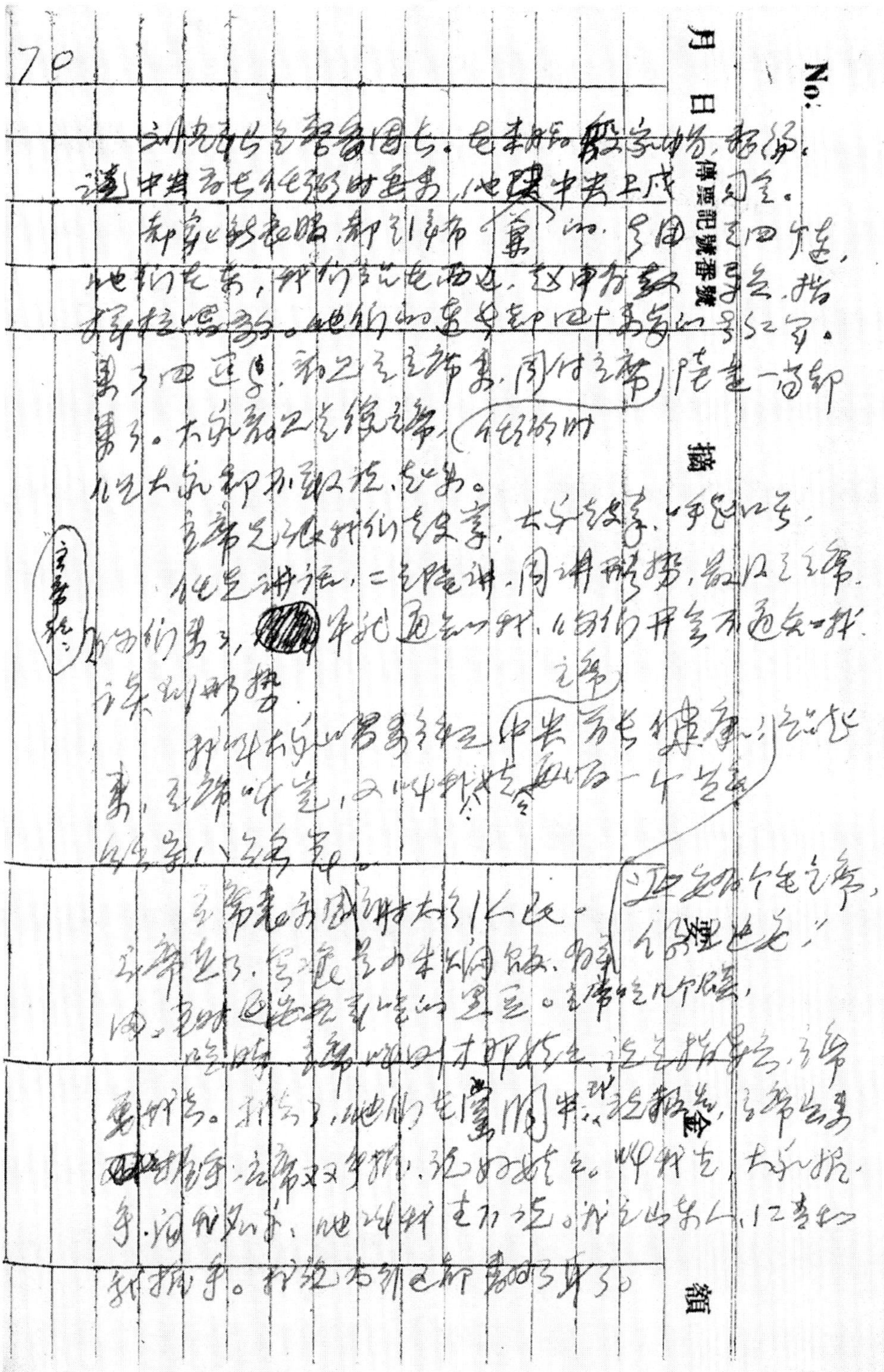
70
No.
月 日
傳票記號番號
摘
要
金
額

71

又问我身体健康，说我晚将来，要到。[redacted]。

我说了要去会见中央。

喝酒开始，倒红，主席先端起来，表示感谢太行区人民，干杯。

周总通知，叫我敬酒。

一杯，代表太行人民，二杯，支援解放军，三杯，将革命进行到底。（先我和江青干杯。）

主席都喝了，说谢谢同志们，主席说你的酒量很深。

敬周同、陆、朱，他不喝，主席说不喝他等于不喝太行人民的酒，他喝了。

我能喝，主席说姑姑打通关，你能办吗。（主席要我一说，我们认的）那就不喝酒了。

走时，主席握手，上来时又握手。明天晚上，周总叫我去，我们宴间，主席说这几个月听不到歌声，我就唱了苏三起解，叫大家，主席说好。

记阶出云大关宝丝

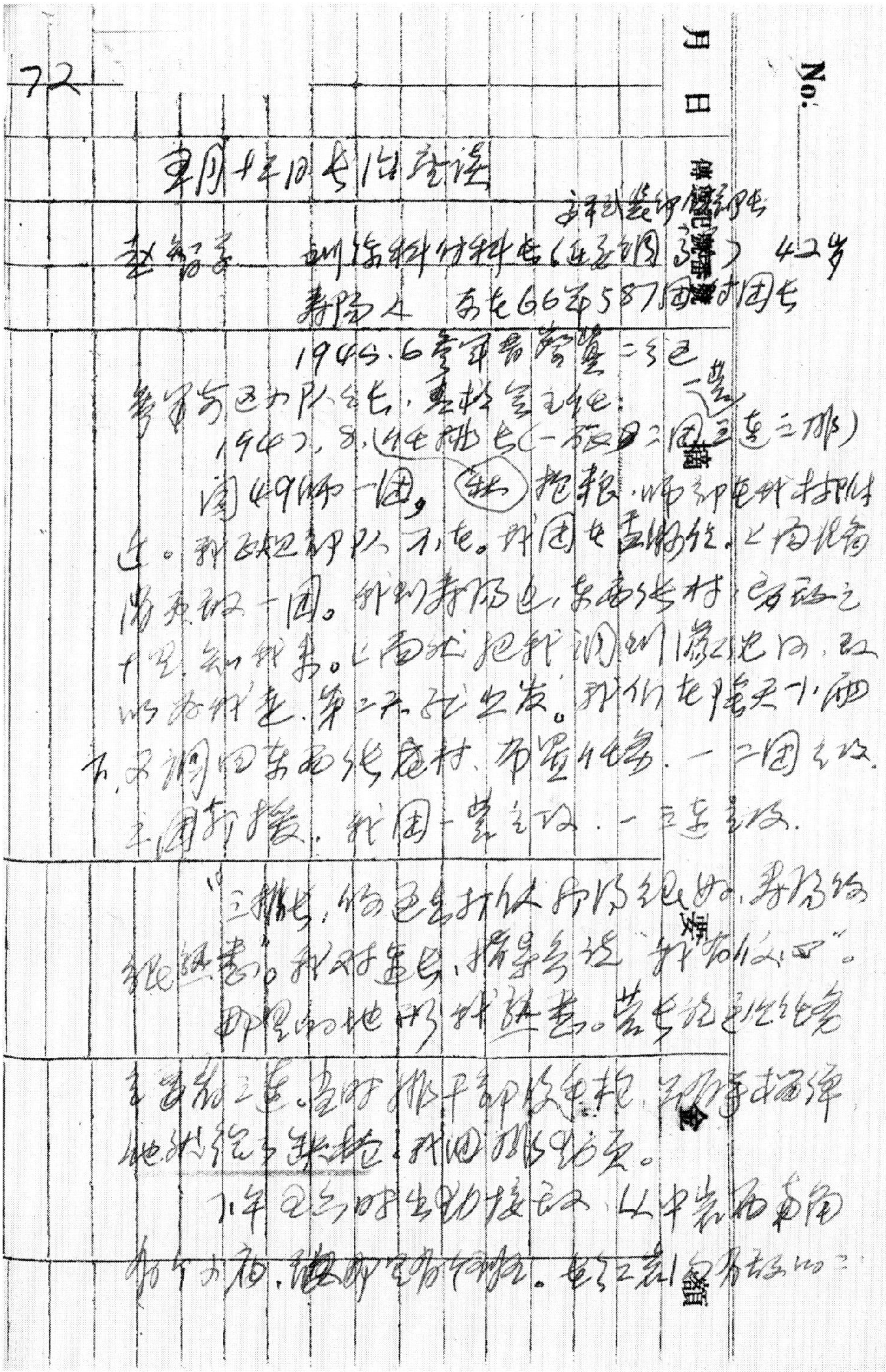
72

No.

月 日

[illegible]座谈

赵[illegible]　训练科付科长（[illegible]）42岁

寿阳人　[illegible]66军587团付团长

1945.6[illegible]

[illegible]

1947.8.[illegible]（[illegible]）

[illegible]49师一团。[illegible]抢粮。师部[illegible]

[illegible]。我团长[illegible]。

[illegible]一团。[illegible]寿阳[illegible]，[illegible]村，[illegible]

[illegible]。[illegible]

[illegible]出发。我们[illegible]

[illegible]村，布置任务。一二团主攻。

[illegible]团打援。我团一营主攻，一连主攻。

“三排长，[illegible]。寿阳[illegible]

[illegible]。”[illegible]

[illegible]。[illegible]

[illegible]

[illegible]

[illegible]

[illegible]

73

岩。

七六五团猛插到中岩，占领红岩沟的敌人。插到中岩没找着敌团部。

秋后未收谷的地，我排长地里隐蔽，恢复听到敌吹哨，长枪已上栓。又发现敌二个哨兵在巡逻。我第七班、付排长、第九班和机枪班。本是付排长（第一轻机）长先去的，因我地形熟。

敌发觉打枪，我们打了几个手榴弹。

接着往红岩沟插，敌出来打，跑了，敌在七交地架机枪。

我打一个排手弹，敌负伤，我把机枪得了。敌打跑。

我插到岩的大庙，敌山炮打开，庙上有机枪。我一面打一面上庙。许多人已上庙，只剩有敌机枪。我叫他打手弹，十几颗弹敌不打，敌一人已跳下庙去。我七班长跳过去，到中么机枪手坐卸，得了机枪。

弄到一个俘虏，引我们冲向团部。绕向敌东边团部，我插到院里，敌警卫员拿手枪，敌出来打，团长不在，参谋长正喝醉酒。我们把他捆起来。

7.4

把敌一个排送至三营部，要他下命令，叫他们早了，即刻往咱这里来。

敌团部解决，上面去抢敌山头，我利用俘虏，令敌缴枪。又即冲锋，抢占阵地，敌一团团长回人，其余敌人都投降。

当俘一百五六十人，但他不投降，二排、三排都已俘虏。一、三排继续作战，在团部⋯⋯一位军事⋯⋯我们又把军事⋯⋯俘虏了。

整个战斗结束，七一排三排就把敌一个团全部解决，未跑一人。俘1400多人，死伤200多人。

三团也把敌人稳步打光。

我们团的张西征评功，一○排长，立了大功，七班长抢立大功，全连立大功。

抗美援朝第一仗

抗美援朝50年第一批出国，当连长。

10月23日出发。参加中国志愿军。

调整装备，一营一团都是七九枪七九，三八枪三八，我营换成三八式，训练都好。

又到北镇，夜九时，发了棉衣，没等到明天开拔，不能坐车，十二时以后，就行军。

22日晚七时出，二时上车，过朝鲜，往团部出发。

第三日4时开车，司令员在北开会来团。

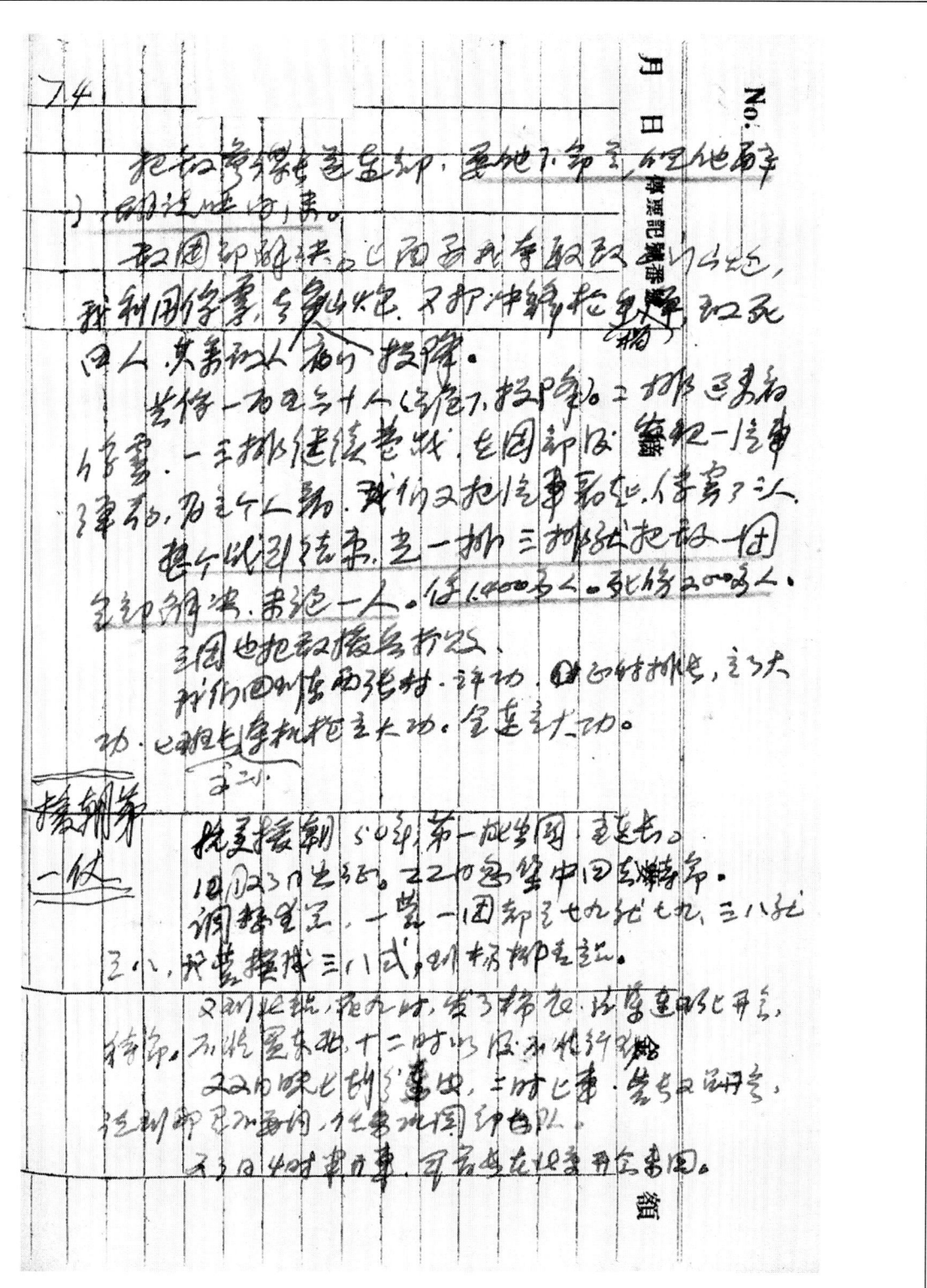

75

决定了38军、42军、66军、50军出国。每军先去一师。

上了车，部长唱着“抗美援朝”歌声。路经车站全部停。到锦州吃饭（下午一二时）。离卫站了安站，吃完干部开会，吃饭只半小时，加我厕所。又上车。过了，到了X，也不下车吃饭。

又到安东（一时），当地部告了射炮来不来。也不知道朝鲜，到了东面朝鲜的东，有百姓，一色白衣。

一营住一院，休息吃饭。送干部团部开会。部队不让上街，排队放哨。

团部在地图上讲志愿军，越过鸭绿江，离安东400余里。12点出发长征，2日同部队。

换朝鲜人民军服装，戴翻领红色，什么都除了，帽子换，鞋子换。带四斤干粮。晚九时十时过江。桥未炸断。看见朝鲜老小往我们回走。敌机来了却往安东搬家。它们为敌人，为了不用走。

196师先走。在走的路过了些村庄。敌人多少多子弟兵进村做饭。在队部中行军停下来，想吃的干粮，找买的东西。做好饭去山坡吃。看见人民群众二十多人往回走。

飞机来，随时不让打。飞得低，光想打。人民军都要我们打。又说到我那里防空。让他他

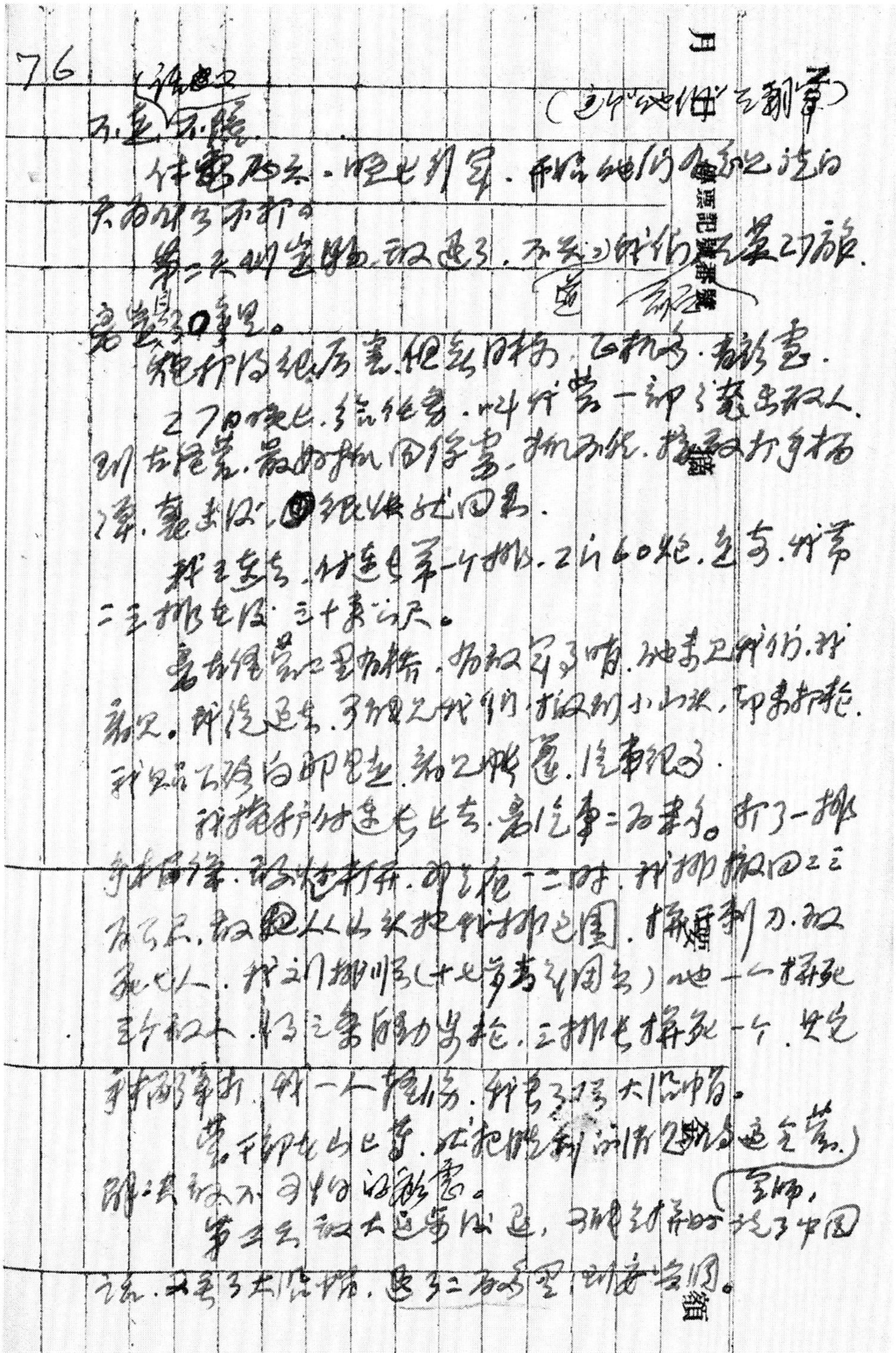

77

刘排以后评模范功，指挥有意见，不能出为副团长。

人民军也停开了刘的会，向他学习。

刘之英勇突击以后，[illegible]，[illegible]，被俘解放。

新县连两个请假的。二次去了又干。

第一战役打安兴洞，美27旅，决定我们两团打一团。我580、587团攻山（我在587团）。我军突击连，以请掉了路，不了解地形，已插到敌中心，敌我都弄不清，已有一二洞穴，我们向我一头突进去，[illegible]，敌也我就逃，我就去，二、四百多人，三回[illegible]开上来，[illegible]，他们一个人，全团攻山。敌飞机来，投照明弹，我[illegible]，把敌[illegible]山后，四十多敌人，全部[illegible]。敌不[illegible]，[illegible]长[illegible]，[illegible]、手榴弹，全部丢了。

天明了[illegible]，但敌又[illegible]了，来了三四架飞机，放了[illegible]弹。

俘敌五百多。打死伤三百多。

敌兵长[illegible]，不能绝，[illegible]，都[illegible]。战士都操。[illegible]了[illegible]自动步[illegible]。

第二战役打三八线——

刘[illegible]，50[illegible]了[illegible]下[illegible]。敌6个师，[illegible]都跑。

张[illegible]第2团，连[illegible]，他在第四战役牺牲。

[illegible]二连、三连[illegible]，敌6个师全部[illegible]。

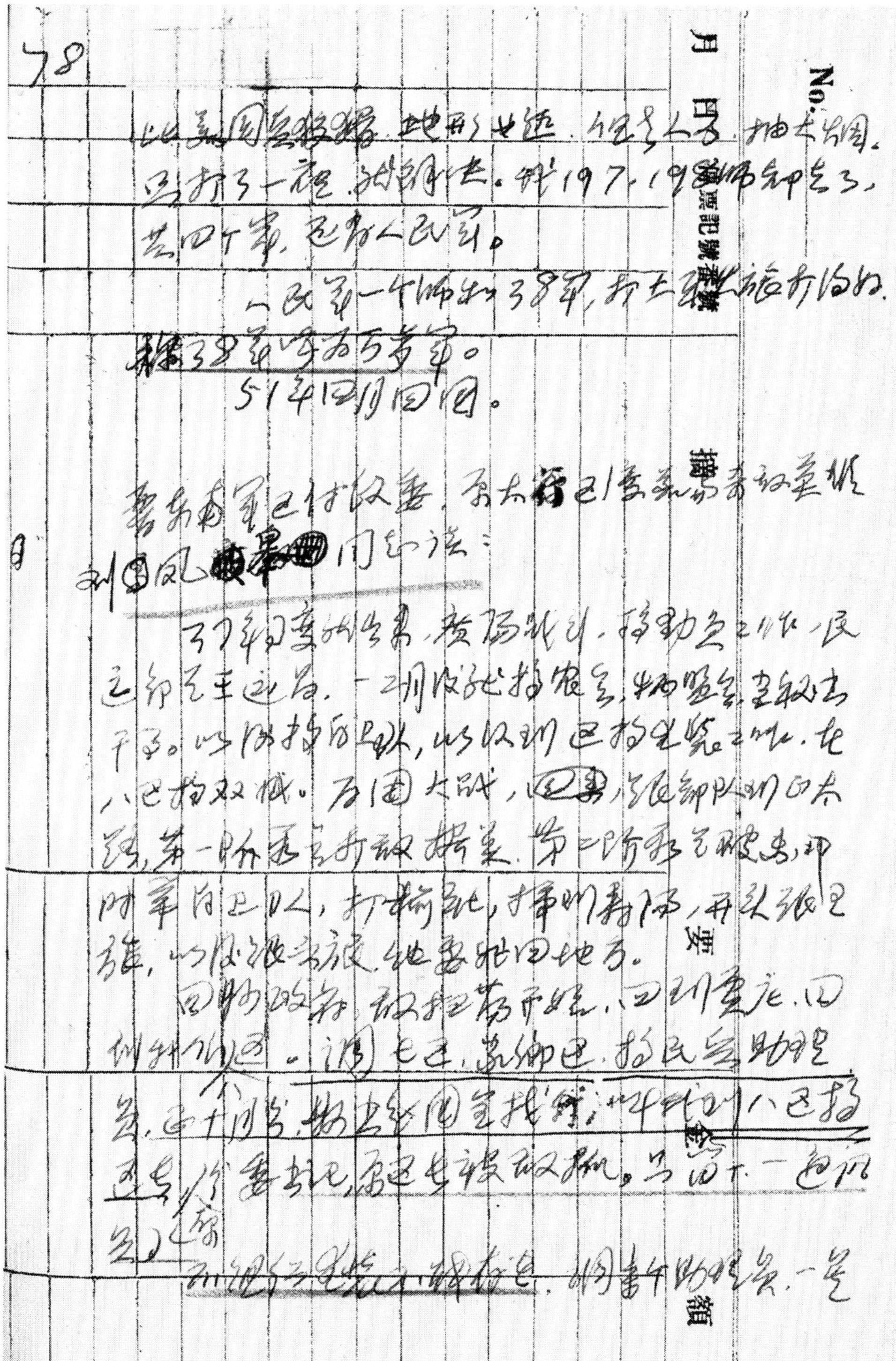

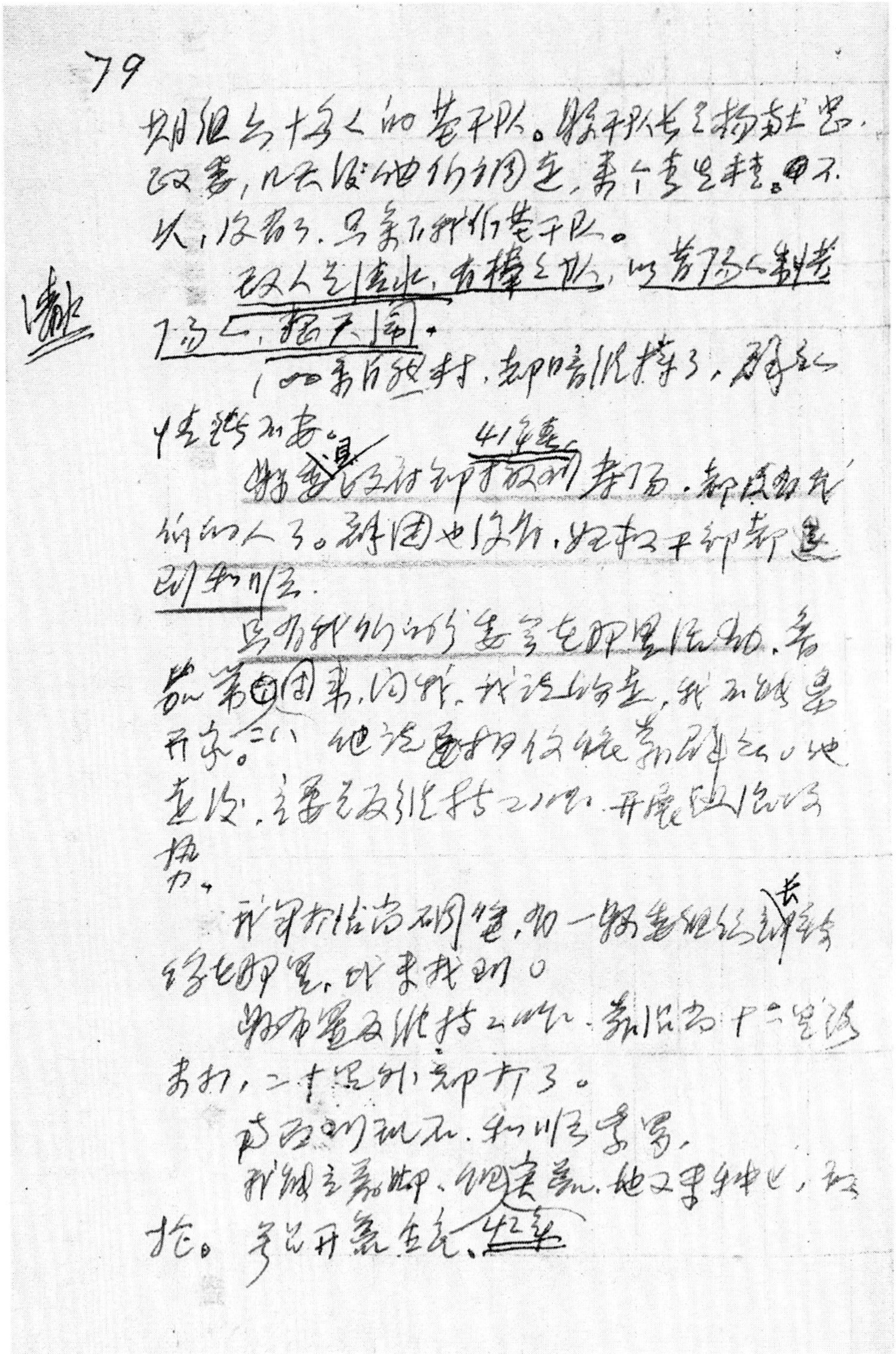

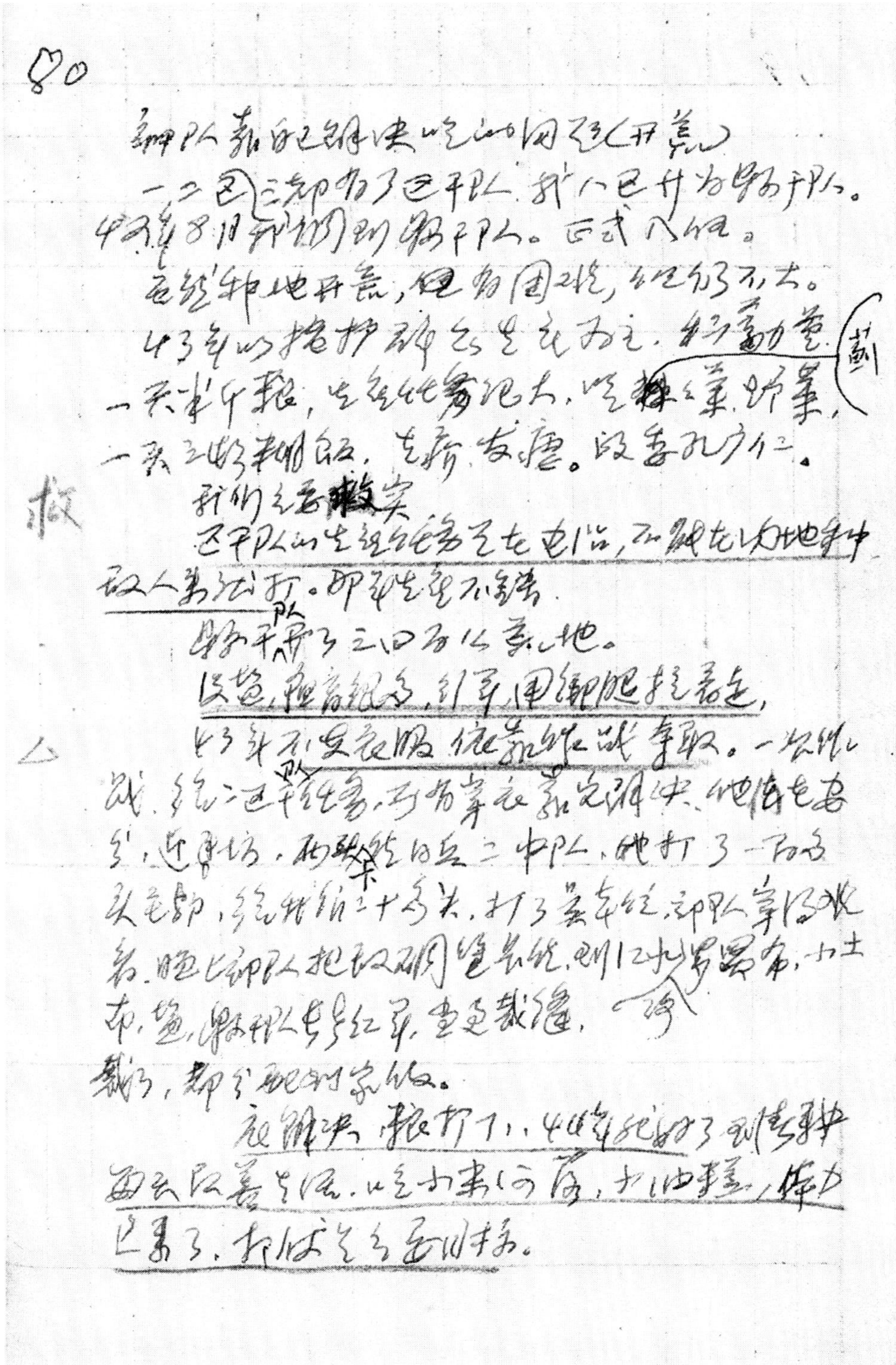
80

部队靠什么解决吃的问题（开荒）

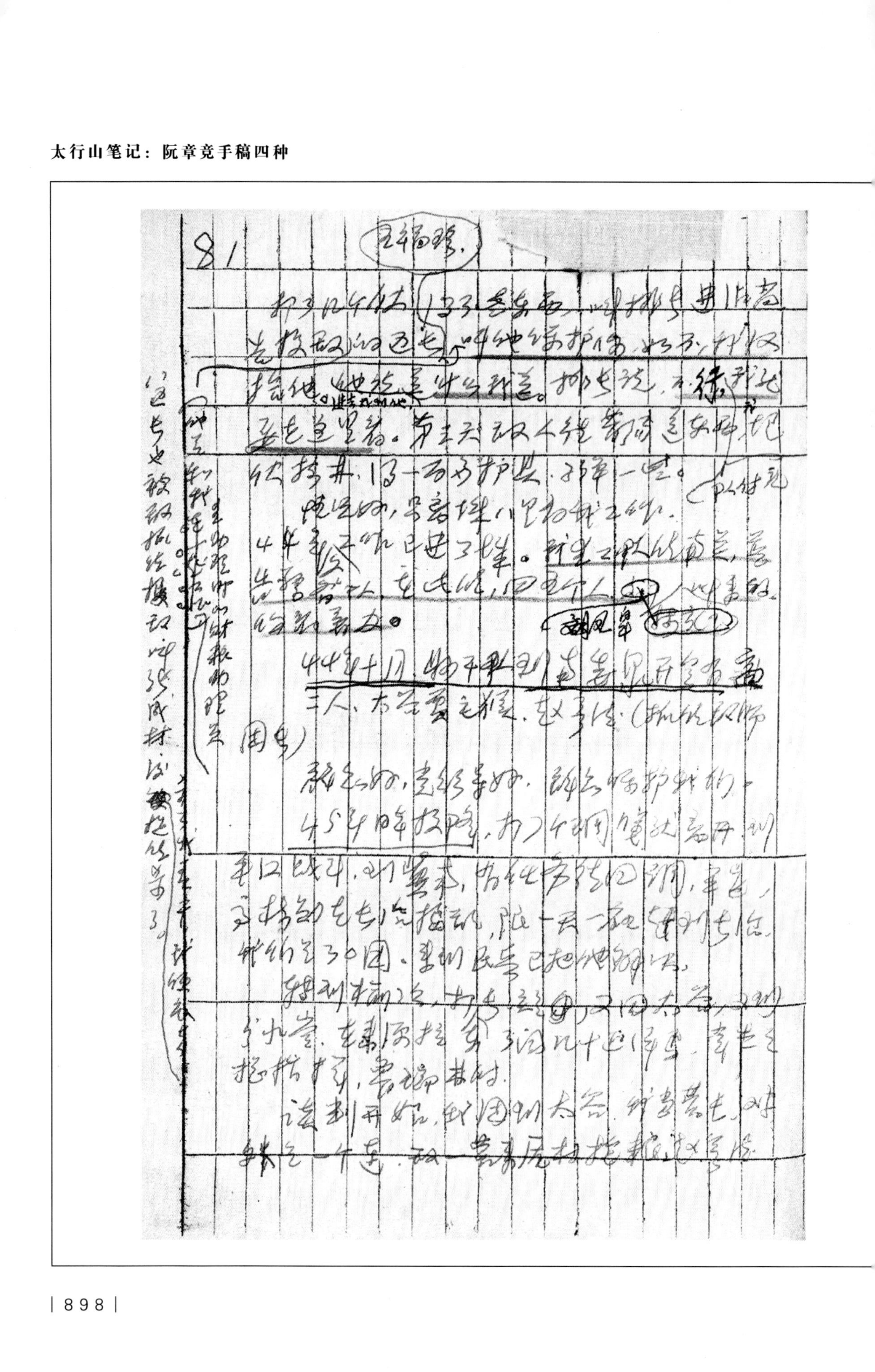

81

[illegible]

[illegible]

4年[illegible]

[illegible]

44年十月[illegible]

三人[illegible]

[illegible]

45年[illegible]

[illegible]

30团[illegible]

[illegible]

82

叫我打底牌，打完了。三人小组来，刘建勋主
太行代表：
问为什么打，他来抢粮，我就打。
调查，部队能战斗不好，难道说，说着问
如何好，美国人要战。营长主团参谋长、掌马兵、
政委说。

（当时特务连长）

部队南下，把我留在村里，说问形势不好，留
下了，为的为我们去捣乱，和我死对头。
把我们送到问[illegible]，我们练兵，打了一仗，
敌 夺了长治以后留守团。打了一个据点，消灭了一个（营
部），东西也没有损失了。（占它据）
部队进到三查三整，诉苦，练兵。一训，练
好了。以后训练阳特务团，进太岳编二团，改
为。以后团改68军203师。我就走了。
在长治以后第了一次会（51年）二千人新兵
团，又到了平定，[illegible]部队七年，
又到阳泉里。
[illegible]叫我进[illegible]团的参谋长抓[illegible]
[illegible]部[illegible]进，[illegible]我[illegible]
参谋长进去，[illegible]一个[illegible]
[illegible]。[illegible]他，[illegible]记
[illegible]，[illegible]他人，他问情况，问八路军[illegible]
如何？[illegible]，[illegible]不好说，他说在[illegible]

83

工作，我们即把他们十一地方，作"游击[illegible]"
[illegible]，他说[illegible]，[illegible]。他说[illegible]
[illegible]，[illegible]。[illegible]
（他[illegible]）[illegible]，通过他打[illegible]
[illegible]情况，打蒿[illegible]，[illegible]
[illegible]，中午[illegible]吃饭，我[illegible]
[illegible]，八个[illegible]出来打枪，[illegible]了。
太[illegible]，两人出来，[illegible]，我
[illegible]。他又送出情况，[illegible]
[illegible]，又送出情况，[illegible]
又送出情报，[illegible]，[illegible]人，[illegible]，
不几天，[illegible]投降。
[illegible]打蒿[illegible]时，[illegible]，45[illegible]投降后，
[illegible]，以后都
[illegible]，都[illegible]了，三十[illegible]。

[illegible]42[illegible]，[illegible]。
王居仁[illegible]人，四[illegible]，[illegible]
[illegible]（[illegible]村）44[illegible]
[illegible]、三十四岁
[illegible]

[illegible]

84

清水镇特务暴行

在当时的斗争中，每夜要换七八个地方。每人有支手枪，一支步枪，白天用步枪，夜间用盒子枪，每人一件便衣大褂。

~~敌人~~抓住我的叔伯哥刘凤岐，说你们知道[illegible]（特务李文祥）和我们作对，要他说出我来。来达到目的，不然把他先放在桌上，切下头，再切四肢，破腹取出内脏，再把头、手足塞在腹子，以[illegible]。

~~回~~清水和汉奸抓住我父亲刘文红，要他把我抓回来。我父亲说：你们拿枪的都抓不到，我还能抓住他。你们要办法，你去抓，我是不去的。敌人就把我父亲打得半死。我从那回延安，当在三查整部队时回去，父亲已死。

王居仁到[illegible]

王居仁，[illegible]城人，投大学生，[illegible]党员，回[illegible]回延工作。我和他在活动开[illegible]平顺会之[illegible]，他说要离开这里去长治。我告他同我[illegible]，他[illegible]同意，但要我先走。我要告他要听我的话。我[illegible]，他[illegible]一[illegible]（他要[illegible]一个[illegible]。）[村]开了平顺[illegible]，却在一处[illegible]，不走，结果被敌逮捕了。[illegible]时，敌不知他是[illegible]，[illegible]也不肯说出，敌人就打老百姓，王只好说出来，说他是王居仁，你们不用[illegible]打老百姓。但敌人不相

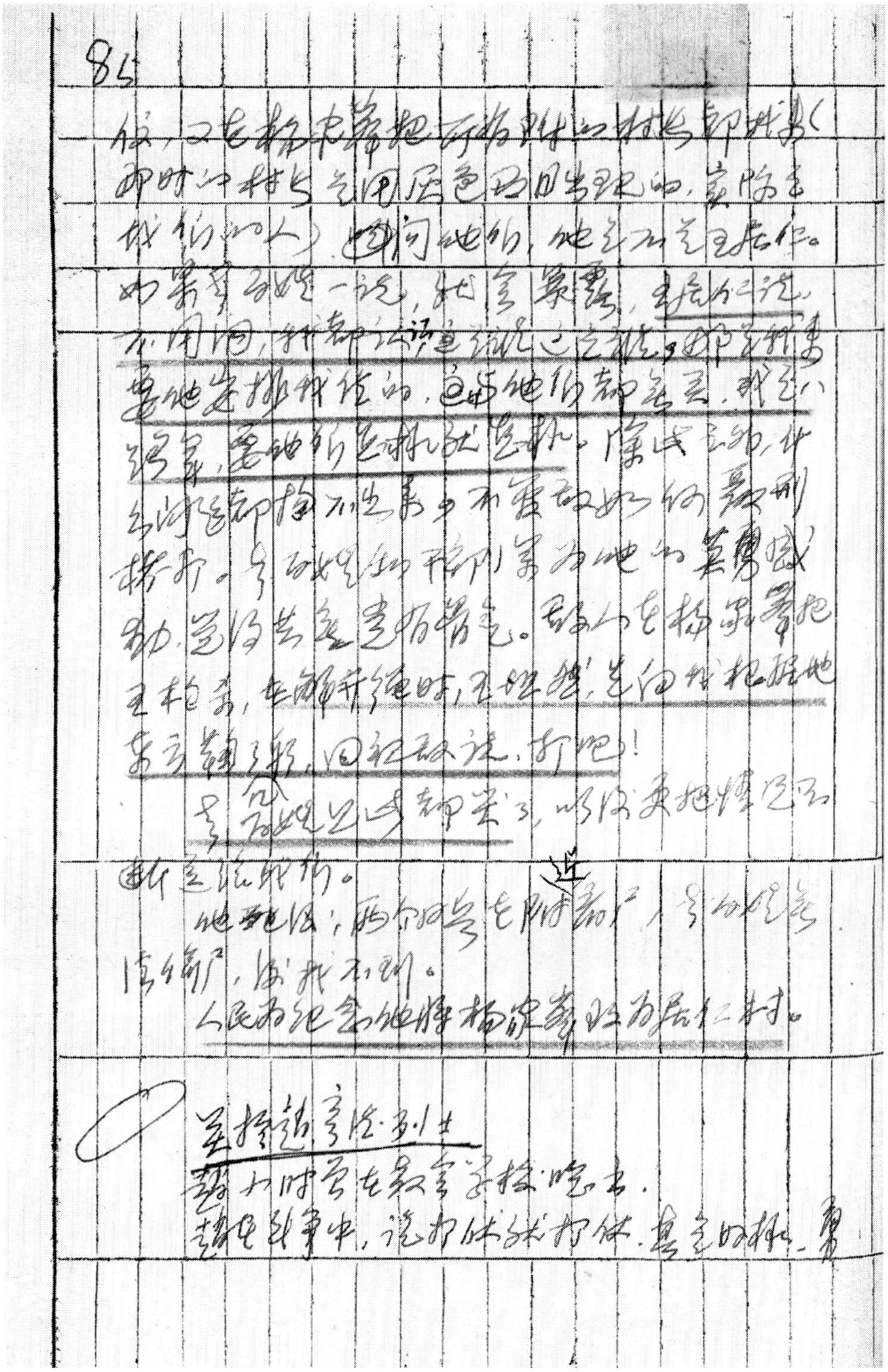

86

敌追人。他在正太路东作书政军团长时，曾被一个鬼子用指挥刀砍伤左肩臂上，伤势不太重，幸得他的小队长的帮助，否则要遭殃。（余）

稀有伤疤纪念，一腔的胆明。

我们的牺牲，不是很大的，主要由于在作战优势地形时，不理鬼子的子弹，敢于冲出去，当时牺牲。

超师长捉住敌人的军团长，敌人很着急，派用几百条步枪和几十万子弹来换，我们的条件是：不要枪、子弹，因为我们可以从敌人那里缴获，而是要敌人全部退出去。

敌人却不顾一切地用大炮来攻击二分区司令部。

此时敌人不计死伤猛攻，我警卫连来不及在司令部前，全部牺牲阵亡，当组出那时仍在室内。当用电话要求团的主力从外边赶到。当发现敌人进院时从后院跳墙出来的。

敌人要求把军团长抢回去，因不在司令部，而是押在政治部。

当时有个美军的军官在那二分区访问，被敌人打死。

此段系结束时二部的同志述 黄东娟

87　初十七　四点半劳模座谈

樊发先	王堡	41.	44年参加	村支书
高水堂	[illegible]	45	44入党	支书
吴其禄	[illegible]	64	1929	[illegible]
王海清	四川[illegible]	74	1932入伍	
郭景明	北京	64	41入党	支委

樊发先

44年参军，[illegible]。44年[illegible]。

以[illegible]耕地（[illegible]）。

[illegible]，[illegible]山地，[illegible]地[illegible]。

[illegible]。

[illegible]。[illegible]，44年10月[illegible]。[illegible]，[illegible]。[illegible]，一[illegible]，[illegible]四七年三月。[illegible]。

土改，[illegible]村[illegible]。[illegible]，[illegible]，[illegible]。

[illegible]互助组，[illegible]社，56年[illegible]，[illegible]。58年[illegible]，一村[illegible]一个，[illegible]村[illegible]支书，[illegible]。

[illegible]。34个[illegible]，[illegible]一[illegible]，[illegible]。

[illegible]

[illegible]，[illegible]（[illegible]，[illegible]。[illegible]。

88

52年冶铁民运时，有意思。不识字的老百姓搞的，后来以自动化的。

58年大炼钢铁，有些人把老百姓的门拆了，锅都砸了，拆了。老百姓有意见，自己的也上交。只有会计和老百姓说服。

60年在这劳动，每人十五两三钱的麦，麦十五0二斤。全村吃三万四千多斤，879口人，吃三个月粮。情况很严重，老百姓吃不饱。群众闹的可不少，那时候有食堂，秋收三十四万斤，麦八万八千多斤。每人每天平均七两七八，吃粮标准，就这样过来了。

食堂搞革命。先给干部吃常菜，以前都不行，就是常菜，村干部领导只有二十人自己不吃，叫群众吃常菜。

61年干部反五风就好了。平均每人九两九，每个小队只一斤。（不包括自留地）　（自留地 不能超过5%）

去年全年平均每天一斤，今年一斤一两。（不包括自留地）

生产责任制（61年），62年小队核算单位，生产队自己管理，好了。

61年开始划自留地，62年有的搞分散按地，已划给自留地的，加自留地。（同时把部分荒地）

去年搞机械化的问题，老百姓也很欢迎，因为不靠天吃饭，不怕旱涝，有的都好。

89

[illegible]组织140人，[illegible]三十多人，现有117人。

[illegible]了。60[illegible]。把[illegible]了，又买了

四个[illegible]，[illegible]一样。

[illegible]。

[illegible]了，[illegible]几个干部了。

食堂搞不好，[illegible]。

开会，搞不好，[illegible]。

"[illegible]食堂了"。

[illegible]12人，1010人，[illegible]996人，61年935人，60年887人

刘海清　37入党　32参军，四方面军31年

开会[illegible]。

35年[illegible]。37年[illegible]。[illegible]

工作。44年[illegible]，不[illegible]，也[illegible]。

[illegible]

[illegible]。

[illegible]，[illegible]。[illegible]

[illegible]。

[illegible]（[illegible]）。[illegible]

[illegible]了。

[illegible]一个，[illegible]。33，[illegible]

[illegible]。

[illegible]。

[illegible]，[illegible]，[illegible]，不[illegible]了。[illegible]

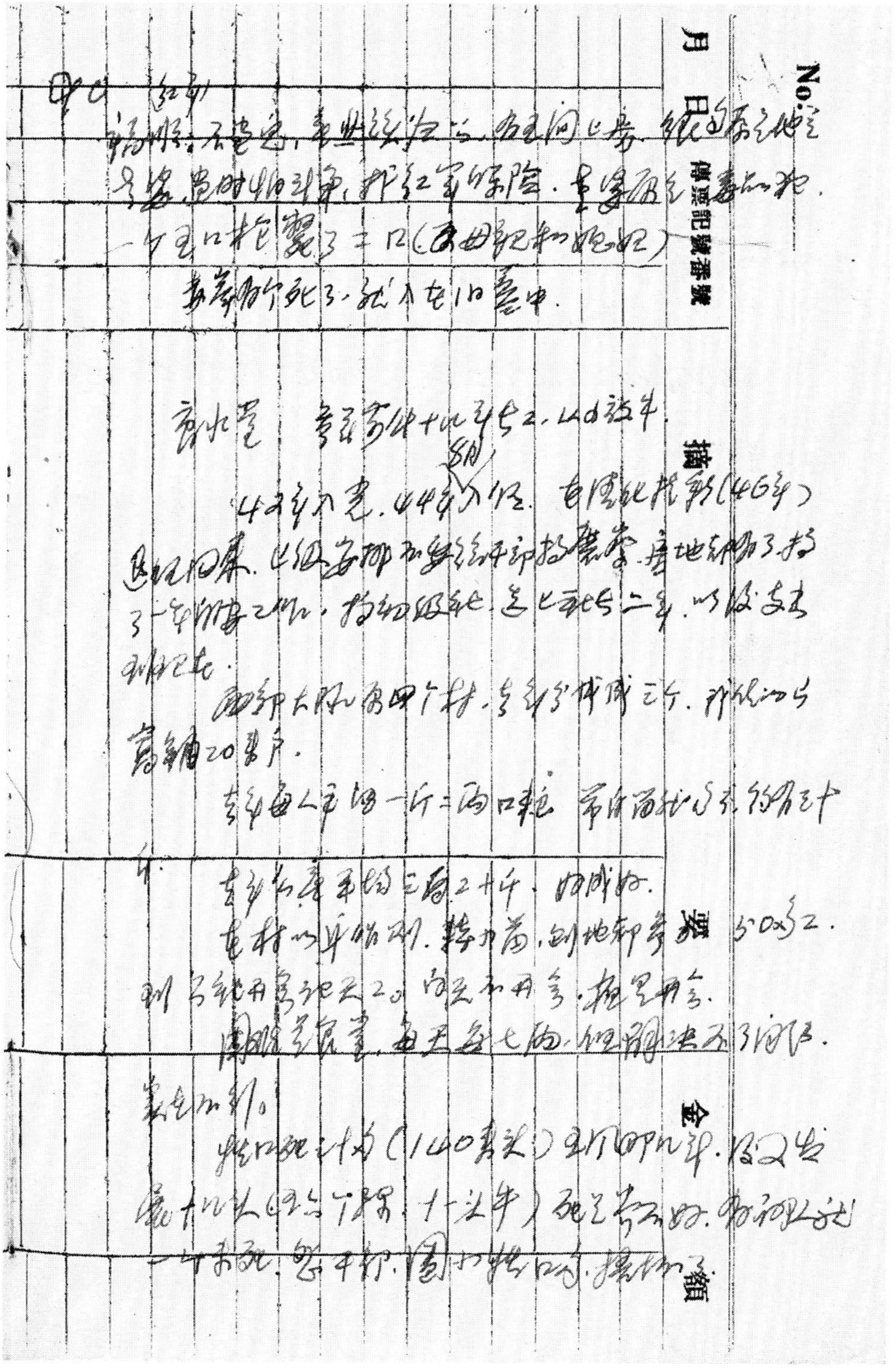
No:
月 日
傳票記號番號
摘 要
金 額

中心 红村
[illegible]
[illegible]，把红军保险。[illegible]
一个月口粮[illegible]三十斤（[illegible]）
[illegible]死了，[illegible]中。

南水堂 [illegible]
44年入党，44年入伍。[illegible]（46年）
[illegible]
[illegible]
[illegible]
西部大队有四个村，[illegible]
高[illegible]20多户。
[illegible]每人[illegible]一斤二两口粮 [illegible]
[illegible]二十斤，[illegible]
[illegible] 500[illegible]。
[illegible]
[illegible]
[illegible]（140多头）[illegible]
[illegible]十头牛）[illegible]
一[illegible]

91

每人平均八亩地。棉絮多而不缺，不少，不能
走去了不种，所以完全变为土地了。

困难也很大，但是能够克服。

紧缩开支回来。大队有200多亩（生产），收入大。
社员干劲大，棉、粮都不少。来了部分常接近的群
众。商议、商量到不到、不到，大家出主意。

人口940多口，劳动145个人，劳力五十多，地3095。
去年棉已有丰收，棉粮十九万斤（3千多斤）。
今年种棉二千多株，用肥很大，棉粮都是丰收。

7个生产队3个团支。

职八口人。

吴其福

家贫苦，七岁放羊，穷得不行，走上革命的
道路。

地方游击队三年，在地入团，第七八十八
营（第三年）1929年入组，打了两年，到保
卫团（特团），第二年3月入党（20岁），过了几年
地。跟着团部转战，当了三个军的
（三十军、九军）参谋、团长。了6年到西
南部队，五营、师部，过了几年，在地方工作。

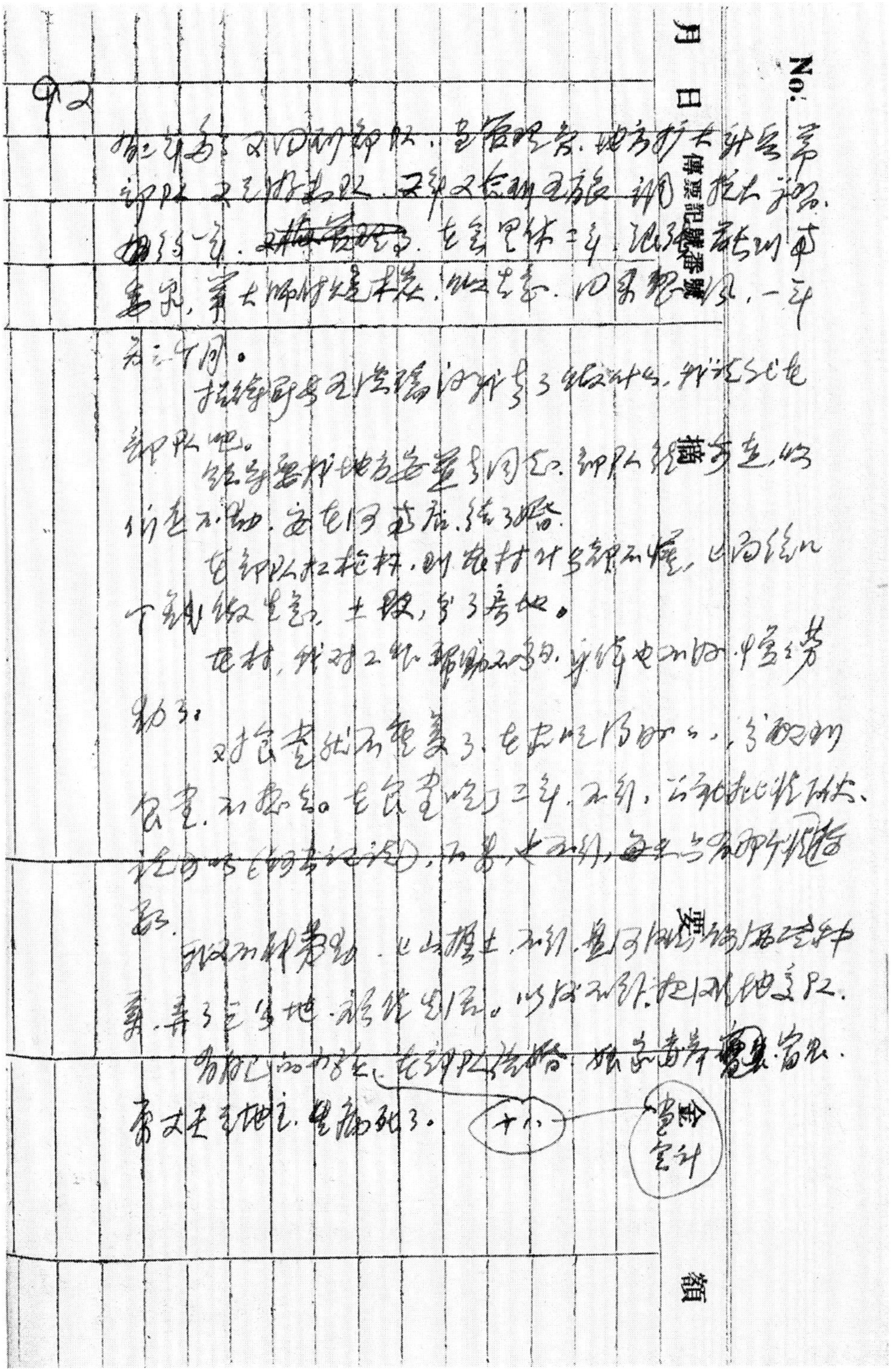
92

No:

傳票記賬號數

月 日

摘

要

額

93

郝学明。

41年参加牺盟会，当自卫队(?)。开始区干队，后

编牺盟会，打土豪(?)，[illegible]地主退出土地。

1943年(?)[illegible]。

牺盟会[illegible]团，叫水[illegible]，打单位(?)（区党），打击

李、孟[illegible]。回来，参加队的地[illegible]村，土改时(?)

开会斗争(?)。

宗在郝家村。

南固(?)村，北屯堡(?)[illegible]，五三二年区(?)。

支书，初级—高级社。

61年[illegible]，当村干部，吃大亏，弄穷了(?)。

[illegible]

此处八百多人，每人七八分地。

每村平均每口七八两，去年公粮三千四百斤(?)。

如引漳北渠，平地成了好地，此处二条旱地，缺水种不

上。

陈(?)[illegible]

张子书 第一书记

薛[illegible]岐 付书记

张扬中 办公室主任(?)

郭映芝 秘书、办公室主任(?)

[illegible]县访问后，即到安阳，在林县待了一下，即到安阳（地委），[illegible]，[illegible]那(?)[illegible]，即[illegible]。回来参加会议，[illegible]访问计划[illegible]。

后打(?)[illegible]八月[illegible]中，[illegible]到[illegible]七[illegible]，[illegible]（[illegible]，太行[illegible]）。

[illegible]：安阳、林县、[illegible]阴、[illegible]、[illegible]。

94

涉县唐王峧娲皇庙传说：

据说唐王（有说是李世民）走到了这个地方，把剑插在山坡上。娲皇（群众说是奶奶或娘娘）将这把剑拔掉，把自己的绣花鞋放在坡上，再把剑插穿鞋子於东。于是和唐王争执，说这个山是她先占的。争执不下，和打起官司，最后断给娲皇。

这是当十三个省来的进香求子。

（每年三月十五）据明正德的碑记，记载此庙元代已有。半山崖畔刻有大石碑，石壁刻有北齐经文，约四万多字，至今完整。石阁楼后一小石室，佛

进山门的左面有两孔石洞（人工开凿的），内有佛像，石壁上全是经文。

石像和文字，全是北魏时的雕塑，字迹清晰，佛的脚手已剥落。佛像都没有头部，据说已为美国盗买去。

漳河渠

北漳渠长一百公里，有二十多个隧洞，有一洞长三华里。渠身在悬崖峭壁、岩山上，是以原来抗日根据地时期以工代赈修成的基础上加宽、延长的，现长六十华里。由于修了两条渠，原来的旱地都成了水地。

95

1963.6.26日上午 太原

王绣锦[illegible]同志谈抗战前王绣锦斗争情况 57岁

抗战前，王绣锦[illegible]的民谣：

[illegible]

交城山，[illegible]山，[illegible]

十里九道湾，（又一个[illegible]）[illegible]

[illegible]

[illegible]（[illegible]）[illegible]。

回[illegible]八[illegible]，七十二[illegible]。

我33年7月5日入党，[illegible]

东山[illegible]，[illegible]

[illegible]加党。

34年[illegible]，[illegible]

[illegible]（[illegible]）

[illegible]二[illegible]，[illegible]

[illegible]

[illegible]

一[illegible]地，[illegible]一[illegible]，[illegible]

[illegible]了他的地[illegible]。

他每村都[illegible]，[illegible]。[illegible]

[illegible]粮食。

[illegible]，[illegible]

[illegible]（[illegible]）[illegible]

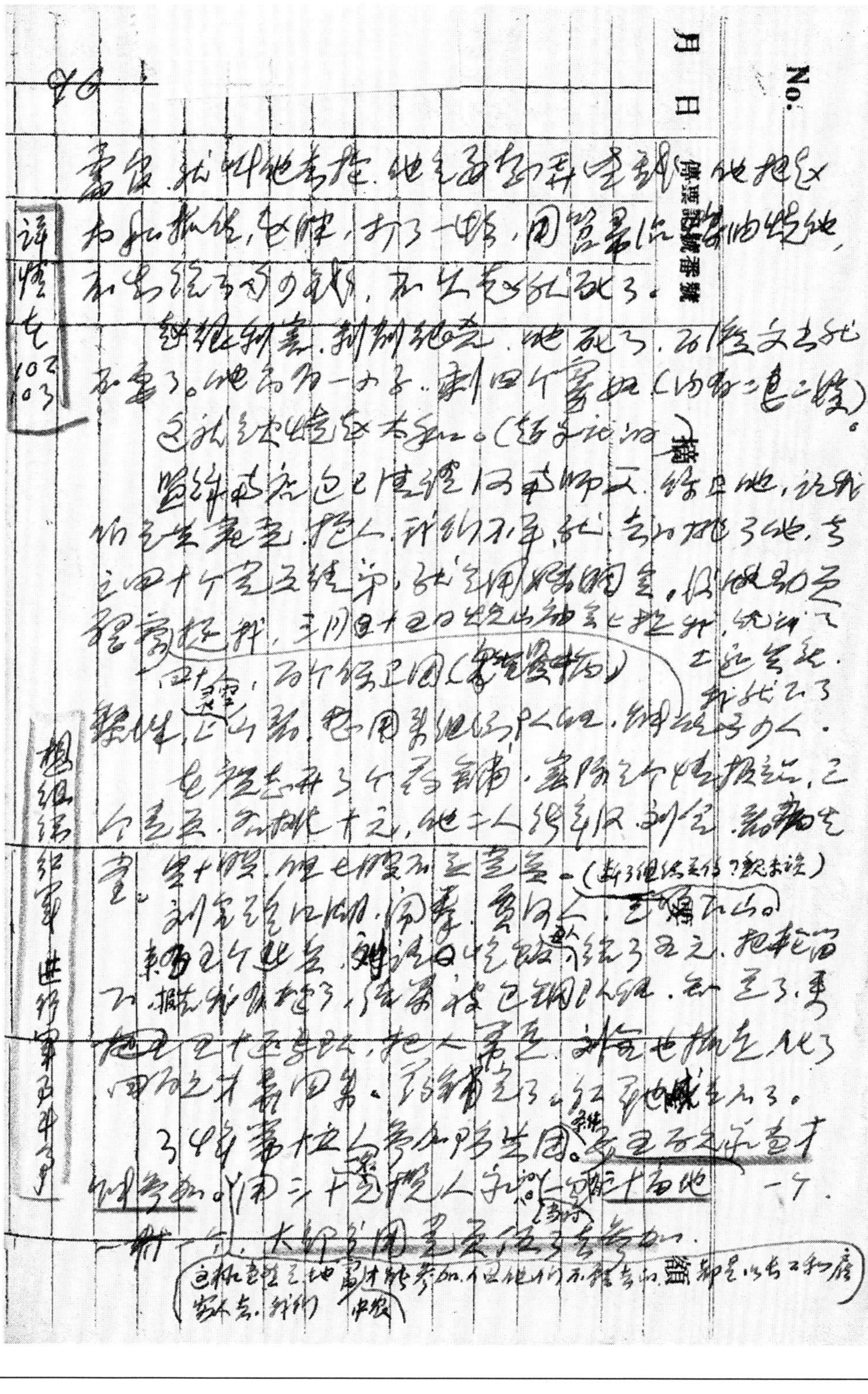

97

（王二王海泰的儿子）

老开紧急会议，常要参加的。

我把王拉之在峪村当了个兵，情报送回他。

我在一中队（选来）个兵。

我在那里当到二十岁，以后我当当挂着兵差。

十二个中队（全部），盘问，供水，[illegible]

[illegible]

我送信给那里[illegible]。（[illegible]）。

[illegible]

[illegible]队长说，[illegible]村[illegible]？队长回来，队中有四个兵。

队长说不去，[illegible]，[illegible]。

我[illegible]进村[illegible]，[illegible]村[illegible]。

[illegible]中队长，说他[illegible]。

[illegible]

我们把队[illegible]一地方，叫队长吃饭，吃了队长。

[illegible]

[illegible]（土绅之子）。说他[illegible]，把他抓了，[illegible]。队长说我[illegible]。[illegible]人去抓了。

[illegible]峪村[illegible]村[illegible]

[illegible]抓了。

日寇东[illegible]，[illegible]十元，[illegible]

[illegible]

[illegible]

[illegible]
（[illegible]100，101）

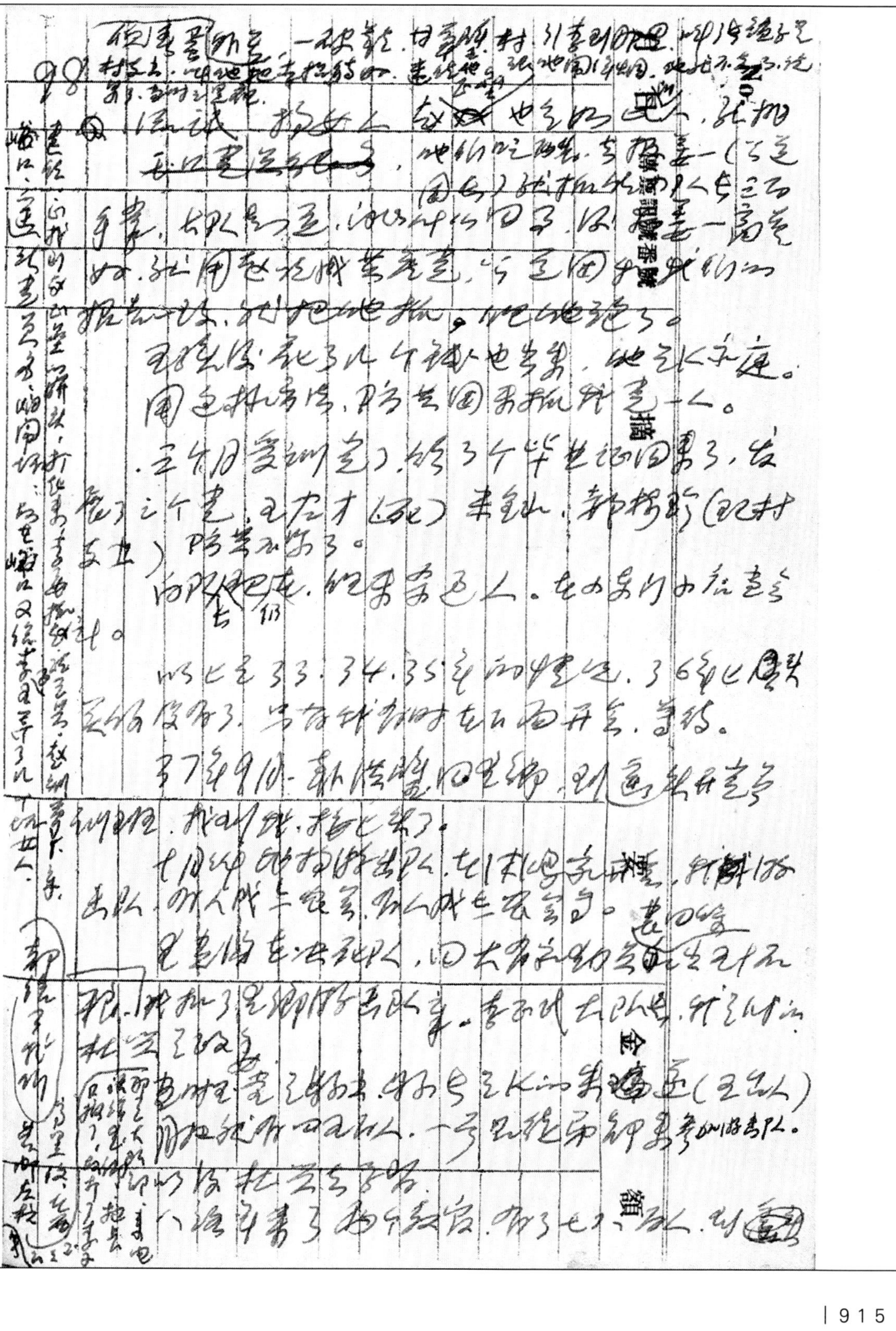

99　　（决死队

到阳邑打了汉奸游击，叫马心甫，编到三十八团。这时是年也不好，我也可以，王堂说都是好人，我们都要去，将一支队又拉七八个游击队（以后[illegible]等去年变成三千副游击队）我们到了山上，在大西一带，这是[illegible]来平。这时是38年夏天。

是年[illegible]团改编运动。

太谷、太谷开始改选村长，这些我们的人，都当支队长，有党员，[illegible]。[illegible]（[illegible]），有一次[illegible]我们同[illegible]招待所[illegible]，[illegible]二十二[illegible]了他。

西村[illegible]，西村人人二百元[illegible]二十元[illegible]，换那个村长[illegible]换那个村长。

关于阳邑团的一点补充：

姜一和魏[illegible]（村长[illegible]）来说。（当时[illegible]回时，把我三人关在一房中）姜来说，才[illegible]不能平的。[illegible]他们吃醋。村长[illegible]长（阳邑团的）他们走了，[illegible]队长，也[illegible]向中队[illegible]。[illegible]十人[illegible]走了。

当时是一小队长，后是中队长。

抢了[illegible]之后，不几天，八个日本人抢了史村去，都被抓住，八个都枪毙了。

100

防共团要抓李应之的故事

三4年到了防共团受训廿天之后，有天叫我一大队去~~解放~~抓共产党。我临行时，张总队长说：一大队徐家塔中有四个党员，但大队长会说不行，要开他，也不能和老百姓说话。去后说叫我去抓李应之。李是徐家塔村支书李海森的儿子。不是党员，他也不要，这是总队长说的回了。

~~防共团要了抓共产党，张总队长徐家塔有四个党员，引林，要了个党员~~。怎样抓呢叫李海森的儿子去呢？我想到要假装把大队长李子玉弄住。要到把李引到甘草凹叫来表旦（隐瞒的政策）去逮他。我问李说，是在哪村的人呢，他说在，加进村，做人在上头前头，你吃是东西再走。他同意了。我就到村支书张镇子，叫他去指挥把李叫来青回家，果然在他家回，来给他弄了弄同时，他不在了。说你们去吧，我也累了，也要歇歇。

我带人去了，但是派去的人没有回来，很不放心。后来李应之和几个人走了，才放心。我们告诉防共团，说那是李应之家，朝那方向，都告诉他们，一包围，没有李应之。

李应之虽然走脱了，但家不提防，在那口我就是李海森就跑了，回了。李说是王强（陕西的绅士）以一元镍钱的日本的七斤银钱，给李应之，李应之给李海森去警龙买粮，

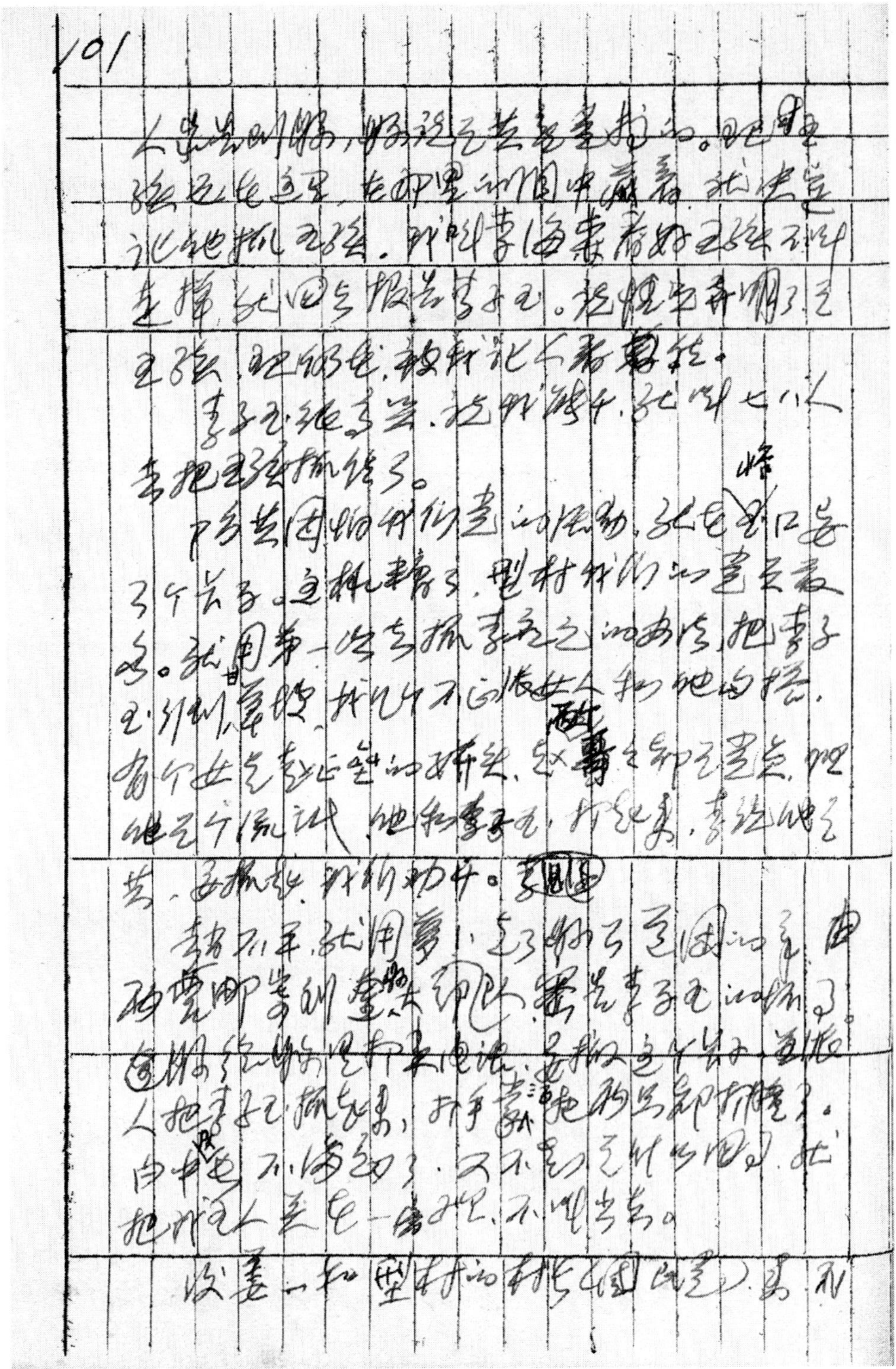
101

102

们不当这撤掉帽子是为什么。但我想这是赵[illegible]来的。这个[illegible]大变坏，借机会把帽子摘掉了，村干部们了解[illegible]很老实[illegible]

把赵抓到。[illegible]那[illegible]了。

方面[illegible]损失。

向白中[illegible]这[illegible]反映一[illegible]了，白[illegible]就派王[illegible]人去抓赵。

把[illegible]身[illegible]了。

火烧赵七和

赵是当时最凶恶的地主，才三十六七岁，有三个老婆，死时，第三个老婆才娶的。

我[illegible]东[illegible]这[illegible]的

[illegible]。他也是[illegible]的。由他[illegible]了[illegible]我们为他[illegible]。我[illegible]

[illegible]长。[illegible]我们为他[illegible]。跟他[illegible]

[illegible]太和[illegible]

向他[illegible]太和[illegible]为[illegible]他[illegible]。他

[illegible]一个连长一个[illegible]排长[illegible]。[illegible]他[illegible]了[illegible]枪，

军帽[illegible]大衣[illegible]他们去（[illegible]）。他们

[illegible]排长[illegible]一个[illegible]。[illegible]开了门，

被发觉了，他[illegible]打起[illegible]来，[illegible]人[illegible]枪

[illegible]，[illegible]人[illegible]怕，[illegible]他不[illegible]怕[illegible]团[illegible]

[illegible]。西边[illegible]又[illegible]起[illegible]。[illegible]他[illegible]卫队

[illegible]保护[illegible]。[illegible]人[illegible]又[illegible]，我又[illegible]不

怕。

103

胡荣把赵太和抓住，他还在大队上，因为是派他来的，他原来不知道此事。不然我们就把他们都打了，日本人都走了，自卫团才打着火把来，我在山上。

他那时受害，一直挖心而死。第二天，赵太和指他们带同胡长安部抢去了。胡的嘴也不跟他们，嘴里喊了一声，不让他去他的队伍中去把人，把他的部队不要逃散。赵说后，拖出去二十天就死了。三

在挖墓的第二天，三月十三，天雨，我要同志们商量了很久，都是要一个胡[illegible]给我们送信，我们去，[illegible]他们就暴露了，也说他是通我们[illegible]的，胡还了我们的[illegible]。胡看着自己的[illegible]大[illegible]，胡已投了，还[illegible]到集，把我快死了。胡在[illegible]吃饭的时候，拉起来一个人，当我赵太和被抢，我以为他是送给我，[illegible]，他说我有大[illegible]又说[illegible]是赵太和的？我们问本了来去，叫他[illegible]，我说到那里就去县里去。

赵死后，又去商量了，他们[illegible]八人抬了[illegible]去，全部抓住，枪决了。

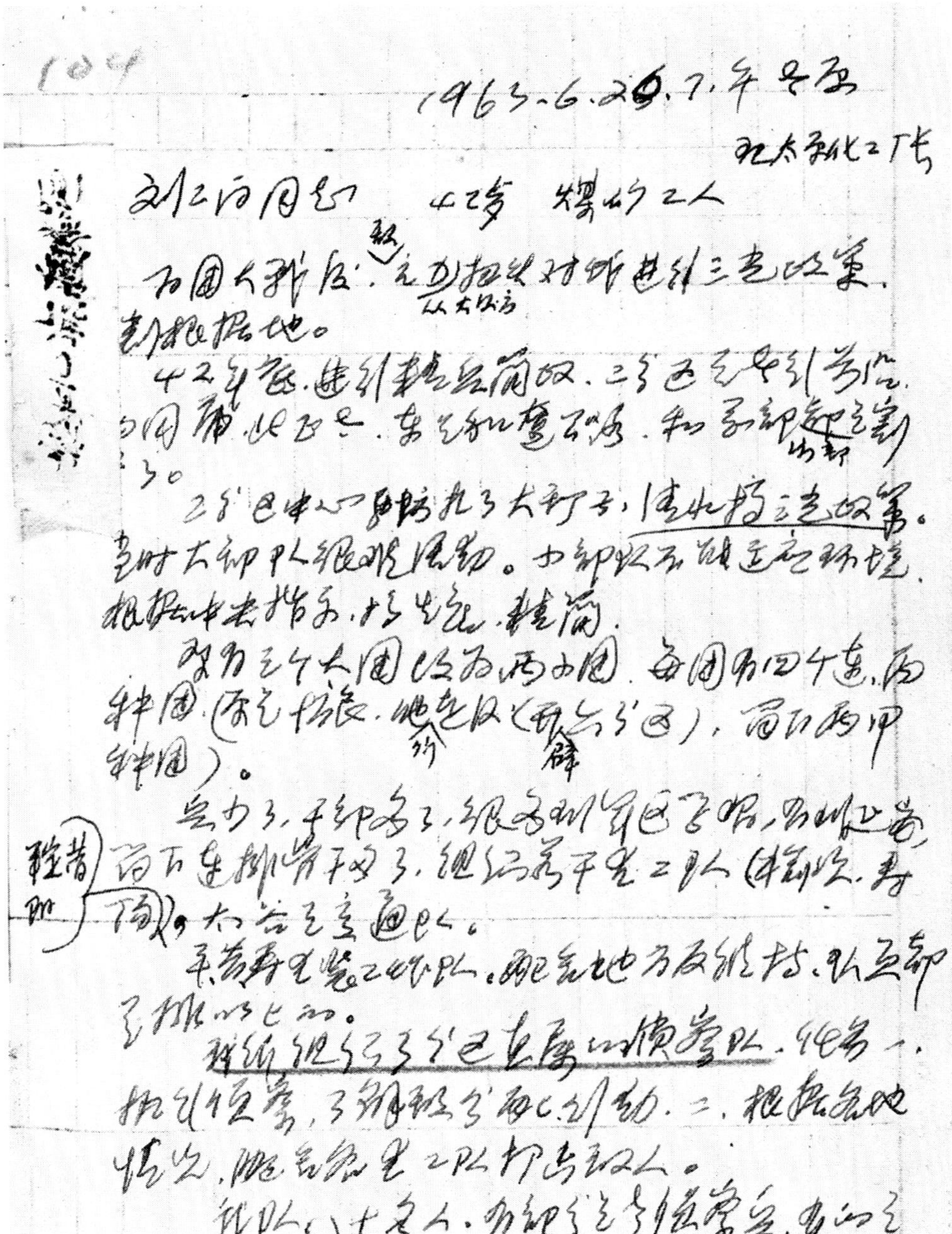
1963.6.29.下午

刘仁甫同志 42岁 煤矿工人

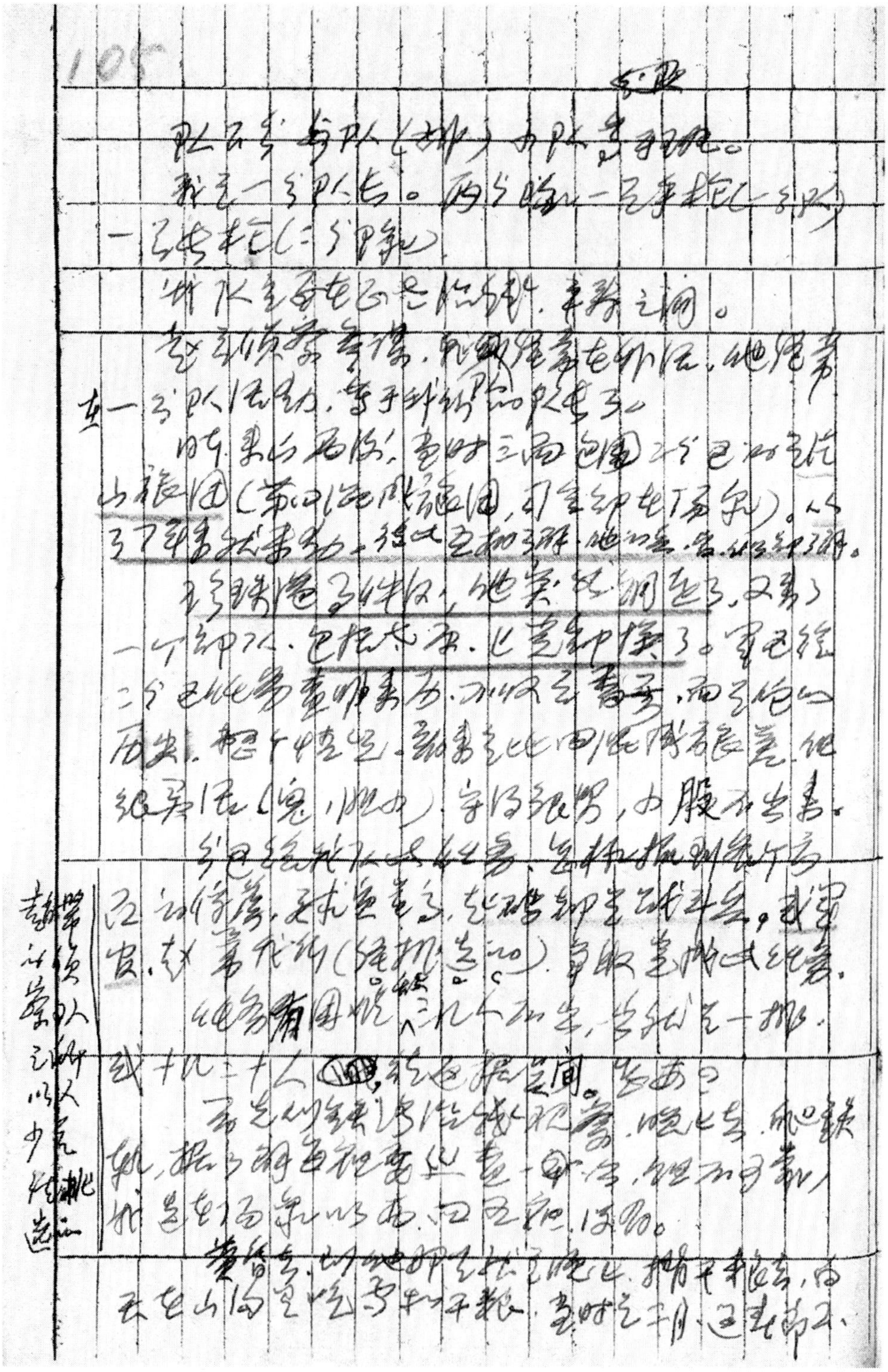

10

（只有最后一次，去抓日本人 那个……）

次。共四五次，都没有。大的有三次[illegible]，[illegible]人们道口，不能去动。[illegible]到害，决定先了解情况，后抓（不要打草惊蛇，这次）第二次再抓。

[illegible]费。[illegible]太阳，[illegible]。

我们[illegible]，[illegible]二十里（[illegible]）[illegible]，一[illegible]，[illegible]。

又转到[illegible]以东，××[illegible]（一公里左右）。[illegible]，[illegible]两个[illegible]。日[illegible]，[illegible]，第二[illegible]也[illegible]。

[illegible]，[illegible]不[illegible]。我们[illegible]换，[illegible]换，[illegible]接近[illegible]下（[illegible]）[illegible]。[illegible]把村子的人都抓，了解[illegible]，[illegible]。[illegible]地方[illegible]，[illegible]接头的[illegible]，也[illegible]，[illegible]，[illegible]也[illegible]，[illegible]。（[illegible]以[illegible]了解情况[illegible]）

[illegible]，[illegible]，第[illegible]一里[illegible]里。我们八人去，抓了[illegible]七个。[illegible]时[illegible]有一[illegible]，[illegible]（[illegible]，[illegible]）[illegible]情况。我们[illegible]。[illegible]（[illegible]时[illegible]十一时出来，[illegible]人[illegible]时[illegible]检查）决定[illegible]时，[illegible]下手。[illegible]时[illegible]，[illegible]。[illegible]人[illegible]。

“[illegible]！[illegible]

107

我们三五人，法官把三人遣出他的队伍去，他拿回来打人，便于我们行动。

[illegible]这是很聪明的，[illegible]他们来干[illegible]。

[illegible]第一次在高十余，敌军四五人，他们占用枪，都把枪挂在肩上，[illegible]

我要[illegible]东人[illegible]，法官一[illegible]他[illegible]，我[illegible]，一下把[illegible]，我连他[illegible]，[illegible]。我们[illegible]一人[illegible]一步，一[illegible]打了一枪，我[illegible]很快，[illegible]，把[illegible]东人[illegible]回来，[illegible]（[illegible]枪），[illegible]没[illegible]打了两个[illegible]，[illegible]。

[illegible]留下[illegible]给他们[illegible]，[illegible]百姓[illegible]，[illegible]人。

①[illegible]。

②[illegible]也[illegible]。

③[illegible]，[illegible]个人[illegible]，[illegible]我们一[illegible]一个[illegible]。

[illegible]44年[illegible]（二——三月）

[illegible]44年[illegible]，[illegible]。

[illegible]，[illegible]，[illegible]工作，[illegible]，[illegible]。

日军大队出来扫荡

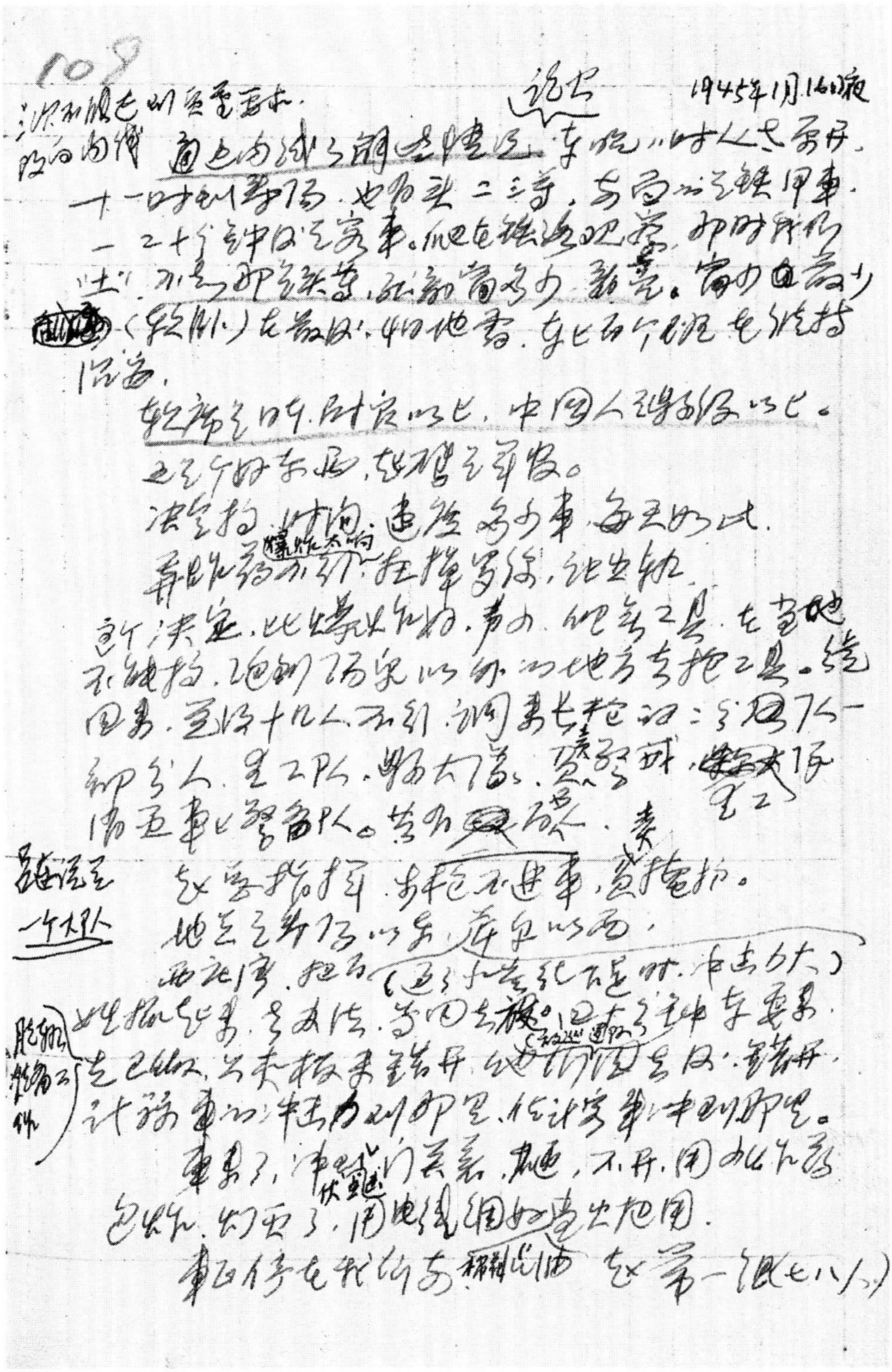
108

1945年1月16日夜

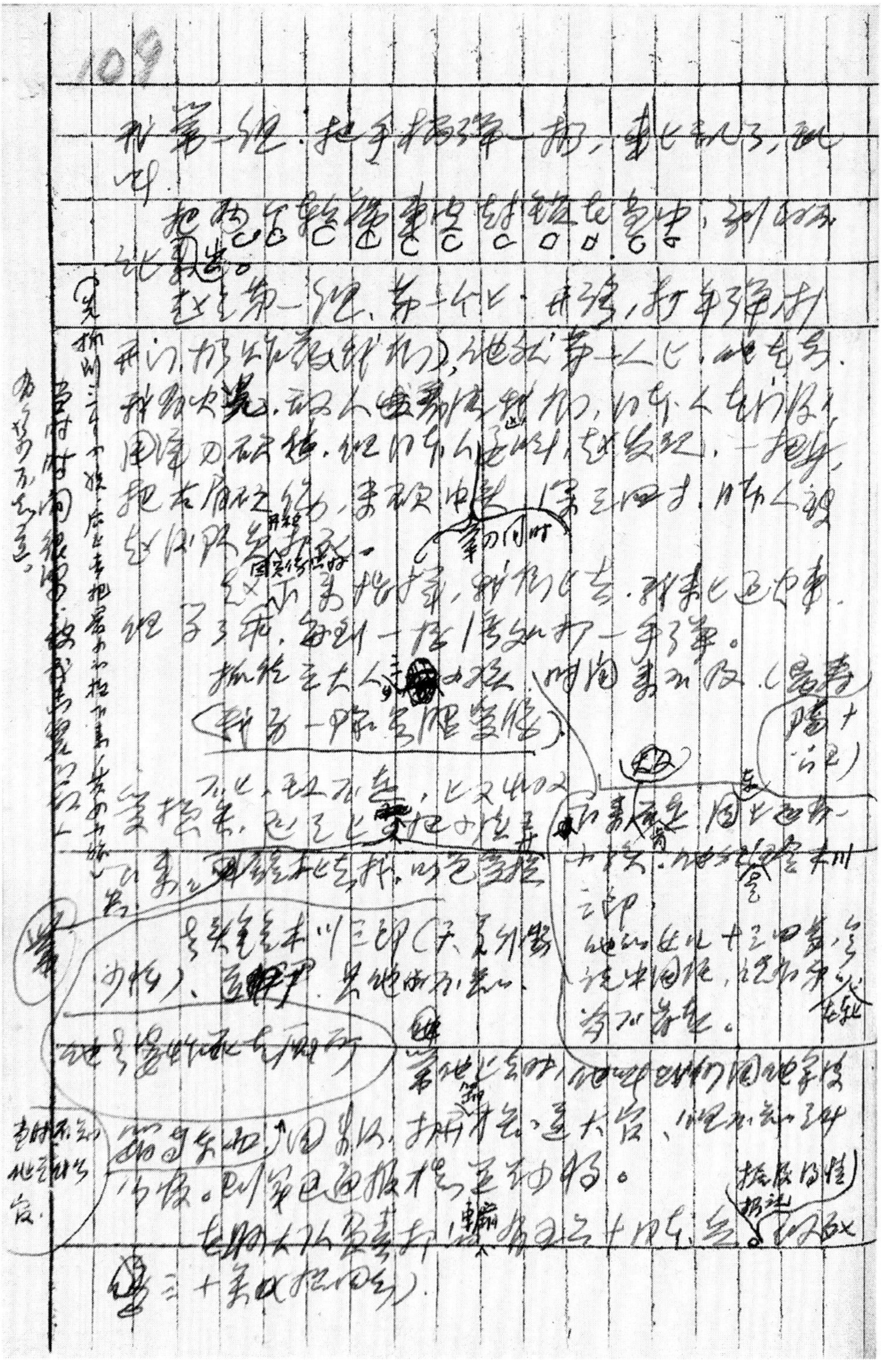

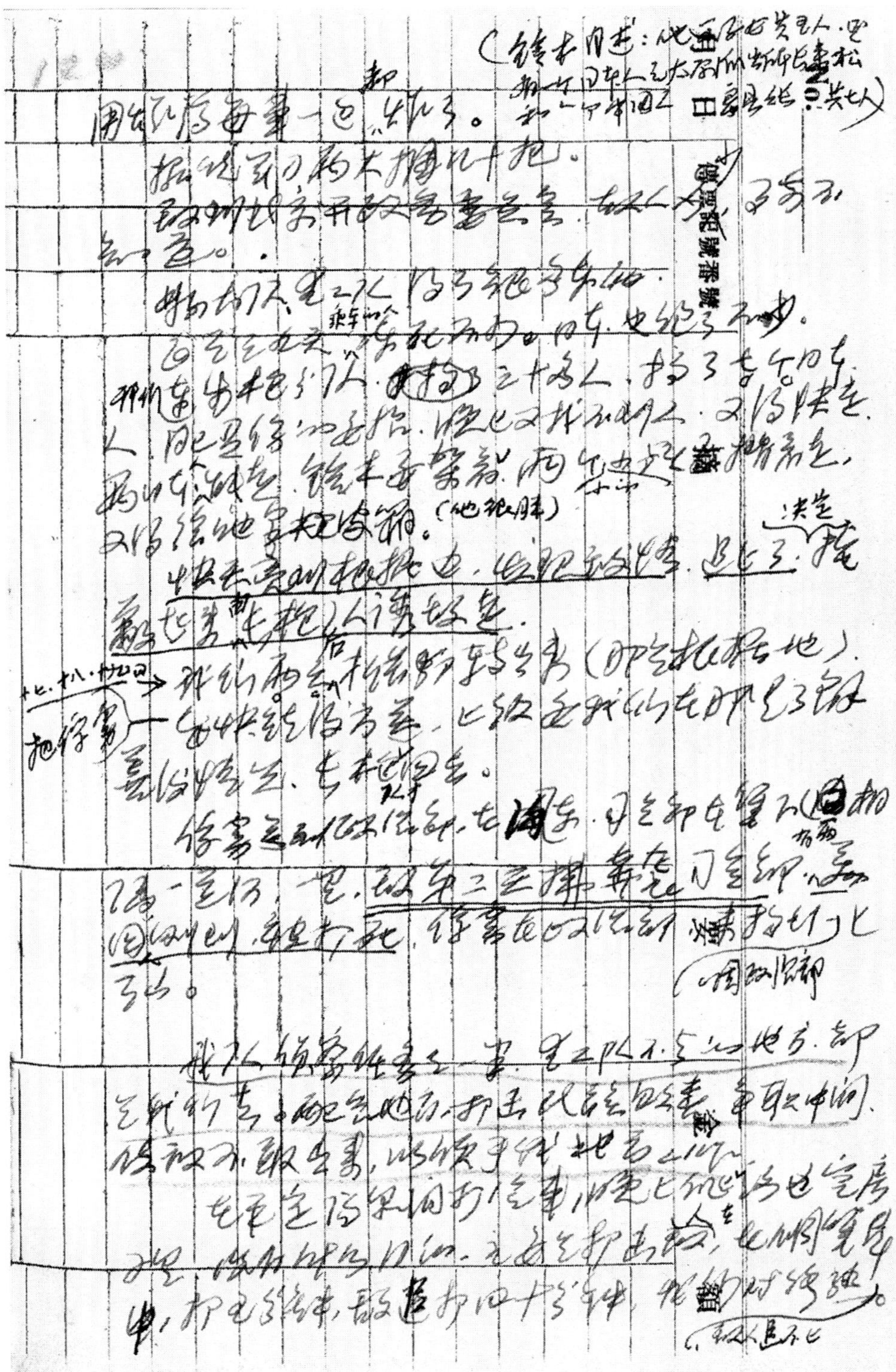

121

保卫秋收，配合反[illegible]，打击敌据点。

大乡队伍约有二三十人。在[illegible]一[illegible]。

我和[illegible]一起，39年，40年在一起。

在待人接物上，无论比级下级[illegible]，[illegible]。[illegible]，他在[illegible]，[illegible]人[illegible]。

二[illegible]他政[illegible]。[illegible]，在他心目中没有什么[illegible]。

在他[illegible]，[illegible]。

他[illegible]，[illegible]在一起[illegible]，[illegible]他的意见。

[illegible]的地方，[illegible]人[illegible]，他[illegible]。

他[illegible]，[illegible]，我是工人。

45年[illegible]队队长。

日本投降，打了[illegible]，他[illegible]成了，在[illegible]一大队[illegible]打出来[illegible]，把敌打得[illegible]，[illegible]45年，[illegible]人[illegible]一个[illegible]，[illegible]把[illegible]山[illegible]打掉。[illegible]人在一

[illegible]我们[illegible]进队。

45年[illegible]在三十九[illegible]营长。

[illegible]团[illegible]，[illegible]营长一打。

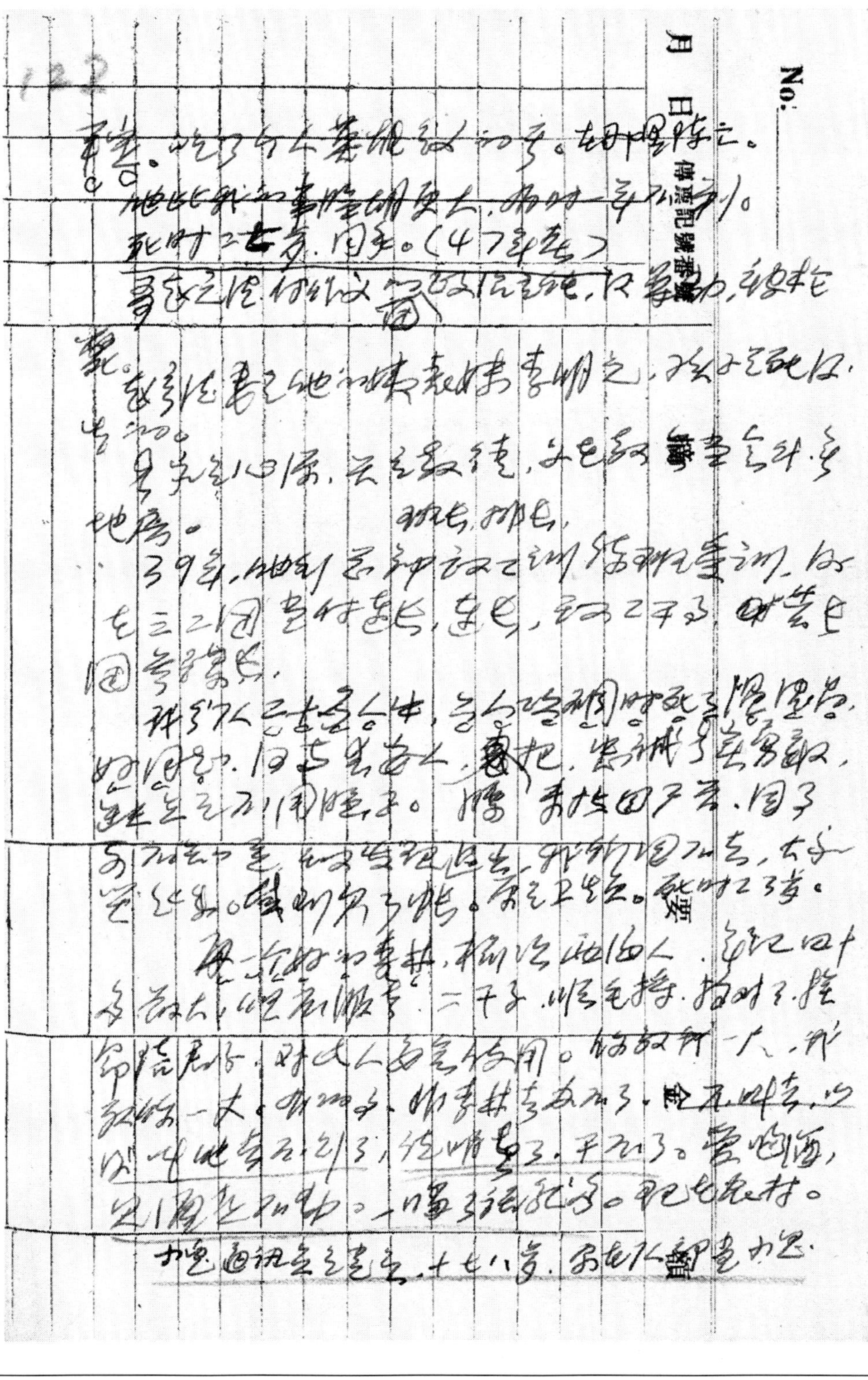

123

傅之[illegible]训练队．队长周[illegible]。李大[illegible]、[illegible]．陈[illegible]了。

我45年到．报[illegible]．以后[illegible]，[illegible]司令部[illegible]任[illegible]参谋．46年任作战股副股长．47年分配到40团一营副营长．四三团一营长．48年42团当副团长。刘[illegible]团长。冬季解放以到后[illegible]太[illegible]一年．50年华北军区司令部，[illegible]训练团（[illegible]年）当大队长。（[illegible]团[illegible]队的）

大批营团[illegible]部分[illegible]，[illegible]结束．[illegible]业．我再到[illegible]二分[illegible]长，以后[illegible]之后．以后到[illegible]部[illegible]长．四58年[illegible]七二部．[illegible]了[illegible]长，[illegible]二了长。

我之所以[illegible]人．十一岁[illegible]又[illegible]．又以参军，在司令部[illegible]工作．[illegible]了。[illegible]时．两人都[illegible]根据[illegible]。

刘仁[illegible]同志，现在[illegible]，很有精神，很健康．[illegible]．[illegible]．他谈话[illegible]友，却很有感情，特别对[illegible]广[illegible]。他对[illegible]方面谈了[illegible]九十五．他又[illegible]，特别[illegible]个人[illegible]批评[illegible]．他对他有[illegible]批评。他[illegible]得非常[illegible]。

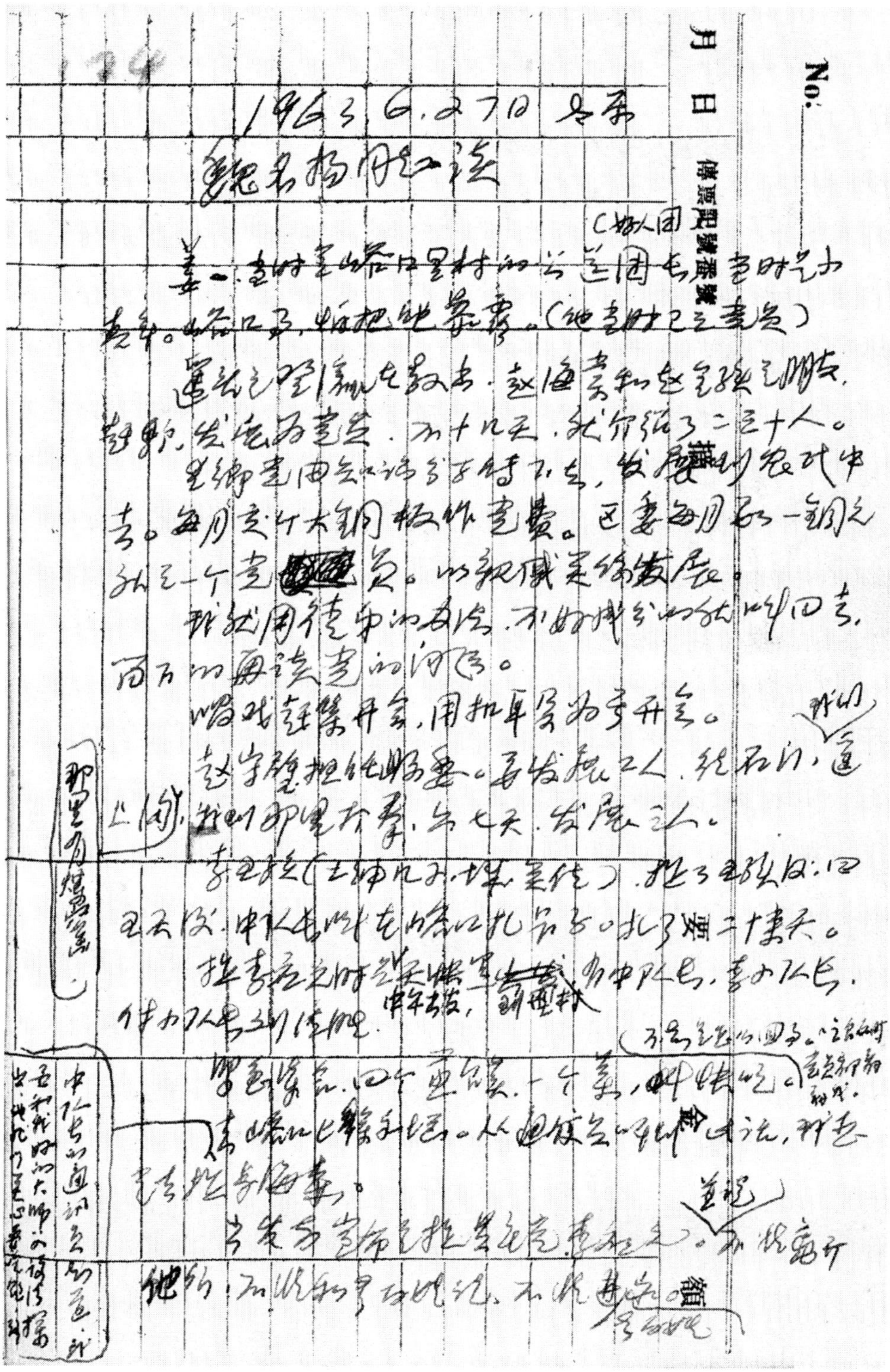

1963. 6. 27日

5/25

出发时董[illegible]向我[illegible]了这些事，不叫[illegible]

吃了中午饭时间（半个钟头）。

下了[illegible]社，抢[illegible]，问[illegible]型村的（他村）有饭铺，带

[illegible]他出去，我就问白队长等，他说下，我说叫牛

[illegible]去找[illegible]，他同意，就叫牛去。

牛到型村边，[illegible]，叫[illegible]

徐[illegible]报告[illegible]，防[illegible]他。

型村[illegible]，太阳下了，[illegible]

徐[illegible]，他牛[illegible]来回，我们[illegible]。我叫

中队长休息，他同意了。[illegible]（十六七）回

来了，我[illegible]。

[illegible]，来[illegible]，[illegible]白队长[illegible]

[illegible]村[illegible]。

白队长[illegible]，我把他[illegible]

我们[illegible]，[illegible]白[illegible]

[illegible]，我就[illegible]把[illegible]来[illegible]

[illegible]。[illegible]，又[illegible]，我[illegible]了。[illegible]

[illegible]。

我们也[illegible]，[illegible]第一[illegible]，第[illegible]

[illegible]。

回[illegible]徐[illegible]，向[illegible]海[illegible]（[illegible]中队长[illegible]）

海[illegible]了[illegible]。

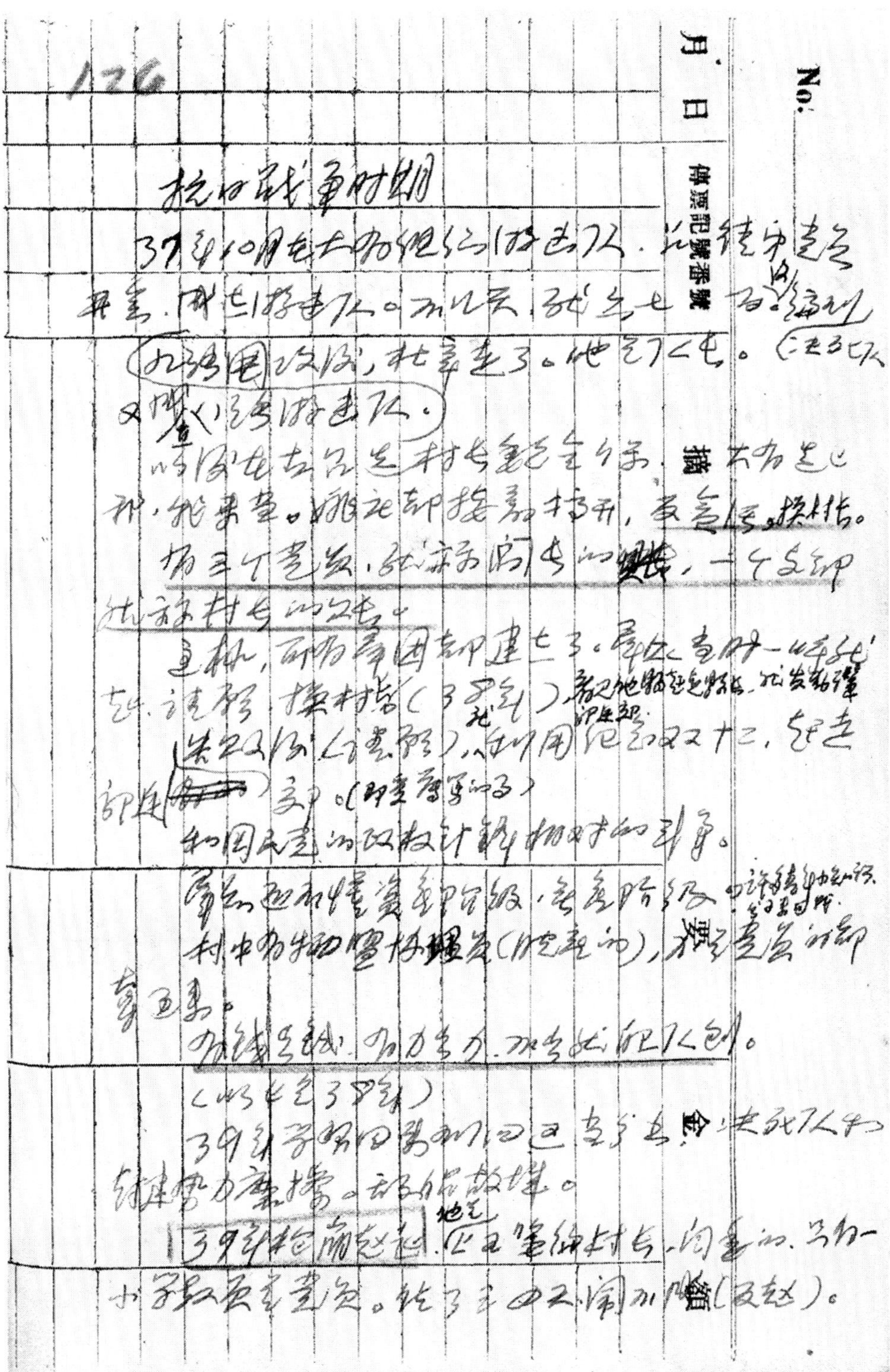
抗日战争时期

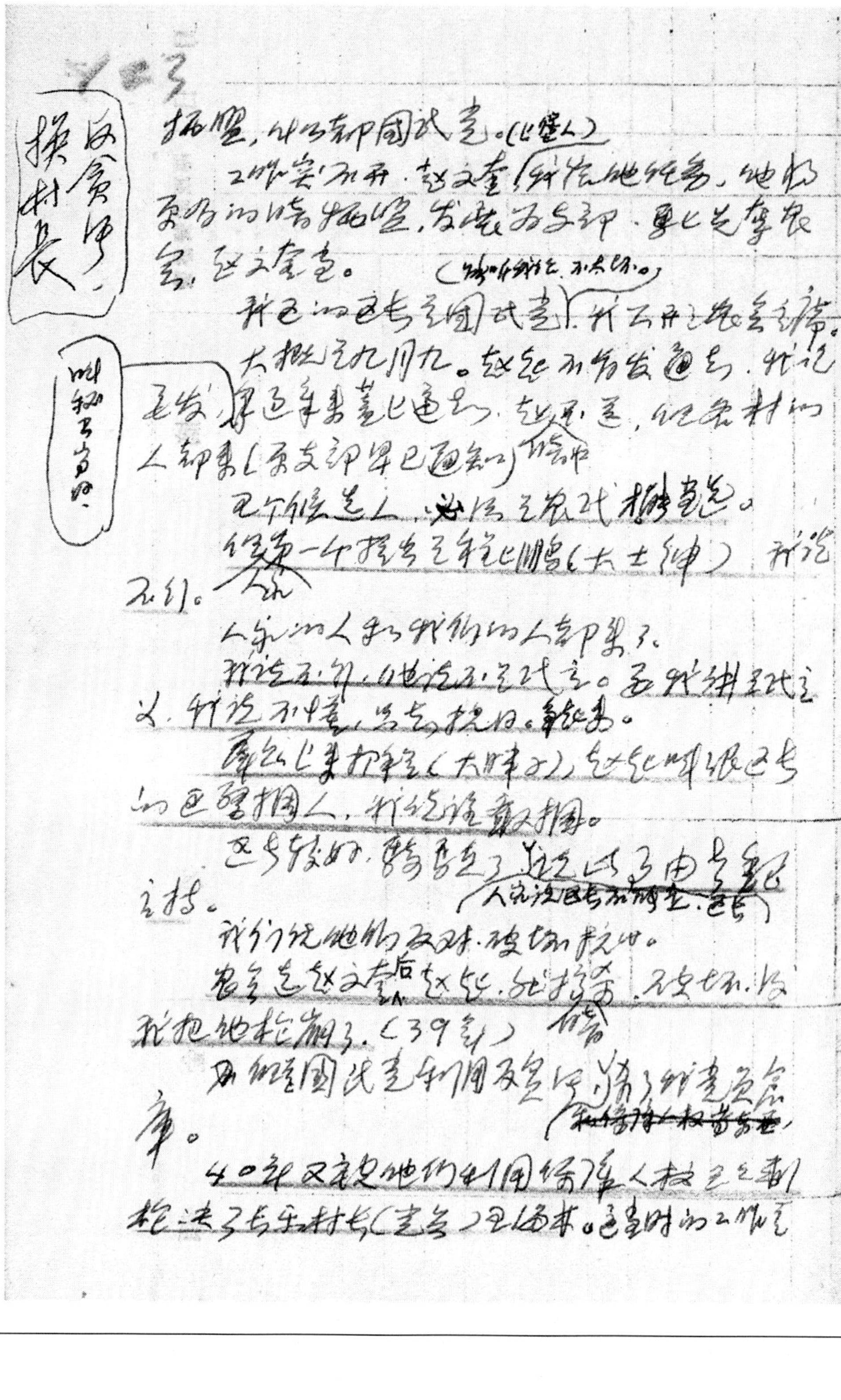

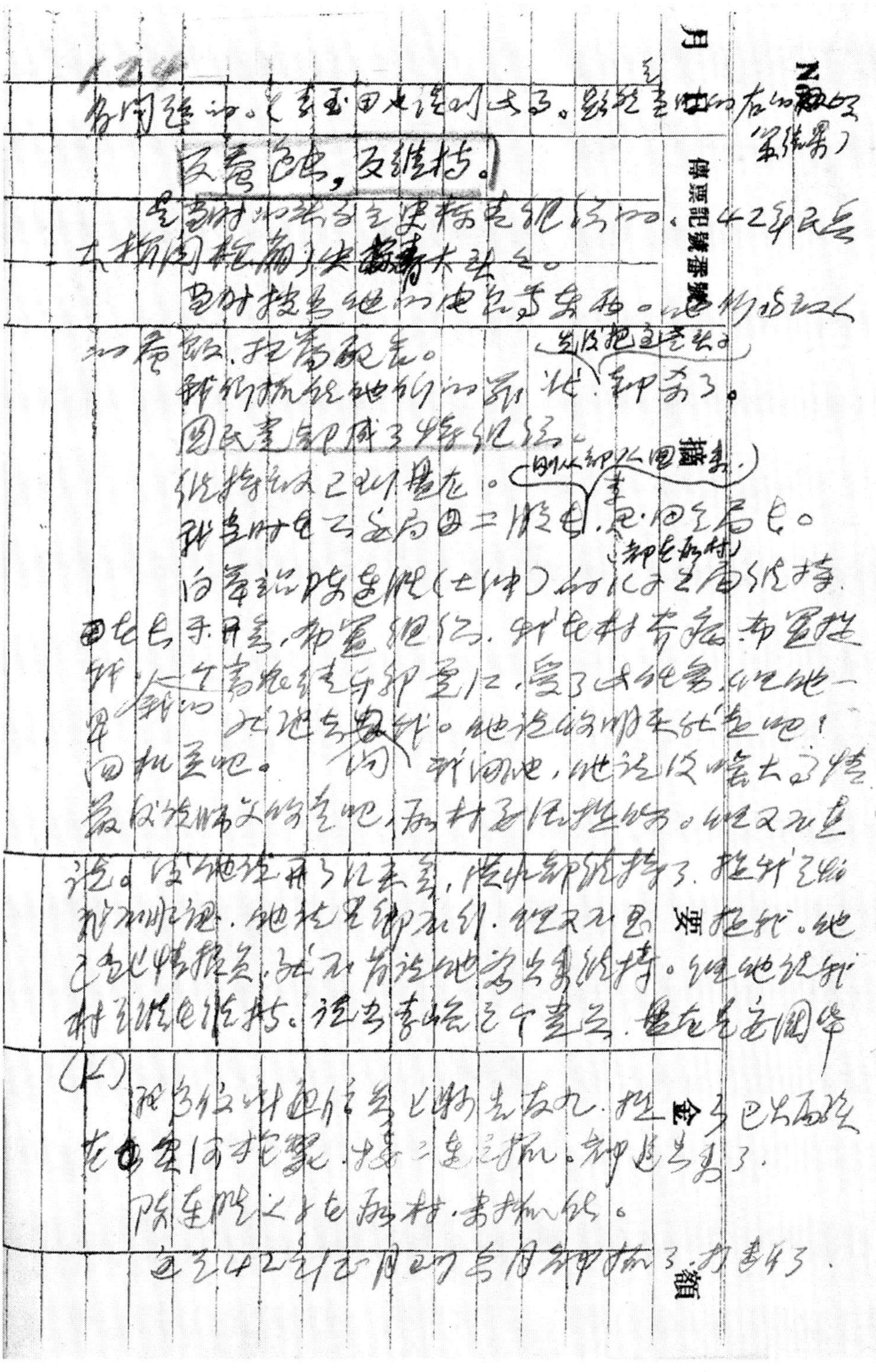
No.
月 日
傳票記號番號
摘要
金額

125

王二把荡木做成了马缰。

郭宝江以周此，然书案。

（谈训练、整团陆续，不谈了。其中有关于地形在部队和组织争取把荡等。谈话是在长治市立中心医院干部病房中进行）

行动缓慢，的那荡便成马缰

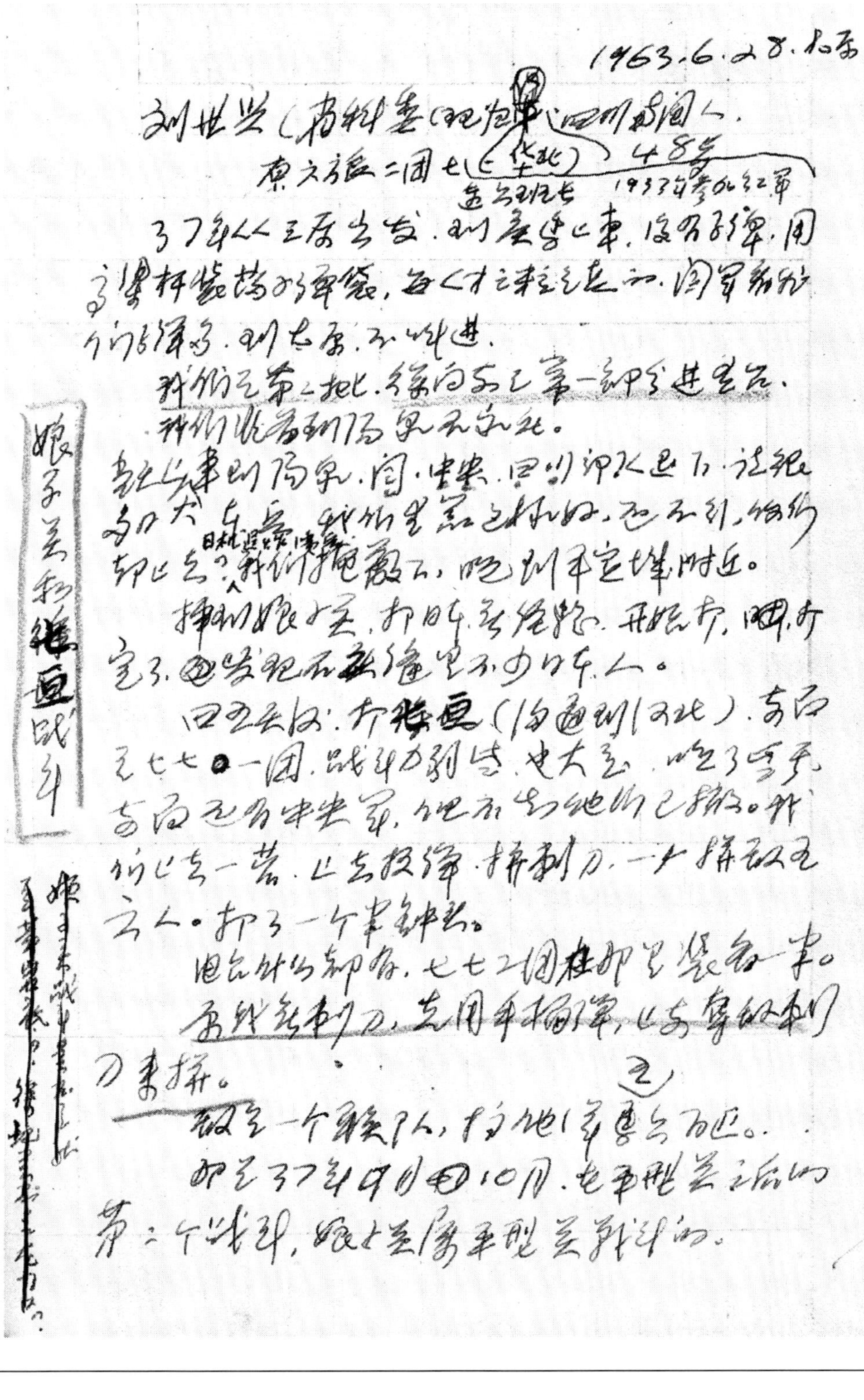

1963.6.28.

刘世兴（……）四川阆中人

……二团七……（华北） 48岁

连长 1933年参加红军

37年……出发，到……下车，……

……到太原……

我们是第二批……

我们……

……娘子关……

……

打到娘子关……

回去去打：打狮垴（向西到……）……

……七七二团……

……七七二团……

……第二个战斗，娘子关是平型关……

娘子关和狮垴战斗

1127　　郭同志

[illegible]师长[illegible]。

叶成焕主团长，[illegible]之主付团长[illegible]

[illegible]

刘师长在[illegible]。

过年后[illegible]十里坡。[illegible]

[illegible]

[illegible]

[illegible]

神头战斗

两三个月后打神头

当晚[illegible]，问想吃肉么？什么肉都要吃，吃肥的吃瘦的？吃肥的吃大的。

人人要着打神头，[illegible]，[illegible]

刘专门亲自指挥。（32）

[illegible]

[illegible]三四个大[illegible]。

敌人以为安全，刘[illegible]，[illegible]七七之间，[illegible]，[illegible]一股，[illegible]一股。

[illegible]

[illegible]

先把敌人诱过，敌了十五里路。

敌来了，[illegible]

碉堡，我们把机枪向着他们的哨兵。

要我们两个排当做突击队，发信号，我们就打。

拂晓出发，用手榴弹捆丝，把它送上炸毁电线信号。

把敌人搞在村中，得到了不少，只剩了两个连，俘虏了二三百人。

10时开始打，到太阳偏了才结束。

下来到留守处，已天黑。

敌人跑过田，全被打死。

这次俘敌四五十人。

哨兵不吃饭，不要动，等着枪声才给消息，不叫你们吃亏。

打完，四个人站在两岸间，另一二百人

用机枪掩护，在河岸的边坡，又用篮子装炸药打了三四个钟头。

我们守河，就搞用炸弹。

七七四一团把守两侧。

当时团在那里，约五六千人。总部也有个连，装备好了。

敌队长在此不远，绕了一圈，来把我们两个排情况在村也弄了半，就走了。出去以后再行了解。

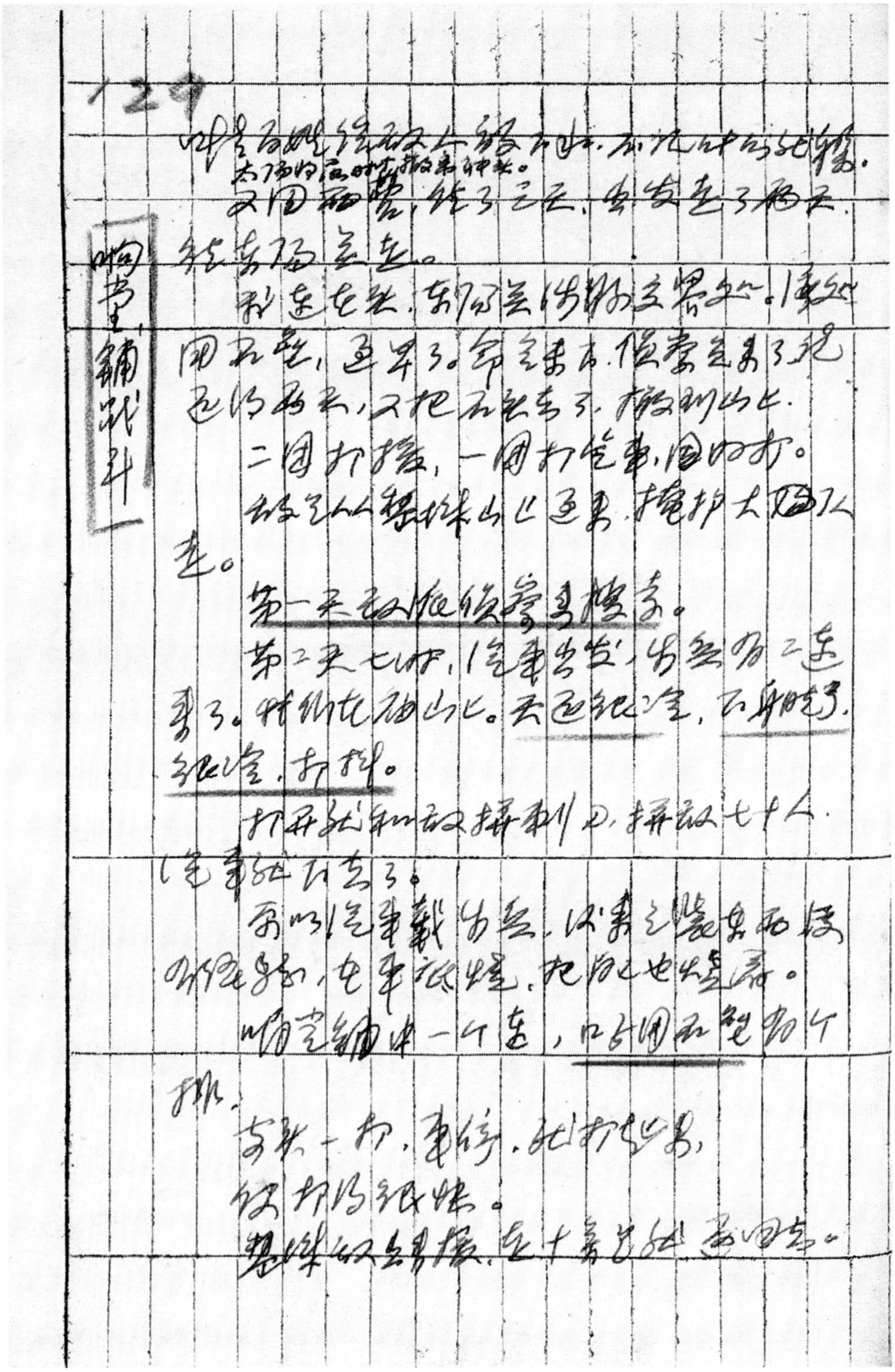

129

响堂铺战斗

[illegible]

二团打援，一团打汽车，[illegible]。

[illegible]

第一天[illegible]。

第二天七时，汽车出发，[illegible]

打开[illegible]七十人[illegible]

[illegible]

响堂铺[illegible]

[illegible]

130

长乐战斗

休息一会期，准备在下午进行战斗，五点来，十二时（白天）绕到桐峪，吃了饭，下午四~~十八里路~~动身，二更四时又出发，五十里，黄昏已至了。快到黄龙，敌人已逃去。

黄龙的敌人中在说一二九师。

我们过黄龙五里村，到太谷县百姓才出来，无风太平吃了饭。师团干部在向群众宣，吃了物肉，晚十时出发，到了里仲东村，了百姓说敌刚走，追了十几里，上山，追快，看见敌在休息，下包围，往下冲，在河沟里拼刺刀。

敌用手事拼起来。拿七九步枪，有的战士拿去拿枪，敌人不用刺刀截的，同我们拼来换它。

一个拼敌人七个人。（胡十个人）

我在班里仲王六个新兵。

有一二〇师一个八分团，共三个团。

杨德才（战斗），拼死十余个敌人，敌后出粮，他也伤了一二十处（二个连）

日本有我们一个团。

"五道岭粮子山，
杀了鬼子两千三，
三八六旅七七二团，
拿了敌人轻枪三"

是那个时期的旅的歌子。

131

保卫家乡组织农民参加战斗，打击敌人。（神头战斗）

出来战斗追到那个村庄时七七一团、十团为主作第二梯队。

据地往下一条兜路，是在战地南面。

神头和出来一样，敌是时时害怕成。

一九六三.六.二八日太原

贾春林同志　59岁　省检察署

37年参加牺盟团的公安局

38年参加党，在二中队（六）当班长。

39年和阎的投敌工人团作斗争。他们住在屯，我们去查他们护照。

我们装成便衣，由卫队长，骗他们时，开了枪，地主他们呼喊，敌工团的一个伙夫把我队员跑回去枪打死。

那种队员包括偿付，敌人自己解开卸枪了。

第二天，在李村，他们绝对那里，天明我们又去把他们（十八九人）包围起来，卸枪缴，枪决了6人。（39年11月底）

不几天，则去后包围他们民革学校，有几十人把主要负责人枪毙了，没有公开事。

十几天，又去闹郭家堡，言论改中卸了枪，也有几十人。把我参加的骨干送军训部队。

对他们来子审讯，…开大会在整风，…在长乐枪决了他们 6个主要负责人。

39年底，40年初，我们把包含人收拾了。

公安局总部，将明任局长。

134

日本人偷了古城。

40年2月和县公安局的王和十三里屯紫坡村[illegible]，发了头在东黄岩。后被引路出武乡，包围这地点。

我在东冶神乡[illegible]据点附近，都有点[illegible]当小村里活动。黑夜我当枪，有手榴弹，也就一个人。

到秋季，[illegible]本来吃[illegible]，大为[illegible]已一切，高级人近了，黄也就跑掉。

[illegible]

古村，古城等[illegible]村子都有会，我们[illegible]组织活动[illegible]，民兵，有了组织。（40年10月）

古城东来本村，[illegible]，古城村[illegible]引我来，我也来。黑夜[illegible]，[illegible]古城[illegible]。[illegible]

白天[illegible]，黑夜工作。

40年11月，[illegible]（古城），[illegible]。[illegible]一人[illegible]

135

（抓了维持会长）（维持会、小学都住里头）

维持会长王××（陵太），我在外头抓他人从没回来。都说报告，一个自卫团端枪出来，我拿枪，他开火，我把枪拿了，他走了。他那支中正式枪打不响了。（把我手榴弹）丢了一个，跑出来。

维持会长不肯去村，大叫"太君，八路军！"（他们以为我们都摸进来了）（丢一颗枪）

我的枪打不响，拿来的枪，没有子弹。没用枪托砸死，拿石砸死。一个第二个，叫他打，他打一颗不响。这就是我拿子弹的不响，又在地上找子弹。没砸死他们去，（把维持会长杀掉）就了结了他。

我们一共几个人走了，敌才打出枪来。（敌人从此退回南沟）

当时穿衣裳，打了棉毛衣，出去活动找借了百姓棉衣，回来就脱回还给他。

过了十天，在姜家庄西开村干会，上午敌人来开战，下午才开战。三个村干部叫我们给打回。我和张凯到了棉店里，我们去了敌据点，她是女的，姓明，住（××）村，被敌人打死在了。[illegible]维持会长[illegible]抢走了。了了的分给了百姓。（南沟去回来路过）（看见）

是胡立成媳妇。

部队来了，这女的好的（已经牺牲了）

汉奸们吃到了胡家，给喝，抢当儿媳妇，闹房。

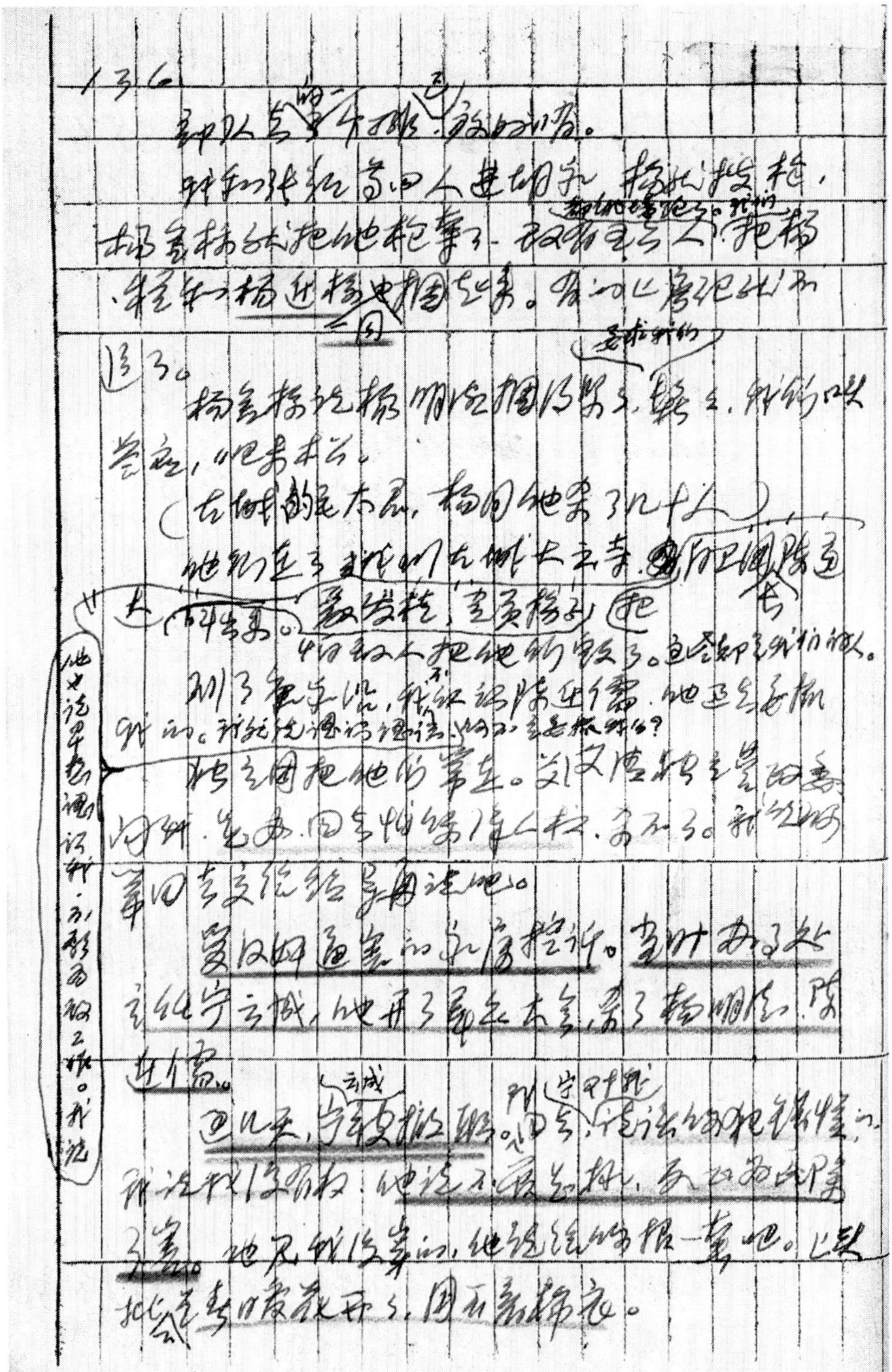

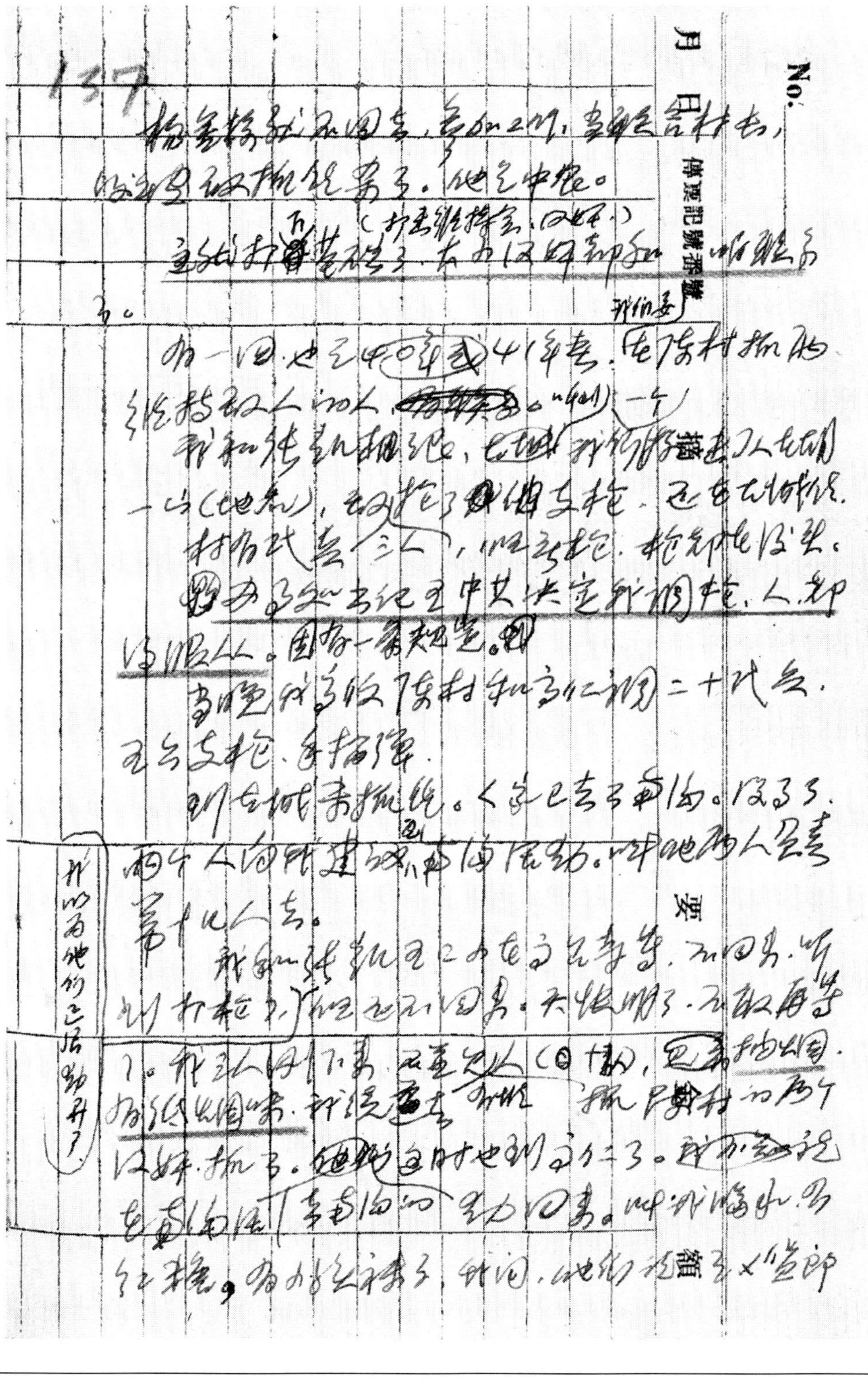
No.
月 日
傳票記號番號
摘
要
137

刘文学（区委）王秉合（村长大城）

138

问不问。

我写了报告，说交给民兵们即可同意。

我怕不能，叫张凯和王秉合等人喊他来，叫他们民兵捉了大城郭金才的儿子，田玉说，杨芳也、杨凤都有。

有当然有人向我报告说民兵捉了。

区委刘文学，大城村长王秉合向我写了报告说要去林会给民兵捉了人。

我去问民兵，捆他也问，问出来，王仲义（工作团长）和艾凤卿就去了，刘小也很来。他们叫我们休息，他们审问。他们也不肯说，（他们是第二个晚上审），并且他们，用开水打他们，打死了。

二十五，理不肯坦说。

我说立林审，我也被审出来。我也同志说，同时派人到他们去家东西，家，偷来的人回来，把东西拿来，只差几十块，赔回给人家。

立林去区作区，很大影响。都说我们捉情报，都不准确。

敌人对我们注意，叫大家很小心

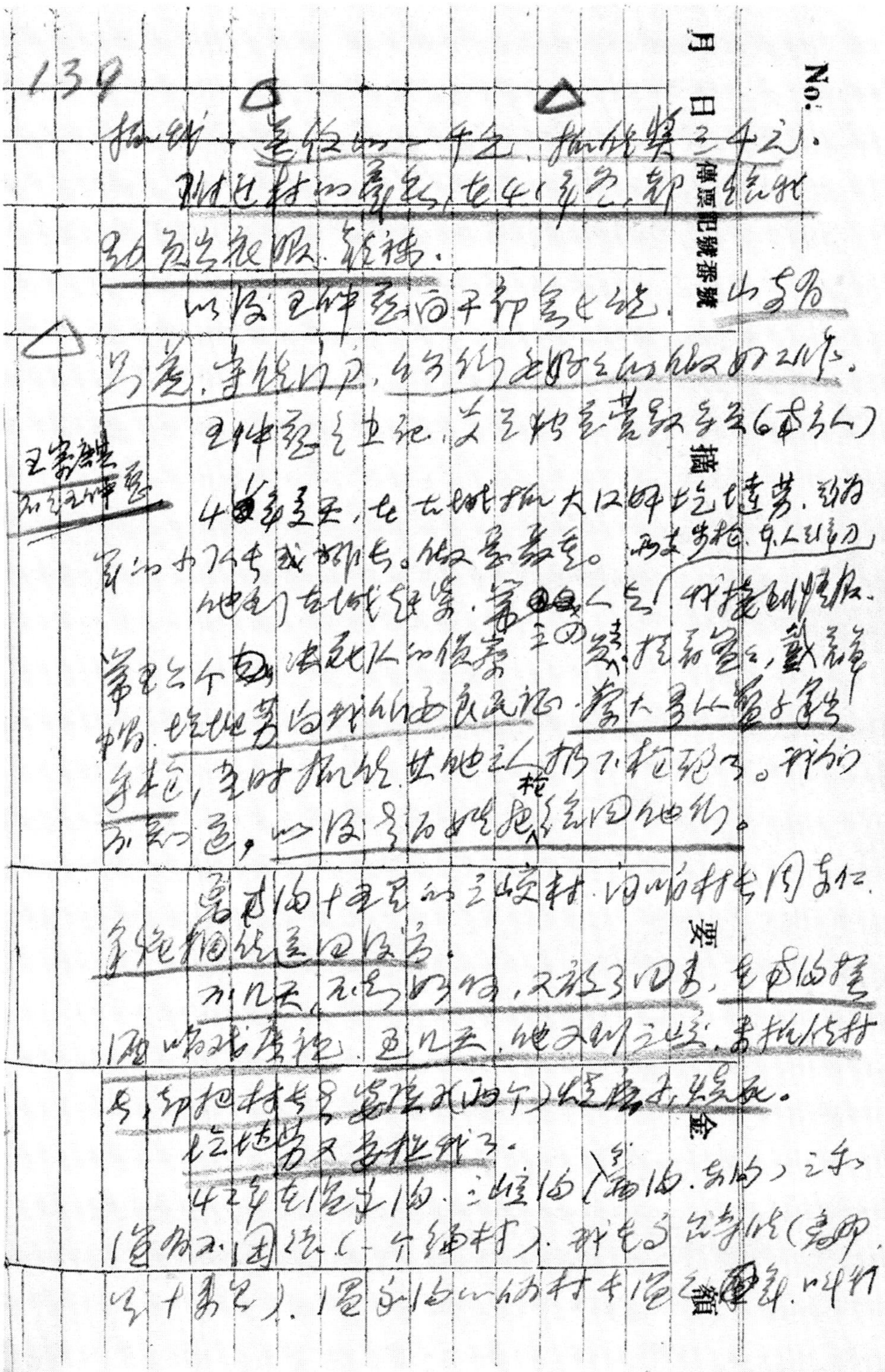
No.
月 日
傳票記號番號
摘
要
金
額

140

去偏家沟湖北面团结沟。去了。在
偏家沟叫小子敌兵李秀华代我写报
告。偏之年，偏世仁，李秀华，我四人。信
子在家的中间，任达芳第二十五人来。
来到偏之年门口，偏物说，要把敌人抢
下给世结的人来了。
我十七八岁，出门在偏之年抓住德不
给走，叫我进窑洞（窑洞）。
任达芳和陈沟小世来，向偏之年要电话
村话家。
他们说不去，"不敢回家，回来
抓走。"
村长把饭给他们吃。
任达芳说，说不要紧，抓住他
也不杀，要是叫他做了。第二年就出去。
偏之年的姐姐偏家叔叫我出来，向前
方，到房的山药蛋窑。蛋的。跑去了四五里，他
来叫我，我却睡了。
同天，另一队来了人也是那个地方，问敌来找。
也在草堆，吃麻糖，回去三几天就死了。他不
到同我一起去的。
四五年我才去工作，以后只有我一
人，他有敌工站了。我把东西交给敌

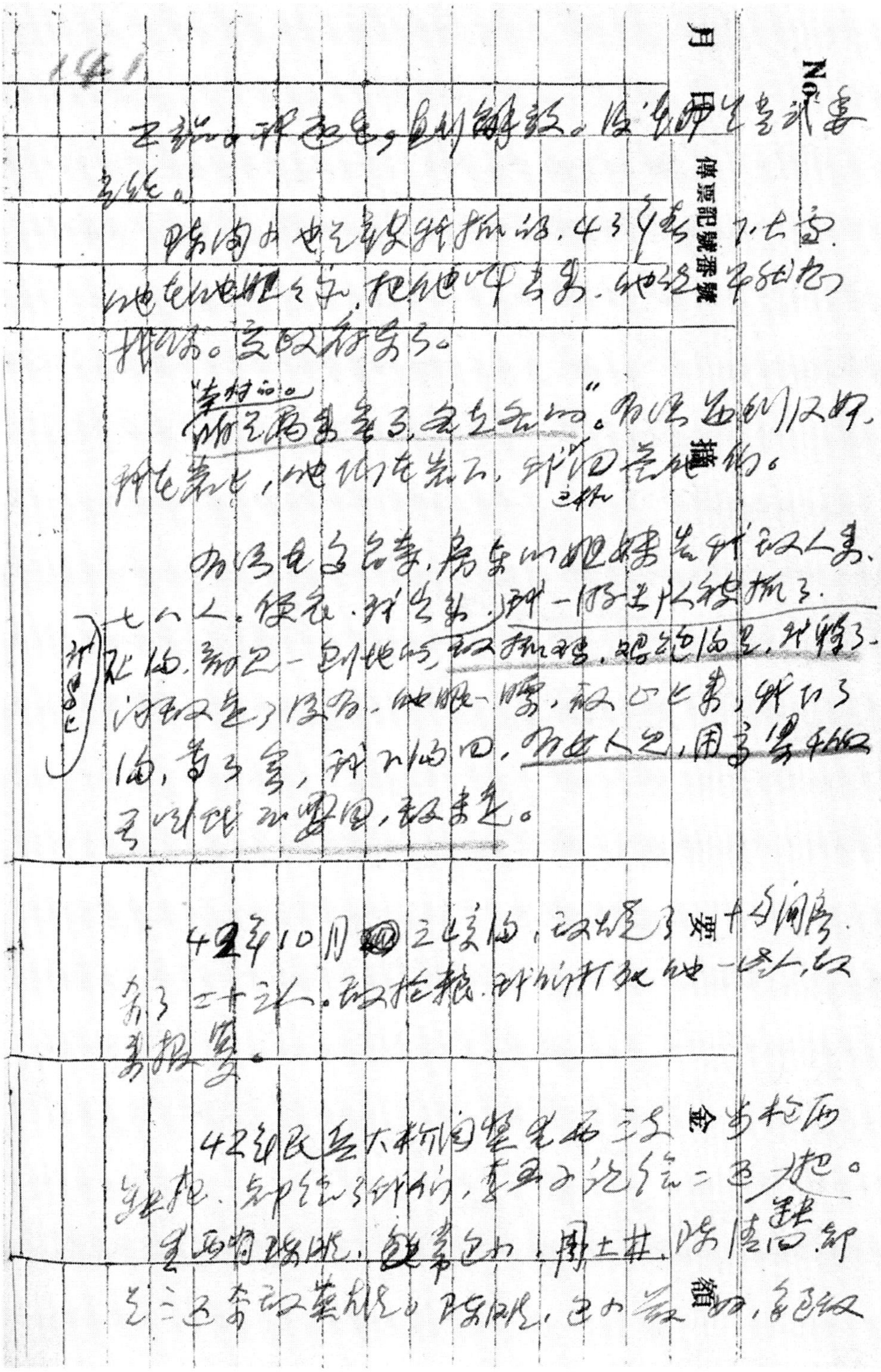
No.
月 日
傳票記號番號
摘
要
金
額

142

电话机。

但为粮，牺牲人不少。敌人都是天明包围，我们都是天明前就走开。跟敌人的是天明不走。

割电线嘛。

武委会牺牲。每部换员，换车，[illegible]员，补换。"叫我的武委会孩子"

陈鹏。陈道去前后保卫团，我把他找出来，组成了武委会。陈鹏牺牲了。

敌扫我腰子：

47年到四月23日黑夜，包了后寺。村的武委会接到，叫他回来（那些人把他），我未及上前，别人把他叫跑了。

23黑夜引敌人来，包围了后寺，把通路都占住，包围三四里长。

敌队却把一些多种包围的了，明了，才打枪，先向东城打枪，我们在家的呢去了哪，当时14团有个连包，即跑民兵动员，个个和我在一块，群众也未逃出去。决定逃，群众先逃，我去后，群众逃回被包围了，打了仗，我和部队谈（我们几个武委会），部队按了门仗，先割了电线，我和敌人也走。

部队在那边方

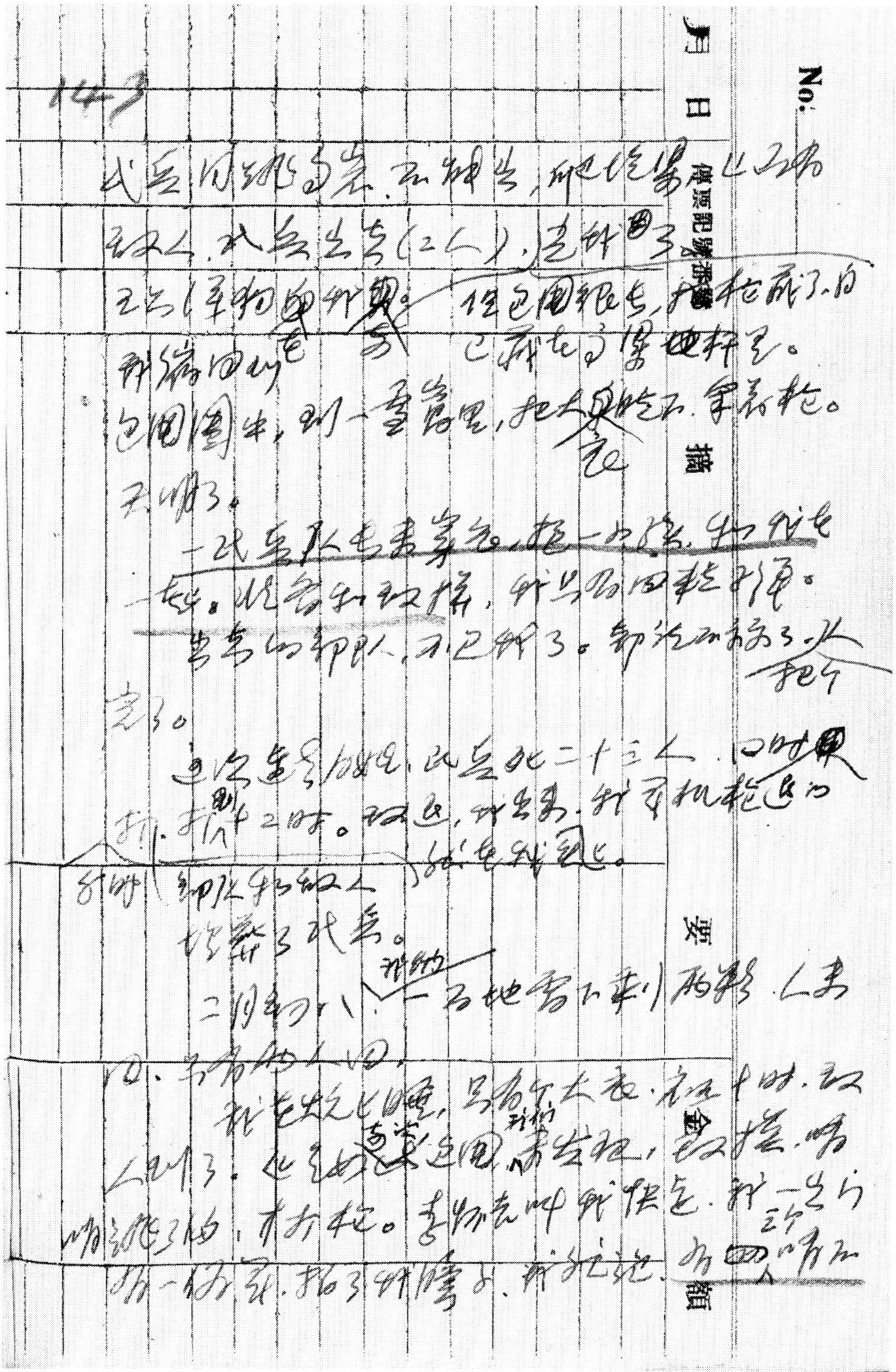
No:
月 日
傳票記號
摘
要
金
額

吓了敌人，一向如此。

会说：哪怕把我们下地去。

有武器还在我们，敌抓他，他挡不了，敌刺他，他一个黑狗打滚也跑了。

给了他们，我们就敌打出来。

我们先，一个地雷，武器不会打着我们，挂上地雷，我们爬下，去战斗中。

敌踏上地雷，退了，不敢过河，就回去了。

这次敌人有一百多。

我从卫生团抬出来，看了我军伤员二人，脚中弹，将他们抬到村边，敌来出现，他们在中间打了几个老百姓。

敌人说我们是地雷游击队。

我们两个同志都在外地村（村外）埋了地雷。他们被敌人搜查，我们不敢打枪，免得他们发现埋雷。

我带以上几人，走来走去，敌以为有很多人，但我们只是几个走来走去。

有地雷，不需。

在前面，我们也挖地道。

我来时，敌有二十多，我就在常村东，没有敌人去。

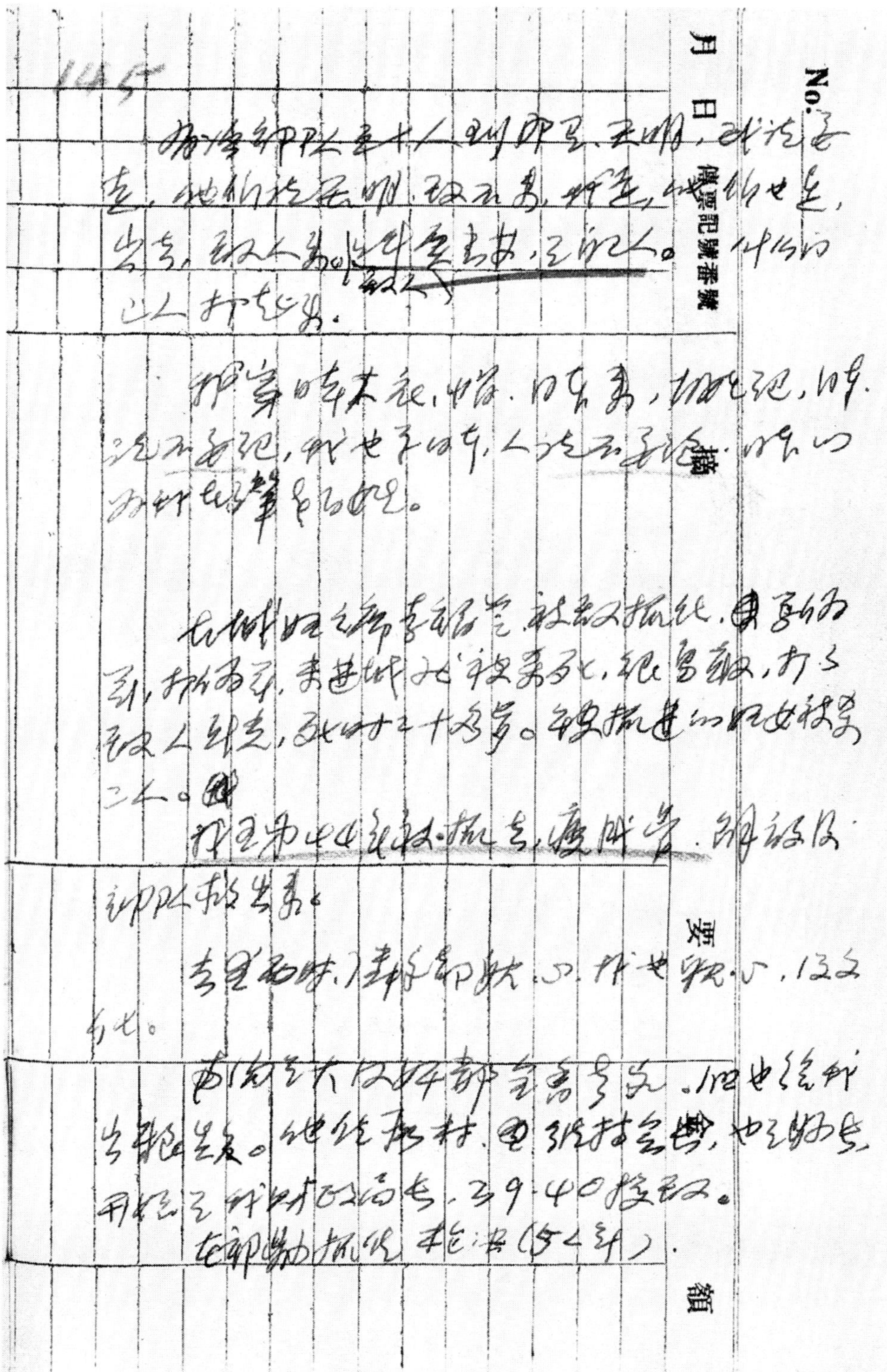
No.
月 日
傳票記號番號
摘
要
額

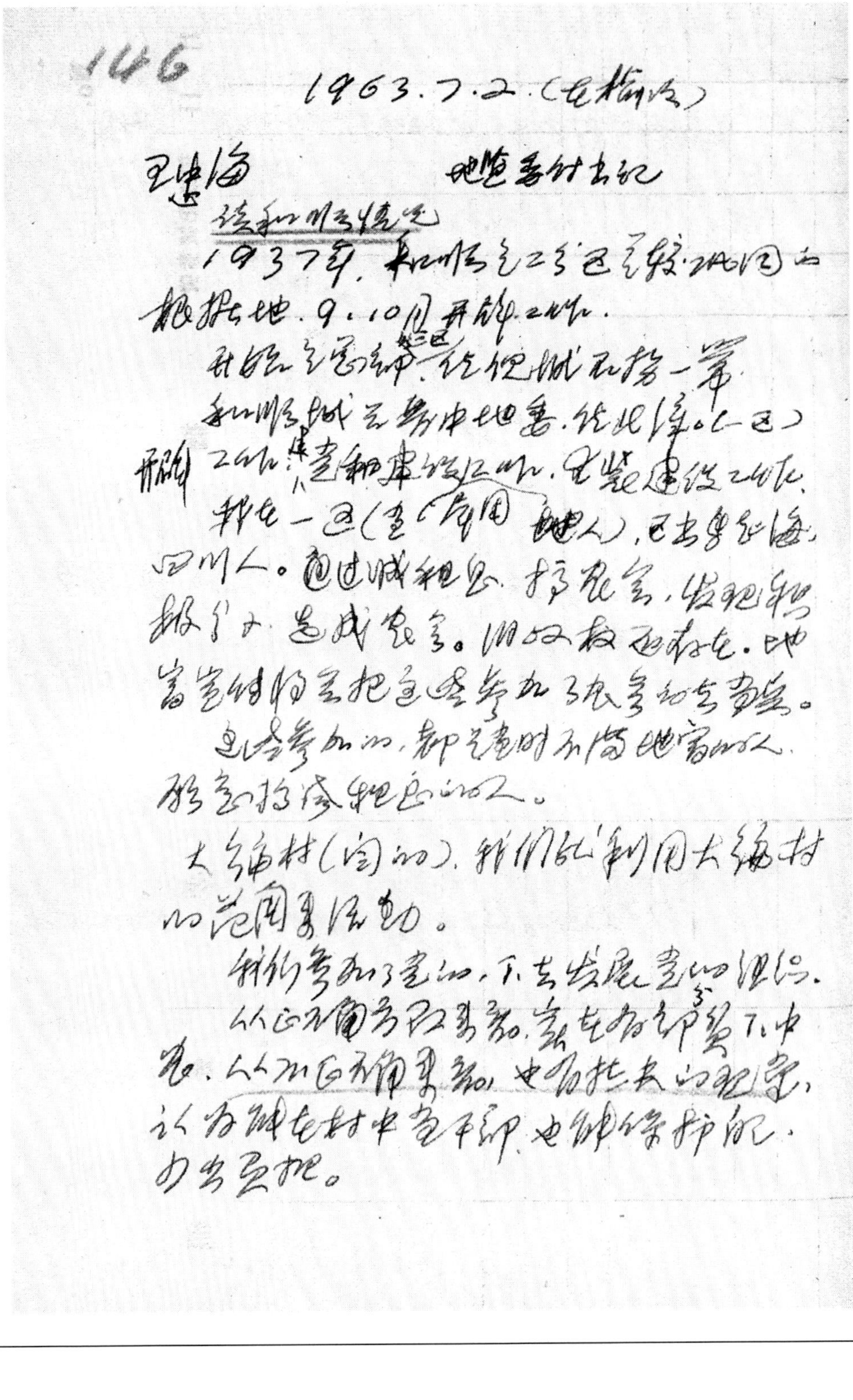
146

1963.7.2.（在榆社）

王建海 [illegible]

1937年，[illegible]根据地。9.10月开始工作。

[illegible]

(14)

为的用啥样[illegible]方式在农业生产发展党。

党组织发展很快。

也搞了借粮斗争的斗争，党也受了一定的训练。他们了解到党的宗旨。

1938年2、3月开始，这时调出区长、区长兼区游击队长、组织、宣传委员。

借粮斗争，为调查研究，他方式为阶级，把[illegible]，[illegible]，他们开始组织全区区长。为了几十个。地富[illegible]害怕，开始出了钱，即生了年的粮食）。他为钟子被反抗，组织动员反抗。地主逃去，把这些人打了五百手掌。这是绝对的不能把自己不[illegible]（小孩也讲主）。

他们的借不害怕，全体斗争当出来的。借粮他动员百姓成了。那些阶级[illegible]。交给八路军训团。

按人民生活建设，建自卫队。

开始是党内的组织，几个党员吸收人，他们是本乡人，选举一个山东[illegible]人。

这都是做的，闹独立的。利用他发动群众，把自己[illegible]。

闹了很多他的人当区队长赵文华，他来了，即没

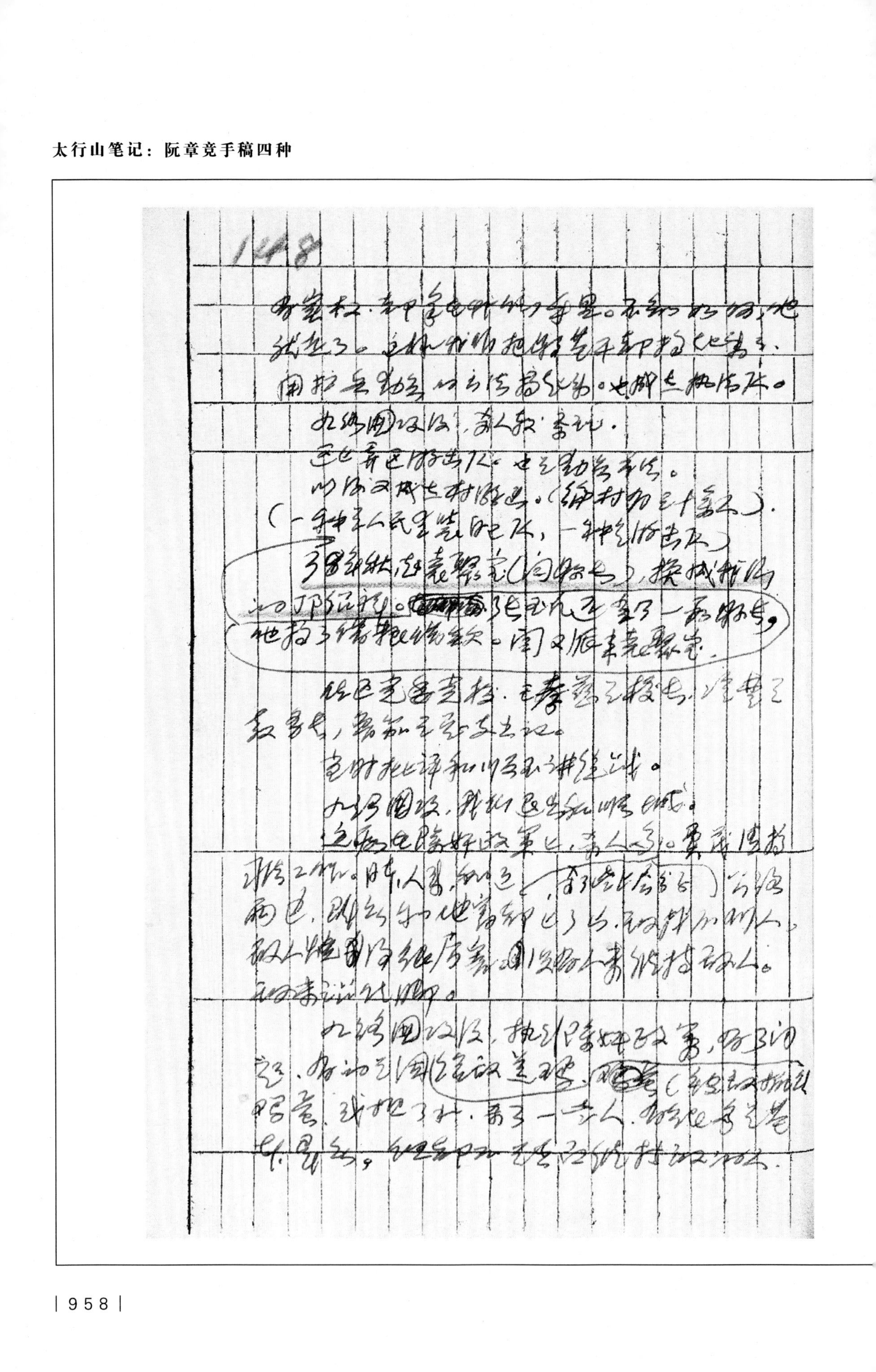

148

[illegible]

149

回来打游击作战上结。张贴上层，郭红没有办法。

从已经回来，到四区直区去，在团驻。原来那区加八路去了24人。

敌人修了大桥，和碉堡（据点）。我们回来也是，于是就在这里。

这时重划区，分为东、和西。区东、区西。各地也好改名。

39年有些半年又转入斗争。我们那区，敌人修了据点了，敌人抓农民，支部干部，破坏我们的组织。敌占区也多。亲八路的物资，投降者多。我们的工作，只是秘密地进去。

39年後半年，开展敌伪区工作。敌人用了伪军制作，和这种人，敌伪军事委员会组织，历史认为敌力量很大。

开辟敌伪区工作：各组织都派入敌伪区工作。当了几天，区长被俘，组织跑了点。

特务区要开展敌（宣传）伪区工作。以此为，我们不知不大通，打发群众艰苦地区。给它通了铁路（四区）。隐蔽以来回。以后经过，这就组成了自己的区了。一步一步的去了。同吃同住同劳动，接近穷人、打柴、担水。

首先把伪政权取得联系：结情报，掩护自己。争取他们为我们服务。离据点二十里的地

150

专区联络站的一些经验。

在实习李田之党员（当时[illegible]被敌[illegible]的去太行）接上关系。

用秘密关系，把伪村长、联络员叫来订立条件：情报、掩护我人员。先建立抗日组织，在内建立抗日村长。建立好，都直接关系。

敌的联络员也提出条件：要把[illegible]几个人除掉，他们才好办事，否则不好办。同时我们答应我们的条件，他自己也不太平。

有的地方是经过这种办法建立了一些组织的。他们经过[illegible]的组织，[illegible]敌区已大半有了我们的抗日村长。组织武装抗日[illegible]，以便将来建立支部。

对敌组织工作的第一步争取联络员的关系，第二步是组织，第三步建立党组织。

[illegible]，[illegible]，[illegible]以便[illegible]。同时[illegible]。

我们在敌后依靠[illegible]的策略。[illegible]。要有[illegible]，[illegible]。[illegible]。

151

我们这里是和化会作斗争。

第一次化会用纸条叫他也不当干部，我们常是装着抓（没封建主了还乡队）查编组，该[illegible]案件，不执行，因此该不上区，又抓不住，抓他小子抓住（十几个）。又派人去叫他，来了，接受了案件，以后把事交给（[illegible]用枝（也是干部化会）杨）（当然，结的）为抗日村林。以后我们去了，他们的家从此就交，结，不到到处结，按着他儿媳妇的我们的好的，去了附近的村所教去。（李中山）（此人是东王庙的派，后被组织抓住，[illegible]张居家，回来也出此结我们去看他，以后他常来他。）

此村有三个化会。

组织抓了[illegible]康去，[illegible]。

前村离此十三里，有大地主李[illegible]明也组织地主来去会谈，不如此不到。也是抓了几次，后抓住了。

这也有了还乡队，敌伪已建立了搭去小组，情报[illegible]、路村、天郊。

42年，搭去小组，工作，只离此二里，我常到此村开会，也就搭去去吃饭，敌人还也没去结。

小雪组织村里来安设修路，当去，便通过他安组，经常送来东西情报。这地配合也此[illegible]所以偿还时，常去一个[illegible]。

（[illegible]队）

（[illegible]了[illegible]）

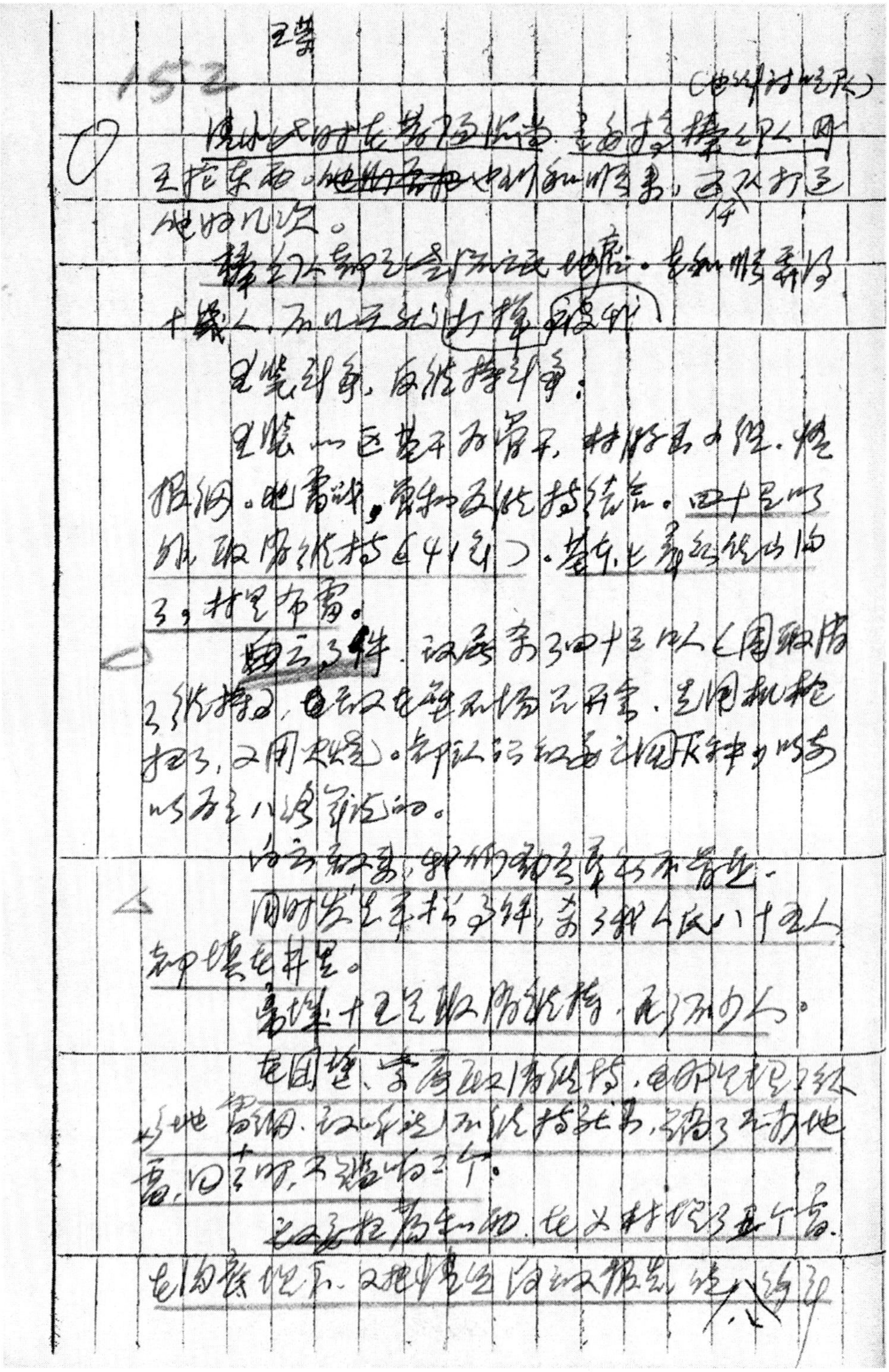

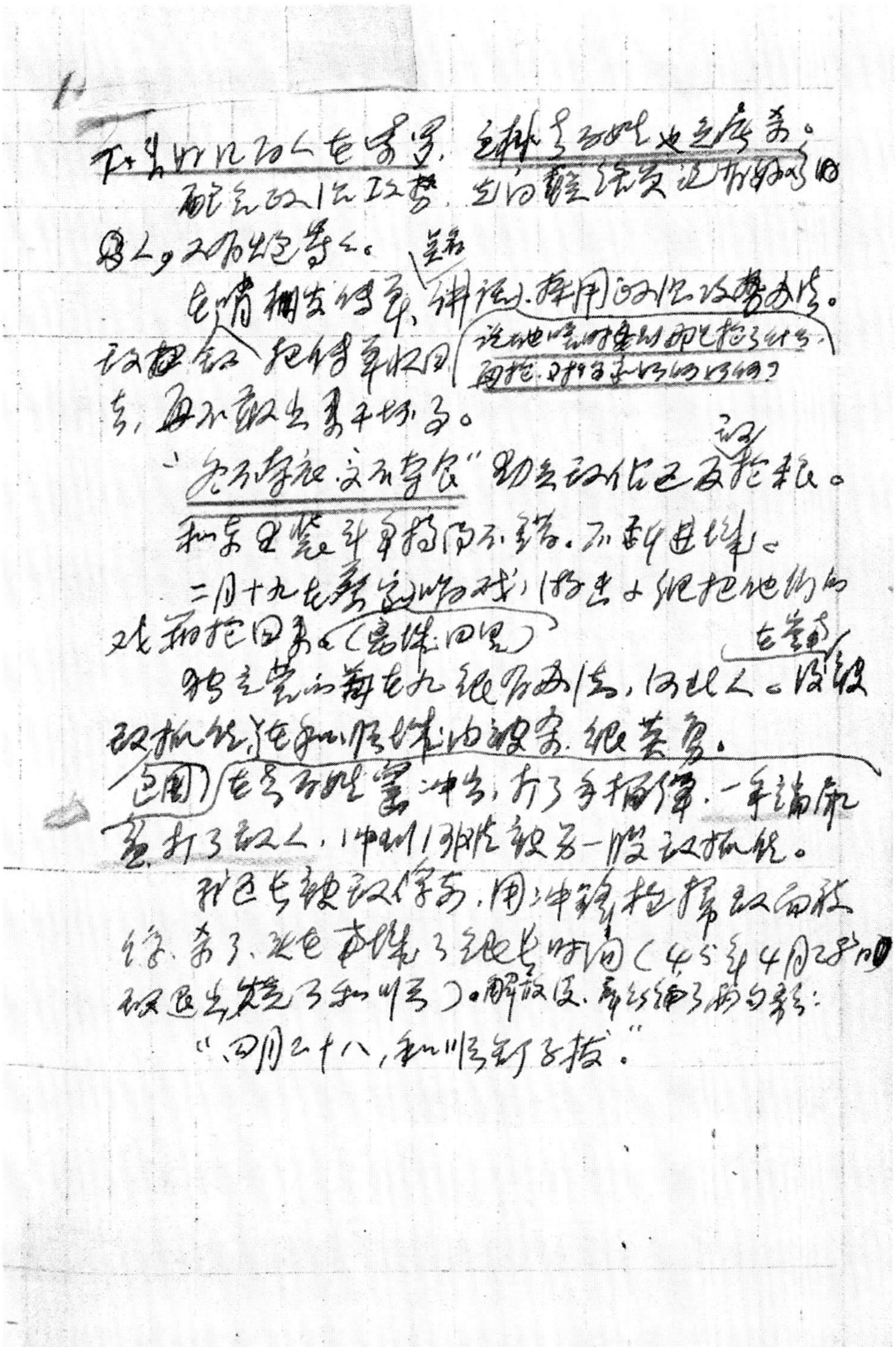

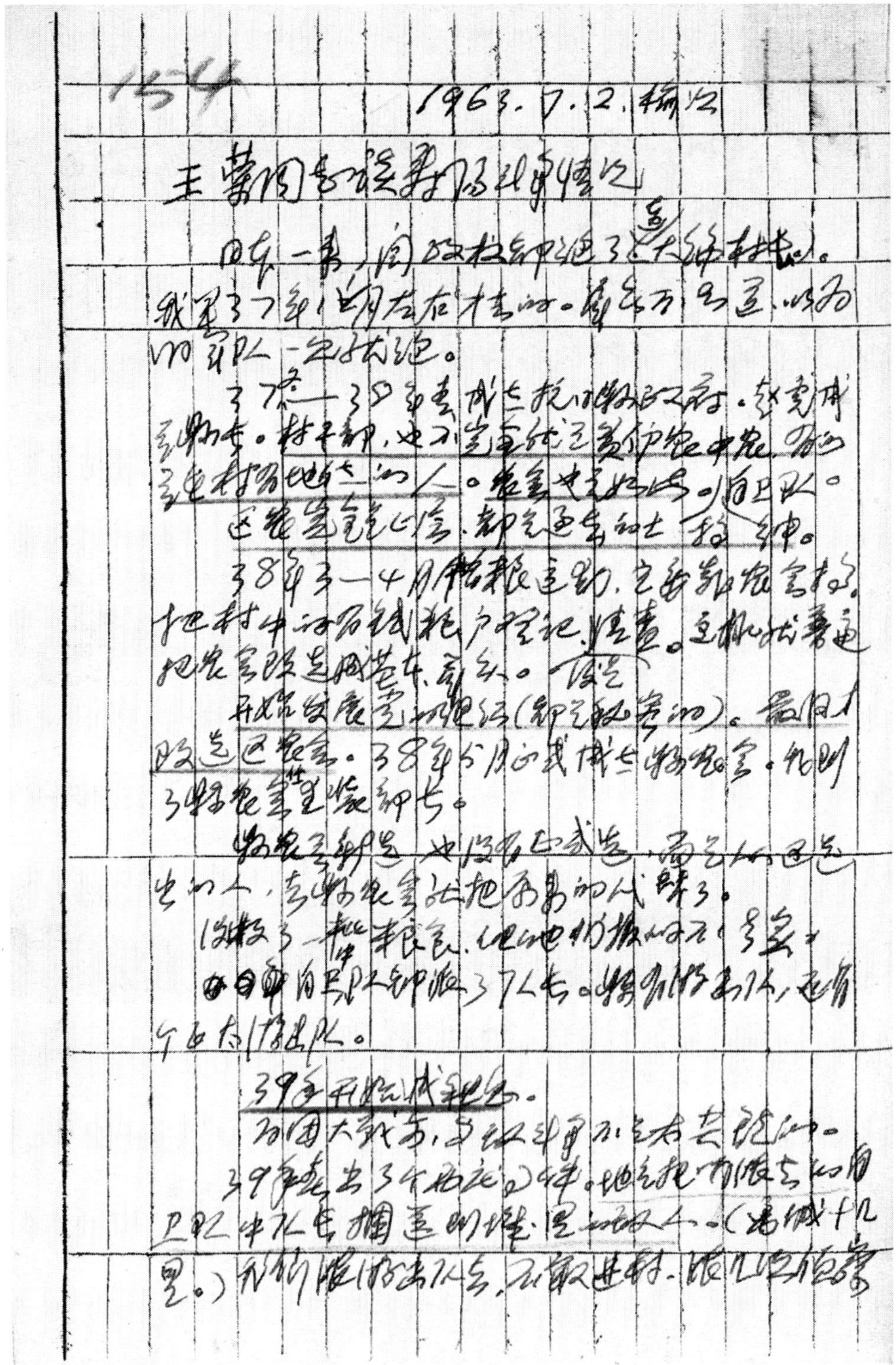
1963.7.12.

地主婊子带头用土炮和我们对抗。

只是卸掉了，不要出事。来了陆村的什么人。后八路军来了一个连，敌人也来了，然后来了二三十个警备队，我们一下冲进去，最后就和我们用土炮、红缨枪对抗。杀了十个人（村中有名的），抓了二十人，警备队跑了，地主也杀了几个。[illegible]抓回的杀了七个，七个全部杀。这样声势很大，此后敌人就害怕了。

两年了钟后，长寿、平河的浮山寺（大粮），有红枪会，搞出反对合理负担，吃符，刀枪不入，发展很快，不几天，就有一万多人。[illegible]不力。当时是胡子，写信，二把手也是何何人，结盟为兄弟，[illegible]几千人在庙内，讲了一番话，[illegible]陷阱，叫我们出来，不叫，在门口喊我们冲。同志七里来的在内，就把我们围起来，在钟楼上，打下两个手榴弹，我们死二，伤二。战士很就开枪，把山门打开，最后是喊着不冲，我们打死了十几人。他们说刀枪不入，[illegible]不见，[illegible]。以后就不灵了，就大部分跑了，抓住一二百人，[illegible]二把手。这二队都是他的学生，纯是训练十来人，杀了二把手，[illegible]他的眼，吃符，[illegible]刀枪入不入。这人很坏。

来时 [illegible]，叫他们[illegible]不进去（[illegible]）。决

15-6

敌人逃出，用枪打，他当中，[illegible]不动，用机[illegible]，[illegible]开了，他不动。用[illegible]枪打死。其[illegible]了的人。

[illegible]，他们已[illegible]式各[illegible]的家。

[illegible]

[illegible]大[illegible]。[illegible]粮，[illegible]（粮不[illegible]出）。

[illegible]，[illegible]。[illegible]多[illegible]人。[illegible]（[illegible]），[illegible]开，用机枪[illegible]。死了三[illegible]，[illegible]一[illegible]人。

三[illegible]人[illegible]，[illegible]。

[illegible]一[illegible]多人。[illegible]。

[illegible]。

[illegible]，[illegible]。[illegible]机[illegible]，[illegible]下，[illegible]。

[illegible]。

[illegible]人[illegible]。[illegible]人和[illegible]，[illegible]。[illegible]三十[illegible]，[illegible]。[illegible]已[illegible]，[illegible]。

大[illegible]

[illegible]报告

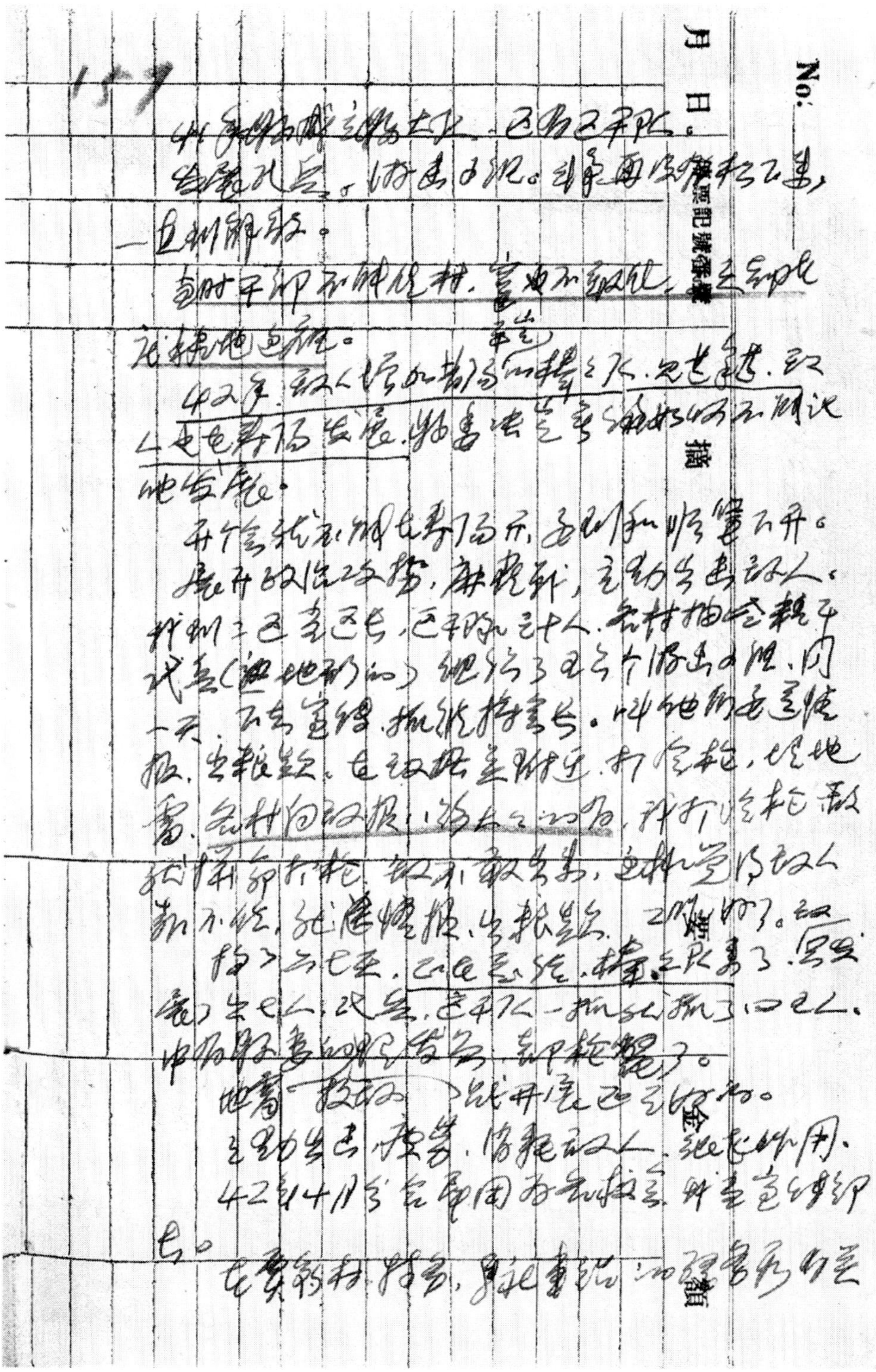

158

给，他会向外村的敌人送情报。他已经[redacted]

我们在看戏台的时候，他偷偷地[redacted]

[redacted]家，他也即去报告敌人搞头，

我们追查之后却坏了他，弄得整这回个情况。

书委不闲事说，甚至连了游。

这个书委右派

康麻极了

到七月，区公所在这村住，他搞去了她家坏，去又逃回，我家损失很大，日本抓去，区长打死，她是主要情报，作~~区长被杀也被~~

~~区干抢到~~也抢到。区里各主任，从人

我们决定去晚被害的同志，重新在，刚离一里的村，因去把人抱了，天亮了，我被敌人后面来回到了敌人，拿我们包围了，敌又来搜查，退散时，才十来岁。

决定抓回村中的情报，把日本受损失，多到保定偿还。后抓了情报，成了。

又把整个队的手枪集，我等编为后敌供他的（被打散的）走了一路，前线，解决了敌人后八路军全被[redacted]了的生活。

那个叛敌的区长在48年才抓住。

那时区委和部队不多，每年只有十几个造。

你再多的我那个村一会都能掉过。同去几工作的人，能掉（至已经到了）也实不能掉也。

还有直接过的人，也是从后向我们。有种受本个私己，另一种是出于敌人的。

159

No.

月 日

傳票記號番號

[illegible]

[illegible]

[illegible]

[illegible]

[illegible]

[illegible]

[illegible]

[illegible] 一挺轻机枪 [illegible] 一小钢炮。

[illegible]

[illegible]

金

額

160

纵队维来先开，又打了一胜仗。

在辉[illegible]时，刘和小将周围对岩儿（县城）的[illegible]东人。了西停纵多年，若，和，来回路营周线，在此敌又出来，守了三四个月。他们因为隔一座主城，主路又被卸队占死不出来，敌抢粮烧房子，我们象好，来把掃击过敌，打了他们，弄了十几条枪，打死十几敌。

白天武兵割电线，敌开铁甲车来，武兵正埋地雷，不知道敌来，被查了纵抢了他们枪子一敌杀死，打死武兵三人。

我们回来时，刘一村截获敌便衣人，他说

② 我给了团。会报了情况，但又去报敌，我们抢去打车站，到了，敌不对，电灯比我们的亮，来打，当敌得到情报，集中了兵力，将武人被我抓去了。

长带又和桃园中间，打敌，埋了地雷，

① 已敌报来了来一小队（十人），急去找来侦情报，他就带回武工的个人，我不能退，只好迎打，地雷未炸，敌又已赶，我们撤下，我有一手的很好，吃亏。共亡敌十多人，负伤。

△ 行

地主两位，没交了不能打的敌平队的知会，交为好的粮主党。也因报

No:

月 日 傳票記號番號 摘 要 金 額

161

[illegible]组织发动。以后[illegible]一个连。

七七事变后[illegible]42团。

和日斗争。当[illegible]七七[illegible]时，团[illegible]，他当[illegible]部[illegible]。（坚持一年多）

这时主要[illegible]斗争[illegible]，[illegible]

[illegible]山[illegible]，[illegible]。

[illegible]

[illegible]

[illegible]指导[illegible]。[illegible]

[illegible]讲了讲[illegible]。[illegible]

[illegible]。以后[illegible]

[illegible]指导[illegible]时，[illegible]

[illegible]

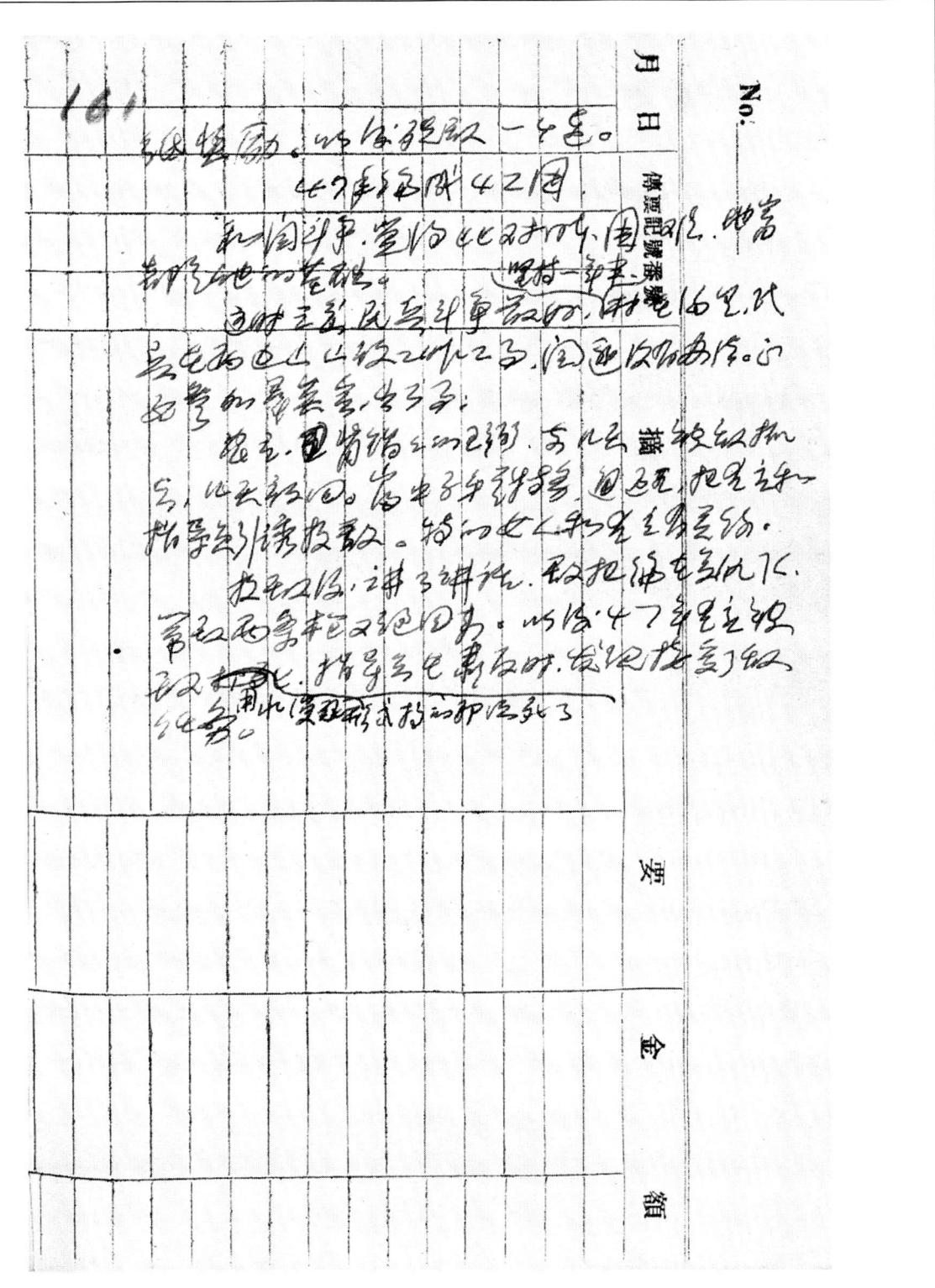

162

63.7.3.下午

首桃同志　　地委秘书长

襄垣太王庄人

第2次国内战争时期的工作，[illegible]

[illegible]下乡工作，到[illegible]训练班几个月。

反富农，夺政权。襄垣建立根据地。

[illegible]工作。

七七抗战，[illegible]（王[illegible]），把[illegible]一网打尽。

这时，阎锡山主力[illegible]，经过反富农[illegible]政权，建立游击队。

百团大战后，到[illegible]。

[illegible]

[illegible]工作。

我是39年[illegible]，40—41年。

[illegible]。[illegible]

[illegible]。我们坚持了工作。

搞了[illegible]学校工作。

[illegible]，坚持工作，[illegible]。

[illegible]

吃[illegible]，不[illegible]，[illegible]不吃饭。

[illegible]

[illegible]

挖野菜。

[illegible]

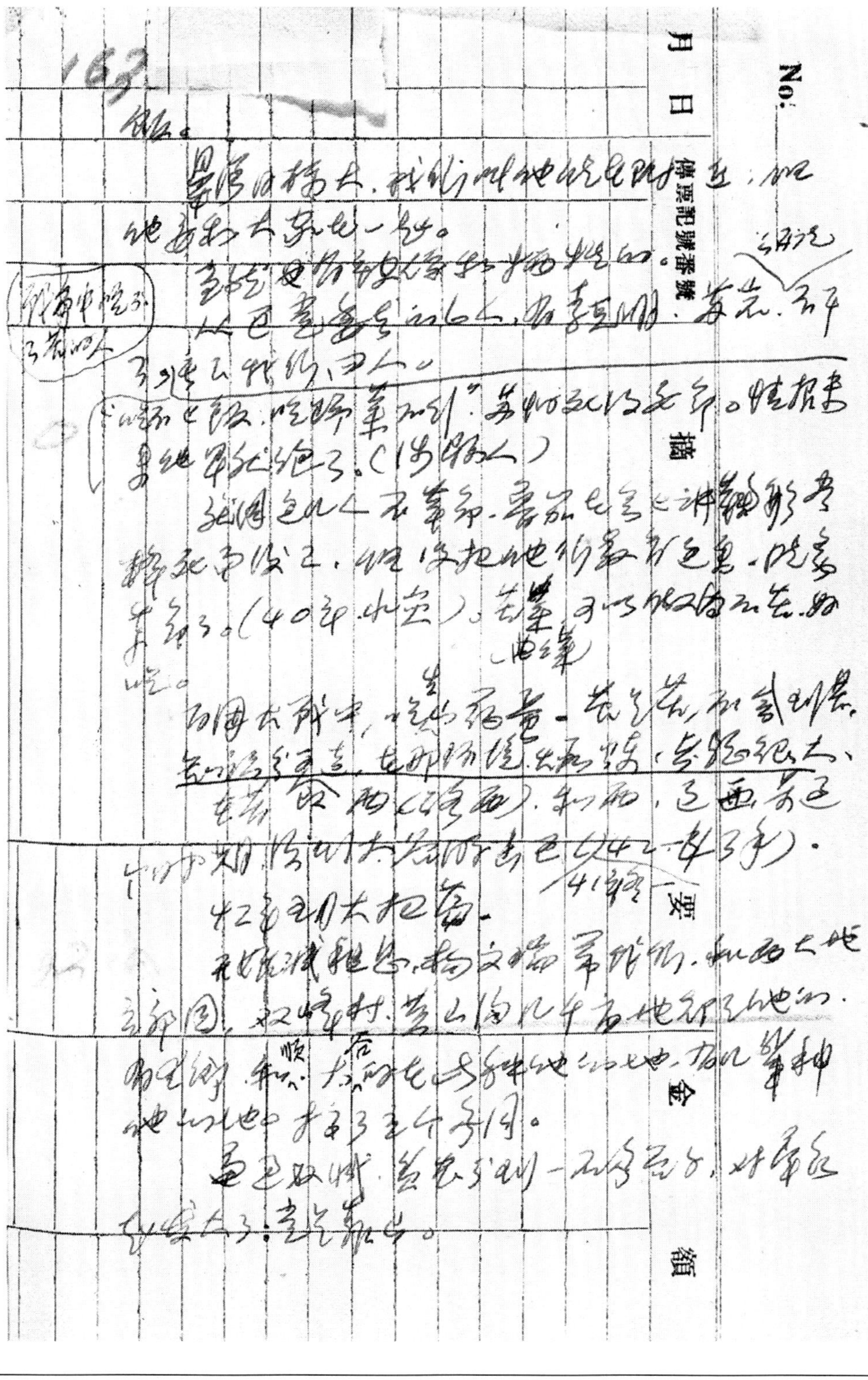
No:
月 日
傳票記號番號
摘
要
金
額

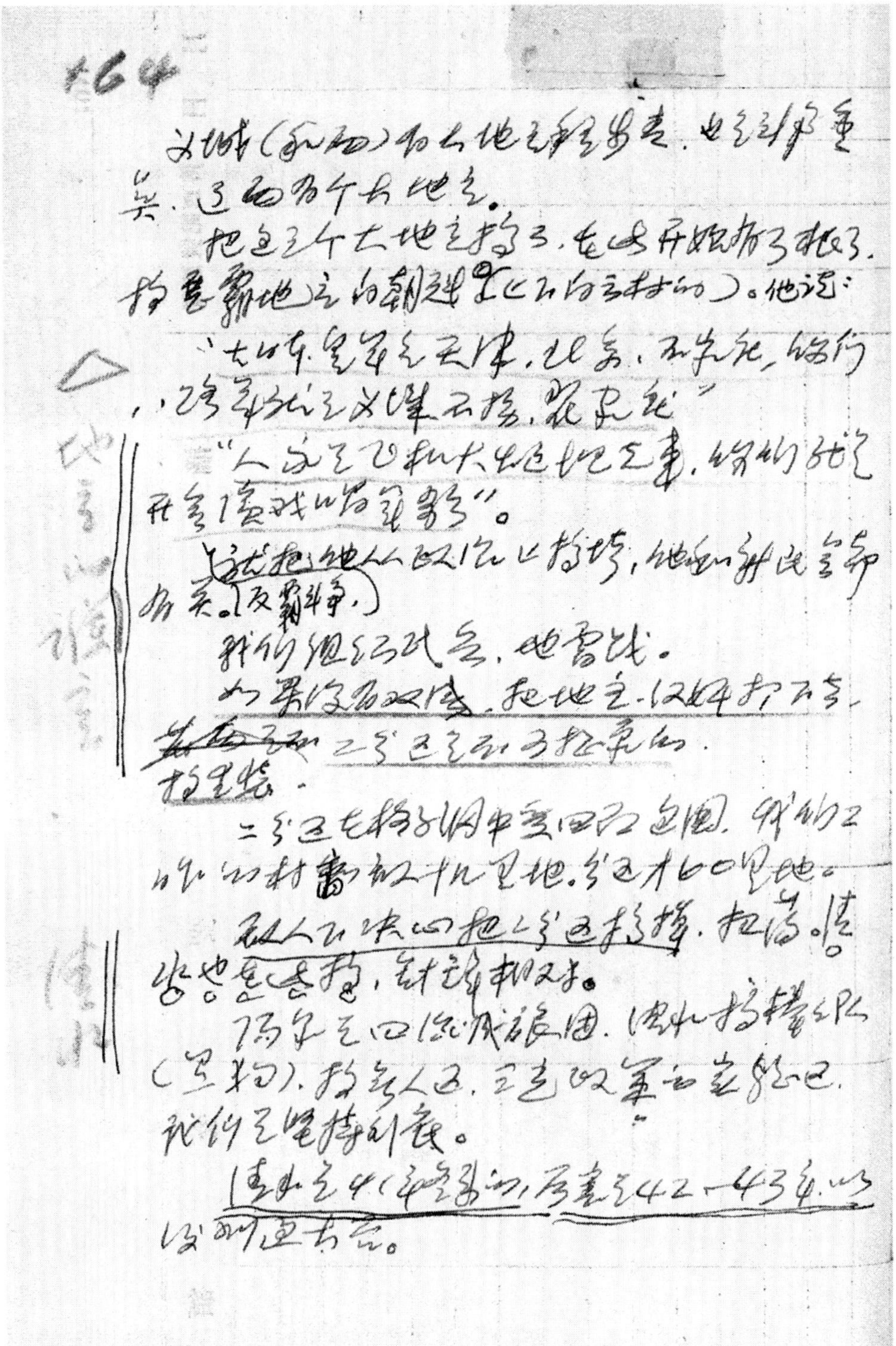

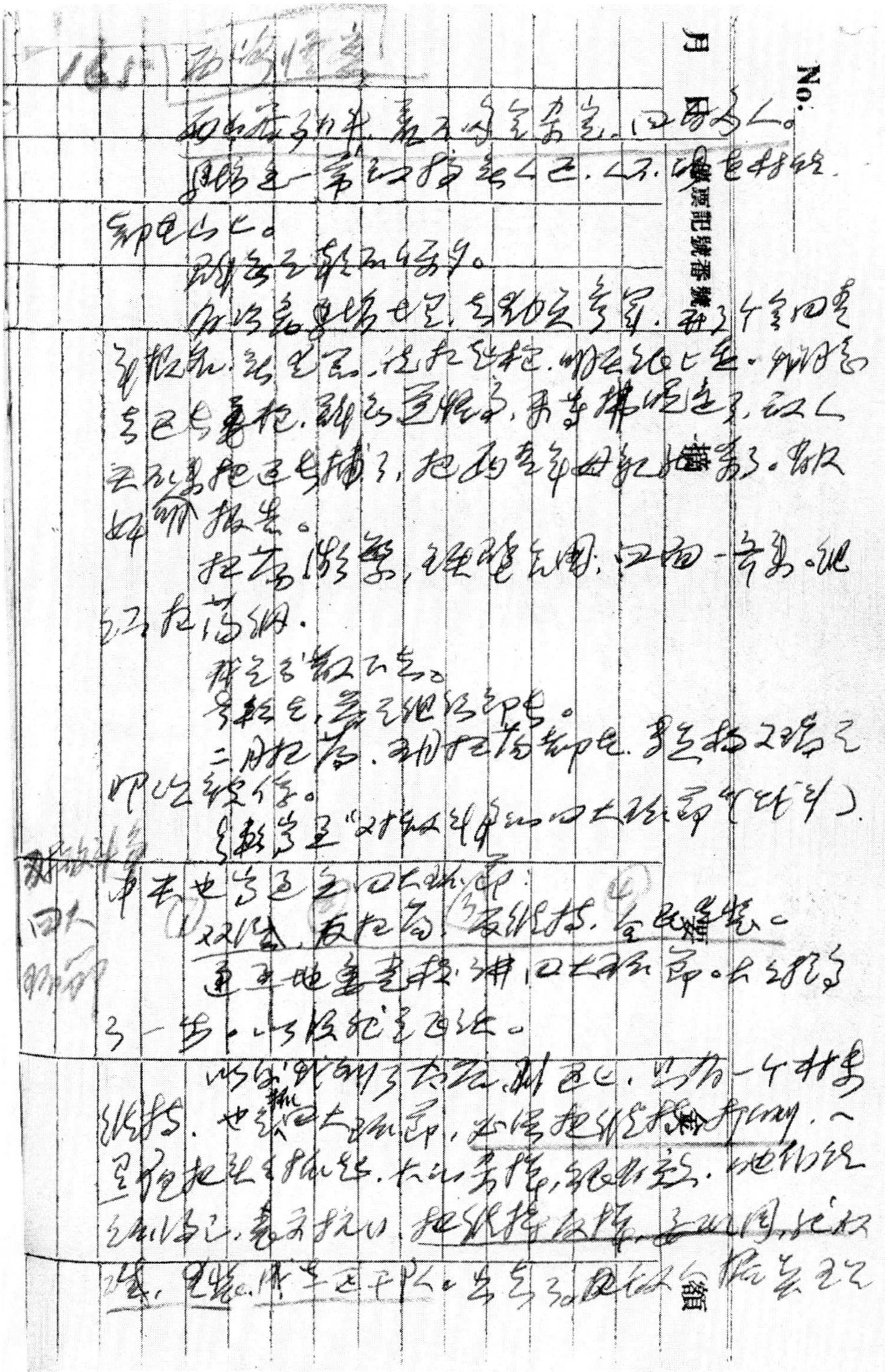
月 日
No.
傳票記號番號
摘要
金額

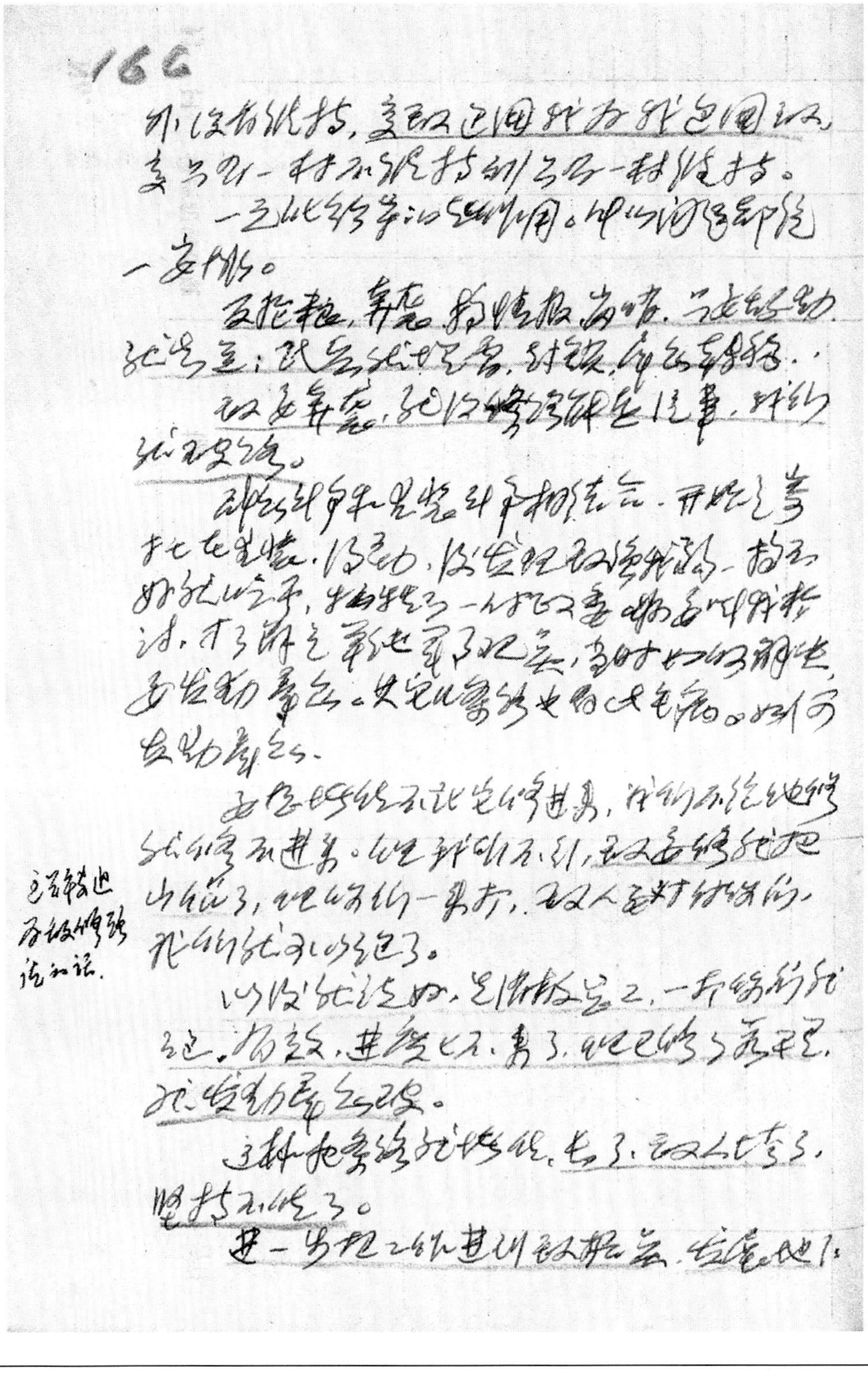
166

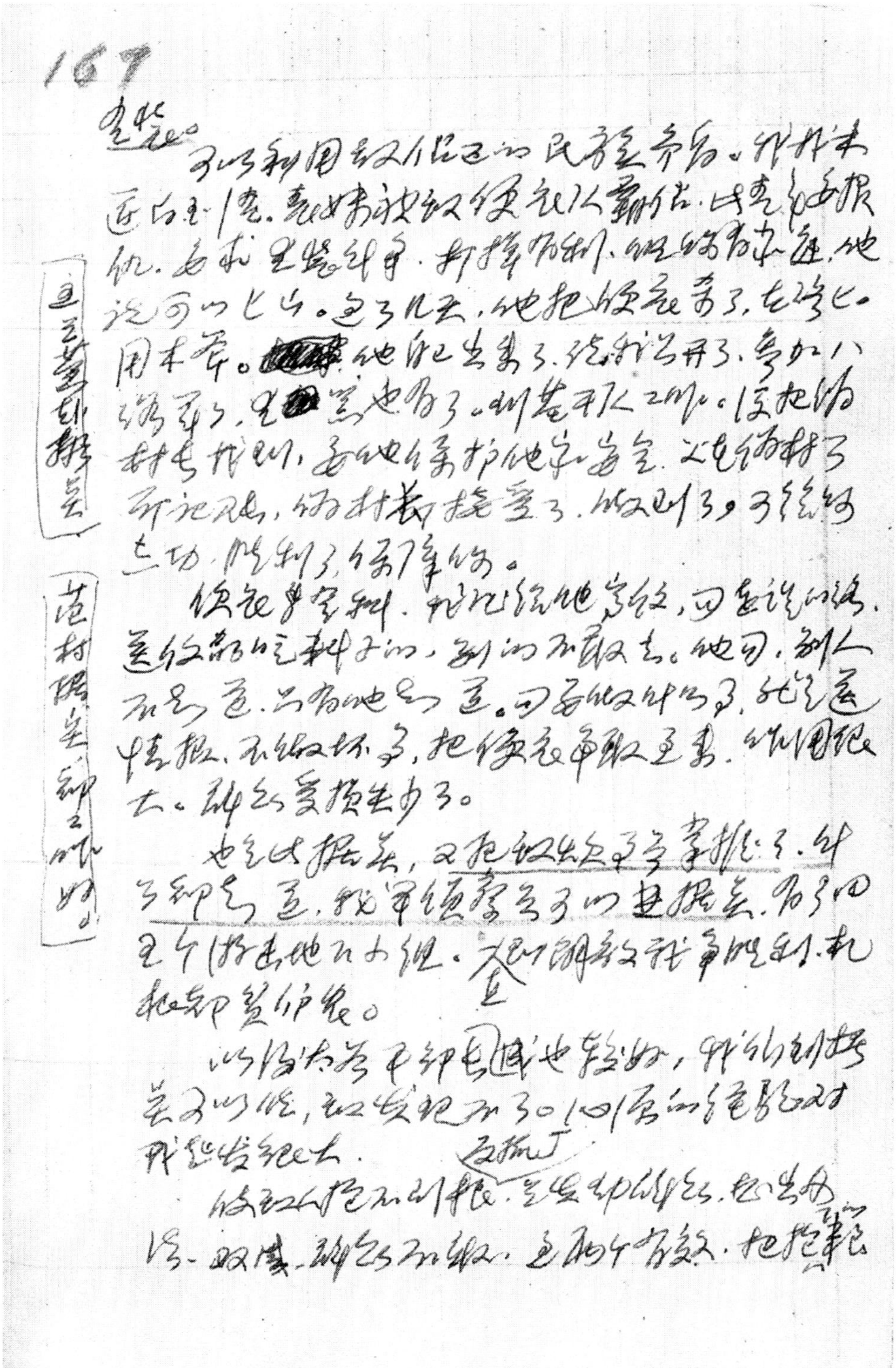

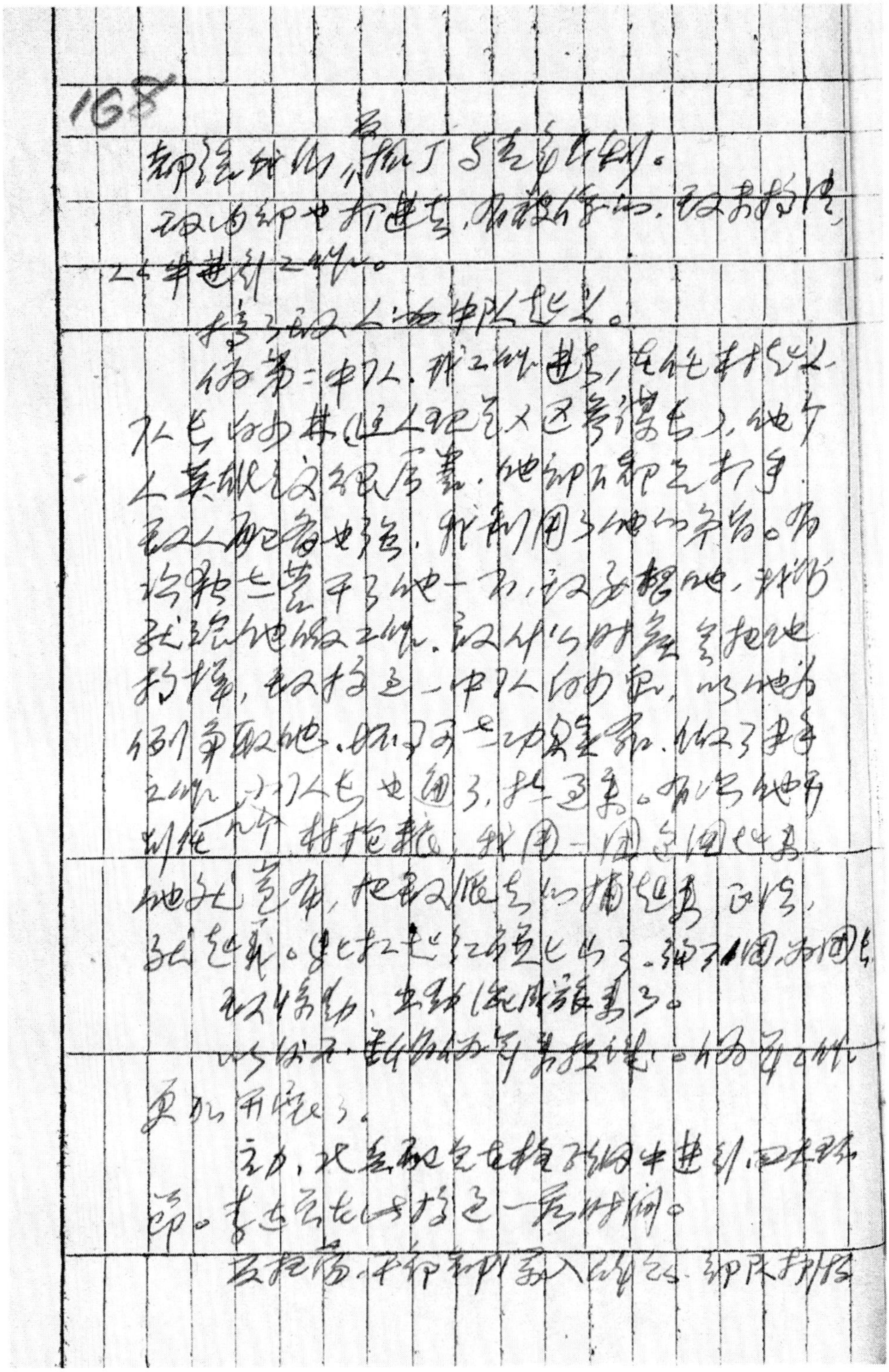

168

[illegible]，[illegible]了[illegible]。

敌人[illegible]也打进去，[illegible]，敌人[illegible]，

24[illegible]进到[illegible]。

[illegible]敌人的中队长。

俘第二中队，[illegible]进去，[illegible]

队长[illegible]（[illegible]），他个

人[illegible]。他[illegible]打手

敌人[illegible]，我们用了他的[illegible]。有

[illegible]了他一下，敌人要[illegible]他，我们

就跟他做工作。敌[illegible]时[illegible]把他

[illegible]，敌人[illegible]这一中队[illegible]，叫他为

[illegible]争取他。他[illegible]，做了[illegible]

工作，小队长也[illegible]了，拉过来。[illegible]他[illegible]

[illegible]几个[illegible]枪[illegible]，我[illegible]一团[illegible]

他[illegible]，[illegible]，

[illegible]。[illegible]出了。[illegible]

[illegible]，[illegible]了。

[illegible]

更加[illegible]了。

[illegible]，[illegible]进到[illegible]

[illegible]。[illegible]这一[illegible]时间。

[illegible]

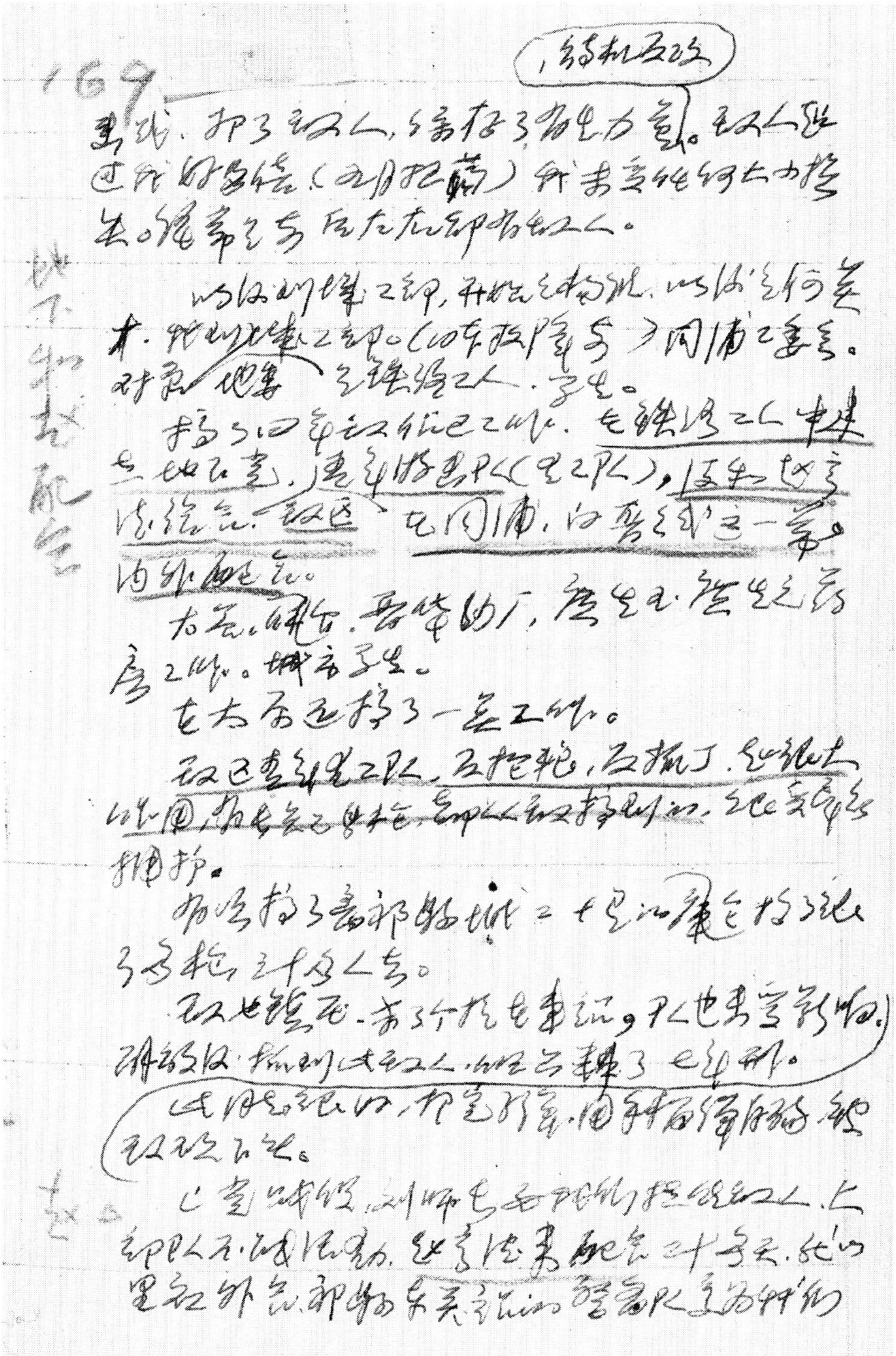

170

的。问了军部在。

[illegible]，一直找去，一直

出来。[illegible]

[illegible]，一个人去找军部

（[illegible]70多人，[illegible]）

军部，打[illegible]。

[illegible]。

[illegible]，[illegible]

[illegible]

（在前边门的问了）（不敢[illegible]）

[illegible]

第二[illegible]，门打开，[illegible]一个[illegible]

（[illegible]一人不在内。）

[illegible]部[illegible]

[illegible]了。

[illegible]

[illegible]，[illegible]

[illegible]打开枪了，[illegible]不敢[illegible]。

[illegible]了，[illegible]了。

[illegible]了一[illegible]，[illegible]了。[illegible]

[illegible]

[illegible]一人[illegible]。

[illegible]一个队。[illegible]一[illegible]。

[illegible]，不敢出[illegible]，[illegible]

来。[illegible]二十多个人。[illegible]

[illegible]部[illegible]。

（[illegible]）

[illegible]

171　63.7.3. 晚上补记

[illegible]　[illegible]

[illegible]斗争情况。二区[illegible]

40年秋后，敌[illegible]，从此起的工作最艰苦。全部[illegible]。

40年秋在县公安局当股长。被[illegible]，[illegible]人。[illegible]，[illegible]。[illegible]一[illegible]。[illegible]地下、一[illegible]

[illegible]，[illegible]

[illegible]把文件[illegible]了，[illegible]了。

[illegible]村[illegible]（用机枪）。[illegible]

[illegible]村[illegible]，[illegible]。

（[illegible]）

把[illegible]，[illegible]机枪[illegible]）[illegible]。[illegible]（[illegible]机、手榴弹）。[illegible]。

[illegible]

[illegible]。[illegible]打枪。[illegible]。[illegible]。

[illegible]。[illegible]打[illegible]

[illegible]

172

[illegible]来，[illegible]通讯。

[illegible]。已[illegible]队，[illegible]队[illegible]。

[illegible]枪，[illegible]队[illegible]枪。[illegible]枪。[illegible]两[illegible]枪，[illegible]个人。

[illegible]队，[illegible]一个[illegible]，[illegible]一[illegible]枪。

[illegible]人[illegible]队[illegible]，[illegible]。[illegible]。

[illegible]：[illegible]（一个[illegible]队），[illegible]。[illegible]，[illegible]一人[illegible]，[illegible]枪。

[illegible]七人[illegible]枪，[illegible]二人[illegible]。[illegible]，[illegible]。[illegible]人[illegible]。[illegible]人，[illegible]，[illegible]，[illegible]

十九人十九支（三八式）

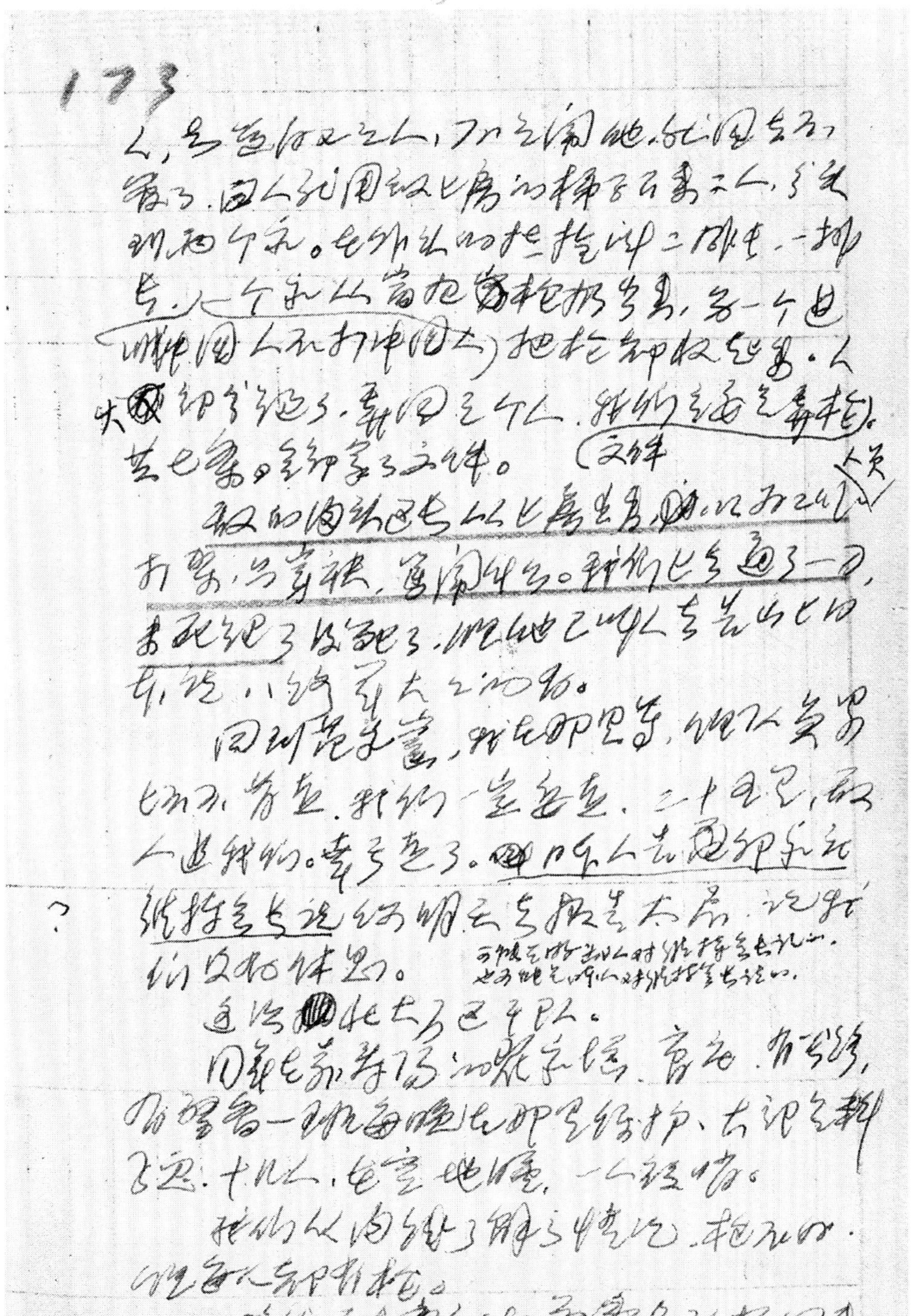

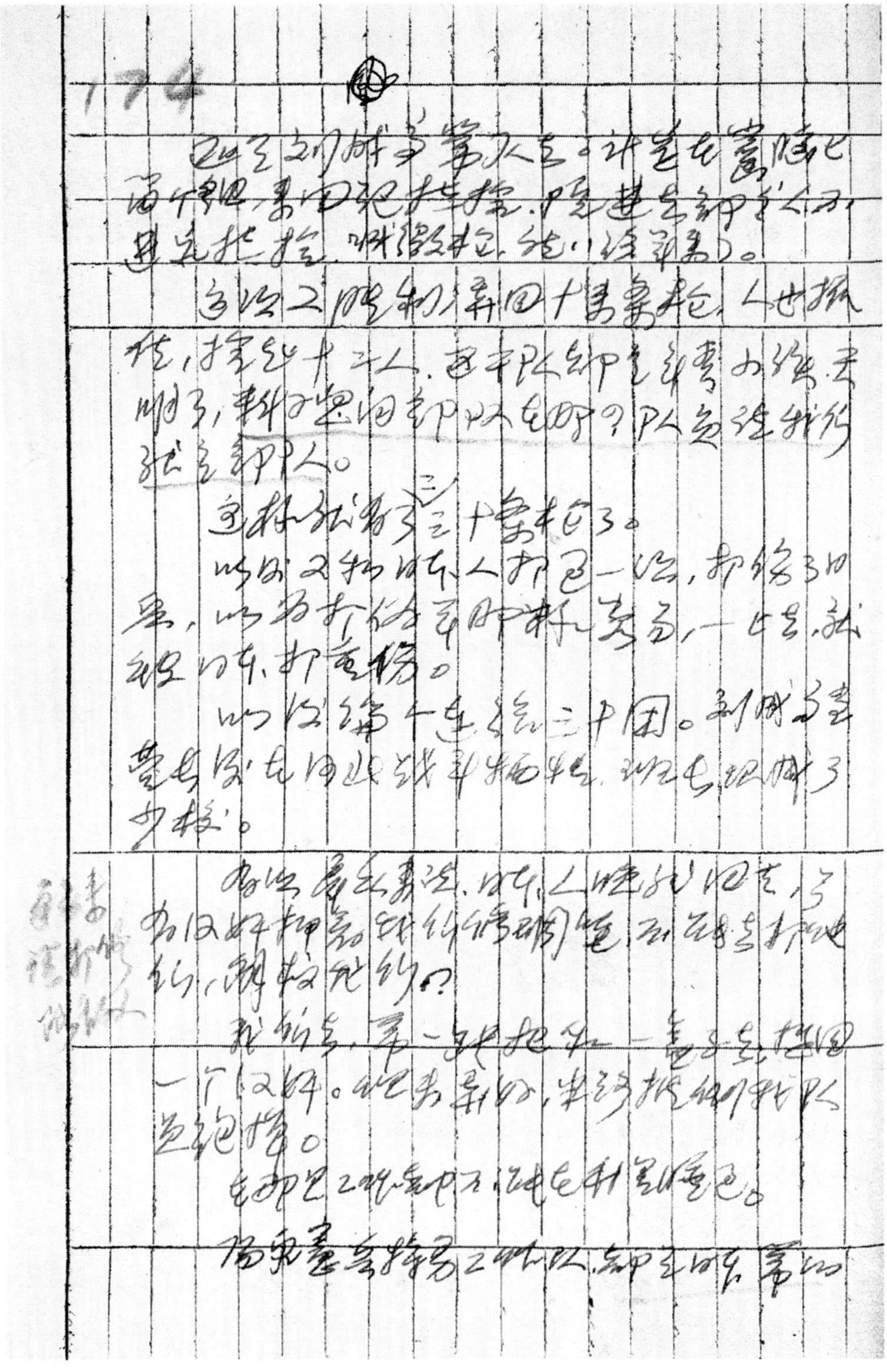

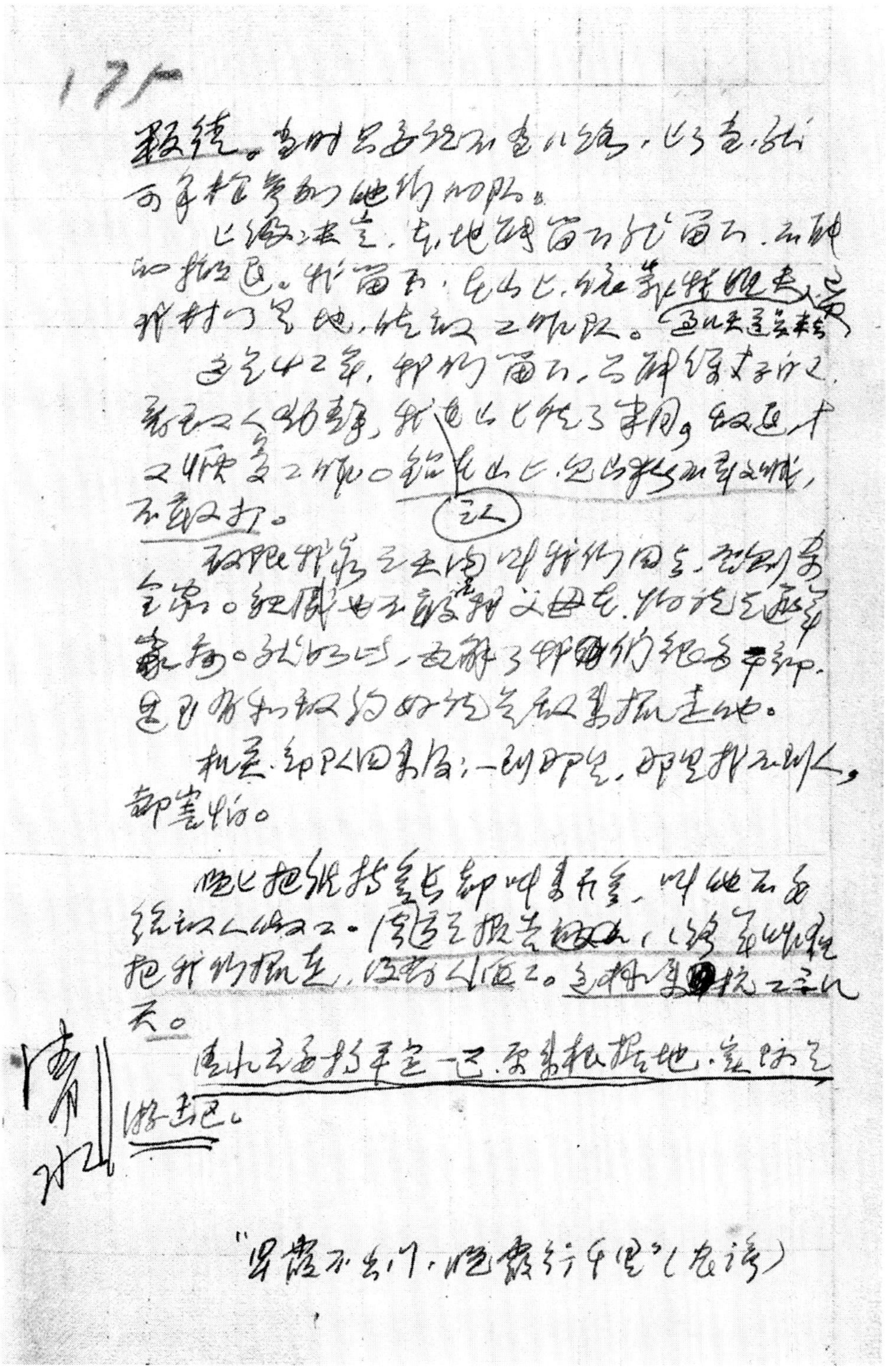
"早霞不出门，晚霞行千里"（农谚）

176

李德旺。　　40或42—3岁。
[illegible]副营长，长沙[illegible]。

40年—45年和敌[illegible]在一起。

敌人是日本鬼子，打仗勇敢，对同志好。为他在过一起的同志，一谈起都很有感情。解放战争前后[illegible]他在家[illegible]后，后来不晓得了。

58年初[illegible]，过年（定）[illegible]他的[illegible]碑，[illegible]当时我的[illegible]。

40年，太行区，团（28团）编的，他调29团当侦察参谋。有十个[illegible]，都是班排长。[illegible]。敌人占了许多[illegible]，[illegible]他在[illegible]中[illegible]，[illegible]。打仗[illegible]，[illegible]一个[illegible]，[illegible]一[illegible]，[illegible]十多人，[illegible]的情况。

[illegible]团部[illegible]地方[illegible]，一[illegible]了。

[illegible]一[illegible]。

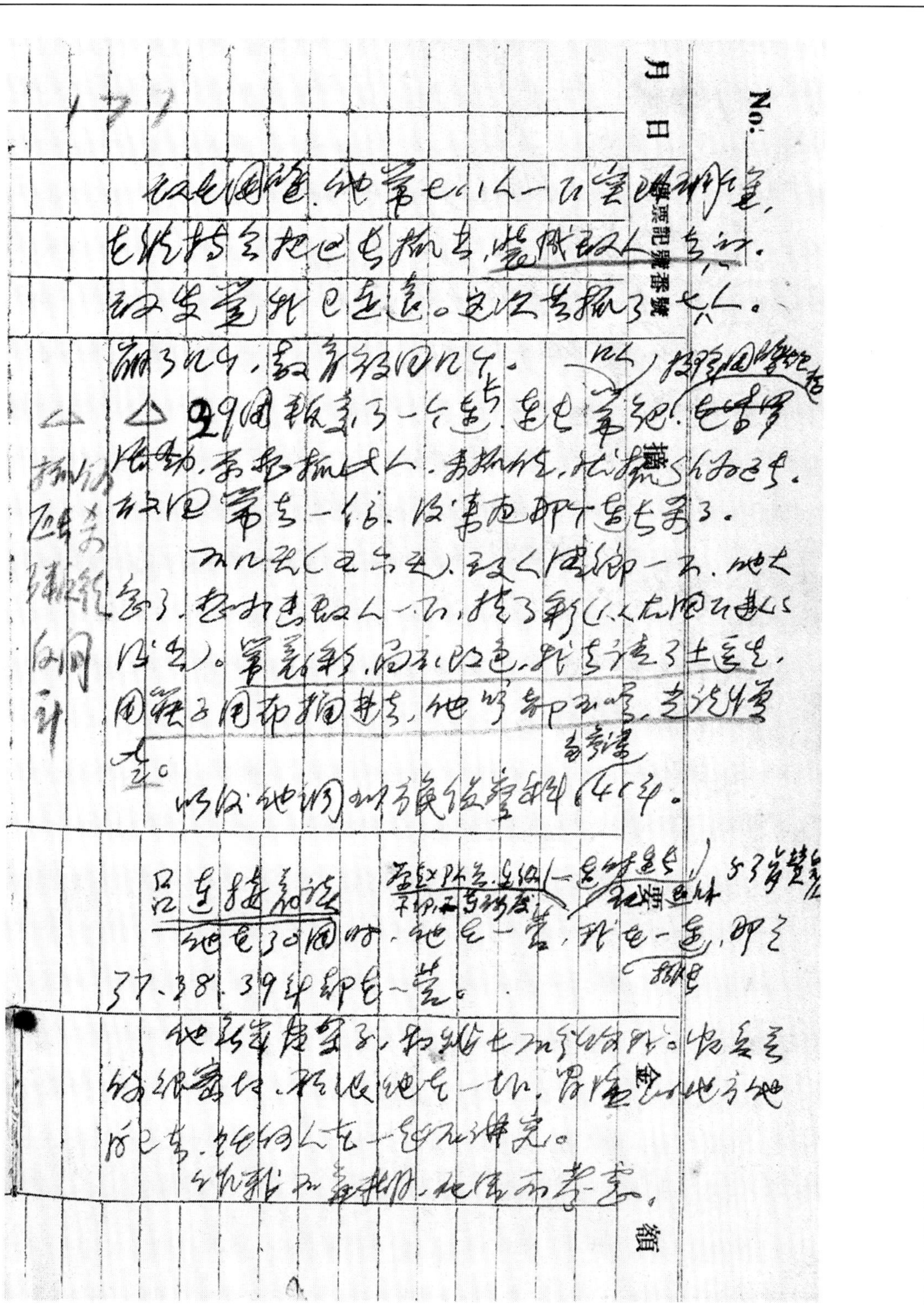
No:
月 日
傳票記賬番號
額

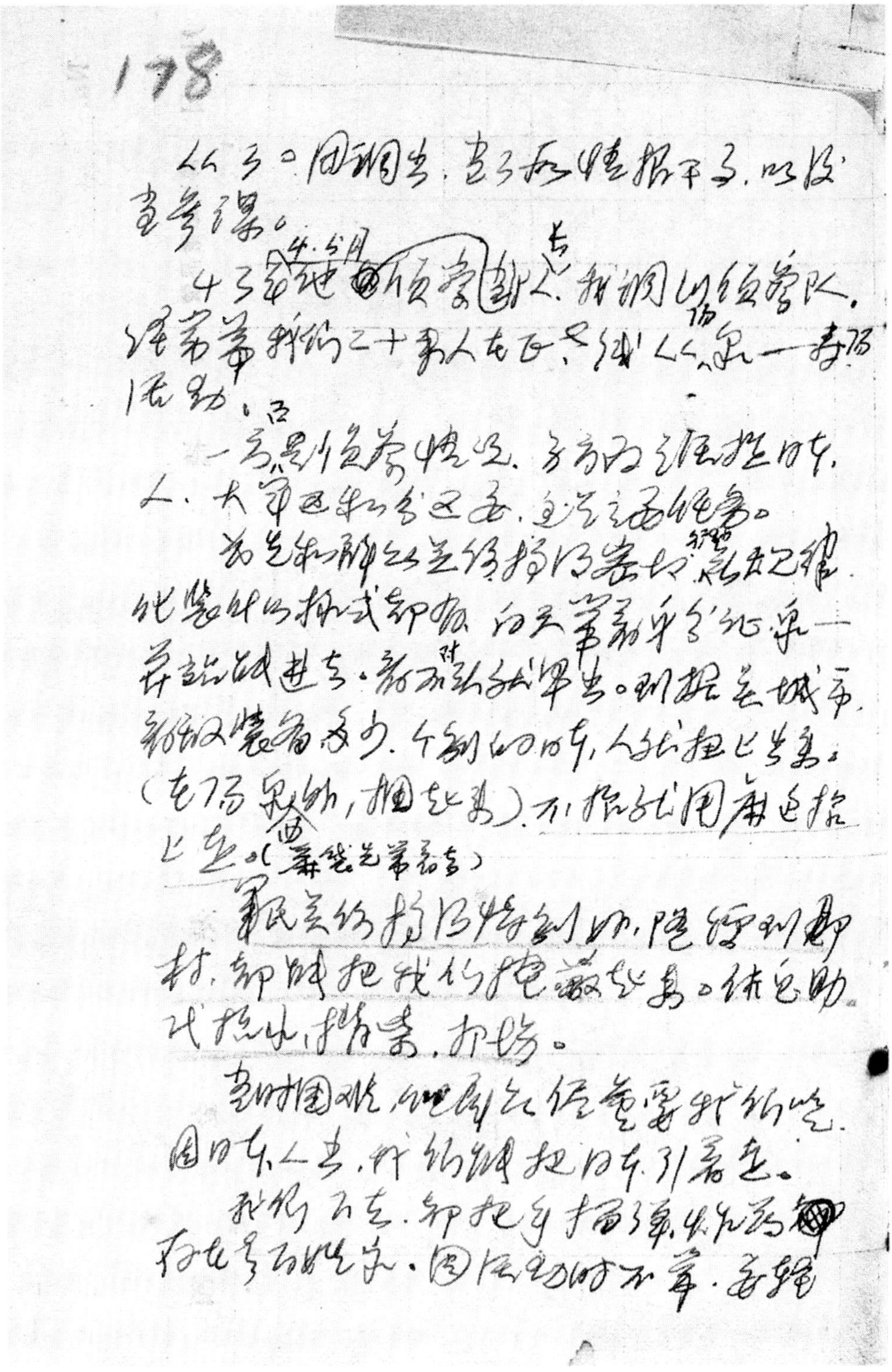

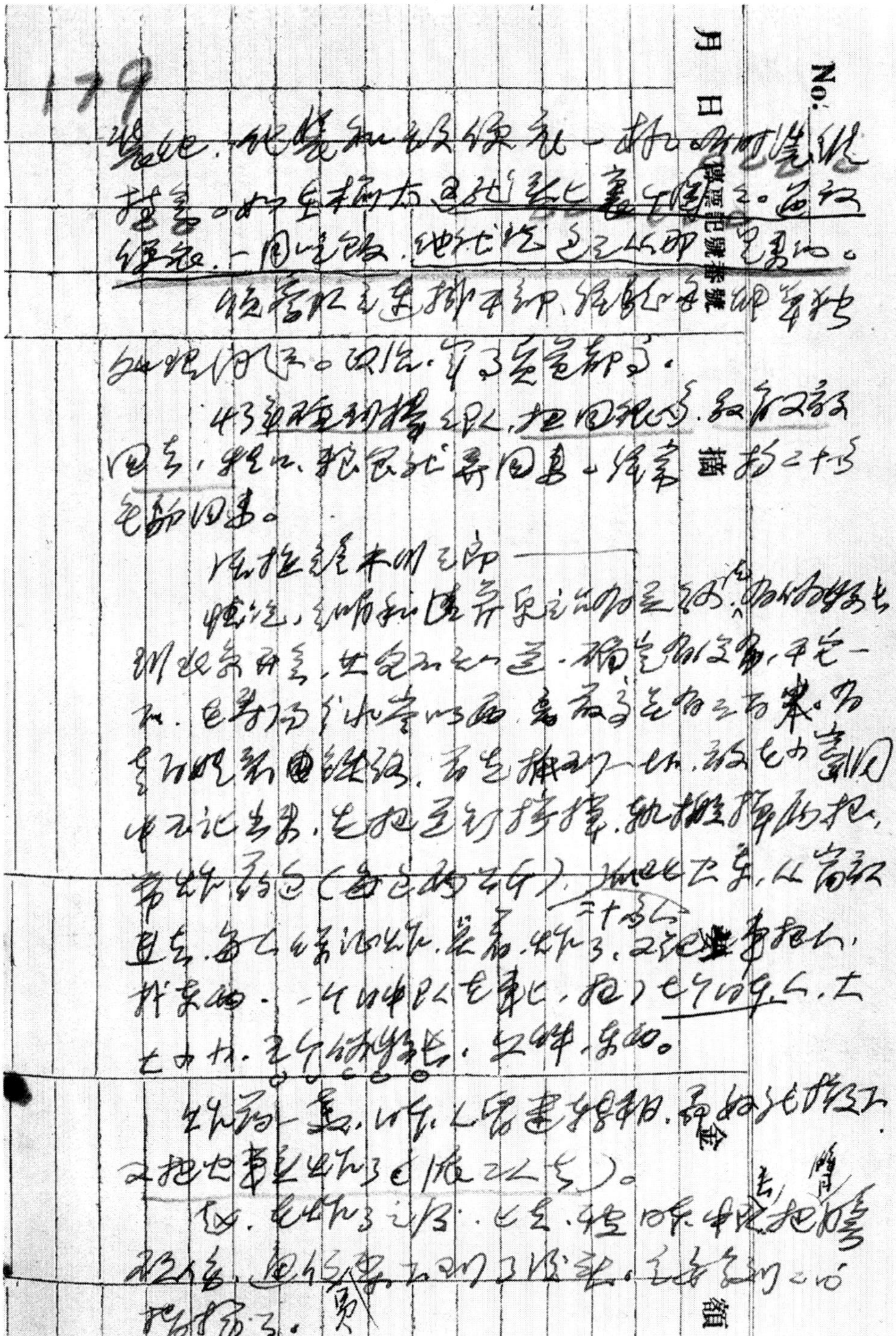
179
No:
月 日
摘
金
額

180

这时把本子当成铃木，想了三个钟头，想不出，二个小孩来把他，铃木来找到。

日本包我这时，日本火力向我们打过来了。

她不同[illegible]，日本一中队（我们）打不过来的。

日本人们为了到长治包围二分区，[illegible]长官[illegible]，[illegible]两个包围（投降的）人来了。

停着[illegible]，[illegible]，日本[illegible]包围[illegible]，[illegible]包围[illegible]，但已走了。

日本以武器来交换老百姓粮食，[illegible]华北人[illegible]指挥，[illegible]。

[illegible]对华北的[illegible]。

二十来人，[illegible]。打了[illegible]。

日本投降后[illegible]。

我们的[illegible]，[illegible]，[illegible]（[illegible]）[illegible]。

44年43年以后，[illegible]路行。

炸弹
20日
[illegible]

铃木投降
[illegible]
[illegible]
[illegible]
[illegible]

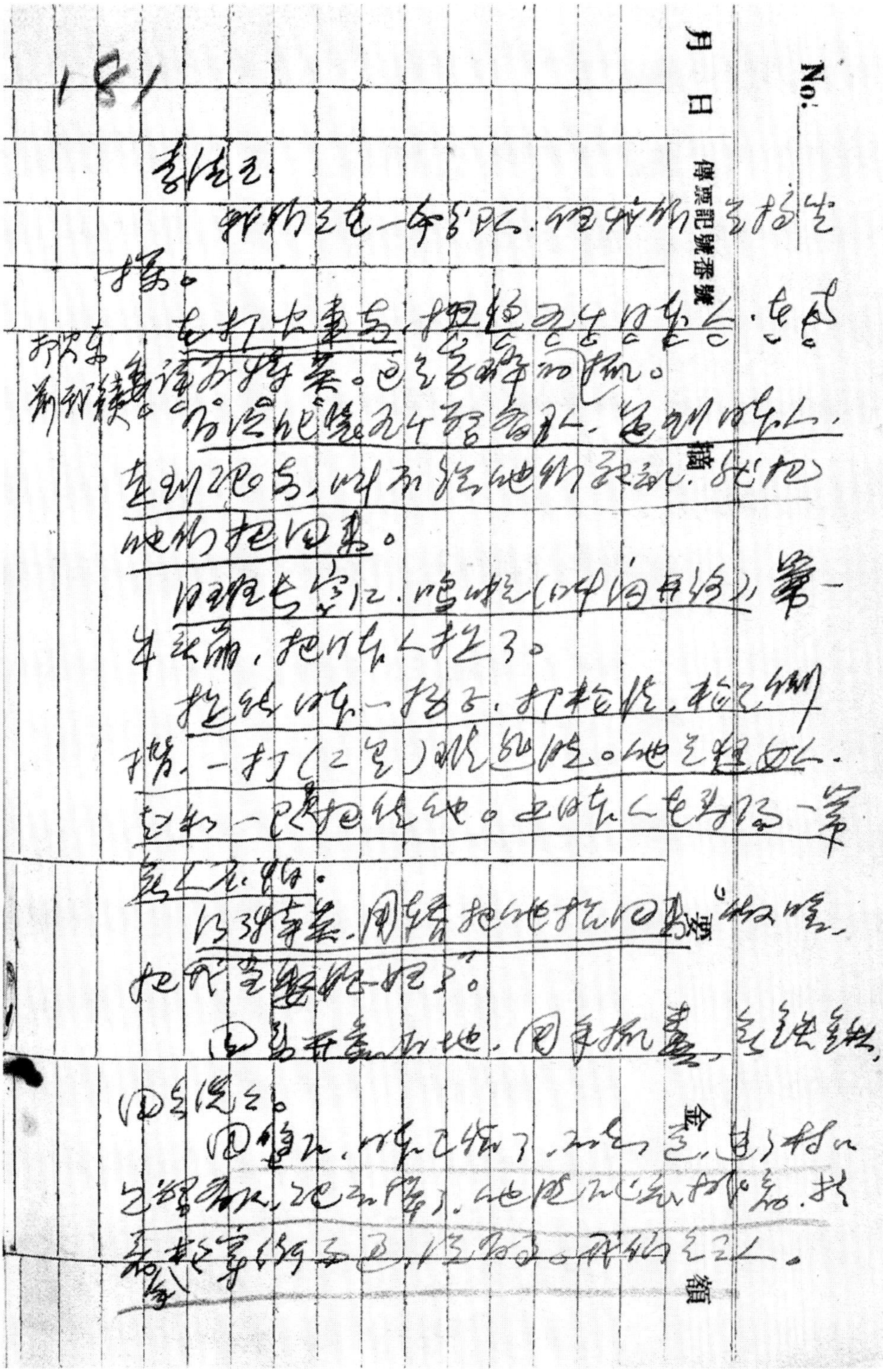
181
No.
月 日
傳票記號番號
摘
要
金
額

18[illegible]

有的去寿阳。刚进去吃饭，敌人来了，向田里，[illegible]……[illegible]。

和陈北[illegible]，我去走一趟。

陈北他说很快，说昔阳[illegible]，武术很强。

十[illegible]下午时，[illegible]，[illegible]，[illegible]（[illegible]）

[illegible]

[illegible]开戏，[illegible]。

六七下午时，我们[illegible]进去，[illegible]，[illegible]一[illegible]，[illegible]武术，[illegible]。

晚上，[illegible]。

[illegible]八人去，我[illegible]，[illegible]一[illegible]，[illegible]。

[illegible]，下午，[illegible]进村，[illegible]，开了一个戏，[illegible]，二[illegible]，一枪把[illegible]村

[illegible]人打死 [illegible]

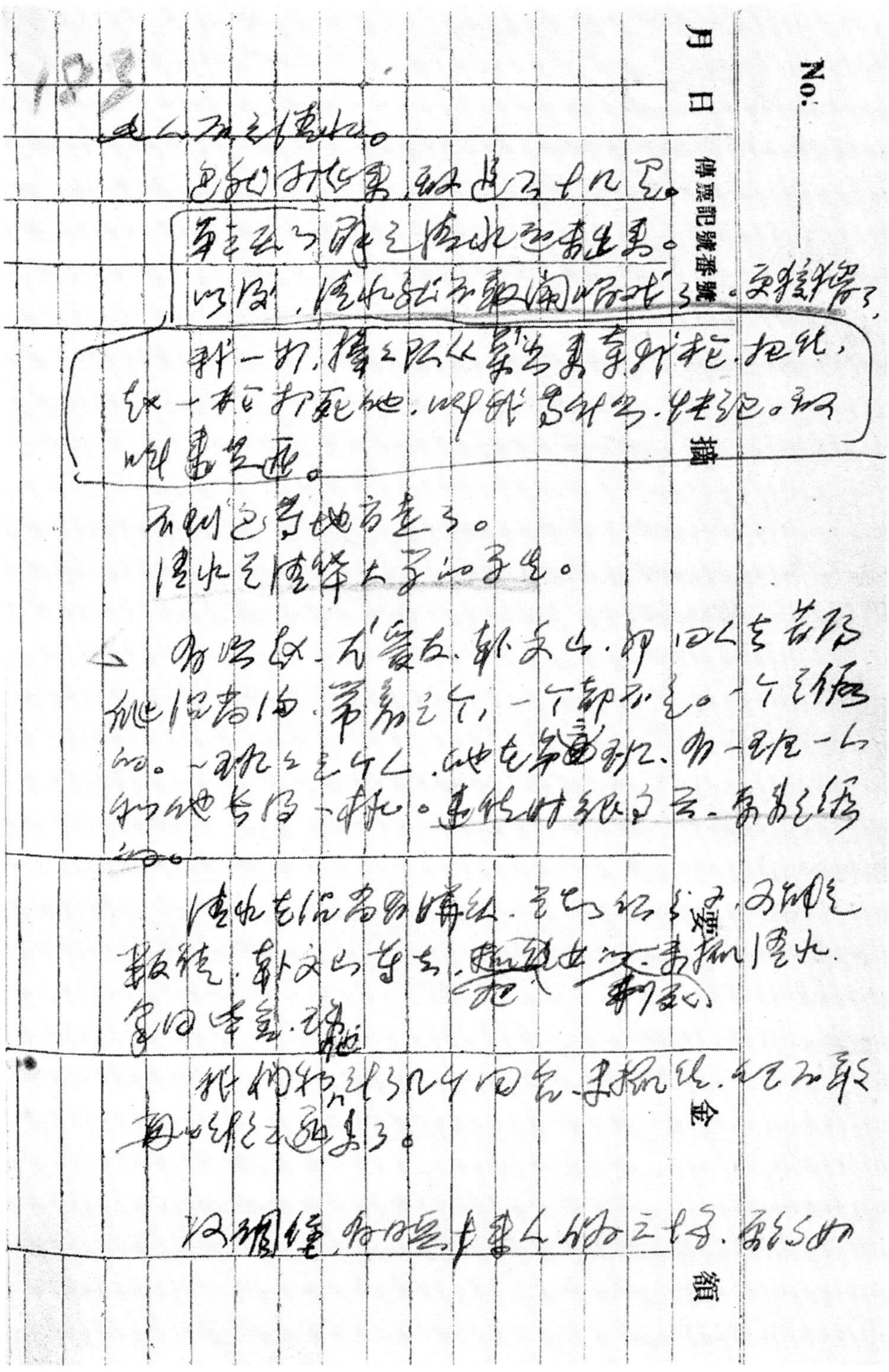
No.
月 日
傳票記號番號
摘
要
金
額

184

妇俗惠门，我们也，不开，敌，不开，
那些就变出来物性。

日投降时，须多训练。

日本投降当时了，很多交枪（太谷回去），收了，日本兵跑了，未抓住人，得回了些东西，那时（我们）有机枪，小炮了。每人一支一支。

打石村制服去，把敌打跑，也没死人。

45年，在水泉村，边区，和阎军队，我们打死自己人，叫他过来二人，他叫我也去了一人，被敌抓走，我也抓住二人。损失了一人。

找日伪只要靠，出二人去敌人那里侦探侦察，被敌发现，死了一人。

可能失实，刘二向说，李十七岁参军，如可能即先参加军队后训练。

赵同法过，十八岁干过一次红枪会，打过去的。井陉的张家村。

“乡镇农会主任”的宣传组第一名明信，明信什么干部，一个村有12人，他也参加红枪会。他说那他们是自己组织的。

说起来几个月了，但一去了家，一样的，相互打打的。

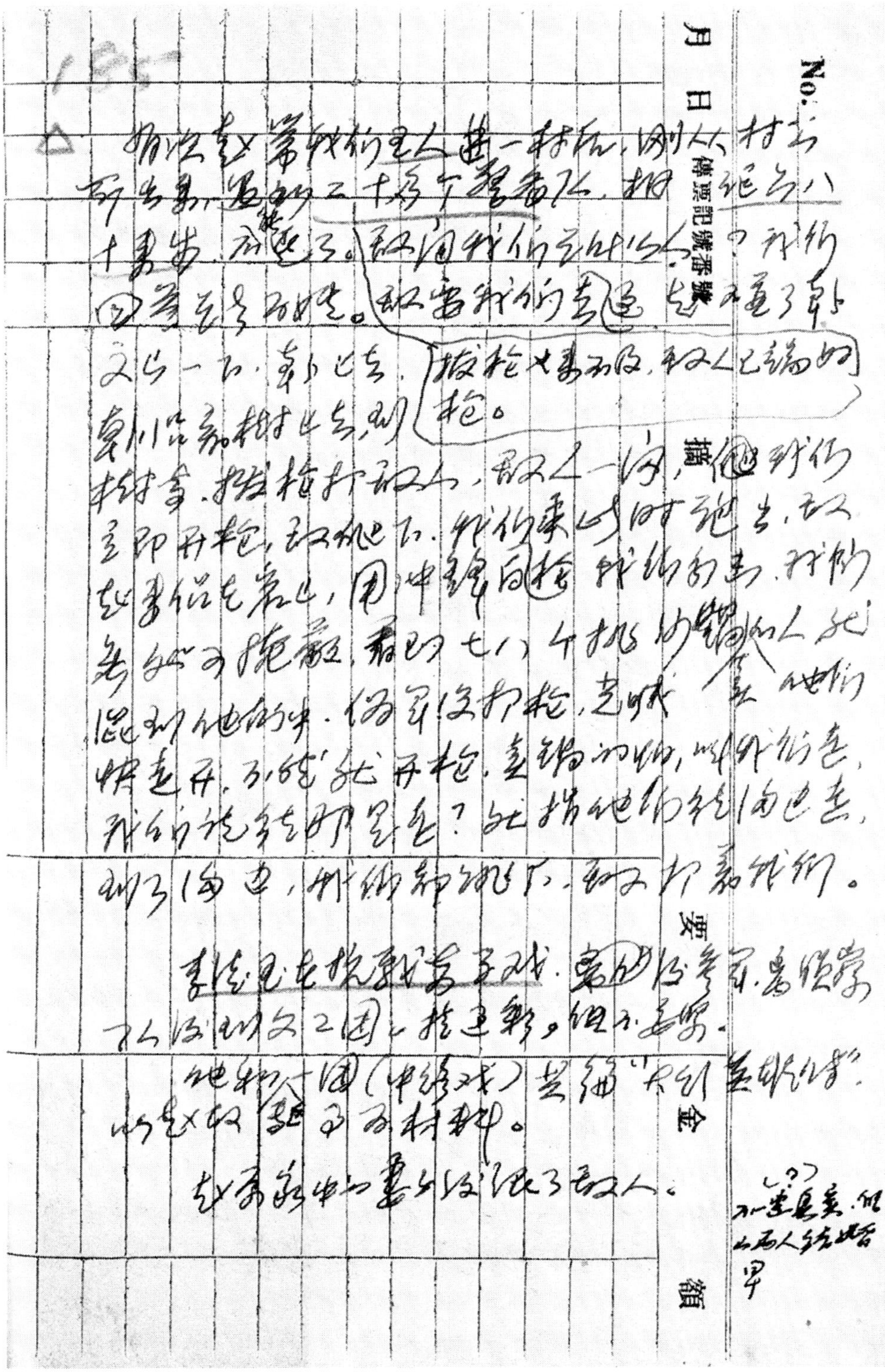
No:
月 日
傳票記號番號
摘
要
金
額

185

1963.7.6.

王文韶 [illegible]文化局长 安阳人 45

二分区。抗战开始。杨秀峰带着河北民训处，[illegible]，[illegible]。部队是三八六旅的769团，[illegible]第三营在[illegible]。六旅在林北。团长陈锡联，副团长[illegible]。

直至38年九旅团改[illegible]。

师部是先到安阳、和顺、辽县。

首先[illegible]一连的就是第三团。

八路军开始在我们打了两次战斗：黄[illegible]，[illegible]人。一次[illegible]人，[illegible]。一次是[illegible]。[illegible]战斗，[illegible]很大，[illegible]两个[illegible] [illegible]部一部。[illegible]人第二天来埋了[illegible]，一个[illegible]一个，每坑有好几人，[illegible]几百人。（[illegible]阳战斗）

[illegible]河川[illegible]阳。

那是三七年十一月初。就是[illegible]阳失守不久之后。

地方收[illegible]战利品，[illegible]。

我第一开始就组织地方武装，[illegible]（[illegible]）、[illegible]（[illegible]）五74，有三个营。内容[illegible]的[illegible]，[illegible]工人、纺厂工人，学生、农民。王[illegible]长[illegible]。这就是十旅的[illegible] 28团。

29团（[illegible]）
30团

187

我们的主要敌人。[illegible]，昔阳的特务一团（[illegible]）二团（[illegible]）。

[illegible]特务（[illegible]王[illegible]），一个主要的[illegible]。

书记 组织李杜宣传

40—41年，敌在昔阳的[illegible]。

清水利一

主要是清水利一，他当时是军官。中国话说得不怎么好。他[illegible]，很好。

也不[illegible]，[illegible]也来到过中国

抗战开始，以后[illegible]联系。[illegible]他们[illegible]。[illegible]（[illegible]）。[illegible]

第二步[illegible]，[illegible]组织，村[illegible]。[illegible]十里。

[illegible]人。[illegible]。

[illegible]。[illegible]。

开头在[illegible]北掌城，离[illegible]二十来里，扎了据点，在构筑[illegible]时间。[illegible]

我们经过一段斗争，他未坚持住。

我军包围北掌城，扒掉了。清水已到了杨家山寨。只抓了他的维持会长，清水的铺盖。

接着[illegible]，[illegible]。以后又在[illegible]，[illegible]

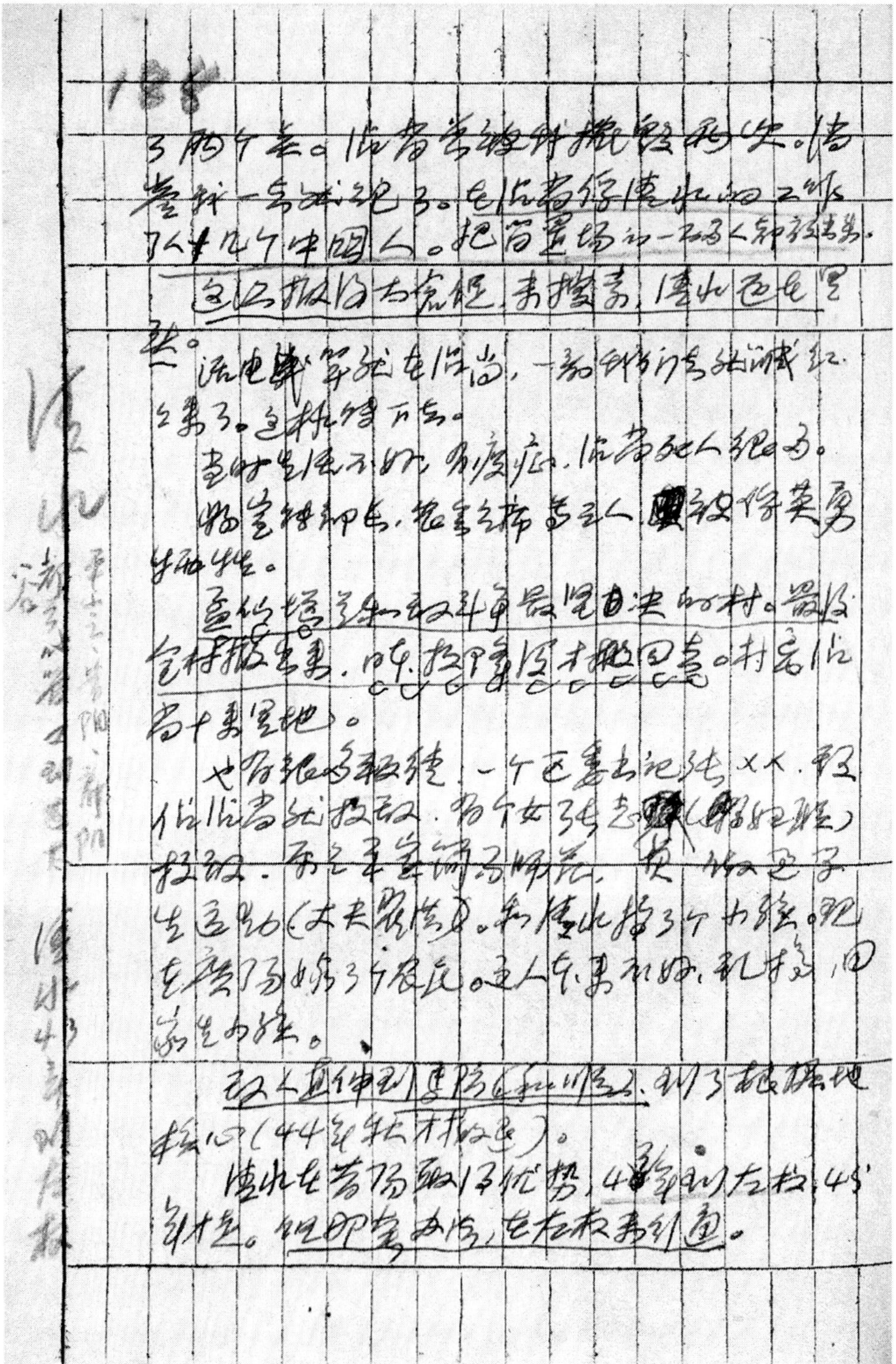
[illegible]

把留置场的一[illegible]

[illegible]

伪当十里地。

[illegible]

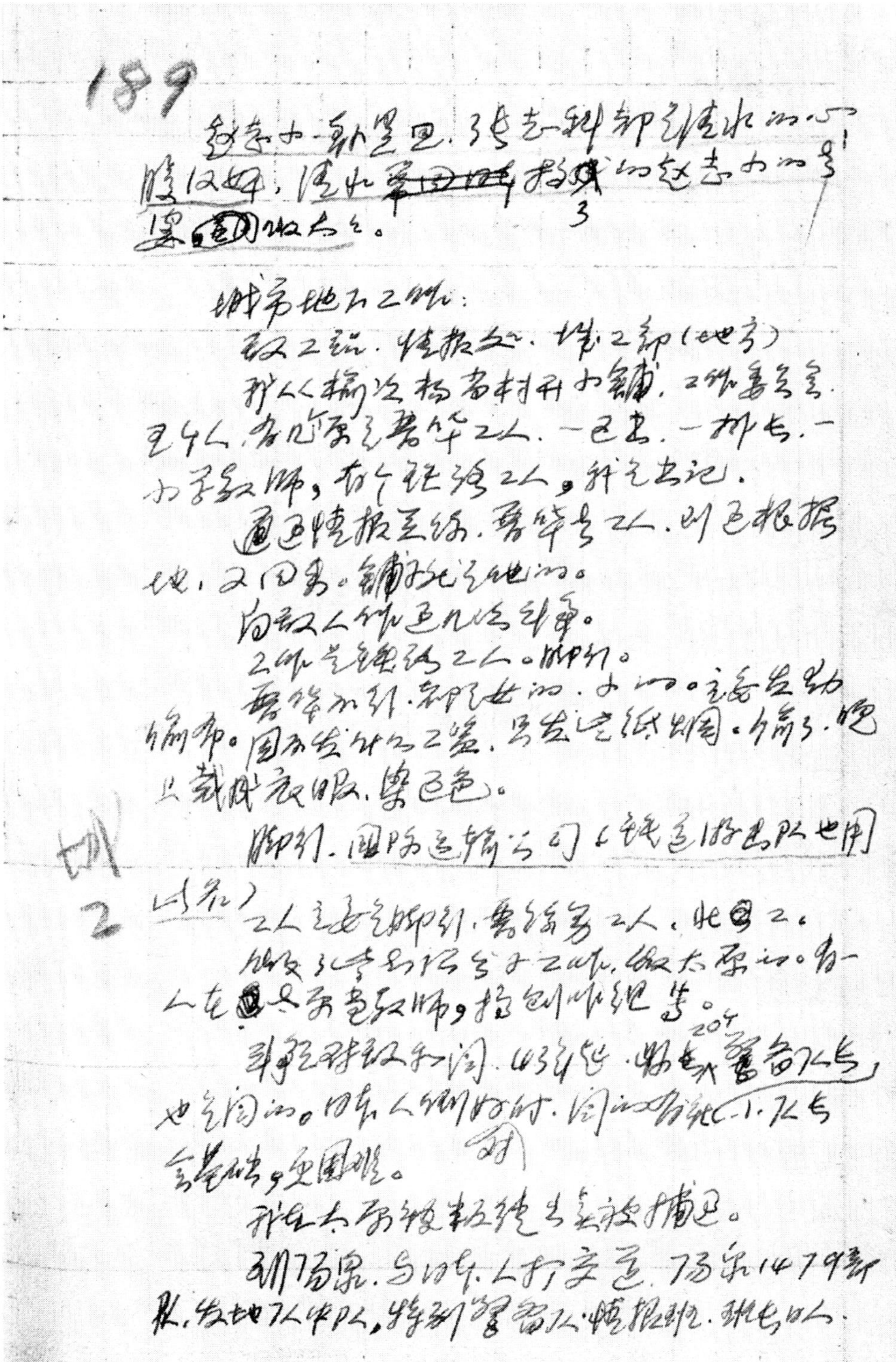
189

赵志力新生回。张志科部是清水的心腹汉奸，清水指使的赵志力的事案由他去。

敌方地下工作：

敌工站、情报站、情工部（地方）

我人人偷送杨南村开小铺，工作是家主人，当他家是潜伏工人。一区长。一部长。一小学教师，有个秘密工人，我是书记。

通过情报运输，潜伏者工人，以巴根据地，又回来。铺子就是他的。

向敌人伸进几次斗争。

工作是秘密工人。卿引。

潜伏于引，部队女的，小的。主要是动员偏布。国民党计划工作，写出宣传品，偏引，晚上戴民衣服，紫色色。

卿引，国际运输公司（铁道游击队也用此名）工人主要是卿引，潜伏者工人，北留工。

做了李的领导工作，做太原的。有一人在宿舍教师，搞创作组等。

204

斗争时敌我之间，山西县长，会长也是同志的。日本人烧杀时，同志队长会趁机逃跑。

我在太原被敌人抓去后被捕过。

胡阿泉。与日本人打交道，阿泉1479队，敌地下队中队，特别警备队，情报班，班长日人。

切2

[illegible]日本后，他们[illegible]

[illegible]。

中岛是个日本人，[illegible]

[illegible]女人，[illegible]

[illegible]

[illegible]给他们做饭。[illegible]

[illegible]。

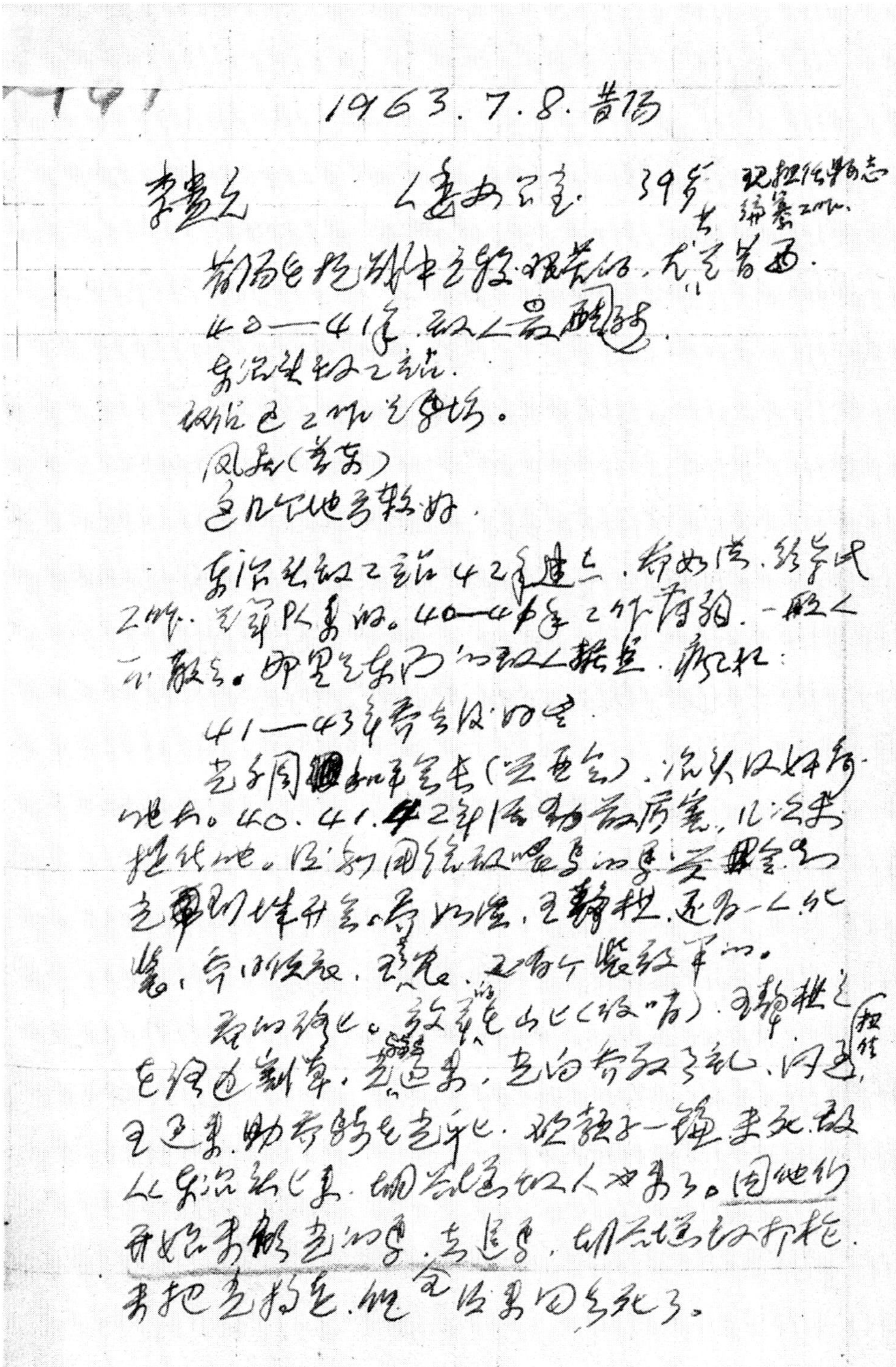
1963.7.8. 昔阳

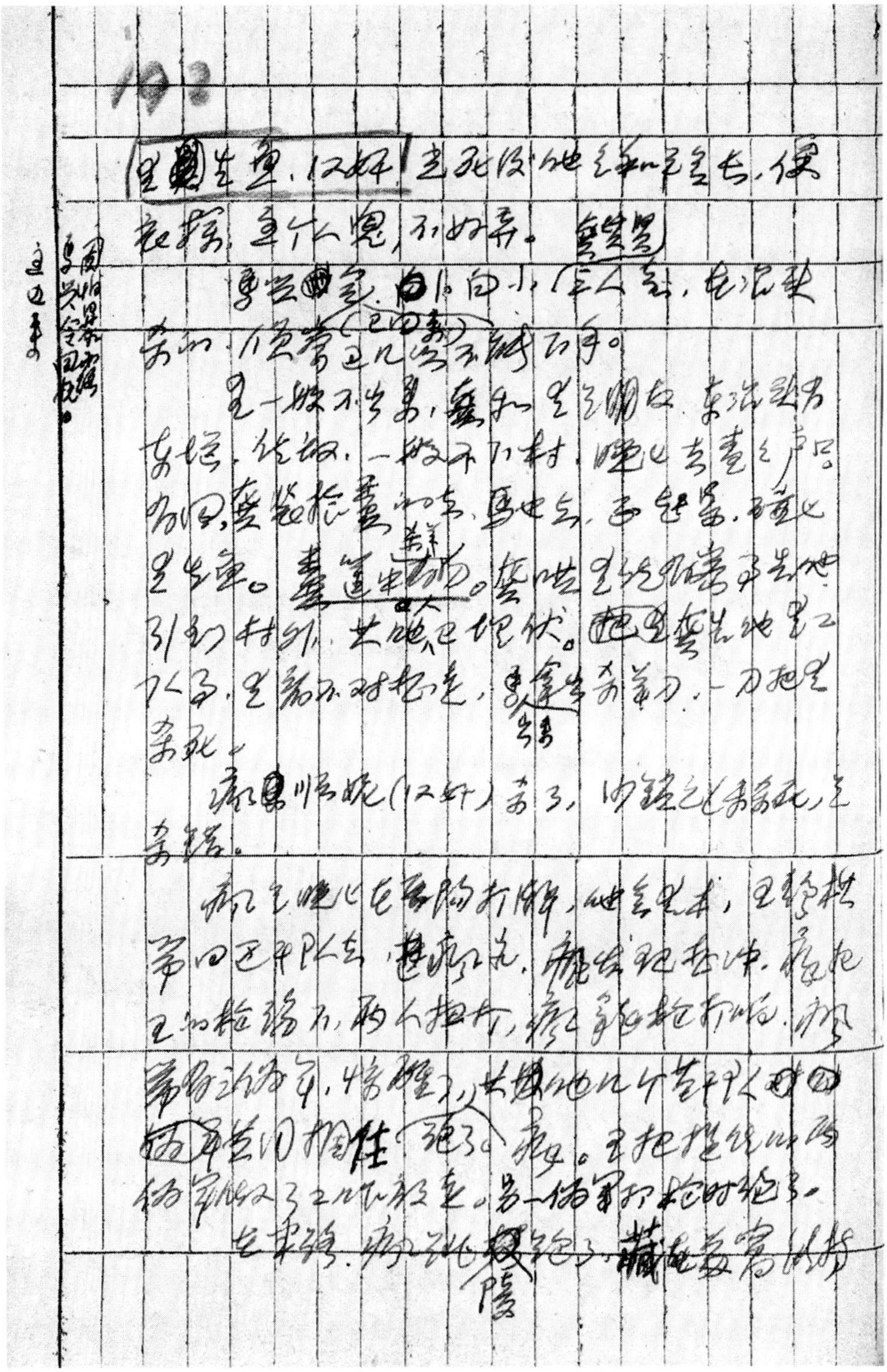

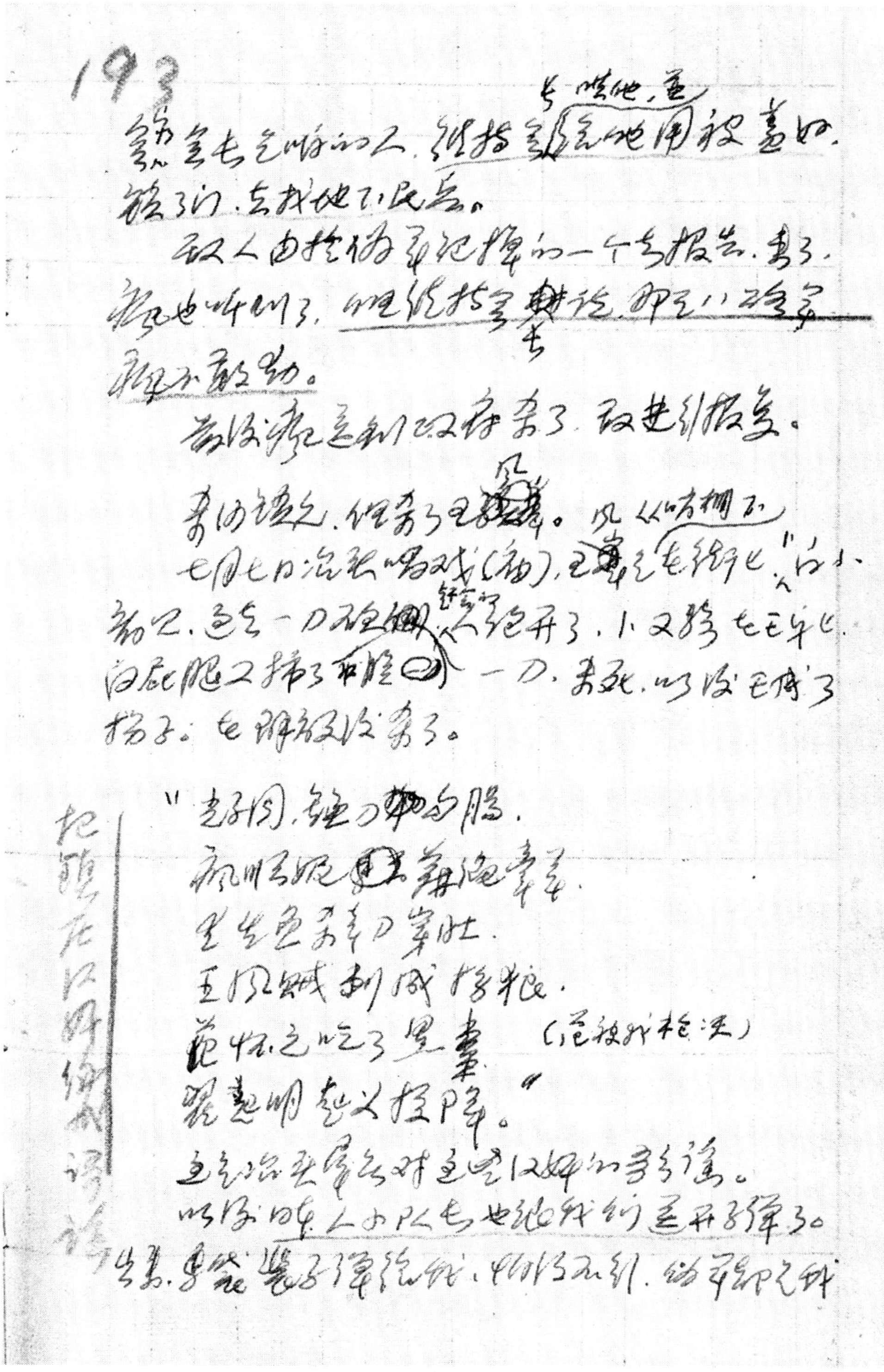
193

[illegible]长已啥的人，[illegible]指挥[illegible]地用被盖好，
躲了门，去找她们民兵。
敌人由于惧怕[illegible]的一个个报告，来了，
鬼子也听到了，[illegible]指挥[illegible]，那[illegible]八路军
[illegible]不敢动。
[illegible]这村的存来了，敌进行报复。
[illegible]，但来了已[illegible]。[illegible]
七月七日[illegible]唱戏（会），[illegible]
[illegible]一刀[illegible]开了，[illegible]
[illegible]一刀，[illegible]，以后[illegible]了
[illegible]。[illegible]了。

"老子们，钢刀[illegible]腾，
疯狂的鬼子[illegible]，
[illegible]，
王八贼[illegible]粮，
[illegible]吃了黑枣（[illegible]被我枪决）
[illegible]投降。"

[illegible]

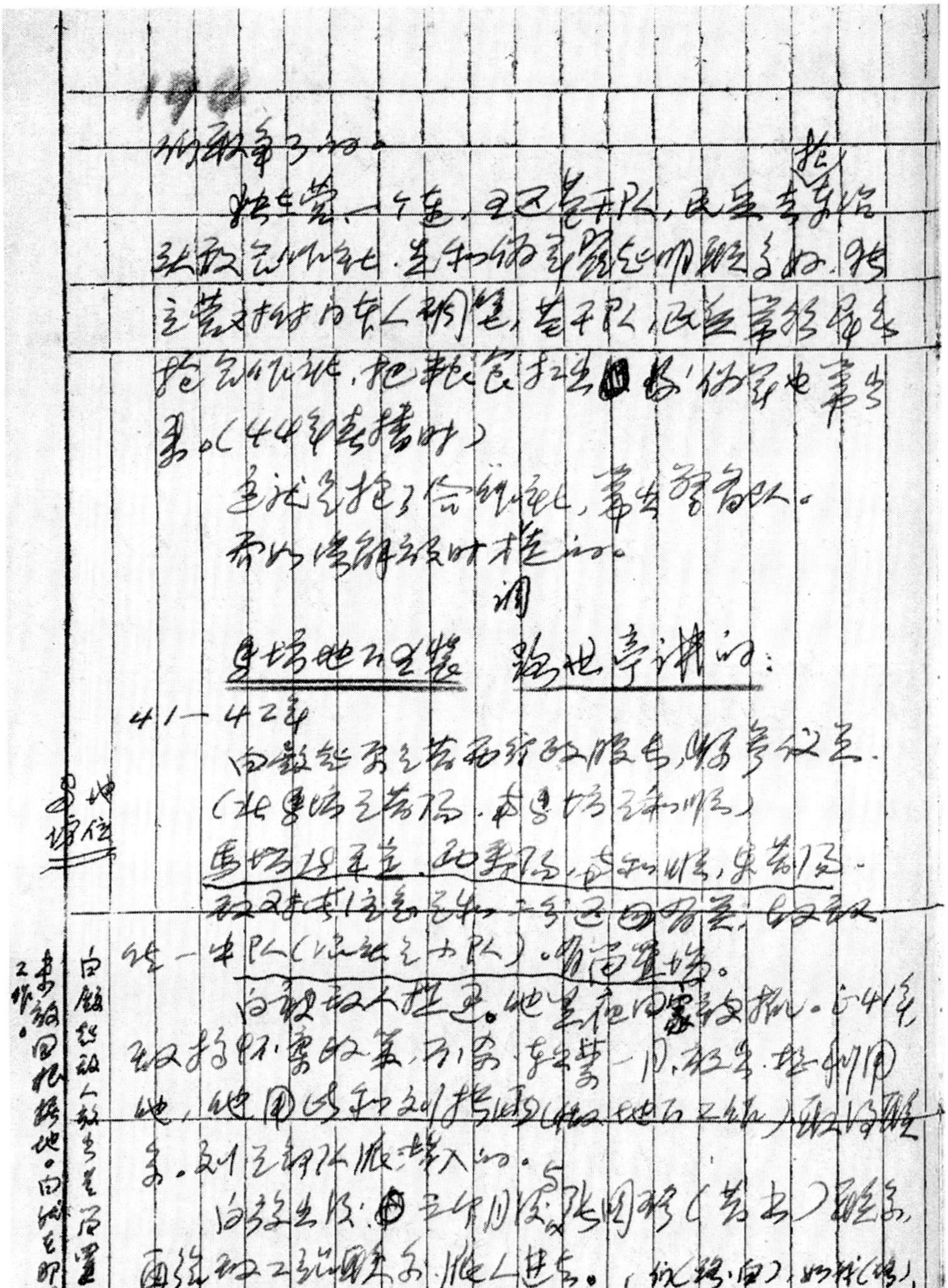

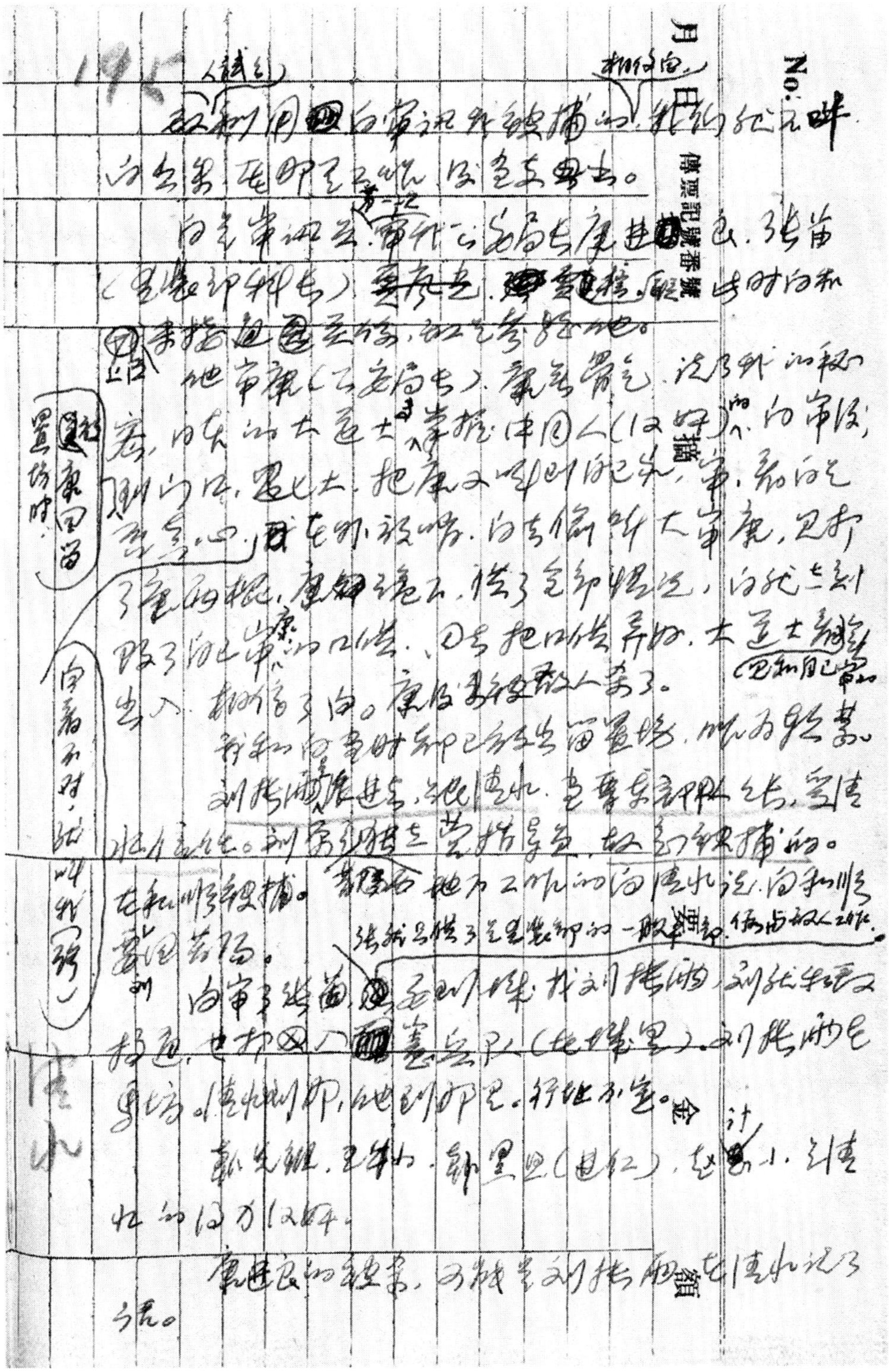

196

马坊抓妇女开妓院

李文建，原伪特务区伪部主任，日本人之得力助手。李翻脸吃人心，苦于此恶人。（在马坊开妓院）

白敏起把弄他。派人抓了七八个女人，妇女不肯干，经了很长时间。其中有胡明明姐、李翠姑了、李又小（女）转自[illegible]。有李又小之[illegible]的又毛到了李区长的[illegible]了。有的五个被日本人和好汉霸占。

白利用胡明明姐，此人很机灵，但有民族气节。白利用此，和若干[illegible]联系，想把胡明明姐弄走李文建的[illegible]，说弄回来什么都过得，然而白提出。白说我已投降，回去过得？李说你们人还没白说[illegible]。白写了两信，一封给李文建，另一封给自己人，说明了来人，但要提出条件。

即时除[illegible]给李文建去信。胡明明、但不能弄回去，不能[illegible]了。这样拖了一些时间就回

李文建人去[illegible]，胡回去，先见[illegible]。问[illegible]对她好吗？要她把李文建拉回来。胡劝李，说你待我好，不能[illegible]人。你拉回来，你做什么都要和白商量，出发都给我送信。

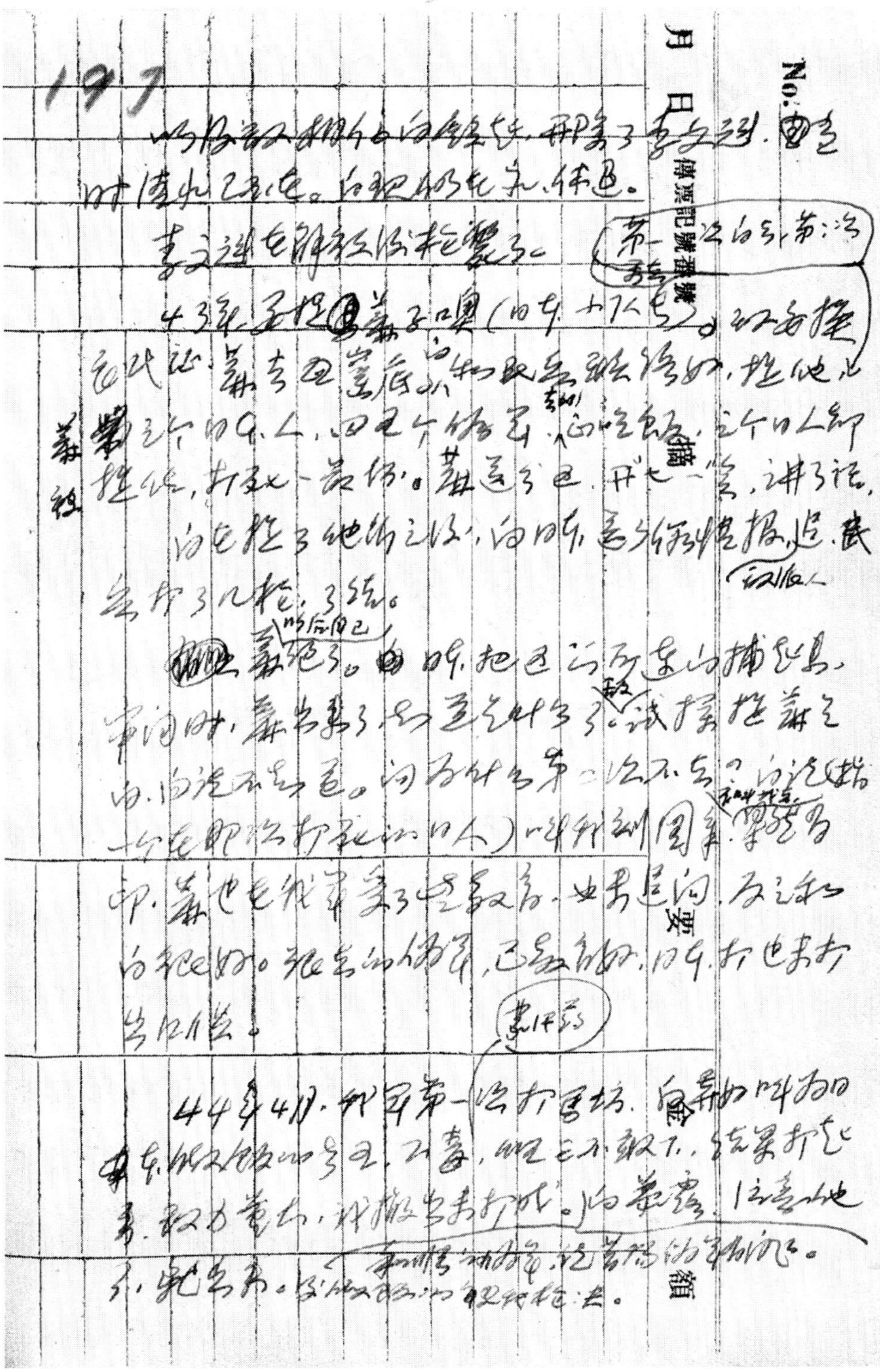

198

孙世亭　　昔阳粮食局长

白毓民给敌人当区长，42年。我区困难。李耀家在私人的家工作，投敌，当了敌区长。对敌忠实，李家逃避他做区长，做了很多坏事（他是地富成分）。

白和我政府想法把李耀弄掉，否则地下不好活动。

弄了张假信，利用李的笔迹，给敌人情况，白到了李耀的用意，送给长庄据点的日本人，李被日本人那里，又派人搜查交给大队。李耀以通匪杀了。白就自用棒把李打死。

白当了敌区长。

刘建林，~~[illegible]~~：和我一次被捕，白当了区长，说帮了刘建林和另一人，都很好，上任了。

42年我区困难时，白抓了日本人，要粮食，不用还的，要把粮食，再和我们联系，去取粮。

维持村，怕惹事多，也抓地主，交出粮食，送给，怕以后日本把地主抓，交出粮食。

白毓民是高小学生，现54岁，解放后任即是白政协常委兼书记。

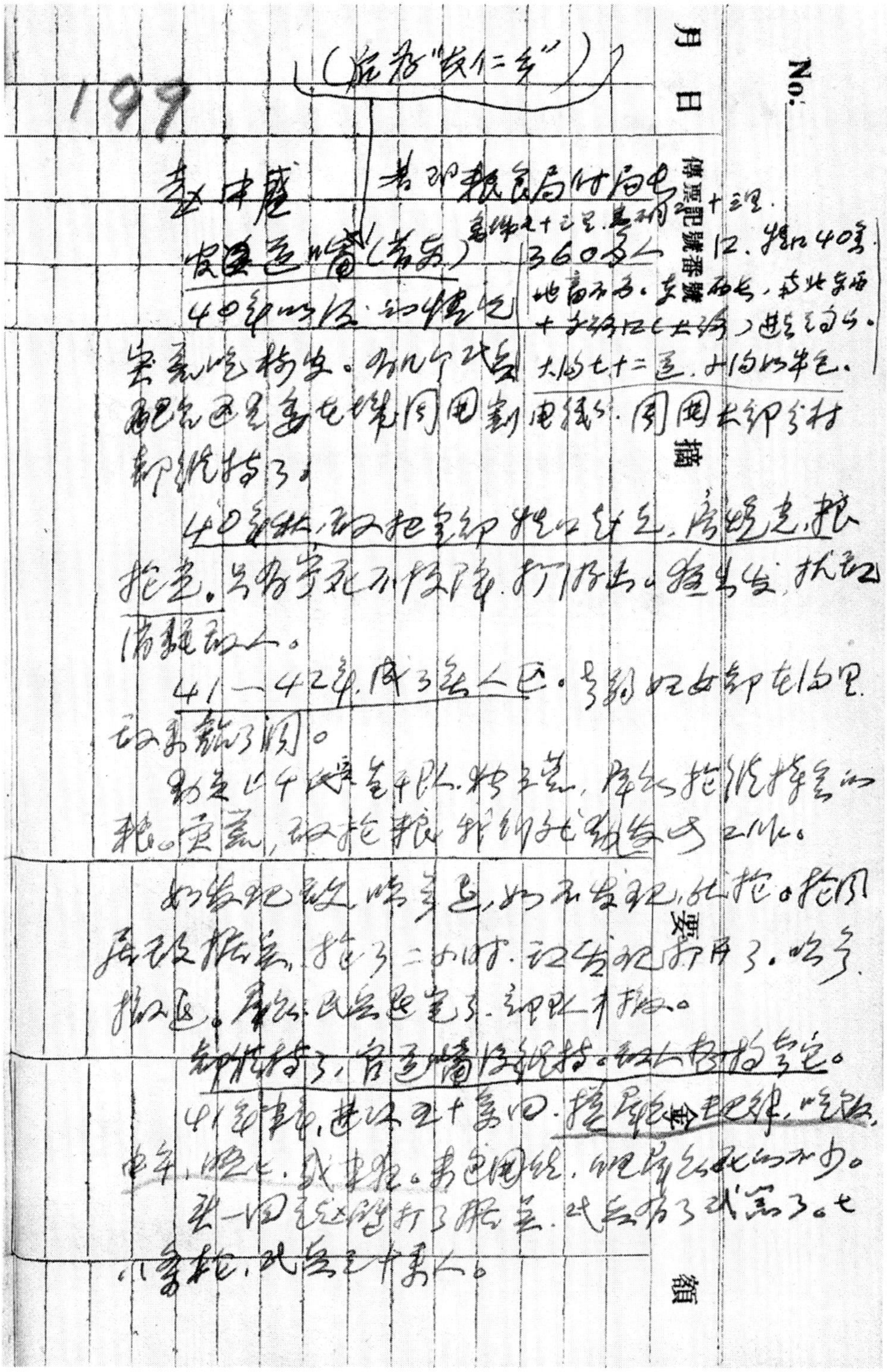
197

No:

月 日

傳票號碼

（后为"钦仁乡"）

赵林庭　昔阳粮食局付局长

摘

要

金

額

200

有的，来时向，敌人来了，一边跑出山洞的就了，打了手榴（铁炮弹、纸炮。）弹。

打了两个敌人。敌就拿了一支半锈枪，两支铁炮。

敌不甘心，从羊角来，化装了石姓，从山上下来，将其包围，在山上（窑村三地）寻出，枪十多枝，把枪缴去，身上，有的见了武器。一些牛角，武器寻出，拿去了。打倒一个敌人。敌人死了。

斜峪向修窑（40年12月）

敌军从风居出来，都到东边，有武器埋藏，将不敢了。敌人被发觉，就把斜峪包围了。武器打了几响子枪。敌冲出来，武器丢了。斜峪死了八十多人。

敌从斜峪、咸村、峪里（南的窑）东边，把群众赶到东窑、艺家，杀了一些人，塞在井里。

赵增修窑在斜窑，收割时，敌出动来抓武器，敌把（死的）[illegible]窑里四十多人，只有一人，敌不让，敌到[illegible]井里，死人也[illegible]来了。多人回来不整止来。

（两）

41年秋在纸坊组织，敌人路出队，都在[illegible]仁村（[illegible]）。

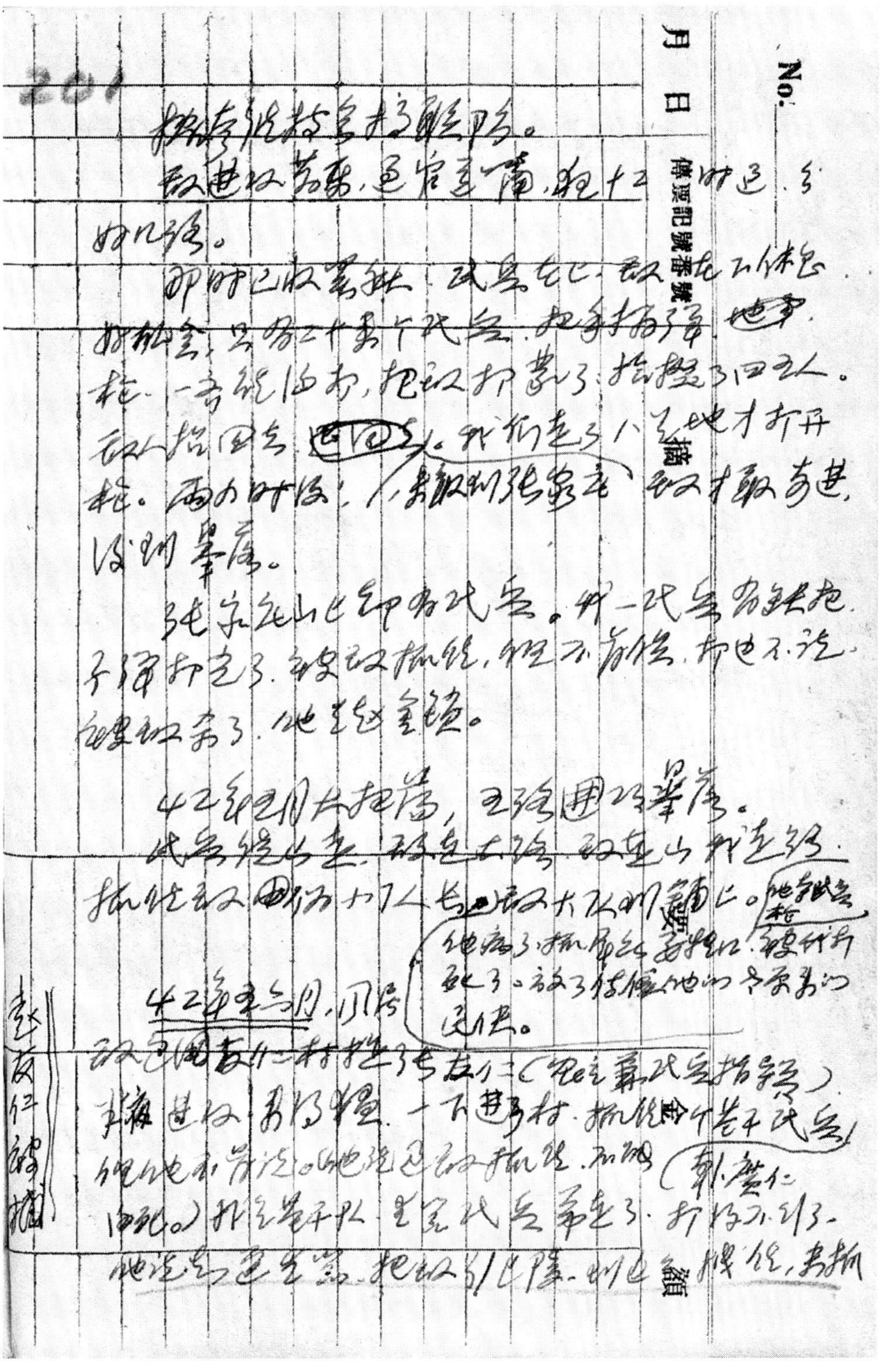

No.

月 日

201

梯子沟村长杨殿阁。

敌进攻黄崖，过官道庙，在十二时过了好几趟。

那时正收[illegible]，民兵在山上，敌不休息[illegible]，只有二十来个民兵，把手榴弹地雷[illegible]，一齐往山下，把敌打晕了，[illegible]了四五人。敌人[illegible]回去（西回），我们走了八里地才打开[illegible]。两个[illegible]，[illegible]敌才[illegible]，[illegible]到黄崖。

张宗在山上卸着民兵。有一民兵在铁炮子弹打完了，被敌抓住，但不屈服，他也不说，被敌杀了。他是赵金德。

42年七月大扫荡，王硖围攻黄崖。

民兵往山上走，敌在大路，敌在山上[illegible]，抓住敌[illegible]十八人[illegible]，敌大队到[illegible]。（他是民兵[illegible]，他病了，抓[illegible]，被[illegible]死了。敌了[illegible]他们[illegible]送信。）

42年农历三月，[illegible]

敌在阎[illegible]村抓了张友仁（忠实的民兵指导员），[illegible]进攻[illegible]，一下进了村，抓住金个若干民兵，他也不[illegible]。他说[illegible]抓住，[illegible]（郭[illegible]仁[illegible]）[illegible]，民兵[illegible]了，打[illegible]了。他[illegible]，把敌[illegible]，[illegible]抓住，[illegible]

赵友仁牺牲

202

好，来到门的拉居，敌人细了岩，他把他出刘石，穿着军，拉长枪长。

赵友仁，不了
张友仁

43年赵友仁领区公所查出[illegible]。

敌又来抓他，他逃了，俩[illegible]，敌已包围卸他敌出来。只有赵一人，跳墙，（二三百人）住（在民家去了）敌追来，赵会武术，抱住敌用劈[illegible]开两人，又上了墙，敌下手榴弹。未抓住。

九月，在江村住（和已七户[illegible]）大部分日本去军[illegible]开去，赵病未去，[illegible]他[illegible]，[illegible]一下[illegible]了个[illegible]，[illegible]，[illegible]，[illegible]了[illegible]。[illegible]门口。[illegible]，[illegible]，赵把他拉过墙，他[illegible]机枪打了手榴弹，[illegible]抓赵友仁，[illegible]。[illegible]几个敌人，赵[illegible]。[illegible]人[illegible]三[illegible]。

两人[illegible]，[illegible]，赵在草[illegible]，刺死，又用[illegible]。死时三十来岁。

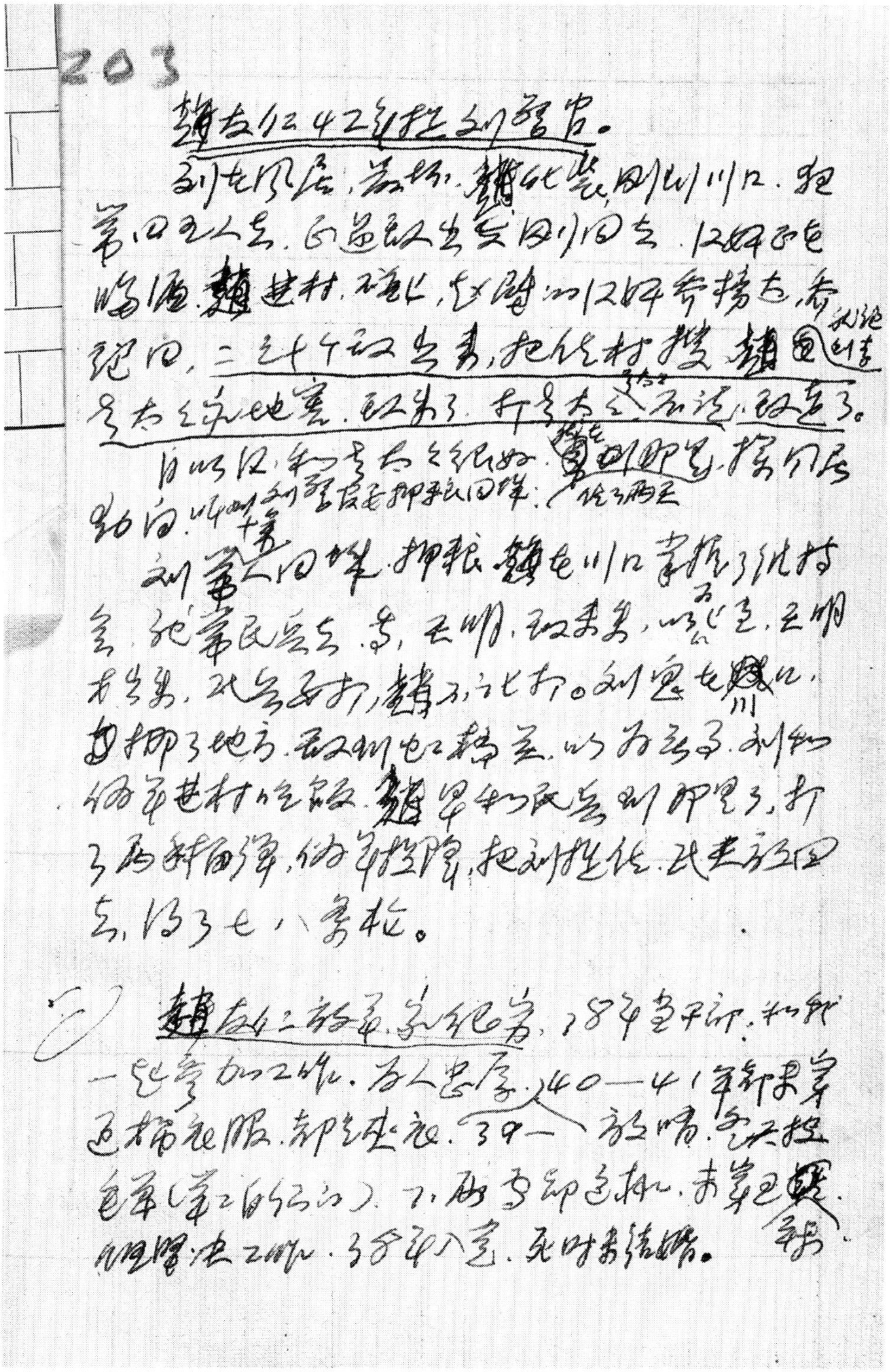
203

204

赵友作

宜边墙路为安仁村，王生第是边墉。在东村后，改为安仁村。在沟家庄地开了一路道墉宫。三百六七十人

原七八十户，户口增加已有二百六七十人。

敌摧残所给房舍，村口也被烧毁。

现工作也好，主要是劳力参军，干部有三四十人出去。

赵为秀行主任西书。

傅贵祥　　农林居村局长　62岁

谈昔西。

先说日敌人的计划，要实行把昔西隔开。主要以东：九个据点，十个碉堡：白坡、冶南、望岛塔、苦场、冶底（王到）、寺沟、郭园、十字道岩、南冀堡、和顺。从冶南到和顺八十多里地。把昔西割成两半。

我第修设计划40年3月，拉王郭的碉堡拿了，抓了汉奸郭圆善，又是个信出的榜子队，把郭圆善立川义地，截断了退路，枪决了。

打时，民兵、游击队、二8团来了个挑。

三天两夜拉荒进攻，以后只有九个碉堡，碉堡有拉荒。

205

郭里旦，十五官（小名）闫锡拴、郭同喜，都是死心塌地的汉奸。

十五官在西寨活动，在旧高路（?）工作。小西寨的女人叫，十五官认错了，把她男人拉了打死了，把女的霸占了。我们化装成八路军去，十五在打麻将，抓住，在王家庄枪决，正七月天。小西寨把在王家庄。

闫锡拴，是最坏的人，打、骂、烧、害、抢。快解放时抓住在蒲沟（?）张同路、路平都去拉来枪决，给他放了去工作，扩兵，搞来三四十人，都是解放后的。土改时，人民揭发出来，他跑了。

这桩婚姻比以前好了。那是43年。

郭里旦死在阳泉，统计小解放后抓住枪决（50年）。

42年7月至28团[illegible]民兵袭击[illegible]高，打死一个人，放走留置场三名妇女与百姓，是在沟里的[illegible]女的。

后高村里，去中国人，时在沟堡（?）打了炮，来杀伤住陵水（?）。抓了几十个俘虏。

43年又去进攻，日本人少了，开枪他也不怕枪了。（二团）把山前棚烧了，以后不敢下来了。敌人跑了，打也去退去跑了（日本人）

这些二人去伪军，跟上工作，是徒，把们

200

去东来。

43团安家庄，庞旦书为我们工作，把了10号给我送消息，在九和接到信，我叫他回去送信告诉敌人，在中间，就在包围圈子队。我那天一个人去的延安。我在安家庄凤凰山研究具体情况，想把敌情查清。

敌人经石县起来，烧门、当家店，我们包围了那里，把粮、牛、驴都拿下了，明德不敢出来了。俘虏也不敢出来了。

两路进，钟得情报，说明德家有几百多人在倪村，又打了一次，打跑了，明德鬼也不出来了。

以43团，打手榴弹，敌人也不敢出来了。在以南的打一枪，敌人马上嘀嘀嗒嗒的打出来。

经过研究，明白这些弹了，不行了。这时与相持阶段到敌后我进入第三阶段。

后来我们包围了七年多，地方并不大。东西南北都是十几里地，在敌人后方的隔离着西是平汉路。

那时候到达 （东西一线 一共有70多里，南北则约有30多里。）

某平队长，明德是平队长（43团明德陈生）。

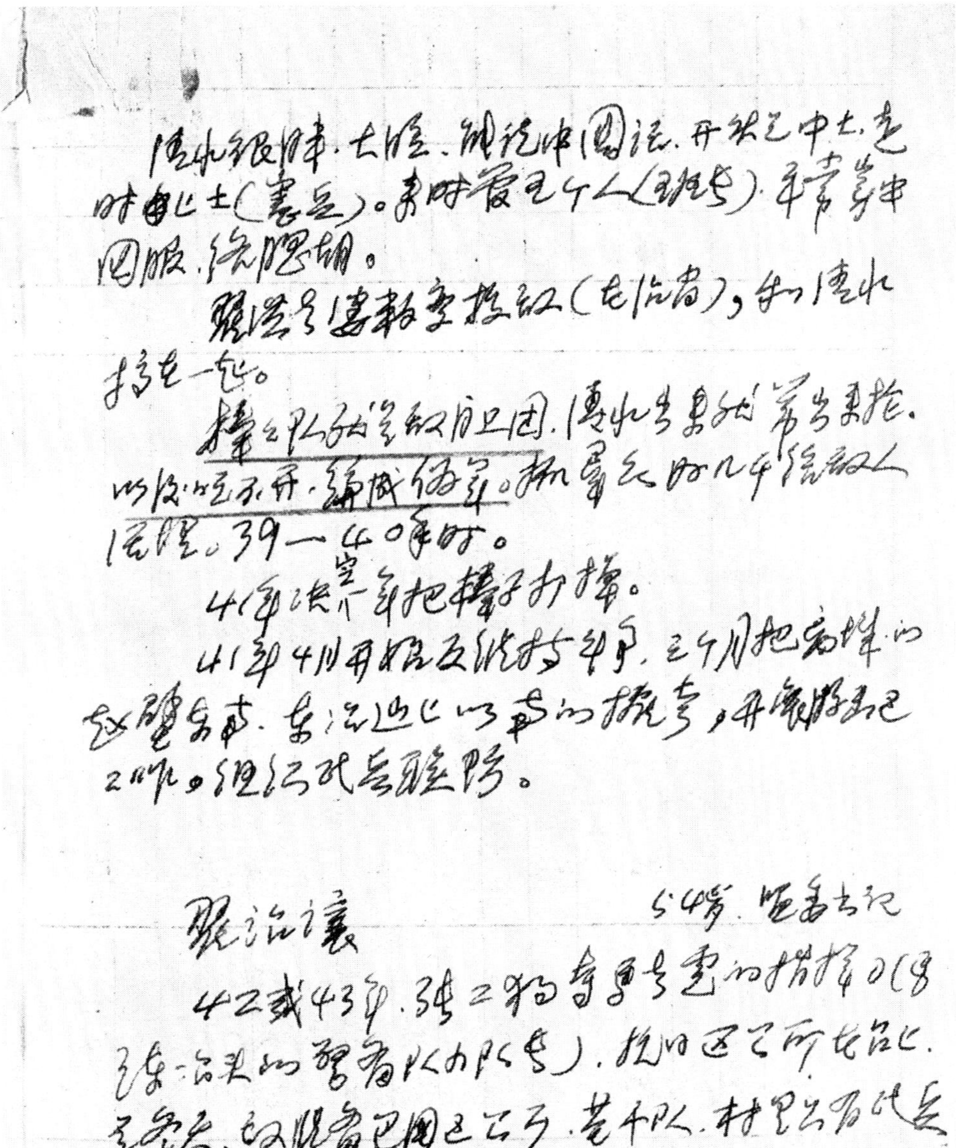

清水很阴.大胆.能说中国话.开始之中七.是时候土(寨兵)。有时管三个人(班长).平常穿中国服.给[illegible]胡。

聂治子(接格[illegible]投红(老治者),和清水搞过一起。

棒子队和宣教团卫团.清水去来我们常去来抢.以后保不开.镇武装了。抓着兵的几年给我人管理。39—40年时。

41年谈(实)年把棒子打掉。

41年4月开始反[illegible]斗争.三个月把密探的[illegible]出去.[illegible]的搞走,开展[illegible]工作。组织民兵联防。

聂治让　　　　5.4号.随县去记

42或43年.张二狗等多去的指挥(?(张治义的警备队中队长).投日当了所长以ㄴ.王金夫.以[illegible]包围三百多.[illegible]中队.村里的有民兵[illegible]。张二狗和[illegible](村长),常民兵[illegible].民兵去[illegible](王金柱)回来叫人.一[illegible]未发现.他那么[illegible]已把村包围.没有死人。

民兵十口二十人。民兵往外跑,敌把门堵

208

粮，[illegible]。[illegible]二[illegible]，因为路[illegible]，[illegible]人不[illegible]，[illegible]。[illegible]

[illegible]

敌人[illegible]，[illegible]到南北岩，又到[illegible]。[illegible]了二十多人。[illegible]，[illegible]十几人，[illegible]三十多人。

南边[illegible]了。[illegible]。

敌人从[illegible]，[illegible]了[illegible]。

[illegible]从黄[illegible]，[illegible]。

特务营[illegible]一排，[illegible]黄崖[illegible]地形，[illegible]一班[illegible]，[illegible]中间[illegible]两班[illegible]。[illegible]黄崖吃饭。

[illegible]黄崖[illegible]，[illegible]他们的人，[illegible]。[illegible]从黄崖[illegible]，[illegible]，[illegible]一排

209

手榴弹，打散，拉敌枪拖的人。敌人跑了。有的落着到安家的村散。有的老百姓隐藏是自己人来救，叫他们去山走。

我们冲下，都救出。百姓共一人死，敌人伤的。

铺南的战斗，得了二挺机枪，几个骡子，几十条步枪，几匹马。

44年冬，整训队在[illegible]，专门[illegible]，有来打听从城内得消息，敌人往车上运，差里写着十九日午后八人，两辆马车。

给三营去了一连，配合群众民兵队，我在王家岭李家庄连家山前，吃早饭时，敌人摸到，打了一排枪（紧急的），冲下去周围包围，十九日午后人员不清楚，有的跳过车和槽下，有的跑了。

我见那马车，抓住个在槽下的日本人，拿回几匹马。

最后老的往安阳跑了。

从41年被[illegible]撤退后，二次回到[illegible]。44年打了七二队，打进红山呢。

45年敌在落一回。以后不敢出发了。训45年，民兵展开地雷战。自造手榴弹。敌人（44年）遇着地雷只害。行几什么

210

说的鬼子糟蹋的事，敌人还是当面的

地方种子。敌人轻易不去了。

屯堡里战胜了敌人的嚣张，敌机机枪，在[illegible]他们的手。

刘西去拍摄得好。

王烈卿：路士辉、陈数老、周还义、魏[illegible]，

屯堡副站长，乡的干部，各夫，用刺刀[illegible]死的。[illegible]人被捕的[illegible]“三烈乡”

王力凯是跳墙逃出来，她在女侍，王四平都逃跑，在是太太家，敌人抓到楼上去太太，[illegible]，王[illegible]，敌人抓去，[illegible]，[illegible]，[illegible]把王抓出楼，王[illegible]，窗前逃跑，跳墙逃出去（[illegible]）

“[illegible]，[illegible]，铁[illegible]，白[illegible]，[illegible]，[illegible]机关，日本屯堡一[illegible]，[illegible]。地主、[illegible]的[illegible]。

刘凤[illegible]的[illegible]王力凯的[illegible]，也[illegible]太太[illegible]了她，敌人[illegible]，[illegible]打了[illegible]太太。

21.

1937年11月二日，日本二十师团从河北进入昔阳，被一二九师七七二团在昔阳黄崖底（战斗只用两小时）歼三百人。

同年十月二十六日经过七亘村向平定开进（四千余人），被一二九师七七二团的三个连伏击，敌军死伤千余，已为全区缴获骡马和大量武器、步枪。

同年十一月九日，敌二十师团一部，此时进七亘村，突围到昔阳，后又七亘遭到我军的三次打击，死尸一百多。

三次在昔阳境内，共歼敌四千余人。

自从敌进入山西以后（正太线），……的三次打击。

（谚）“吃了我热的，拿了我生的，结果屁也未给你，不摸黄瓜吃黄瓜哩。”

“早晚不出门，人少不住店，跟着八路走，不怕鬼子打来抢”，借军的话，跟着民兵走，是因为老百姓不打枪。

212

报告中人们说："赵友仁，枪能拿第一，[illegible]，[illegible]……"。

[illegible]

赵友仁的出身

[illegible]11岁（1922）因父病，便以十元的[illegible]给[illegible]地主[illegible]（[illegible]）放羊。因受不了苦，[illegible]，[illegible]……

[illegible]……

[illegible]……

第二天[illegible]……，结果[illegible]……！"

[illegible]……

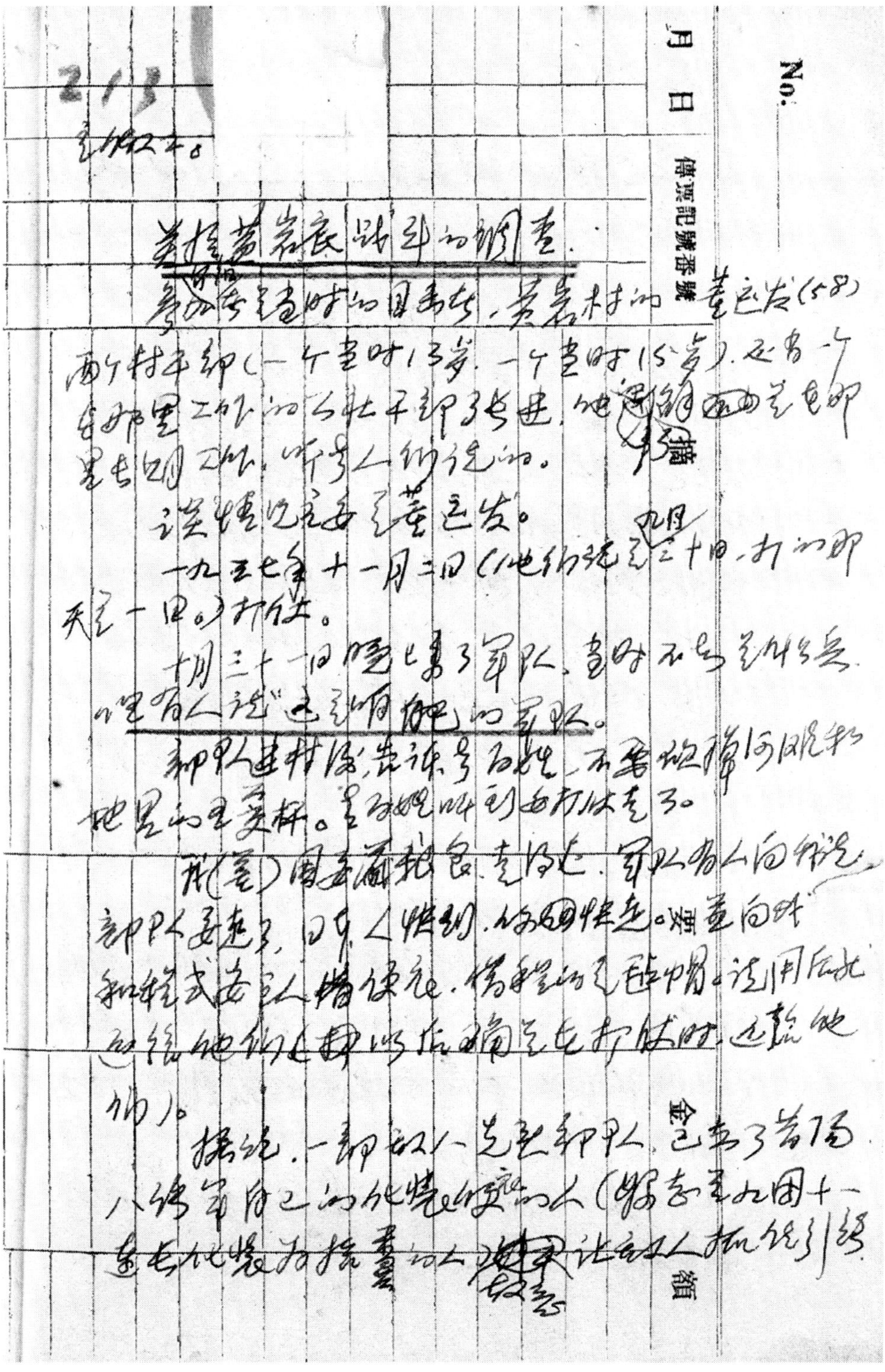
2/13

上午访问[illegible]。

关于黄崖底战斗的调查

参加会谈的有当时的目击者、黄崖村的董之发(58)两个村干部(一个当时13岁、一个当时15岁)。还有一个在乡里工作的年轻干部张书世。他[illegible]在乡里工作，听老人们说的。

谈话记录主要是董之发。

一九三七年十一月二日(他们说是二十日，打的那天是一日)打仗。

十月三十一日晚上来了军队，当时不知是什么队伍，只有人说这是哪个部的军队。

部队进村后告诉老百姓，不要[illegible]地里的生产[illegible]。[illegible]到要打仗了。

[illegible]部队[illegible]，军队有人问我说部队要走了，日本人快到，你们快走。[illegible]和[illegible]人[illegible]。[illegible]给他们[illegible]打仗时送给他们。

据说，一部分人是跟部队，[illegible]了[illegible]八路军自己的伙[illegible]人(好像是九团十一[illegible]长[illegible]的人[illegible]让敌人[illegible]引[illegible]

214

在后走的敌人到黄岩底方向来，准备从此经黎城附近。

敌人果然从这方面来。

我们军长没有抱然走了。

敌人走到黄岩西南山口时（靠近凤居）我军从山上打了几枪，敌人立刻缩回黄岩。在后头走的敌人，都吓住了。敌立刻向西南山打炮两发。敌以为我军在西南山上。却不料到他们进入黄岩底东山（羊圈山）上有部队。我军只有少数人，西山、东北山、南凤凰对江，都没到（南山炮阵地里）都有我军。战斗就打开了，我军从敌人的背后山上往下打。

敌人慌了阵脚，花轿里都是粮食，骡马、骆驼，到处都是死人。

有一敌人军官在村东观音庙的庙房上（瓦屋）指挥，被我军一炮打下来。敌人从村往山上冲锋，我在西沟口的隐蔽处，几次都被我军打下来。

战斗从上午八时一直打到后半晌才结束。

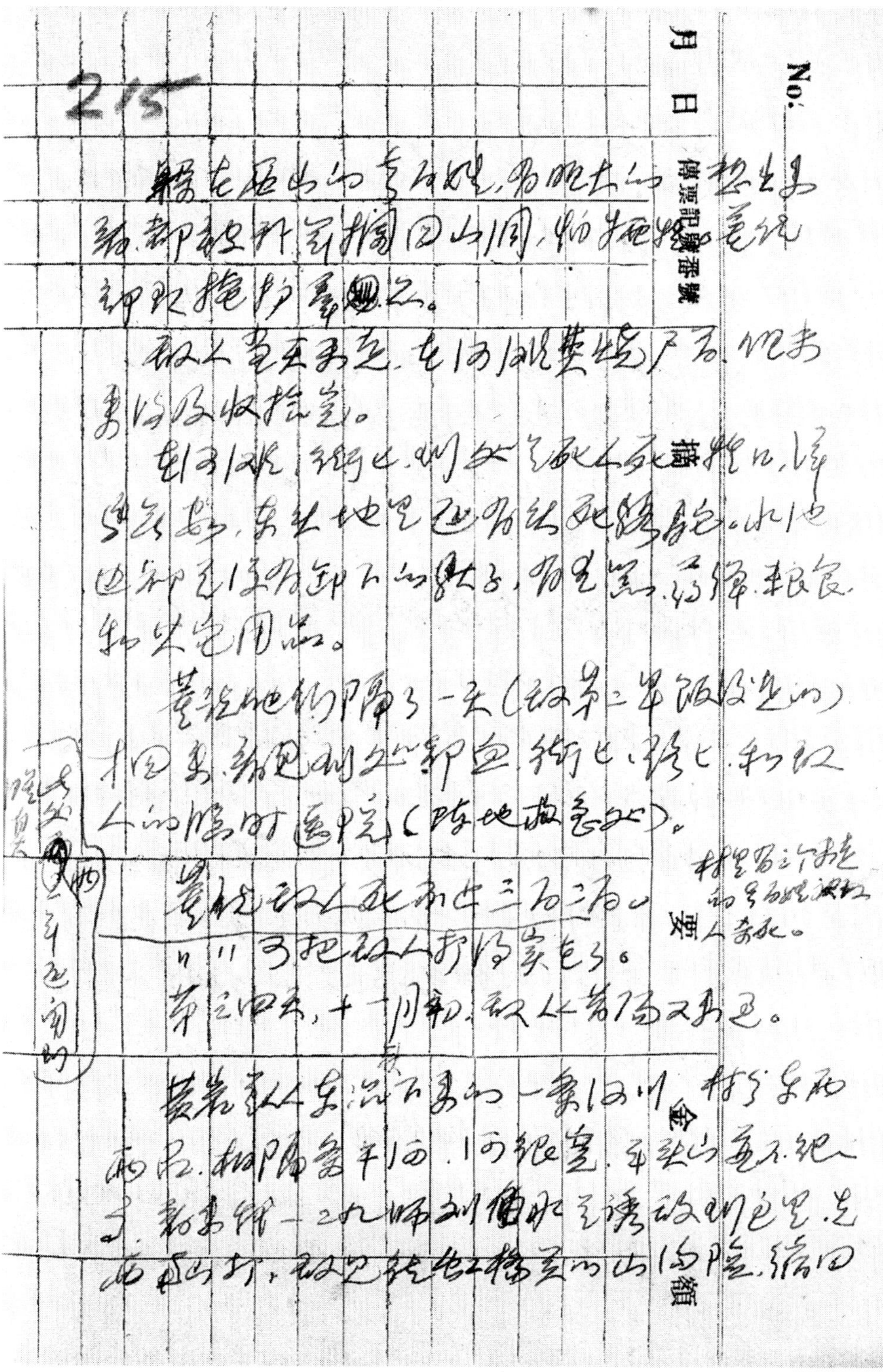
215
No:
月 日
傳票記賬番號
摘
要
金
額

216

黄岩底以为我军是从屯留里，正在从黄岩向西南攻去时，我军从敌人背后左面来，占了地形，当时这个战术十分明智，简直象从敌人的背上打它一枪，居高临下的背后攻来。而西面山则在敌向背攻去时，又从正面打敌人的侧面，使敌处于包围里。

黄岩底的战役和响堂铺好几处不符。不知说对？

响堂铺战斗是二十。总的经过在西家。该处西山和东山同山都很高。

响堂铺后，敌为了呼应被子里敌而进，于十月三十一日从九龙至绕抄岩王寨，九氏翻过水沟，一日到东峪经过辉沟。

龙门口战斗地

龙门口在张高山以北的明朝的西南向通岳峪的山口，中有庙一间，水从另里

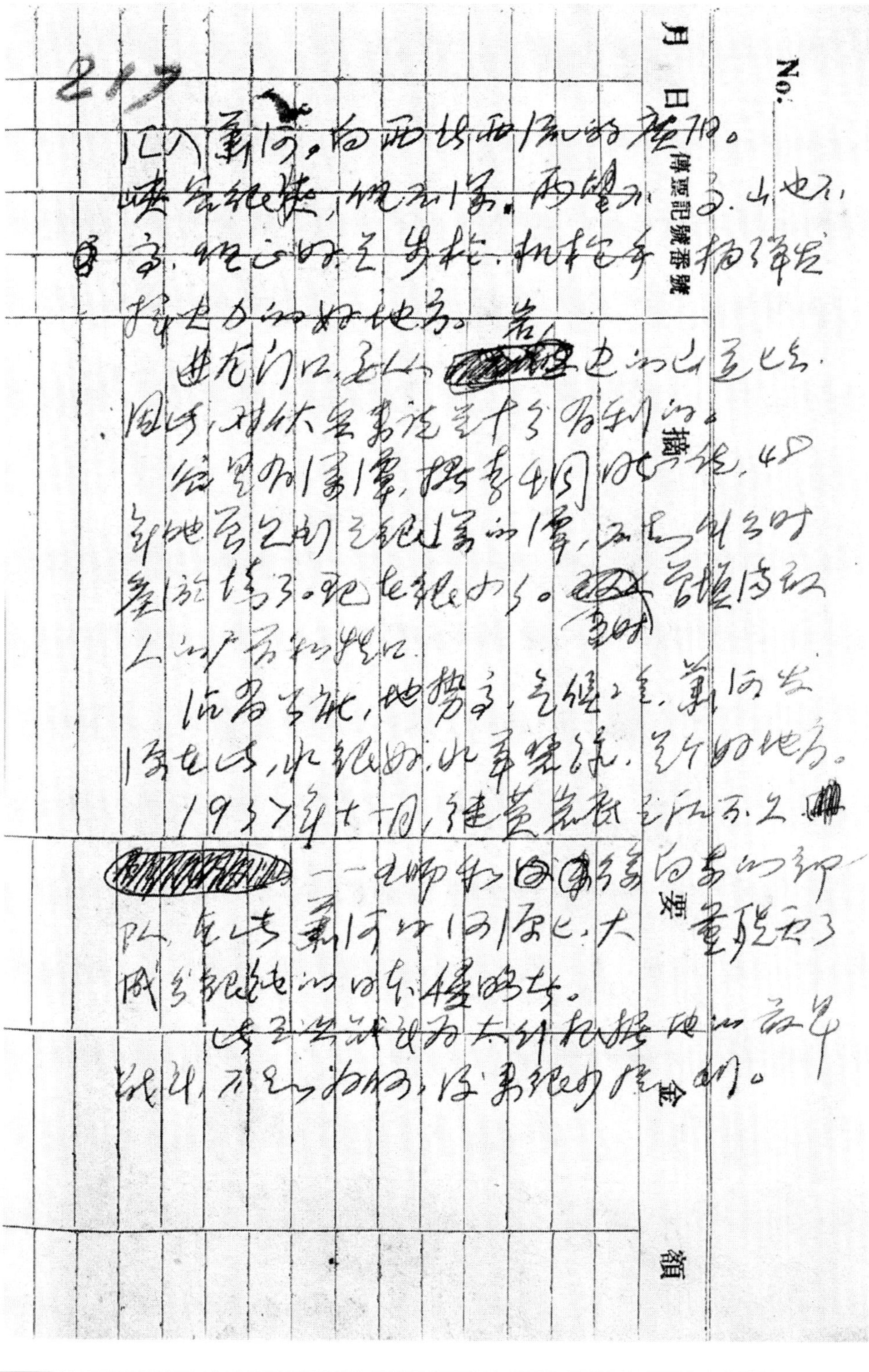
217
No.
月 日
傳票記號番號
摘
要
金
額

218

七月9日去[illegible]看了日本人的炮楼、[illegible]和他们的地主[illegible]（[illegible]）住的地方，[illegible]

[illegible]

[illegible]他自己的经历：

七岁[illegible]，一直到抗战[illegible]。从[illegible]。

抗日开始，[illegible]入党，是八路军的一个[illegible]人（女）[illegible]。[illegible]

从此[illegible]

解放后[illegible]一[illegible]，[illegible]

一直[illegible]书记，[illegible]书记。

[illegible]

[illegible]

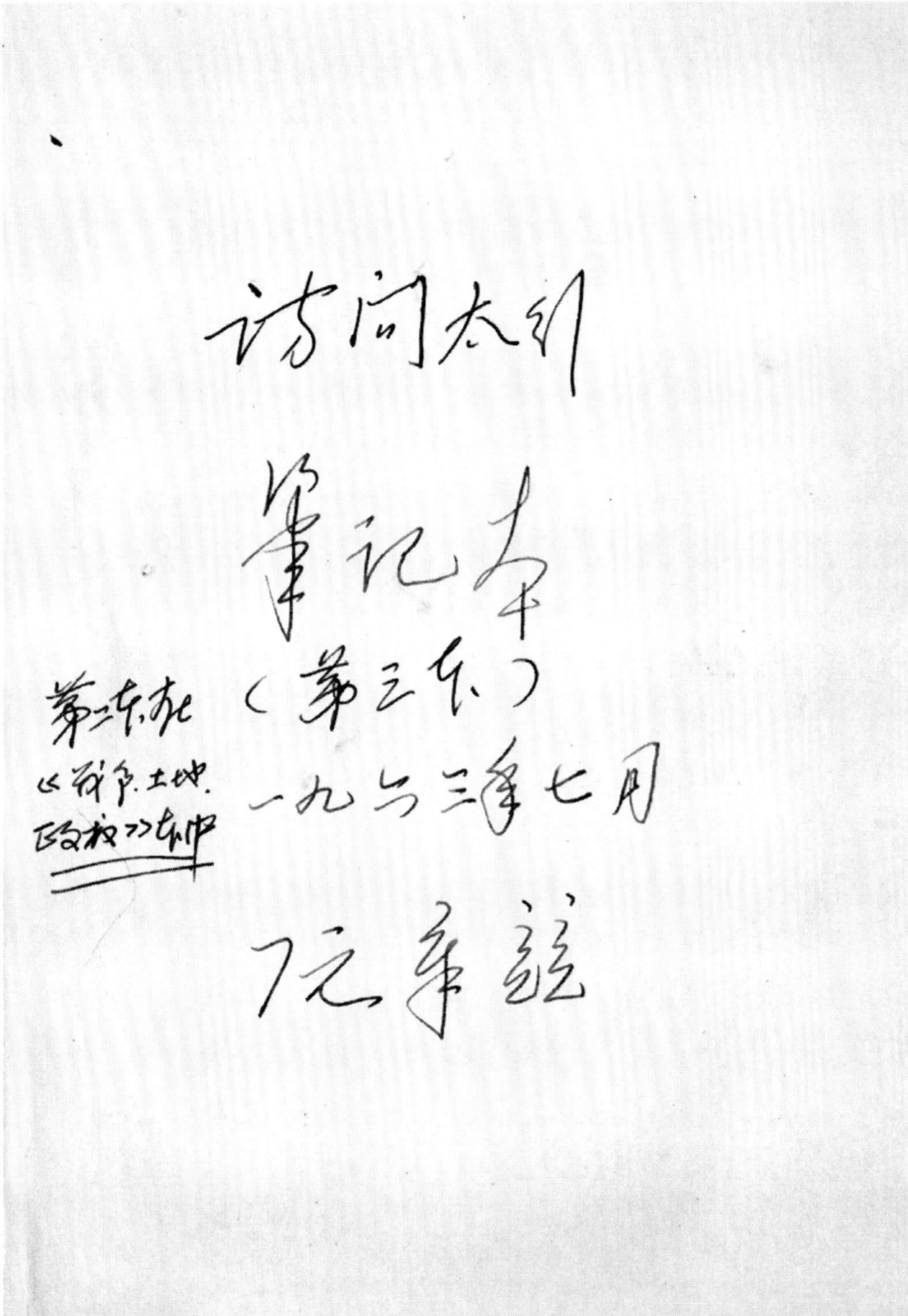
访问太行
笔记本
（第三本）
一九六三年七月

榆次荣军休养院座谈

1963.7.5.

张恩富　　太岳25团一营二连战士

37岁，屯留人

44年5月参军。

在浮山打阎72师，在7月间，打援（二连主攻）。晚八时到，十时从阵地攻58师，向外进攻，开始有一个营，下午全师攻上来，我撤退阵地，打了一个多小时，我连组织出阵地冲锋，6.7时把敌人打垮，结束。

第三天，敌61军全军集团攻来。晚十一时后，敌撤走。从38团阵地冲上，始个连。

团叫我二连支援38团，我连有好机枪班长郝回庆战斗英雄，用冲锋枪，用手榴弹打，就冲上。把阎的敌人打下山去，太岳九团追来，早上十一时结束。

这是我第一次参加战斗，那年秋九时我负伤。

38

1945年，我们25团和54团，中条的土匪师，师长姜怀义，白日里和日本、伪结纳起，我打他时，他跟日本搂不住，白日以上把他截住，在的村里，村外守楼日本、伪军。土匪有二个团，晚十一时，叫守楼袭他们，他们的阵营结了一个大队。

我先要把你们团包打下，他是专搞他们，我用集炮弹和手榴弹打了三气，不为土匪的指挥所，我先把他射死，土匪也意识到内部取出来，日本机枪往上面冲，我十个炸弹，不让它过来，打得排手榴弹还多。

天明，撤下来，我们三死一。

三天没割麦子，他们绝望了，我喊着劝出，他一、二三团全部投降。姜被打死。

刘国春，第二队（土匪），每人一支一盒，和日本、伪勾结。

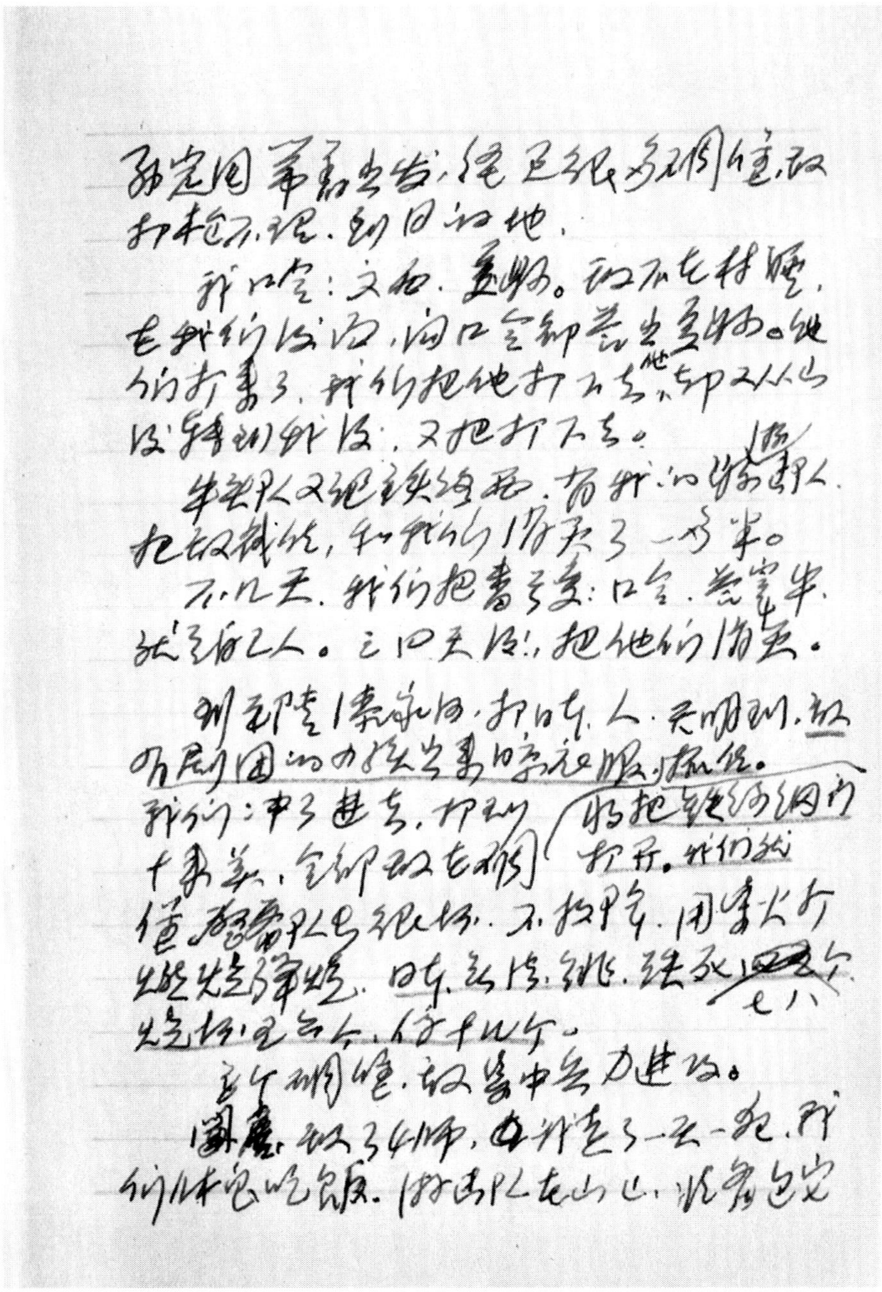

孙定国等自出发，绕过张家碉堡，敌
扣枪不理，到日和地。
我口令：交出，来缴。敌不在村里，
在我们后面，向口令却答出来了。他
们打来了，我们把他打下去，他却又从山
后转到我后，又把打下去。
半路队又把铁丝网，有我们队部人，
把敌截住，和我们相持了一天半。
不几天，我们把表示：口令，答案来，
就是自己人。三四天后，把他们消灭。
到和陵读家村，打日本人，天明到，敌
有剧团的小孩出来唱戏，服、做饭。
我们冲了进去，打到十来头，全部敌在碉 将把铁丝网门打开。我们就
住，在部队出组织，不投降，用火攻
烧烧烧了碉堡，日本、伪军、汉奸、鬼子七八个
烧死了鬼子，俘十几个。
这个碉堡，敌人集中兵力进攻。
阎庄，敌了几师，我们走了一会一趟，我
们休息吃饭，游击队在山上，我们包围

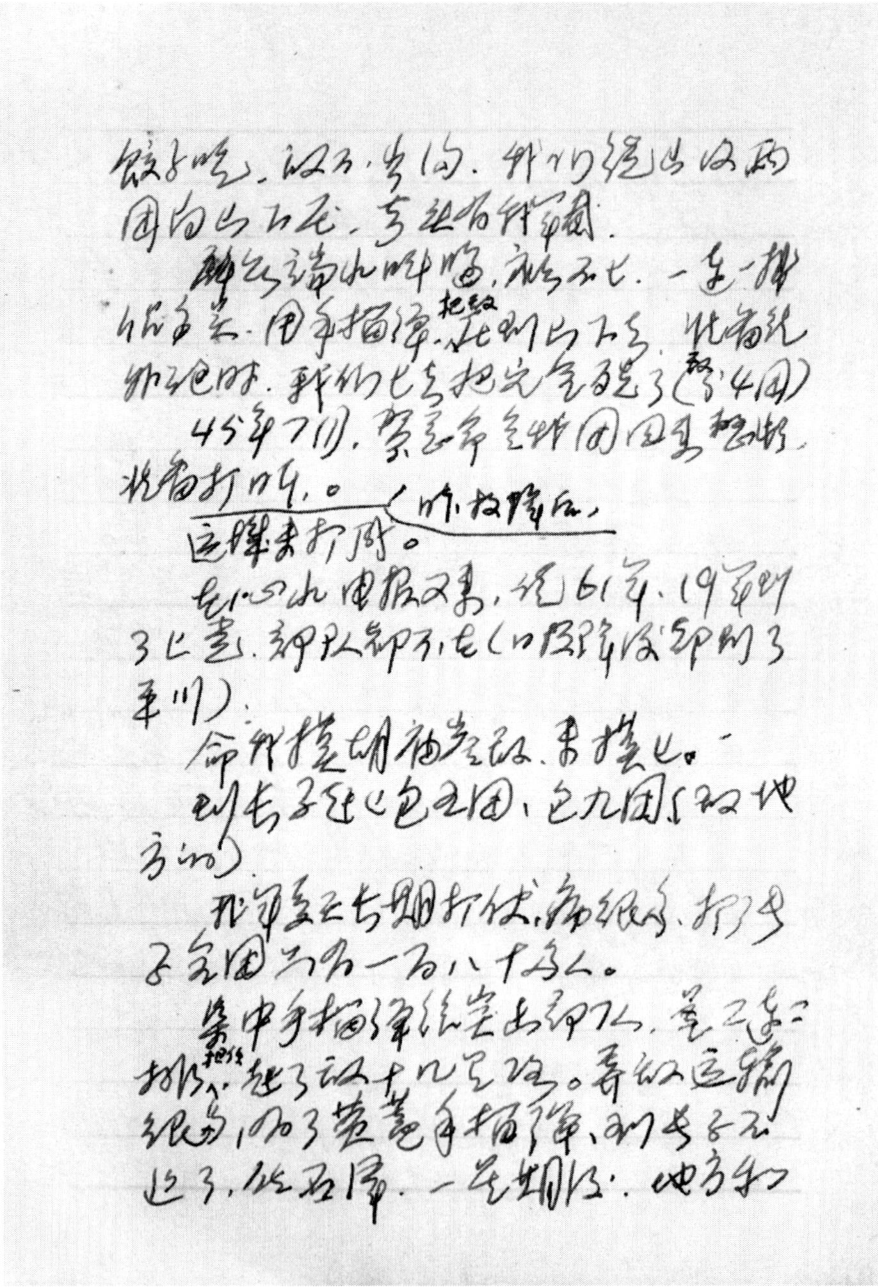

饿了吃，[illegible]，我们绝不[illegible]
[illegible]不[illegible]，[illegible]都有[illegible]。
[illegible]端出[illegible]，[illegible]不[illegible]。一[illegible]一排
[illegible]。用手榴弹把敌[illegible]出[illegible]，[illegible]
[illegible]时，我们也要把它全部[illegible]了（[illegible]4团）
45年7月，[illegible]全[illegible]团[illegible]
[illegible]打[illegible]。（[illegible]）
运[illegible]来打[illegible]。
[illegible]，[illegible]61年、19年[illegible]
3[illegible]，部队[illegible]不[illegible]（[illegible]部[illegible]了
[illegible]）
命我[illegible]胡[illegible]，[illegible]。
副[illegible]包[illegible]团、[illegible]九团[illegible]地
方[illegible]）
我[illegible]长期打仗，[illegible]、打了[illegible]
了全团[illegible]一百八十多人。
集中手榴弹[illegible]，[illegible]
打[illegible]，[illegible]了[illegible]十几[illegible]。[illegible]运输
组[illegible]，[illegible]了[illegible]手榴弹、[illegible]
过了，[illegible]。一[illegible]，地方和

(敌把军包围)了去了。　　(老部队)

我们很好，敌指挥所电话，太好打的，我们在敌后方打援。

十张打去了，一天一夜，我们打援，是此离有八里，城和庙有地道，不好打，敌放了毒气，打喷，流鼻涕，流眼泪。

以后用山炮把此庙打掉。

(敌人打不过就放毒气。)

休息一夜，下大雨，下午四时出发，我走这条河，我已叫到时候，未得到到临，我就都接掉。

到后占北关，我二营四连打进去，把北关钻了。当天拂晓(间)61军，19军集中火力，要打北关打干净(北关外)。还剩下一座庙，打了四五小时拿下，敌停。我二营伤亡不小，我们四个连去接北关阵地。

我和三连包围，靠城墙，敌从地洞出来，就把棉衣浇油点着烧起来。

25团收了阵地，17团攻，吃亏很大，不打了。

当天晚十一时，二营准备打庙，当时城

我们已完成，面很大。敌却早一小时在十时发动进攻。

据俘虏说，敌高援不利，应该了（日本兵说）掩包去。二团去的北关峪阵地。电话打不通，电话去和二分区各部联络断了。

敌住房后，我住房子，墙上挖洞可通。十一时，敌冲击得很厉害。

我只用手榴弹、掷弹筒，只能打枪支援。

我们机枪封锁，我打手榴弹，让敌冲不过来。打了一天，下午二三时，敌援兵进不来，营部的，进不去，我冲不出来。

三四时，一连去了个排，一会儿（被敌打）垮了。九时，敌撤，营部和队进去，我出来。

晚上接到命令，撤退，（阵地）给地方部队。每人吃了两个烧饼，走到县府已是七早三时、

赵寿山　树　太力如。

我们38年去包打[illegible]，但是刘师长说他有点太优柔。（去打长治时，刘叫他们打援）

38年打援。他们在[illegible]节山，当天下午6-7时接上火，刘[illegible]。我们接他阵地，他已没多少人了。（38年打[illegible]，把敌全压下去。）

我们连续七次冲锋，才上去了，把敌压下去。后来（其三个连长）都向炮兵师，我不能不发展，只它卸了人接上去。（28团接，卫后王[illegible]讲）（13门山炮全给了。）

我炮兵师长化了个伙夫，开出阵地[illegible]不肯说。[illegible]长跟去。我讲敌军，土包子[illegible]，问（主任）师长，不行。我们（让给）把[illegible]卫叫来，[illegible]给他，叫来了，叫他把十三门炮配好，卸配好，拉（拉出来）出来769团给他们拉开山道，我们弄了两门。

刚下去，马急命令，让我们依敌炮，去到心北[illegible]，来吃饭，把背包打了，把刚心水，去西不亮，敌[illegible]出动，包山上很多，围着要全，敌来了，敌全从[illegible]城结退，截了一部分。

（[illegible]）

47年7月1日渡河，从[illegible]阳[illegible]南过。
我团二营第一梯队，打下[illegible]。过去了。
[illegible]。[illegible]中[illegible]。
陈赓下午四点时讲话，11时过河。
二营四连过去，[illegible]，
只打了个民兵，[illegible]三个战士。
三十[illegible]过去。
[illegible]，[illegible]。
[illegible]。
那时当班长（渡河时）。

语

摘

"手里有一把黑亮钢锤，上打天下打地。"
"大河没水小河干，大河有水小河满。"

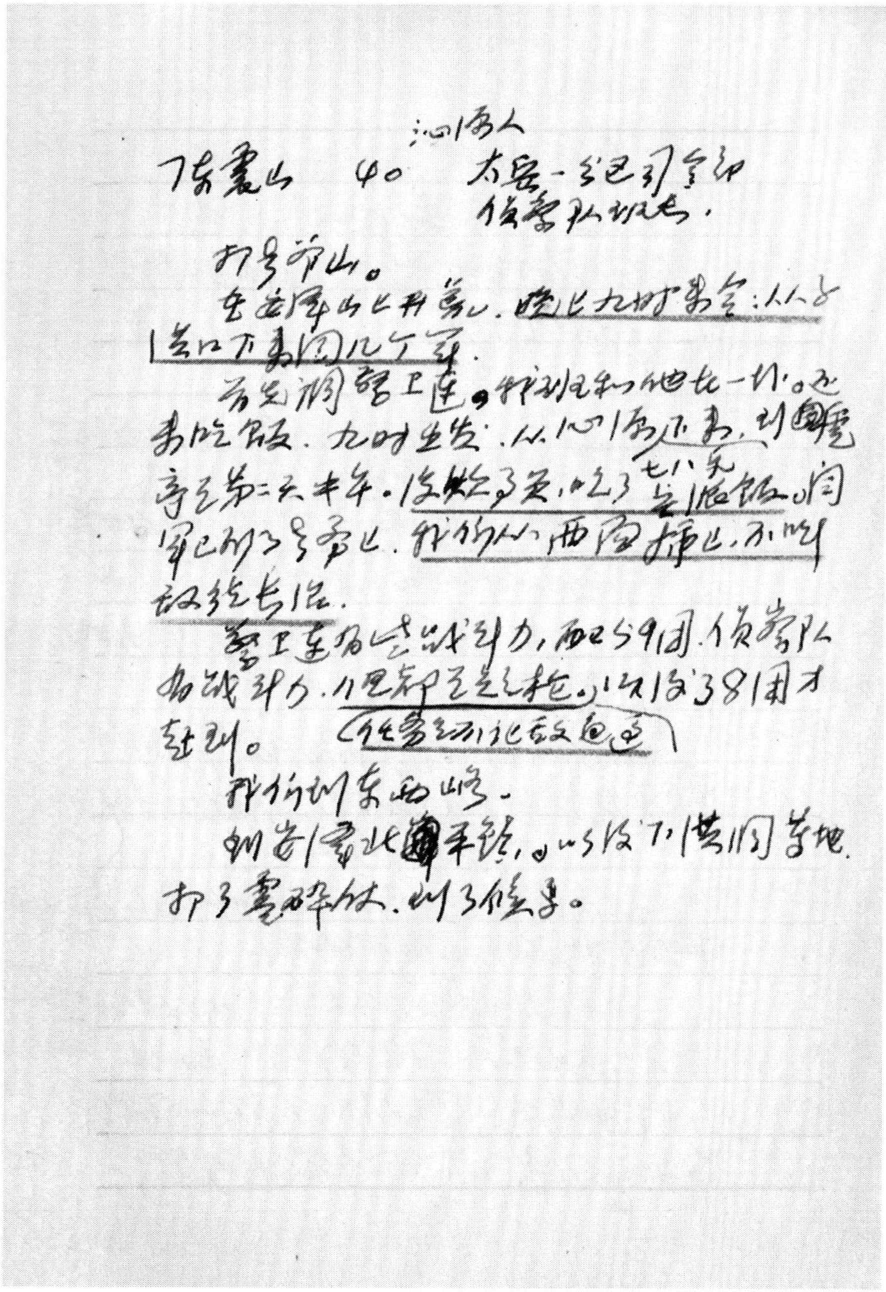

沁源人
陈震山 40 太岳一分区司令部
侦察队班长。

打马节山。
在安泽县以北开会。晚上九时集合：从人马
岩口下来阎几个军。
首先侦察工作。[illegible]还
未吃饭。九时出发，从沁源下来，到[illegible]
亭至第二天半午。[illegible]了[illegible]，吃了七八天
[illegible]饭。阎
军已到了马节山。我们从西面插上，不[illegible]
敌给长治。
警卫连为主战斗力，配59团。侦察队
为战斗力。他们都是[illegible]枪。以后38团才
赶到。（[illegible]）
我们到东西岭。
到安泽北[illegible]，以后下[illegible]等地。
打了[illegible]，[illegible]。

谭和辰. 70 四川 太行28团.
连长.
在纪念堂，适当纪念等，以营山指连
去. （另回问适当纯）

王祥瑞 36岁. 太岳二分区电话员
沁水人

编排后，打了1仗. 能了一回. 吃饭时
叫. 背电话，卯从伙夫营. 下大雨. 只半小
时. 会合集打据点. 全部出发。绝出时
天明。害了节山不过。

我们20团，打了节庙、路宫中长脚
里. 多虎跑的张庄，他们攒我的楼.
开始攻楼. 二十多次.

敌人没吃的. 也下不来弄水. 急了，集
中火力，抢水吃。（窗下有水坑）

我们发出西门山头. 飞去挥机枪.
头次去了三个人. 被我打倒两三个. 一
小时后北方又组织不成. 下令发命. 又打.
第三次. 下来一人. 叫来枪就打倒。

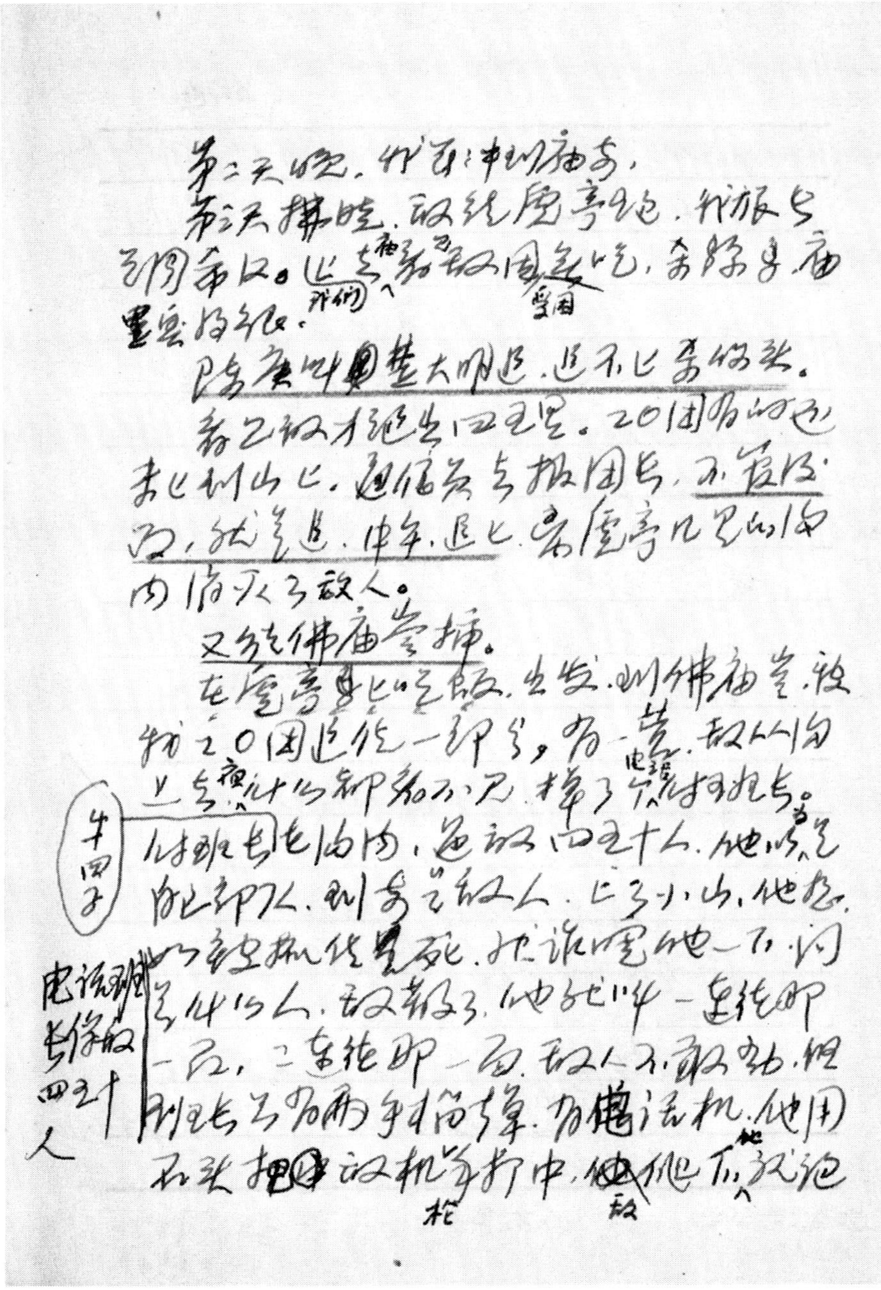
第二天晚，我军冲到庙旁。

第三天拂晓，敌往虎亭跑，我旅长到团部队。让（我们）追（夜）击敌团（受困），余路多庙里也好打。

路过此地大明道，追不上就很多。

前边敌才能走出四五里。20团前卫追去到北村山上，通信员告报团长，不能再追，就追。中午追上，在虎亭几里的地方消灭了敌人。

又经佛庙堂掉。

在虎亭吃完饭出发，到佛庙堂，我们20团追住一部分，有一营，敌人向这边（夜）什么部都不见，掉了（电话）排班长。小排班长也向内，追敌四五十人，他只（带）了几个人，剩下敌人上了小山，他想把这些敌人绕死。他说吓他一下，问是什么人，敌说了，他就叫一连往那边，二连往那边。敌人不敢动，但排长只有两手榴弹，为电话机。他用不要把（枪）敌机枪打中，他们（敌）不敢跑

牛四子

电话班长俘敌四五十人

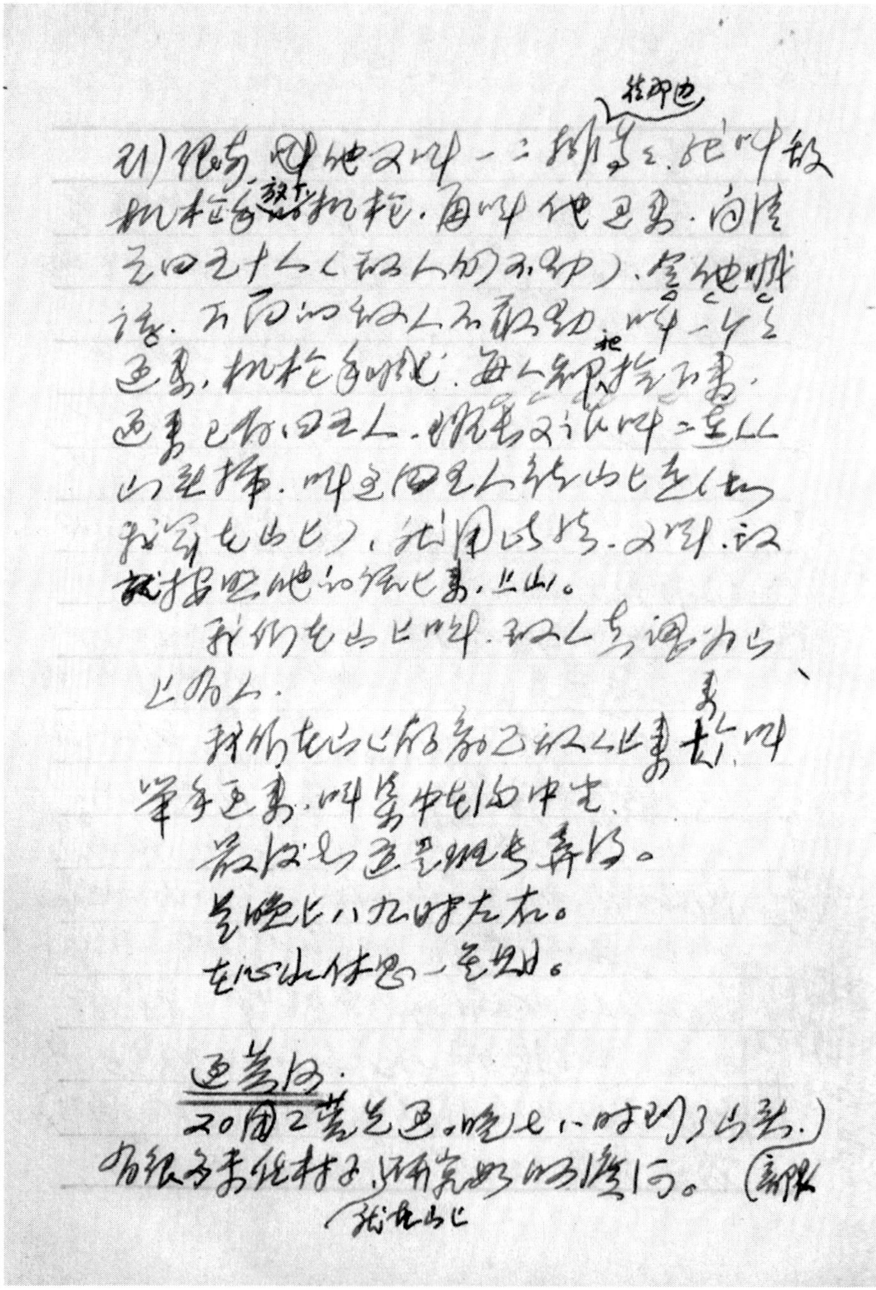

晚上九点才往盖河（曲坂），头船被
击发起。第二船过发现，把船打漏，结
然，又过去。

半小时后过去（头船）。

第三船因为第一二船过去把敌人
惹起的过，已天亮了。

河对岸的打得不怎么厉害。

第二船被发现，在山上碉堡发起。

在对岸村子打了一小时。

第三船的后，我炮兵把对岸敌人工事
摧毁。

敌大部分逃了，我大部人过时是十时，
就过到对岸。

也用敌命围，俘虏。

水手郭三附近，部队五全九的。

九时，敌机来了，扫射，轰炸，打坏一只船。

有些应记在

除马已过，下午二时，我来过时，敌机来了，
返回去了一只，只是，除马敌死了。

打平汉北关时，用地道，信到城边有两个地方，
炸药炸。信号的是[illegible]，结果的全什么炮，房也
都塌了。

崔忠厚

45年以来经过。

25团经31团，38团经32团，37团是三个地方出发经的。

以来结果，经整训半个多月，蒋三个师从同蒲以北来，我们去截，敌逃去，有的34军由一个团掩护来的。

露物

十岁。

一连是一排队，把敌人压到山上，我二连去接，敌打林庄时，敌一团起八九时，敌占窑洞，不肯出，用炸药把洞轰翻，炎嘉把四个来的不[illegible]隐。

敌躲在窑洞，敌打枪才打隐。一炎嘉我炮打了第一隐，把洞炸了。

又经他去搞大碉堡，侦察，第二天晚上四时打，三发炮弹（是俘虏的炮的炮兵们去打炮的），他们拿[illegible]我们打不准，结果三发把炮楼搞了。

用炸药把敌大门炸了，全院的敌人都震坏了。

我们把俘虏交三团一连部，起在这团，团参谋长把一个卫兵被俘来冲走。

（化它堡）

打它堡，敌人从后边来。秋天

第二次攻它堡，一营进去，俘了几个伪军。从房顶向下发展，不好过去。九班八班用手榴弹，炸药开路道路。但仍不能推敌人，隔墙。我退了十几里。在山上，我们拿下敌人。

在河岳村，我们把[illegible]了，营长叫把枪回来，我们去，救回来，营长把[illegible]都[illegible]了。

敌人一个团，少数伪军。

第二次打[illegible]堡，在曲武曲村，我团被敌人六个团包围。夜上我突围，我连打出两道门，敌人撤走。

打[illegible]堡，张[illegible]晚上连打下两关，我连接收阵地，化装成三堡。山炮机枪掩护，[illegible]顶棒叉子[illegible]了，手不上去，上面敌人打手榴弹，都打在我[illegible]，[illegible]出三个，最后一个士兵出爬，同班手拉出来，我一枪就炸了。[illegible]。

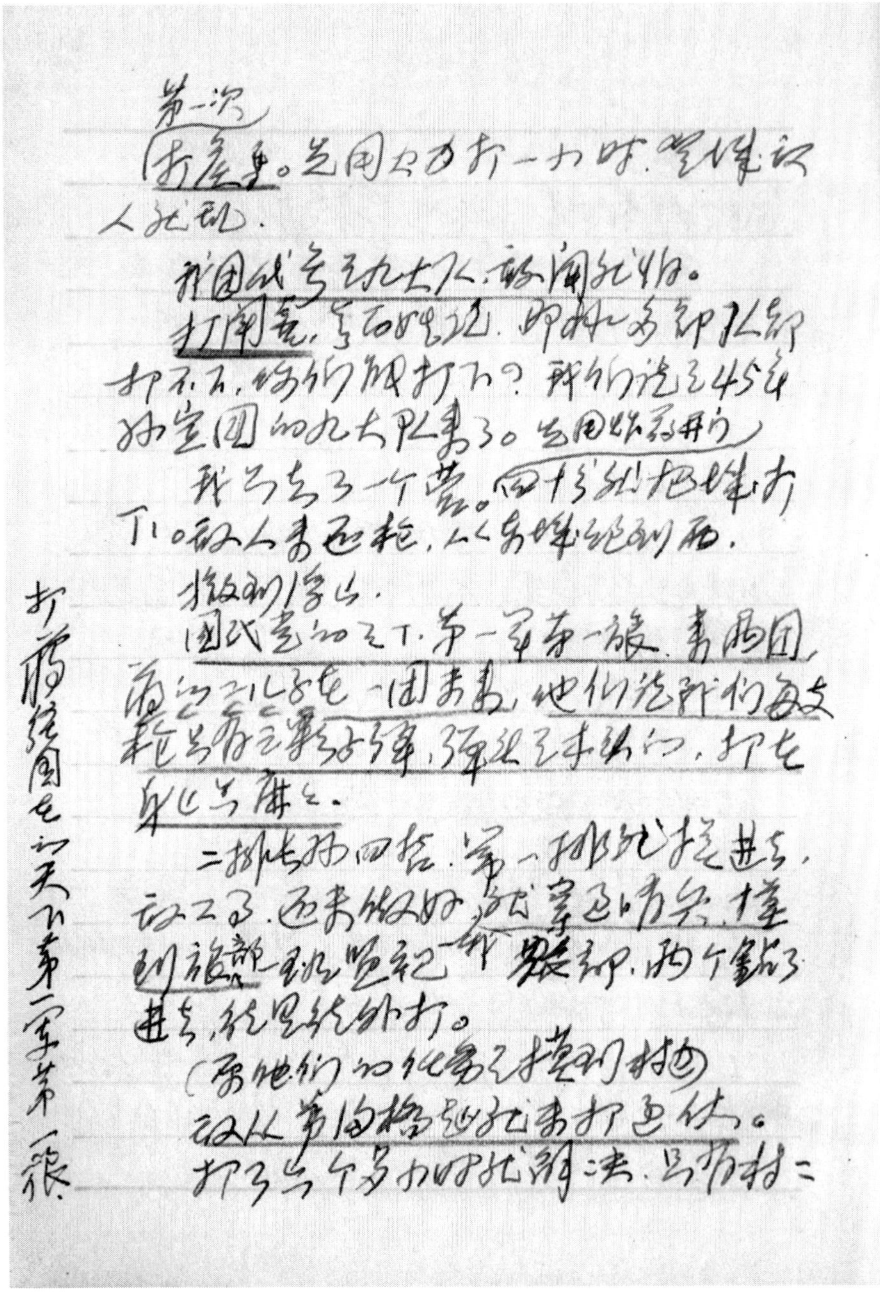

第一次

（打羌里）。先用九方打一小时，觉得敌人死的。

我团我军到九大队，敌陷死的。

打阎宽，写百姓说，师那个部队却打不下，你们能打下？我们说是45年好里团的九大队来了。先用炸药开的

我先去了一个营。回来就把碉堡打下了。敌人来反抢，从碉堡绝到后。

撤到后山。

团长说的是：第一军第一旅，青丙团，蒋介石的嫡系一团来了，他们说我们每支枪只有三颗子弹，弹壳还要收回，打光就只有屏了。

二排长孙四结，第一排就攻进去，敌人打了，还来了好几次，拿手榴弹，摸到旅部，两个钻了进去，就里就外打。

（当他们的伙房还摸到……）

敌从前面捡起来打过来。

打了三个多小时就解决，只有村二

打蒋经国的天下第一军第一旅。

个暗碉不好打，用迫击炮打得着不上，上去一个排，解决了。

把部队即搬回山上。

阎坚堡很多，出密窗，战防炮等。

控制浮山，一个鸡月，全靠修工坚堡（十一月）．到浮山 攻打暗碉 去取，33团打进城，敌已逃，不打了。

胡宗南来了几个师，想要中间截打，我团不上钩，打退了。

刚学会迫个营打13师，两个团，两中队，32团打进去，就没有出来。

连一营去打，反穿棉衣，利用雪色，敌以为我来。我备至三回路打不上，即跑打了三个村，打不了连下打那个。

敌有13个师，我只六个旅。我按大编制，一个连当一个营，一个团当一个师，把敌迷住。

结敌装了个布袋，布后不打，最后打住，两边夹击。包了三个之二。

第二次下冈庄打蚕子，已去时走八十多里。不好打，调来了孙定师（胡宗南）。

东西宋村以上营九连打，第四梯，打不上去几次。团调孙定师，急战半夜。

打西堡，敌部乞梅花碉、中间四大，北面难打。下午九时开始，二营打，壕外墙一米宽二米深，青年突击队。打下了。

给我们化学，西北面外有二碉，修筑防御，非常困难攻击。到了堡跟，不能一个炸一个炸，把它所在之才炸，塞进一包炸药。

到了碉堡，有铁丝网不能进，又不能返回，从网中间，用刺刀割成缺口，进去。

下午检阅乡，敌人用火力打的利害，十二人去，一人带二已打回来。

華北農業會議 及訪問大寨的記錄

昔阳陈永贵　1963.7.11.

1954年修狗牙（白土沟）山沟，修出20亩地，用了一个月功夫。把它亩产每亩九百斤。

~~[illegible]~~

下雨不能修整地，就修地。冬季准备好材料，石头。春季大量垒墙。夏季打土墙。主要石墙和土打墙。夏季要很好的管理。不能让山洪来冲坏。

在沟修出来的地，用堵山洪管住水。不能让山洪一来就冲坏。同时在半山沟的头上，修了个池（地说是水库）。同时就开不同时就把山洪蓄在那里。头次山洪，不敢进水库。因为有土壤，很肥，就浇灌附近地。旱地也把它收好。第二次的就蓄在小水库里。

堵山洪，就能保证了好土地，冲出沟沟冲坏的少数。

陈说，由于修了好地，人们心情就好了，搞了了，就到好处了。

陈说他开始修东北面山坡时，把手都磨坏了，那时不过念六。

东北山坡修的很整齐，都是石头垒的，现在是春天，墙和绿色的玉米，谷子相间，很像绿色和黄色相间的裙子展开在山上。

陈引我走过的地，都刨的很深很绵软的。他将原可能是垄行间的块土，连成很松的块土（埝地），耕作得很好。

在宋家坡遇见别的一个村的几个人，陈问他们的庄稼好不好，那几个人说，陈的好，陈说，庄稼是人家的好，孩子是自己的好。都是自私。

我们要去看的是今年几年不断改善社员和干部和群众一起修的渠，合作渠，原叫白土坡渠。现在每年1,200多斤。通过渠至今4年修的渠。沿三里长，通至石头河闸，原叫白土沟，通沟修成地，影响了修其它的水道渠。

大寨村有七道沟，八道梁。开始修时，群众都不相信，说：人有人道，水有水道。将白土沟修成地，才开始相信。

陈引我看了治了的地，长梁上，他说过去栽900株，现在植27,000株果。

修三条沟，李喜家全都参观。看了沟里填死土（从梁坡挖下来的，又挖了些窑洞取土，洞将来可以修用）。李说死土长不出庄稼，和我们打赌。要再有收成。人家说沟里村的，他们用死土、上肥和其它办法，改变了土壤。用人粪作底肥。现在看见，庄稼长得比别处都茂盛，一片浓绿，好多柿子树（上粪肥）长的更好。陈说我和李喜家打赌了，他们还来参观。

陈永贵引我去沟里看，每条沟跟梁陵的一两到，都种了果树。他说，这个地方是三不买：修陵的不买，修园的不买，修坟（林？）的不买。前因是这些地方，害了桃树柳树。梁陵现在种玉米长得好而不长玉茎。现在种了果树可以。这里有好些沟边都陡的地方，能利用起来，就可以多打粮食。他说：荞种不了的烟麻地。

过去都说沟地密植坐地稀。这个不对，沟地不易透风和阳光，所以要坐地密植沟地稀。果然如此，现在沟地庄稼都长得特别好。他去年说的办法，就是坐地密植。

他引我去他立战粮窝寨。这沟长三里，三十七个堰，现已淤了大半了，种上庄稼了。沟口新淤的地，不很，沟里有些的。虽然已淤了一大半，但仍不保险，要把沟淤到和两边那岸的地差不多高，才能避免洪水冲掉。这边沟有土，还需三年才能淤平。（现已有三四年，洪水没有冲坏）群众从来也说的沟长不了庄稼。

现在修造山道，把山沟绕起来，因沟长而且不好走，有了道才解决送肥和运输问题。现在在收割之后，农民不忙时修路。

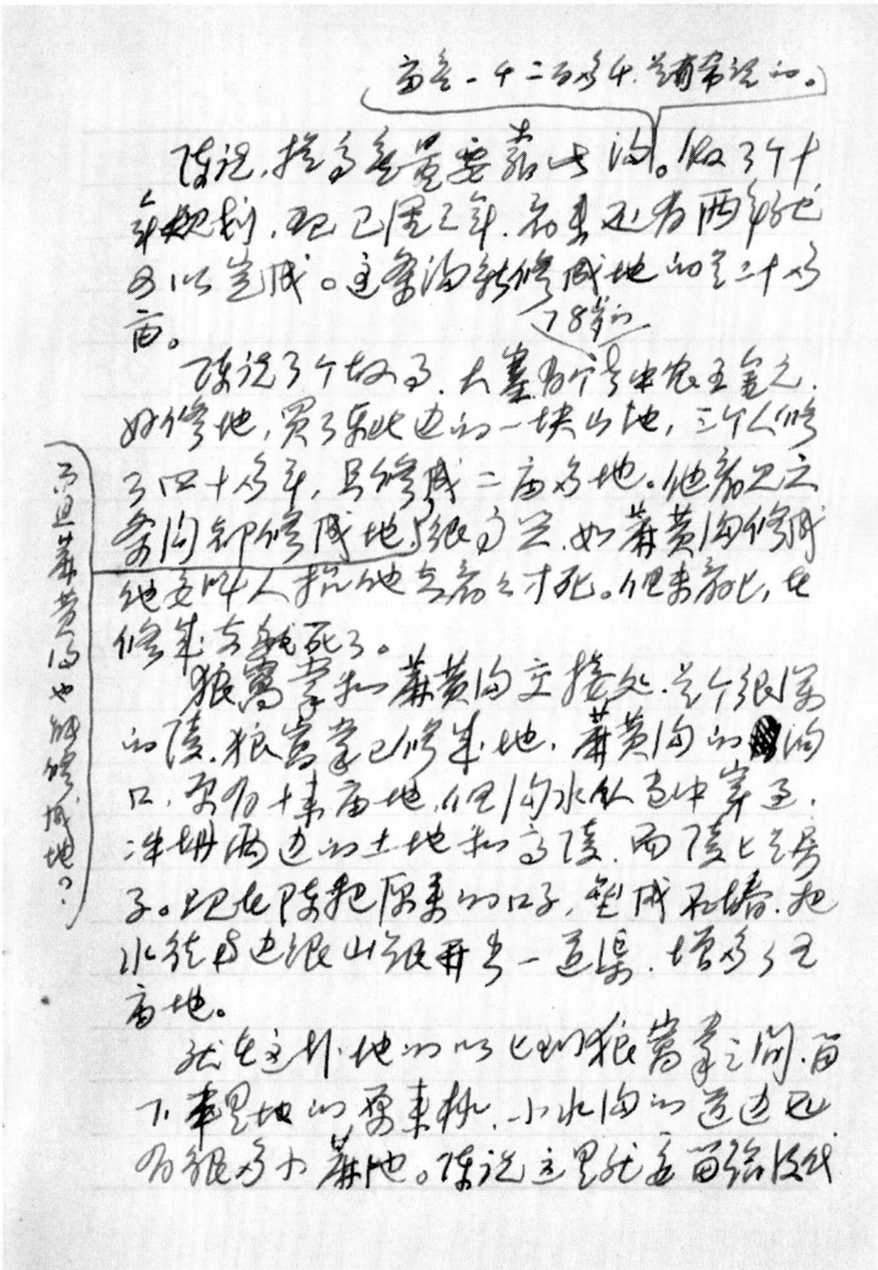
每亩一千二百多斤，他们常说的。

陈说，拦了条……沟。修了3个十年规划，现已修了2年，前来还有两年就可以完成。这条沟能修成地的是二十多亩。（78亩）

陈说了个故事，大寨有个富农……，好修地，买了东边的一块山地，三个人修了四十多年，只修成二亩多地。他家已……沟却修成地，很了不起。如麻黄沟修成地要些人把他家多少才死。但来后，他修半天就死了。

（而且麻黄沟也能修成地？）

狼窝掌和麻黄沟交接处，是个很深的沟。狼窝掌已修成地，麻黄沟的沟口，只有十来亩地，但沟水从当中穿过，冲坏两边的土地和高陵，两陵上是……子。现在陈把原来的口子，垒成石墙，把水从西边跟山很开出一道渠，增加了2亩地。

现在这块地的上边和狼窝掌之间，留下来里地的苹果林，小水沟的两边也有很多小荒地。陈说这里就要留给后代若的地方，还不能们以地区去长用的。

七亩沟新修出八十多亩地。

再有全村的坏地，都种了果木。如桃、杏、核桃、葡萄等等。这样的地有一百二十来亩，（收成）果木将来长起来，比他们耕种的四十多亩。

七亩沟外，还有许多小沟沟都修成好地。

七亩包括富沟、合作沟、葛黄沟、干部沟、队长沟、红军沟、小嘴沟。

三岔沟不在七亩的当中。

57年亩产320斤，58年524斤。虽然都达到了千多了，我也动摇了，还能长多少？把他看来，决定在人。

57年冬修合作沟（合作化那年）冲了，54年秋又重修，这次修成了。

前几年和生产队的社会一个大社，七亩房生产队的沟内种了苹果棉花了三石七斗。分册时，给四生产队大队，只要回了来三石五，他们不愿意出，说们把比例送了给大寨。

同样的条件，同是一个地里，生长好的庄稼碰美没有大寨的长得好，就为新出来。

陈说，很多用垩肥，都失败，不敢用。陈开始用也失败，但他经过研究试验，垩肥和肥料合在一起，经过四十天的发酵，比化肥有效。果然，在一片小麻地里，存在垩肥的地方，小麻都长不好。

摘谚

“墙顶铺天，气象神仙”（谚）

“小说全给争了，一个人家（地富）陪嫁的摆了还有三千个钉子，皮帽，皮鞋，还有袍子，或风不倒，不好说参加生产。”（谚）

“我们村还不如自屋，人家的毛驴么山峭的好”

“运动就了指你这个的，运动过后挣得低低的。”

（语）

乔娘儿

乔家信义媳妇说干部劳动：毛主席提出干部参加劳动，确确实实是个好政策，群众个个都称好，大家（都说是）赞成。那几年，干部成了个什么样子：门儿站站，站站，地边看一看，腰儿叉着，绕村转一转，真是个监工头。

沿南公社刘村大队，支书是个复员军人。那天我和李午同同志到那里，在窑洞中休息时，支书问李说：今天有没有一个妇女去找你？李说没有。问是什么事。支部书记说这个女人是他兄弟媳妇，是寡妇，从河北逃荒来的。她今天上地去摘豆角，不好好干活，把豆角抓在筐里，他就当着群众给她一顿。他说了她几次，要她好好劳动。她说她老了，不中，就这样推托，而且态度不好，骂支书，支书说你不好好劳动就不给你回去，她就骂骂骂她兄弟，要到公社找李午同。

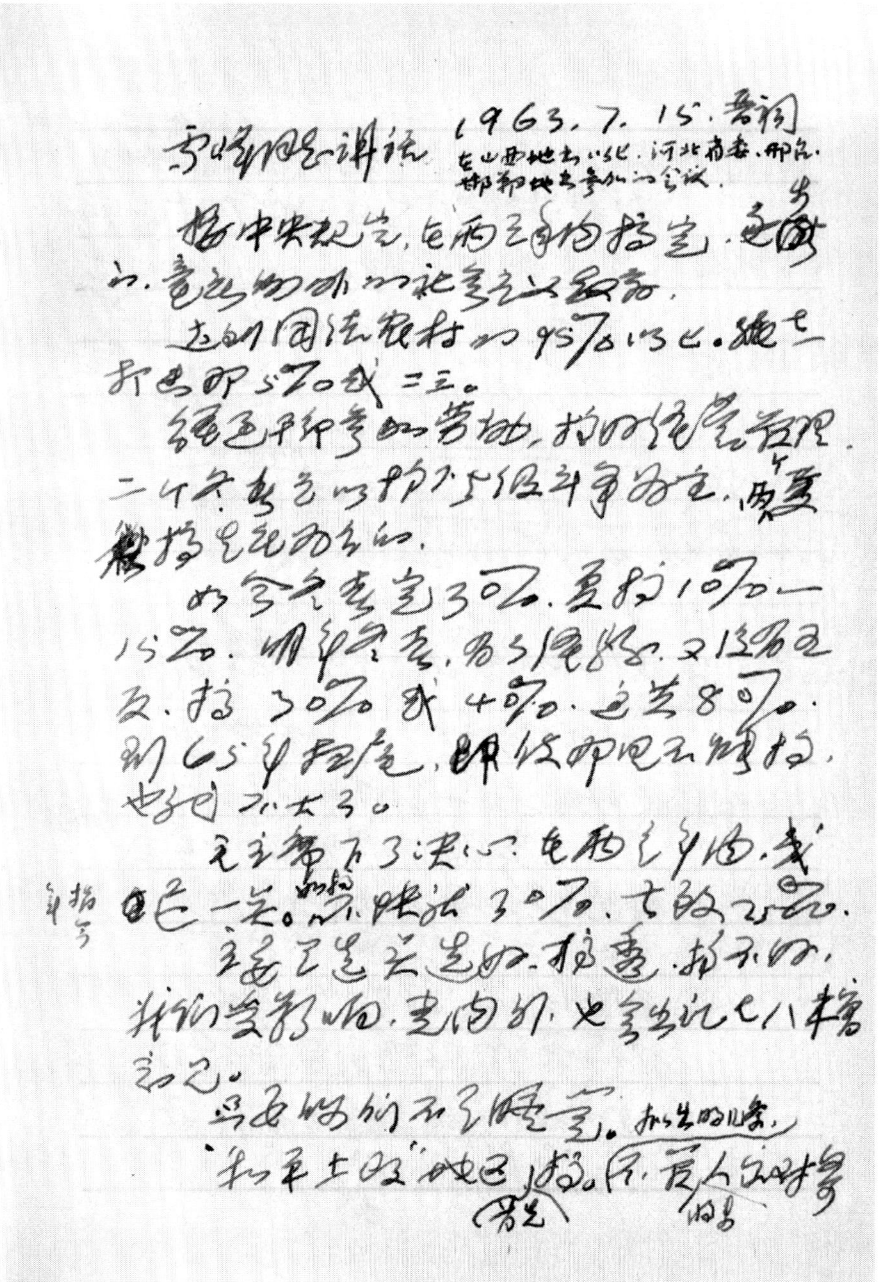
李雪峰同志讲话 1963.7.15. 晋祠
在山西地县以上、河北省委、邢台、邯郸地委参加的会议。

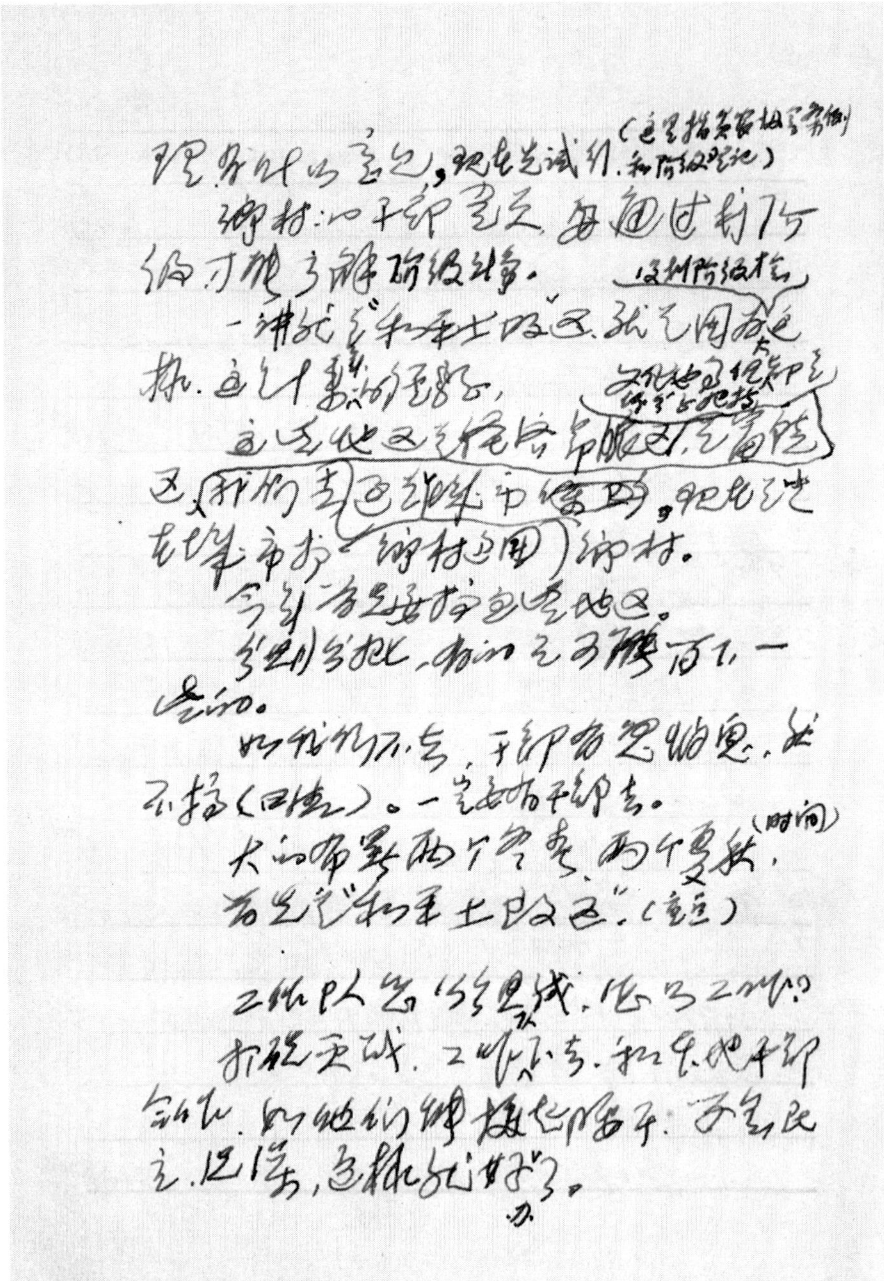
理[illegible]什么主义，现在先试行。（这里指贫雇农与干部[illegible]和阶级觉悟）
乡村的干部觉悟，要通过村阶级才能了解阶级斗争。[illegible]阶级[illegible]
一讲"[illegible]和平土改运"，就是[illegible]。这是什么[illegible]，[illegible]
[illegible]的我们去[illegible]乡村[illegible]，现在[illegible]乡村。
今[illegible]要[illegible]这些地区。
[illegible]。
如我们不去，干部会[illegible]，不[illegible]（回[illegible]）。一定要干部去。
大[illegible]两个[illegible]，两个[illegible]（时间），
当[illegible]"和平土改运"。（重复）
工作队[illegible]。[illegible]工作[illegible]？
[illegible]，工作不去，[illegible]干部[illegible]，[illegible]他们[illegible]，[illegible]民主[illegible]，[illegible]好了。

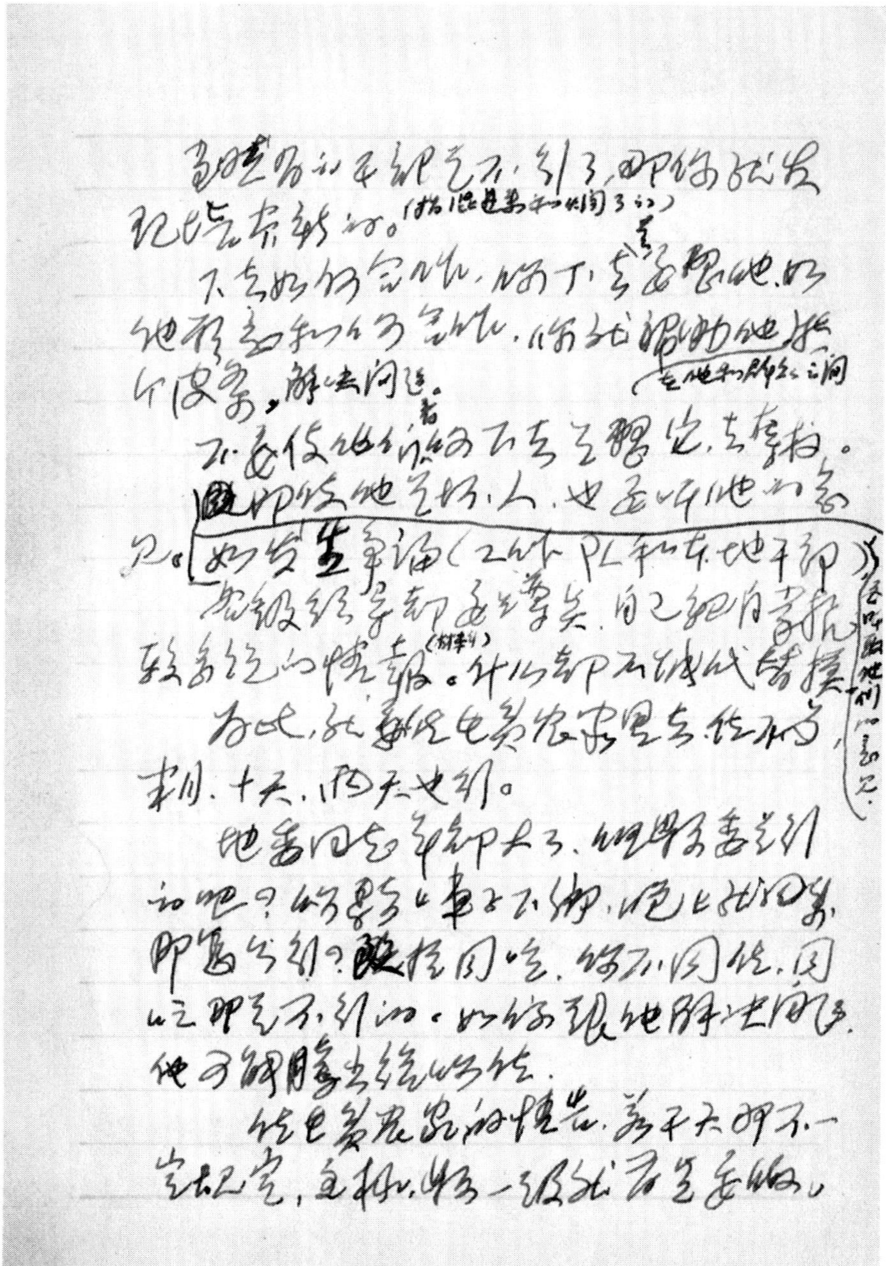

多读书和干部关系不好了，那你就[illegible]

[illegible]。

不要好好合作，你不要去[illegible]他，[illegible]他[illegible]和人合作，你就帮助他[illegible]决策，解决问题。

不要使他们的工作[illegible]规定，[illegible]。

即使他是好人，也要听他的意见。如发生争论（工作[illegible]干部和本地干部）

各级组织都要[illegible]，自己[illegible]的[illegible]。什么都不能代替[illegible]

为此，就[illegible]

来到十天，两天也好。

[illegible]

[illegible]

[illegible]

[illegible]

[illegible]

[illegible]

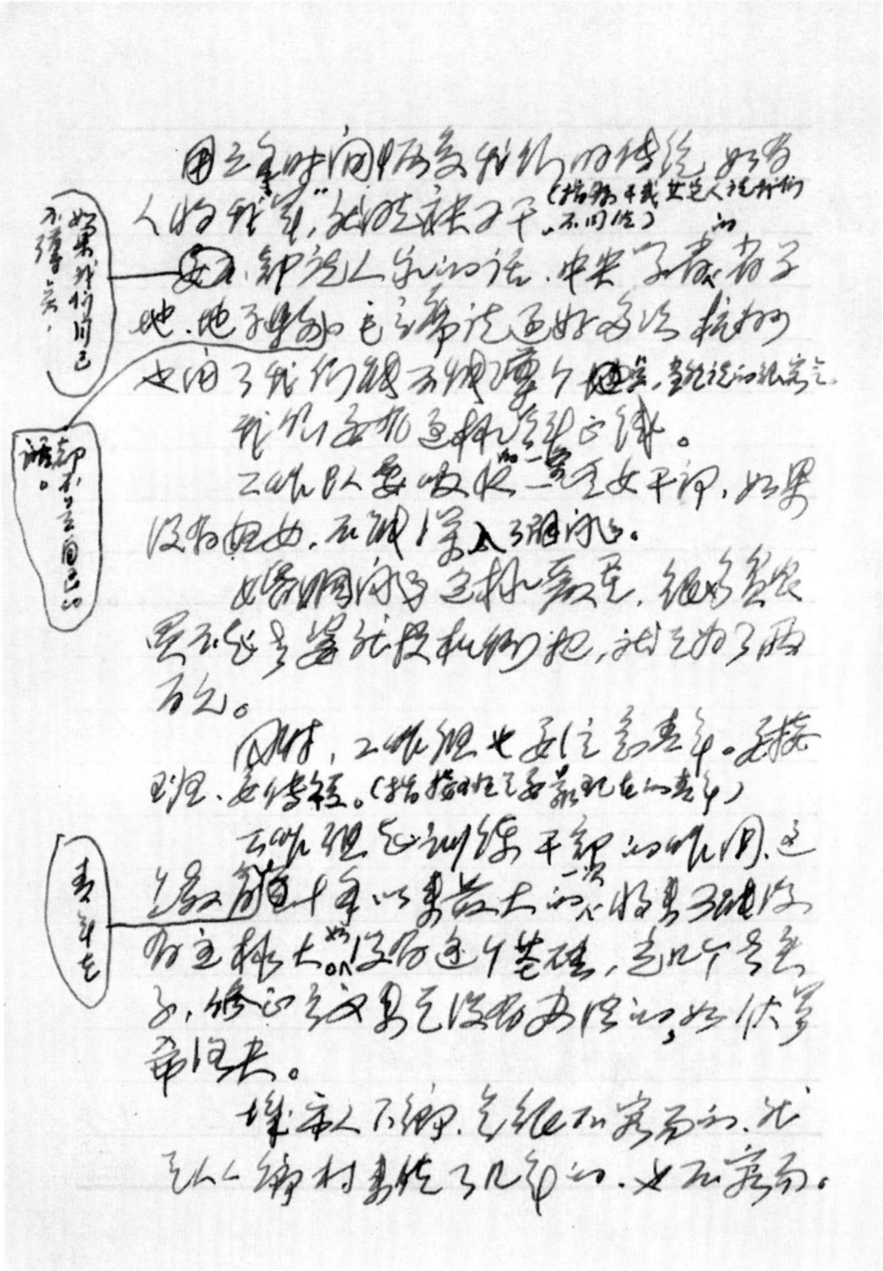

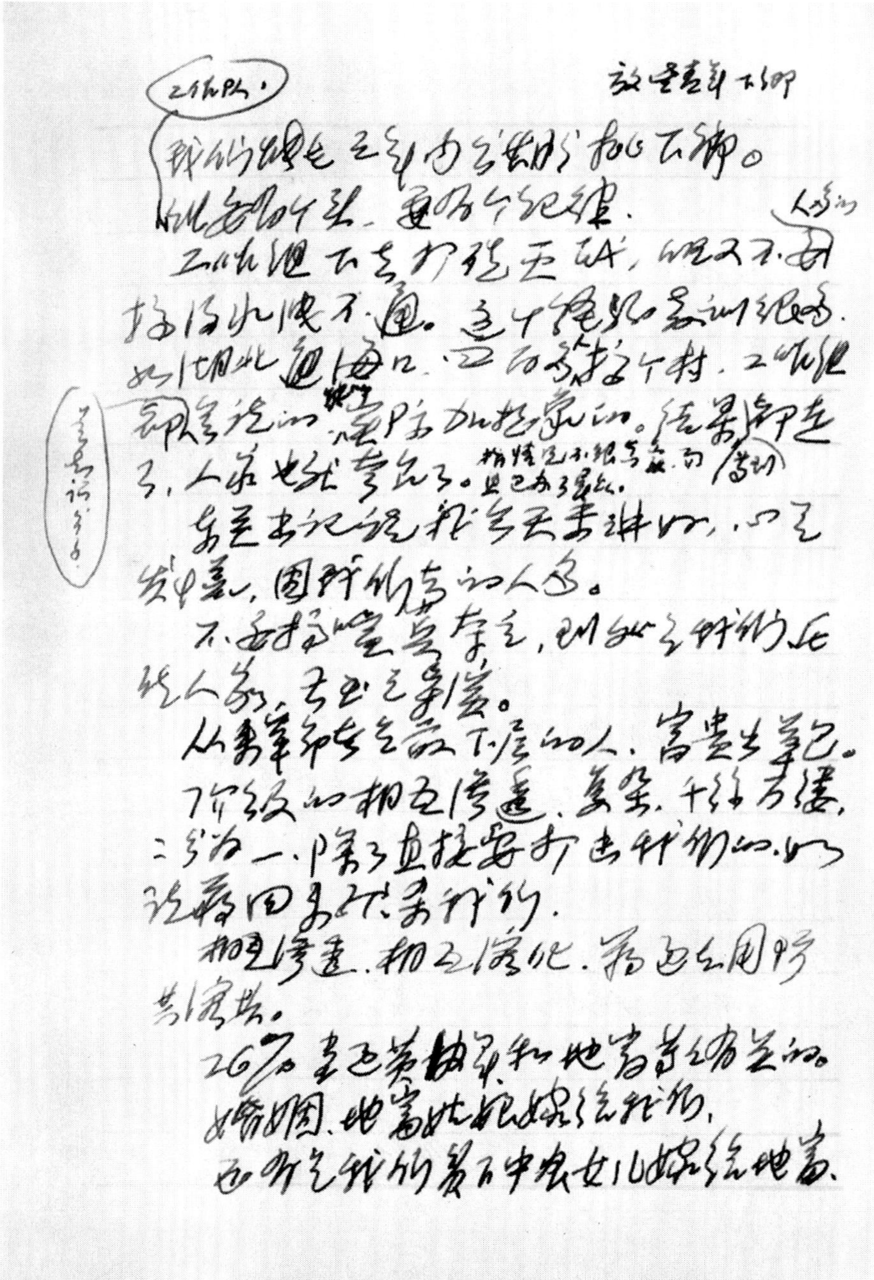
工作队。

[illegible]

相互渗透、相互腐化。[illegible]

[illegible]

婚姻。地富把姑娘嫁给我们。

[illegible]我们贫下中农女儿嫁给地富。

我们地北没有妇女干部。

地富子女，当教员，做工，干部，包括队的，这然不够，这部分成了地富，通过组织参加了革命，但现在也没有斗争，自己斗争。

家庭主妇，也没有理论，也不了解做这工作。

[illegible]阶级，水平太高，城市的人组织不知什么情况。

只要我们有一个人提[illegible]，不然用不上来。有的[illegible]向这人拿去，但有多数信任。

（[illegible]方山文地）

婚姻：[illegible]这个[illegible]子说的话。

调——（我[illegible]我们的好）[illegible]人家相好的，又调查我们[illegible]的[illegible]，什么是[illegible]不[illegible]，什么事什么是干部[illegible]的。

工作：这是情况以不能[illegible]，也[illegible]

请[illegible]可能由报，可以[illegible]记[illegible]，[illegible]，文艺下乡，[illegible]，地方可出演，剧团组织各种[illegible]。

开办大型小型剧本，说唱、文艺普及工作。这样对培养干部好处多了。地富已经出去，好在搞运动，好的处，不好办。

要能教育干部，要能教育人。人民阶级的，对敌人是政治问题，全民整风，整风是统内部的，但不利于敌人可以用。

地富反坏，残余分子，国阶级已灭。

摘了帽子的，好的，不要去戴，也不要随便摘。

除了改造反动的，都是人民内部矛盾，统一战线要达到敌人的那部分（上层），依靠贫农，团结中农，打进分化敌人。先把敌人搞清了，再来谈争取分化。

要教育干部明确的策略指导。

百分之九十七，现在是从想个讲"插红旗"干部参加劳动文章，是想个的。也讲到绝大多数。地富不到百分之一—八。争取绝大

好。兄弟团结真好。中央机关，劳动
地的人四千不戴帽子，四不开会工作，不劳
动，（锄头出黄金）

摘 谚：“五月好麦子，八九不离十。”
“不怕灾翻不了年，不靠节令·防不成。”

玉茭地的距离，叫株距、行距

套种（豆子、玉茭）是在麦收前在地行中点种，与在小麦成长不好的情况下，操用。以填加生产，能收豆或玉茭后，天气已过，不耽误种麦。

回茬豆（或玉茭），在麦收后即犁，只要雨水好，皆熟矣。

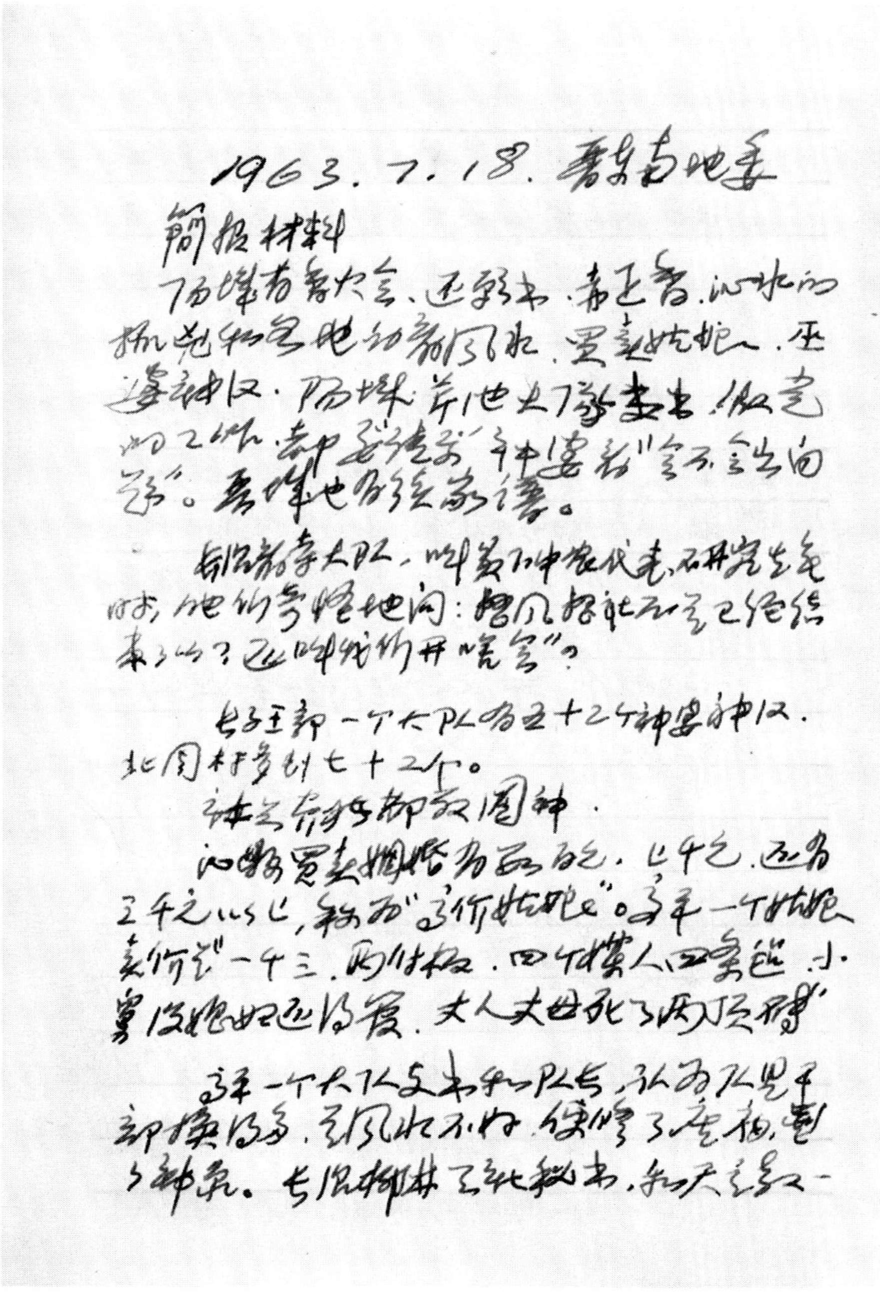

1963.7.18. 晋东南地委

简报材料

阳城有[illegible]大会、还[illegible]、赛王[illegible]。沁水的抓[illegible]和[illegible]地的新[illegible]，买卖姑娘，巫婆神汉。阳城[illegible]世[illegible][illegible]，[illegible][illegible][illegible][illegible]，[illegible]"神[illegible]"[illegible][illegible]。[illegible]也[illegible]家[illegible]。

长治新庄大队，叫贫下中农代表，研究生产时，他们竟惊地问：[illegible]不是已经结束了吗？还叫我们开"诸会"。

长子王郭一个大队有五十二个神婆神汉，北周村多到七十二个。

[illegible][illegible][illegible]都[illegible]阎神。

沁县买卖婚姻多至四五百元、七千元，还有三千元以上，称为"卖姑娘"。高平一个姑娘卖价至一千三、两件[illegible]、四个[illegible]人、四[illegible]。小[illegible]没媳妇还得借。丈人丈母死了两顶孝帽。

高平一个大队支书和队长，认为队里干部换得多，是风水不好，便修了座庙，塑了神像。长治[illegible]林[illegible][illegible][illegible]书，[illegible]天[illegible][illegible]一

女人结婚，拿件是"嫁妆"，给你给你的夫之家。新娘穿的紫色衣，个把嫁后女方把下来，自动退了婚，回来把毛主席的像剩下，换上天主像。去年说"那里的耕种也是人"。

长治窑垛之一支队，整风中地富的结组来，公开指责要打倒干部，向贫农倒算，烧集体饲草，也是分裂成十四之来。拉拢他们把分子把灰出可，就会后部收买了山林窑洞阳光一道公开活动。

红榜风，部分人人去在七级干部，人人动员七级组织。

襄垣紫家沟大队去年度初进行相向年，全村穿了旧的衣服去，只有一个富农，穿了平时不穿的最好的衣服去，支部书记就出来，开会研究，揭发阶级敌人。

黎城东洋大队地主富农表明，他们召开会议出来："多桃柳花白是思想，善世新气象，明年文化广场，欢喜修行

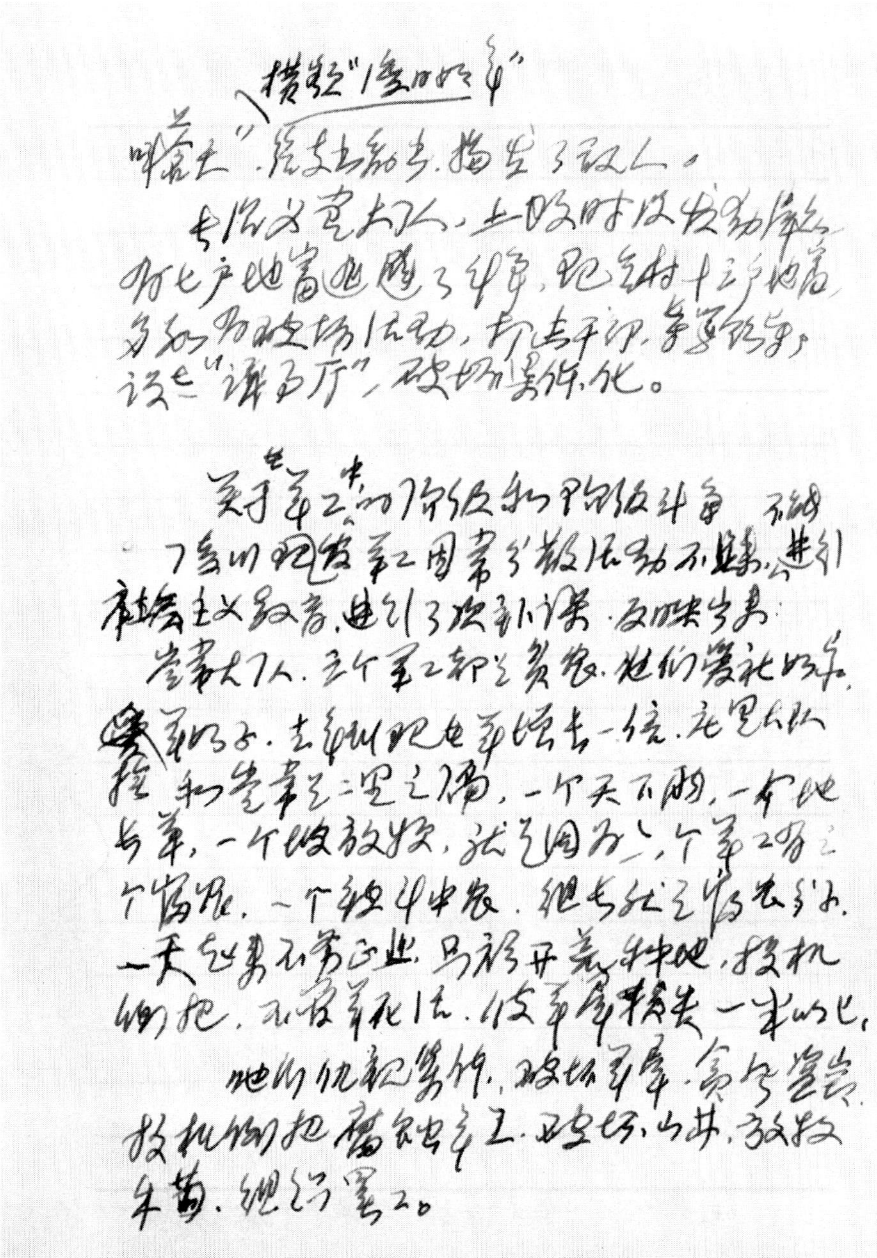

李家庄有个养羊能手宋……，喂了四个大队，队队都有羊场。去年繁殖了352只羊，有达犍四羊122只。自己不再放牧，一年只宰四只小羊。常说：“这里开除了我，我到哪里，全省有3000多个队，我这一辈子还轮不完哩”。

沙场一个羊工赵思印，和童羊工白绕，饲养集体羊95只，全年收入1286元，可修盖了个院落。每天放羊阴雨也不离下坡，三月份就收羔40只。

郭某双家八只小羊被老鼠吃掉眼睛，说是圈神显灵，就许香愿，敬纸烛，献猪肉求神祷告。

大家说这队羊出病，不请兽医，却叫阴阳师降妖。[illegible]高粮吃了羊，说是惹了山神，就修了庙宇。

出现了不够子工分，不劳动的“二流子”。

不光[illegible]，石门大队羊工郭林林说：“我放了一辈子羊没有遇到这会么的

"东家"，过去给地主放羊还落下个三天两"犒劳"（吃好的饭），现在十天不见一块肉。
共放羊180只，去年初现在放了一百三十只。有个革工过不知道落个不知哪一国人。

"劳力多，底子差，收入（超过）大国，土改后合作家生活富裕了的富中农说：论收入当土改后多，论生活还是社前好。贫农出说：打零工也行，不要管我，让我有点自由做什么？

"咳，现在的社会真没办法，这是个甚么社会？八路军不让露富，富了了不得"
"我要不交国民党（的）就干不了我"。

李子强在地里用访问形式给口好李桂花的孙子说：说家伙的是给家的富，和房，给他是给家的地，给帝是说烟的，说枪数的，枪数在哪里，打了几枪"等等。

富裕中农陈勤是单富中农计划当队长，富裕中农当会计。

《福贵》
李家庄

富中农他们自间也不和贫下中农走一起。娶媳妇、嫁闺女不和贫下中农结亲。

对象依的新标准"人好、心好、服从论"

地主青年想法同贫农女子谈恋爱。

一个[illegible]实家暗地弄神仙婆，几年来么放神，初一、十五烧香。

老年说地富说破坏，说时"天天在一块劳动，都是个社员，说几句话有什么？"有的说"家伙、德行靠不住，贵的那里买那里，啥时不到，啥时要"。结不了婚的说：结不了婚，主要是国家的政策的问题，给人家走夜路都缠不上，谁家的姑娘还嫁咱呢"。

东崖底富农冯丙康，给李贵镇说了一封，要款6元，说他八月要婚了。造成李家衣料、置铺盖、修房院，浪费六百元，男的一点没有，没有下聘家。

王家庄老金海（富农）分子喂四头

牲口，打死一头，饿死二头。当么大队贫农路喜中，今年已经71岁的四千株白菜被当官割了。王十亩大队地主王富河去年为去世，罢其种谷王亩，但乡中投资，造成减产。王家贫农杨记堂，偷窃作，王差杆子0捆，山药蛋50斤，南瓜150斤。

地富反坏，在1962年造蒸汽时，串通地富（记事记，反付左），收买社员，侵征物格，图谋夺权。

坏分子李吕文说："三万亿适应13人黄肌瘦，牲口瘦弱死亡，再过几年，人会挨饿，牲口会死光"。

这伙人就不多吃"吐了吃不饱，手子挨不了，还说社会主义的优越性"。姜北大队富农对青年说"已有49年，还看有前回，在（甲子方）想分打粮，还是自己干"。黄草地一个坏分子说"西方出了一支角，收了双料收成""对松官老，革委会影响很大，为当以揭的改成单辫，把头发梳成巴髻，为的把年头剃成光头。又大肆宣传说："七月及八月初，每个人只能一斗。家家户户吃好饭（即寿桃）。影响全体。乱委会他们场街对老乡说："旧社会有四大自由：吃、喝、嫖、赌"，要和反动会农多得收此等人电台。

岩头会首先遭十分厉害。共发展会员161人，内设有正道主、付道主、正道师、付道师、仙母、道童、老毛仙等，一套封建组织，设有管理医、封仙八大主、首相、太太、宫姑、天官、刺客。1961年6月28日组织压集体132人，发动1400人参加"坐狼保庵"，三场挑战，齐心同吃，设大锅吃饭，一盘三盘。放三年后子改头换面，去南天子要坐位，说口土地都归私有。通缉念咒，丁否会扎针，骗取财物437元、绸缎布匹80匹、粮食8084斤、纸烟104盒、酒9斤。

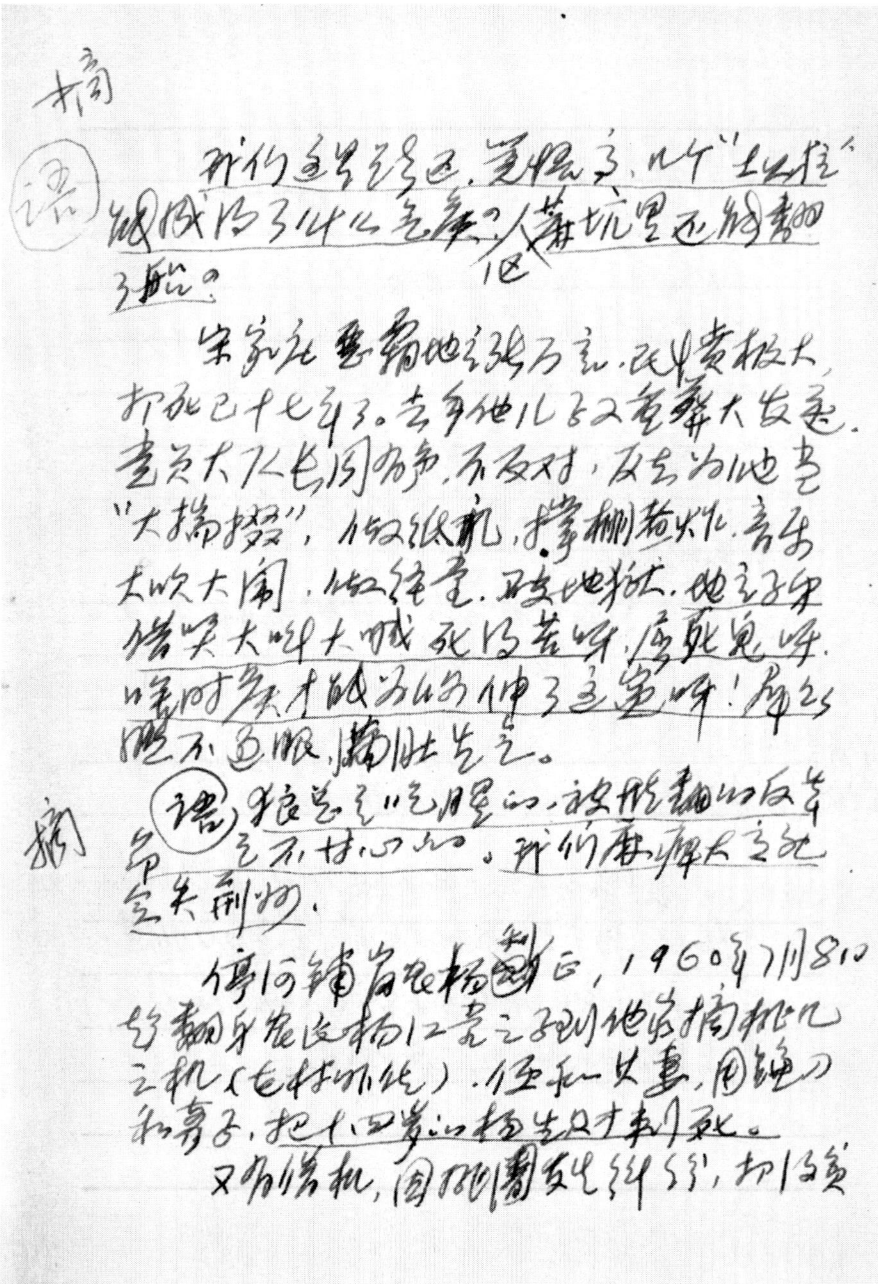
摘

（语）我们这里经过，笑坏了，几个"土皇帝"就成了什么气象。人在粪坑里还能翻了船。

宋家庄恶霸地主张万全，民愤极大，打死已十七年了。去年他儿子又要葬大发丧，党员大队长同他商，不反对，反去为他老"大操办"，做纸扎，搭棚着炸，吹吹打打大吹大闹，做经堂，破地狱。他的子女嚎哭大叫大喊死得苦呀，屈死冤呀，嚷时要求政府给伸了这冤呀！有的人看不顺眼，满肚生气。

摘（语）粮老子吃腥的，被压的翻的反骨，忍不甘心的。我们再痛失之死，全失利物。

停河铺省农场（刹）队，1960年7月8日，地主翻身农民杨江堂之子到他家摘桃几个（毛桃小的），经和一丈妻，用镰刀和斧子，把十四岁的杨先才刺死。

又有借机，用破图案生纠纷，打伤负

农业税包滥。

下寨富农袁廷福，用各种手段把土改时分给他们的24间房子全部买回。并说"物归原主"。还把人[字]接撑墙开了种庄稼，说是他的。

语 "革命还是革了吗，分的都是干部管" 三年不见常德时，工作组一走他们的滚蛋。"

"靠山吃山" "除剥削，干剥削，发了外财，用了运回来"。

"熬干灯，坐塌炕"

外来人 "好人不当自加己，到[illegible]张嘴说"

"叫他挖鸡[illegible]"

摘

襄垣常隆公社各门大队富中抵抗集体化，在广羊入社时，将犁、铡刀扔进茅坑。大炼钢铁时将生铁、锹铲扔进井里。去年时从四山运了毛主席像。

苏店大队820户。16—25岁青年648人，其中团员63人。贫下中540人，83.5%，富中77人，11.2%。地富35人，5.5%，(28.7%)

中学以上毕业生77名，高小毕业210名。

第一次座谈会上，贫农子弟王天生说："地主过去是土地的主人，现在分地分了，也就没有地主了。"团员董天明："把土地都入了社，人人都靠工分吃饭，那还有什么地主、富农，还有什么阶级，我看都是农民阶级。"中学毕业的毕何云说："在学校里以前讲，旧社会，地主是大肚胖子，专门剥削老百姓的。旧村反霸斗争种种情况了，所以现也弄不清楚地主在旧社会怎样剥削人？"

贫农青年张海生，三辈子讨吃受尽苦头，他不知道，常说新社会不如旧社会好。学了顺口溜"社会主义好时光，吃也吃不完，穿也穿不完，将来国家没有穷的，不分贫富都幸福"。张翔生常对人说人民公社比再好，也没有单干好，单干了一户种地一家亲，能打七八亩秋田，棉花不定，粮食也够多。"搞集体，跟上去拖机的把好钱花，比单独户劲头大"。

西沟全村有70户地富

教育的内容，一是给他们富农民解放前的悲惨遭遇；地主富农的剥削压迫农民；土改后贫雇农那些阶级分化：穷的，他们那些代组织；现在生活与旧社会对比。

二是请户开了忆苦会讲贫农家史，通过他们说全村最受压迫的一百二十户贫农。

周克宗同志：我吃了七八年苦，从老东家到这地主家剥削生活，他向我们提出要不得。有时在管的地主黄家送，比农民喜。这次经过调查访问，听老农李巴等人说，地主给他好子种，说了了他的地，说不给人吗，也不同他说话"。王云生说那老林在这个地已到旧门楼前了的果家，丢了那了又回去生分打地，只路儿去了。主动揭发了地富的破坏。

学生青年更要懂得旧社会，同时也要

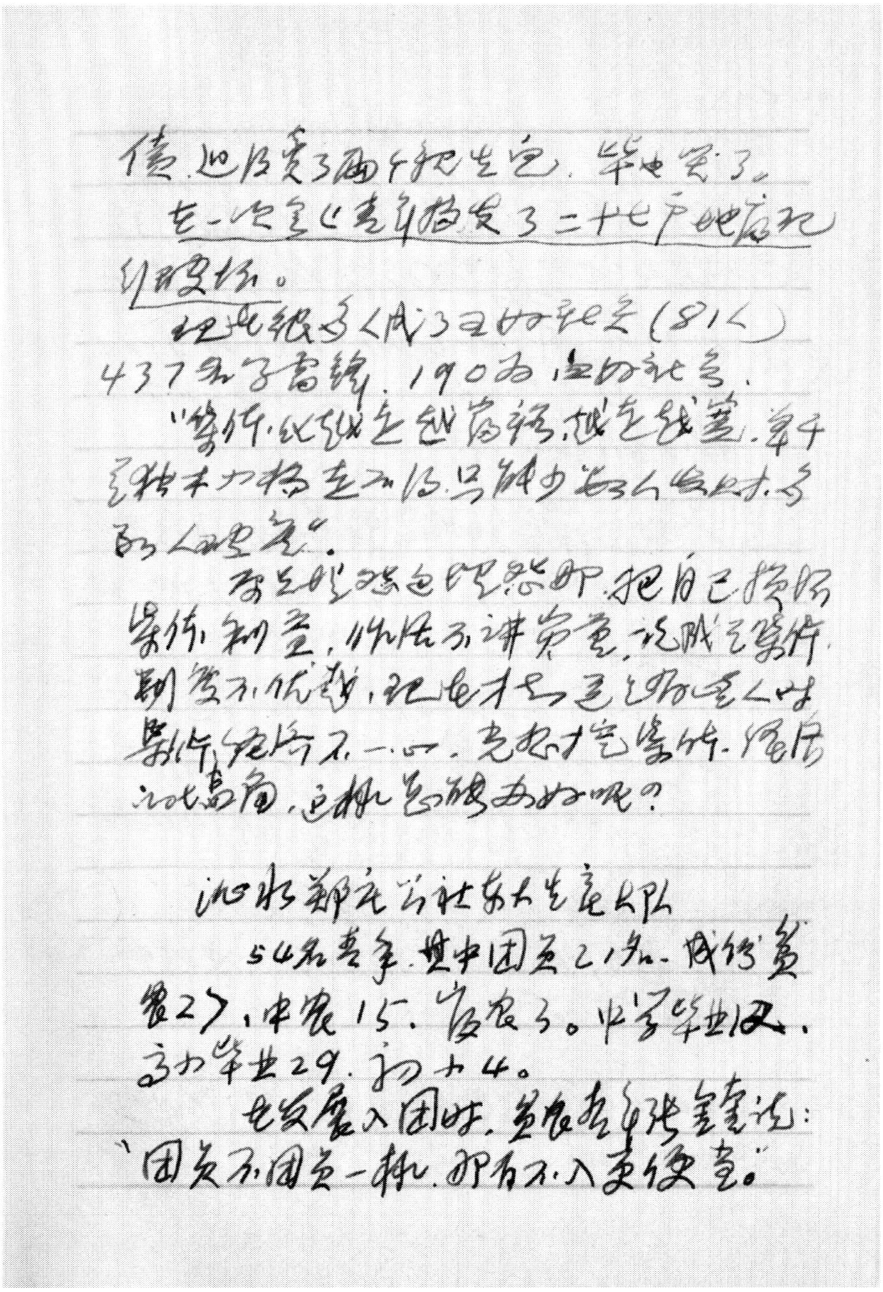

债。他们卖了两个[illegible]，[illegible]也买了。

在一次全公社青年揭发了二十七户地富[illegible]变坏。

地主阶级子女成了五好社员（81人）437名子女[illegible]，190名[illegible]社员。

“[illegible]”

[illegible]

沁水郑庄公社东大生产大队

54名青年，其中团员21名。贫下中农27，中农15，富农3。中学毕业10，高小毕业29，初小4。

在吸收入团时，贫农青年张金堂说：“团员和团员一样，那有不入更便宜。”

闫小野（贫农）说："新社会就穷受，四天都要饿了肚"。闫来红（富农）说："现在社会真正好，社会也得得了草了"。闫小升说（富农）"哪个再多，不如己看"。"乡亲们，快去看，他的碗了黄个粥状"。

"地主富农和咱一样劳动，他没只有什么动静，我们也几个坏人吧，他还能干什么？"

闫小升说："那时抱不过大腿，就是抱不过社会，党团员的群众不算错，等么的生活是报答。"有的老年给说得好再说一遍。

认为农村没出息、应当去外边。

想到外边"土地下了户，也解放了富"。

以上是柳北屯最初开的会议笔记

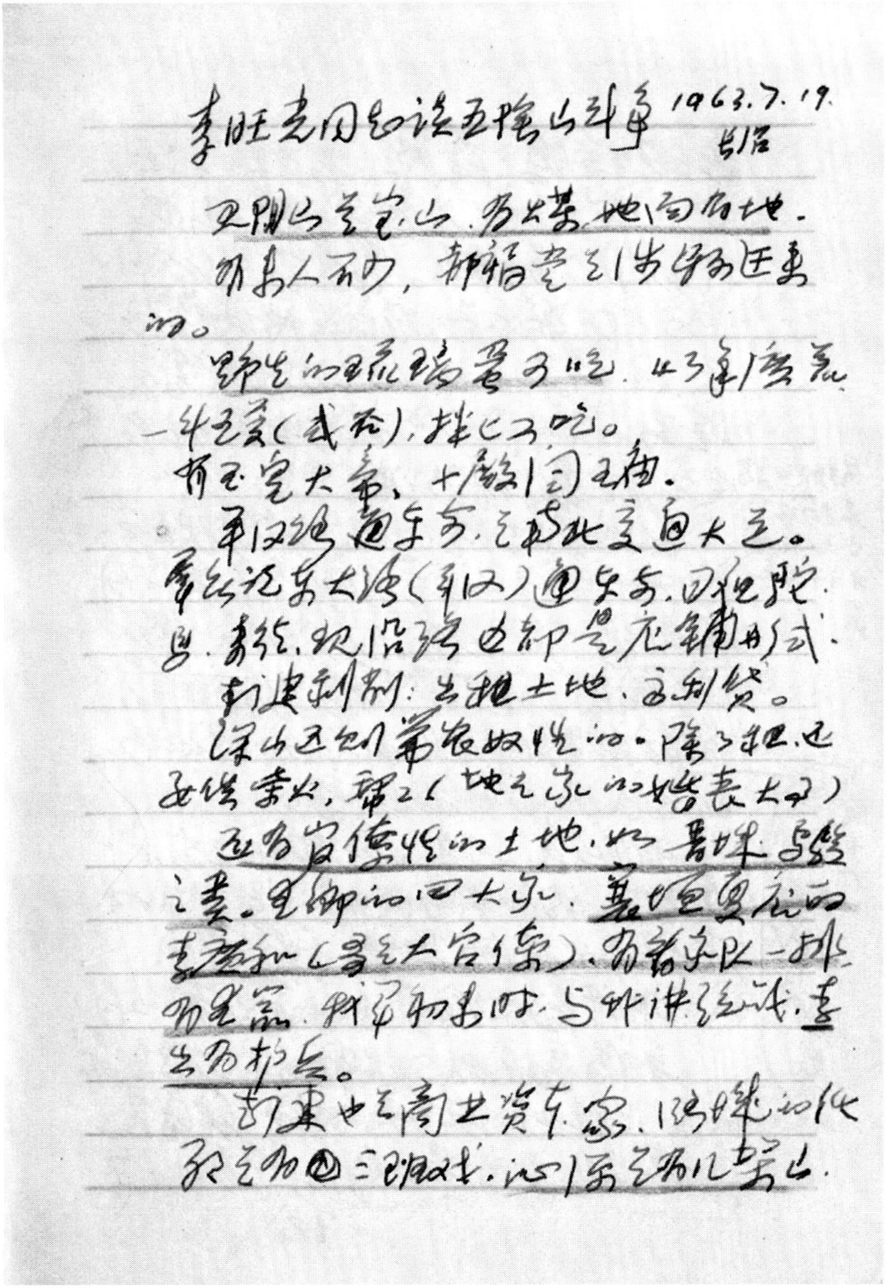
李旺老同志谈五指山斗争 1963.7.19 上后

五阳山是宝山，有出荒地，向有土地。

外来人不少，都福老了从外面迁来的。

野生的五花瑞蕃可吃，43年灾荒一斗王英（武安），挤了不吃。

有玉皇大帝、十殿阎王庙。

平汉线通安阳，又从此支通大道。东北边有大路（平汉）通安阳，四把路，吉线，北沿路也都是店铺形式。

封建剥削：出租土地，放利贷。

深山还有带农奴性的。除了租，还要缴索伙，帮工（地主家的婚丧大事）。

还有官僚性的土地，如晋姝、乌路之类。里乡的四大家，嘉增宝在西李庵和（当了大官僚），有者家队一排的武装，我军初来时，与他讲统战，李出面拥护。

封建也是商业资本家，阳城的化和是和四三现头等，比队是西儿生出。

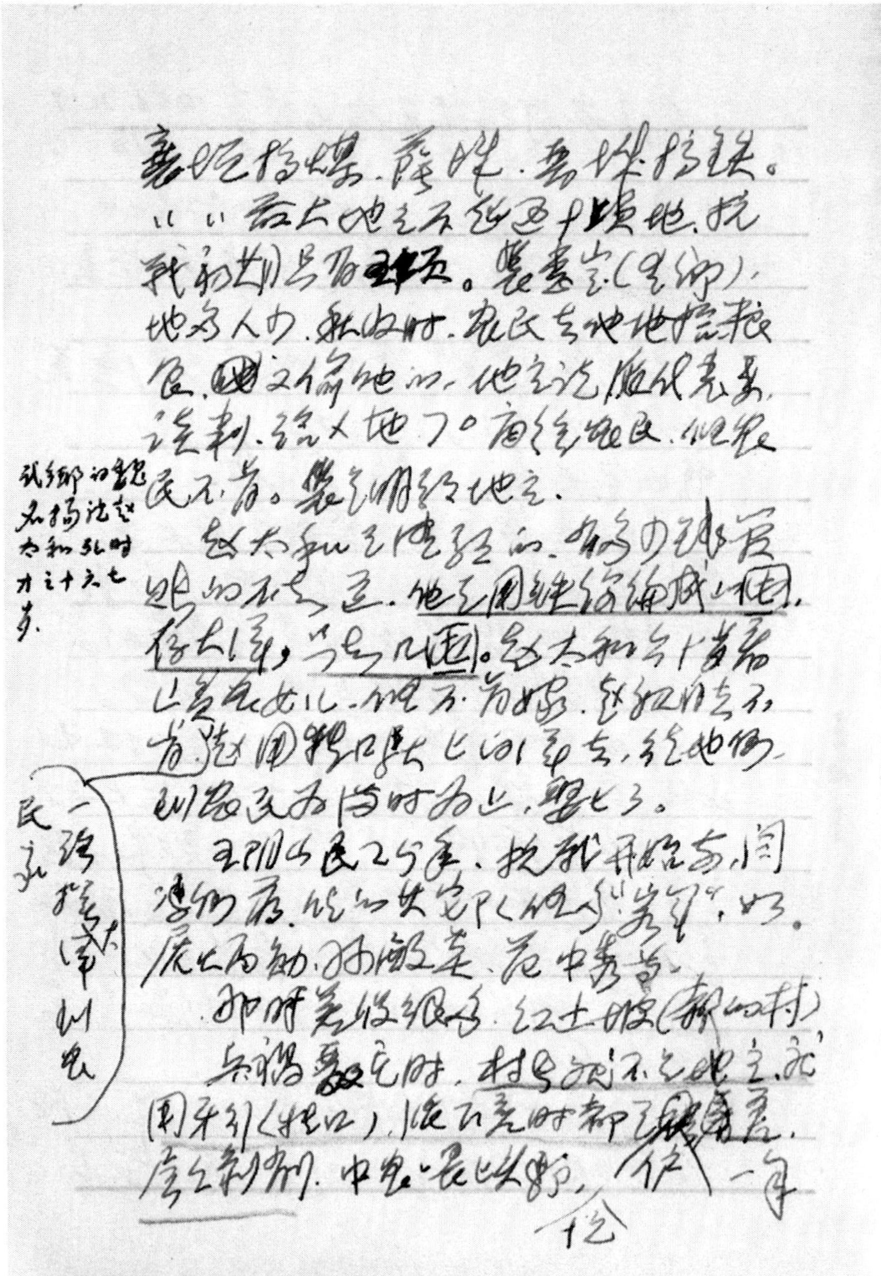

们也三四次，每次三四元，就当了一头驴不坐。中农被斗，农民越穷，地主越富。

官、社、牌（以姓张的或王姓为一牌），到时交钱入牌，抽会。

抗战开始，村长贪污摊派，公布他差了钱，同时他们吃饭分赃。农民代表去说分得不对。郝福堂在会上第三加去当兵，背后是中农。争执中，还管事用锅盖打农民，农民把他推下去打。还动棍去他家吃饭，农民把饭桌翻了，把村长弄出去，他又不承认，农民把村长拉到山上，就拆了腿。（王文成）

互助组员郝连智把周连元拖来区里，把他头打了，把他的胳膊拿去打。

郝松介绍乡，他也要去开药铺，郝搭他家。因为打了官家。

李卿对他说加工作队来了，前来回姓宝人，他还是个当的，不敢去，他

前后西王庄，出手豆种，工作队说打
回头，在反贪污，西家了村侦去撑打
工作团。告他们门口的人穿草鞋，去了
，工作团招待吃好饭，吃了两天，但
通过扫帚坚定，说反贪污，不在捕，旧
政府的害说了出，但打断了村长干部
的贵头会不能，只敲了草皮枪就完。

打了国民党家房子，农民张子宫，
村长就成七五部。

姜堰王铺钱铺前子。

也是这庄（后段村）钱子，为商联
会，商会都不出票子，商会把它女的
少资财才行，但是二不执行出，
结果商联决定全部不用他的票。
连之，好反措施，在门口支锅做饭，
说就是等票，先吃饭，后搬铺。他
钢铁铺，钱包，大伞，之宗，都于那里的
东西就陆续搬。农民见钱多，纸不换，
信纸，他出了要我们的票子。

李贵和刘如前的长达会，前已难粮

女人死去。背过包包一个（大土包）孩子给县长，叫

变了样。

流泪地用线，包三层红布，抱着八人

打开说：你们瞧了吧，三号不舍得开！

42年前，对敌斗争，有时，在王堂开会

讨论，提出反维持，坚持回阴山斗争。（可能是山东）

内圈在中，回阴在东，……在西。

姚飞：坚持回阴山斗争，实际有些三个

县，不能坚持，都进入西营。

一个反维持，一个减租。

42年，以反维持减租，发展武

装，办学校。

讲个故事：善福村，武装不错，44

年夏，两路长雷风李，第一次日军要抢麦

进村，路长没放在村外，只要会化

王林全和一民兵把日军抢出来，日伏就到

村里。第二天，往善福来了三个匪，

善福村之前，今路×月×日，集

李谷，先接红色武装一区，跟你们抢生

日之酒相来盗回，好多速拉，东路第几

大家去给传单，那时还不很普遍太
不够。打了些讨论，都是书记区。
信由县中转到区，区委决定，通过
战斗动员的坚持斗争，加以保护，派
了几个干部，增加些力量。把信交农民
讨论以后好些？
民兵，贫下中农，积极分子，中农动摇
地富造谣言，说我们不行，不要
装好。
四方面户，行政村会使用，开会
全部撤退，转移书籍、供给，很好。
敌人来没有找到。
那里外来户多，穷人，都把锅藏好，
这些人很警觉。
用地雷伤敌人，掏道，敌人一走
就炸掉。
敌人们没见到地雷，很难对付，不
走，我们又把地雷放到新的地方。
这是这位村农会主任，从县里领回土
枪，在村的民兵们除了动了一把。

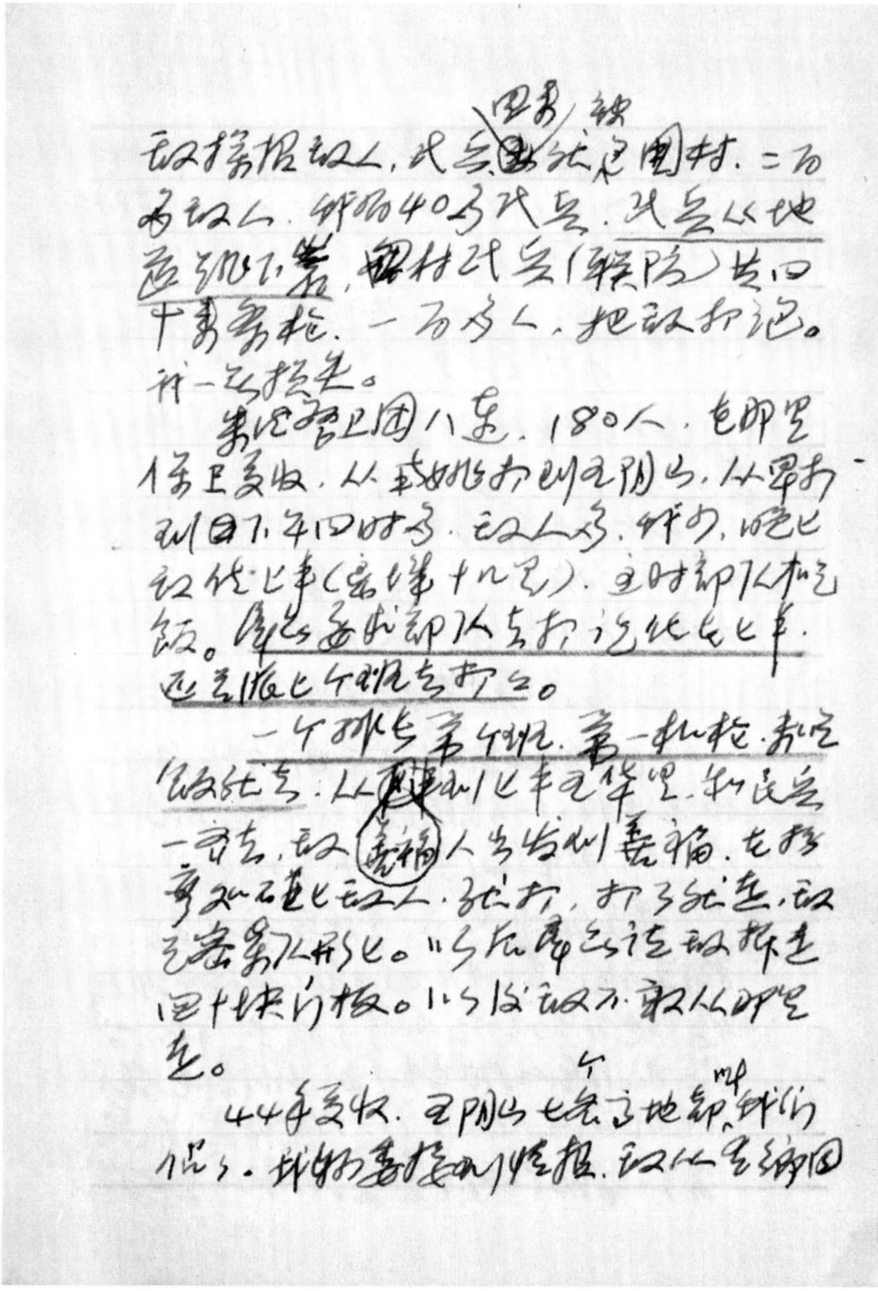
敌援据敌人，民兵[illegible]然后包围村。二百
多敌人，我们40多民兵。民兵从地
道钻出来，附村民兵（联防）共四
十多条枪，一百多人，把敌打跑。
[illegible]一个接着。
[illegible]卫团八连，180人，包那里
保卫麦收，从武城打到王阴山，从早打
到日下午四时多，敌人多，我少，硬是
[illegible]上来（离[illegible]十几里）。这时部队就吃
饭。[illegible]部队出打[illegible]上来。
[illegible]个班去打了。
一个排长带个班，带一挺机枪，[illegible]
包敌北方，从[illegible]北上来王华里，和民兵
一齐去，敌人出发到善福，包括
[illegible]等敌人，就打，打了就走，敌
已[illegible]队形了。以后[illegible]敌拆走
四十块门板。以后敌不敢从哪里
走。
44年麦收，王阴山也来了地[illegible]部，我们
[illegible]。我们掩护收麦，敌从[illegible]

已快到襄垣城了。不过伤亡。已年十树打、打了六七个钟头。寡众钟人到都村打了碉堡才开枪。

警卫团八连用四挺机枪，敌退回向东才用炮轰。等到时，才敢追来。

未俘了敌人，我军就从东面包围过去，敌1500多人，我军已不利。

以后又在新村的几十米开始接触，我们以一排和民兵阻击打，敌了几处，打到黄昏，敌用炮轰。

这次未接住何良地。

北林寨敌人莫能王营良民兵从地道进村，从炮楼洞出，见敌在不吃晚饭，用手榴弹、一举全歼敌若干。

岩下红光公司，李化亮，四广高岩，把广场过地村。见日本人初到那么，他不来，日本人要不及撤走。把枪，日本人抽出刺刀，手榴弹地雷，独胜力大，把日本人捆起来，民兵来了，帮助拉到炮楼。日本人这时把

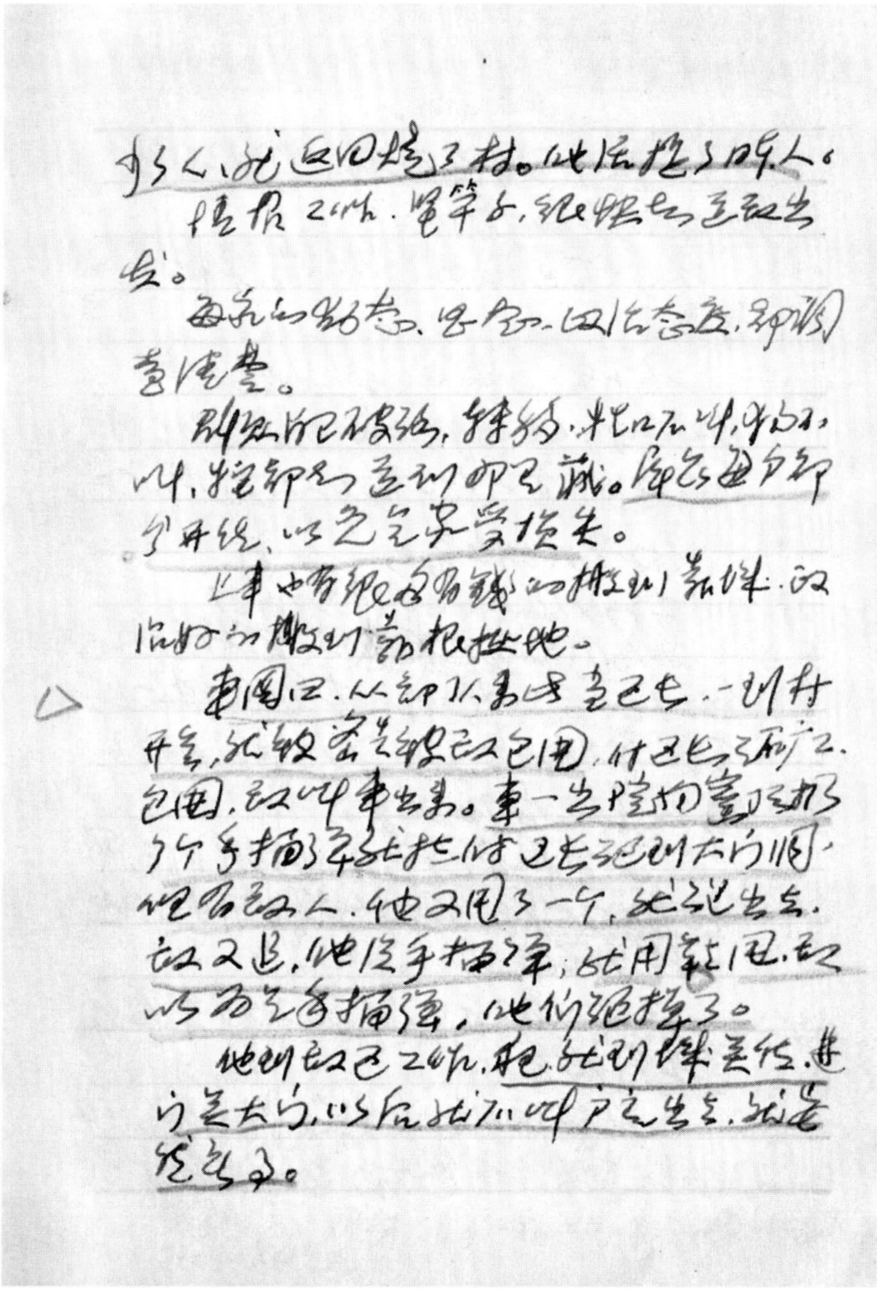

主力从后包围，长短枪，包围后，就叫他们包围中间打人。

后边也去包机枪位下，不让跑掉，来援死出来。

△ 一个不去，总的军三四十，他先打枪，把人散开，他用帽子放在头上，自己转移，缠到另一山上就敌人打帽子。

赵永堂是营长。

李新义敌人的中队长，同期。

两人同在警卫[redacted]队，打枪都准。

赵打机关枪打外，李专门打头上。李就喜，赵永堂出了没有？赵说你多了。李说你能干死了。

赵叫机枪掩护，叫队伍们去用枪瞄准开火，往前人人摸上开枪，被一枪打死。

△ 赵不敢开门，赵而不得草，在草中有地雷。

后来两人都在游击队，李是一中队长，赵是二中队长，在吃饭时，李在敌对的斗争中，了生常打，一打就完了。赵的信写给主营长。

谁都不愿跳。

李已被人从大队去。

就地回打两个钟头，都打中，没有投敌。

四五年曾世英主游击队长，化装成太原警备队（正是警备旅部营长），拉十几个便衣去投太原警备队，当众俘获百十多人训话，把敌全俘，还烧炮楼。

修道

陵川马圪当地主朱金星，以姑娘嫁了支部书记，取得了掩护，进行了许多破坏，砍伐了很多树木，杀人放火。地主大队救朱，改名跳死了狗头朱，群众不答，去状报告支部书记，回答是：上山救朱，跳死的不是朱，还能跳死毛驴咋的？

在进行社会主义教育时，群众对支部书记、地富作恶，提出很多问题。

为什么西营东土改中的贫农，却与地主结亲。婚姻委员会讲：因为穷在山里，姑娘们都嫁到大村，成对象困难也是原因之一。

买卖婚姻严重，什么"两有"（给女方父母衣服）、二口棺材，老年口粮不用管。结婚彩礼多至三外（和父母分居）。

晋东南地委　　1963.7.20.
21.

公社的"四清"比大队最差。长子三级干部写检讨，有很好的检，也没有什么检讨。

县的"五反"，和公社同样。

这两级，始终不好，人们组织不起来。自己没有干部，不能给其人家干部。

沁县、晋城主张照二十个材料执行，四明是非，摆事实，或接受，开干部会，动员，检查认识，教育社员，这样有好处，这样也比较快。

组队、发动贫农，划清阶级（串连），是一个过程。

晋城在检查机构的时候，干部商出决定，或写一部分，这样把决定贯彻下去。

长治市、晋城：检查下去如何对待已有的贫下中农组织问题。注意团结中农的工作。

团的成分很复杂，有富裕中农，也有贫农。

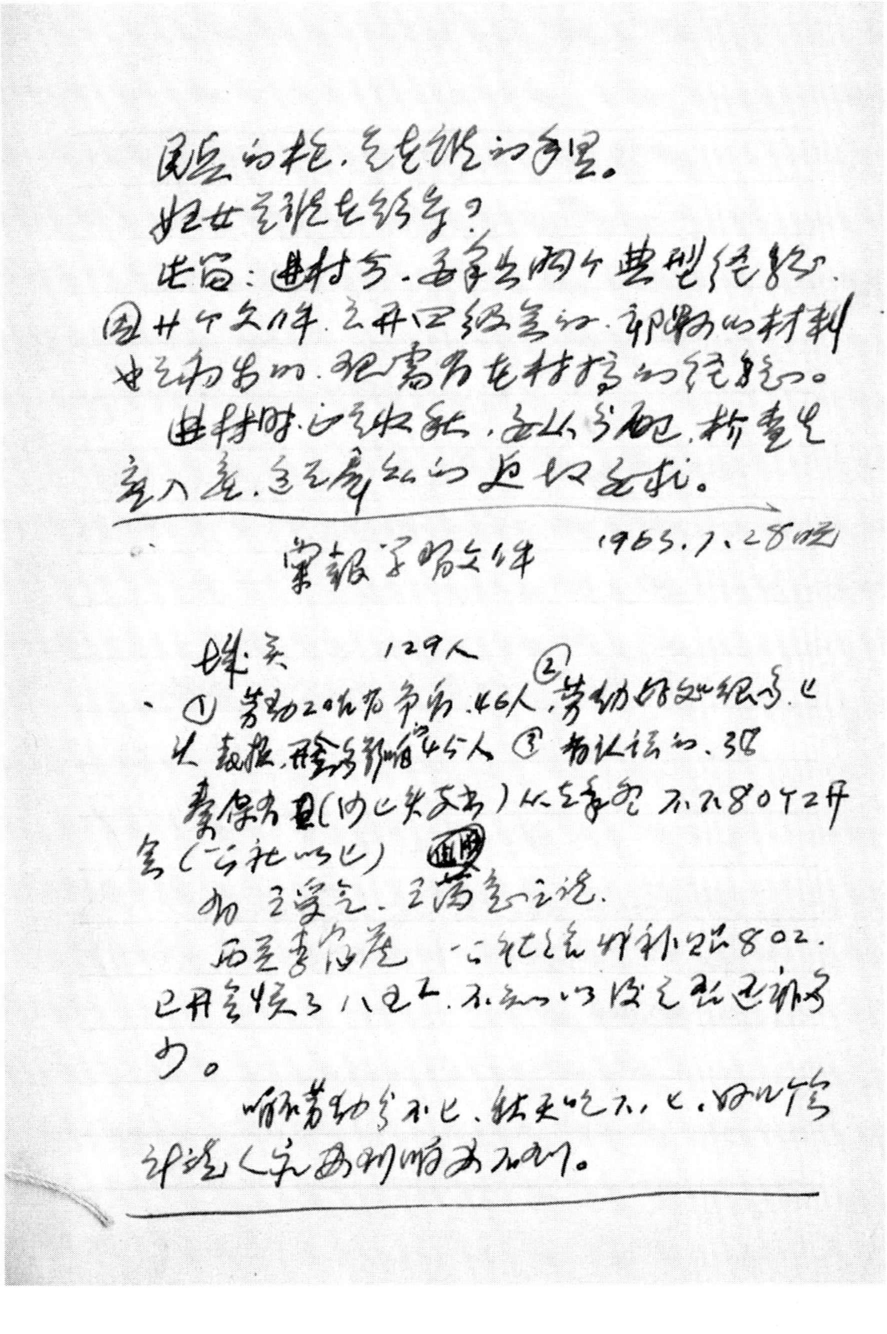

沁县赵家沟，在土改时，阎匪军仍占着县城。有两家地主，有一家有一儿子在阎匪军中当官。支部书记与这家地主在村内当家（大儿）订了条件，不进行斗争，地主家则保证不来村扰害人。并把这些保到一家地主处的窝棚。后来，因为成为当时的支部书记，与他们结交成了。支部书记不敢，怕又怕他们讲出来。

有一村的干部，变了质，在社会主义教育时，便由他们指定人成立了贫下中农组织，把正直的贫下中农，因生气搞不好，群众有些偏激。想得贫下中农火了，自己也成立了贫下中农组织对抗，现已要求承认他们是真正的阶级队伍。

一九六三年七月二八日 陵川

关于干部参加劳动的反映：

补助工分是减少，劳动工分是增加。会要开，工作要做好，现在的工作是很闲。

白天劳动，到地里看看（指检查），黑夜还能看见？

不知道这次是开什么会，有的说：三清搞了，这次大概处分人了。有的说这是开劳动会议，说：劳动就劳动，光开会还耽误劳动。

现在普遍是常年坚持劳动。

对工作要求是层次清楚好说：晚间工分减少，还能有时间和人家说好话了。

生产情况

今年雨、雪都多，麦子只能收40万石，去年是120石(万石)。有个公社种了一亩麦地，种子40斤，收了四十一斤。不但麦都是发育肚子的，穗不出头，全部收回的，都是不出头，发霉坏。今年种子成问题。黑山底要种150斤，只收15斤。

老百姓说"黄疸收，黑疸丢"，很多麦长得不错，但后来都闹黄疸，后收变黑疸。

去秋山上的豆子就不好（赤叶病，虫大，大部分身短豆子），有的不出地。当然比去年减产。

西河的秋子两边的好。山上的就比山下不收，尽是好的。

七分之一的土地秋不好。

今年外调进来的玉茭种子不好。

麦种的太多，已经都烂了，慢地抢种长不好，把很多黄的、都打了回去。

收成时多秋，[illegible]（山上）山旅，将来可比去年好。

很多，二十年都不收，冲走二，收也不多。

一、平北三区作物

这里地区通常种的作物：谷、黍、荞麦、山药蛋、玉茭、黑豆、高粱。豆黄很低。但不敢种大[illegible]

7月28日晚

学习文件汇报

[illegible]公社

对文件的反映

咱此人就是得这个。咱不要报上公布这报告的材料（报刊也没有登的）

对陈永贵、李卜同的材料都说好。对社员主要算不出[illegible]。

森泉（[illegible]的所属公社）

云头大队李贵生（支书）说：陈永贵他是好，咱们学不上。让大家稍微不好办。

"上面队了（指党报，生），咱好收。"

李永元

工作劳动有余力，受了批评，对公社[illegible]全不服，粮食任务，[illegible]，[illegible]，[illegible]回家受了批评。

干脆不去社员[illegible]，开一天会记一天工分。

[illegible]认为开会就是休息，说今天一晚两个钟头，比[illegible]劳动，中午割草。

[illegible]，抓典型，[illegible]把[illegible]退了。[illegible]开劳动会，心安了。

学劳动就劳动就对了。应用至那中时间来了哈干啥？（贾大爷老太李中之）

破坏以干年[illegible]级，了解公社[illegible]组织的开支。破坏了吃、宣传、文化、特殊化。

古郊公社

高岗四个大队书记。

工作好的就不离劳动的，劳动好的就能工作好的。

做好的工作受公社表，不劳动受群众的气。[illegible]

劳动多，做好的工作了，不主张劳动。

新干部觉，工作不要数，劳动也不少（营盘支书）

干部干部，不劳动算什么干部？叫了国民党干部了。（中沟民兵劳模）

“站着说话不腰疼”（老阳泥沟支书）

（了长会镇）（古沟乡）（一些社队）

不劳动就不行的工了，就[illegible]离[illegible]众。他负责了七[illegible]之，几万斤粮食（一生计）

开会吃不饱，生病以后更吃不饱了。有的会后到不了的话，也别过去劳动好。

鸭坪公社

有的劳动不好的，来来，说劳动大会，不敢来参加了。

鸭坪二小队李传镇，是干部后，对材不参加劳动，粮食不够，二年贪污2000多斤粮。14个人贪污的，有一个当家的，就开了会审偷了四十多斤豆。他子弟不参加劳动就会去偷了。集体经济不能巩固。

有的干部对当了干部情绪了。公社干部上门他，不好意思来参加了，有的人也不敢再了。公社干部去，把他们谈谈话，就有情绪了，就不上他了。

兰水公社

素时思想，去年十二月的2000个以上劳动的，爱不了批评，于钟爱实际，不穿好衣，穿劳动服来。

好思想的干部，西堂公社会计李安玉

约50个工，亩产30多斤。发扬不够高，此后就好，包给以后了我们分工作，不要抓他典型，说不致使，工作了。

咱们纪道说大家是四大队干部，说要好好把大队人干部挣一挣。

"咱们劳动不算好，咱们问题也好了"（三清）这么干，支书另吃了饭了。等我们问题不吧这个主张，阶级问题。

第一季60工，亩产提不到半斤，只有30多二斤，砍了一半。

大队讨论好，公社干部，走以人说，查库存问题，你们还[illegible]检查。

育苗公社

劳动组也是，不抓住本子只保生活。（韩丙四）58年以后，学坏了，不抓劳动抓生活了。（阴正德，支书）

但四清会说制度有问题，每年说[illegible]到[illegible]力，对[illegible]说不了，要多计了。

二[illegible]社干部说我们劳动，[illegible]

犯错误经验

西河底公社

如何做好经验。

青年壹，平时劳动好，劳动的不好，劳动不好的，劳动的多。

有人说劳动不好，就是为了私心的是根据，也是没有事，公社干部就接上说就是呀！公社干部不好的讨论，已经尽了。如何解决这问题经验。

想想在田间劳动的只有七个人。

有个大队长，24岁，说他家回来和他说（劳动），我就不爱听。我才24岁，要不好好参劳，将来做为少[illegible]。[illegible]是贯彻落[illegible]化部署，说[illegible]；反正[illegible]了，不说了。（西河底）

凡劳动不好的，说话[illegible]，劳动的很积极。

咱这工作吧，咱不行，咱搞不了这个[illegible]，说劳动吧，不比我差，就怕开会，不[illegible]不行，[illegible]，咱不会说。

[illegible]也不是一说就行，老是[illegible]，说不由自己。

采集工作 [illegible]劳动的时候，不要劳动[illegible]（
积肥工作 （生病，有些时候不出工，偷懒）

劳动自觉的[illegible]积极，出工多少。地
干部参加劳动，群众出勤好多。她的丈夫董也好。一个时间不参加，小队的生产就差了。发现问题解决及时，群众满意。

黄土坡一女人，丈夫死了，在另一村和别人结了婚。她就两头住几天，两头都不参加劳动，大队和小队不分配粮食给她。

附录：

干部不参劳，自己到自留地去劳，劳动[illegible]不好，贪污，拉拢他们[illegible]，就变坏了，这样的群众，生产都搞得不好了。

群众，今年比去年少了，[illegible]月[illegible]月[illegible]，也不[illegible]，是要思想[illegible]，[illegible]。这能开一天会？[illegible]

已思包？没有执笔，不主动。

有的说，咱俊喂几个牲口，喂上，一去还不掉几斤了？有抱怨情绪。

有个报一〇〇二[illegible]出纪，折出来他说主把七月的[illegible]了，把该“窑”和[illegible]喂[illegible]也[illegible]了。他也材报已84个工。

有人说他（富农）能不下地，剥削妇女都下地？人说他他能管不了，没有这个东西了，人家雇长工找帮摘当佣工，咋能不剥削呢？他们娘十六了，还不睡下地。他多少岁对王俭要呼我下地就不用吃饭？他王四川是红络长字。不用去看田秋，被发批准，他也不能回去。

单道的女女，美怪他的多生女女。有个闺女是富农，孩子十七，想嫁富农，富农不稀罕，[illegible]。

全家能来摘开这盖子。

劳动妇女为什么不敢来开会？事后。

劳动如何计分来搞好劳动日。

开始实行记劳动，开会研究讨论时，四月廿七八天？作了报告说过去是个阶级斗争，不要把女自己是这个问题，也可去，还是要。改了思想，这样的会，还该早点开。

（何）三批朱德

东下河郭成春，李平郎，张生，病一二十天，给自己记劳动，多作，不少，自己的劳动差。自己，改变劳动，写得不行，即郭书记说，他自动把他写记的还不会不真。

他是过的家人，邮电局……沟坏。

该村不团结，说郭不负责，他对自动记工，自己给他记重，不要也记的。

他记的一百五十工，就不他自动记的工，折查工，开会工。

后来付实支
郭理发

劳动已不是土地，分等不使事，但是个农户中的五大地主，每天收获

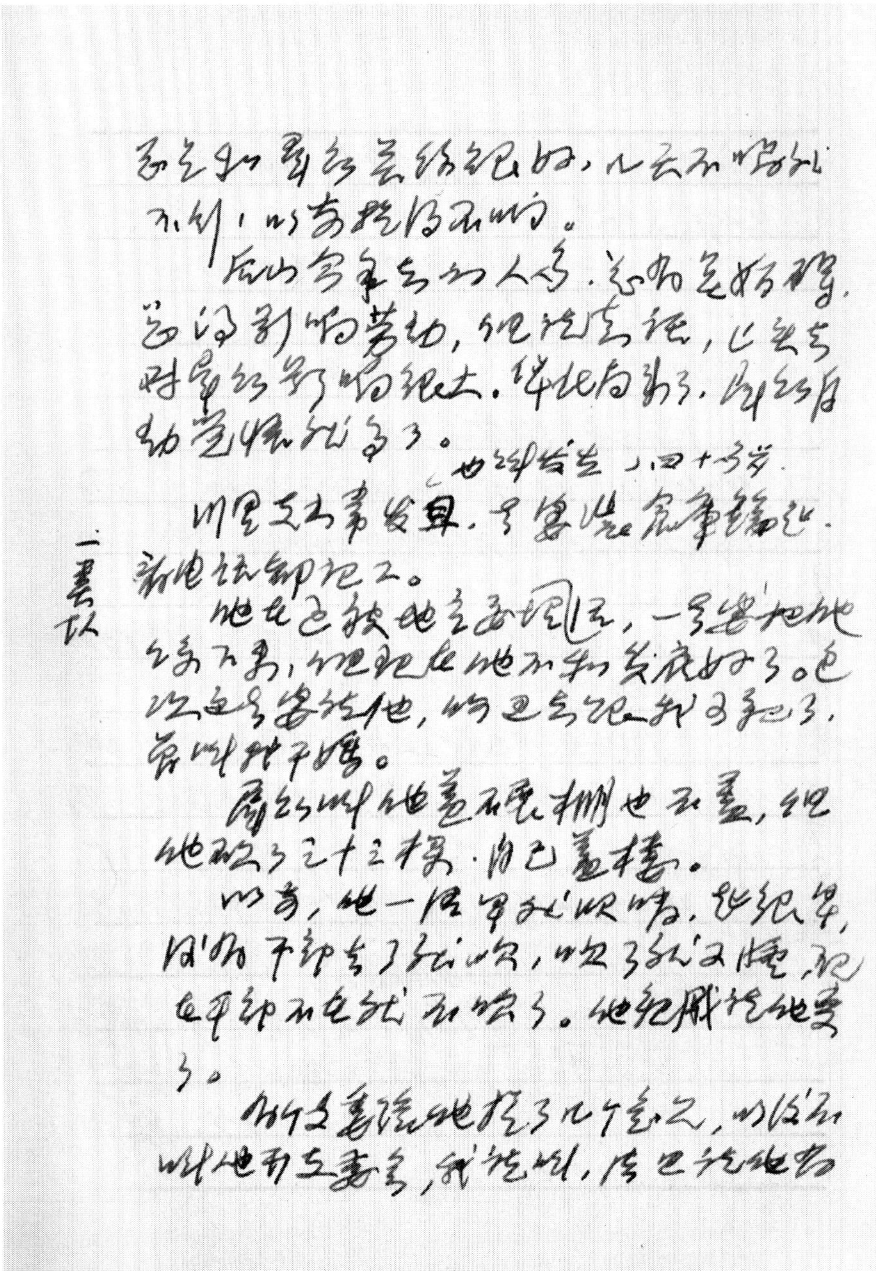

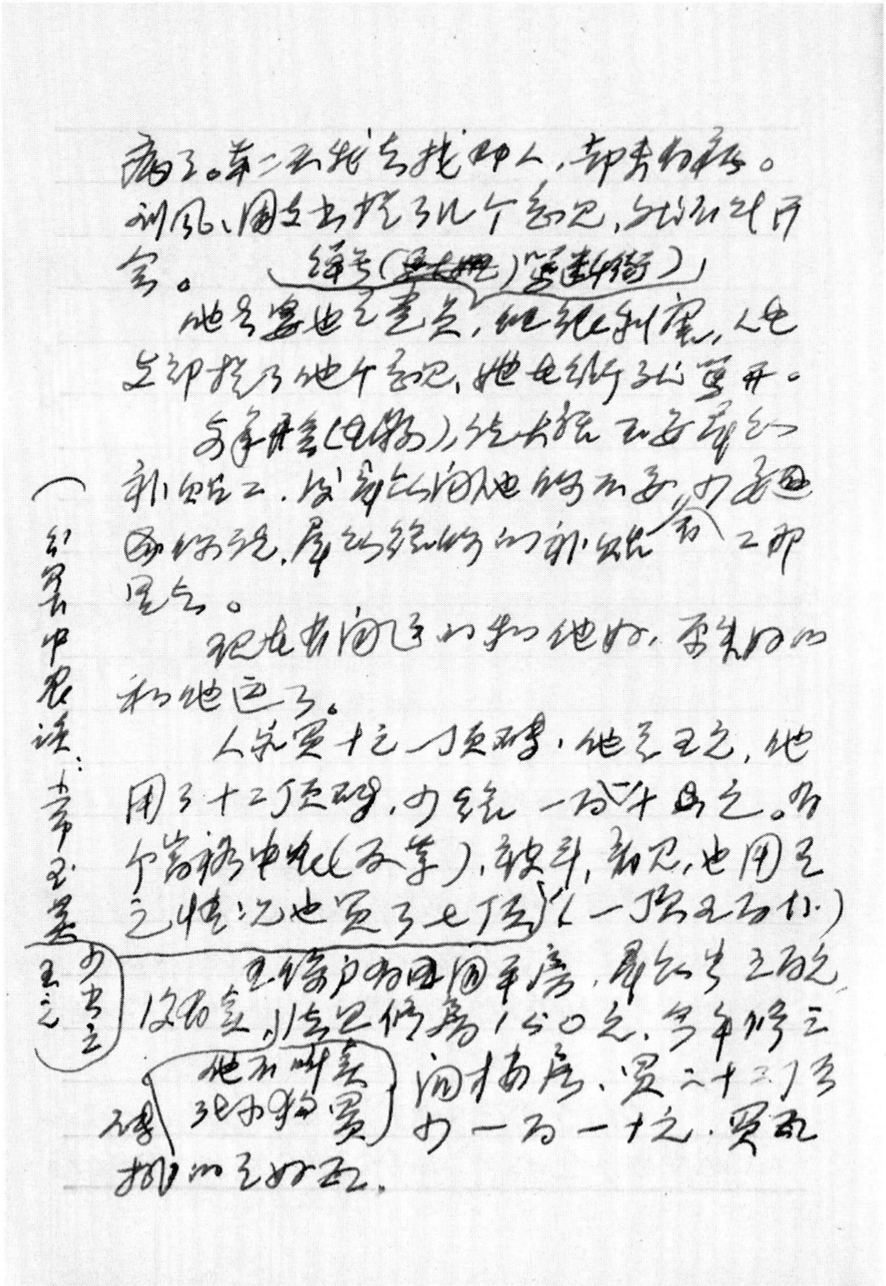

离了。第二天就去找那人，却未找到。
刘凤、周文去找了几个老汉，开始开了
会。 [illegible]
他是要地主意，他就利用，人也
是都找了他个老汉，他也[illegible]开。
[illegible]（[illegible]），[illegible]
[illegible]，[illegible]向他[illegible]
[illegible]，[illegible]
[illegible]。
把在当间[illegible]和他[illegible]，[illegible]
和他过了。
人家买十亩一丁地[illegible]，他是五元，他
用了十二丁地[illegible]，少给一百二十块钱。[illegible]
个富裕中农（[illegible]），[illegible]，也用五
元[illegible]也买了七丁[illegible]（一[illegible]）
[illegible]
[illegible]，[illegible]
[illegible]楼房、买二十二丁[illegible]
少一百一十元，[illegible]
[illegible]。

（[illegible]中农说：十亩地[illegible] 五元 少出三）

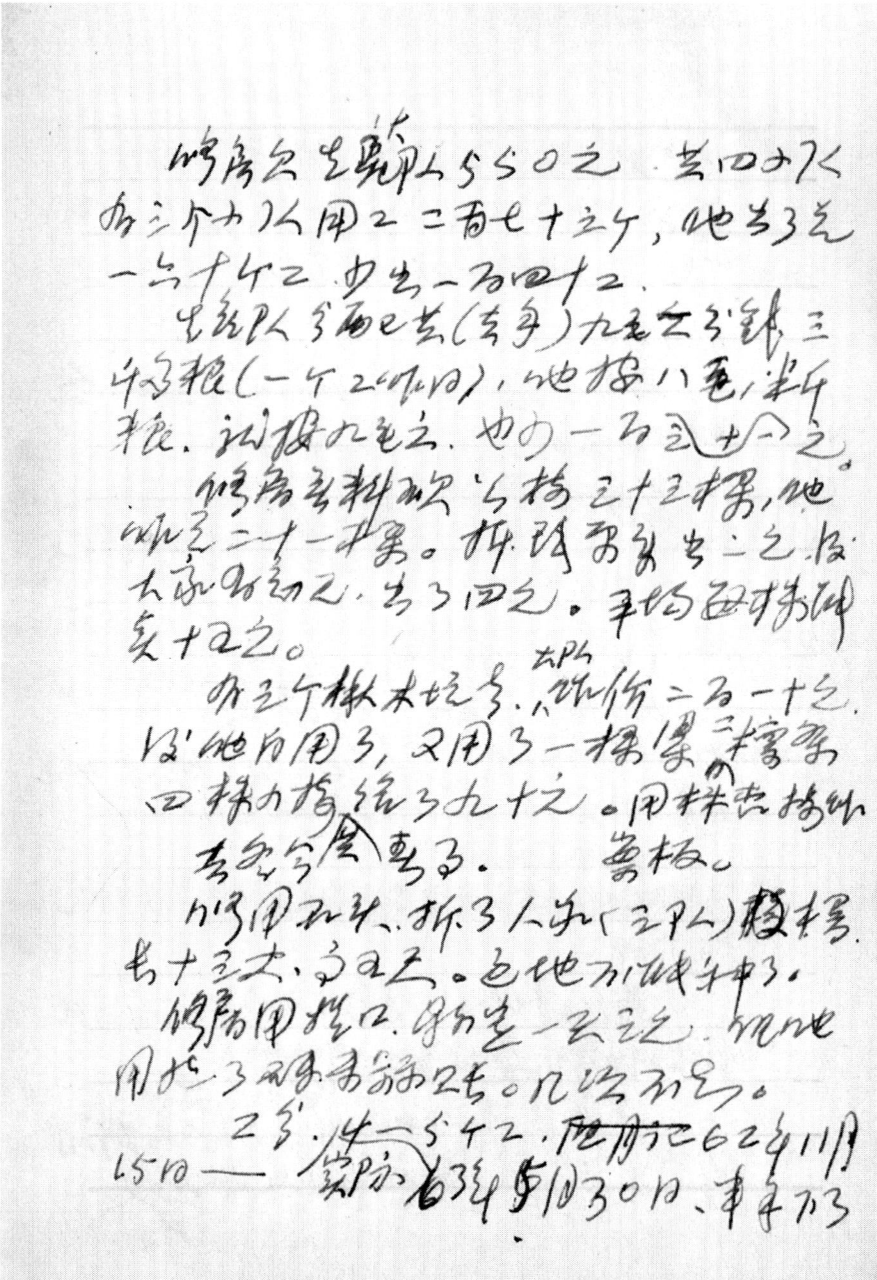

修房欠生产大队550元。其四小队
每三个小队用工二百七十五个，他花了元
一分十分工，也是一百四十元。
　　生产队分配已花（包产）九毛五分钱，三
斤多粮（一个工的价值），他按八毛、半斤
粮，该按九毛五，也是一百五十六元。
　　修房占料放公椅三十五棵，他
只花二十一棵。按照市价每二元，按
大家讨论的，共了四元。平均每棵折价
实十五元。
　　每三个椽木坑子，大队作价二百一十元，
但他自用了，又用了一棵集体的三棵
四棵大椽，值了九十元。用集体椽纸
去全部卖了。　　藁板。
　　他用私料，拆了人家（三队）房木椽，
长十五丈，多五丈。这地方他种了。
　　修房用楼口，花费一头三元，他
用过了[illegible]。几次不[illegible]。
　　工资，共一千五百四十二，住房记62年11月
15日——实际到1975年10月30日、本来不了

七十二工之，6月起，每月下十四个，共下八十六工（6月底），实际是四个半工。他家劳力对，按李部长下了八工，现下了八十一工。

每月十几个工中，如打场送饭，收种子等东西，但他是不算工。

去年他母亲死后由她自己，全年记了八十二工，她已七十多岁，不能劳动。

大孩子十五岁，在附中，放四十天假（秋季），下了七十个工。

女人每个季度（只管纺织，下了八十工。（张保财） 去年东人是三百六十工（连开会、外出部长，服务站工作在内）

今他已记809工 2172工

61年种了二亩六分自留地，实际是六分地。

在分时他家地数，他说种了自留地我们的肯小，费了，这才是实际。四了

修房没有问题，以上的我是经济以下要三合庄，榆庄，窑在（收石）

星枝

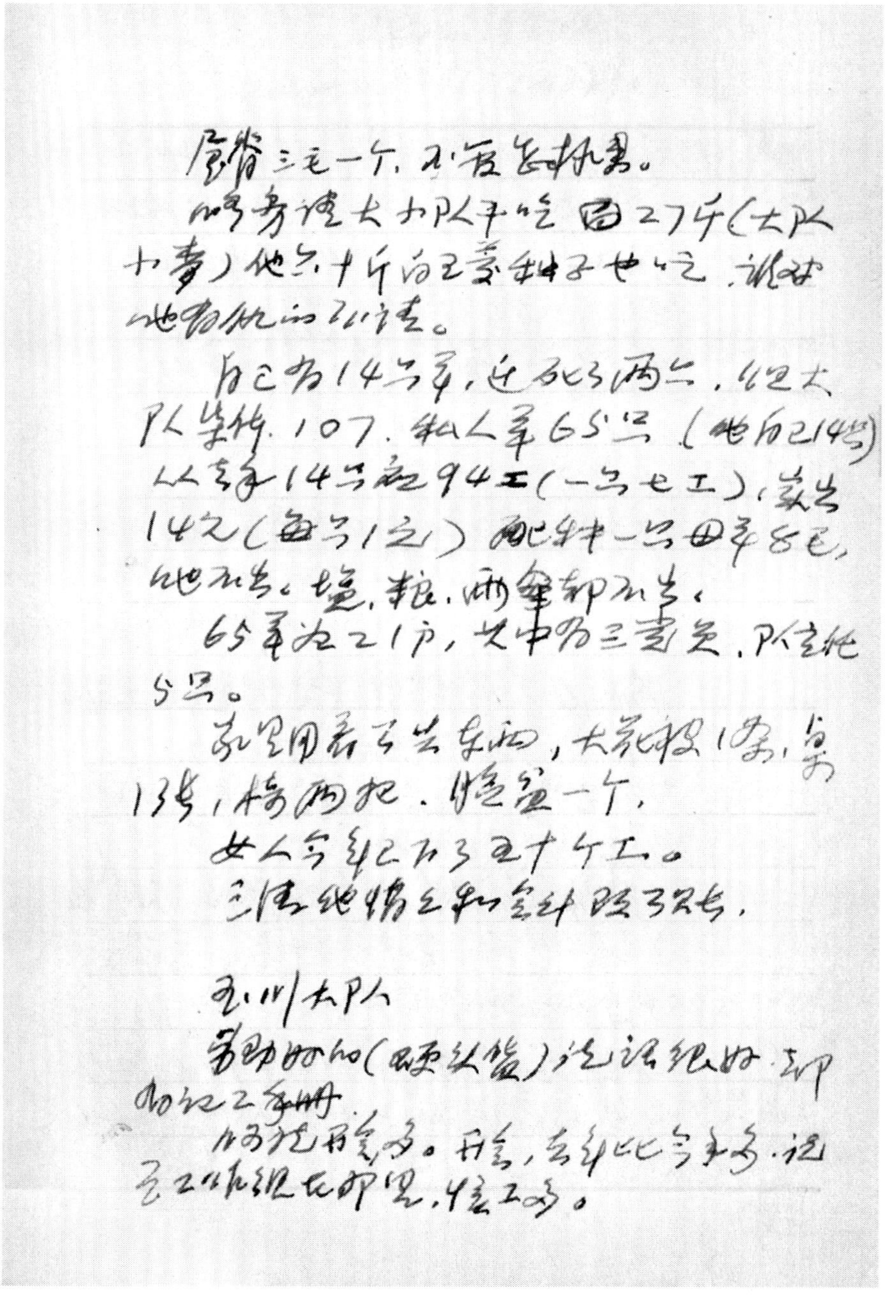

[illegible]三毛一个，不够[illegible]。

[illegible]大小队平均[illegible]27斤（大队小麦）他[illegible]十斤自己[illegible]子也吃，[illegible]

自己有14只羊，[illegible]两只，但大队集体107，私人羊65只（他自己14只）人人[illegible]14只[illegible]94工（一只七工），[illegible]14元（每只1元）配种一只[illegible]8毛，他不出。盐、粮、雨伞都不出。

65羊为21户，其中有三[illegible]，[illegible]分了。

家里用着的东西，大[illegible]1条，[illegible]13[illegible]，椅两把，[illegible]一个。

女人今年已[illegible]五十个工。

三[illegible]

[illegible]大队

[illegible]（[illegible]）[illegible]

[illegible]

[illegible]

搞这搞盖，说个记工分不行吧。

从政治上说是主人，因为是出工，从思想上说，出勤加劳。记工分，是个人要批评。

根本未认识这是劳动，劳动是受了剥削。

我不是对技术去挖色见，附件喝了两天那些，天天去，计一天来去，他总做的一百多个工。

出稿是80多工，肥说是60多，上面问训教多少，他说然后62个吧（郭锋会计）

农村里党员任党校双记工，给他查干部的党校，要不要是新。

党支部到田来，然后把这个天才的搞出来，到底田是好的。

五到田、三清表，工作需要，三清表实际是加强队，五十多种表、一万七千多项目，光打电话来加，一个大队一张，一个纸。今年就增加七十多种表，三万多项目（都发的）五办队里的比比长这多。

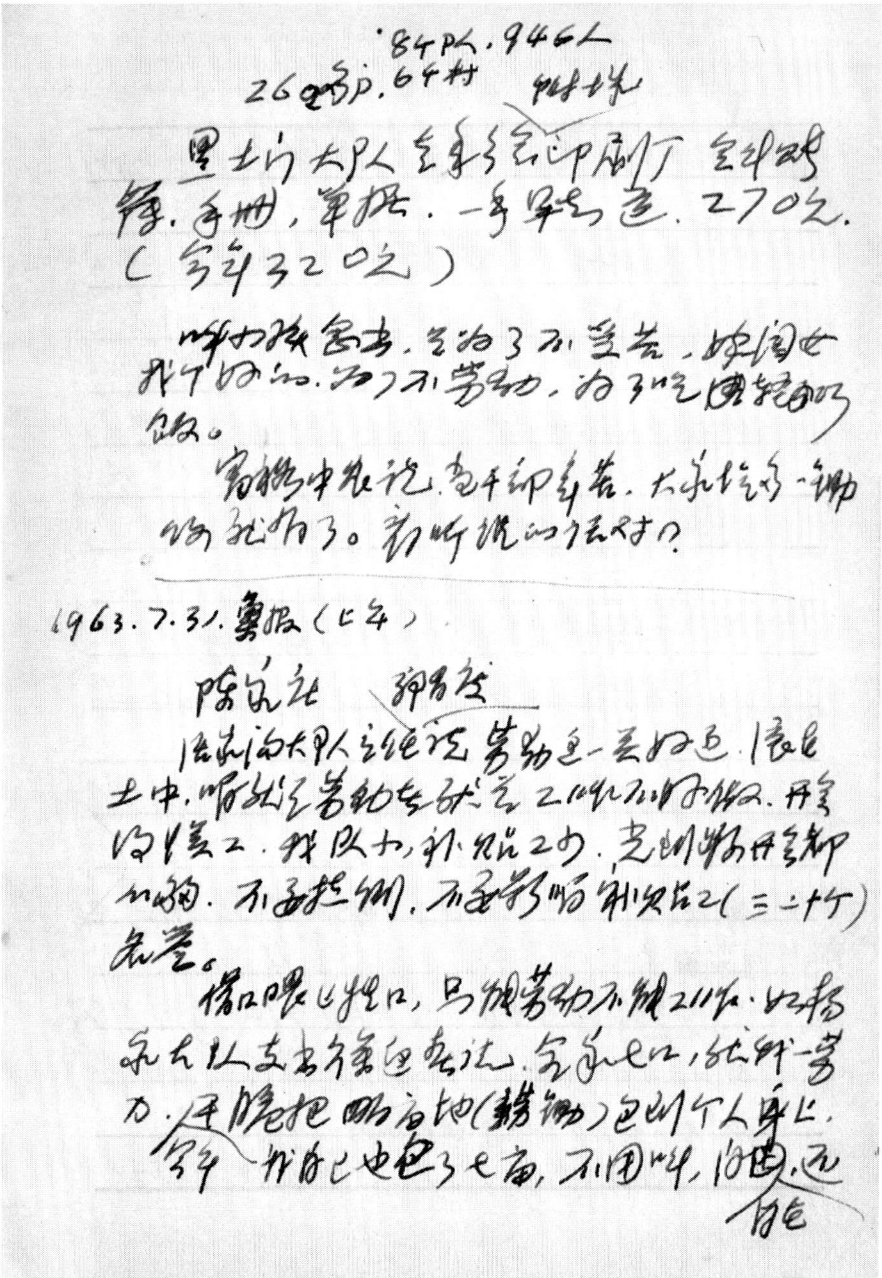
84队.946人
26[illegible].64[illegible] [illegible]

黑土坊大队[illegible]印刷厂[illegible]账簿.手册,单据.一年[illegible]270元.
(今年320元)

[illegible]

[illegible]

1963.7.31.襄垣(上午)

[illegible]

[illegible]

喂喂狗就糟蹋了。阴天下雨割草，那有时间工作呢？

有四怕、一怕受穷，二怕受批评，三怕群众反对，四怕自己吃亏、吃亏。听了报告才知道这是自觉劳动，劳动是阶级斗争。现在是修正主义，什么叫修正主义？阶级斗争知道，修正主义也知道。（可和问大队长平镜说）

张家大队支书金堂谈：

有依靠，如劳动，不能搞工作：我有三个依靠，一是老婆（63），二是孩子每月挣三十元，靠银行借，三靠医生，种种分配包干。

来时报84工。来后：一帮我清不到，共93工，楼梯记工论不来。主动要开记工13个，回检查工作说不来。已报细账84工，有50个是重报的。

他是劳模，为了报上队，重报50个。现在觉得不对，是资产阶级思想，剥削别人，是阶级斗争问题。

为他帮记12天，白留地用大队七

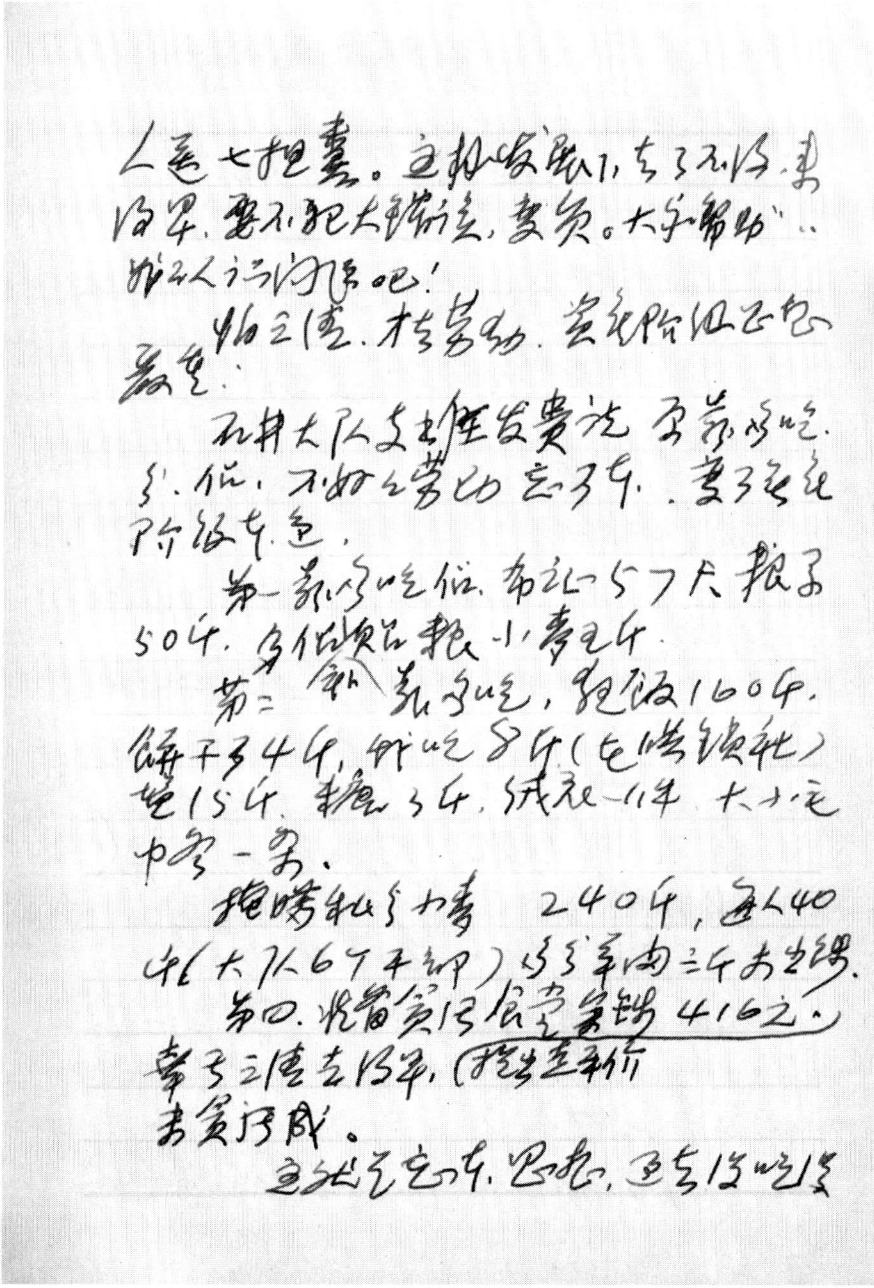
人送七担煤。这样发展下去了不得。来路程。要不犯大错误，变质。大家帮助我们这些人吧！

怕三清，怕劳动，资本阶级思想严重。

石井大队支书陈发贵说：分家吃饭，不如一劳动户三万斤，变了资本阶级专政。

第一家分吃饭，每人5-7天，粮食50斤，多借贷给粮小麦三斤。

第二（新）家分吃，粮食160斤，饼子34斤，另吃8斤（[illegible]），盐15斤，糖3斤，绒衣一件，大小毛巾各一条。

挖[illegible]小麦 240斤，每人40斤（大队6个干部）以及羊肉二斤[illegible]。

第四，收贫农社员食堂款416元。[illegible]三清去路单，（挖出来补价）去贫农成。

这就是它们东西，思想，这些[illegible]

房屋被半拆的要饭。今天生活比过去提高好几十倍。搞不明了，章之[illegible]得罪。

我也要开会，要抓好典型，交代不要干部批斗。他说了报告是革命不革命？你不革，也要革你的命。现在永远要干到底。

第四，劳动力外流，怕批斗，怕[illegible]反，怕饥荒。

前进大队会计开富书记记录时只68个工，实际做了224个。

队长叫我们上地不去，怕劳动，怕[illegible]天[illegible]分工。实际生产[illegible]，[illegible]用高了。立想发展生产[illegible]之变。一[illegible]，二[illegible]，三[illegible][illegible]吃饭

李[illegible]补160个，实际做2644。

去年记了346，[illegible]比开会[illegible]，实际记上了。[illegible]不能叫我们回去[illegible]，现在[illegible]劳动时差，超工。

第五 翻风破脸，翻情况劳动[illegible]

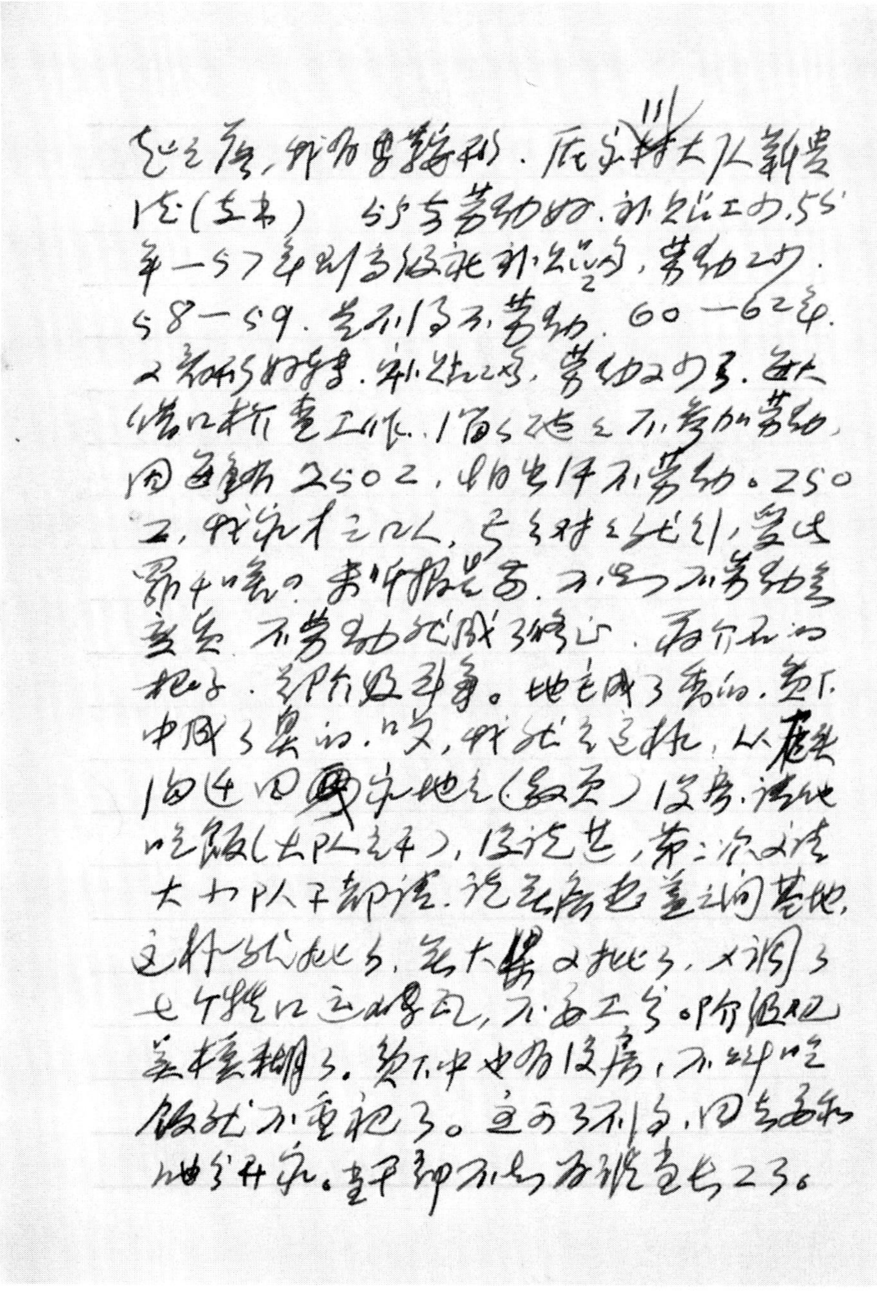

[illegible]后，我们要讲形势。[illegible]村大队新贵
话（支书）：他说劳动好，初级社工分55
年—57年则高级社初级社的，劳动工分。
58—59，总不得不劳动。60—62年
又[illegible]好了。[illegible]，劳动工分多。每天
[illegible]工作，[illegible]不参加劳动，
回去每年250工，但是什么不劳动。250
工，我就[illegible]队，[illegible]
[illegible]。[illegible]不劳动会
变质，不劳动就成了修正主义。[illegible]
把子，[illegible]阶级斗争。地主成了香的，贫下
中成了臭的。哎，我就是这样，从[illegible]
[illegible]地主（[illegible]）没有，请他
吃饭（大队支书），没说些，第二次又请
大小队干部请，说是[illegible]
这样就批了，给大[illegible]又批了，又调了
七个[illegible]，[illegible]阶级把
关模糊了。贫下中也有缺点，不能吃
饭就不要把了。这可了不得，回去[illegible]
[illegible]。[illegible]23。

姜铁山

姜东庄的支书说吃饭说话就说不算数。人问他，他说没说什么？

古郊公社

我们人为啥劳动是第个年。我学劳动不认识，自己为啥吃饭的。60—61年 许贵叔说（公社干部查组）两种相对一起说。种的苗吧，种中公社的好些地，到人们劳动说为什么。

小米2084斤
粮食[illegible]004斤
）粮食

李广福（公社组织委员）说劳动是阶级斗争，根本不认识，未去做好，不是不好，是中好。

党委秘书赵文兵组织把经验，今年为两劳动日。李生福，姜之德，拉起劳动一块宣。

王兆林（团支书）说对劳动，干部不劳动，五劳动和同家劳动，还是到全外去劳动？ 土墙

武装部长郎印辰，去劳动抽动

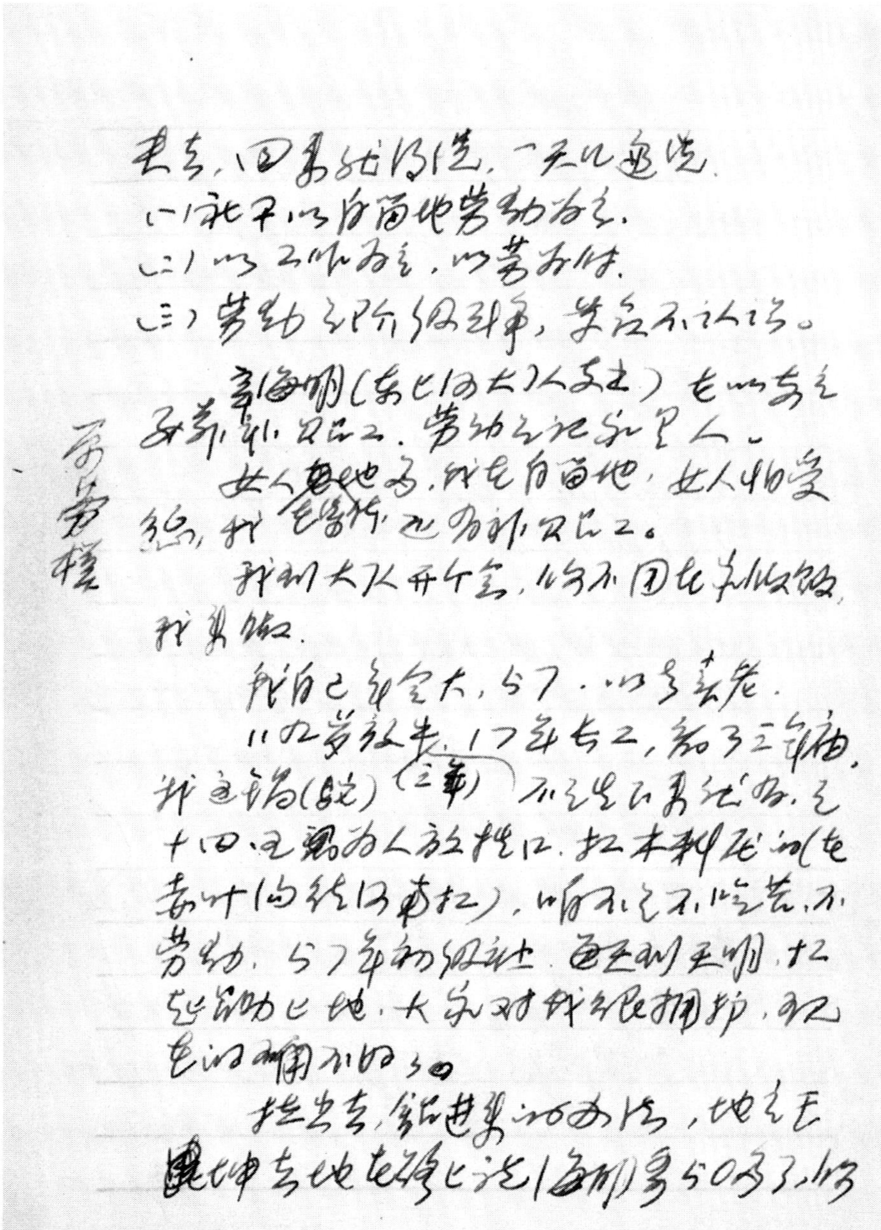

来去，回来后仍远，一天几趟远。

（一）我平以自留地劳动为主。

（二）以工作为主，以劳为休。

（三）劳动是阶级斗争，生产不让人说。

李海明（东北的大队支书）是以劳为主，不离开群众。劳动不比别人差。

女人包地了，我包自留地，女人怕受累，我包修，也不离开群众。

我们大队开个会，他不同意先做饭，我来做。

我自己年纪大，六十了，以身去干。

以前当干部，门年长了，前了三年病，我这病（是犯）（三年）不能出去劳动了。至十四日早起为人放牲口，扛木料在（在青叶的结队来扛），咱不吃不怕苦，不劳动。六一年初级社，每天到天明，扛起锄头下地，大家对我很拥护，我也觉得不好了。

挑出去，给世界的为什么，地主王坤去地主家比说，海明今年五十多了，他

李劳模

没保护贫雇农了。这太不应该，还办了3个富农。

检查工作时某农会的干部，给检查工作的人都说好话，我想：你还不如地主呢。地主还知道我少了，保护贫雇农，你还会我说好话呢。

以前算不算事，然后劳动，把农村这都不了解。

过去怎样出身，因他也是穷人，但，把不劳动然后成寄生虫（本来穷了），跟富农合伙，也不打算富[illegible]，这个不行。斗争是初级社的事[illegible]。

张善德（[illegible]）

初级社主任当家权，不要自己，富农都说我好，10个了，[illegible]讲价钱。而且以后劳动家不去，开会回来，下雪，把草棚烧了，[illegible]自己和老伴飞日把手[illegible]搂上山，[illegible]家回口，好过了。加工当审，全年6000

7-8口

多斤。则5万斤稍食壹光千把斤粮食出来了。大炼钢铁，打乱了制度，劳动力为千分，群众统计评了3000多分，不劳动也可以了。60年秋，只评三千多分。陈学晚盖了，59年吃饱饭给价值。

61年分了大队，经常到地检查，上交叫"多东家"，你知道那个他（是在检查）怎样，她不断告知他。

又到第五队。杨章茂（李年负责）"越来越丢底吧"的来了。领导社员大会批评他为："你这干部不来丢底吧了，你叫'扎书'我也不去了。"

以后社员再不敢叫他多东家丢底吧了。

61年秋评了3,400多分，付出8000斤。

不给已么，社员继续给他支书。62年家人有病，死了闺女。群众评了我700多分，想吃开了，干部没有福了。去年队存300多斤口粮，我分了800多斤。这就收了六十二。

（群众说话明了，才知道的）

口粮省，让他劳动，推碾，拿他劳动力，又三天的功夫两天跑，捡拾捡拾就好了。

不劳动就没吃的，又可以，工作也多了，年纪什么都说吃饭，买东西，盖房，木料，结婚都要得批了。所以了合社就好了。

把东西给工作，找个人干，合计，过去各干各的地，只管好的，过去就不用人说，都知道。

这是比思想化变更的道路。

（说得忙工才增加了。）

会计王怀中（西里古沟）工作紧，工作就得忙工，还不知怎么干的？工作组到大队，也得招待，原先有什么，也得去这个跑呀，也得忙工。

社，队开会，也得忙工。

打了配算账，电话会，也得忙工。

秋天打场评工，每天一干大了，也得忙工呀？一分价钱一分货，工作没有个安定心，劳动也没有个手段。

生产救灾

我们生产的保护，还能看出个阶级斗争，个别的活动？

现在有人讲了，一年三个队长，实在是不好当了。他不去生活了，参加劳动的，是去劳动也为了掩盖地位，表扬，没有意思，即每次吃多饭。去年只做了十八工，今年也时又加上，已经越来越险了。

以前不劳动，就是家计划生产，如此说，就能够不行，生产问题，就不劳动，但是必须去做了。没有制度能够的。

支书	11个	劳报	151个工
主任	16个	" "	129个工
会计	9个	" "	216个工
		共	496个工

低 在72人中的60名

形势是支书主任搞得好，会计差。

横水

69人 31人检查，支部[illegible]14人。

张[illegible]检查，没参会，没认识到[illegible]

（大队支部）

革命不彻底，[illegible]九口人，自己劳动力
也愉快。

今年二月[illegible]李松华说他能[illegible]28个，[illegible]，[illegible]说能[illegible]28个，[illegible]吧。

[illegible]时[illegible]，解放前对他不好，土改给他还[illegible]，[illegible]四天，把[illegible]地去了。

[illegible]，[illegible]，他[illegible]，以他[illegible]成分，[illegible]，成分不能改，[illegible]，[illegible]吃了。

[illegible]（[illegible]）[illegible]60个，[illegible]90个，[illegible]。[illegible]，[illegible]，他[illegible]关键[illegible]，[illegible]自己[illegible]了八斤[illegible]肥。

四个不劳理由：（一）材料少，工作多。（二）身体不好，睡不着[illegible]。（三）不下功夫[illegible]。（四）家里人口不少。

向你要钱，这个小媳妇怎样？

把[illegible]到公家也

地主李铭有经常给担水、垫墙、牵驴，问他是干部为什么这样，他说求好些。

去年了5个劳动日，多吃多佔，包管时间不长，大队，小队吃，都参加。

新选干部，西岩是张继安，已去劳动不好，是干部处不劳动的坏处，只靠红薯苗，开会也不叫（一是干部不重视这），记了，但是大会只1/5去年是干部总共挣工分好[illegible]劳动110个。

他去年包纵时谈当选干部总记。

公社书记王三支部说：那书纪说一年比一年强，他就是一年不如一年，原来我们个些多地是干部。

公社干部——

奉行公社的解放前是农民出身，在村是西劳模，参加工作后，做好工作能好，因参加劳动不积极了，一天比一天差，生活就越好，戴手表呢嘞。

有一些是搞不通，说不通。只懂道理，不认识问题。

(一)妇女(二)　　三、对挑犯不对抗，不揭发。

38个来揭盖子。

第一是劳动不觉悟，第二种是包袱放出来较大。

"把囊戴上帽，苗戴了帽，以此戴礼帽"（2人带帽）八联会计李根银。反右经：在4个月后[illegible]，当4个月有进步，你们[illegible]，人家有进步。他说他自己有进步，他不能[illegible]。

城关公社

119人　46人评查，认识[illegible]（思想的）39人

六月份[illegible]认识较好，做了三十个，向公家借二个，报35个。说明二工不完整，看过两次在王山至东面没有，记了两个工。

58年和牛组一起打井244个，完成了。后来劳动就差了，不吃饭了。看了劳模的报第二。比解放前四个差别，身体比过去好，十家十户变化很大，人

共三七百斤，除差三四百斤。

去找粮食的，我打了两次电话报。

除了集体创造，自报71斤，实际235斤。劳务

陈秀卿同志，她家经济困难，她交了308斤玉茭穗（她是要留的）。

会计说，一年找不到好的，发愁，只找出四百多。工作也要去完，不能去劳动，报了七十二，实际是172。二发愁。第三咱们要材料，三发愁。

画名要写大多，不要工分，脱产干部，要工资行不行？

有个支书接上说，以后干部不要工资了，靠他们吧。（有个材料，公社干部以后要不要工薪）

冬天整风，专去五清，八届十中全会好像说，大家去办。

（接表）县下半年写了七个代表——

会开的好，先讲意见，帮助干部整风通讯会（部委会，付书记）是开这个会议

出黄的，干部不管把这权为错误。

党支书不讲纪律，孙国民是的王长（王蒙林之）、刘化，支书安的。富农出身保管会计（已撤出），兼团会计，团民兵连长，二队会计兼保管房户，卸任书记追记。书记是孙国民兼打击（地主）之战线（支书）。

14个党员一贯一清团，一个贫农致钱转变的。两个他之斗争不能发展。九个党员手脚不净。大队主任兼会计为抢粮主，用稿子抬，咽得开道。（赵文秀）

东关党代表曾发言和印象劲力，不能走些升会的（郑秀福）之安之他们不同意。支书去开会，老人们听懂了意，说是开了一天会。

在里委代表疑义说，支书刘长明56—62年去总共给120个劳动日，现在向刘刘说：咱不劳动吃啥？他向支书批评，他说你去当批评。

公社开会　4至2　24.7722，价为
赵仁明今年侧　粮工收入1.72元
十二次会

将纪发了四十多种表，二百多项目。(各示标准，另外还没有包括多项目)

县到生产，主要是掉剥削阶级的命，不让为它也阶级，修正主义也修正自己，不革命了，也不许别人革命，受剥削多了。

王王手表，开会工作都不记工分，把工作，劳动都做，分了手表，走了干部纪一年不如一年，到了五六年，家不如王王手了，为什么，干部变太了。辅导员要讲排场，六大七人，而到家了。置了两部收音机，黑狗皮了，把开来小子。(以后又公路边 路包外社) 买个手表，还不买辆洋车，自己已是××干部了，现在还发展。人人都能大发展。

一至为纪错辅社干部都想多啥了，有了手表，洋车，再不走楼上门了。

崔坡，

结婚、出丧，请个队干吃饭，就补给他们粮，丧了的，五十斤。因为请我们吃了饭。

上半年做12—3个工，多算生月，我给她已了五十斤。好什么包机，我们楚江寨分开借。后来分也六十斤之，第二年（33）借五十斤，第三年借四十斤，就来越少了，现想从外队买牛来起借。

崔坡按收是一石八升，新分的四户，最少三二百斤。

有的人说崔坡一年能娶七八个媳妇？我都没有也算。

我当支书十几年了。从58年起，劳动不记工，别时还做的了，当支书，以后的时间我也忙生产，就不参加劳动了。

银匠以前，谁家有钱人，早间民生在时，现在是就没有傍依的了。

不能自负盈，会计给我个数字就算了。给我定150斤，他定100斤，因之咱不得不隐瞒了八十斤。

咱不报实，取一[illegible]斤，如说够了，乡也不会查，那年发工资，叫我去发，结果只发二三十元。

壁坡会计 我去年担当队会计，工分少了，查干部只发了[illegible]了，不够开。则会计开会，不记工，以后只给钱。实际不够。

现在，不再是以前的。[illegible]地主富农去干了

不劳动，靠剥削来生活，而不知剥削是剥削阶级。

我是去人家的[illegible]也的。

隔四五天不作，就会感觉累了。

八月一日上午汇报

平峰：

（一）子明．认识　透彻　52人．

在部分隐瞒粮食　20.000多斤(?)

隐伏开支、借粮　1.8644

二、认识劳动好就是革命．　31人

宝山支书赵金福．劳动不好．不执行政策．阴违阳奉．没有检查具体情况。

（二）有思想包袱　12人（包括大队的）

如杨万顺（会计）．贫农很多．说不行．哪能当农．又中富．说了吃不开。

父是中农．相当富农

认为劳动好工作就做不好．革命就是工作．服务多．开会多．记工多．社员找得多．要劳动我得把这些事取消．

小孩子上午劳动累．中午要睡觉．晚上要开会．劳动与工作结合不起来．

平峰会计包石金．平峰的各大工作员．要劳动不能工作．工作不能劳动。子明同志说："不好办，不好办，

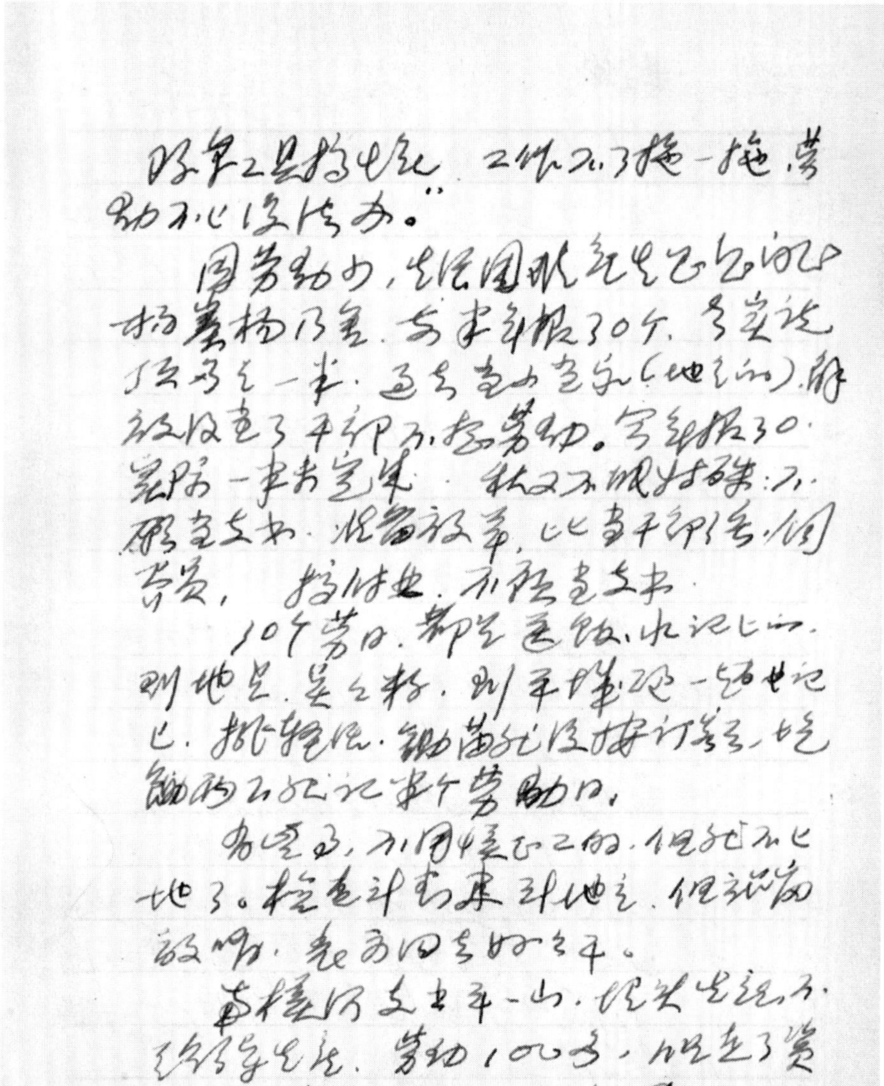

王立法　　386元　30斤

富农王绍纯出面要求粮票，
不要富农. 富农说. 为啥的土地
少地 人口少. 意见多. 打得为什么出得
多，我们不分小化. 经济出不到. 他听
了他们的说法（一）回大家. （二）二条规
分分好粮口（由王会法富农出粮）. 开
村房（用富中王立宪）. 二年以上粮8.000
斤。把富农出到村接，王立全，已经
风财主结算时. 接的了. 又查村房经
理. 总库时已收8.000斤粮. 他
说给的们吃的也不到，这粮给他们
吃，让他们打粮了。　粮救济群众
　　粮食是富农. 他就去说给他们
分一下（粮已清了）. 第一次他们的
房是张金的，给他的是我们的房，给
粮去了吧. 但实际他的是王二全的房。
　　村房（二十元）把他赔了七千斤　富中　粮.
粮查是赔了8.000斤.
　　第二责队，
　　第一次自报检查. 公社能也查不

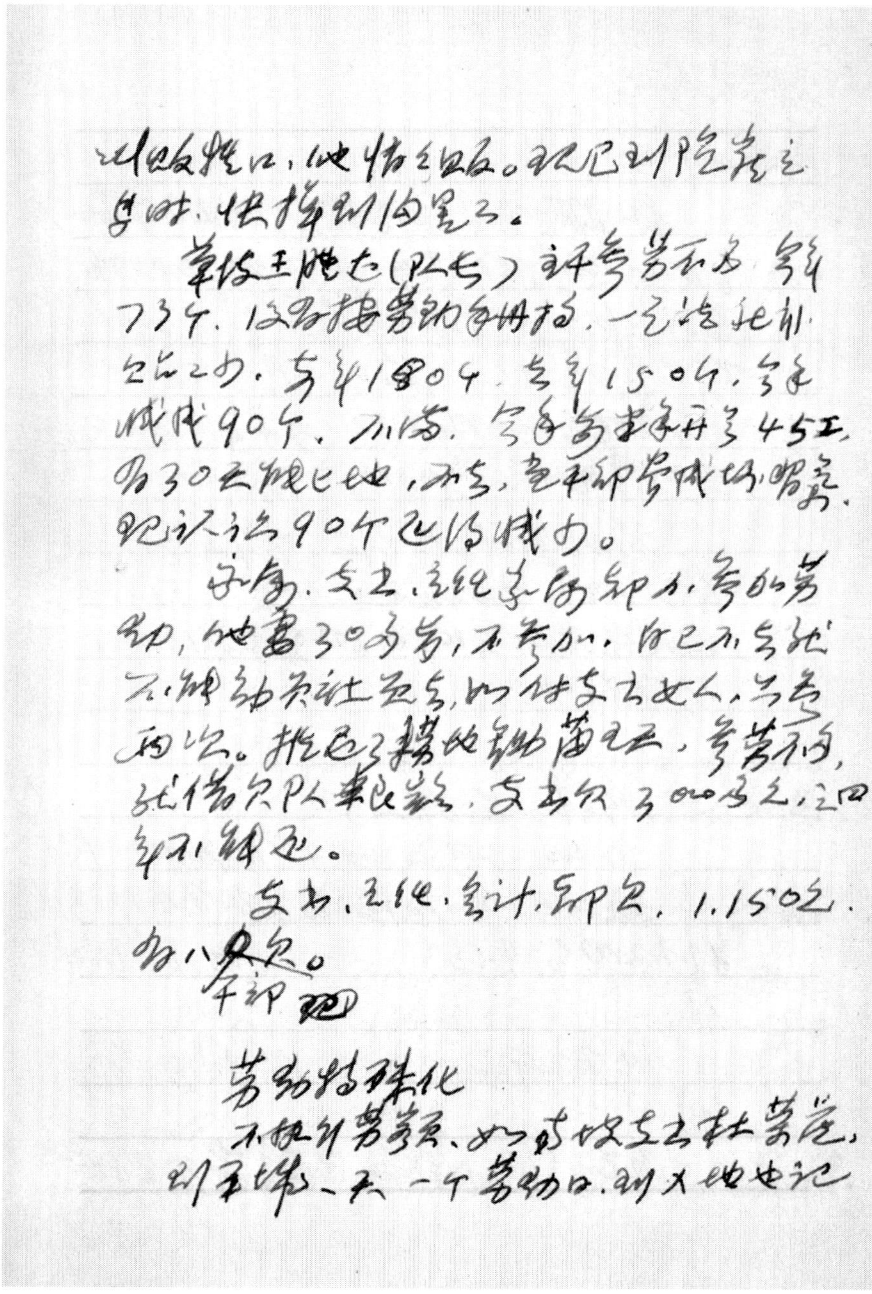

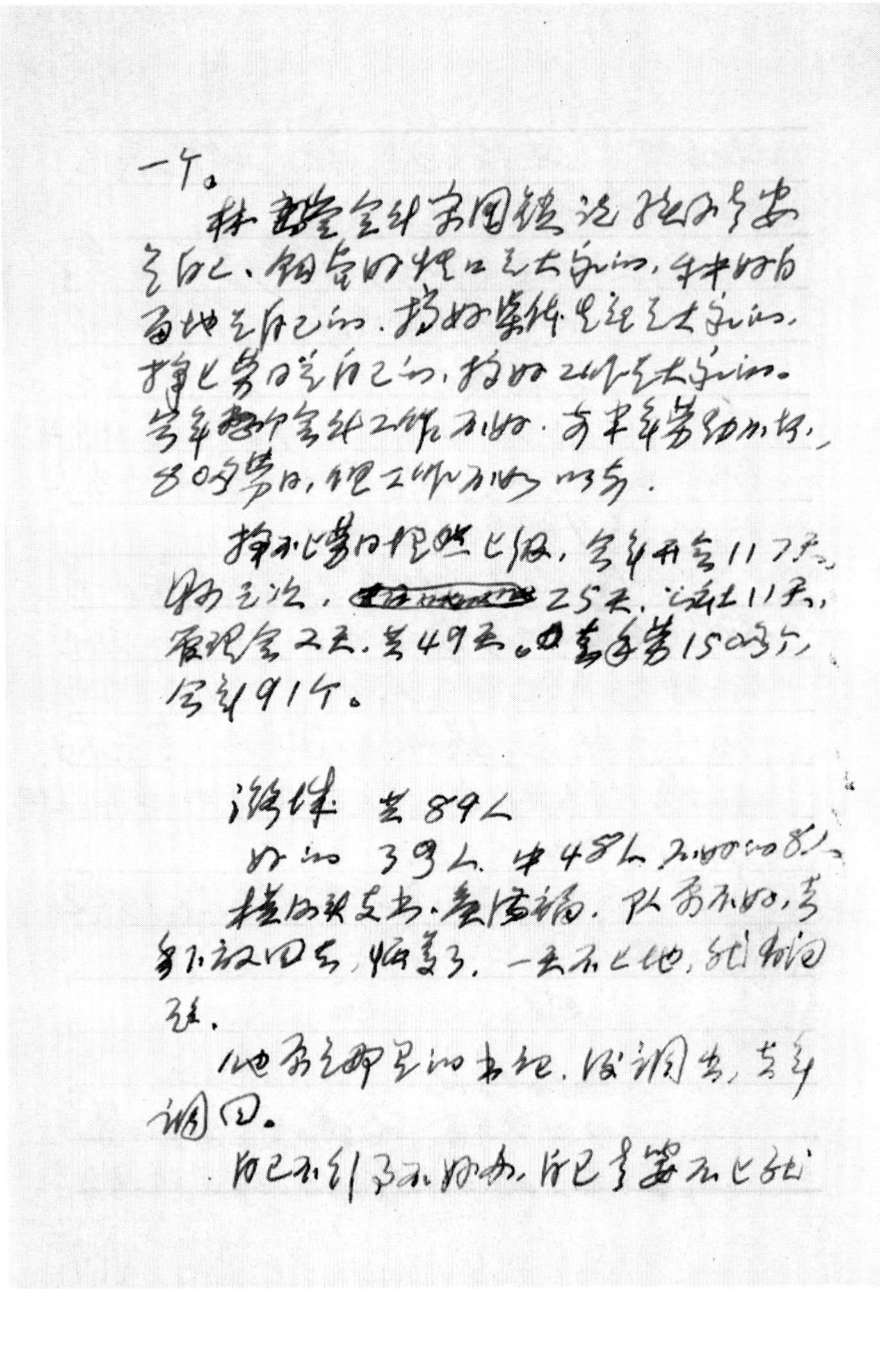

一个。

林县全县开会团结讨论，认识到了要互助、钢铁的性口是大家的，耕种好自留地是自己的。搞好集体生产是大家的，挣工分是自己的，搞好工作是大家的。党员[illegible]会计工作不好，本来年终劳动分配，800多劳日，他工作办的好处。

挣工分劳日经过比较，党员开会11天，[illegible]主治，[illegible] 25天，公社11天，管理会2天，共49天。[illegible]支书劳150多个，党员91个。

[illegible] 共89人

好的 39人，中48人，不好的8人

检讨或支书、杨德福，队务不好，党员不服回去，[illegible]，一去不比他，[illegible]。

他不主动要回书记，没调出，党员调回。

自己不信了不好办，自己[illegible]不比我不好安。他挣1204个劳日（他们的最高）以后粮食指标降低了。把干部劳苦了，改变了。

思想转变太慢，如实行新的定额，就能调动积极性。先进社员没有。老的（不是最好的），愤怒了。去年上级都劳动好，自己不好，他58年当干部，把脑子搞坏了。也不是完全不能劳动，但自己主要是当干部。

检查，桥下洞。他媳妇问他比她不比他，比年不比地都精饭。

最好要改正以往的思想，

检查和新报社，劳动好，到58年以后家大业大，要当先人，不劳动了。劳苦形了，现在提出了好些。

机械化代现主化，进步华责任。

九点大队会计，任特时来，报告来临。思想转变很大，报44个劳日，实际做13个，排队好女人当选把她们了3个会议一起。

根据他家的情况。退了他的钱，增

核查了荒芜破了，成了

二队的有一个是好的退了。

较不好。

最不中的表现是包说过去劳保代卖，现在劳保平卸。

与泉

讨论天比较好。41人检查。

个别认识好的19人。一般的15人。不很好的7人。

石家峪牛富中（支书）两头好中间坏。陈永贵之榜样，我也是支书，好多道，不能付主任。他借了300多斤，不相信，两不下，不敢见面。但不提说。听了那报告，（支书主权为荣地）觉把以往的债讲清了。

两头好中间坏呢？公元年7月24日接支助，55年接初社，我是财粮，劳动，和群众也一样，当领和说。村东村的十五家的腊地，接头我都参加。这他不好，群众说：“地主比党支部（王小川）去接两家呢。他听了，对，我听到说：我意见这些了。记住了他是八月十五号说”

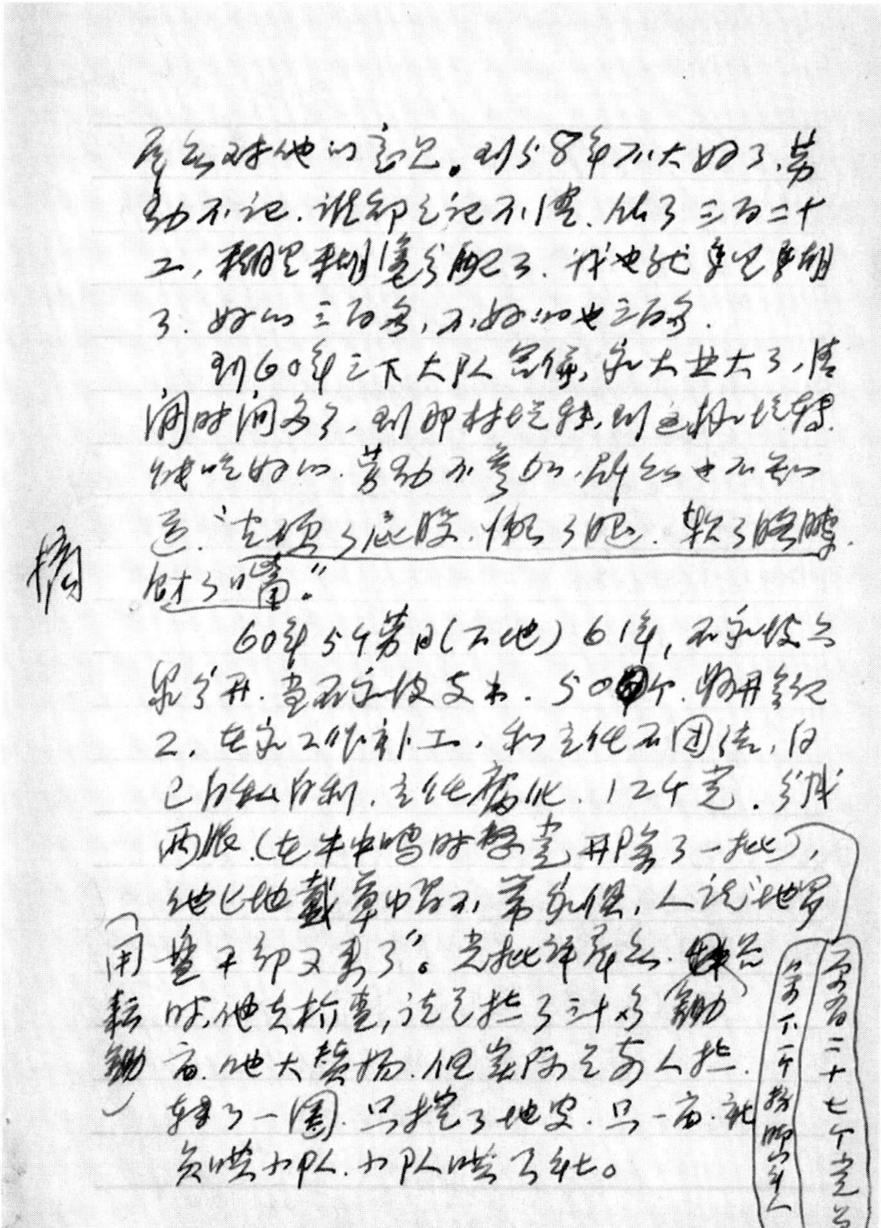
队员对他们意见。到58年不大好了，劳
动不记，谁都记不清、似了三百二十
工，糊里糊涂分配了。我也记多(?)也多糊(?)
了。好的三百多，不好的也三百多。
到60年三下大队包干(?)，分太大了，闲(?)
闲时间多了，到邢(?)村吃饭，则(?)去林山吃饭(?)。
就吃好的，劳动不多好，所以也不知
道："去掉了屁股，饿了肚，软了腿腰，
馋了嘴。"
60年54劳日(工地)61年，不分收入
留分开。查不分收支木。500斤。为开会记
2，在家工作补工，和主任不团结，自
己白红白都(?)，主任腐化，124元。分成
两股(在生中鸣时整查开除了一批)，
他比他载(?)单中分不了第家(?)，人说他多
用整干部又来了。去批评队长(?)……
时，他去检查，说已拉了三十多亩锄
亩。他大赞扬。但实际上有人拉
转了一圈，只拉了地头(?)，只一亩。就
负责小队，小队当了社。

摘

(用耘锄)

有二十七个党员

有六十个干部(?)……人

补工70个，不到社员家收，工分补了七十个

62年得还不仅如此了，去60多个劳动日的工分，别人都不如他做得比较多，61年，什么都不给）

63年劳动率88多个。觉得这个人这样革命，不劳动也能够阶级，这是个什么问题？是这样的问题。不劳动的人比较不好看。

（一）12个生产队，在居民意见的，主要地是红萝卜（自留地），四百亩地三百亩。全大队解决分四千住问题。干部不参加，他们比也很够帮助了。

（二）57年黄豆五千斤，今年是不好，57年，他比较低何二万七一年都好，当然出苗死了。

（三）群众关系好了，团结了，说知心话了，以前不来，现在了，但不清楚在田间劳动，比如牛宝荣现在半年每勤农，现在四年劳动员拿出来，召集大家都拿出来了，五十四件（新旧都有）。（初级社时的）

西峡大队城大队会、三年多的何种四一万（全社家务费

二千七百多斤。61年390斤。每人28斤。
62年4033斤 每人合27斤。63年4.6764.
每人平均30斤。都未完成。

他犯贪污5000斤。这从何出来的。

支书X X X[illegible]张小丑。柄查劳动不好
有八个案[illegible]女儿。遍会计八年。56年开始。

1. 工记随便加。社员反对。62年35.6个
全年计299，他加131个。他不到地
来，支书。主任。付会计四人研究又加了
三十个（每人）上年转来二一百四十个。

共四百一十六个。

2. 要分开闹气。大队七家被子，撑了
两家。有一家之子不姓字了（叫李宝德）。

3. 不执行政策，按户削团。176尺
布证。他拿布。公社发售自己社员，他
拉了红绸布一匹。小丑家给绸布证了2尺。多报
人口布证，牲口布证，他一人41尺。

4. 叫他"大少爷"。小丑说成少爷也
不要。张专王，他吃鸡蛋，喝红糖水。
一斟，找起快意甚喃。

5．大队不参加，小队犯着了。七个小队会计都不劳动，搞"小山头"。

6．低少佐宣到大便宜，承认贪污四十斤谷。

7．变坏了，劳动不好，工作不好，记工分批给人情会计。

8．不心疼粮食，1亩黄豫两亩一林。62年，唱戏，待客4,000多斤。祈雨，修小庙，打铁花（说是他小修过庙）（三神庙）王茂庭去死了，好几个人也死了，就请唱戏，修小庙。

从61年，开会，大队小队，都支大锅吃。食堂时候支小锅，食堂吃饭的又支大锅。

劳动了个好的下了小队。

大队十六个党员，只有二人很调皮，一是妇女主任，团支书，团结的好，也团结五年以下。

劳动自觉性大低，印象了，只犯了自私大，书记，团员，1亿重。

张德福之中农，写了修了小事，文书，拘捕，现在说了井大河大队队长吴小孩，不参加劳动，对富农说："你不想走撑死（劳动吧），也得饿死去挣钱（拉机）。"结果到秀姓买回汽灯和花冠经常出赁，每次赁费9元，6年赚138元，还劝其不劳动。

河头富农和发展排挤穷汁和寡妇（周梅花）你家全家太少穷，走毛集体地劳动，不让周2亿周自留地，你吃啥哩。

富裕中农不给干部带头投工，"干部到地，免要劳动太累，捷活多累。"

东龙大队人支书李玉根投工250个，富中农三清团破保（李九红）威胁挑拨说："你当不成老劳模啦，投那么多干啥？"结果投150个。

和村支书刘四科说："我没参加劳动，我给我们人连干打击当干部的圈子，他们都说劳动少，家庭困难，立刻补贴200元。

干部不参加劳动，摩么把他家查出

心人"变成"特殊人"。刘义四个会计没参加一天劳动，吃好穿，经常在村中街上摆来摆去，故有"高级农民"之称。有的说干部是"社长"、"少爷"、"相公"、"甩袖掌柜"、"二流子"、"很高公子"、"享乐家"、"绅士"、"新地主"。

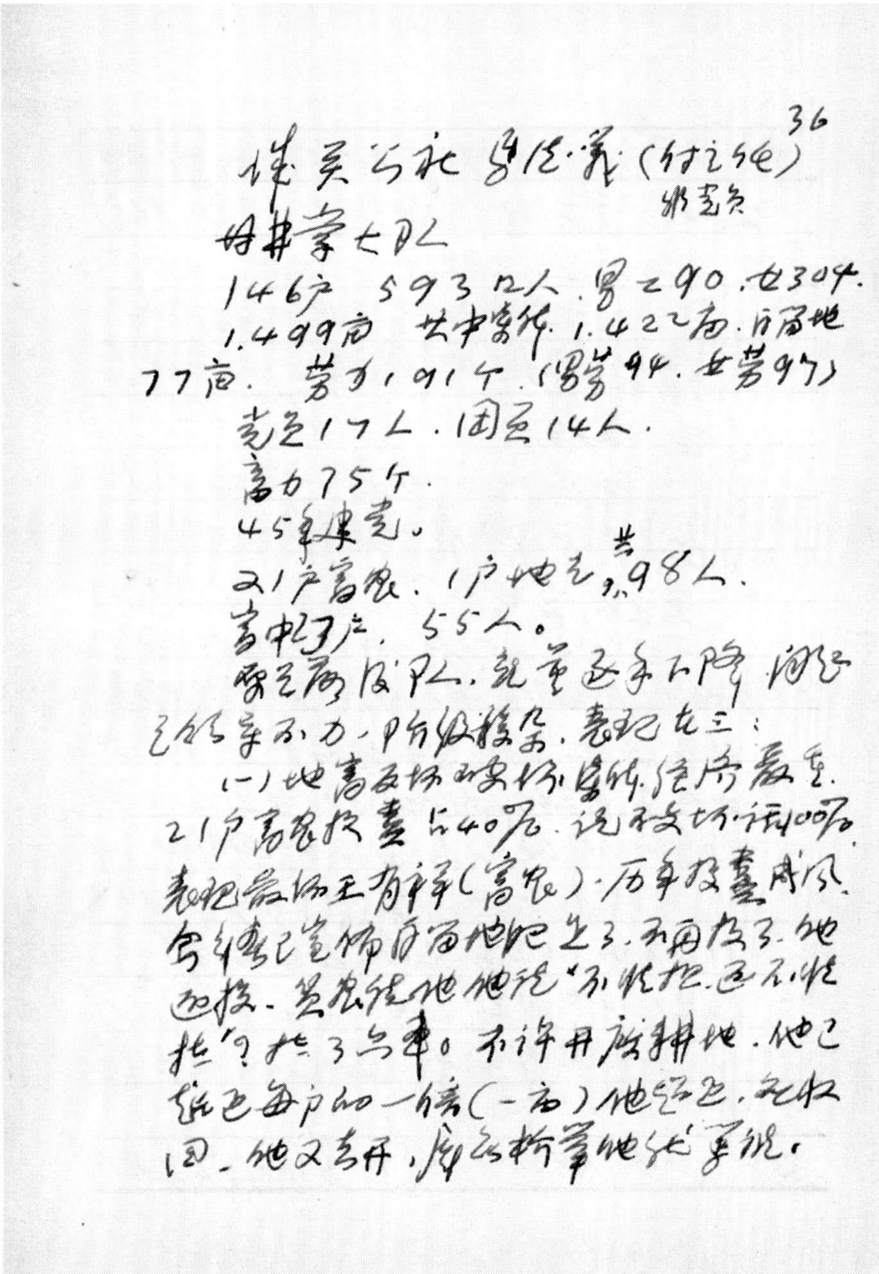

36

楼关公社 李德义（付主任）
邢宪员

好井掌七队

146户 593口人，男290，女304。

1,499亩 其中耕作1,422亩，旱地77亩。劳力191个（男劳94，女劳97）

党员17人，团员14人。

畜力75个。

45年建党。

21户富农，1户地主，共98人。

富中农7户，55人。

党支部后进队，就是逐年下降，阶级斗争不力，阶级模糊，表现在三：

（一）地富反坏破坏活动严重。21户富农挨斗后40岁，说不是坏话100%。表现最坏王有祥（富农），历年挨斗成风，寄生虫已管得原有地把包了，不再交了，他还挨，贫农说他他说"不能把，还不能挨"？挨了斗。不许开荒耕地，他已经把每户加一倍（一亩）他给包，也收回，他又去开，原公社管他作主张。

富农王丑承（狗），不听话的，叫干啥不干啥，骂干部，今年定为了十来户，抢时来院在培定为为（队长定十二户），他说说内容，你们干部叫谁就谁，叫死就死！

偷窃饲料，喂养牲口，如王秋富（富农），喂的牲，自己去偷饲料，一挣工分，把好牲口喂瘦，一来变了卖牲口。

（二）打进来，腐蚀干部

王荣彬，富农，39岁，国民党员，抗战胜利时的区长，在伪政府的接头科长，解放时跑到四川，参加了解放军，55年回来，他爸爸，女人跟了董东刘小吉，小吉把女人弄来和他，因她不好，小吉仍还给王荣彬了，但他未回来，写信到四川要，部队抓了三月，查他历史，才清楚，不让他才回来的。回来，在后陈家窑，一年，被先回村管制，他会写字、能写会画，在村里打算盘，离不了他。他是个中学毕业，好毛笔字。

大队人住时，叫他来帮助写东西

袁。青叶给我们给干部讲古，三国、封神，也讲红军历史，讲我国几百万军队穿到威风字号。我住在大队，向黄便卸话，干部就不劳动了。特别是在[redacted]家当天。请干部吃开了，干部到家给他印报，公文，开介绍信，写条据表。

大队书记赵成[redacted]德，讨人开他批评，则图章要会计，因为每收入好几千元，配了个会计，但他不了解，因王书记文书的相跟和七个[redacted]干部做不了主。这样大队干部当家作主取。吃菜不出钱了，也不用取，都是报销。

党书记赵秀文和王大也是这样（赵是中农），开始还在为问题4报。下山，已落脚于在新乡饭店（在住高松，占二组11月去的），价段钱，我们兼用了100元，把大队拿2000斤粮票，下山去了。（没报票）换了十天，在山下把粮票卖1.5—1.8元一斤，卖了一部分，买了大衣，雨衣，伞，白布，三人等（丁、支书会计赵秀文，支书赵成法和王荣彬）。支书开始时已负债，赵秀文和王锦都有手表了。

已买，赵秀文和王荣彬都只买手表，也可能是王振给的。第一次买了一块，4 3元，瑞士伊里表，因它陵川没有好表。

支书没有。秀文又叫王和支书买了英表160元（在陵川买的）。说的没有，我们说不要，但秀文说比我的好，又便宜，但我们不敢第一个吃螃蟹，表就了一段时间。

王荣彬在大队当会计，每天有粗粮，一年吃肉43斤，吃的是支书、会计、王荣彬、修鞋社也参加；当时在时候，吃得不多，但也吃。

王荣彬和大队挂账600斤。王已找大队挂账，算着同会计、换粉条、豆腐、小麦和挂油，大队生产已经挂不上，他负债欠了280多斤。

据说张书翁去买手表时说：王保清说戴表作样子，张会计的作为，说赵秀文要买表，王会计叫王保清把四百元送给王荣彬的。

给大寨拉了饲料，换了玉茭1404回
来。王从中卖出公粮1404斤。参加工
修渠池100斤，实际上不同意。
当王队长大队粮500多斤（62年到
现在）
把有三个富农抄出来——
煤窑会计李肥棋，一队会计赵立
儿（破落富农，原在大队当会计，后回家，
回和王志好，他们是每一个人）。
群众说我们的干部富农不转化，
这几时间贫下中农说话，工作组一
出村，贫下中农不转化，富农上台。这
人，他是工作组一出村，就上台。
（三）贪污严重。30元，小孩子，中农小伙子
赵秀文腐化堕落不象样，不参（不劳动）
加劳动，打扮很贵。大出风头，还
去吃喝地主，打扮，现在过地主。
修毒，说他给他买毛衣一件，粮
一百斤。他当小侄他了。毛衣是买的，他了
绒衣，赵家媳妇去了，他们（好修他的）

拉了两大车去送人，一百斤米去看他
妹。小米送去部队交大队人，部门外，
晚上扛回家。连吃毛口袋卸给
他妹（中农，大老爷家产）
公用粮（大队的）换粮票1.050斤
粗已，十一人为他换。
1次分配四十斤，八条配十二尺。挂
满家。盖墓搭棚四间。
两次（大）表，一次小表（手表，妈妈的
纪）。修房，共3,500元以上。别人
据说一个不承认，只承认1.241.8元。
1.405斤粮，布票（63）丈，布11匹。毯，
37元大毛毯，毛毯，两床，卸家具。
（支书也拿了一件）小棉，旅箱三个（值
50元）。拿回来。
算下次来，一共取布654丈（163丈
的）。四把王十多。红灯心绒大棉袄。
家六口人，人人有灯芯绒，小孩的灯
芯绒棉袄，秀文一人四件新的大衣。
（雅的给大衣一件，三件全的）收就有

22(草.暗色一双). 眼镜一副, 手
表之块、一个挎表. 手电灯总账往两家.
来讲究吃饭, 四个站: 针笔生在 为文
一万年少青. 一次抬包. 常关饭铺. 在
一次拿二十个烧饼. 他说他不喜欢吃
稀饭 十个一 立他村的、为抬道关给,
吃好饭, 给刘林富三次720斤粮。
铁关借钱就是他当大。来我开会不大
就吃.
来时跟上我来来, 不.能多到人
给他拿烧饼, 理发不来, 却他给来
往去, 吃大米饭. 来回三十里. 文价.多
吃饼干。镶牙也到他村为他镶, 一次
给1斤油. 20斤粮。六个楼梯 和他是
东西. 王家福之家大方. 不.抽到烟, 吃
大包烟. 王 黄瓜 给他两家。刘是
东西成了. 毛衣. 捐粮票换大米.
大队之能挨过开两次, 手脚不干净.
一斤粮(40斤米去, 16尺布. 吃过几次.
他把给他给弄给. 下台后. 为表文
用粮票买大米30斤(一次) 二次

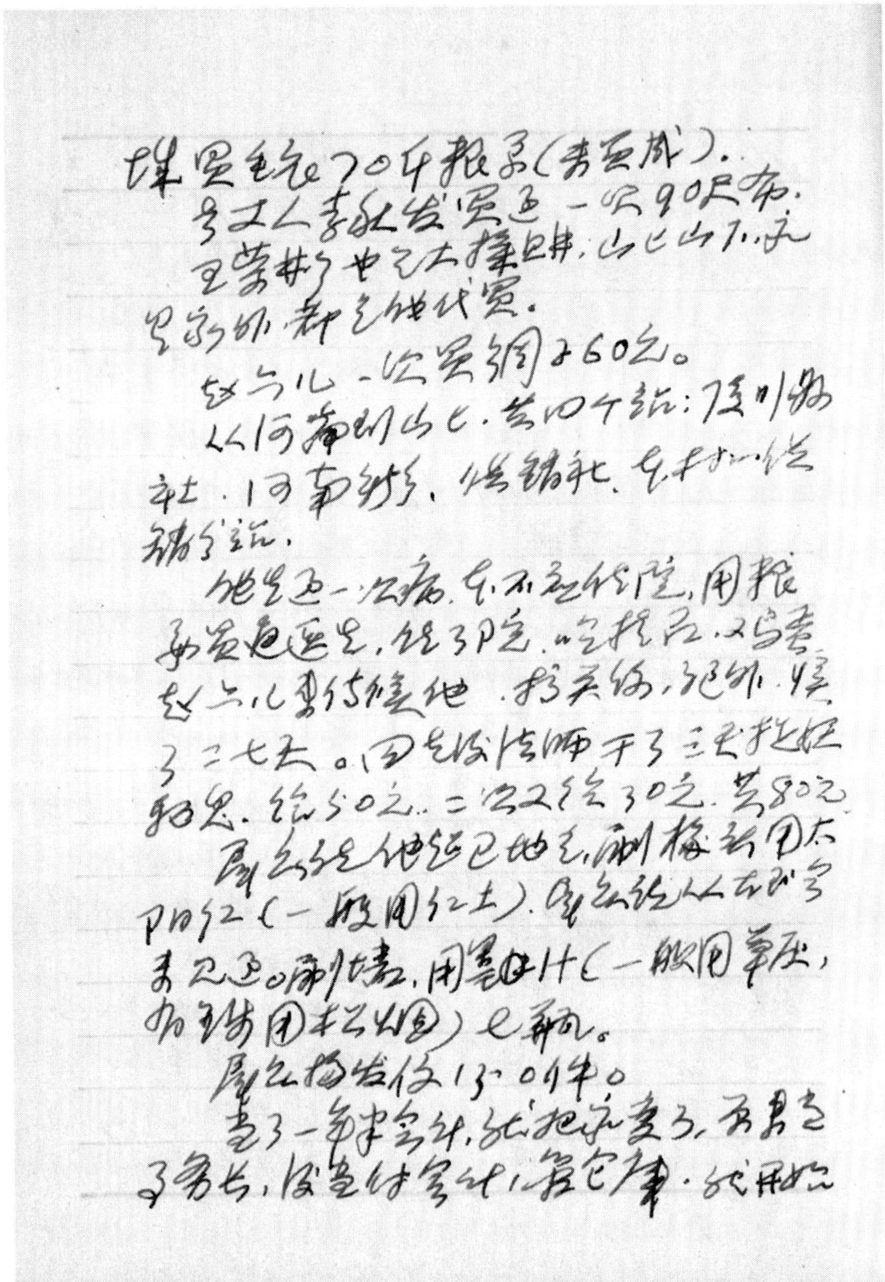

煤窑每年70石粮食（青豆成）。

每工人李秋长窑运一次90尺布。

王[illegible]也[illegible]大操旦井，山上山下还

是家外，新[illegible]他代窑。

赵六儿一次买铜260元。

从河南到山上，共四个站：[illegible]

社，[illegible]，[illegible]社，[illegible]

储分站。

他[illegible]一次病，[illegible]，用粮

[illegible]，给了[illegible]，[illegible]

赵六儿[illegible]他，[illegible]，[illegible]，[illegible]

了二七天。[illegible]三[illegible]

[illegible]，给50元，二次又给30元，共80元

[illegible]他[illegible]已[illegible]，[illegible]太

[illegible]（一般用红土）。[illegible]

[illegible]，用[illegible]（一般用草灰，

[illegible]用[illegible]）[illegible]。

[illegible]13001件。

[illegible]了一[illegible]，[illegible]

了[illegible]，[illegible]，[illegible]

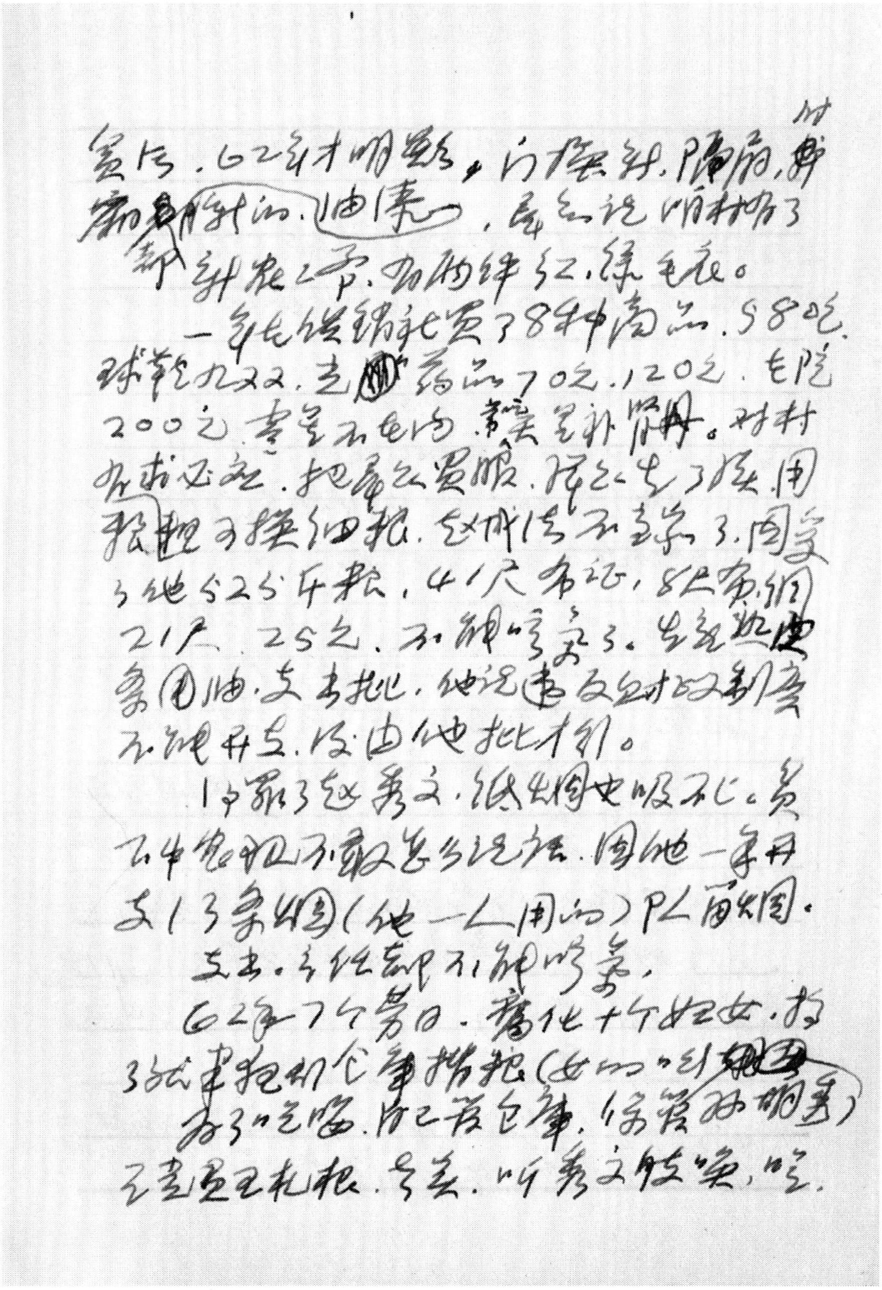

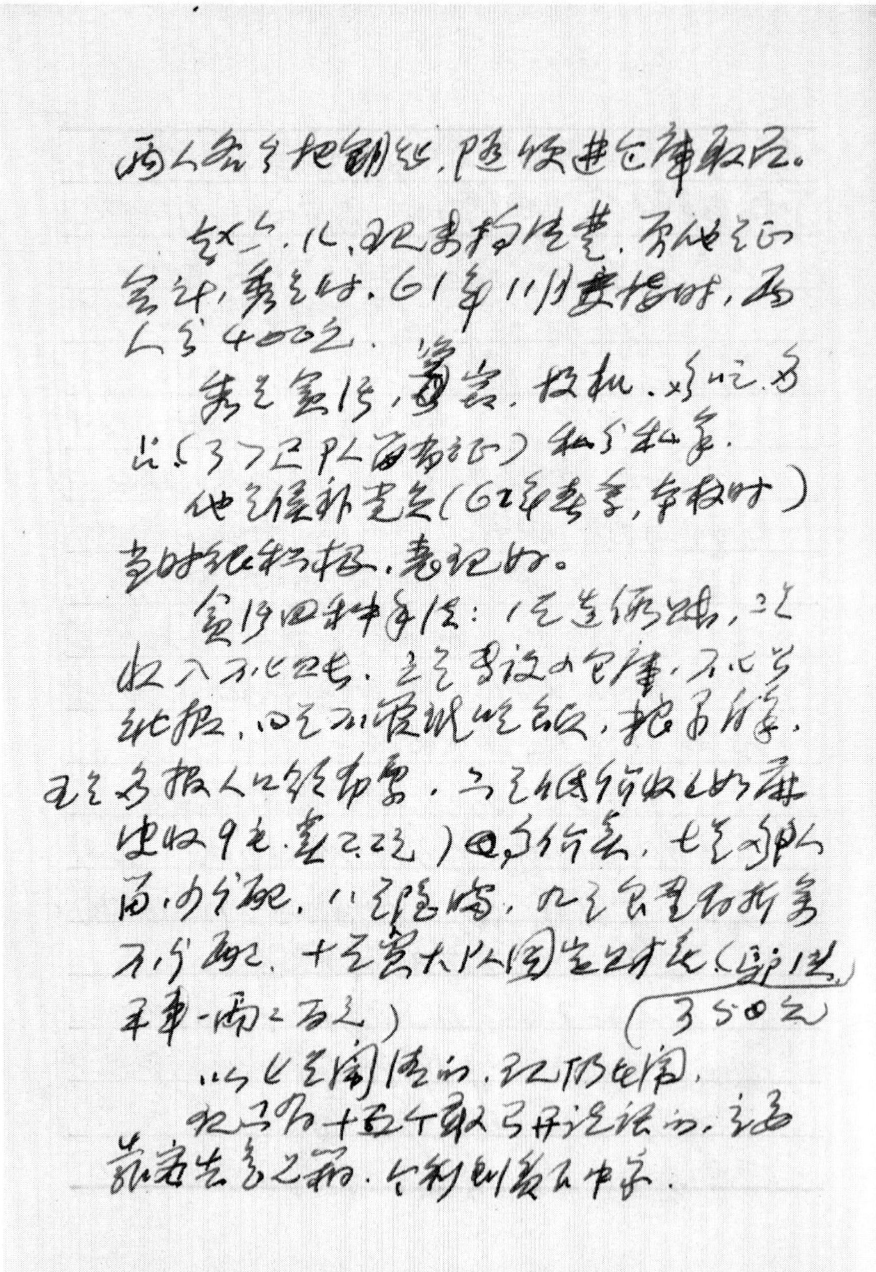
两人合伙把钢丝，随后进仓库取出。

钱六、八、九队长杨传贵，另外又还会计，秀之时，61年11月交接时，两人分400元。

秀之贪污，盗窃，投机，以此分点（37三队首书记）私分私拿。

他之侵补党员（62年春季，分粮时）当时纸料据，未记账。

贪污四种手法：1是造假账，二是收入不记工帐，三是常设小仓库，不记帐纸据，四是不设现钱台账，把钱自放，
五是多报人工领布票，六是低价收入的麻皮收9毛，卖二元）四分价表，七是不入队面的分配，八是隐瞒，九是合理的折算不分配，十是害大队图室出才发（豆脚车单一两二百元）（3500元

以上是阎德的，王的俗化说，

挖了有十五个贼子开说话的，主要旅客出卖之箱，公私剥削贫下中农。

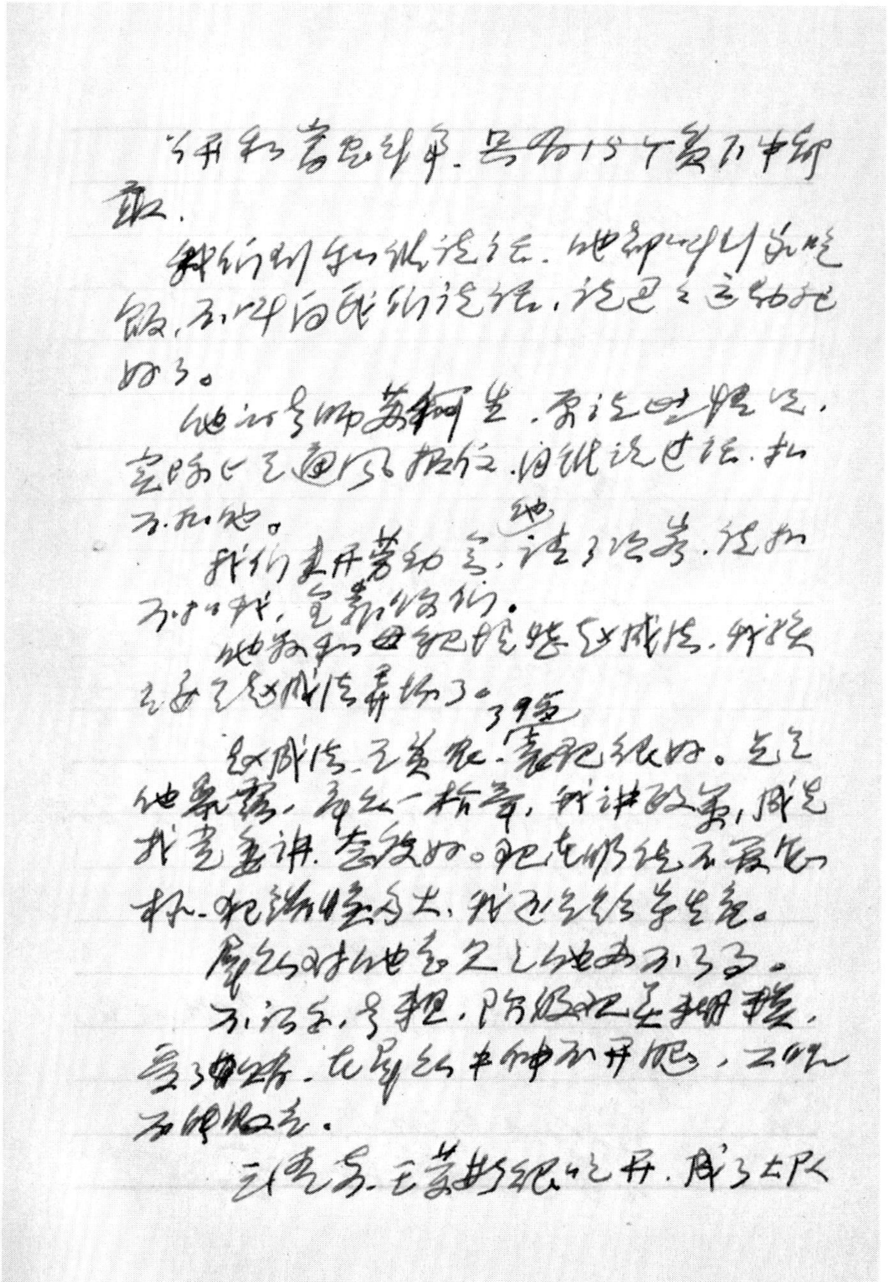

当开和富农斗争，另有15个贫下中农取。

我们到和他谈话，他却叫别人吃饭，不叫同我们谈话，说也这样好了。

他认为师范[illegible]差，不谈思想情况，实际上是通风报信，向我说过话，扣不扣他。

我们来开劳动会，他请了[illegible]，说扣不扣我，要求给我们。

他为我们把地转给赵成俊，我说交给赵成俊弄坏了。

赵成俊、王贵根，了不起，表现很好。包工他最积极，有人一捡拿，我讲政策，成见我要去讲，态度好。把在哪块地不管怎么样，把粪堆得多大，我还会给学生看。

[illegible]

不[illegible]，手粗，[illegible]。[illegible]。

王德芳、王[illegible][illegible]，成了大队

的经济部分人。

把把大队会计赵秀文、一队的会计六儿、菜园的王英树、郭??贼员下来??了。

贪污总数 粮食长1,500斤以上。钱1,500元以上。

查清的是1,241.8元钱；粮1,905斤5两。粮票1,050斤。

已搞一个半月，钱帐分开不清。

王来福大队会计、王英树出纳员、大队长山不死、会计林、出纳员、文化室主任（负责人），以细打算精于打算苦算盘主，十一个队干部都上了礼。每人70元礼。出纳员、大队干部吃饭。

但给秀文也定成份。

她是贫农成分，24岁，党员。

把出纳员不要??，??干部??了。

20、参加

秀文原不参，现参。

王英?石头地下?中，70%、挑?

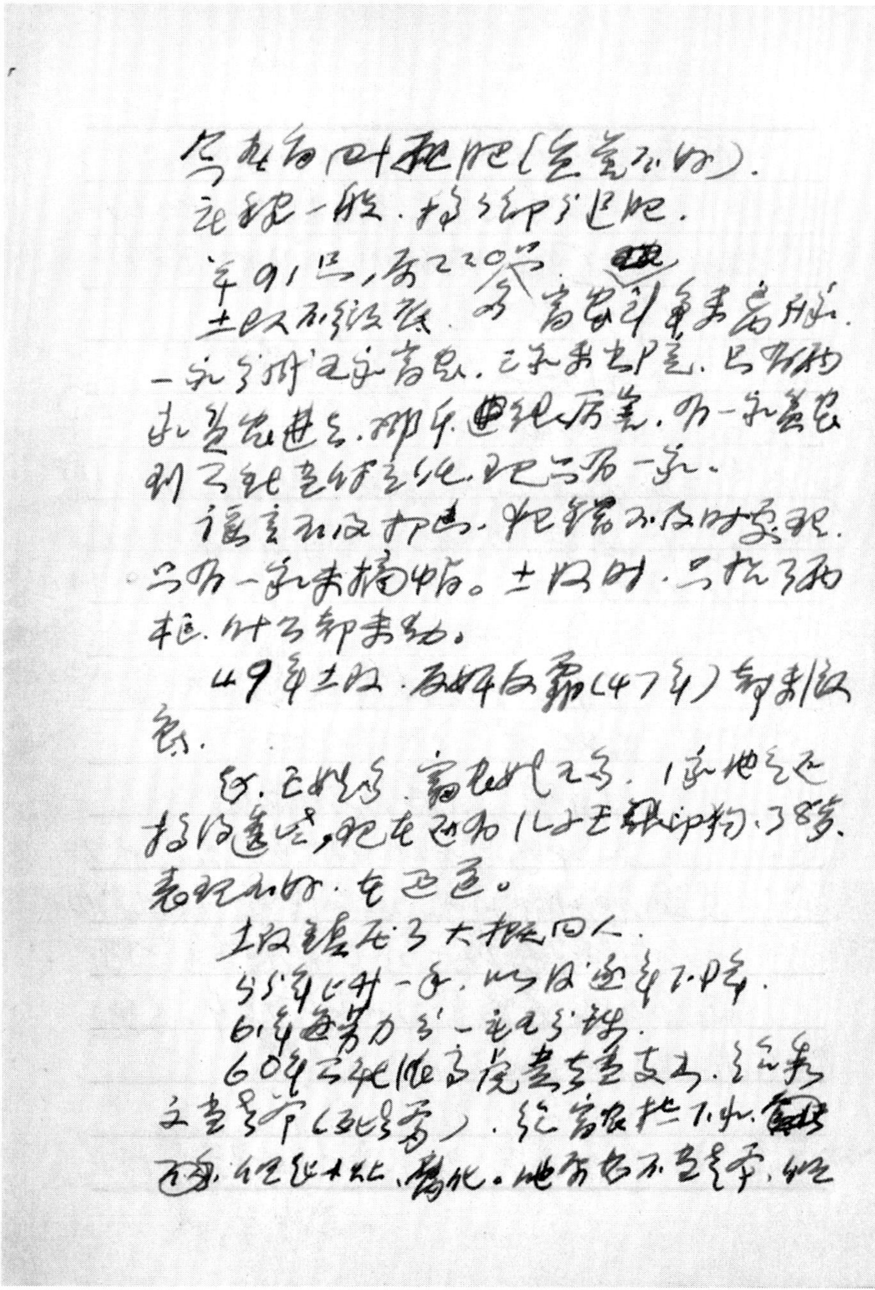

⑪ 秀文东、王义安人为存化不敢不迁。
怀义区委大学生查支书（贫农社团书记）闹不团结，说他们门不好，会不高。（60年以后变委不好一年）。
赵俄任委支书，一年多（61年时
赵德兴查支书（李显庆），作风不好。）
共36个大队，东头、坪沟、南田岸北川、西庄、北庄、六坟园、南川、大队较好。

8月二日晚 楼里村（汇报）
书记宣
甘井李，政治学习不做底
支部领导不力，钟了党员委员，元个支委部分脚不满，支部代理，该他主持210多块钱，粮2000多斤，付支书吃贪污，有党员贪污粮600多斤，支委扣粮100多元，200多斤粮，
以上部分退。
16个党员，加上一批人信党员作风，

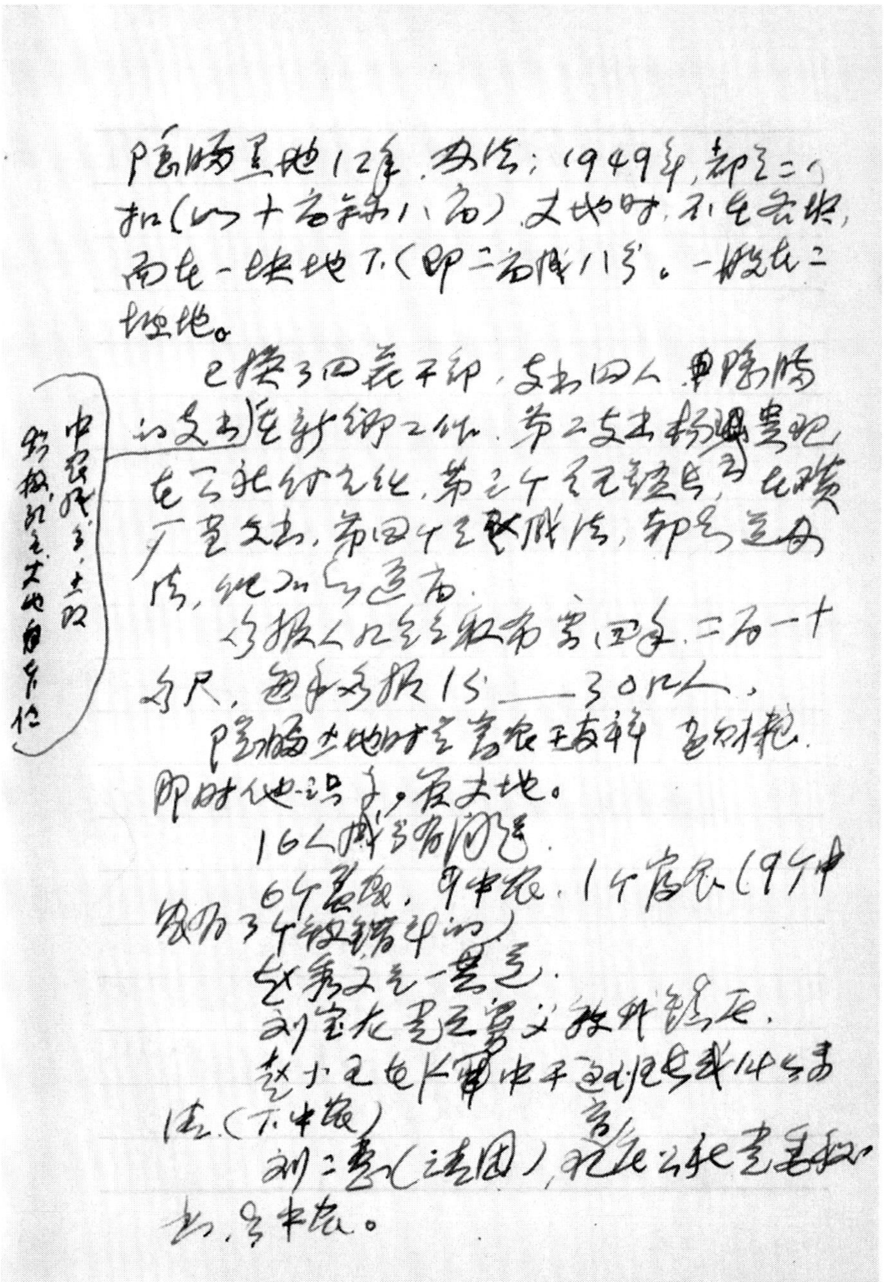

阝[illegible]阳县地12年，政治：1949年，郭王二
扣（以十亩余八亩）丈地时，不会告状，
南北一块地下（即二亩少八分。一般是二
块地。
已换了四届干部，支书四人。申[illegible]阳
的支书是新乡工作，第二支书杨[illegible]贵把
在了北[illegible]，第三个是王锁[illegible]，已[illegible]
了里支书，第四个是张[illegible]洽，郭是县[illegible]
洽，他加入了[illegible]。
少报人口全[illegible][illegible]面[illegible]四千亩，二百一十
分尺，每人少报15——30亩人。
阝[illegible][illegible]丈地时主富农王友祥[illegible][illegible]
即时他说了，有丈地。
16人成了有问题
6个贫农，9中农，1个富农（9个中
农内了3个较错的）
[illegible][illegible][illegible][illegible]一[illegible][illegible]
刘宝[illegible][illegible][illegible][illegible]文[illegible][illegible][illegible]
[illegible][illegible][illegible][illegible][illegible][illegible][illegible][illegible][illegible][illegible][illegible][illegible][illegible]
法（下中农）
刘二[illegible]（[illegible][illegible]），[illegible][illegible][illegible][illegible][illegible][illegible][illegible]
[illegible]，[illegible]中农。

中农成分，土改补报，丈地自[illegible][illegible]

秦王根，60年，牵了7个富农。
有：赵六儿，张应富农，大队会计，
王秀长也是富农（农会）
换了七个贫下中农，王刚…又
被拿回去，又上台（60年6月）
郭富根，是贫农，贫农会主席，争权他
为贫农会主席，大队没有不叫他当开会，
支部不同意他。
郭润儿子，郭旺根为二队会计，一
没能力，换成王六儿。
姜图是下中农当会计，自记不22年，
换成王学林了。
煤窑，换成富农王　　上台。
这个人为什么会能进来，支部转到
手的不清。
郭小宝是下中，是保管，六队干
部都经过他吃烧饭，郭拉着已说
这样说不了，能不会，怕来他收交代
蛋么，赵秀文就把他换了，成了已
机根（支委）。

行路，送礼，好说话，不摆架子。

阶级阵线模糊。

改变情况：

蹲点：打井，推广大地膜，叫人，送东西。

第二步，取得信任，人们自动了联系。

〃三步，培养干部送礼，干部搞包工。

〃四步，访问团，介绍过去的斗争方法。

〃五步，王等挤在办公室办公，接电，收报告等，

干部（公社）去了接受党的组织领导，这就是了组织群众的依靠。

王等挤，赵六儿，张秀文（一贯道）三人非常好，问发什么，就不信。

在运动中三种方法：

"画十字，谁说了谁负责"。七个党员和他说时，他就让六儿划了十字。

第二，背地里头的办事，在运动中在六儿私开过的会，研究这个

问题：一、说包括发明的问题。

二、川交代的办法，可不能交代，不交代了不行。（基本上中包容的时间）

三、如何执行群众，小思小表，贫农群众，贫农已[illegible]，他说[illegible]也没清，大队干部贪污粮食，贫农贪污社员，社员260斤，吃[illegible]，也[illegible]，不[illegible]的？（专题讨论）

三、全请客吃饭。这几天秀[illegible]请八个人（中农、[illegible]群众）吃了大米饭，吃[illegible]。

川级支部书记问[illegible]，如小[illegible]，吃了二百斤粮，[illegible]三斤棉花。[illegible]二十七岁。[illegible]

[illegible]交代，只交代一[illegible]，不[illegible]，[illegible]粮，[illegible]吃了[illegible]斤粮。[illegible]

[illegible]给他[illegible]200[illegible]，16斤食油，[illegible]生表[illegible]，[illegible]交[illegible]，[illegible]交[illegible]。

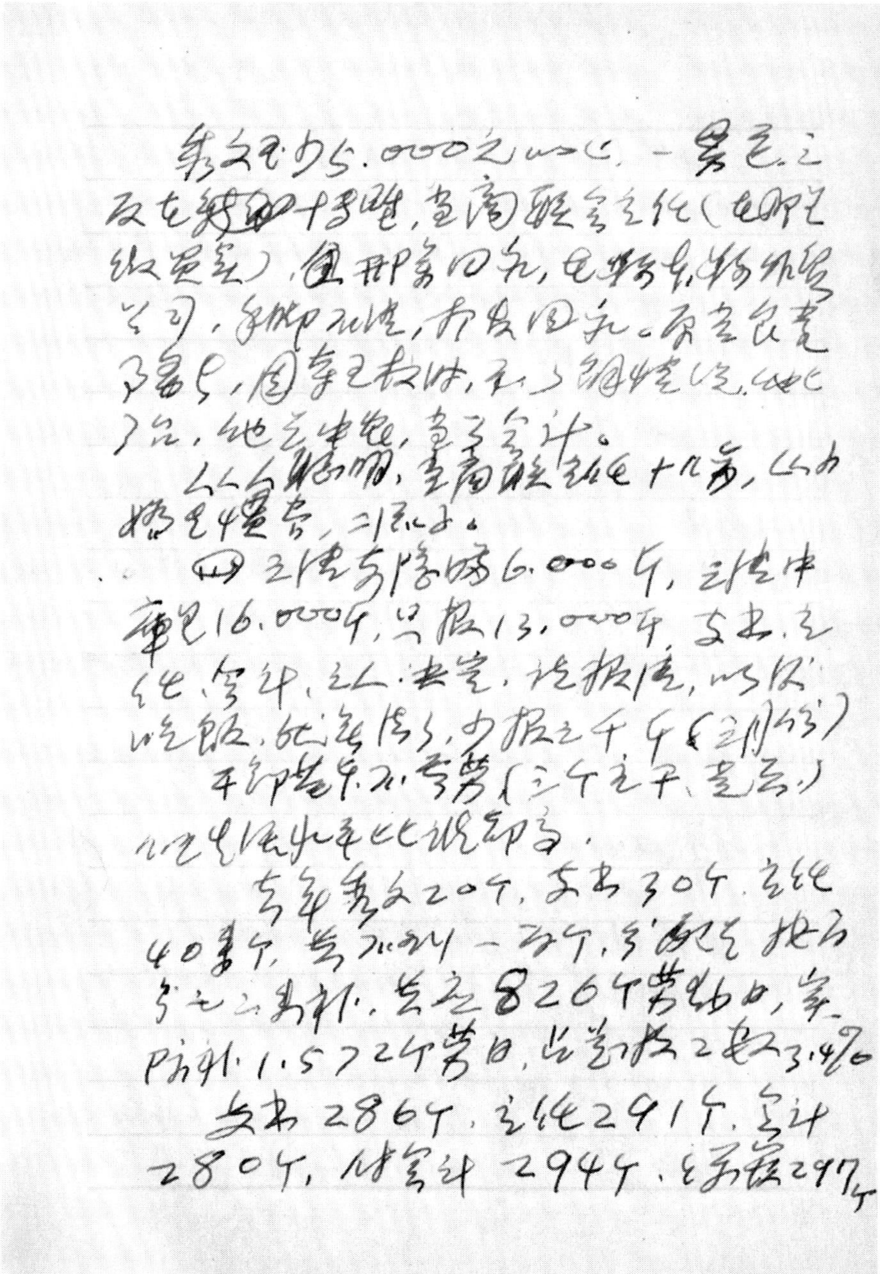
[illegible]已收5.000元以上，一[illegible]
[illegible]十[illegible]，[illegible]合作（[illegible]
[illegible]），[illegible]回[illegible]，[illegible]
公司，[illegible]，[illegible]回[illegible]。[illegible]
[illegible]，[illegible]，[illegible]
[illegible]，[illegible]合计。
[illegible]十几[illegible]，[illegible]
[illegible]，二[illegible]。
（四）[illegible]6.000斤，[illegible]
[illegible]16.000斤，只[illegible]13.000斤，[illegible]
[illegible]合计，[illegible]，[illegible]
[illegible]，[illegible]三千斤（[illegible]）
[illegible]（三个[illegible]）
[illegible]。
[illegible]20个，[illegible]30个，[illegible]
40多个，[illegible]一百个，[illegible]
[illegible]，[illegible]826个劳动力，[illegible]
[illegible]1.572个劳日，[illegible]3.4%
[illegible]286个，[illegible]291个，合计
280个，[illegible]合计 2944个，[illegible]297个

6.5日

4个小队干部，工人补95个。他们
大队干部共1.400多分了.95石.
以小队调回2.400多个劳日，大多大
了么补公积金800个，不知去向，5根
没有什么问题，一个记工员。
文书女人不下地，有劳动日，但组
机，大队的，收入没有，并交给大队，
每补80个劳日（给多少）。并交已53元，
归还
原以为没，意见很大，主要中层
么岗位（三个位置）已经多年。
一，纪位置调拨时，有一些东西，同王
某一么，不知道，张俐。40元。
二、开位置，有二毛三分钱，可见
超位叫好。
三，从住着姐妈之去，说，好些
自留地话么好写吧，不要我去说，因
分田地昔些，说三补地的粮60斤，
不给了。告大姑一丈布头，以后之人。
文书也搞在方向。
原三连良的以无已，主4.000
某个林子，除比交而种地外，共有二4斤。

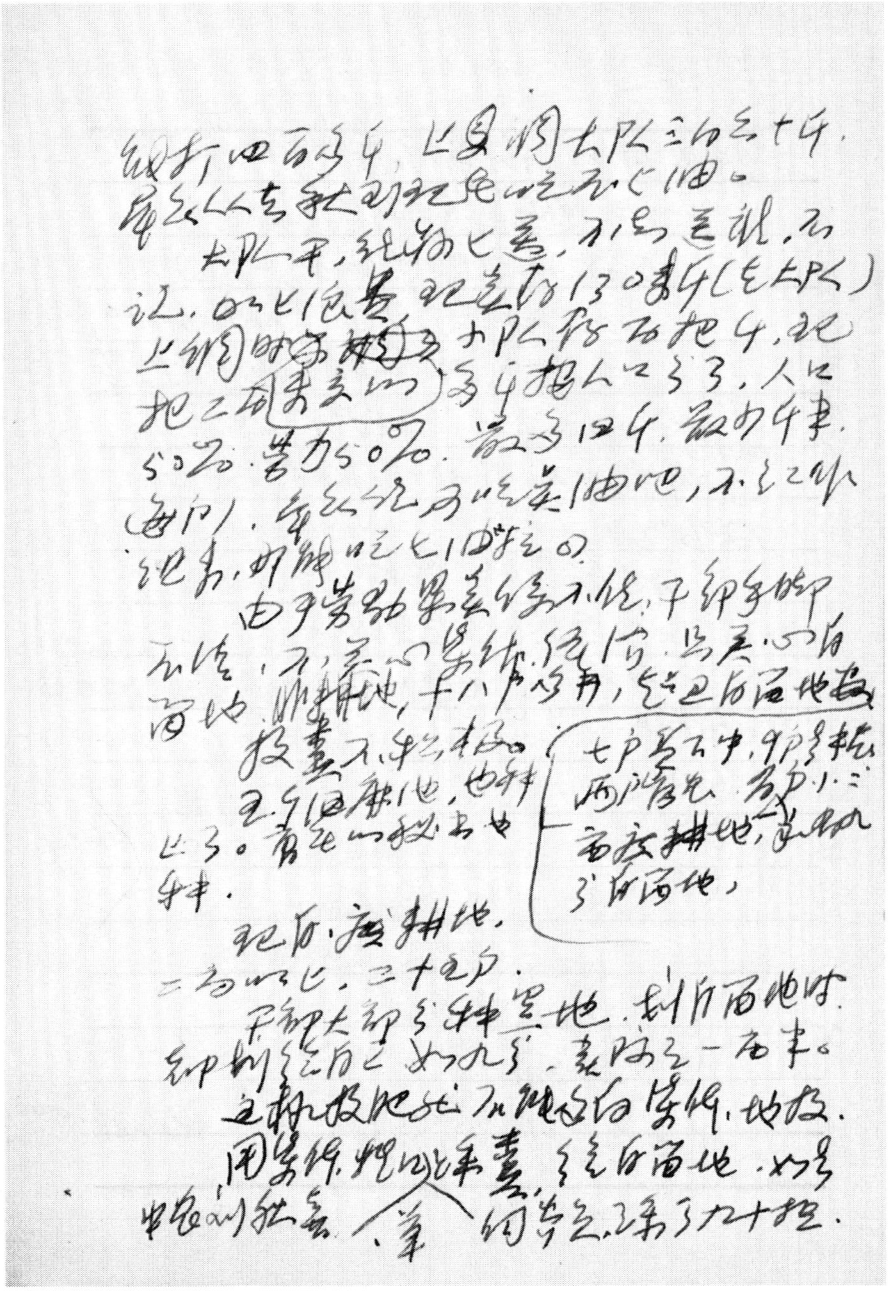

[illegible]打四百[illegible]，上[illegible]村大队三[illegible]十斤。
[illegible]人人[illegible]吃[illegible]油。
大队干，[illegible]，不[illegible]，[illegible]
认，吃[illegible]130[illegible]斤（[illegible]大队）
上[illegible]小队[illegible]把斤，[illegible]
把[illegible]人口[illegible]了，人[illegible]
50%，劳力50%。[illegible]四斤，[illegible]
（每户），[illegible]吃[illegible]油地，不[illegible]
地[illegible]吃[illegible]油[illegible]。
由于劳动[illegible]不[illegible]，[illegible]
不[illegible]，[illegible]
[illegible]耕地，十八户[illegible]，[illegible]地[illegible]
[illegible]。
[illegible]耕地，[illegible]
[illegible]。
种。
七户[illegible]，九户[illegible]
两户[illegible]
[illegible]耕地，[illegible]
了[illegible]地，
[illegible]耕地。
二[illegible]，三十[illegible]户。
[illegible]大部[illegible]种[illegible]地，[illegible]地[illegible]
[illegible]九[illegible]，[illegible]一[illegible]。
[illegible]
[illegible]地，[illegible]
[illegible]九十[illegible]。

当中农刚开始，偏紧张，草棉包产，扩把
到太行山，用土蓝丝，偏以后当地。

长运动中

~~[illegible]~~开展[illegible]运动，两年以
上了五千二百把（基下中村补贴的）
六七 以土半圆形田地，[illegible]
每亩 加点农药只能把 [illegible]
玉米打好，推开的棉种比去年也
没有完成。

现在紧张缓解：

从55年以前的产：

亩产	267斤，	总产361,000斤
59年	196斤	240,000斤
60年	177斤	143,000斤
61年	201斤	234,000斤
62年	238斤	300,000斤

尚差60,000斤。
紧张缓和，超过了。
同时收获：
棉

57年	52,5000斤	总产56,000斤
58"	111,200斤	
59"	6,165斤	

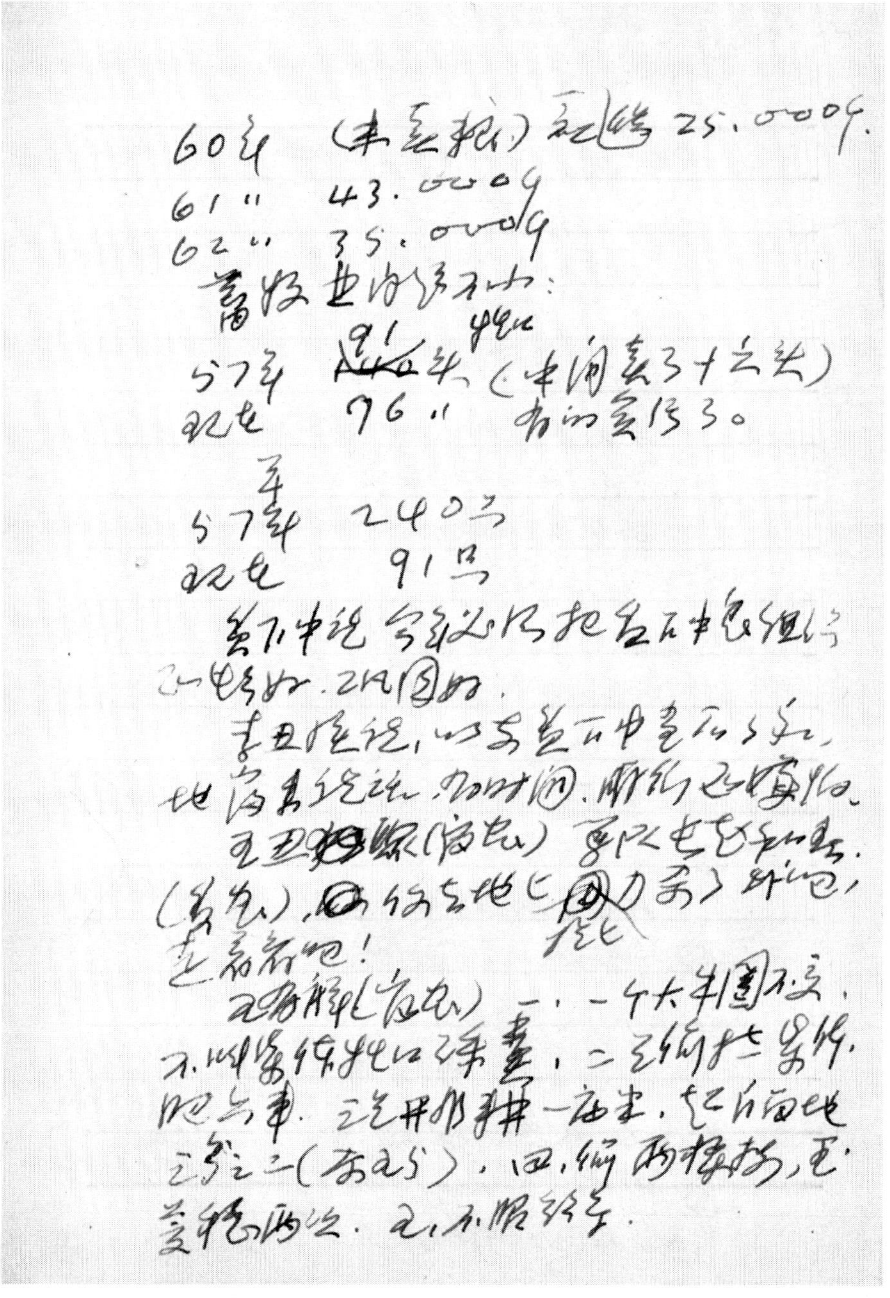

60年 （未查核）[illegible] 25.000斤.
61〃 43.000斤
62〃 35.000斤
畜牧业的情况：
57年 91头（中间[illegible]了十六头）
现在 76〃 有的卖了30。
57年 240只
现在 91只
[illegible]

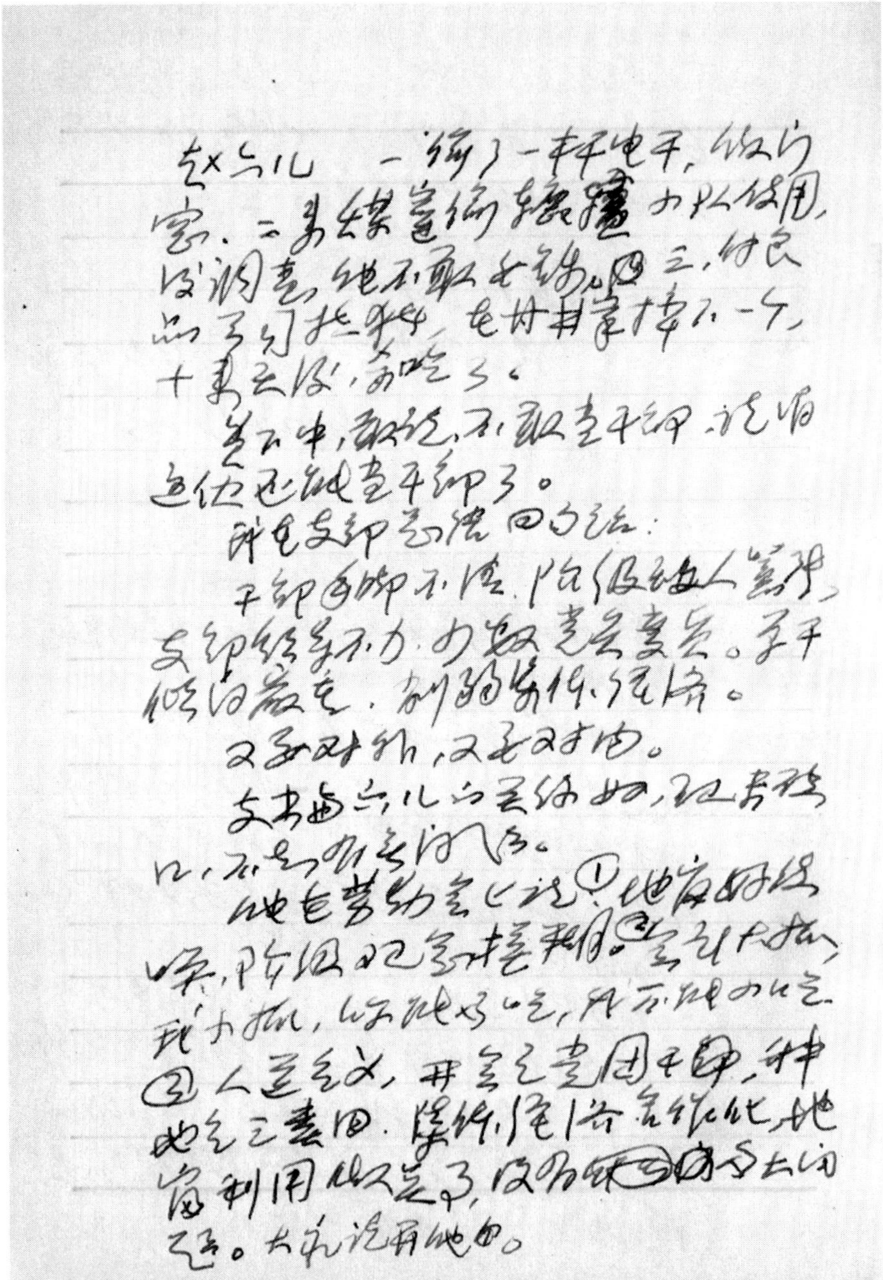

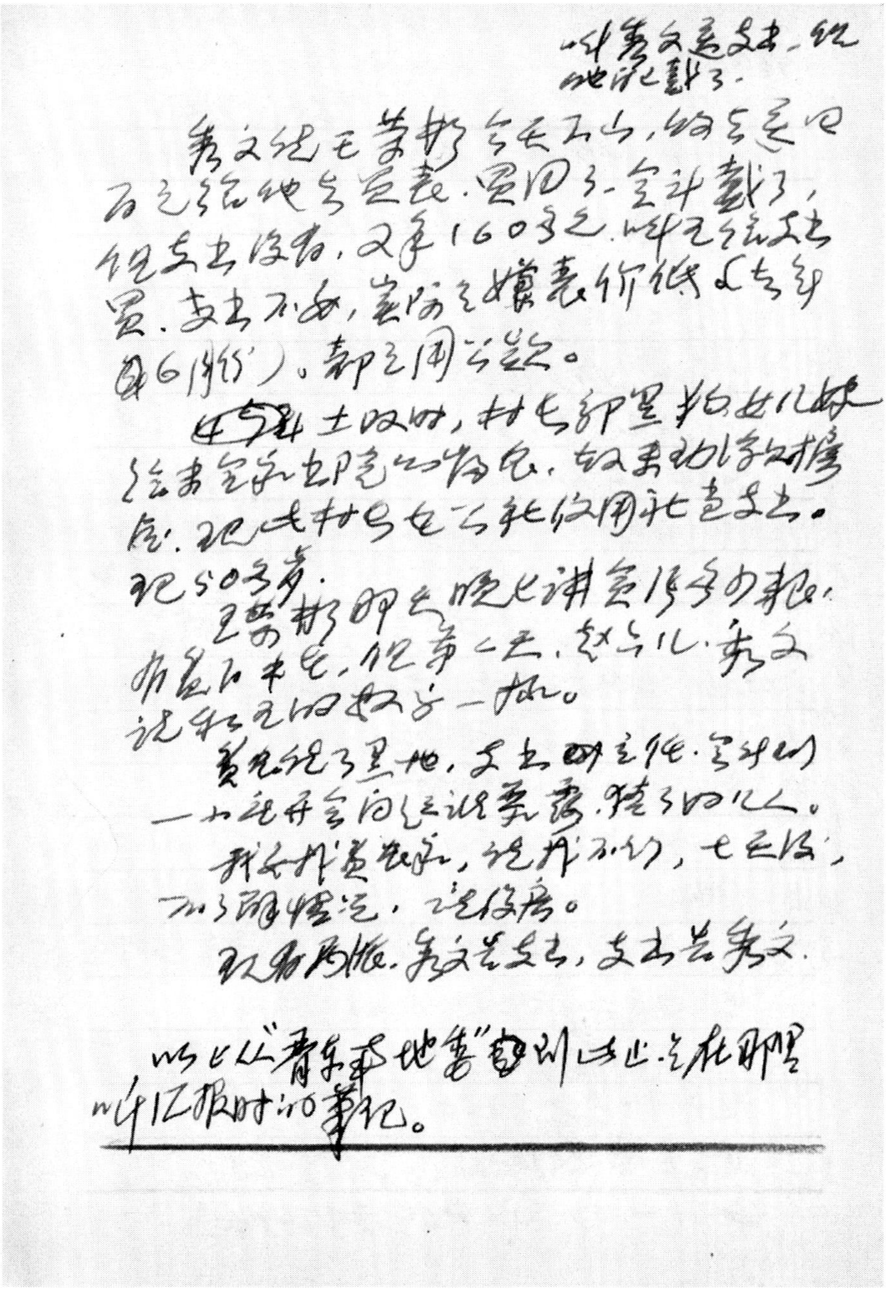

以下秀文[illegible]支书一[illegible]
她记载了。

秀文说王学[illegible]会长不少，给支书送了[illegible]给她写遗表。买回了一[illegible]，但支书没有，又拿160元。[illegible]给支书买。支书不要，当[illegible]婚丧价(6份)。都是用公款。

(5)斗土改时，村长郭[illegible]把女儿嫁给书记家，[illegible]陪嫁的嫁妆，[illegible]。把大村长也不能收回社员交出。把50多亩。

王学[illegible]那天晚上讲[illegible]的事，亦是不去，但第二天，就给秀文说[illegible]一样。

黄[illegible]说了黑地，支书叫去作[illegible]一[illegible]个人。

我去找[illegible]，说我不行，也不[illegible]，[illegible]。

双方两派。秀文是支书，支书是秀文。

以上从“青年突击手”[illegible]到此止，是在那里听汇报时的笔记。

访问太行笔记

63年8月5日

傅家

刘[illegible] 敬老院支书 46岁

柏山、[illegible]。[illegible]刘[illegible]。

从此参加革命(37年)。[illegible]。他

[illegible]，对[illegible]人有帮助。

村支书 15—6人。刘甫成、[illegible]、

[illegible]。

（阴历）

日本人38年大扫荡，到了柏山(3月14)

把房烧了，杀了[illegible]多人。

十三）十五支队（[illegible]），[illegible]

[illegible]张[illegible]支队长）十（[illegible]支队长）[illegible]

[illegible]，但十三

支队[illegible]了。（95师）

这十三支队"抗日不决，残民有害"[illegible]

[illegible]。

刘[illegible]在柏山[illegible]支队。

[illegible]。

[illegible]十三支队（[illegible]，

把[illegible]（38年7—8月间）。

[illegible]，[illegible]山[illegible]。[illegible]

[illegible]12、13支队（[illegible]）

许多[illegible]了[illegible]。

十三支队在山上山下都干了。

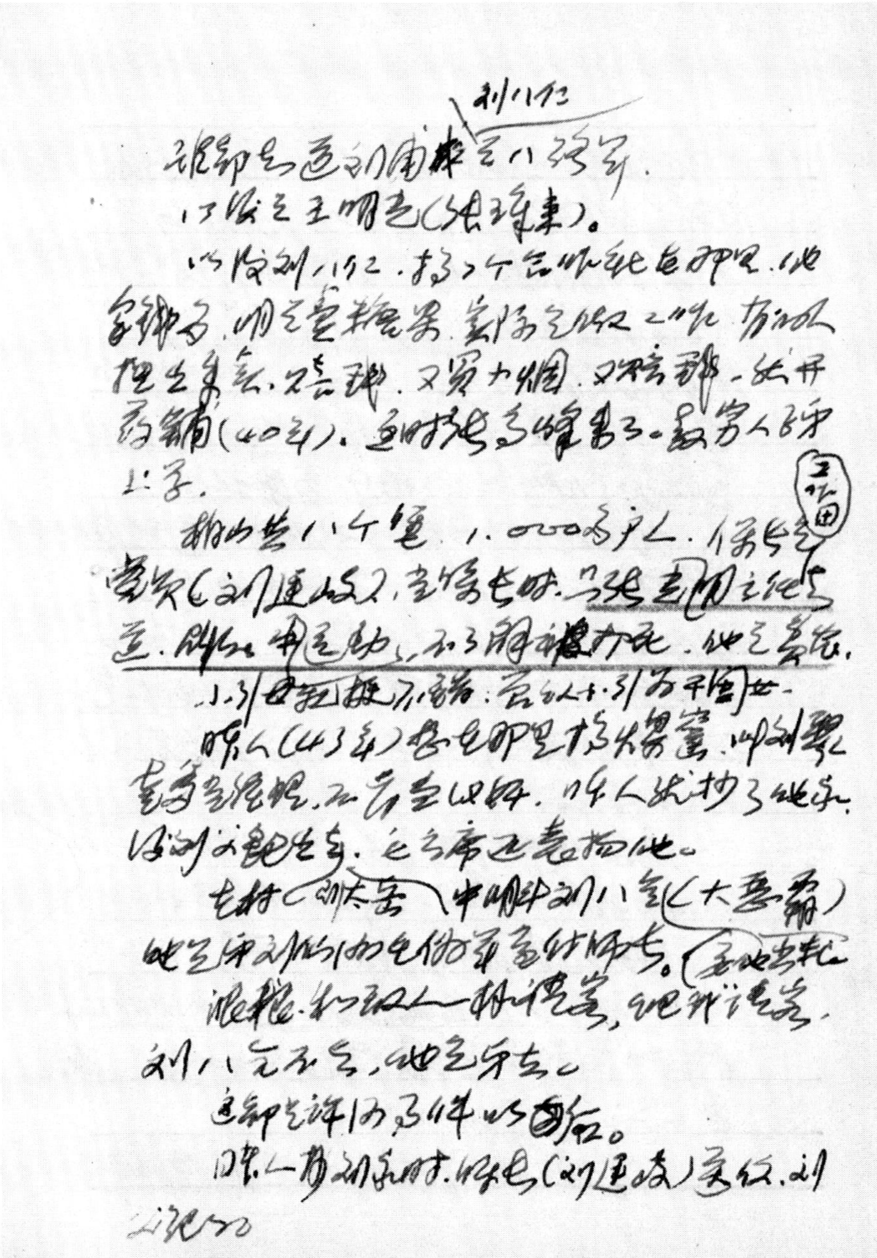

刘八行

张部长遇到[illegible]八路军.

[illegible]王明远(张瑞秉)。

以后刘八行.[illegible]

[illegible]

[illegible](40年)。[illegible]

[illegible]

[illegible]八个[illegible] 1,000[illegible]

[illegible](刘]连[illegible])[illegible]

[illegible]

[illegible]

[illegible](4[illegible]年)[illegible]

[illegible]

[illegible]

[illegible]刘八[illegible](大[illegible])

[illegible]

[illegible]

刘八[illegible]

[illegible]

[illegible](刘连[illegible])[illegible]

[illegible]

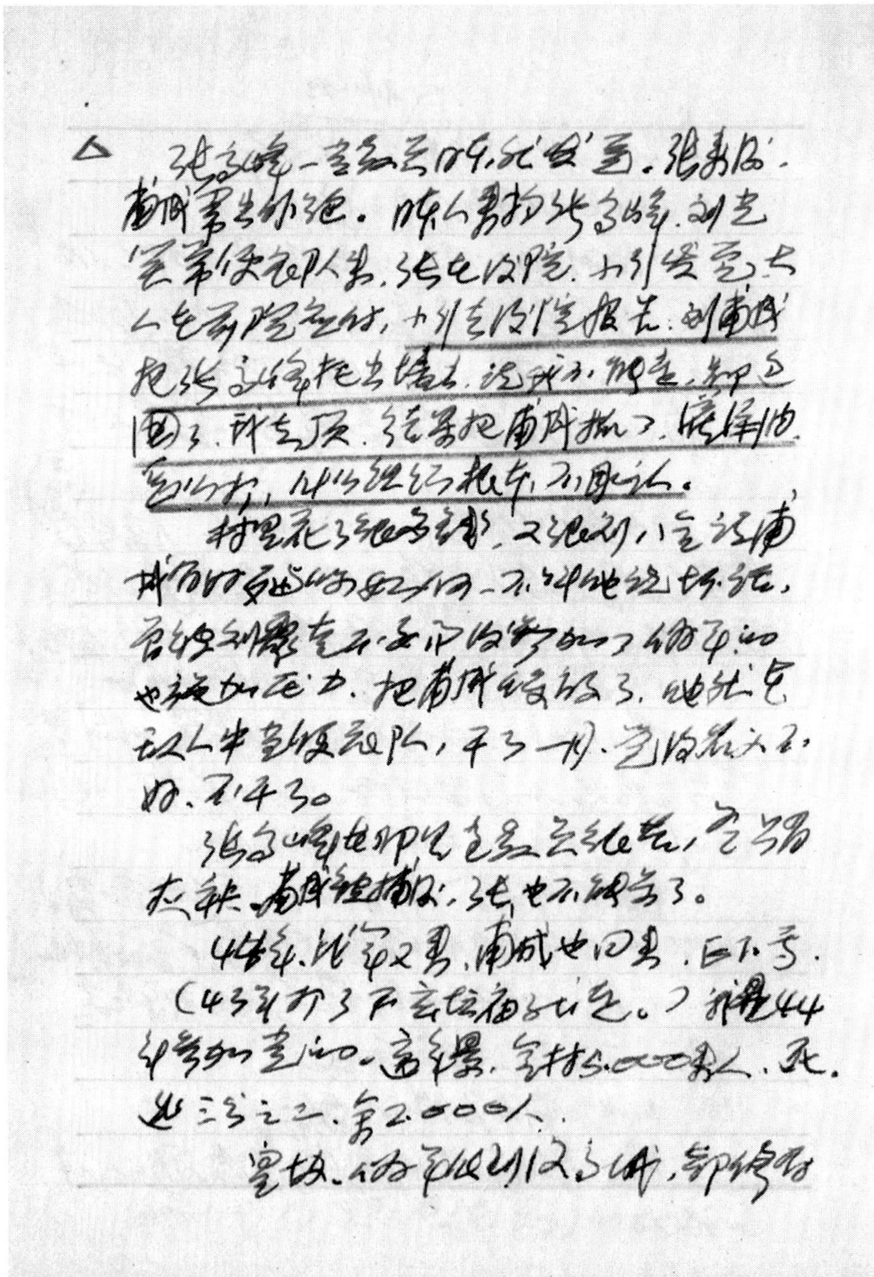

△ 张子峰一直在当时任区长。张来后，
南成事先不知道。陈凡君指张子峰、刘光
宝等俘虏部队来，张也投降。小队长到了，大
人去高阳会谈，小队长投降报告。刘南成
把张子峰拉出墙去，说我们不懂事，都知道
国了。[illegible]，结果把南成抓了。[illegible]
[illegible]，什么组织提出了不同意见。
村里花了很多钱，又很[illegible]，八路军对南
成[illegible]的[illegible]不许他[illegible]。
[illegible]不合作的[illegible]
也[illegible]加压力，把南成[illegible]了，他然后
[illegible]人半[illegible]队，平了一[illegible]，党内有人不
好，不平了。
张子峰也[illegible]，[illegible]
太缺，南成被捕后，张也不[illegible]了。
44年，他又来，南成也回来，[illegible]。
（43年打了[illegible]）[illegible]44
年[illegible]。[illegible]，全村5000多人，死
了三分之二，剩2000人。
[illegible]

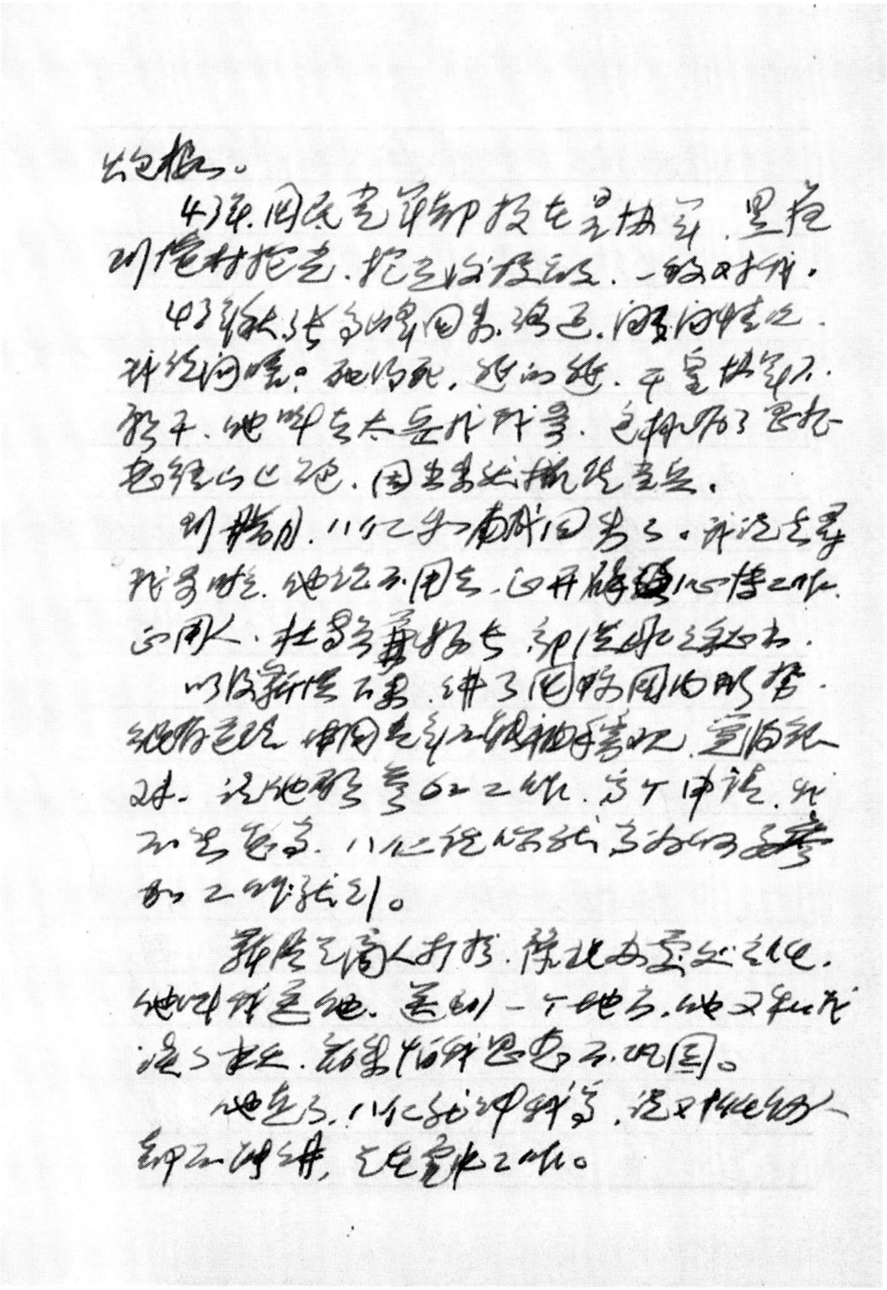
出包袱。
4月25日. [illegible]
到偏村[illegible]. [illegible]. 一致好评.
4月[illegible] [illegible]
[illegible]
[illegible]
[illegible]
[illegible]. 八路军[illegible]
[illegible]
[illegible]
[illegible]
[illegible]
[illegible]
[illegible]. 八路军[illegible]
[illegible]。
[illegible]
[illegible]. [illegible]一个地方. [illegible]
[illegible]。
[illegible]. 八路军[illegible]
[illegible]。

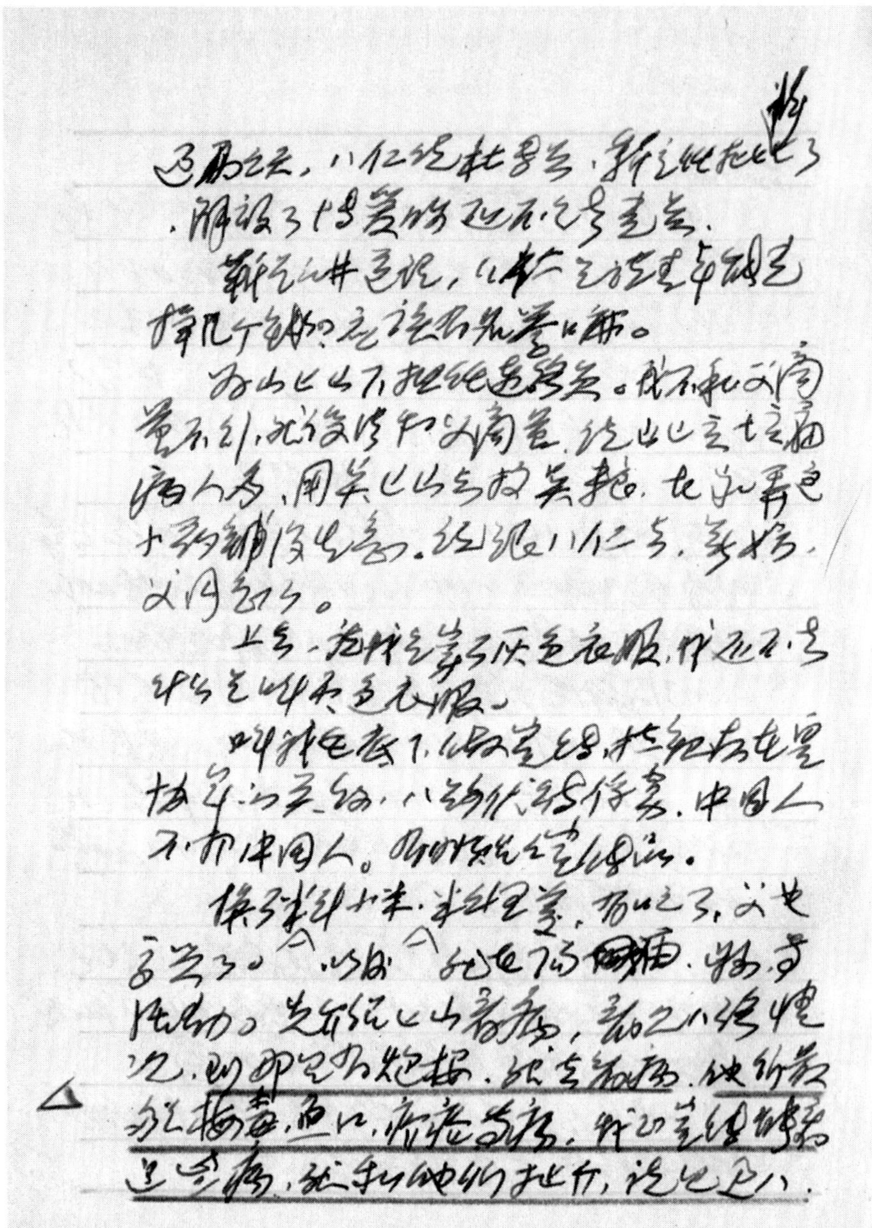

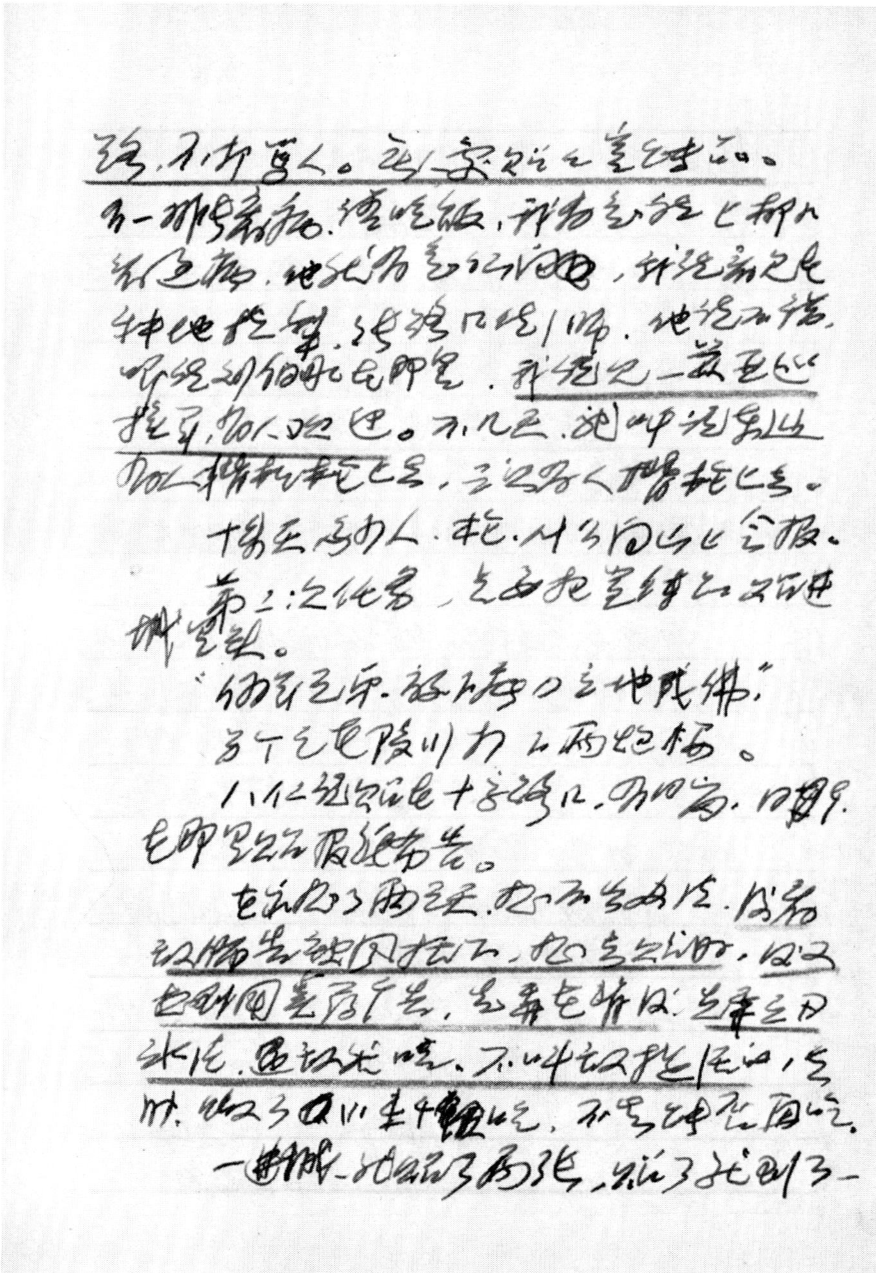

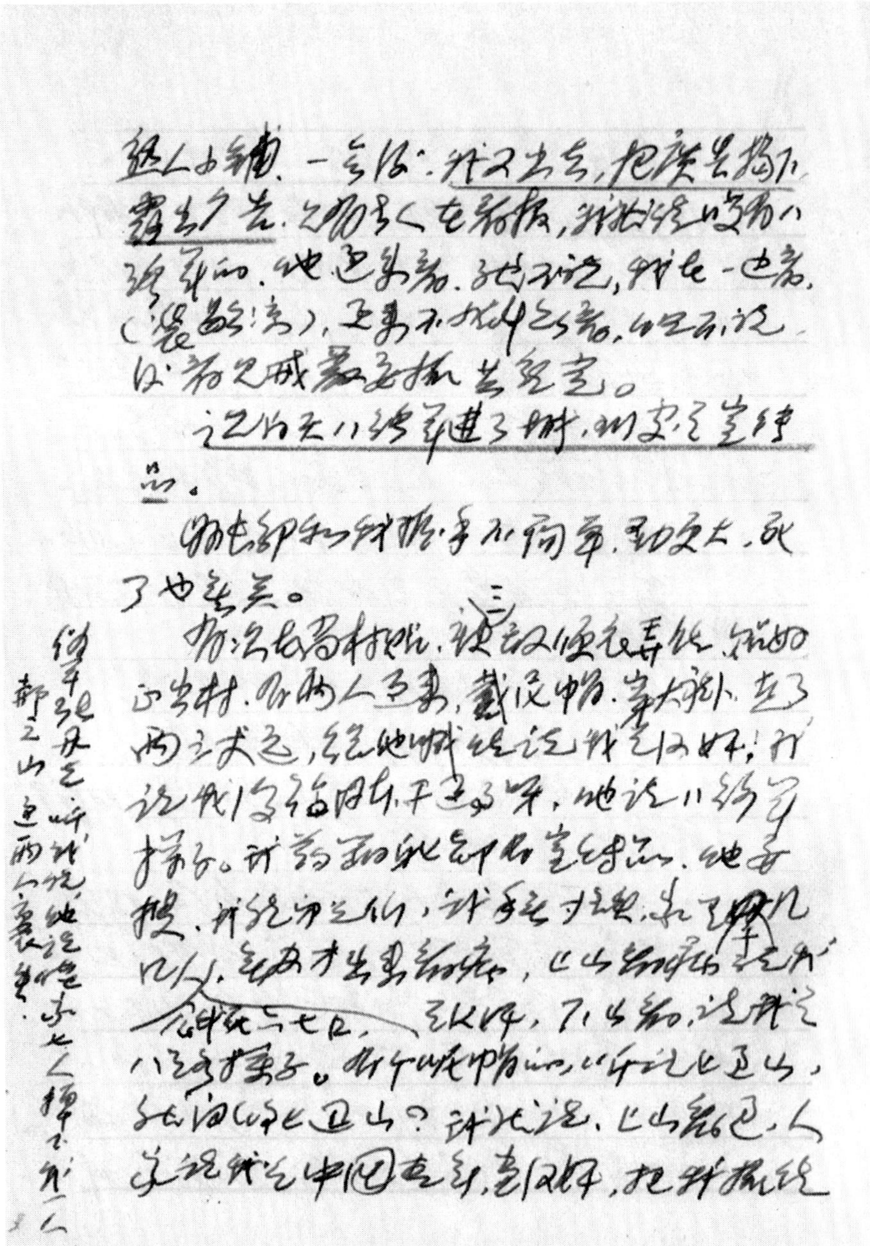

然人小铺。一会后，我又出去，把房东搞[illegible]
露出个苦。这[illegible]人在前后，我们说吹号八
路军的。她也[illegible]。[illegible]说，我也一边高，
（装敌人的），又要不知什么名。她也不说
以前[illegible]成[illegible]去搞些[illegible]。

这里的八路军进了村，[illegible]宣传
品。

[illegible]和铁路，手不[illegible]草，[illegible]大，就
了也无关。

三

[illegible]在高村地方，被敌人便衣[illegible]，他们
正出村，[illegible]两人[illegible]来，戴皮帽，穿大衣，走了
两三丈远，[illegible]说，[illegible]好！[illegible]
说我们[illegible]东[illegible]呀，她说八路军
[illegible]。[illegible]，她[illegible]
[illegible]，我说[illegible]，[illegible]几
[illegible]，[illegible]，[illegible]
[illegible]七[illegible]，[illegible]，[illegible]
八路军[illegible]子。[illegible]，[illegible]山，
[illegible]山？[illegible]，[illegible]，人
[illegible]中国[illegible]，[illegible]，把我[illegible]

[illegible]
[illegible]山[illegible]两人[illegible]

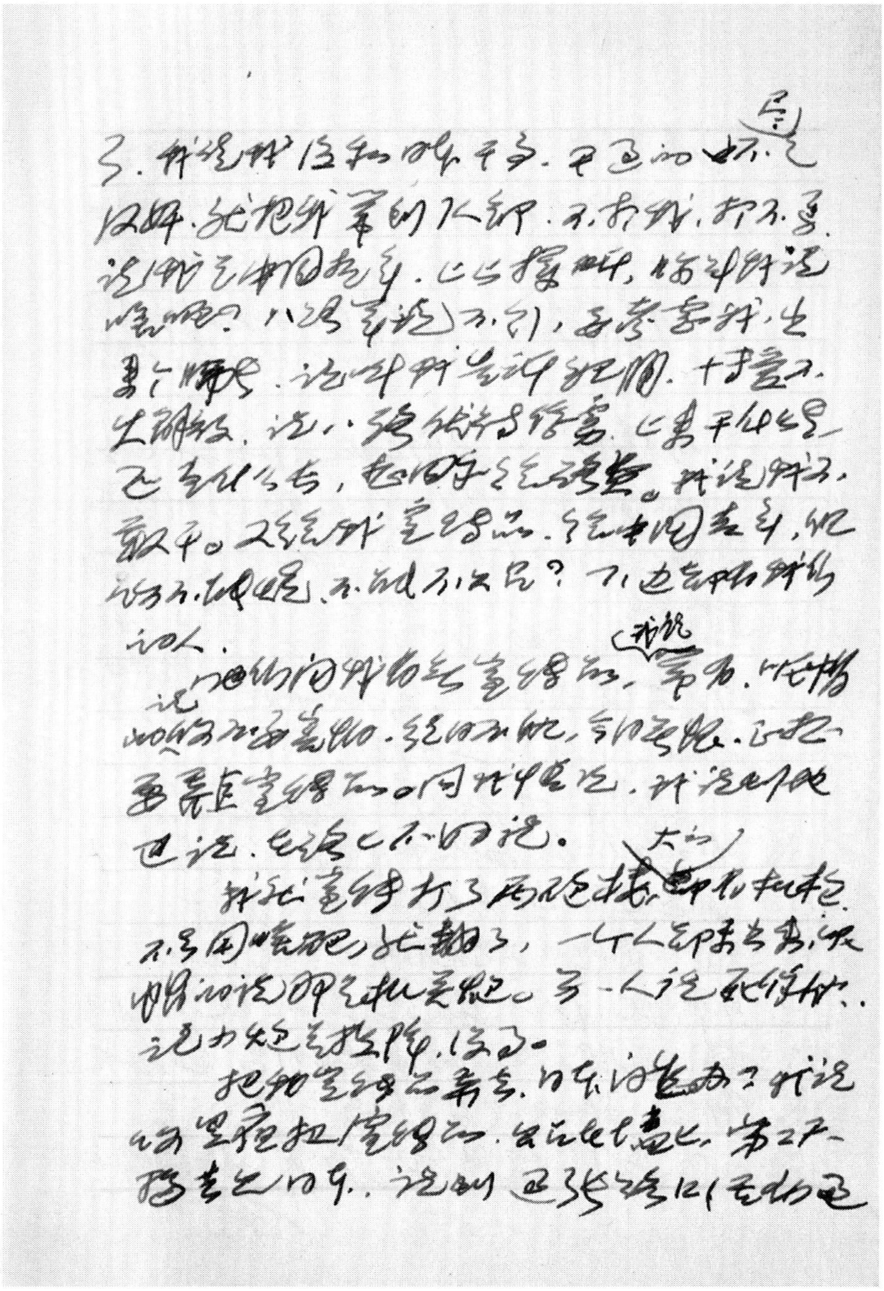

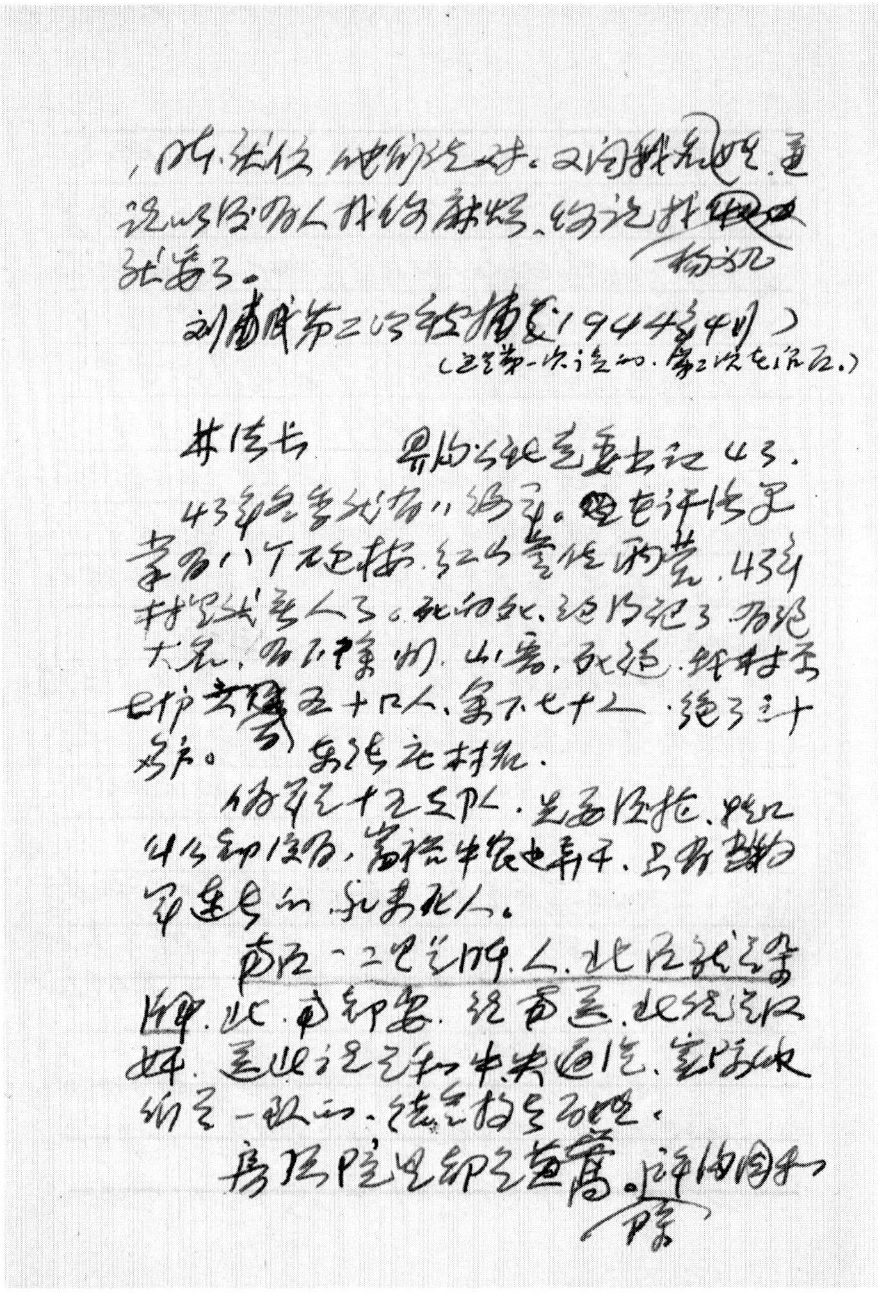
刘雨民第二次谈话摘要（1944年4月）
林院长

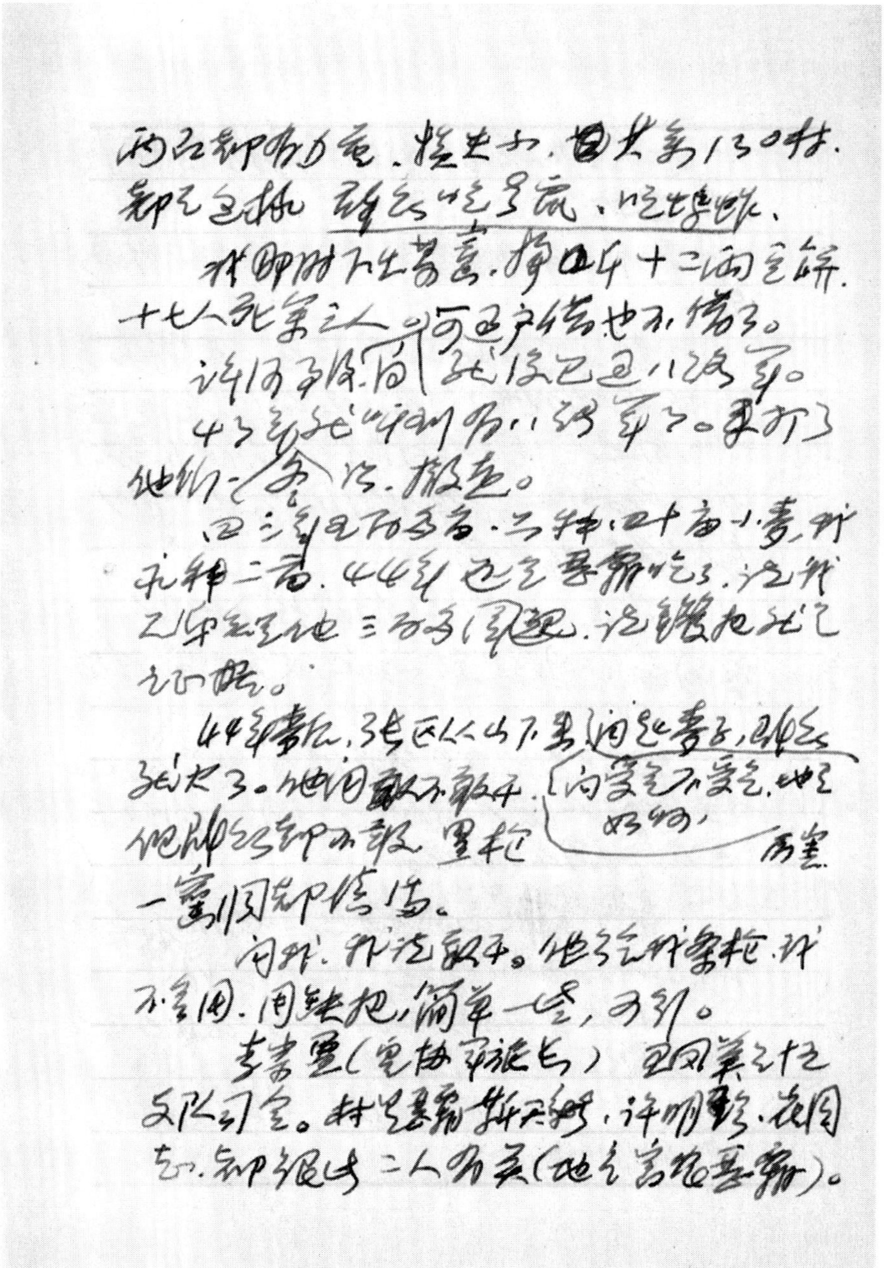
两区乡[illegible]分[illegible]、抢走书，回去多130枝。
乡已包揽 饿死吃了麻、吃蚂蚱、
水印附下生活差，每四斤十二两包饼。
十七人死掉之人，一户逃户饿也不饿了。
许何子张同 我后已过八路军。
43年我们那时为八路军了。来打了
他们一个讲、搬走。
四三年已经多[illegible]。二种四十亩小麦，我
我种二亩。44年已全要霸吃了，让我
工作生产他三分之[illegible]。让[illegible]我们
之[illegible]。
44年春后，张区人出不来，问我要了，要我
我吃了。他问敢不敢干。〔问要不要，也是好的〕 两室
他们的乡不敢，里枪
一家们[illegible]给你。
问我，我说敢干。他给我拿枪，我
不会用。用铁把，简单一学，可以。
李书宝（党协军旅长） 王凤英之[illegible]
支队司令。村里暴露者[illegible]，许明轩、花同
志，[illegible] 二人为英（她立当被暴露）。

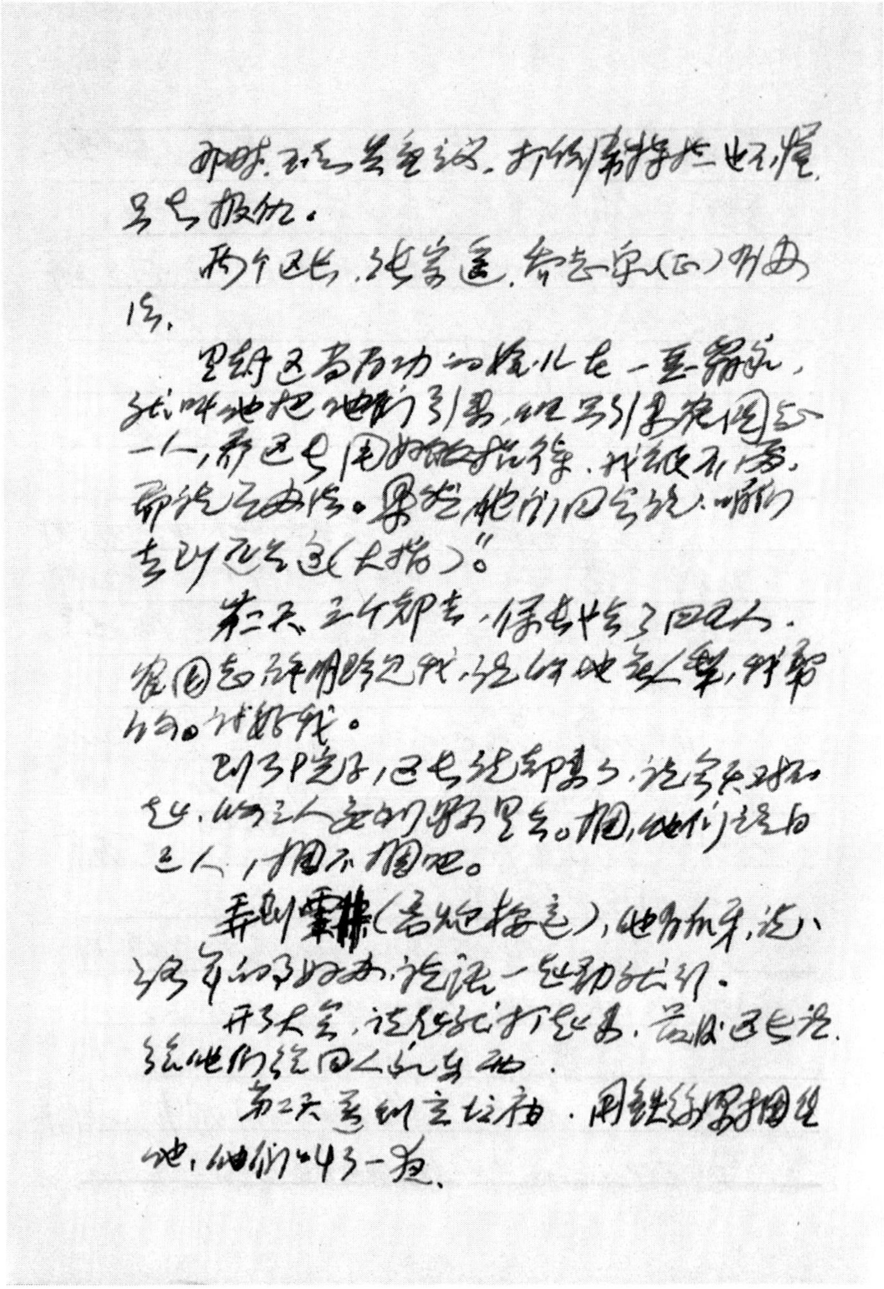

[illegible]

两个区长，[illegible]

[illegible]

第二天，三个部去，[illegible]

[illegible]

[illegible]（[illegible]），[illegible]

开了大会，[illegible]

第二天[illegible]

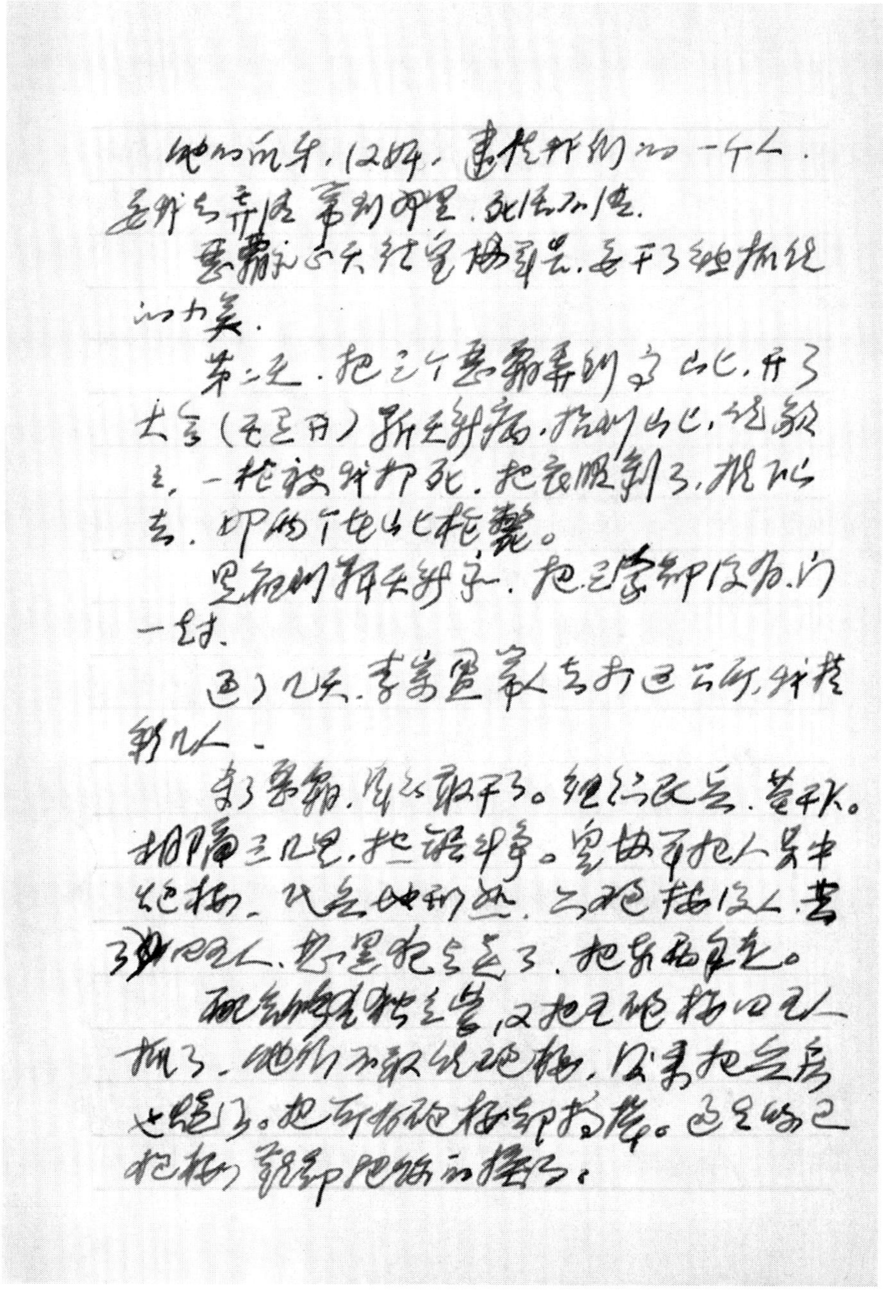

他们回来，12时，连抢我们的一个人。是我们亲眼看到的。死得不值。

恶霸们又想告密报信，是干了组织抵抗的力量。

第二天，把三个恶霸弄到山上，开了大会（五三月）斩头示众。拉到山上，说都主，一枪被我打死。把衣服剥了，枪收去。取两个地山上枪毙。

只有的群众斩示，把三个都便当着的一封。

过了几天，李家里家人去打过公所，我找到几人。

去了恶霸，原以取干了。组织民兵，共十人。相隔三几里，把消息争了。曾被把人关在地窖，几家被打死。三把枪没收人，先抓的几人，起来把他杀了，把东西拿走。

派去的人看守，又把三把枪收回了人，抓了。他们不敢往地窖，以为把东西也搬了。把所有枪都拿走。这三把已把枪都卸掉拉下接了。

以后配合黄平队，去包围昨铁工厂以外据点，即拉隆了，有了大炮，一挺机枪。80多条枪。1百多人。

以后调到王封大井了。

刘振性

刘有成是柏山支书。为了他成天出去跑跑，老家都反对他，他怕连累。

晚上常进城，他报告红军，昨天队过了，他写的条子一个，用谍勤统，弄上，写了三八式。

每次进城送信，纸塞在鞋里，他用膏药把信贴在腰上。

许得了伴侣，他又买了枪，当西关进城。

43年，他从太岳回来，八路军派他交和敌人的"黄尾巴"（敌特），搞交换情报。黄不知道刘振北在他参加了工作，他不识字，写情报给他送，去刘家，每次说山上游击队，给为我军三个师，供给五个公营，营长叫什么，写完他还要留下存根。

有次我去时，听到他们商量，说我们（指八仁）的情况和马上就报？我把这情况会报给南峨八仁。南峨和八仁计划的南北山几支，说了个新情况。和八仁说好一样，他们放了。

八仁指挥说北坐镇不出就要攻打东，敌人都进攻后阳，要大在相山打靶。我们四个在那里看了敌人的炮弹，以大队敌进攻后阳。

这个汉奸是南、八三八纵队。不服敌，想从他那里得到情报。

他们要吃想把南峨弄进城。但我们~~[illegible]~~到，我研究了，要自己进去，我把情况写好，包在药中，叫南峨明天去。第七、八天来了，说进城和日本特务见面，问要什么药品、情报、物资。

安排他们假装差成任务一个八路军的伤员，想把南峨岑进城交代情况。

南峨大怒了，以为这个对我有用，因快性

打耙和外阳 和他们活动

南峨山事，

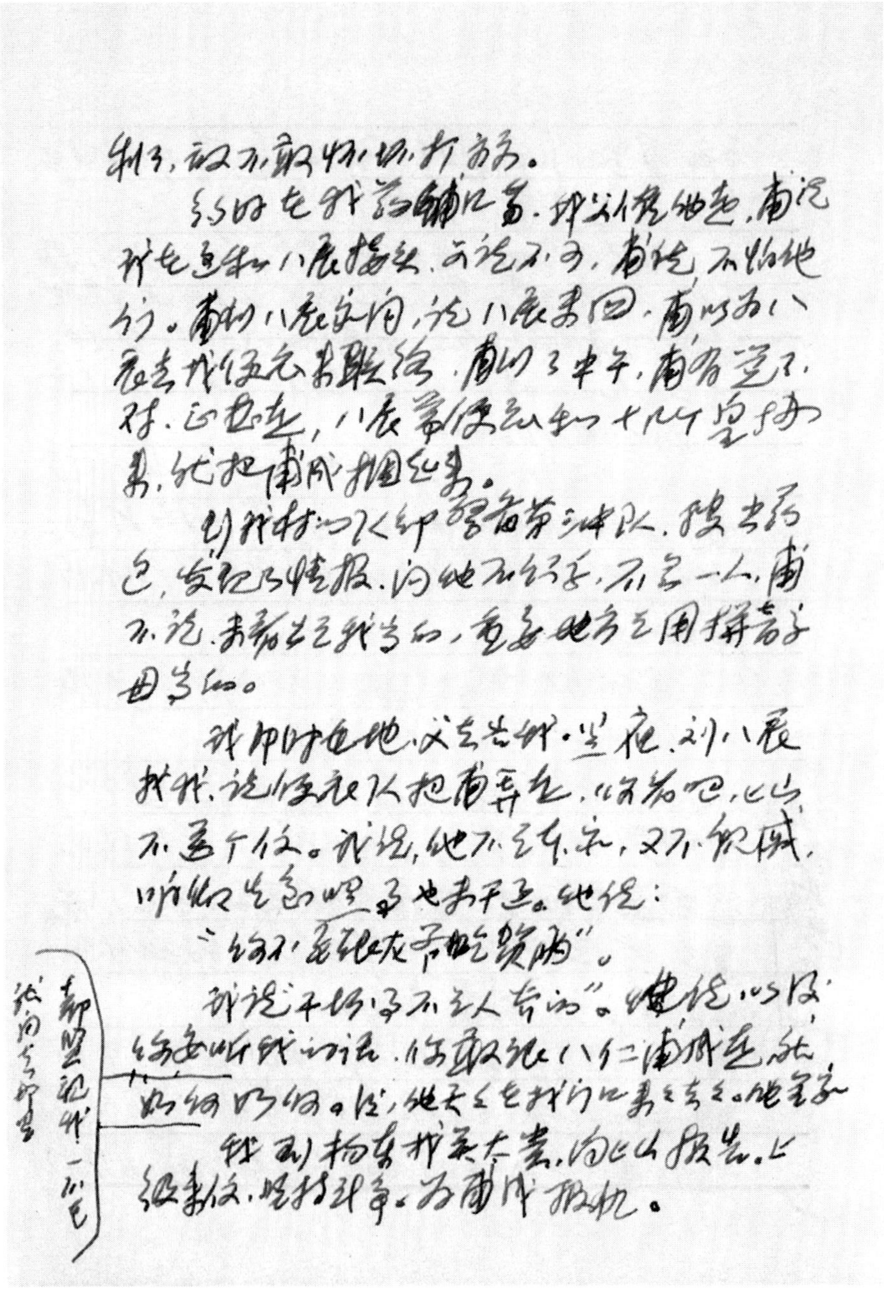

晚上不了山，包了个女房，张秀说："没关系，我下窑吧，不出该给过了"，他了下窑的说家里就等八点"，八点钟，我下窑了，他们我们正开会，还有一点人。里头也下窑，是没当总的，他说可以。我说明天就走，他说你去吧。我换了身下窑衣，戴着，窑灯。为了让大家知道，我说太行去。

我就到公社会报告，准备好，走了写成常委校警刘八臣，为武装室，但是头晚上已经开过的（已去县剧书），没改变，当时不去八臣一人，去们会途成南成死。

回去时，把煤弄了一车，写了三十元发票，说去城门去，还要找大影响，先去药铺门口，说饿饿下雨，我回去。八臣回去，他问了我情况，我说家人非常饿死不成。他说你不也出来吃饭，我说不敢去。他说不出事么，我说不敢，他说不要紧，但不~~[illegible]~~开说，我第二天进城化，打听南城工程国家。

盖结

向山会报，找到八臣，四儿女，未离之。

~~有个要[illegible]把我们的八臣，[illegible]~~，我们他我们讨论工作的 我会保证我。

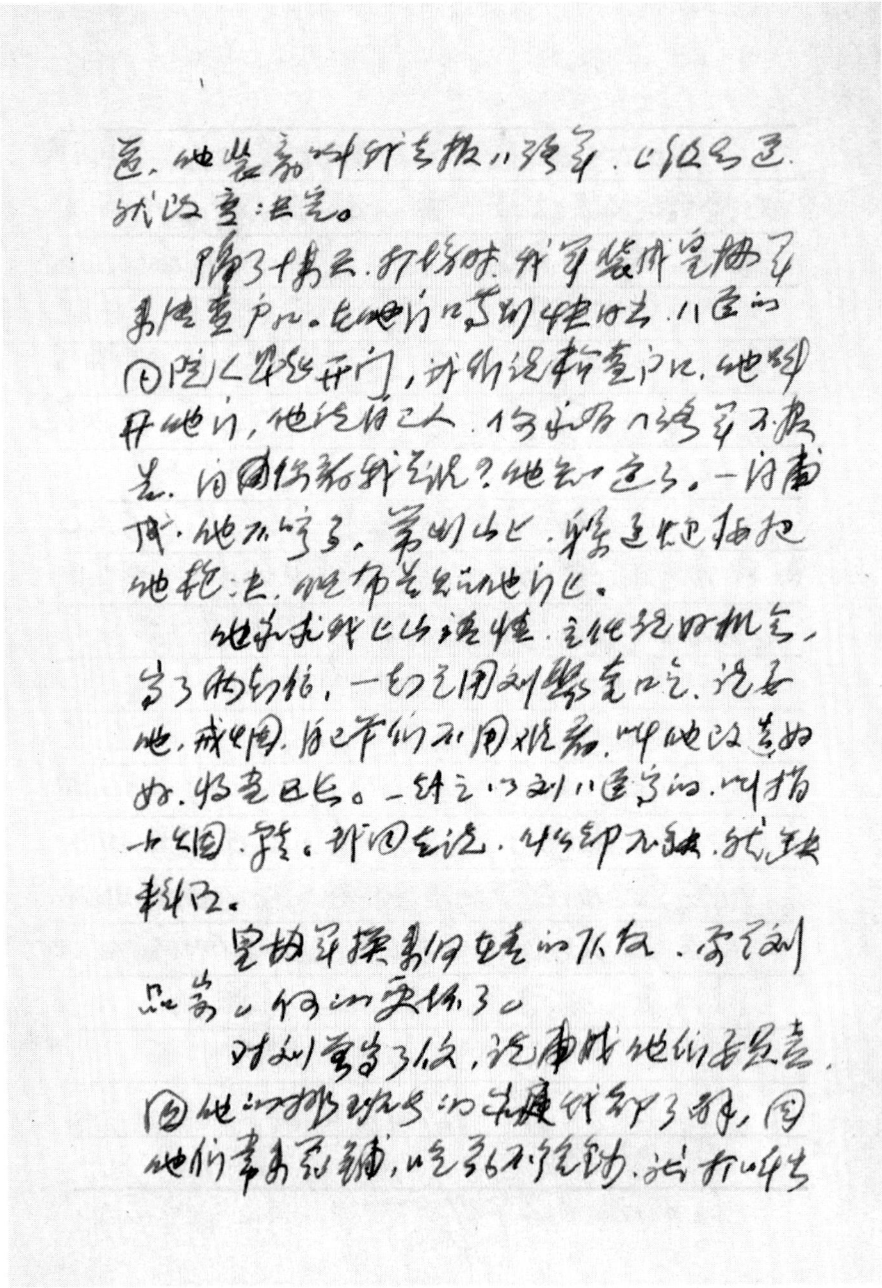
道。他当家叫我去报八路军，八路军[illegible]
我没查出来。
隔了十几天，打[illegible]时，我军发现皇协军
来这查户口。在他们吃[illegible]时[illegible]，八区的
回[illegible]人[illegible]开门，我们说来检查户口，他们
开他门，他说自己人，你们[illegible]八路军不[illegible]
去。问[illegible]你们打我干吗？他[illegible]了。一阵审
问，他不吭了。第二天早上，[illegible]
他[illegible]，[illegible]他们[illegible]。
他[illegible]上山[illegible]，[illegible]机会，
[illegible]了[illegible]，一[illegible]用刘[illegible]，说要
他[illegible]，自己[illegible]不用[illegible]，叫他没[illegible]
好，[illegible]。[illegible]到八区[illegible]，叫[illegible]
[illegible]。我回去说，[illegible]不[illegible]，我[illegible]
[illegible]。
皇协军[illegible]来[illegible]的[illegible]，[illegible]到
[illegible]，[illegible]了。
对刘[illegible]了[illegible]，说[illegible]他们[illegible]，
回他[illegible]，回
他们[illegible]，[illegible]

还说去抓南阳。

刘生元、张某都是区干部，何某撰帖，他主持贫农会。库的很反对，上级决定让集体中插他。我当了一个查区的队员的一个贫农（会吧），我又后去跟刘生元查看。他很满意。刘茂安当排长。（刘茂安）

以一天，我又来和茂安说着，那说刘生元来了。

第二天，西县，去区开会，刘生元不在家。茂安他把队组，拖拉上山了。

早晨，生元带两[illegible]兵到铺，叫我上去。我当时不对，说带了水枪，[illegible]我去，他们很高。我说解手，他们把着厕所。他也，西的问清楚。生元，你怪色不好看，和気了？怎么还不出去？八路军昨天想把枪却拖走了。我说赶紧和他们说去，把枪送回来。他叫我上山。我说我一人不行，不是伍长，的马当伍，我做不了主，伍长都不当去。我说的去，要是不是几条枪就不成了？他说中。但伍长不叫他去，我把生元拉出来，我说大丈夫办事，你上去，把人

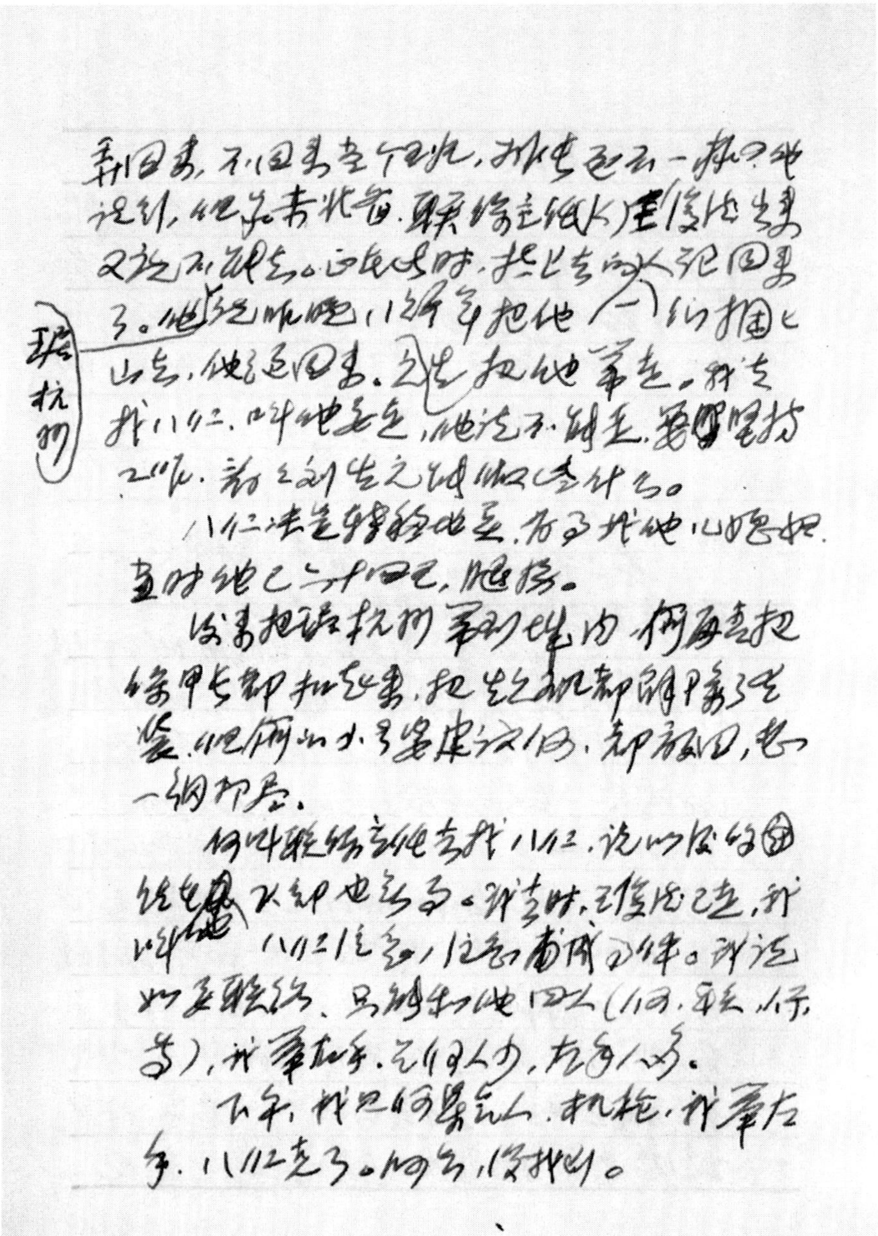

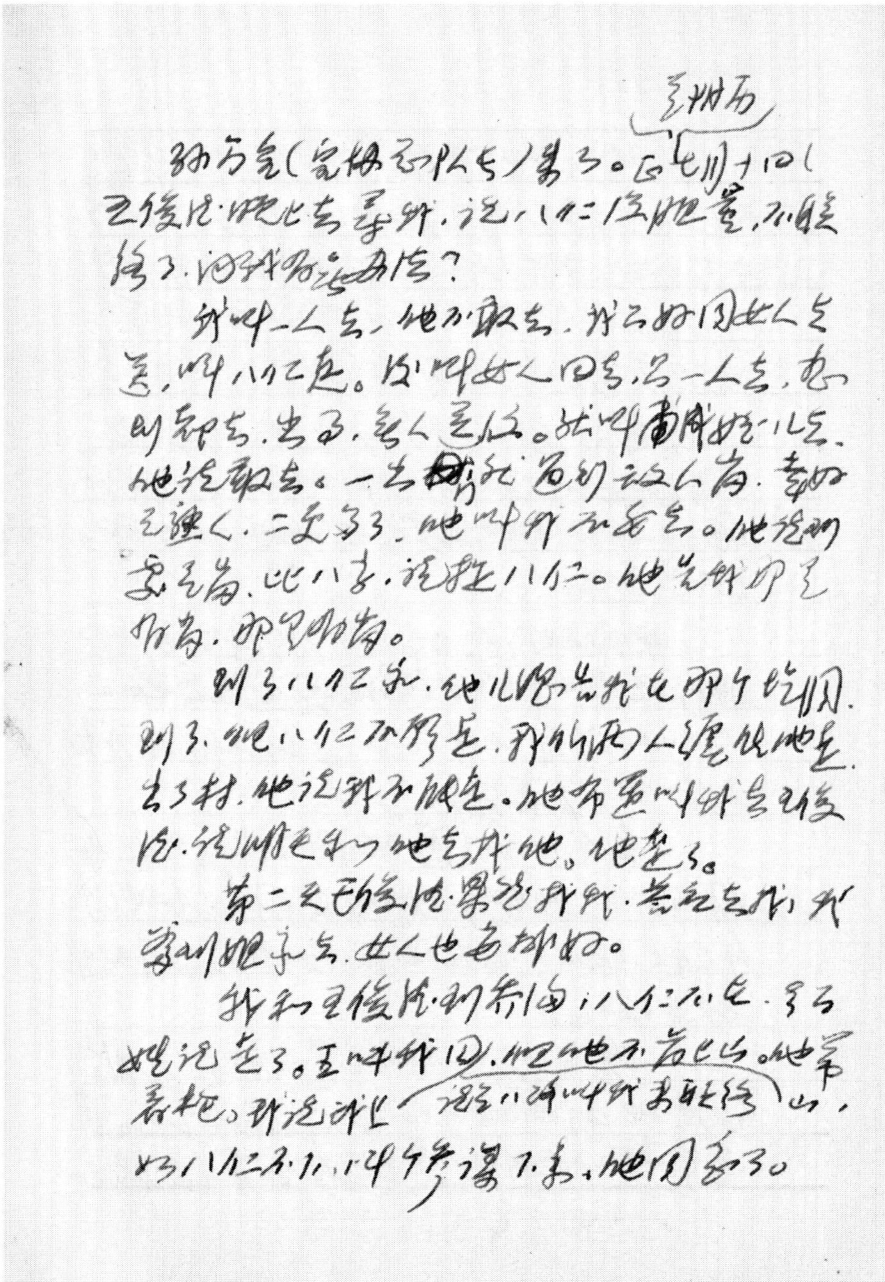

孙万金（宣传队长）来了。在七月十四日（三川后）
王俊德·晚上去寻我，说八仁[illegible]他婆，不能
待了，问我怎么办？
我叫一人去，他不敢去。我只好同女人一
道，叫八仁走。后叫女人回去，另一人去，想
叫郭去，出了，多人[illegible]。然叫[illegible]儿去。
他说敢去。一去[illegible]遇到[illegible]人家，幸好
是熟人，二人交了。他叫我不要去。他说那
家是谁，比八岁，说打八仁。他告诉我那是
行为，那是[illegible]。
到了八仁家，他儿媳告我说那个坏人
到了，他八仁不能走，我们两人硬拉他走
出了村，他说我不能走。他希望叫我去王俊
德，说刚他来了，他去找他。他走了。
第二天王俊德果然找我，告诉去那，我
带[illegible]去，女人也都好。
我和王俊德到那里八仁不在，写了
纸说走了。王叫我回，他不肯出山。他常
喜枪，我说（从八路叫我当联络）的，
好八仁不久[illegible]下来，他同意了。

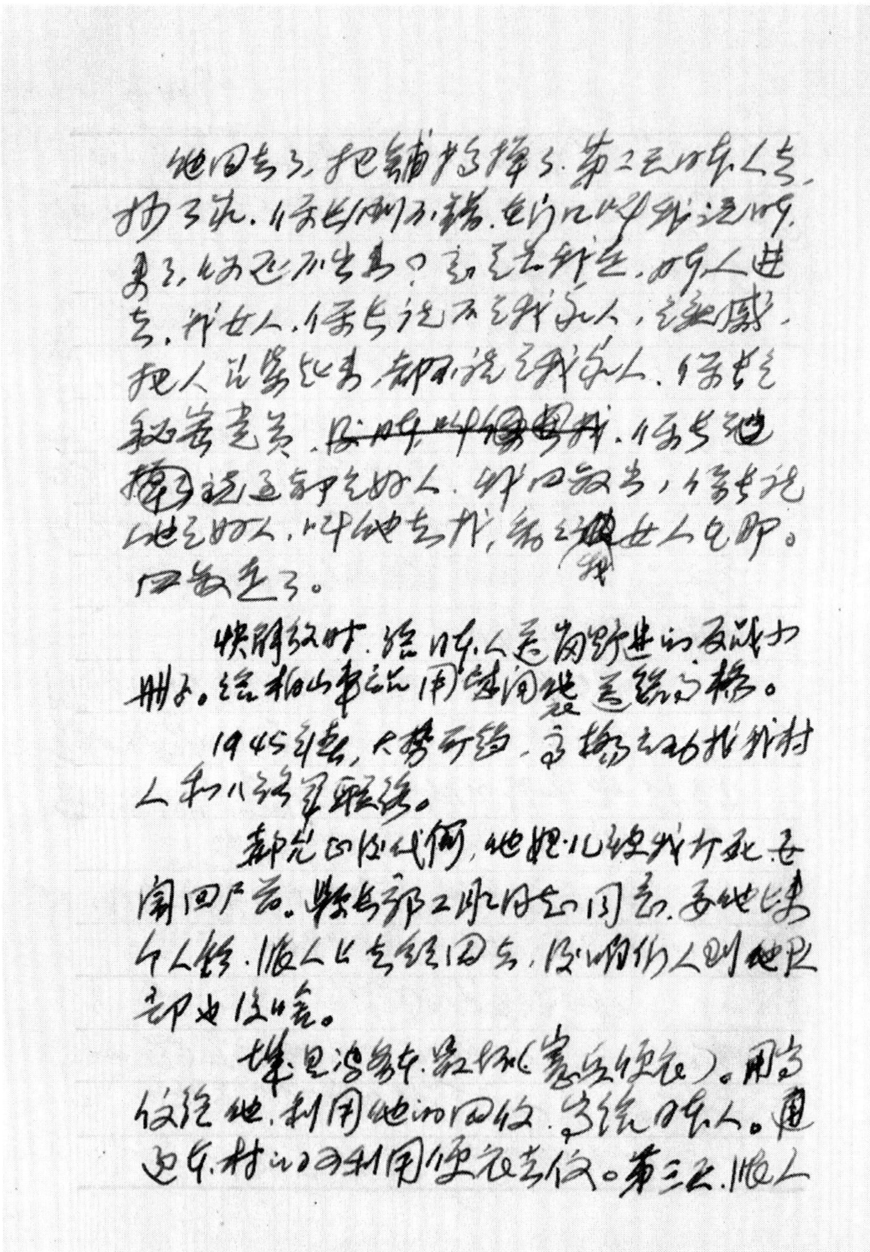

他回来了，把铺盖捲了。第二天日本人来扫了荡。保长倒不错，他们几个叫我说他来了，你还不出来？[illegible]，叫人进去，抓女人，保长说不是我家人，是亲戚。把人从窑里出来，都说是我家人。保长是秘密党员。~~[illegible]~~。保长把[illegible]说这都是好人。抓回家去，保长说他是好人，叫他去找，[illegible]女人也叫。回家走了。

快解放时，给日本人送南野进的反战小册子。给柏山[illegible]用[illegible]送给[illegible]。

1945年春，大势所趋，[illegible]我村人和八路军联络。

都是以[illegible]，他姐儿被我打死在南田[illegible]。[illegible]部工作[illegible]，[illegible]人[illegible]，[illegible]他[illegible]也[illegible]。

[illegible]冯家[illegible]（[illegible]便衣）。[illegible]给他，利用他的地位，[illegible]给日本人。[illegible]村[illegible]利用便衣去作。第三天，[illegible]

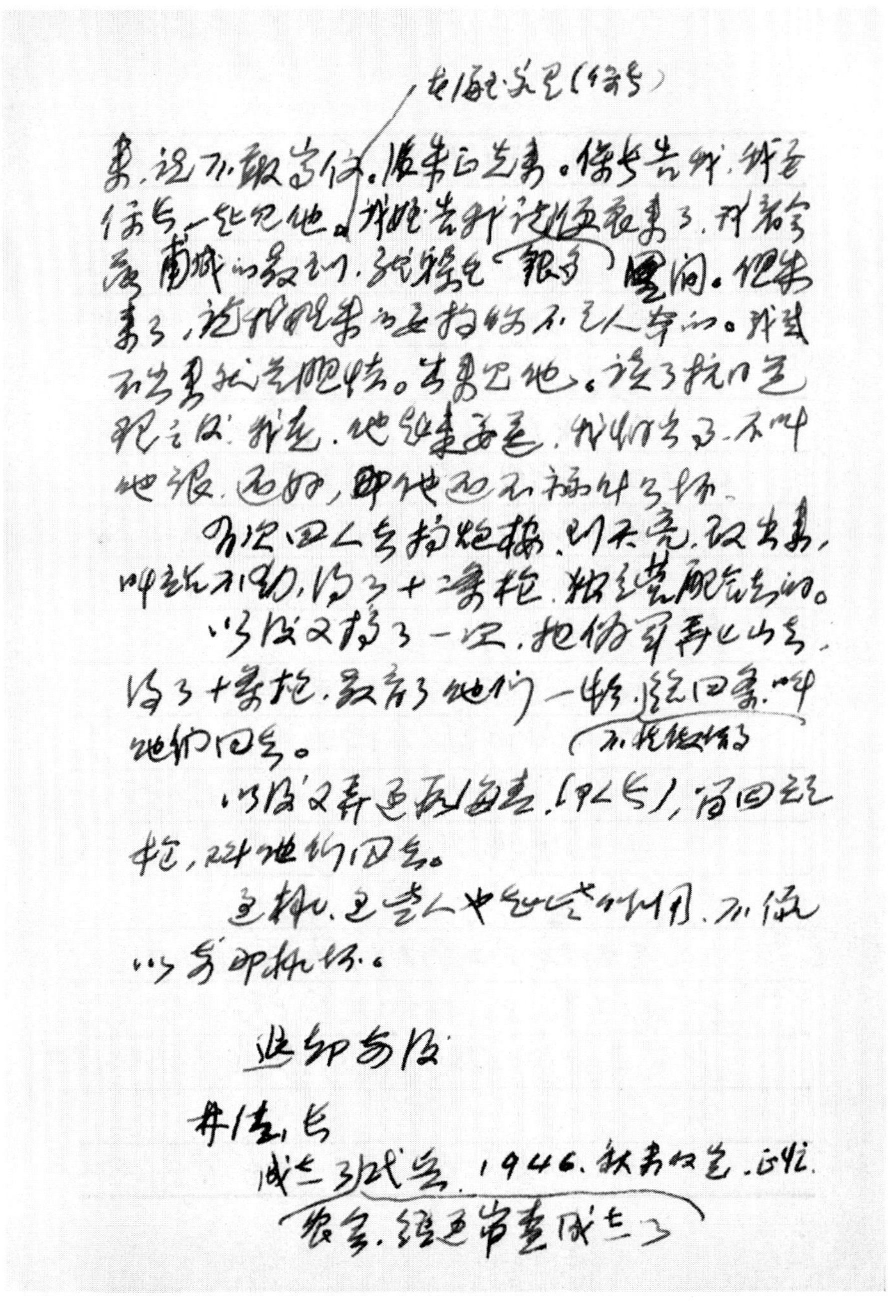

长治的父兄（徐长）

来，说不敢写信。后来已送来。徐长告我，我与徐长一起见他。我就告我说他要来了，我当时要[illegible]城的教训，现在是（银子）[illegible]问。他来来了，说我很要不要找你不是人等的。我就不要来找他。来了见他。说了抗日道理之后，我走，他就来要走，我们去了，不叫他跟，还好，那他还不称什么好。

有次四人去抢炮楼，时天亮，没出来，叫他们不动，得了十二条枪，将这些配合去的。

以后又抢了一次，把伪军弄上山去，得了十条枪，教育了他们一顿，说回来，叫他们回去。（不抢他们的）

以后又弄过五[illegible]（[illegible]人员），留回三条枪，叫他们回去。

这样，这些人中也会有用的，不像以前那样坏。

送给各位

井[illegible]长

成立了武装，1946，秋末冬初

后来，经过常委成立了

解放时，即去支队，都给别去过去，又回来，成了还乡团。

情况很複杂，反会、民兵，都把家属送上柳口当地。地雷阵他们走，落了空。公安局把人组号，一级落了空。

我们在北山，他们在南山，他们叫他们天晴，我们去阴门回来吧。"

长治地区至85师。

民兵初期家不好，子弹也少，后来自发来铁雷，也敢用很少。

敌人抢收，即手执好。

后来埋石雷。上面安火药和雷管。埋地雷区。敌人即会响。敌人不太敢上了。

47年春末，民兵下山活动开了，46年冬，落乡还乡团。（老王、李封）

李向增在还乡团，黑夜不敢在外，杀了李封。我们民兵埋伏在外边，北王先生和还乡团，打死了2人，捉了一人。

敌抢来粮，都埋下地雷，伤了他大

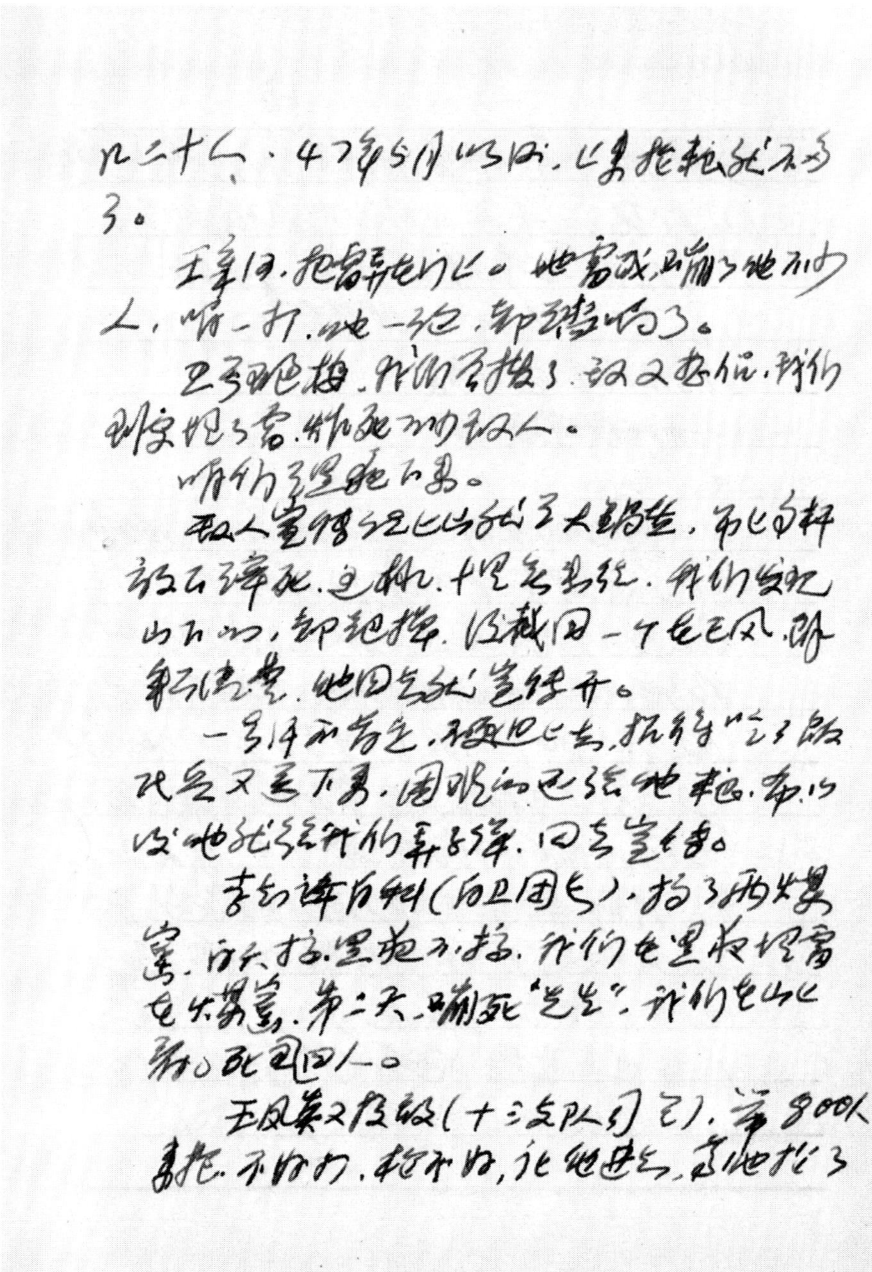

几二十人．47年5月以后．只要拖枪就不要了。

王章田．拖着手枪出门口。他害怕．踹了他不少人．听一打．他一跑．都跑掉了。

卫子的枪．我们不要了．敌又来信．我们就是地下党．他说不少敌人。

咱们跟他不要。

敌人宣传说已出来了大路线．第七团就不能死．连机．十几条马．我们就说出不少．都跑掉．收藏的一个在王凤部队清查．他回去就当饭开。

一支队不当兵．不要他出去．招待“二十人饭”也不要．团部他已经把他枪．就以后他就给我们弄了好多[illegible]．回去当饭。

李幼祥同志（后卫团长）．拉了两个炸药．白天拉坚定不拉．我们在里面埋了一个炸药．第二天．踹死“鬼子”．我们在山上死了四个人。

王凤英又攻破（十三支队司令）．有800人拖枪．不得力．枪不好．以后他去了．当他拉了

△ 抢食岭口，出击，地雷，机枪，石（滚）来在山沟里打，打死了五十多，以后他再不敢出来。

一 打上山口时李明道自卫团，拿了他一百多只羊，但敌人都从他逃走了。拿了羊在山岭口，都送回去。

~~打王凤英那次~~

打王凤英那次，林县东山，我们西山，当时是联防，天刚亮打响了，我们就出发，赶到了那里，迎上敌人，我们在高处投弹，敌打机枪，小炮，敌把我包围，我们几十人撤退到构家岭地埋伏，敌人（以为）抢东西（马骡等物），敌的指挥部向出来，东西来高打，我们冲锋，打的敌措手不及，把敌人包住，我们的那挺机枪，缴了四五人，那次王大腿，得了几粒子弹，王贵，广益也来包抄，逐各个抢东西的，搭回。

那时我是民兵队长。

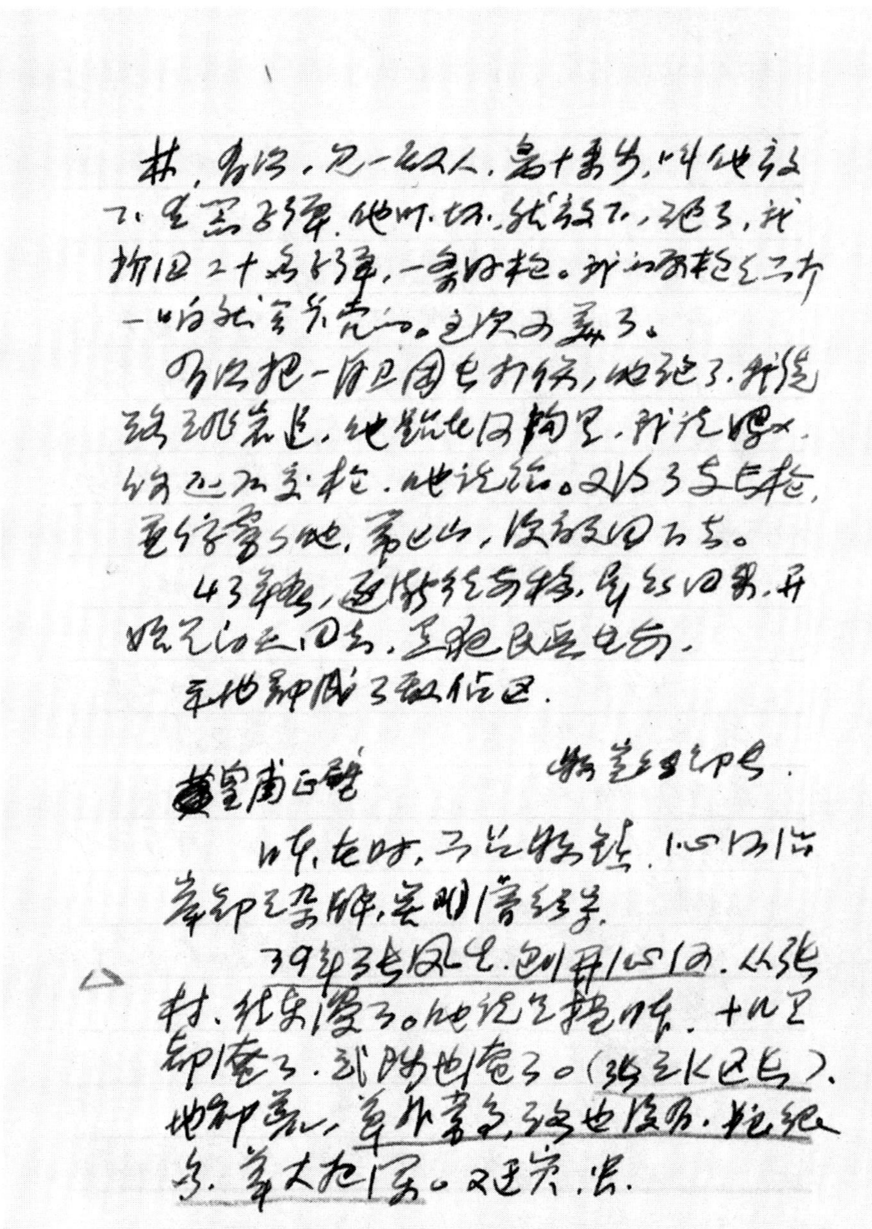

有一妇女和土匪有关，东家说了她一下，使得土匪来，就在房上，白天开枪打了她的东家。又且要迫她和东家都跪回了话。

△ 抢了东西，要人给他们送，送到他面前不动东，拿不出钱，就拷打。这乡以后都是白骨头。许多地方村井都是骨头。

我家死了三口，有七八人，搬掉一个在街，有一个是太婆抬了，去埋的。

我又吃草根，树皮，我也吃米糠。

屋后是没有野菜。

44年春，草根，八口人出外讨饭去，开始跑到二八区，到了3个地方，米都完了，我们都不敢开门，他又来了3个。天明出来才去逃，逃了，他还不了了，都藏东西，我家自己都搬着粮食。

△

军队第3年来打了八路，做宣传，大家都欢喜了。

调查了一会委员，第三了一些，屋内不大好了，他没有多说，走了。

过年，屋内也吃不上饭，土匪打开枪。

用主心传家。将兵卸工账。收集一些杂牌用主生意。训练。改造。敌工会（文联）组织各报意，印发孔军，又把他打了。

也有数量不适当的。本区要打前进区。

[illegible]

发动群众。开展反奸。减租减息。民兵。开展斗争。（解放后北方时，出现了黑名单）。

「和谈时，屯留县城附近，有民兵驻防。

46年10，敌进攻后。早晨四机枪扫射县城。沁水，长治，高平，阳城，退我们。

通知要去王晓天，第二天就配合作战包围战。下了大雨。

那时是沁源的民兵队长。敌人85师。第二天就到长治，博爱。

我们三民兵黑夜到长治探情况。」

编者已在开会。说打完是中了东北军等，他不在，召开这个部队们。为防止和检。会议下部署出兵安排的，有情况就转移山去。

揭明情况，去解放区，了解新来的情况。告知民兵动员参军，后来发动群众的大村

[illegible]极了。已经[illegible]，都撤上山去了。

我对[illegible]，他向我[illegible]里。[illegible]已[illegible]，[illegible]。[illegible]的人也[illegible]。

我[illegible]，[illegible]。有的[illegible]了。第[illegible]。

正下着大雨。[illegible]停了一会，[illegible]下[illegible]，打[illegible]去。

这时[illegible]的来了，部队也来了。[illegible]，[illegible]，[illegible]。

临[illegible]的东西[illegible]了。

到山上，[illegible]，山上[illegible]。

[illegible]，[illegible]，[illegible]。

敌人飞机还在[illegible]。

天气已经凉了。晚上[illegible]个[illegible]。[illegible]。

第二天[illegible]，[illegible]下山[illegible]，[illegible]，[illegible]。

一九四三年八月末

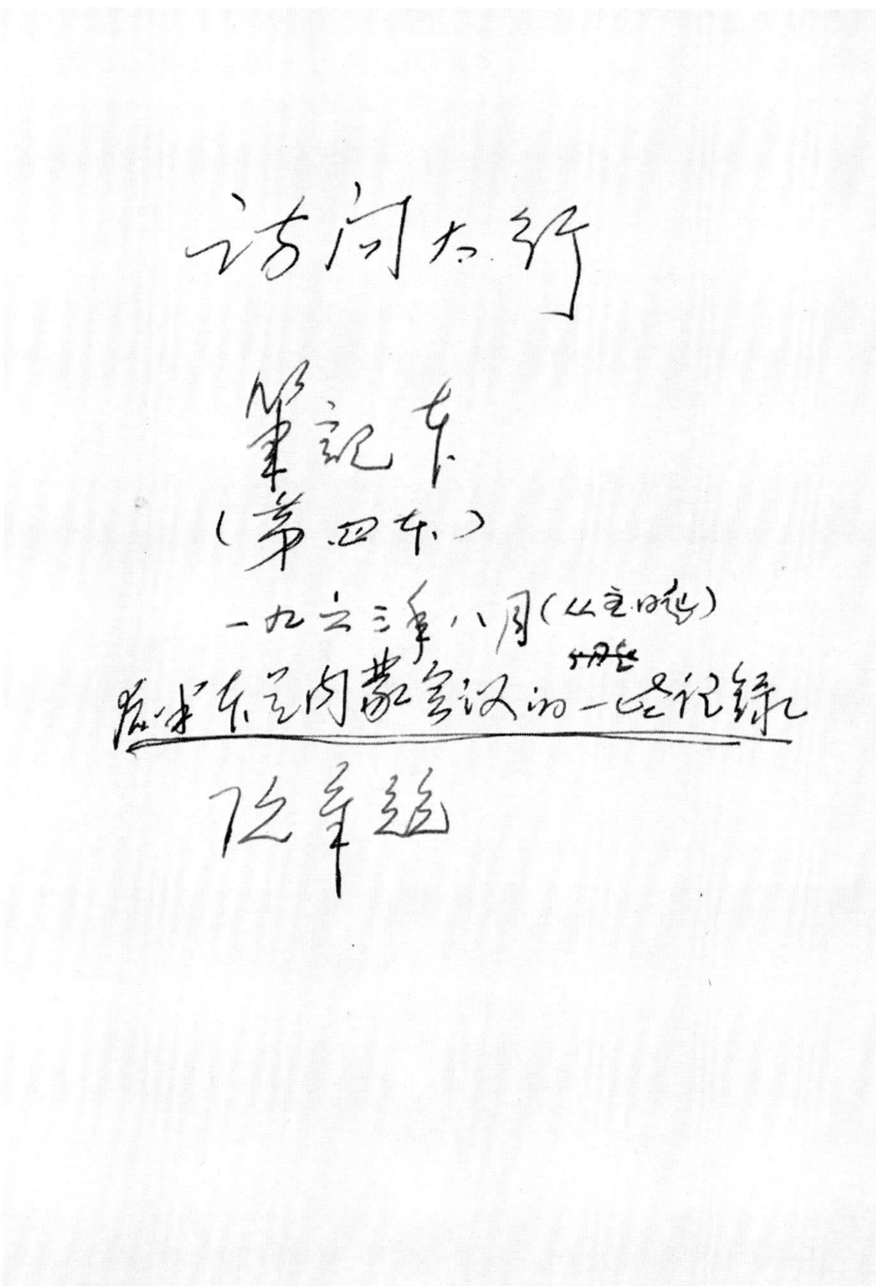
访问太行
笔记本
（第四本）
一九六三年八月
后半本是内蒙会议的一些记录

[illegible]三军七月半

敌汽车开过了两次，没抓到人，群众了
知了干部，带到了别人的头底。
敌人不敢长期住，部队进堡了。
大约三十部兵过绛县，正下着雨。
敌的家属也部搬进堡。别家了[illegible]地
方敌不敢去。

△° 王成振（张如是家做饭），敌把他抓去
进堡，我们写信，要他送回去，敌人怕，要
他领去堡用车送回去。
我也抓了三个伪家属，他们不敢去。
△ 我们回去时，伪保长又要跑了，以为是
中央军，把我们部队当了，弄来弄去，他是
民兵[illegible]了。
他们来时，把组织翻了户口打井里"。
解放时，就飞了他们。
撤退，[illegible]46[illegible]（半年）。
为了保护[illegible]干部，[illegible]了[illegible]。
"不要[illegible]块部队了[illegible]"
"[illegible]大[illegible]大事和[illegible]"。
问"以前[illegible]时，[illegible]中央军好了人[illegible]，

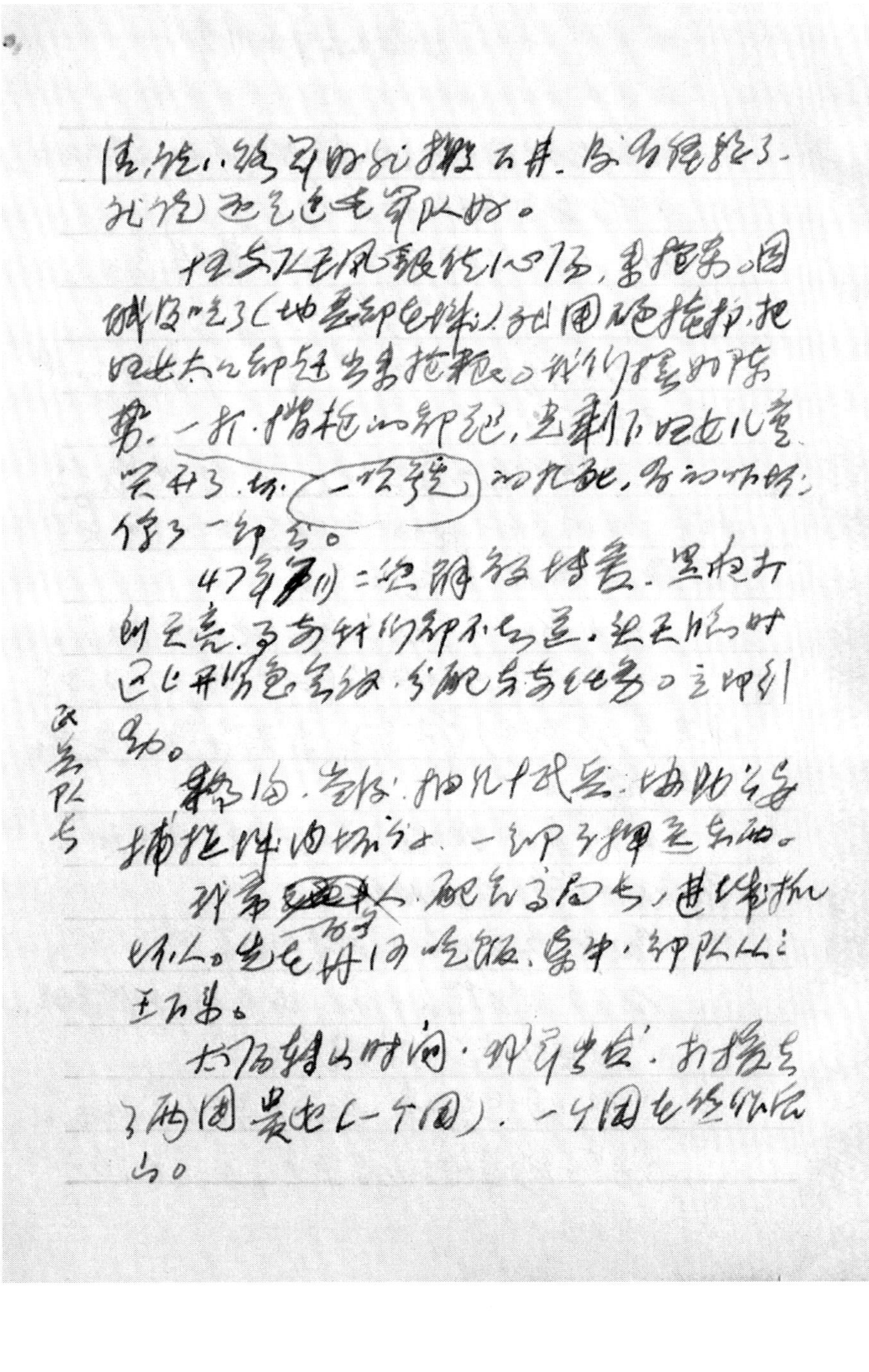

住，统一编号的地址搬石井。为了绕路了，
我绕过老远毛家队好。

担任队长王凤银给八路，当指导。团
城住吃了（地主都色样）我们团福拖打，把
妇女太太都赶出来拖走。我们摆的阵
势，一打，带枪的都跑，光剩下妇女儿童
哭开了。妈，一场空 的九死，为了回来的，
停了一部分。

47年2月二次解放博爱，黑夜打
到天亮。多分部队都不知道，然天明时
已经开始紧急集结，分配各自任务，立即行
动。

区公队长

静阳、老阎、抽几个武装，协助公安
捕捉潜伏的坏分子，一部分押送东面。

我带几个人，配合了局长，逮捕抓
坏人。先后一进门吃饭，集中，部队从
王石家。

太阳转山时间，我们出去，打援去
了两团长（一个团），一个团长经纵后
山。

十九时，围堡，人马未进，有一排人冲了两次没成，敌人进了堡，发动二、五连，全面，敌人炮兵营，还包[illegible]，一排上了堡，那院已打散，包围了，[illegible]出来，把炮兵营拿了。

同时七七，发起总攻。六团出[illegible]，一直打到天亮，两边炮楼，王号七、[illegible]号阵等地，[illegible]，快上阵，用敌人的炮兵打，打开了，还缴获了，机关枪打死了[illegible]，俘了一部。战斗结束。

昨晚在东门[illegible]开大会检查王号七、[illegible]长 等人，柳山区乡团长。

部队已出，说当面不[illegible]。

我们每人弄几十条绳，却不够用。也没有绳子等了。

有一[illegible]拿刀出来，我一枪把他打死。

部分部队南下。部分休息。

△ 我们配合接[illegible]，掩护撤[illegible]，对付[illegible]扰敌。

组[illegible]人[illegible]堡，掩护，部分也组织。

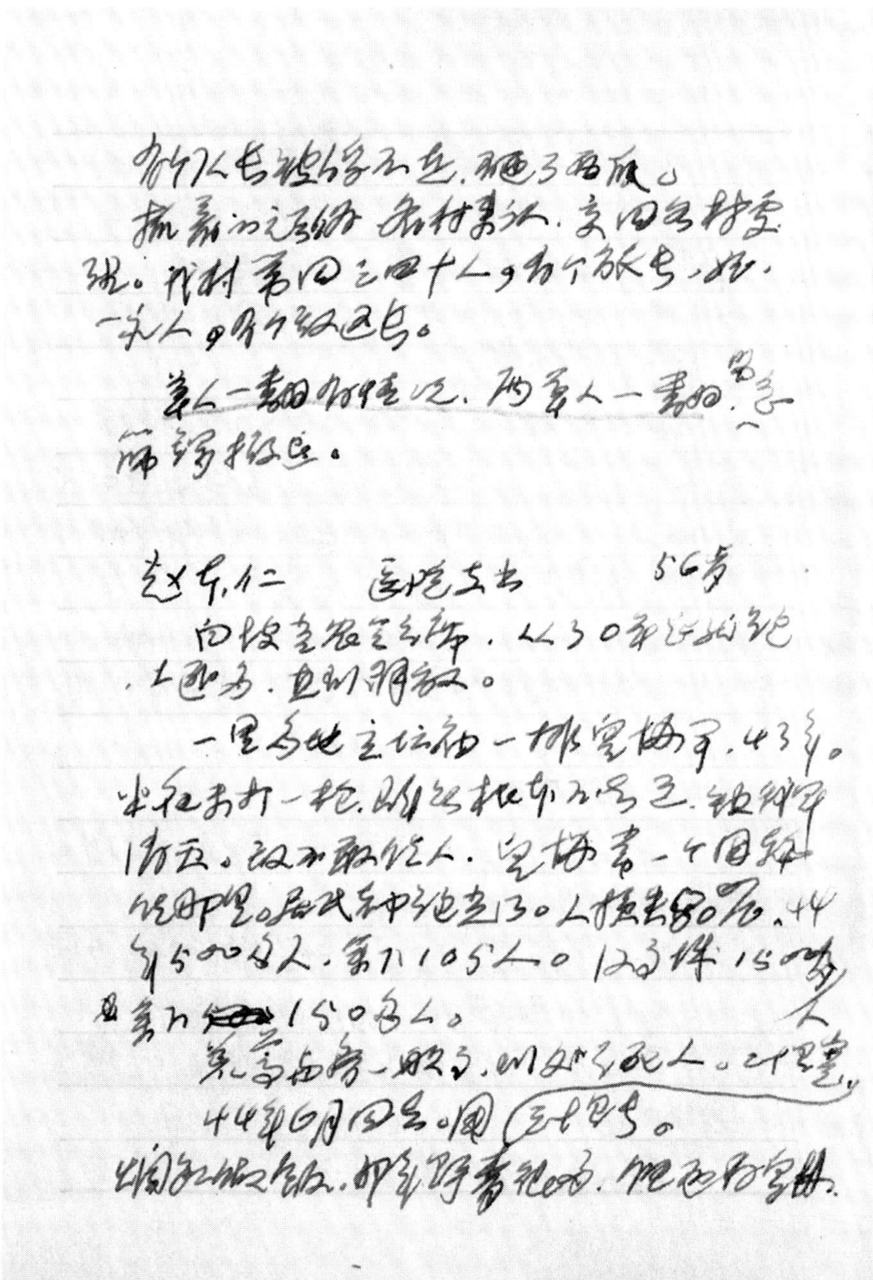

有个队长被俘不屈，砸了两顿。

据嘉河沟反映，各村男女，交回各村受训。我村第四三四十人，有个旅长、姓、一家人，两个[illegible]。

某人一割[illegible]吃，两个人一割[illegible]，[illegible]。

赵东仁　医院主任　56岁

向后主任到会场，从30年开始[illegible]，[illegible]，直到解放。

一里为地主[illegible]一排室梅子，43年。[illegible]打一枪，[illegible]。[illegible]。[illegible]人。[illegible]一个国[illegible]。[illegible]30人[illegible]80[illegible]、44年500多人，[illegible]105人。[illegible]150多人。[illegible]150多人。

[illegible]，[illegible]死人。[illegible]

44年6月回去。阎[illegible]。

[illegible]。

解放后，指望去地主，反奸复仇。地主同亲戚与士人，是大队枪毙了。

46年还乡进攻

地主组织还乡团：湖村12个人。

转回来后，两村二十户，出了十八民兵。当时被杀七人。"王同"指挥队，十四人（民兵）只有一民兵开动第枪吃亏。

第二天民兵，又把所有民兵，他不叫他行，没有还有活人了，他打死了十几个。

村干，党员，支书，做好，指导员，保存东西，结果很多，妇女都参加。

46年反扫荡，又女兵，还出女为二天送军送人员，我们去一开会，单看去，三人。

敌人进户，送子弹去了了人。村

47年指挥土地改革，反奸人力地主了，家家交纳。

牺牲了五，共出部队人伤。

孔的有在（队部）

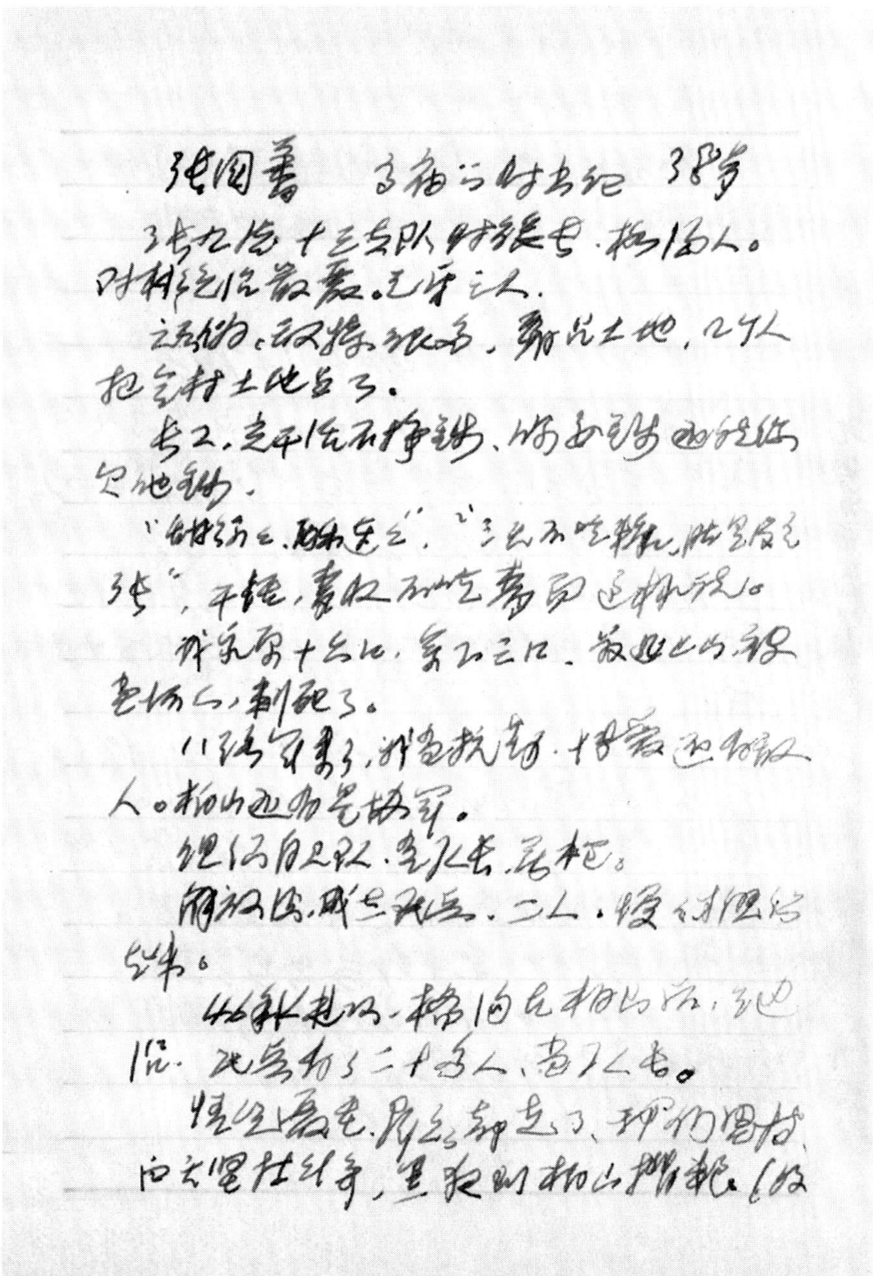

打麻雀了，部队也在他那里布地雷、手榴弹，部署好了。

部队需棉衣，和下边换。我们组织民兵则下换棉、鞋、手电、发信号的电池。民兵加固了。进行推磨斗争。

棉的需经收，区风部很近。

有次敌人阵地去，我们在写信了一下，把材料给部队，叫他们去拔。他们冲上去，打死了很多敌人。

以后之后，部队都杀死敌人，就叫了活，一喊就拿。

男女结合，民兵也去送路，自卫队也下去生死。吃饭问题解决了。

斗争组成是通报告。

敌来了几次大扫荡。坚持生活山区。

敌人以后部队则通报情况。马解送过去。通把敌人抢的东西，妇女都截回。经常埋雷，不让来就抢回。

在通往外边的，就埋地雷，不断捉敌人、排长、医生、药品（那次，他在敌人过

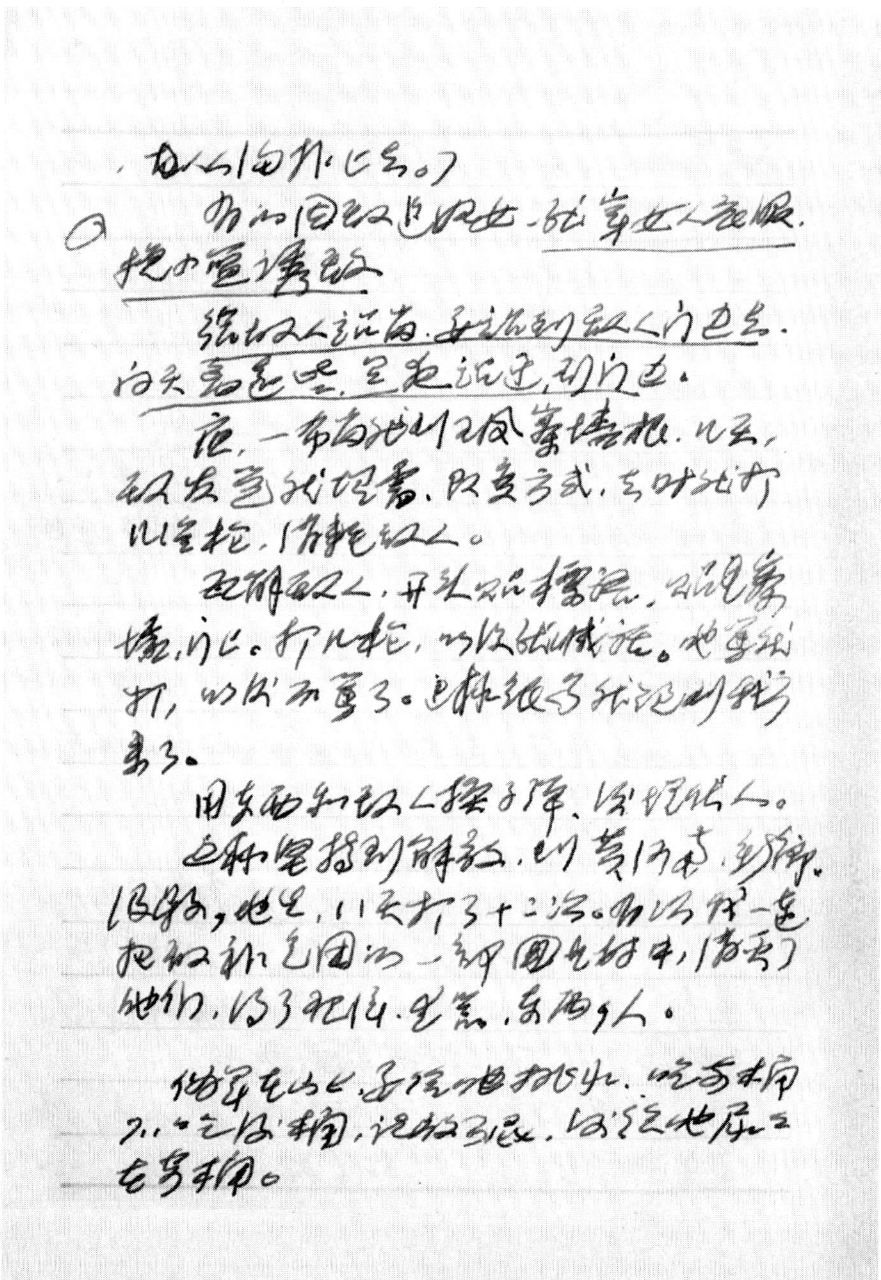

上山要先祭山灵，不够烧纸，而且要胡闹，见别人打。受了损失，也要人。

抢妇女，多人要生下来，要吃。

结婚然后，把男人捆在桌子，亲她。

抢走女人，打人还说打手。

利用皇协军抢，说把女人名弄到她那里，说你部队，要给去给，又回来，抢了，说别人抢了。

二十多面团，吃饭、女人，抓兵，扶里。

此人送缝纫机，本意把人打死，不绝，又想把他的缝纫机弄那里。

陈振生　　公安局　1963.8.6.
卢德子　　交通局　长宁原

陈振生　书记

系于王屋乡，属太岳四分区。

系统时，能了，44年调到，45、46年打敌人区部。加居寨平赖宽，郭地印又回来，1947以到了。

仍很宽，依听已谨语，治当地管。

郭钧之司令员，部队已出山，何迪部留有卫队。

将自独立营，黄平二团（分区部队），将生桃本乡，王当龙自卫队守阿防，以来固结当。

为黄河联防指挥部，司令，分队，何迪部为南唱。阵政特回来，他们部会水。

太岳提出"黄河保卫"口号，民兵坚决的守护也是这几年。

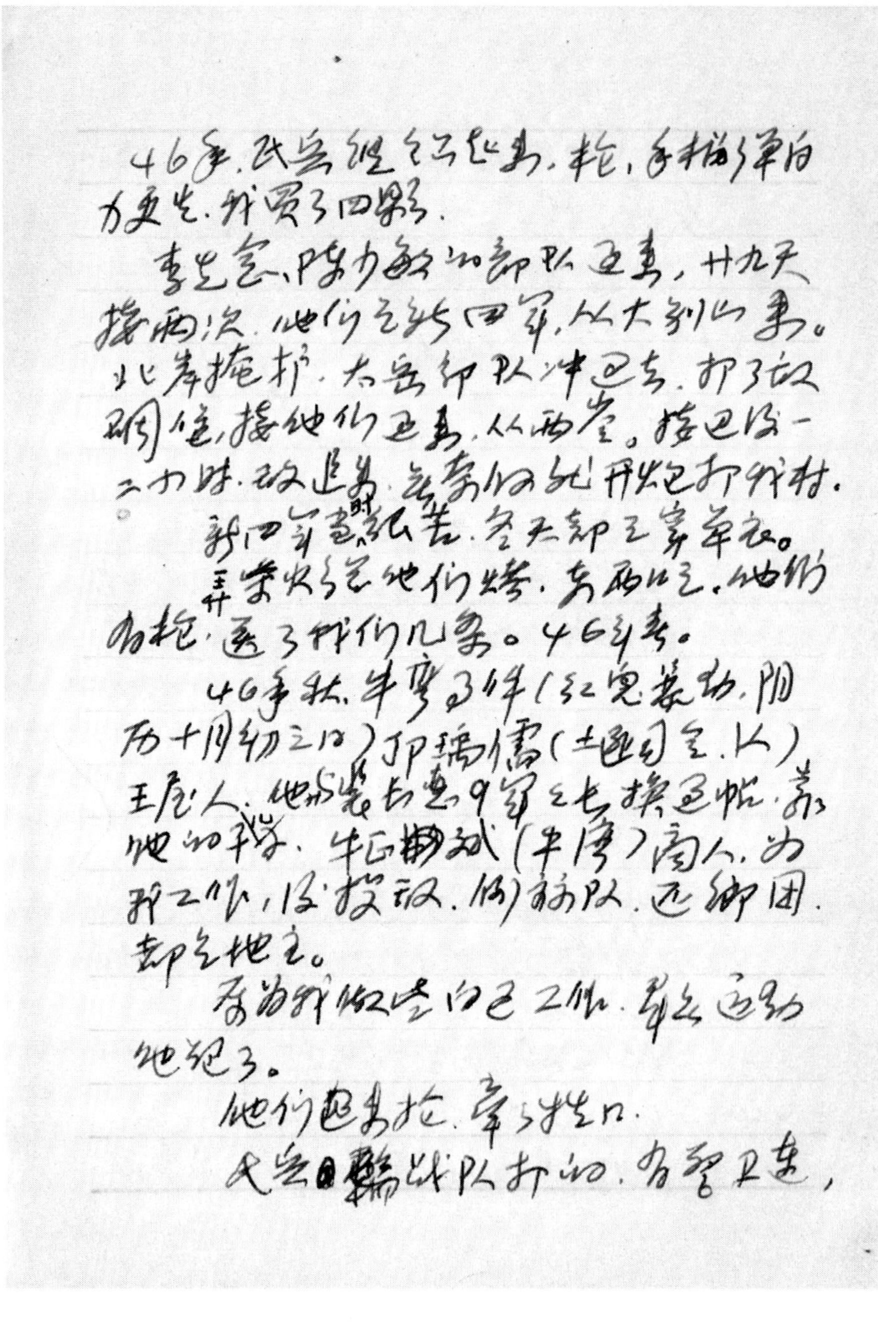
46年，民兵组织起来，枪、手榴弹自
力更生，我买了四颗。
李先念、陈少敏的部队过来，廿九天
接两次，他们是新四军，从大别山来。
北岸掩护，大兵部队冲过去，打了敌
碉堡，接他们过来，从西岸。接过后一
二小时，敌追来，敌人们就开炮打我村。
新四军当时艰苦，冬天都还穿单衣。
弄柴火给他们烤，弄东西吃。他们
有枪，送了我们几条。46年春。
46年秋，半夜出事件（红宪暴动，阴
历十月初三日）打福信（土匪团长，人）
王庄人，他带着七十个人，换过帖，兼
他的秘书，牛正楷（牛庄）商人，为
我工作，后投敌，伪新队，还乡团，
都是地主。
原为我做些自己工作，革命运动
他跑了。
他们退来抢，拿了牲口。
民兵回联战队打的，有警卫连，

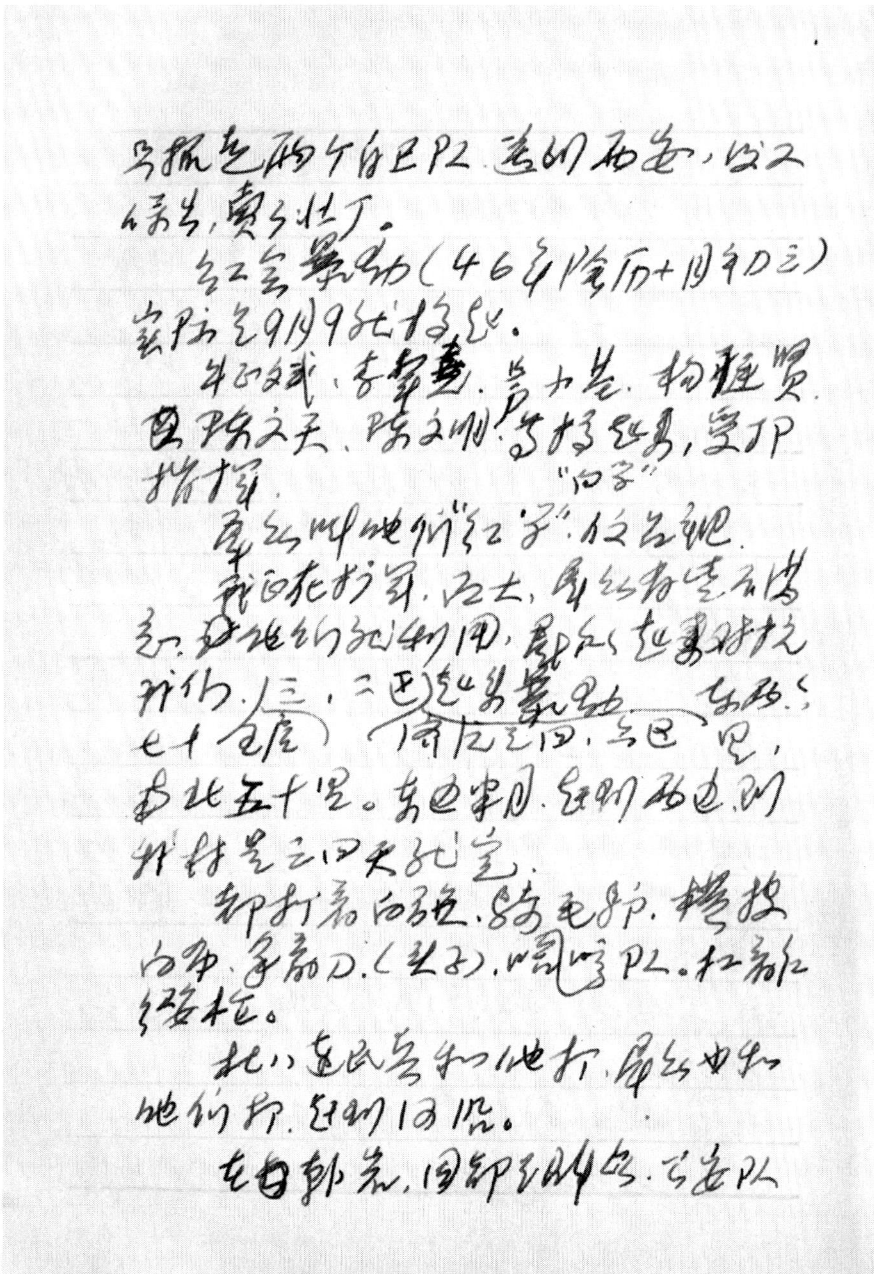

乡抓走两个自卫PL.送到西安，做工
储粮，卖了壮丁。
红会暴动（46年阴历十月初三）
实际是9月9日起转移。
牛汉斌、李鹏、曹力善、杨雅贤
田、陈文天、陈文明等领导，史JP
"白字"
指挥。
群众叫他们红字·白字吧.
我们在打算，白大，群众有些不满
意，对他们就利用，群众也来对抗
我们。（三、二区）起义暴动 东西三
七十里左右）（除左三四、五区 里，
南北五十里。东边半月，结束西边到
树枝是三四天就完了。
都打着白旗，骑毛驴，携带
白布，拿菜刀（斧子），喝喊PL。红会
结合在。
我八连民兵和他打，群众也和
他们打，结束10倍。
在白郭庄，同卸乡村会，公安队

不打，红军把他们机枪夺了，才打。

第二团也来，第2队也来了，在河边包住了，1个也死不了。把头子都抓了。全村都绝了，都打死的，那瘸偏的儿子小毛躲在死人中逃了。他那回时号哭呢。

那在阳泉，抢了很多人枪，通同来抢，民兵把枪也去抢他们。第四团红军，叫我们民兵掩护。输送队、担架、冲锋在一块，民兵抢的已经过去，手榴弹，他们拿了，得了九十支枪，铺盖还是挑的。

把长治民兵装备起来。

47年大军南渡——

南岸山区，白天不能种地，黑夜才能上地。男掌握都在江心，土地少，以船为生活。

麦收，上来征集，造船。

有的与王家团不相信。修了十几条，结果保存了几条船。第四、第五，都在那里，部队也在那里住。了解敌情。

先已派人（三人）过去，伸手摸一下是炸弹，里面是机枪。

去

长风为突击队，指挥部之头。

用三船之舍，李炮打前头的马。

[illegible]山、上塞阳、上党、长治、屯留、平顺，都打炮

之后先打炸弹，接着都打开了，机枪也打开了，就刮风一样，同志们都不顾掂头。

全工队（黄河游击队），内有北山船民家、长东武家、黄河两岸民家，共三四十人。前锋队，先船在一步，过河，差不多船与敌船同时到。

全船三四十人，听船长指挥，即时挥桨，纵包人。

那几天下雨，船夫发慌，吃不上饭，但大快刚吐，为实说夜讲始终，都说这么跳越去高气。

同舟共济，如此高情都能够。同志都是地方团、北丁队、自卫团、正规军

山上阵地。

第[…]守至黄坡，西至对掌至西窑北村，东至上韩在山。关阳对的东窑。

（从敌一个团打去突）我们全力支持，我都走了，一月又廿八天，情绪很高……

这时，先接了西窑，炮弹打到房背。[…]老海生坊[…]，正打中他腿，他跑，我[…]出了，他又上楼，把他腿炸了下来。

西窑上是桂马楼，从一四营这人，太阳上就解决了。

几解决一处就是一堆火。

南和山，炮火一直往我村打。他以为我们从山下上路（接到[…]）。

当家的村里[…]，这一班、各祠。

炮手第一炮未打正，我村人都[…]，因以为他们来打了，他说你们[…]

第二炮，叫敌人打枪，跟着打炮，子弹打进祠内，敌全被打完。

石山头，敌团长姓丁，敌俘[…]西

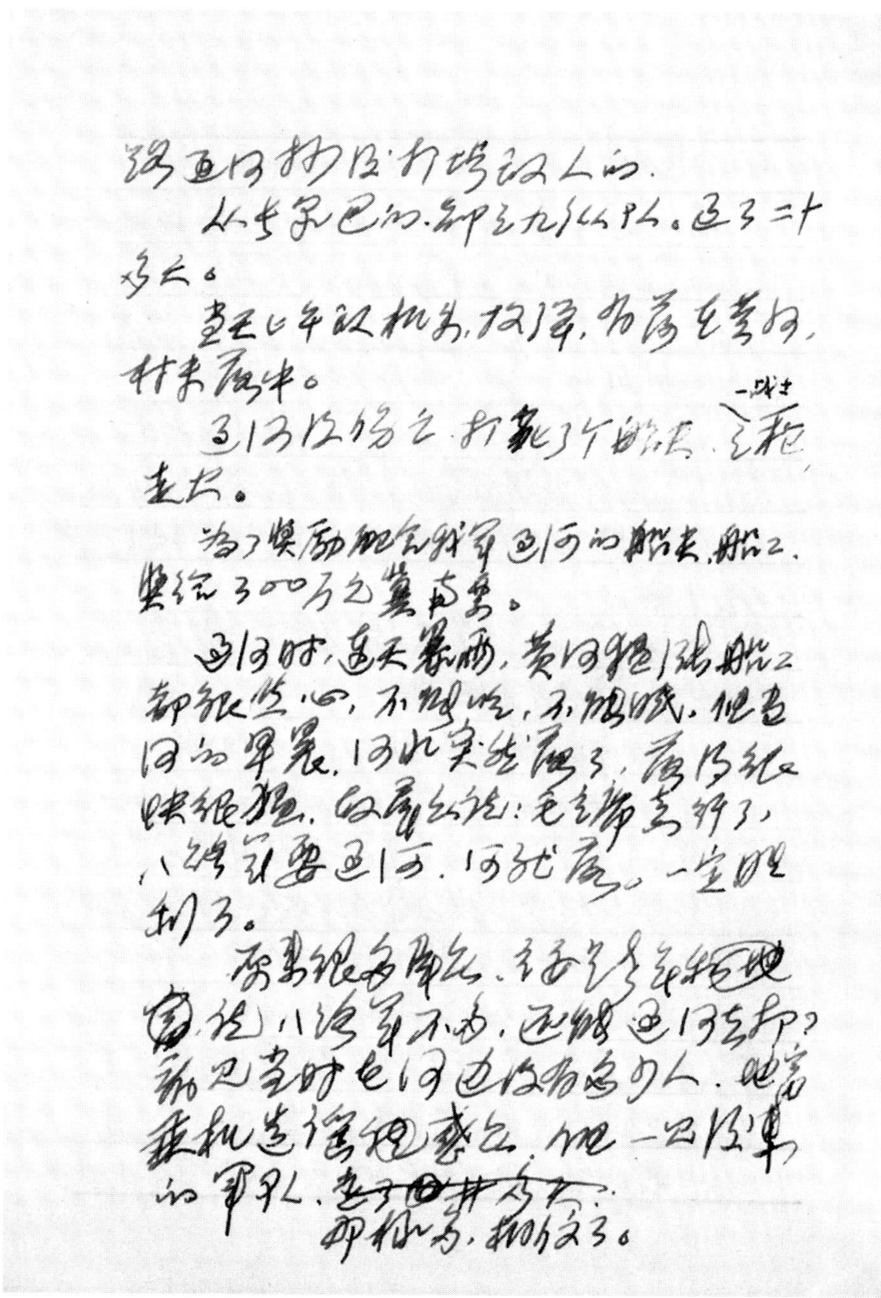

路通河时的,打坞设人的。

从长家巴的,都至九仙了。过了二十多天。

王云以单设机关,校部,为落至蒿村,村来居中。

过河没伤亡,打落了个船夫,一战士走失。

为了奖励配合我军过河的船夫,船工,奖给300万元冀南票。

过河时,连天暴雨,黄河猛涨,船工都很忠心,不怕吃,不怕饿。但当日的早晨,河水突然落了,落得很快很猛。船夫们说:毛主席真行了,八路军要过河,河就落。一定胜利了。

房东很有感情,老婆说八路军不来,还能过河去打?新见当时包河边没有过的人。地富乘机造谣惑众,他一旦没事的军队,~~走了回井冈山~~,即很高,树倒了。

上坝阳渡河时，九纵有伤亡。

吕坤海　　铁路局支书　35
　　　　　红土沟

原在太岳四分区司令员郭国言部当警卫员。

1947年，打了高平，大部队在翼城休整，小部分到了河边，随司令员去黄河边侦察，负责找船工，人造、查、修，船工、民工，在部里训练（埋伏在河边、堵），在沟里造船。

保密一切都准备好。

部队来，总指挥部作战之部。

过河地点，西滩（垣曲），上岸河十几只，过了四个旅：十、十二、十三、十一旅，八纵一个旅，九纵在后边。

先过的是十纵。

主攻是十旅，旅长周希汉。

前头多过，河大，直到第三、下余又过，水流了一天多。

定好各炮打什么碉堡。

772团先过，对寨上黄坡、西窑。据人讲上去，打石山头，团长姓？，付姓？，都抓住，有一山炮，重机四挺，迫炮两门。然后去攻上，先看部队能前进，后头部队直接打下来。

转移出来，路康攻过，占了黄坡，敌退了，我退了回，黄坡还有敌重炮。

消灭石山头敌一团。石山很高，只能爬上去。

我一侦察班把敌团长送上，他当在山炮控。俘虏了。

过河时，一打炮，机枪就过。

敌以为修水坝的那时，摸了我们来料到达隔口，上午飞机来了轰炸。

陈大钦有时打，当各个旅对付他。

吴刚同志明发给攻去。

葫芦洞，先过，以后跳入阵地。

用油包（水壶毒样），由当地的民

与第一次出过。

过河后，临河修筑了碉堡，只有民兵扰乱，破不太坚固。

孔纵同志纵一第津渡过河，打陕州，也有4纵，九峪川陕南。

。芦施宇——

上孟阳，六只船，在沟里做船，料造成。从二三十里运到关阳。做用两天就运。用麦秸铺以后，把船运出去。

船在平地，过去，船上，卸人，卸武器过，对岸敌人打，推船时，阎匪下河，炸了半个时，砸了两船上，另小船，另坐头，卸下人多几个伤亡。（2机枪）

头船一个班，船过卸了机枪，卸去突击干部。来接旧岸就纵下水冲，

前部队在船上过。

山上大炮，下边小炮，两重机，后边轻机。

冲不过个，部像副队。

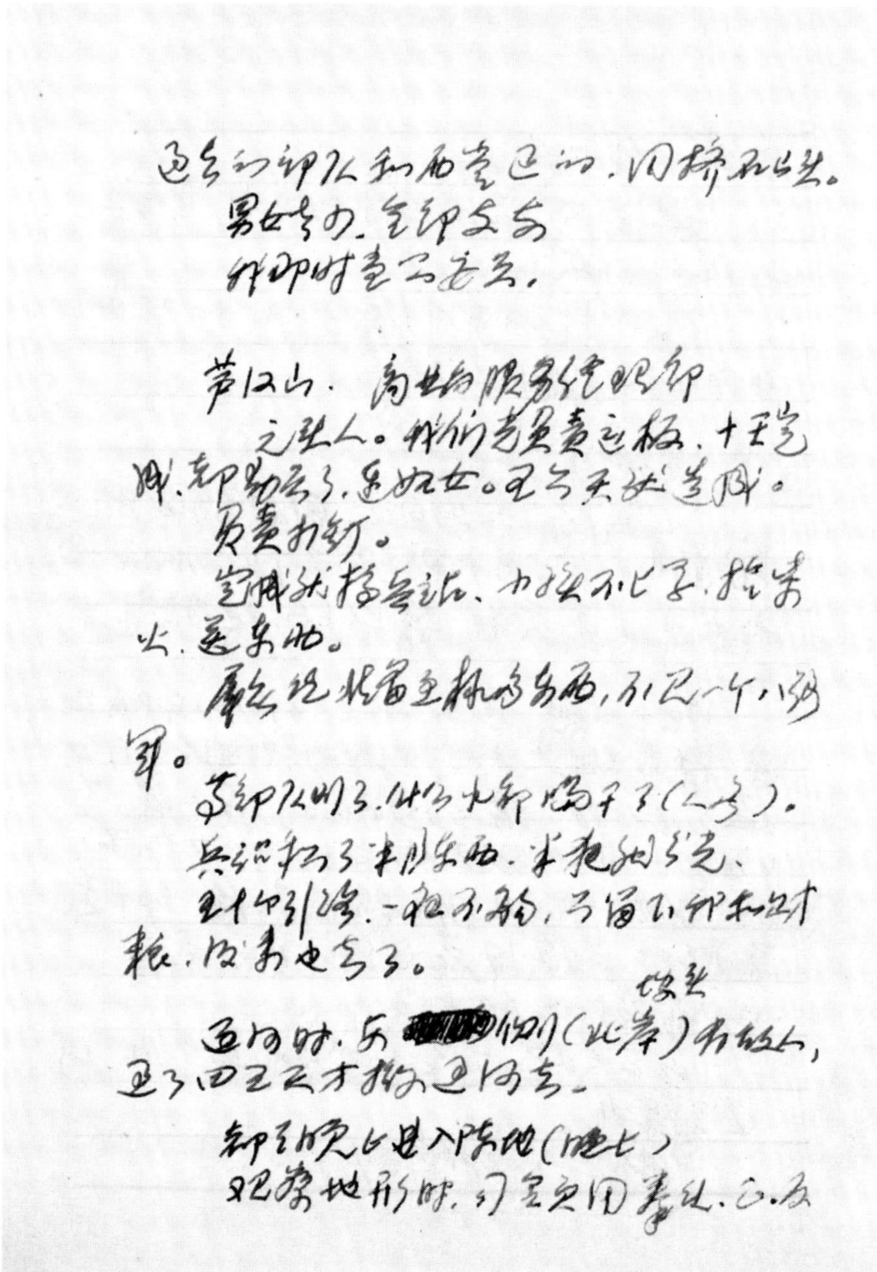
过去打部队和西堂过河，用桥和上岸。
男女老少，全都支前
打仗时当了老兵。

第江山。高世的腰身往现部
之美人。我们当负责过桥，十五岁
的，部队来了，还好女。王大天然道尺。
负责打针。
当时就接着连，小孩不让走，拉着
火，送东西。
庸也把北留里林的东西，不见一个八路
军。
今部队明了，什么大部队干了(人多)。
兵把粮都分了老百姓，米粮都给了，
王个们引路，一粒不输，不留下部队知道的
粮，但走也走了。
攻至
过河时，东[redacted]伽(北岸)有敌人，
过了四五天才搬过河去。
部队晚上进入阵地(晚上)
观察地形时，对岸用毒气，二丢

长比，然后过了过去。

船只都是上十多只.

一般二十——三十四十人.

（提）"身正不怕影儿斜"

"小小蚂蚁岂敢泥海作乱"？

"花池水难淹得了蒲几根"

"以后不与水险搞斗呢"我这一说把他搞住了。

博爱地区工作员以风力向敌人据点或碉堡里散发传单。

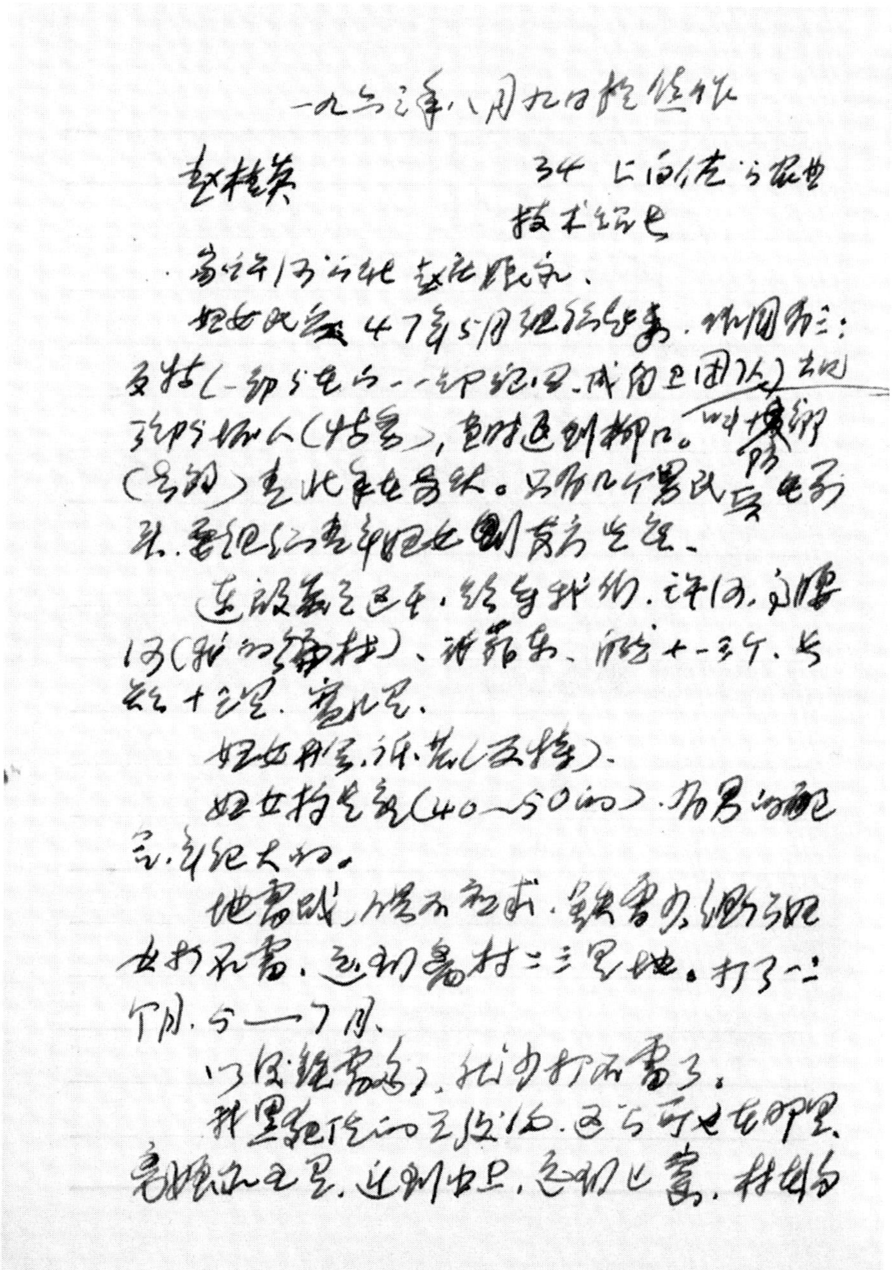

一九六二年八月九日[illegible]作

赵桂英 34 [illegible]

技术[illegible]

[illegible]

妇女[illegible]47年5月[illegible]

[illegible]

妇女[illegible]（40—50[illegible]）[illegible]

地雷战[illegible]

[illegible]

下。有情况不出山沟．情况严重就到晋城．

那时民兵一部在柳口（离城八九十里中离高城40里）

纯北村组织了四十多人．这就是英雄好汉。都是小孩，不足25岁，最大赵兰英．当时已十八九岁，结婚的不够一半．

家里也是反对．她们都是偷跑。

井海英（秦家河），郝小妞（叶子）（秦家河）

郝村郭钱，刘喜英，郝玉绍录．

双村地主赵保英，南营的郑兰英（伯村地泊女民兵队长）

老头家，四个到双村有十八英．

白天生产，妇女民兵保护公家，防敌．以前（出去）配合男的埋地雷．只有部英有枪．每人只有一个手榴弹．主要是白天．

一年半中，敌军大包围三次，隐蔽三次．有两个男民兵都被杀了。

三四人钻在小沟，爬，准备投弹．

四时（上午）被包围．男的在山上女在沟下．太阳担西．三人逃出．男民兵还一个

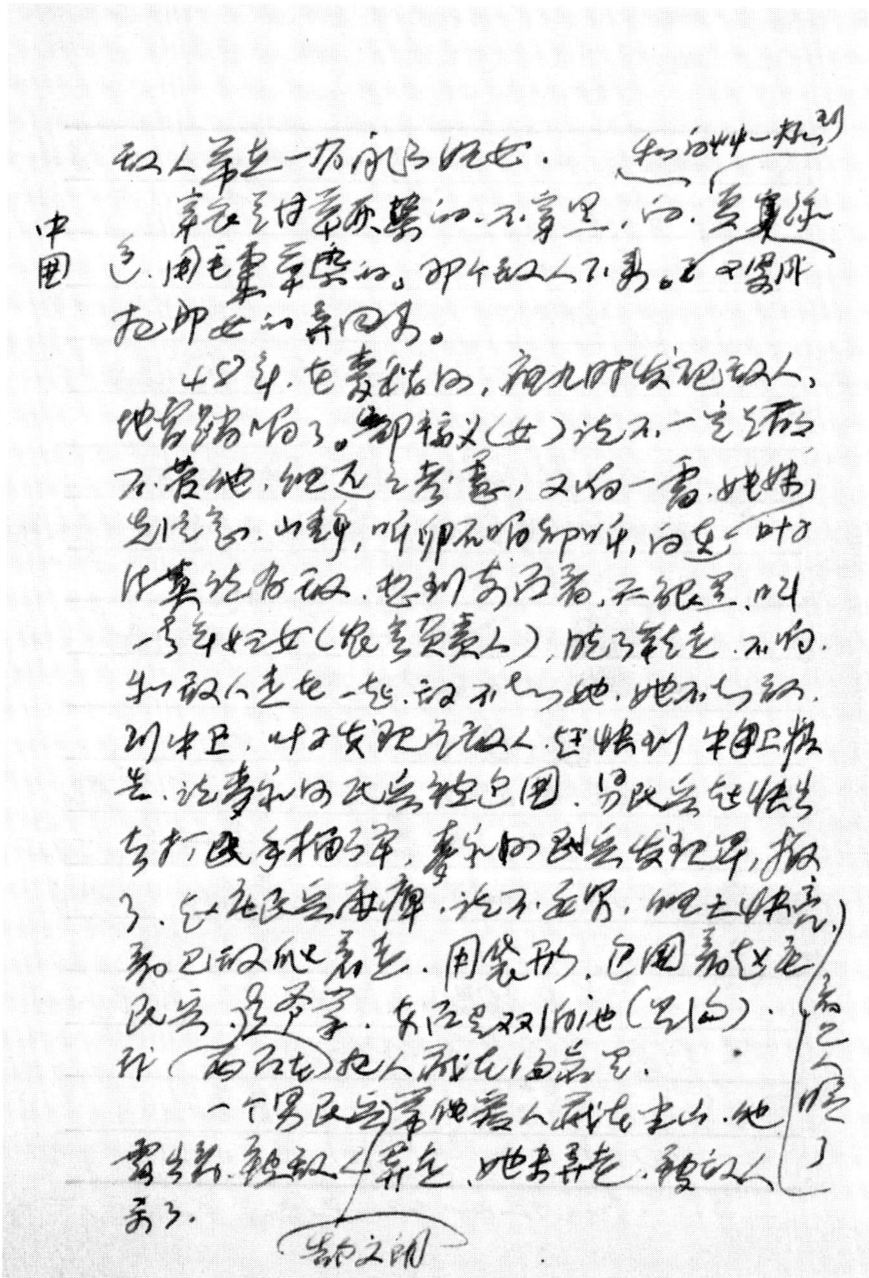
敌人拿走一万元的纸币。[illegible]
[illegible]，不拿黑的，白的、[illegible]
色，用毛巾包着的。那个敌人不要。[illegible]
[illegible]回来。
48年，在麦秸垛，夜九时发现敌人，
地窖[illegible]了。郭福义（女）说不一定是敌人，
不答她，她还去考查，又问一声，[illegible]
[illegible]，山静，[illegible]
[illegible]
一个青年妇女（很关心的人），[illegible]
和敌人走在一起，[illegible]
到中卫，[illegible]
告，说麦秸垛的民兵被包围。[illegible]
[illegible]
[illegible]
[illegible]
民兵[illegible]
[illegible]把人藏在山洞里。
一个男民兵[illegible]人藏在土山，他
[illegible]被敌人弄去，她去弄走，被敌人
弄了。

刘金镶堡长，东北山民兵，[illegible]，现在已[illegible]。

敌人以此将刘金镶，在山下山中，叫小宝，二嫂（她当三天家在山上）的叙嫂子，我们多々（[illegible]）

我们养的狗叫小宝，她二嫂也在，小宝又去醉了。我怕小宝走，我们看手稿，我说想喊也不敢喊，不去管它，她们两与我为敌情，没有喊。

（主席）一个党员的，已退休八年

这次被害一男民兵，抢了两妇女，我们回。

那个民兵是刘金镶里面来的，[illegible]不是他。

最后一次包围——

我父亲说：她去喜欢结婚，有了包袱们不可能，她说此过人（[illegible]）枪通它……

我过去吃吓怕了，她不比我回来生说，我问她不以为他回嘴来吧，说我走和给我为他走的路为（我去娘住母），她被我们安抚了。她参加民兵组，为部队风险被捕。

我告诉工作员，[illegible]不到走动，把材料收给工作组

组织民兵打她斗争，国女们的积极了。

部下问题了好几个人。

在那里开大会，[illegible]我们一个家的，走之里他

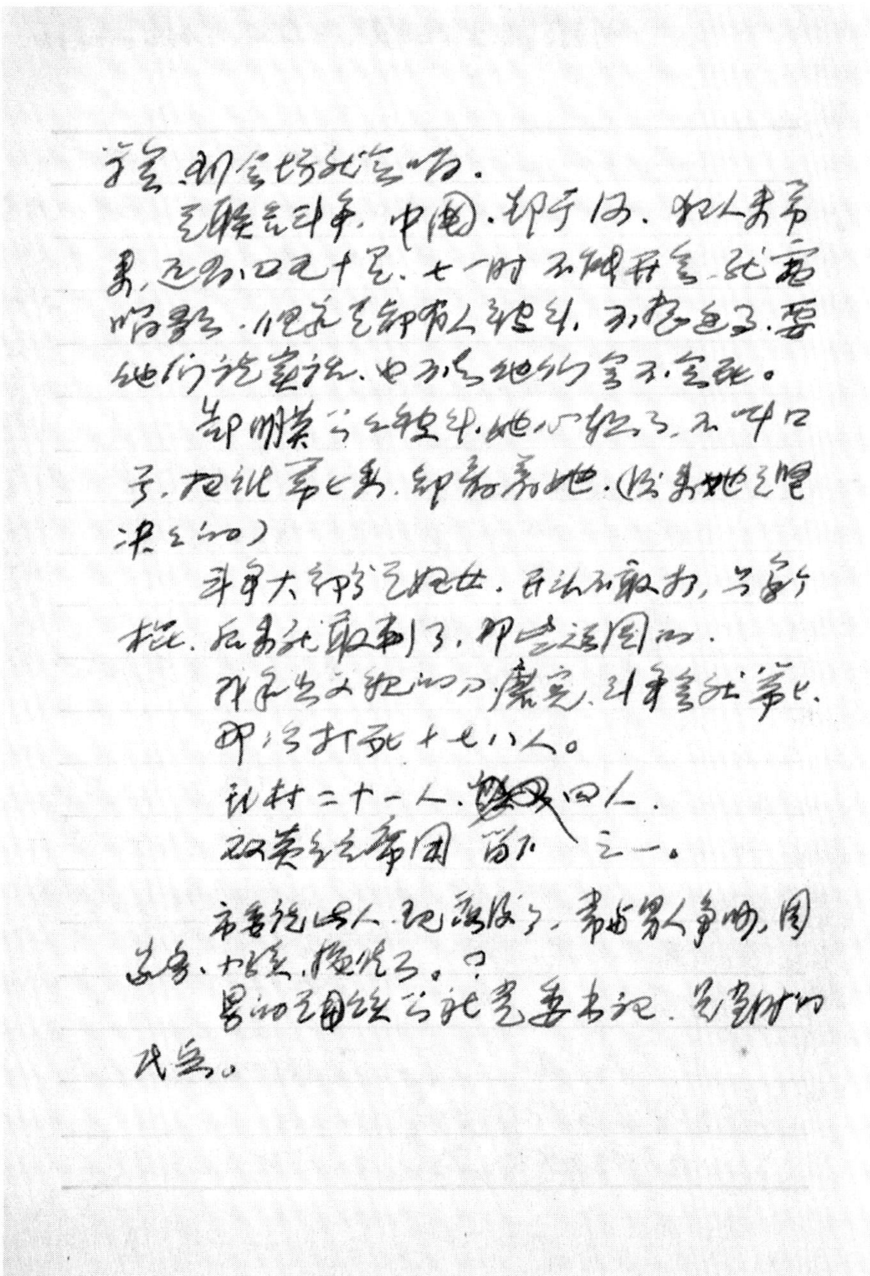
[illegible]，郭会均就完啦。
这个斗争，中围，郭于[illegible]，[illegible]人来[illegible]
来，这[illegible]四毛十岁，七个[illegible]不[illegible]开会，就[illegible]
[illegible]，但[illegible]是郭[illegible]人[illegible]，[illegible]要
她们[illegible]，也[illegible]她们[illegible]不[illegible]。
郭[illegible]她[illegible]了，不[illegible]口
子，[illegible]第七[illegible]，郭[illegible]她。（[illegible]她[illegible]
决[illegible]）
斗争大部分是妇女，开始不敢打，[illegible]
[illegible]，后来[illegible]取[illegible]了，[illegible]
[illegible]，斗争会上第七，
[illegible]打死十七八人。
该村二十一人，[illegible]四人。
[illegible] [illegible]之一。
[illegible]四人，[illegible]，[illegible]男人[illegible]，[illegible]
[illegible]，[illegible]了。[illegible]
男的[illegible]，[illegible]
[illegible]。

丝织工人斗争简史摘要

丝织工人1925年曾建立了他们的组织，进行过反对[illegible]压迫，反克扣，改善工时，增加工资，反打骂等斗争。

在27年以及30—35时期，张方秉同志在此领导工作。

抗日战争初时，以程明升为首，组织了小型武装。能在那时是丝织业骨干。敌人[illegible]，程将小型武装在人东巴建立根据地，成立了抗日游击队。下设三个大队，一二大队后来变了质不能，成立不久就被改编。主要依靠第三大队。大队长是张方秉。

程明升也成立了丝织业大队。

38年3月，在艾世召开了各界人民代表大会，选程明升为抗日民主县长。在国民党驻军的支持下取得河东各路政权的[illegible]。

成立了中共候、博、晋、米、沁联合县。李桦为县委书记，傅[illegible]为[illegible]，张方秉为组织部长，以各区、同志、[illegible]红

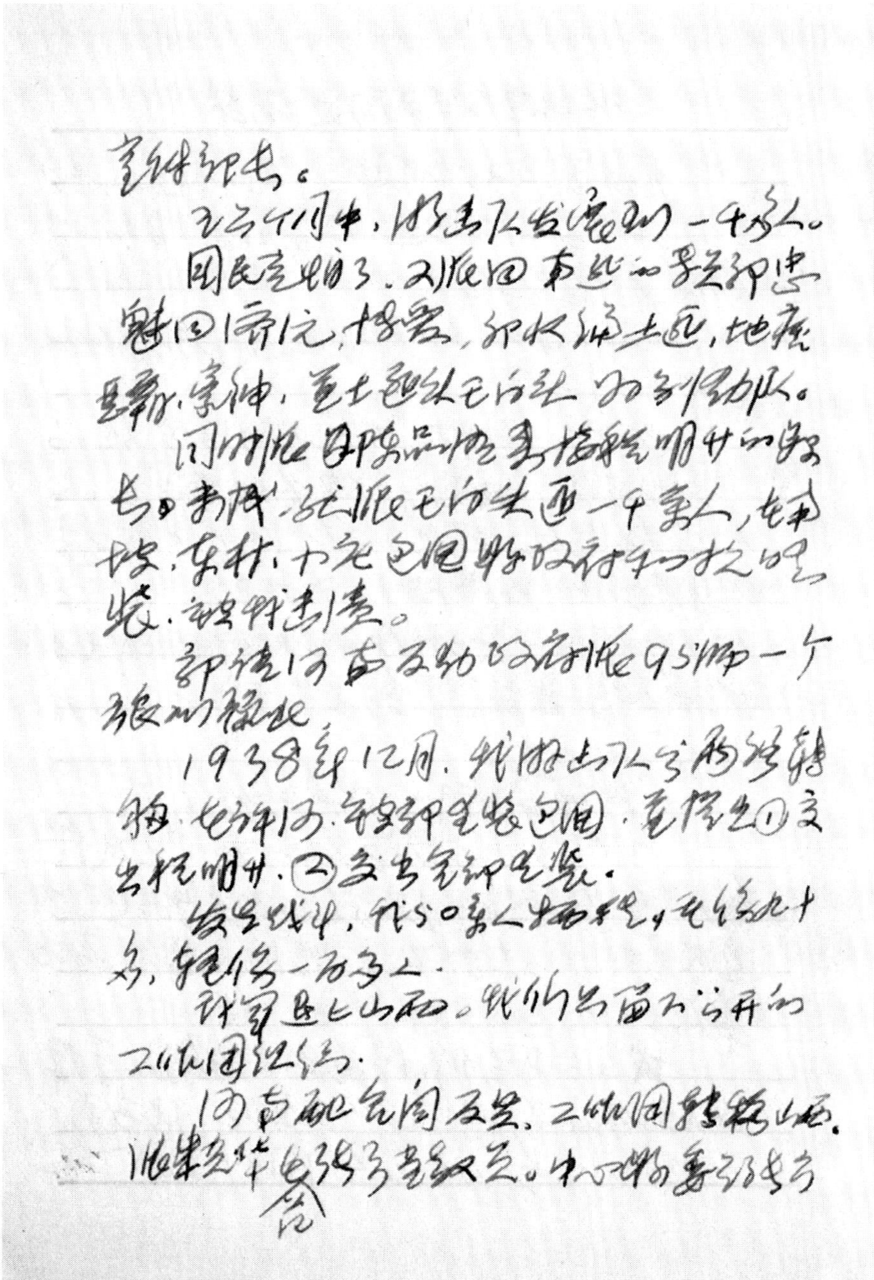
宣传部长。
三个月中，将游击队发展到一千多人。
国民党慌了。又派回来些知识分子郭忠魁回偏关，[illegible]，[illegible]土匪、地痞、[illegible]、豪绅，[illegible]组织别动队。
同时派[illegible]明州[illegible]长。[illegible]派[illegible]一千多人，[illegible]东村、[illegible]。
郭[illegible]发动[illegible]派95[illegible]一个[illegible]。
1938年12月，我游击队与[illegible]，[illegible]。[illegible]①交出[illegible]明州，②[illegible]。
[illegible]，我50多人[illegible]，[illegible]一万多人。
[illegible]上山[illegible]。我们[illegible]工作团组织。
[illegible]发生[illegible]。工作团[illegible]山西。[illegible]。中心[illegible]

方书、郭士英、张子崇。

此时傅[illegible]半个月[illegible]意被杀，张子崇也要坚作，由他主持工作，范华、张锦明也上了[illegible]。

宣和营及高文忠（郭之）送范华、张方书上山，因为政权撤离，英勇牺牲，彼为[illegible]组织。

1944年，成立修械所，张子崇来此，他留用在外宅，通过地雷，知道他建立[illegible]，[illegible]的开拼队，说他的[illegible]几个班，队长的[illegible]，先后[illegible]。他人打进敌人去[illegible]（电厂的发展小组）

张子崇也是半个月为老兵，先是铁丁，自制一批手榴弹和[illegible]枪。[illegible]明，世[illegible]，招了十七八人的[illegible]一响[illegible]，[illegible]敌人的[illegible]，[illegible]打了。

十七八人的[illegible]被[illegible]，[illegible]时[illegible]，[illegible]方书，[illegible]回来。[illegible]了[illegible]人[illegible]。

[illegible]是二团的[illegible]。

1945年9月8日[illegible]解放。[illegible]

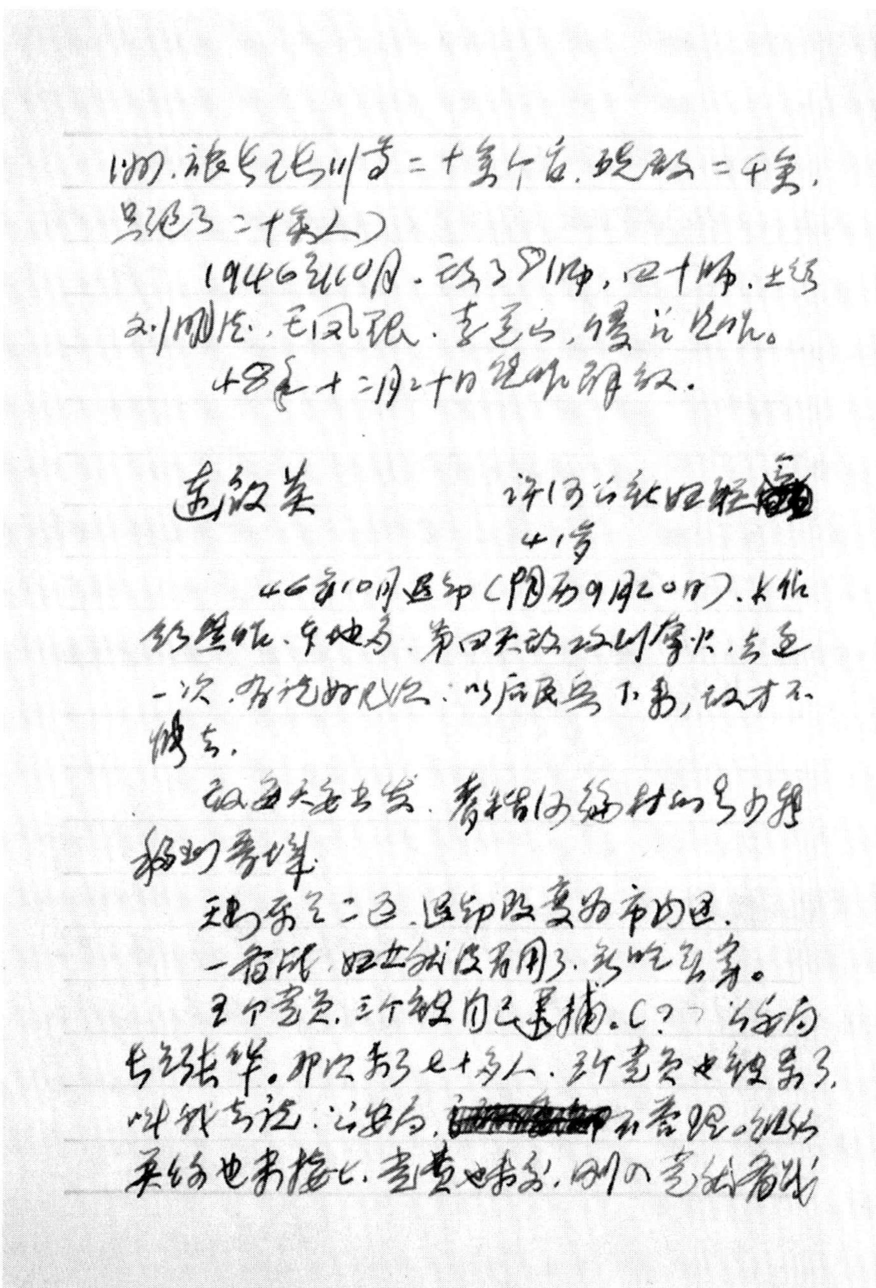
八团，旅长王近山带二十多个台，现在二千多，只绕了二十多人）

1946年10月，改了58师，四十师，土结刘朋佐、王凤琨、李连山、傅云飞。

48年十二月二十日跟他解放。

连毅英　　许河公社妇联[redacted]

41岁

46年10月返回（阴历9月20日），在作维持会、当地为，第四天就被叫掌火，当过一次，有枪的民兵，以后民兵下来，就才不准去。

敌每天都去找，青年们河缝村的人都想移到参战。

头两年二回，返回改变的市场里。

一看成，妇女就没有用了，都吃饭了。

三个党员，三个被日军逮捕。（？）公安局长名张华，那次杀了七十多人，三个党员也被杀了，叫我去说：公安局，[redacted]不管理，组织关系也来检查，查黄也来了，他们党员都找送印。我临走没有带，只带了个白手巾，我一出村，敌人追叫"回来吧，没有了"。

敌人都是杂牌土匪。　杨双喜

过去十多天了，我带四个党的干部探情况，我们说我先走，踩着地雷也不怕牺牲。

敌人来过七十二回，天天来多了，说要毛毛蛋，切了，已回头，自开会，才他开了会，这四个人被捕。写了信，要我给张华，不给别人，这三个人得救了。从此没过去，直到解放才建连。……村里的坏人给这三人写信，叫转交，结果这些人被抓了。　隔着

从到党校学习七天，我当时还不知道这就是支部书记。

回来就发动妇女，组织了三八个女民兵。"家里都死了，剩下这几个了，非搞了不行"。

我们演了回来乡，训练民兵（学的）很起作用。　打起

开始时，没有枪，发动妇女打石雷，然后，每个女民兵背三个手榴弹。

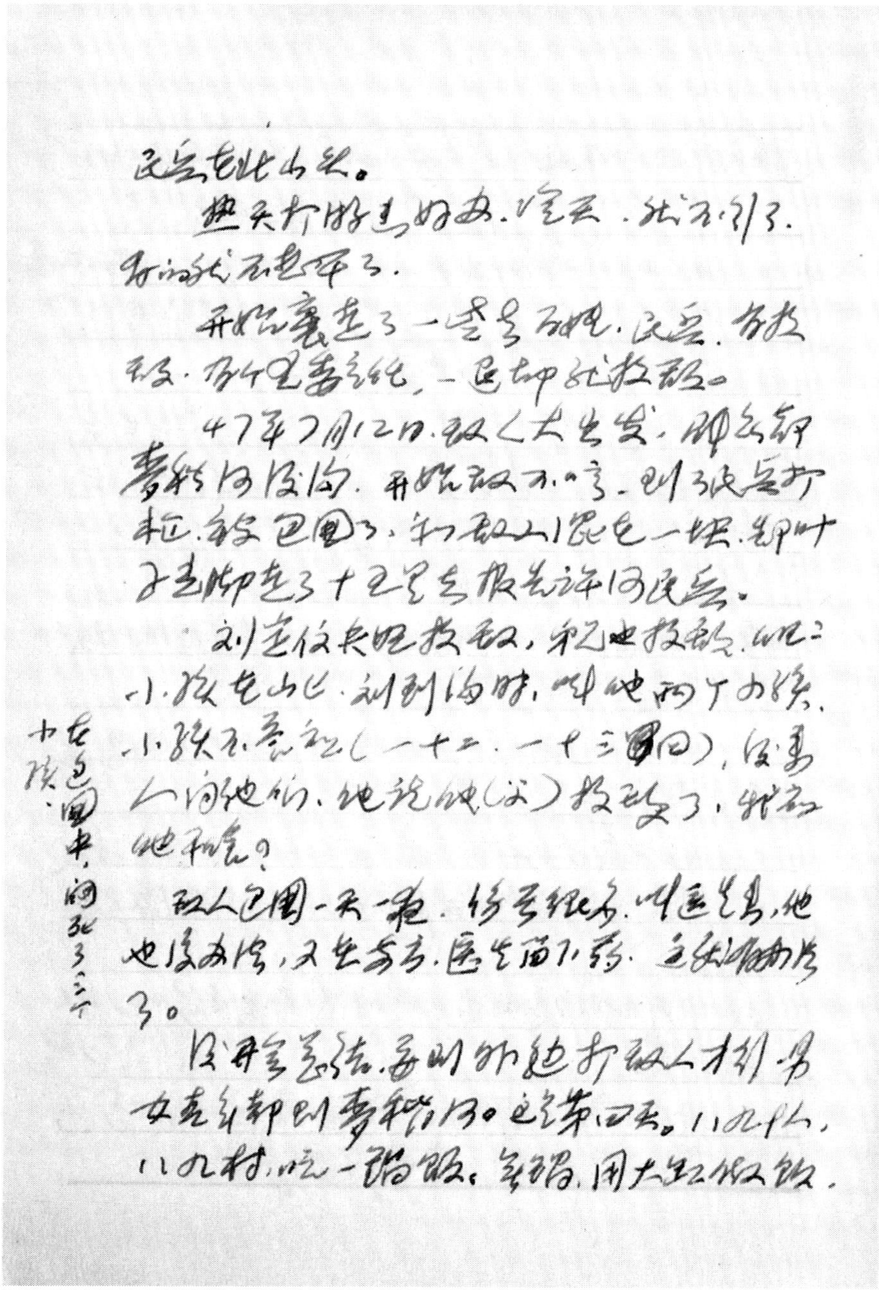

还在屯北山头。

热天打游击好受，没蚊，也不冷了。冬天就不好受了。

开始裹走了一些老百姓，民兵，妇救会，后来是群众，一道都[illegible]。

47年7月12日，敌人大出发，那天都在麦秸河沟。开始敌不知道，到了张[illegible]，被包围了，和敌人混在一块，郑叶子去脚走了十五里去报告许同民兵。

刘老汉长妇救会，刘也救出，她二小孩在山上，刘到沟时，叫她两个小孩，小孩不答应（一十二、一十三周岁），没有人问她们，她说她（们）投敌了，我问她不信？

小孩、在这回来，问死了二个

敌人包围一天一夜，伤号很多，叫医生来，他也没有办法，又生病了，医生缺少药，五个同志就牺牲了。

后开会总结，要叫外边打敌人才行，男女老少都叫麦秸沟。这是第四次。八九队，八九村，吃一顿饭，[illegible]，同大[illegible]饭。

没用香炉供饭。

46年粮食长得很好。打的多粮。

打游击，一方面种地，只刨个坑，撒粮种。种了敌人毁了，收了敌人烧了。

（一边种一边唱歌）

收时，用耙子搂。

坚壁敌伪几个师，敌抢粮，烧火，咱藏，他搜粮就打，敌人抓了很多子弹。

用地雷炸敌人。

开头不会投弹，慢慢就投远。

47年冷水年，学生钢面引，打开重围，出白薯，窝窝吃番薯煮菜。饥饿难挨。

48年没粮吃了。47年全年没有下雪了。没人没有吃的，兔子剥树皮。

48年春，粮食被敌人抢走了，吃树叶粮了。

女人在没有纺花，背铁轨去换棉花，背八九十里。

47年，雪很大，去煤山，背人家煤，要的菜，山上都是很好，给我们。

张建林已是3年了。

地雷太多，不能埋了，五个民兵，被敌人发现，只三两个，八个人都被敌人包围，把枪砸了，被敌人杀了。

郝增荣十九岁，党员（[战士]），被袁寡妇刘金现杀。刘三保、郑金宝等都被杀（?）。在敌国防部，刘炮（?）[illegible]白龙、[刘金良]。御史队长，家里[illegible]，被大卸八块。

还有一个队被大卸八块。

郝增荣，藏在一山洞，时有几个村干在一起，没有个给他弄吃饭。他饿了，被敌发现，他不说洞内有人。敌到里边，袁寡妇刘金现给他割了舌，叫他开口，他说割断我舌（?），没知道刘德保（?）到×村，他向刘某[illegible]中队长。然后[illegible]给人家当[illegible]，刘寡妇，然后带回队部去。[illegible]这三个村人，他救他们[illegible]，叫人和他关在一起，他们用刀砍死了（?），刘十七人也死（?），未追上，没敢不敢上山。在回来时发现他，用机枪打死，卸成八块。

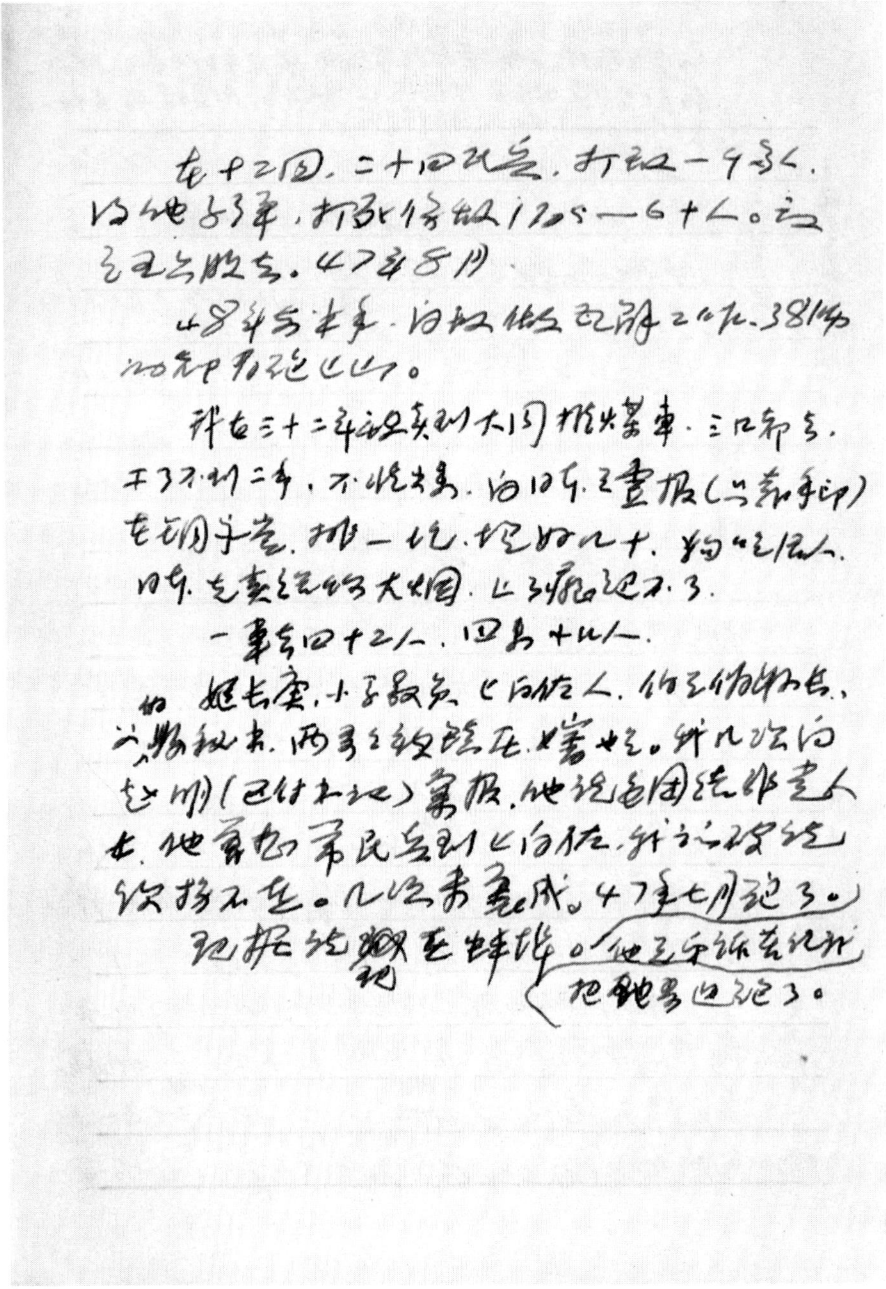

在十二团，二十四几点，打死一个多人，
白他手下，打死俘虏1205—6十人。这
是王子股长。47年8月。
48年当米子，白俘他们正打死二八人。381的
四部分跑出山。
我在三十二年被卖到大同挖煤车，三几部分，
干了不到二年，不能出来。由日本工查报(以前手印)
在铜子营，排一化，挖好几十，狗吃它们人。
日本先卖给给大烟，上了瘾跑不了。
一车去四十二人，回来十几人。
姐长兖，小子敢负，七白佐人，价工俏将长，
六歇秘书，两手已被绑在嘴上。我几次向
赵州(已付本批)案报，他说我团结那些人
去，他要把那半民急到七白佐，我不过我说
你按不在。几次未完成。47年七月跑了。
跑据说要在蚌埠。他三不听老九我，
把他弄出跑了。

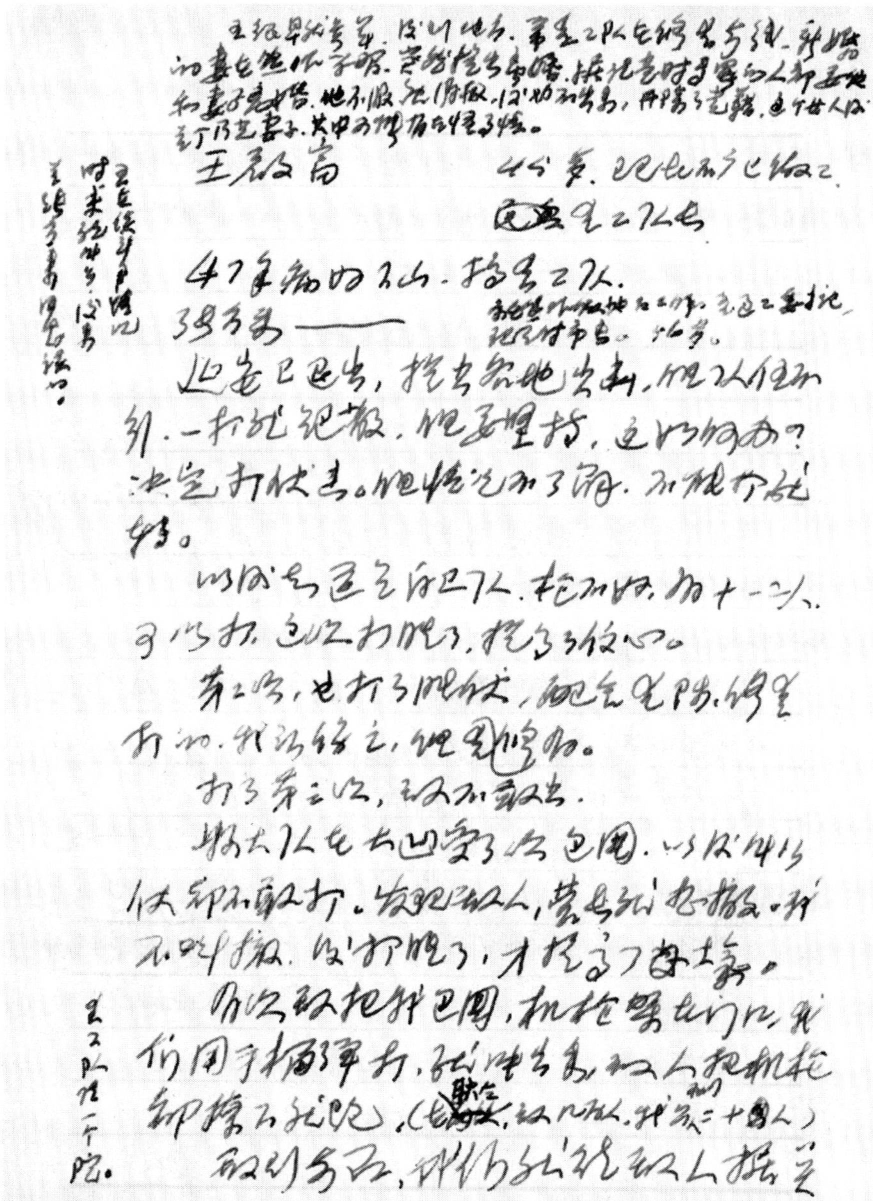

挥。山上的没饭吃，我们有饭吃，信多没有菜。我们要坚持才上了他，守阅的敌，只当之置[illegible]。

李聪昌　　　　财务局医院　45岁

工人游击队队长，44年11月，反抢粮成立，收了一批干部。二团给了两个排，护矿。

李的动员长足个指导。

游击队中有做买人多，我们第六班班长枪的指导跑了。

45年9月12日入党，挖出要我们全党护矿。我们夺取拿枪。

这样由工人自发组织，穿上军装。

成立三个排100多人，第二批：侯付、王付、李付、二团的人回去，我们自己上排了班站岗。

46年，有命令我他们，组织委员，将这回家。开始这样离上山。

有的人动摇了，不敢上阵了，我们肯定要走。

再的九个是先敌前的做地下工作。

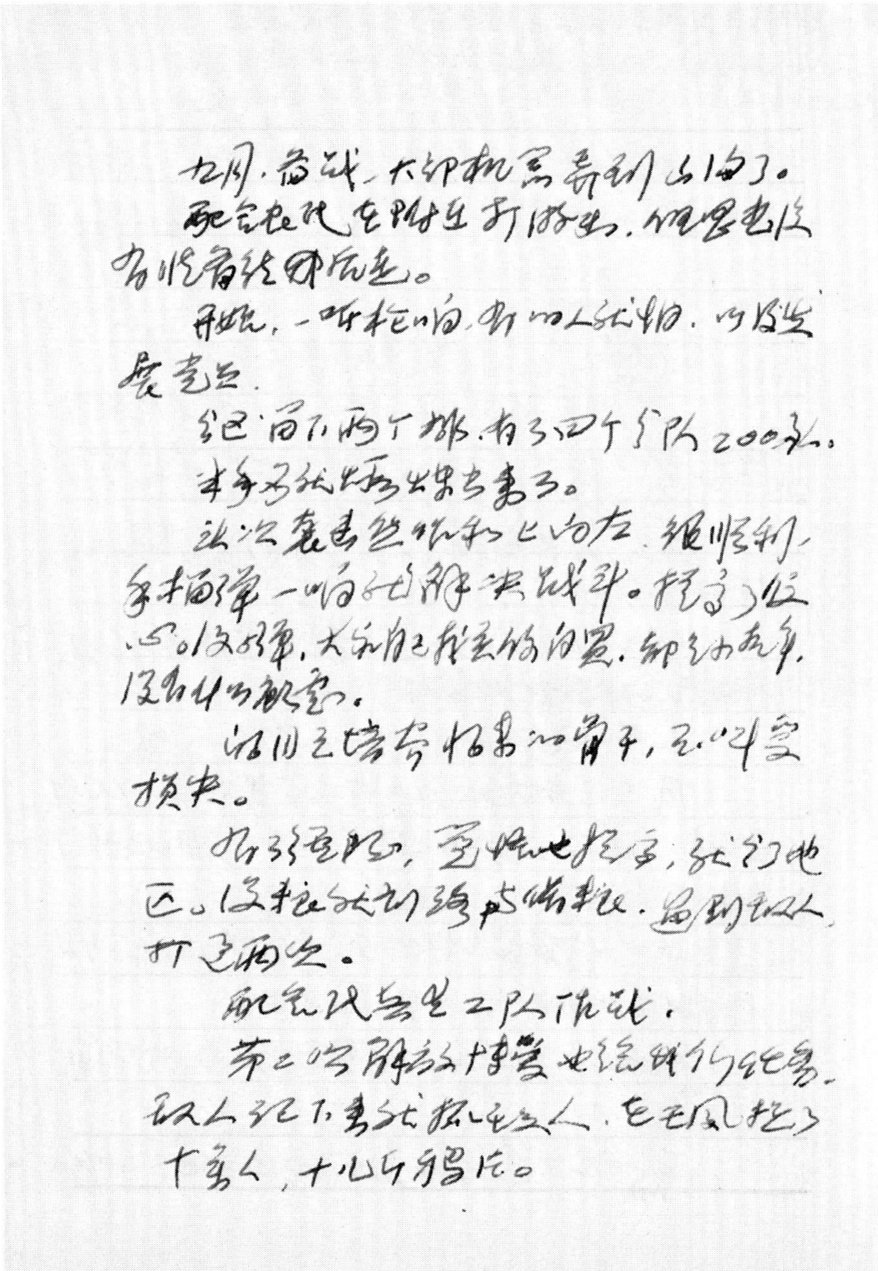

九月，备战，大印机器弄到山西了。

配合[illegible]在附近打游击，但是也没有收复县城的意思。

开始，一听枪响，有的人就怕，以后逐渐[illegible]。

县区有两个排，有三四个分队200余人。

半年多就[illegible]出来了。

这次袭击[illegible]，很顺利，手榴弹一响就解决战斗。捉了[illegible]，没子弹，大家自己[illegible]，[illegible]，没有什么损失。

[illegible]

[illegible]，[illegible]，我们也[illegible]。没粮就到路上[illegible]。遇到敌人打过两次。

配合民兵与县工队作战。

第二次解放[illegible]也给我们[illegible]。敌人[illegible]，在[illegible]抢了十多人，十几斤鸦片。

博爱解放后，刘鸿春、张同、周新，西北乡三区是工队活动。

在龙泉被包围一次。麻痹，那天夜里被敌人打枪，已到村边，我刚起床，尖穿鞋又出来。一连已引我们冲出来把我们突围。

这次抓了敌人二十多人，还缴获几条枪和弹药。

有次王凤记的半村抢粮，把先依靠的特务抓住，白天就把敌人四面包围，打了三小时，两个窑洞在一块打，敌人吃不住机会突围了。我们趁机把敌人打死二十多人，我负伤了。

47年7月回到豫北，分配在一区活动，每天避敌，一天三四次。

自己背粮食。那时为了隐蔽，也避从区里集体学习。

有个时候与敌交。

以后在区里任秘书，坚持一年，截至敌人组织县政府，有些地主、恶霸抢夺群众的私有财产。

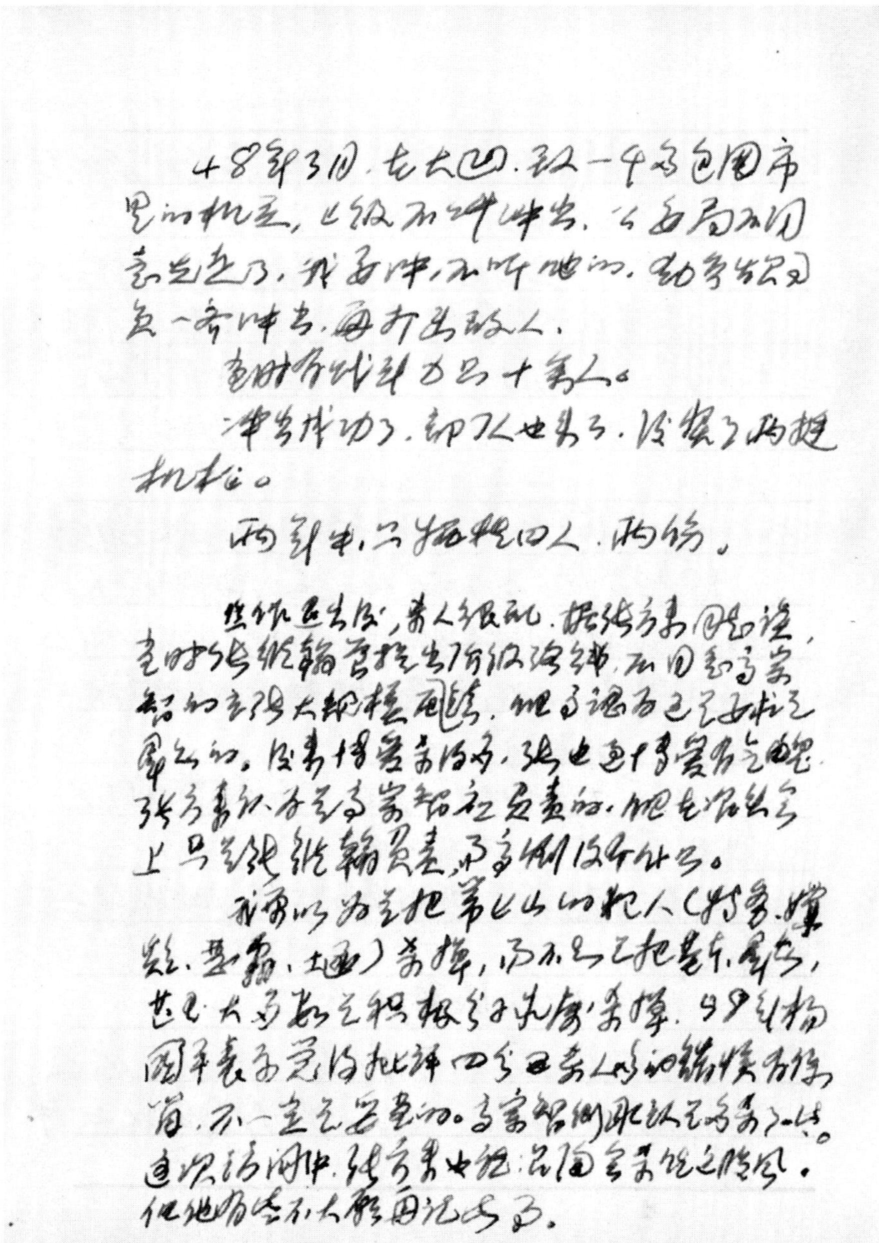

48年3月，去太四，敌人一千多包围市里的机关，七级不许冲出，公安局不同意出去了，我要冲，不听他的，动员公安员一齐冲出，要打出敌人。

当时冲出来四十多人。

冲出成功了，部队也来了，缴获了两挺机枪。

两个月中，只牺牲四人，两伤。

整风运动中，有人很乱。据张子来回忆说，当时张与张纪翰等搞出了份[illegible]，不同意高宗[illegible]的主张大搞[illegible]。他们认为这是左的[illegible]的。后来[illegible]，张也[illegible]张子来认为是高宗[illegible]负责的。他也谈到实际上只是张纪翰负责，而高[illegible]没有什么。

我们以为是把第七山的敌人（特务、[illegible]、土匪、[illegible]）斗掉，而不是把地主富农，甚至大多数是积极分子也斗掉。当时[illegible]国平表示觉得批评[illegible]的人[illegible]，不一定是完全对的。高宗[illegible]则承认是有[illegible]。这次访问中，张子来也谈到当面会[illegible]之错误。但他们还不太敢再记的了。

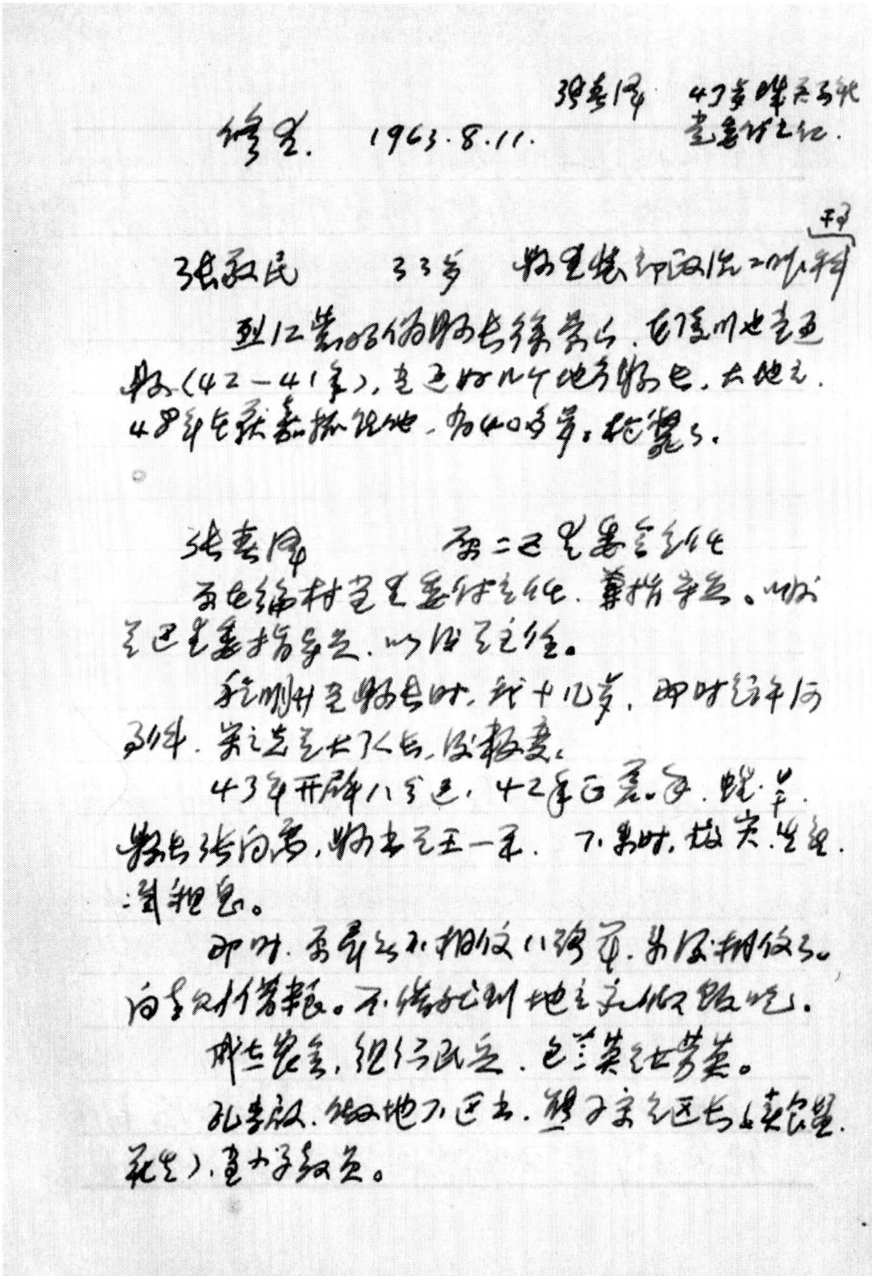

[illegible]里。1963.8.11.　　张春风　47岁[illegible]
[illegible]

张双民　33岁　[illegible]
[illegible]（42—41年），[illegible]
48[illegible]

张春风　[illegible]
[illegible]
[illegible]
我刚当民兵时，我十几岁，[illegible]
[illegible]
43年[illegible]，42年[illegible]
[illegible]
[illegible]
[illegible]
[illegible]
[illegible]
[illegible]
[illegible]

王新友打了陵川东关，童子不惧，在家棚吃了饭，到东坡，那里有敌人碉堡，暗道，以弹毛、掃去武阳，打了九家。敌人根本没觉。天明已拔回山上金銮坡，这是黑虎掏心。

王司令会指挥强攻战。

首先先打隔路南。

（铁道）

八路军部长章段……

新四沿路东下去。

喊声冲锋亲口令。

鬼子听说害怕紧。

王司令灵活指挥，来回绕，打黑虎掏心战。

刚组织民兵没人敢参加，我先参加，还有一个敢参加，某民兵妇联，只此他二个人员。

当时穷人很多。童子营们人，因专管民兵，叫他们让出阵地王方觉，用黑虎掏心法，村回报名日军谈，知你这些为此了鬼子的机密，分七来投案。七二百人却拿不动。我们只有四十八人，分四个连吓唬敌人。假运李堡一个营部、鸦鸣山，敌人摸不清，吓跑了。

这是第一次打仗。接受了武乡县委。（44年秋太队）。二十多里。

十二连长张书荣，敌人一听就怕。数队是第二团的。

45年成立遗烽支队，由九县组成，队长张启生，副队（四区组长），杜[illegible]省巴石（李福组长）武委。

以一个区为一个连，分以之两个连，共三百多武委。

日本从修建车站，我们去北新庄，组五个连，分主攻，分打援。

正下雨，摸到火色[illegible]。打出去，敌打开机枪，把主阵地口点着，上去的，当不来，（回援）接应的上不去，打援的，听枪声都跑了。

老实撂来，（国家的不敢接他）张启生拿开了，地方上也拿问，说张德龙拿你。

日本投降，敌人退，民兵截着一辆大汽车，毁了（在水沟庄）。以后小鬼子盖来。

日本走了，留下伪军特务团。改编国民党军，孙殿英的部长。

日本投降前，打了汽火车，弄了个火车头，一车两节车，在北小庄南，埋了地雷。打了三个地雷，没响，就撤退。（敌军把不敢走铁道），火车来，翻倒了车。车上为日本人。

当敌人跑了，劫兵去了站，把铁轨，拿去卸破坏。

第二次打的是日本人，修道，要弄车出车站，没又把节车打了。

1938年10月，太行区民兵在李庄村战斗中击毁11汽车58辆。

1938年2月（旧历正月18日）日本人占领长治。

1943年时期民兵英雄是刘顺德。

许所予兼时县委政权的主印长腿，陈汉青。

43年9月我军下县。

1945年9月30日修武第一次解放。俘虏伪师长王彦中以下官兵400余人。

1945年10月，伪四署专员孙殿英，指挥刘明德、徐景山、吴柳头子、结合K 38师、40师占了修武。

反霸运动中打出枪，一条绳出当开正一大院。

1947年47团、46团、2团发动夏季战役，俘敌300余名，八月解放修武，俘虏伪团长李采山，伪中队长孔庆嘉。

1946年5月13日晚，三区干部王子英（区书）郭元信（区长）等人牺牲。

14日夜被敌杀50余人，并抱走9人。

1947年春，刘明德、徐景山在大樊口决沁河堤，淹地400余公里，93个村被淹。

1948年10月27日第二次解放修武，俘敌500余名，600余名逃窜。

先後繞花了十四個多小時到明堂，他們把[illegible]（村子裏的閻太英）[illegible]山。

一九六三年八月十二日于[illegible]

馮天[illegible]　　43歲　物資管理[illegible]長

在專縣委三區社會部（冀魯豫行署）國村情報工作。敵工[illegible]（46年）

[illegible]新[illegible]。四六年十二月，離開經作。[illegible]已發現敵人八九個團向我進攻。

[illegible]給民兵[illegible]七山。（趙官、國村共四個村）

堅持山地開展平原[illegible]鬥爭。

這鄉團劉福。戰爭失敗了，[illegible]則[illegible]川安民。[illegible]山[illegible]，及劉福[illegible]

在[illegible]抓了劉福[illegible]子[illegible]，[illegible]。在[illegible]。[illegible]

[illegible]抓他時，他不到他們。把[illegible]入[illegible]。他[illegible]不[illegible]們走。把[illegible]山。[illegible]

另二三里，用刺刀刺死在大街。冯九中未炸死，张死了。塞掉了个头，然后跑到焦作。死前我已把他小老婆放回去。但小老婆回了娘家（武陟），以他去给我们的情报。

政策执行不好，打击面大，许多人散了。牵牛跑回去，丢了牛买枪打我们了。

治安会改，才争取了部分群众回到我们这边来。陶以后三里里，如不敢出。

新闻纸接头去报，用炸药和我交换，在天明不见人就打，我们给他打了五六百。红、黑头。对群众不了解敌情，都是打了排长、连长、营长，以后也不好做。内奸队

张春厚

第一次打修武县司令部，五一年部长包围。十几天，解了修武。

这不是

1946.1.13 打城，大纸坊战斗，我到纸坊报新年，师长说可谈判，不打了。气，我带四队回家把守。

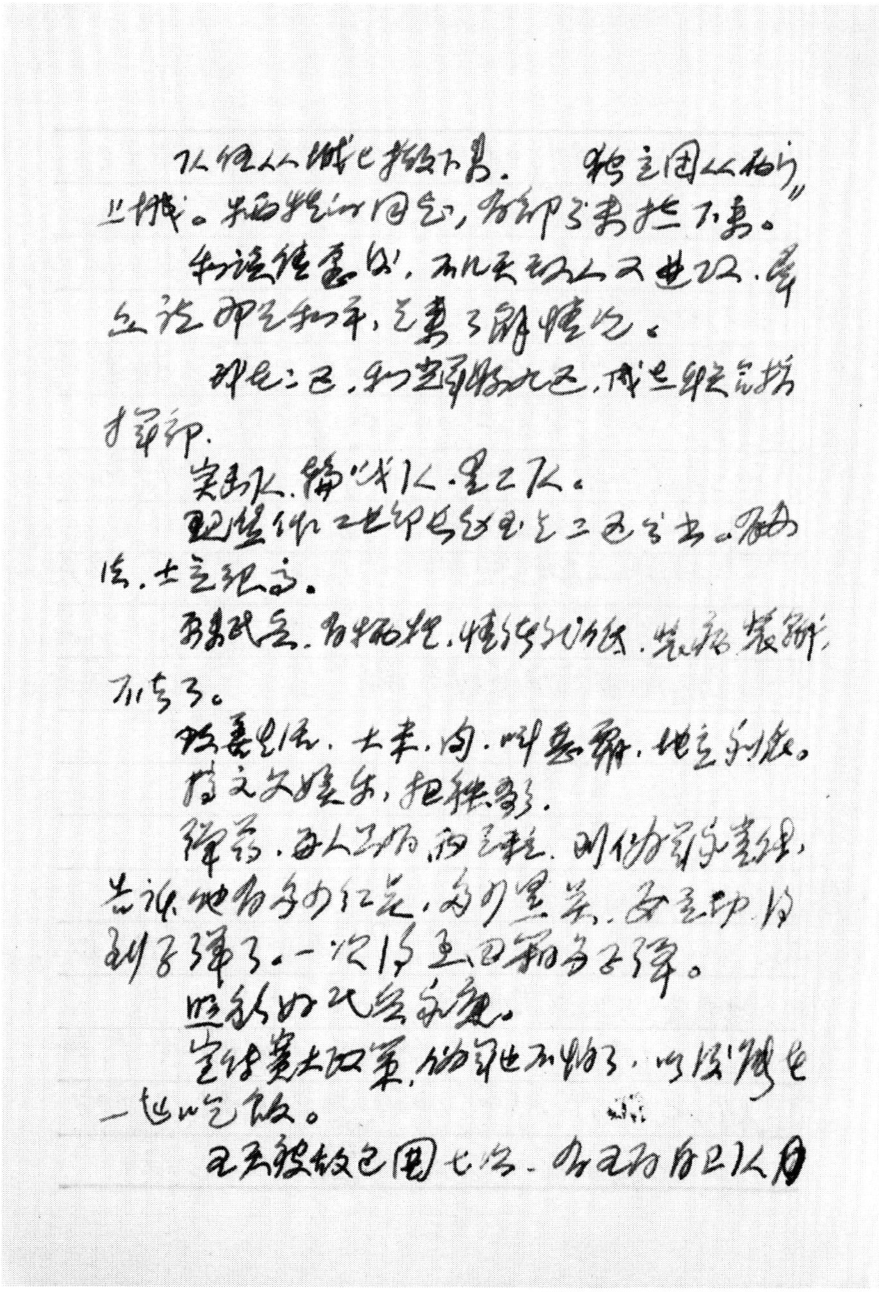
[illegible]
[illegible]
[illegible]
[illegible]
[illegible]
[illegible]
[illegible]队、[illegible]队、[illegible]队。
[illegible]
[illegible]
[illegible]
不去了。
[illegible]
[illegible]
[illegible]
告诉他有多少红花，多少[illegible]
到了弹了。一次[illegible]子弹。
[illegible]
[illegible]
一起吃饭。
[illegible]被包围七次。[illegible]

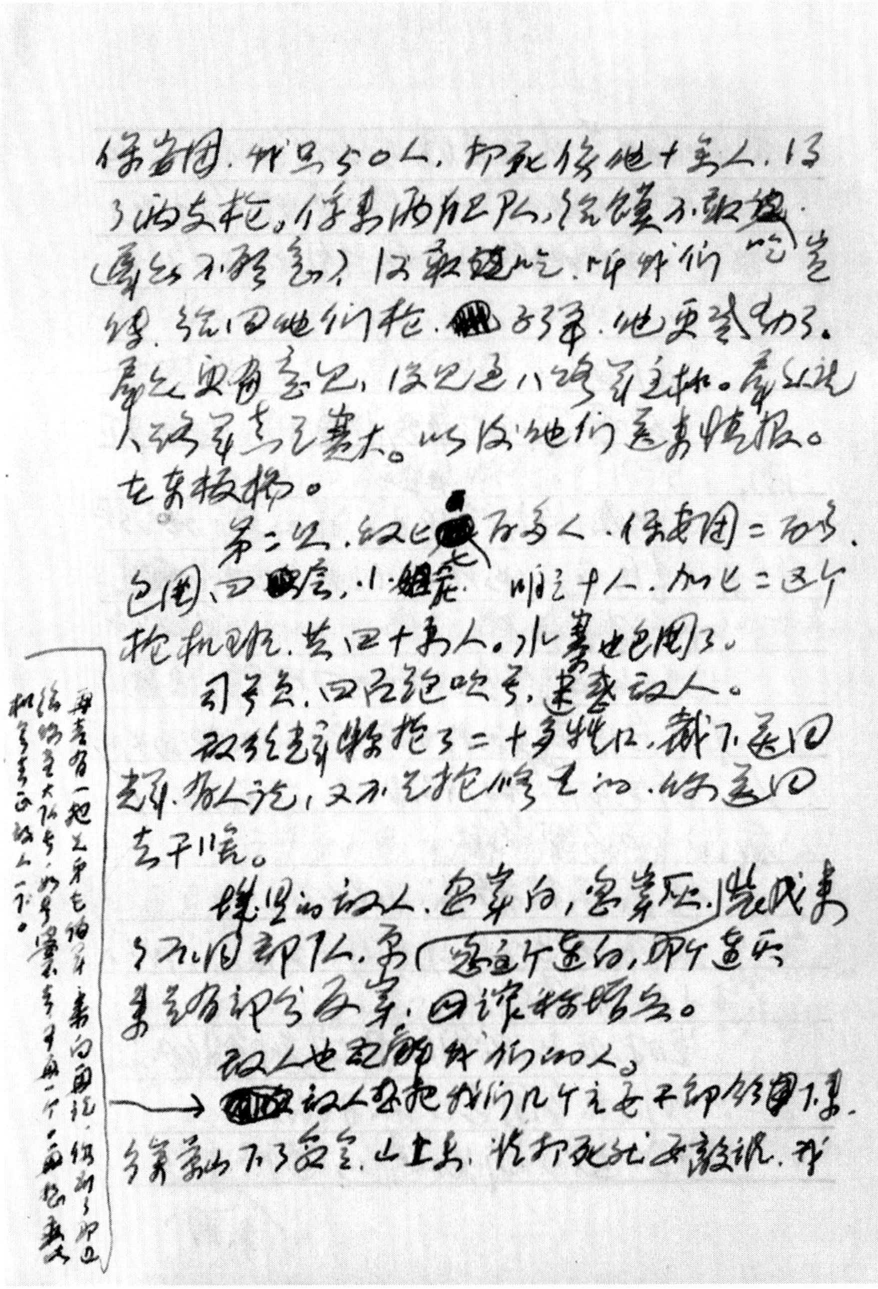

保安团，共只50人，打死保他十多人，得
了两支枪。保安队的民兵队，给缴不敢追
（群众不敢动），不敢吭声，听我们说
话，给回他们枪，子弹，他更感动了。
群众更有意见，说也是八路军主持。群众说
八路军真正是真大。以后他们送来情报。
在东校场。
第二次，敌人七百多人，保安团二百多，
包围、回马店，小姐庄，约三十人，加上二连个
枪机班，共四十多人。水寨也包围了。
司号兵，四面绝吹号，迷惑敌人。
敌人给老百姓拖了二十多牲口，截下送回
老百姓，有人说，又不是抢修去的，给送回
去了吧。
城里的敌人，多穿白，多穿灰，装成老
乡不似旧部队，穿着个蓝白，那个蓝衣
来查有部分多穿，回说粉暗多。
敌人也抓我们的人。
→敌人要把我们几个主要干部给围下来，
乡亲蒙山下了安全，山上来，将打死他的敌说，我

再看有一把大刀毛柄的，来回磨枪，纸剑了卯正。信物是大队长，她手拿着黑衣，手中拿一个，相信来西敌人一下。

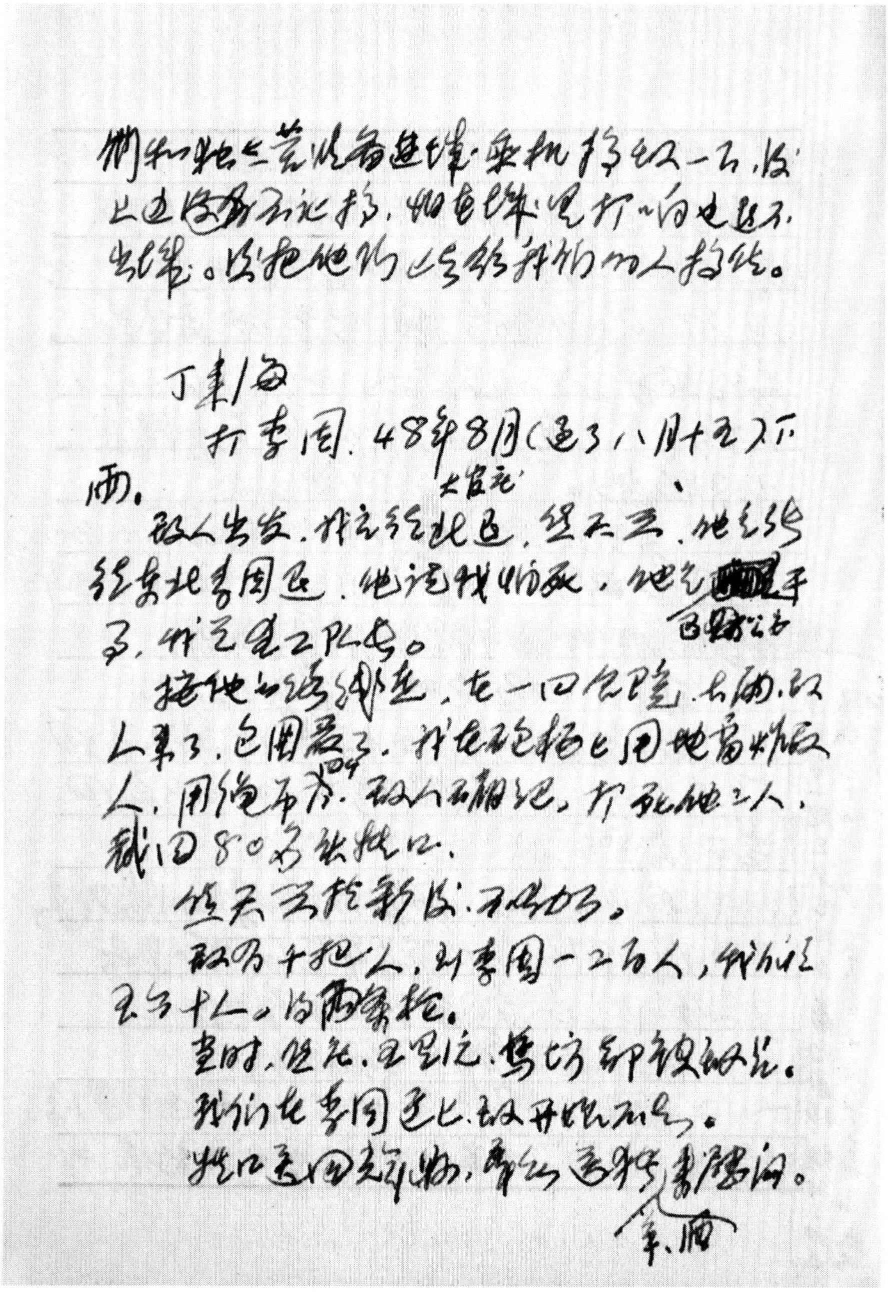

们和地下苦战着进攻，乘机[illegible]一下，以
上边[illegible]不让打，她[illegible]打[illegible]也送不
出去。要把他们全部给我们的人[illegible]。

丁来海

打李固。48年8月（过了八月十五）下
雨。
大官庄
敌人出发，我主力北边，经大三、他们
经东北李固区，他说我们不行，他们手
了，我们是二区的。[illegible]
接他的路线[illegible]，在一个包围，[illegible]敌
人来了，包围着了，我在[illegible]用地雷炸敌
人，用绳子拉。敌人不敢[illegible]，打死他二人，
截回80多张牲口。
[illegible]
敌有千把人，到李固一二百人，我们有
五六十人。有两挺枪。
当时，[illegible]
我们在李固[illegible]。
牲口送回[illegible]。
[illegible]

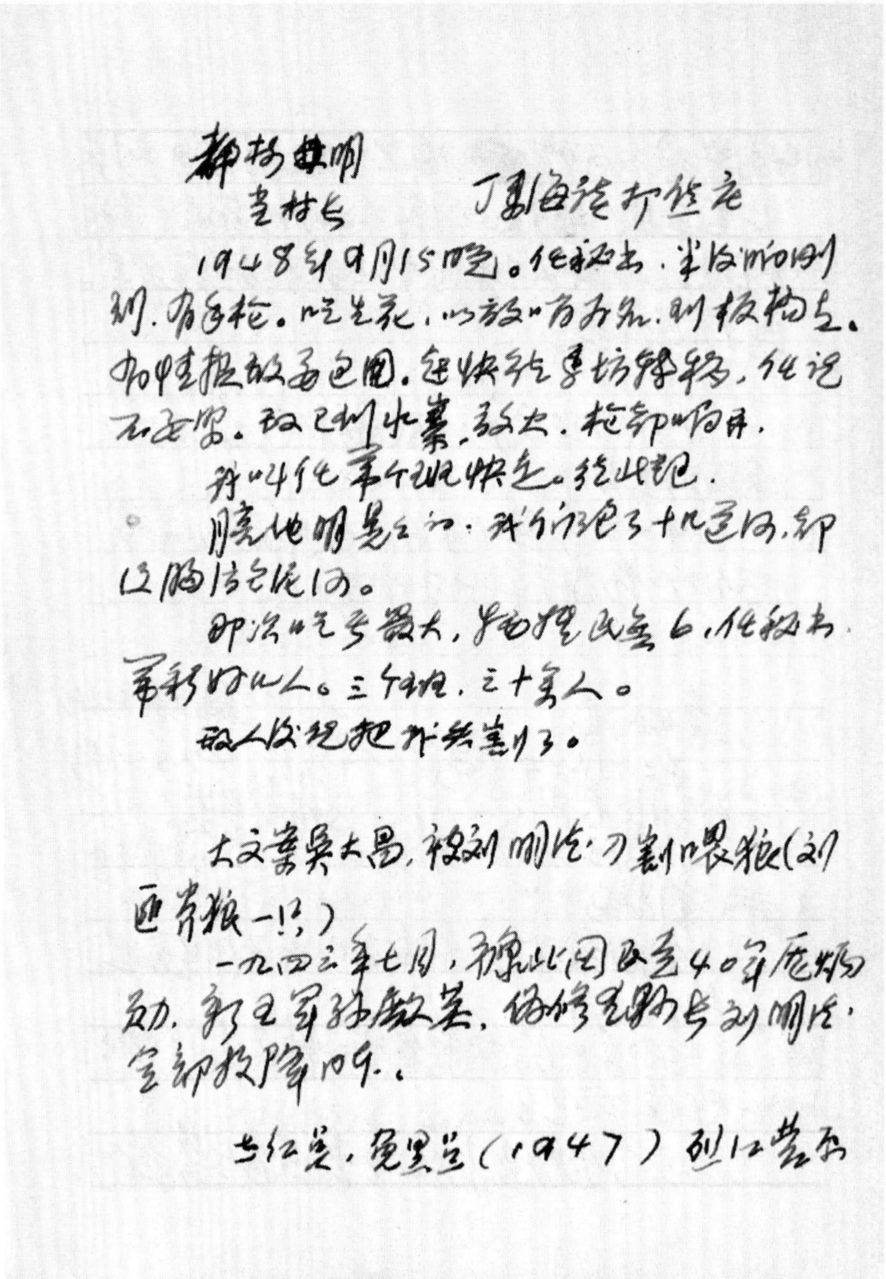

静杨世明
是村长　　丁马海给打丝充

1948年9月15日晚。伦秘书、半夜的时刻，有手枪。吃生花，以敌人有办法，则被捕去。和他在敌子包围。连快给多场解释，他记不在家。敌已到小寨，敌大，枪都响开。

我叫他赶快跑快走。往北跑。

晓他明是三初，我们跑了十几里路，却还跑往老地方回。

那次吃亏最大，牺牲区委6，伦秘书等好几人。三个班，三十多人。

敌人说把把我头割了。

太文寨吴大昌，被刘明德刀割喂狼（刘匝背狼一只）

一九四三年七月，豫北国民党40军庞炳勋，新五军孙殿英，伪修武县长刘明德，全部投降日本。

赵红亮，党员号（1947）刘红营

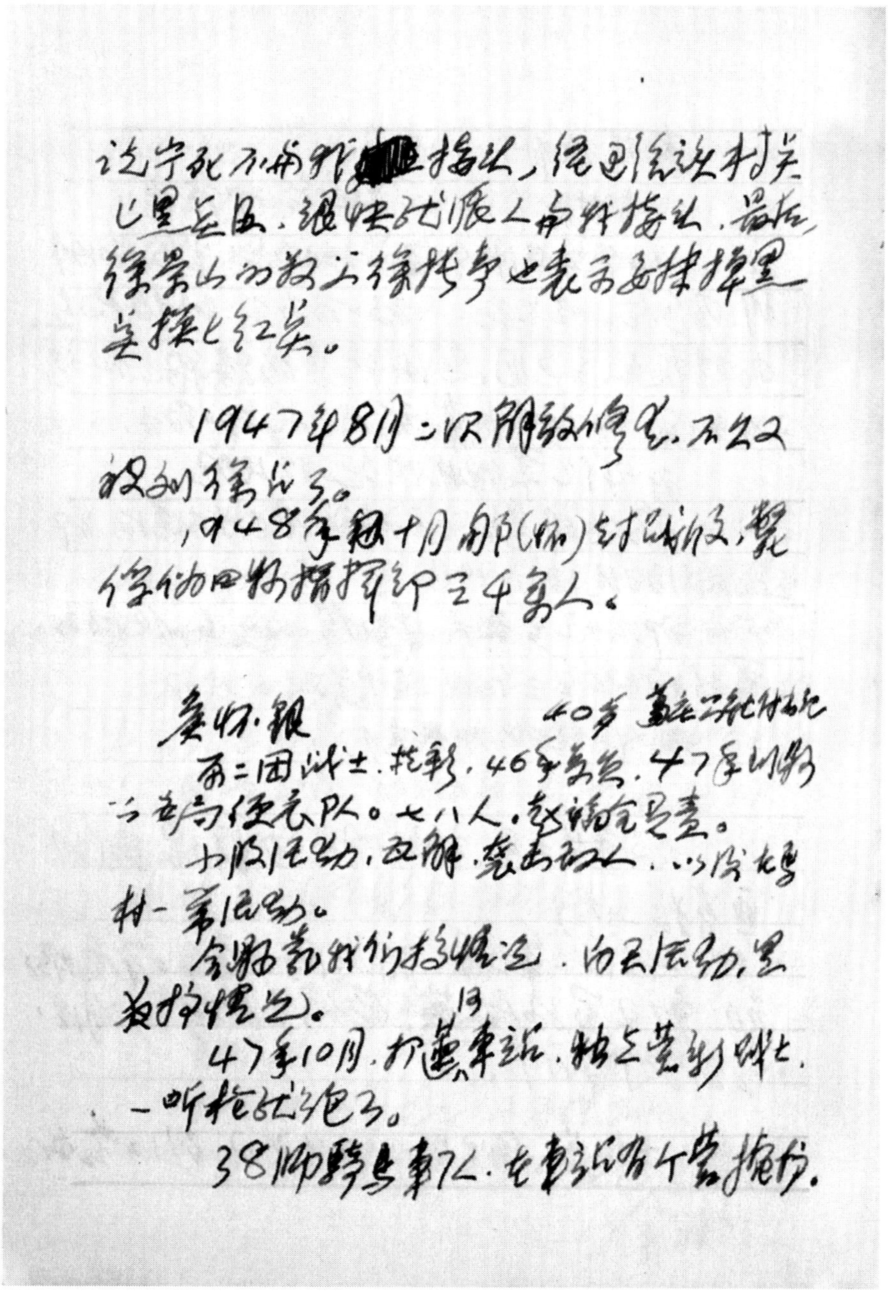
这字死不开那个[redacted]接头，绕回徐设村关
上里岳区，跟[illegible]人开始接头，最后，
徐[illegible]山为救[illegible]徐找李也表示要[illegible]掉黑
[illegible]换上红[illegible]。
1947年8月二次解放修武，不久又
[illegible]到[illegible]了。
1948年秋十月郑(州)[illegible]，[illegible]
[illegible]四[illegible]三千多人。
袁怀银　40岁 [illegible]
前二团战士，挂彩，46年参军，47年[illegible]
六县的便衣队。七八人，[illegible]。
十队活动，[illegible]，[illegible]，[illegible]
村一带活动。
[illegible]，[illegible]活动，[illegible]
[illegible]。
13
47年10月，打焦作车站，[illegible]，
一听枪就跑了。
38师[illegible]一队，[illegible]。

我们到时，埋伏好，东队进来，弄了他40余条枪子，打死十余人，俘二十余人。

48年春，慰问，待至敌人出发，我派去侦察，天明，包围曾村，只隔道河，将去营院拔了，我六七人摸到敌人院内，则为阎房，敌发现向外射击，我们不管，就进，他情况已。叫敌开门，把敌拉住，一枪把他打死。四个，截获敌人枪几，后又送给我们。

隔两天，又去打乌龙，打死十余敌，带回十来名。

敌以为我们是队伍，但我们是本乡民兵，因敌人数少声无枪，我们就向丢到莲河，将敌包围，限三天，他每人交二十排子弹，敌人回来，又要求给他一点"赏"的费，不叫他们干，即给我们十几人送了六箱子弹（一箱一百排）。

傅中队长等不服，配合了老队，到莲河，以梯搭房，张敌人退去就打，打死敌六七人。

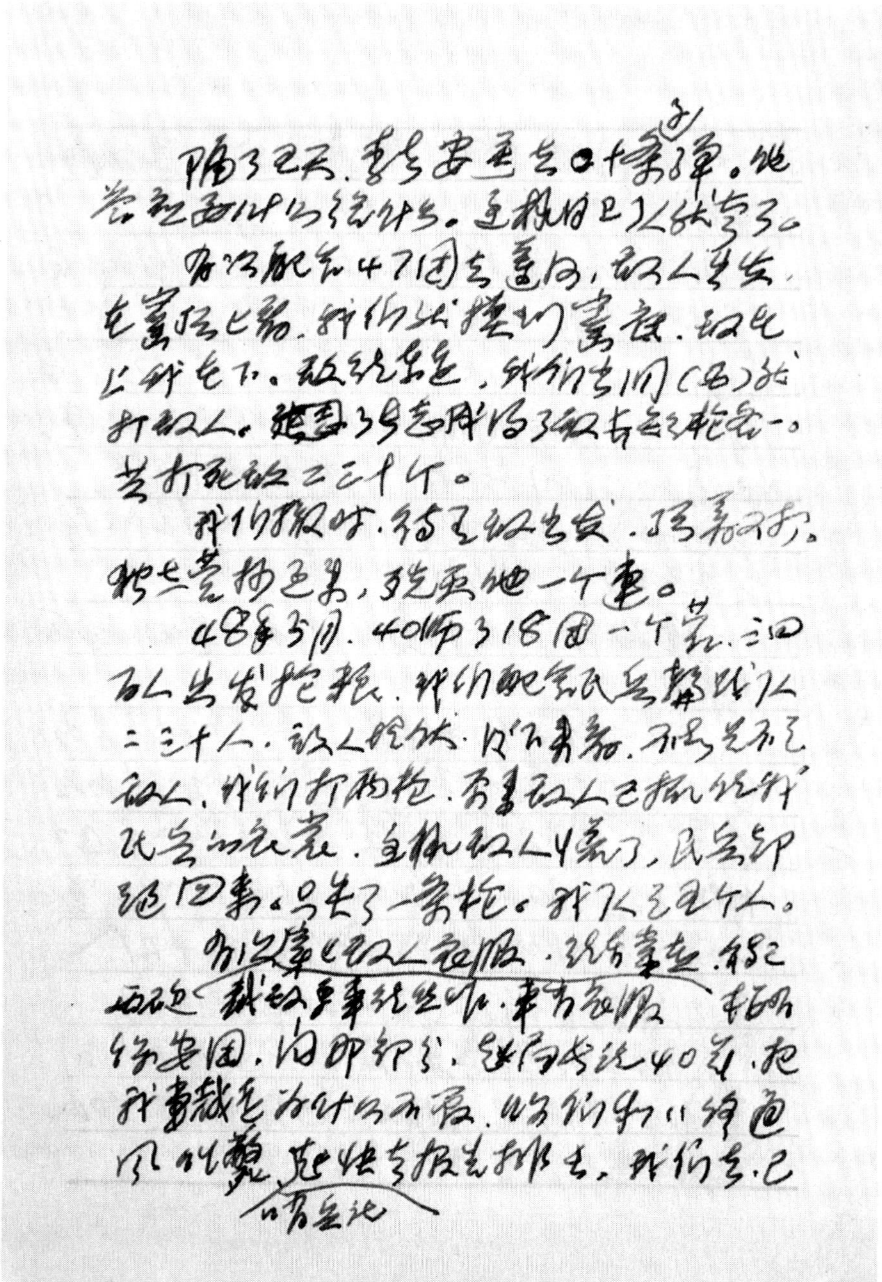

隔了三天，[illegible]安县长[illegible]子弹。他[illegible]

[illegible]

有次配合47团[illegible]，敌人[illegible]

[illegible]

[illegible]我们[illegible]（[illegible]）[illegible]

打敌人。[illegible]了[illegible]枪[illegible]一。

共打死敌二三十个。

我们撤时，[illegible]

[illegible]一个[illegible]。

48年5月，40师318团一个营，三四百人出发抢粮，我们配合民兵[illegible]人

二三十人，敌人[illegible]

敌人，我们打[illegible]枪，[illegible]敌人[illegible]我

民兵[illegible]，[illegible]敌人[illegible]了，民兵[illegible]

[illegible]回来。只失了一条枪。我们[illegible]个人。

[illegible]

[illegible]

[illegible]40[illegible]，[illegible]

我[illegible]

[illegible]，我们[illegible]

我们

排党员，把机枪手打死，排长也打死，只跑了一个，俘回二十多人。

在十王，将次把敌二十多人赶在村中，挖了[redacted]。挖了，敌人急着来了，十几辆打开，我安全回来。

五部敌人。在王庄，有个汉子叫，自卫队长，我打他两次，打死二三人，他的枪差十几发子弹，不行，叫他交枪，他说有问题，不交下枪行不行？以后不跟打哨。给七苦也叫他，也去，一打枪，把人也叫跑了，搞坏了，把我们的情报别村的弄了。自卫队长了。

在李贵作（自卫队长了），我因长那些所七地下打组，三人，作怎跑枪，手榴弹，给事在村内抗敌三个人。

把给已经安阅的份书者如，送回去，但他没给工作，却报告敌人，敌人派二万多人来搞我们（把我们情况）。我们的情报到了 送来，情急，说敌人过我们有电话机，多少枪等。我们七八人到

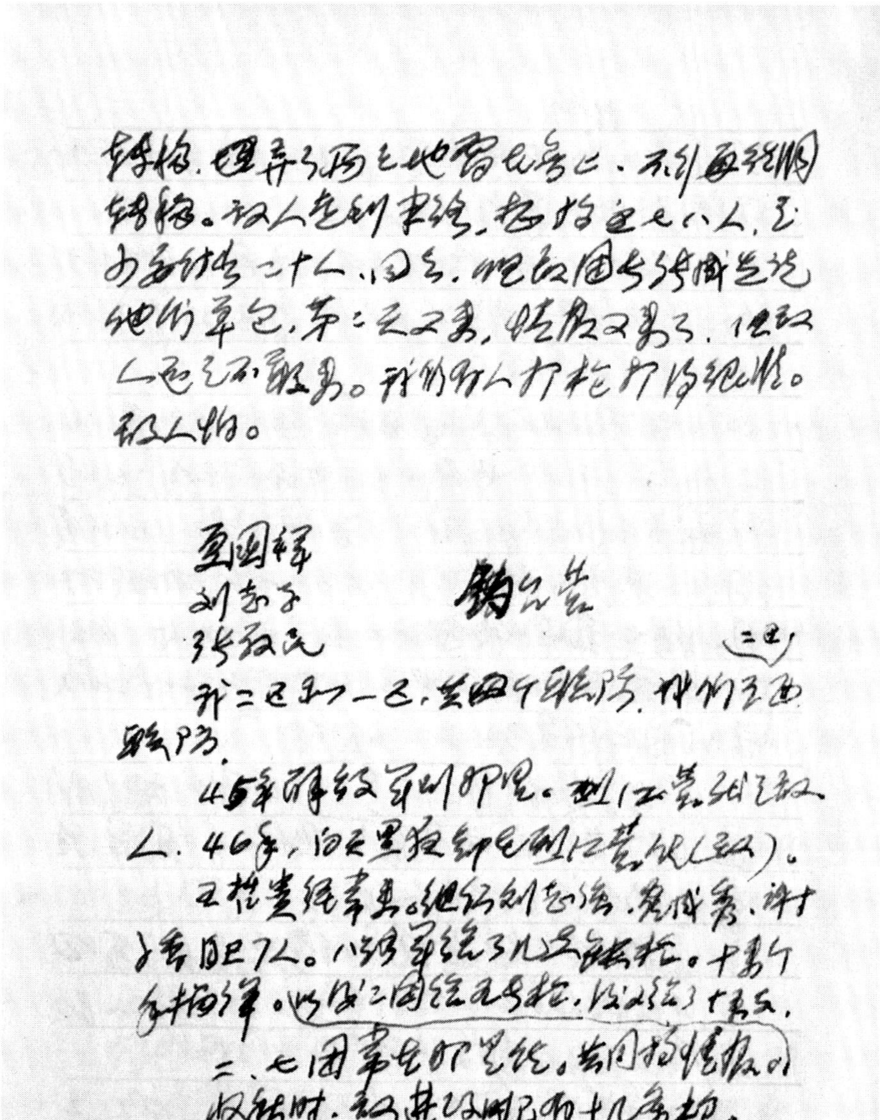
转移。[illegible]地雷[illegible]，[illegible]
转移。敌人[illegible]，[illegible]七八人，[illegible]二十人，[illegible]
[illegible]，第二天又[illegible]。[illegible]
人[illegible]。我们[illegible]打枪打得[illegible]。
敌人怕。

王国祥
刘[illegible]
张[illegible]民

[illegible]

我二区和一区，共四个联防，我们五[illegible]联防。
45年[illegible]。[illegible]敌人。46年，白天黑夜[illegible]。
[illegible]。八路军[illegible]枪。十多个手榴弹。[illegible]
二、七团常去那里住。[illegible]时，敌进攻时已有十几条枪。
百分之七—八十是山。

（地主）李善才、王绪贵、山的特务连长（本村人）、王彦绥、陈永贵、王侯云。

（地主）46年把这些家都卸了。

这三人常特急连到我家。常去四五人，有时有多同籍在我们山上。

上山，只有两三天亲戚，都是和敌人有细碎等关系，

那时村40来户。

上了碉堡，敌人裹走了几十户，我们就把人送到了陵川、阳城，民兵下山，但不了解情况，不敢出山，则敌人吃得多，则敌人走火，这一批那一批。

敌人组织妇人，别处侵略。

见了那，没有权算，都是地主恶霸地痞流氓。

配合部队，转战队打。地主长枪吃穿，集中人，经过这场更多了。打开，捉住几个人，只有破枪、缺机、破烂子。再不用打枪，吃穿、火药少了。

李三营，敌组织自卫队，有枪，有的民兵

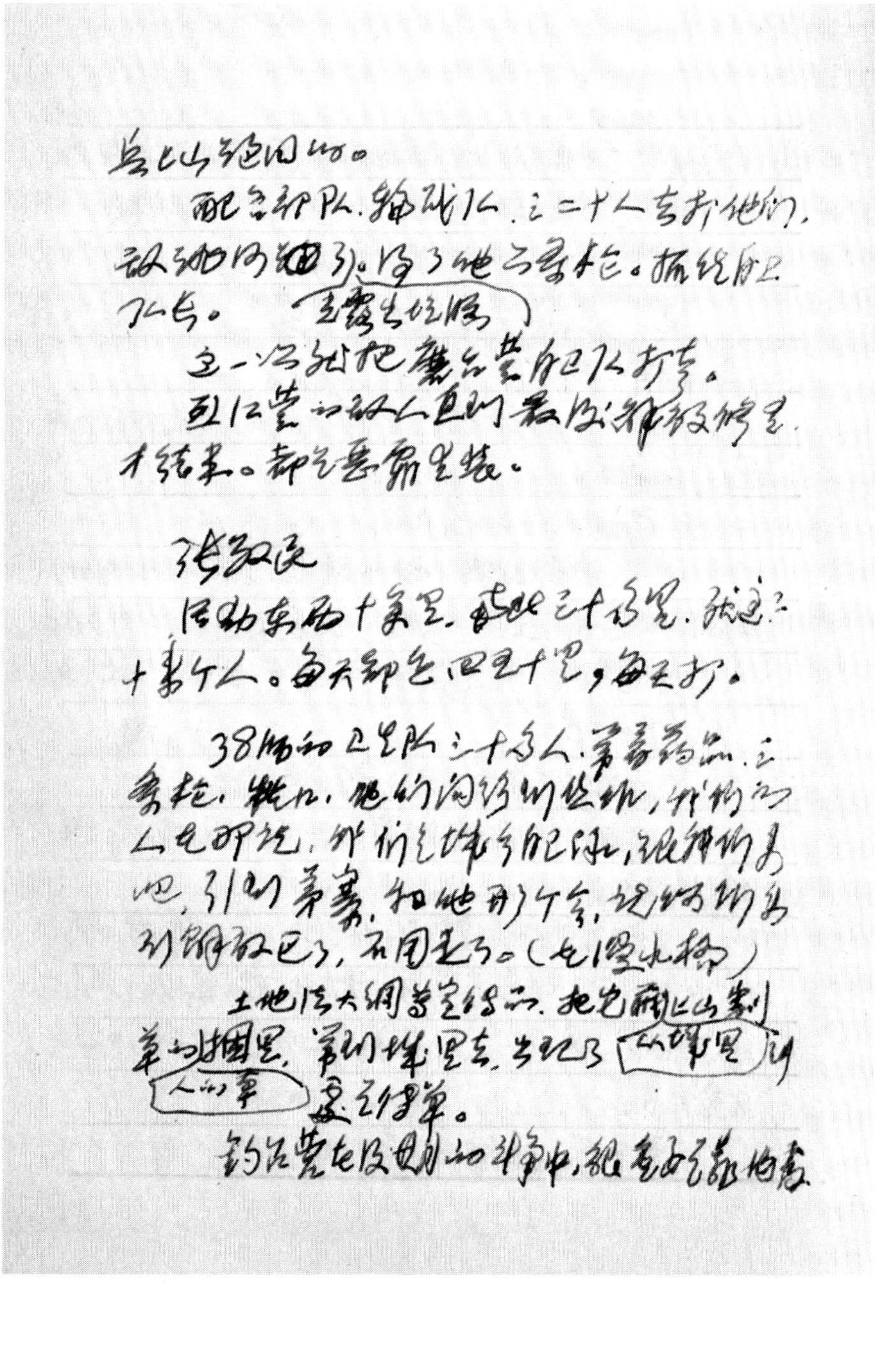
占上山绝同的。

配合部队，缴敌人，三二十人去打他们，敌地的地图了。得了他六条枪。捕他伪队长。（主露出破绽）

这一次就把麋台营伪队打垮。

到仁营的敌人直到最后解放时候才结束。都是丢弃里装。

张叔良

活动东西十多里，南北三十多里，就这二十来个人。每天都走四五十里，每天打。

38师的卫生队三十多人，带着药品，三条枪，牲口，他们的向导们[illegible]，我们的人也那说，我们是埠子的队伍，跟我们来吧，引到苇塘，和他开了个会，说他们都到解放区了，不用走了。（也是小插曲）

土地法大纲带定以后，把它藏在山洞里[illegible]（人的事）到村里去，当记了（从村里）到[illegible]要去传单。

钓鱼台在反围剿斗争中，就是女儿蔡伯春

敌人到那里拆房子（取木料烧火）时，他们定埋了地雷，炸死敌人很多。后敌人用长竿（扫雷器）探索才敢去。

8月13日上午修里

赵学荣　　45岁　　大前坡队长

周国明　　44岁　　甲板岸民兵队长

38年建立支部，坚持到43年，有十一人，坚持下的七个。

程明升、李拴，八路军工作团成立一个连，武装去了二十多人，连长、指导员都是本村的。以后刘明德担任连长，指导员扣子，在他的下安局。

花田后大汉作，八路军买回来，连长安置（抢），但军纪缓，来了，八九月，以后回来。

连长在机房，我们整天，半川给翻秀峪寨报。常常会偷，不种菜地救兴，把地煤回来。

刘明德、郭月生、鸿长，给西黑岩，把当

传说，给他每天担十五担水（井水）二里地，黑夜送水时，她在大门上。大门有两个哨两人，把哨打了一顿。

说高晓岗八路军、共产党。

赵太引（地主），高晓岗，告给曹景亭三中队长，说八路军是高晓岗开会。吃了晚饭时，曹景亭捎我去，那时是甲长、保长（也是我们的），我们说没有开会，他说有人告，把我弟给打了（当时是党员，赵明德是工作员）用脚

为什么给八路军干事，不给我们干事。我说八路军就是穷人，他说八路军是八路军好。用烧红火棍戳。

我去寻找他们来，他把我们关了。

刘德三了第二部送路板（上阳川）没给他们派民夫，又打我（高晓岗、甲长，还有三个党员，共七人），打的，捆回来。

高晓岗给了刘明德的军队，赵明德回来，领我们开会（妇救会主席）赵明德是区委主席，赵太引去报告刘了。第一个叫住的

了队长家去里，把赵同春打了黑枪。同春是药铺人，当家。

同春死后：赵明刚李幻大井。赵顺。邹是我村的第二批的。

郭屯村空村。黑起不敢在家睡，而在山上住。

有两个是周刘刚庄的人把他们女人抢了，他们想报仇，参加了刘的部队，把那些抢了，然后刘干了，和日本打时牺牲了。但未暴露是他们。

赵明负创逃走，张焕章被打死了。我们就说是日本抓走了，回来又说是他回来。

那年是荒年，群众饿死很多。这后，赵玉刚卜王已当伪组织，我当兵。刘明说投降他。他射伤了，后来马占力的部队黄花，到了县城。北山十几里有八路军。黑夜有个姜蕃其记去八路侦探，打。不准他，把。交我们看。我是第二批说的。我问他，他说是兵，八路军叫我来当他们队伍，他告诉那里八路军一个营，有多少，我刺刀把那些打。我接着，他拿了，把枪都没打。

庞戴眼镜，骑高头大马，说待些时间随你去回去。回去就当嘴（43年，我第四次来）。

我那时也，

庞火离这边，刘明远、纪林娇色，我找说翻脸，告你们回来，为了说明就回来。

刘政委查区长，老铁树说，我把情况说明，说出名，他就翻脸来我当来了，叫我吃饭。他问怎么，我说吃了就

他叫我再去刘部，去发动把人带来。我去了七八天，就带回来十三个，走时刘部八路工作团干过。

我说婆我，你李云山（K团员）背枪，他背着枪跑回来。

成立王区三中队（八个老党人）出号的招弹。（赵贵德）（刘俊良）

王文八，刘元八是刘的两个中队长，有字有枪。牛生江（回头），有在朋，我们去三十几人，把他们的东西没收回来，抓他带回来，这样的名义……

又到香阁，有刘的苗宗如，宋春，枪

东邵屯那里有一个中队部，队长王杨春。

黑夜，赵×、赵×、高×、赵×情况，我一人去了。到河间房找东屯，我找到东村一个人说王杨春不在他（他在工作团地子里），我找他回去。

这个中队管三村，枪在中之里。

他只几人不行，他们有机枪。我说不要打他，要在我们去找他回来。

去之，我当去，那人进山了。我在河间房第四一看我拿枪，王六、六、杨春说太远，不去了。我躲在一边，看见有便衣队来了，有两手枪。他俩是不认识人，不认识，把我的枪给他。明天回来，他说我是好朋友，明天过了，把枪给回我。

回来，下午吃饭，赵三说分队长，你去吃饭。我到那，赵×已把部队引走，我们在当给他菜，还想到做，说下去吧。我给他进大队部，他还找你呢，我找到赵×还明，说部队来了。

我把部队给进大队部，把找你的人找

墙上的枪都收了。

敌人把东西拿了，把房烧了。[illegible]东西，背粮食。[illegible]

区干部有枪了，没有[illegible]。（43年冬）

44年2月打[illegible]村。[illegible]两个营，解决了他一个营，一个营跑了。这次[illegible]民兵队[illegible]营，[illegible]。他一营机[illegible]十人。

我去张[illegible]，给张[illegible]一[illegible]通信员，[illegible]回村当干部。

赵[illegible]，他[illegible]。

43年[illegible]，村[illegible]村长了。[illegible]，新五军去抢粮，他[illegible]，[illegible]，支部开了个会，研究[illegible]。[illegible]太行，[illegible]。我们[illegible]。

天黑了，[illegible]，[illegible]。[illegible]没动手。

我们去了，把[illegible]，[illegible]他。[illegible] 天明了 [illegible]

46.47年.民兵救护.几乎村村都有.他当队.从未曾失过.
三十七个民兵一直坚持的岩岭湖救伤员.困难.干粮.已卸伤病员。
130多户.10户地富。上山的7遍川来.300多人一民兵卸伤员
与长伊。

，家不当事.打耳光.捆绑.争力民兵把他枪打了..

那时他不到[illegible]二十。他父是秀才。姐妹都是秀才家。

晚上把他弟弟自己烧了.下雨.把他熬了。

他姐姐和鱼头去了娘家，回来新改嫁，以后别人偷他的东西哪个，但晚上做饭，做饭，出把屋台.不敢喊出.去说.去偷把大别埋在家里，第二天跑了。

这个家是我们的财产.抓住.开大会.叫三天我，在同学校写检查。同学交了钱。

周同明

1944年.家里苦.17口人.解放回来只剩六口.父母和三口.一姐儿.两弟弟。

44年我家来.从我家，我大病.我哥[illegible]打又又病.两个老头子进我家.喝了水.全人家跟我烧的。这时候给我两升米，王五.双福打了.借来50多人.他们又来.叫我走。又给我一升米。开始[illegible]，送给[illegible]

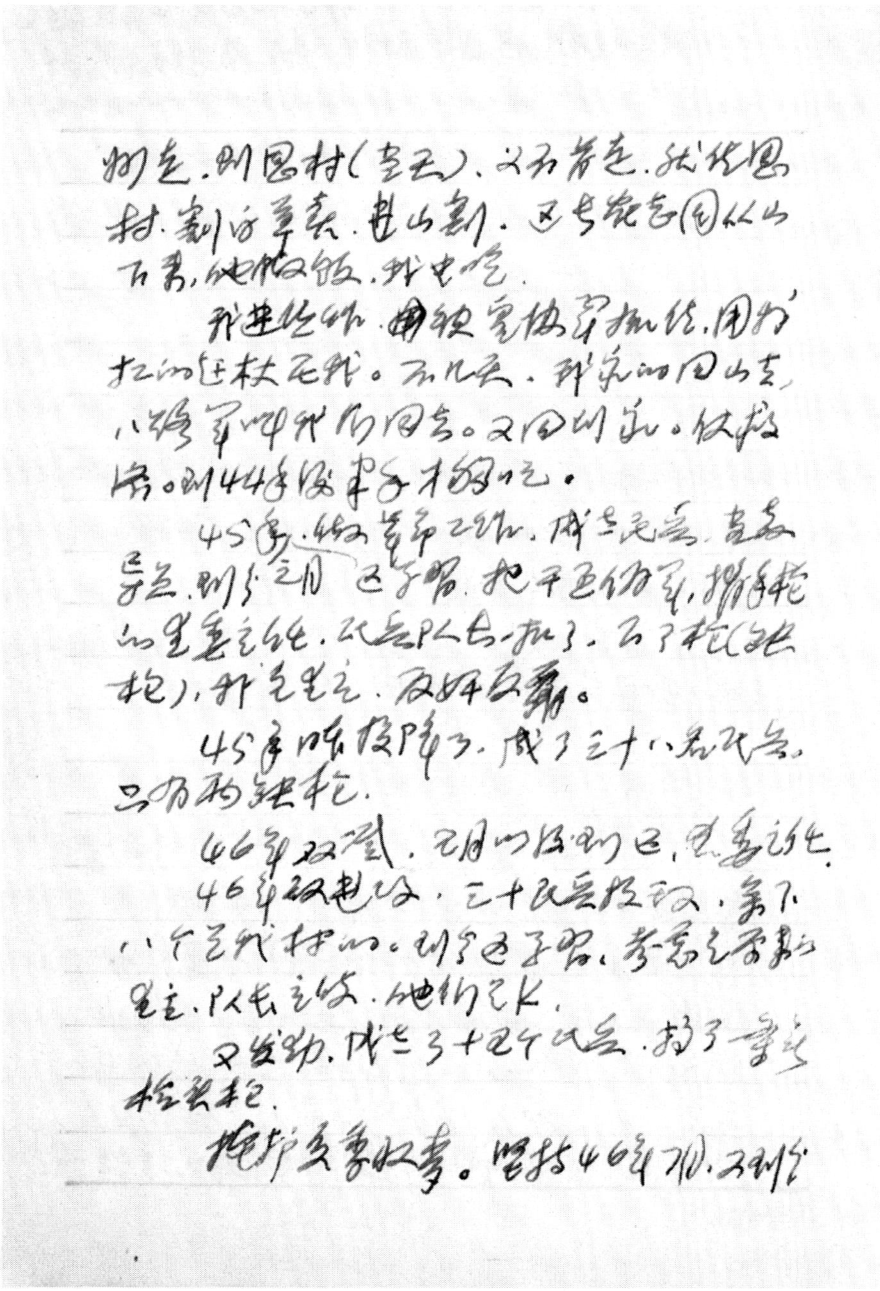

刘庄。刘恩村（堡主）、又到首庄。然后回
村。刘的草袁。甚山刻。这些就是(回)从山
下来，他做饭，我也吃。

我进地下，[illegible]被宪兵队抓住，用手
扛的还[illegible]走我。不几天，部队的回山去，
八路军叫我们回去。又回到家。被抢
完。到44年没米了才够吃。

45年，做党的工作，成立民兵，当农
会长。到6月 [illegible]，把平[illegible]军，搞手枪
的生意生活。民兵队长[illegible]了。有了枪(洋
枪)，我是生产，夜[illegible]。

45年日本投降了。成了三十八名民兵，
只有两支洋枪。

46年双减，9月四区划区，[illegible]。

46年[illegible]，三十民兵投到，剩下
八个是我村的。[illegible]、[illegible]
堡主、队长主任，他们[illegible]。

又发动，成立了十七个民兵，搞了一支
枪和枪。

[illegible]。坚持46年7月，不到

运子弹。

西米已1946年前半年四面出民兵投敌，争取不到三十人。

第一区民兵，打胜去，变回过了。抽八人成立突击队，只每三样子，用地雷。

夜里黑夜出，埋大地雷，到处埋。

刘明道的组成立十五个人的，有三支枪，章子枪，（长枪）包括九个，机枪枝三个。套了换成子弹。

定计划，每人捉敌一名，十二天捉了他二十四人，用地雷捕的，得枪二条。

46年10月，敌包围庙池营，敌八挺机枪，掩护民政委保护出来，

我们 11月敌包围乡营，第二次，敌四挺机枪，又包围，抽四人掩护，把敌民的大炮拿出来，每人两颗手榴弹、三发子弹，公安局掩护，接到机枪手，用射榴弹，打他，炸伤了那机枪，我只打了一发。

回来，区局长给我换了好枪。

顶门下青的民兵，因利用地形，地雷

炸死敌人。院子里有家，不能死人，院子
班长坐在屋子的，对我们说我们的。更加
张好了。

1947年[illegible]（46年住此，跑步打仗）
下下党区，张二月　战士不同意去，叫我们
房打阵仗。那边了，十几人，我提了个营
营长，还有十名编排连长（赵股长）
赵股长叫我们都想过，敌机来追，我往
后退，把他打了敌一枪，未打中，手榴弹
打。

打死了敌人十三个，抓住十几个，缴了
三十八支步枪，一匹马。

走到和尚，和赵股长的秘书，他来找
我，我要给他的。

我到武陟，张政委不同。张伯发了三
个降兵，要把人叫武陟县去的会，他股
长不同意。

那时因正民兵机枪一挺，两箱子
弹，我手枪一把，子弹一头。

47年5月，去和太亨，打仗仗，敌

一百多人，机枪一挺。我们三十余人。打死一，抓二，得一支枪。这是杨白姓告的。

七月3日晚进山扫荡，包围窑，抓了两个中共兵，得两支小连珠。 一挺机枪

47年6月，在烧了逸南，去了三人，敌人三十余，一挺机枪，打埋伏，同他在坑边搏斗，抢手榴弹，缴机枪四十来，挖成

敌之实是全打死，缴了敌机枪，

得了三条枪，打死五，抓二。

张杨八地主，抓他时，1字只未三弟完郎万，省钱，跳了水窖，我们去弄他，绳断，掉下井，他想把我拖下水弄死，用手抓我背，以后以，通康三个月。

穷人以苦，地主间出一个，有说话权了，要我把他们弄死的搞一搞，去认劳动，三代通牌。我未去。

赵蕃英

小时家贫地，给地主打长工。未受过大。

43—44年，给鳞千里通校之。46—47年，已

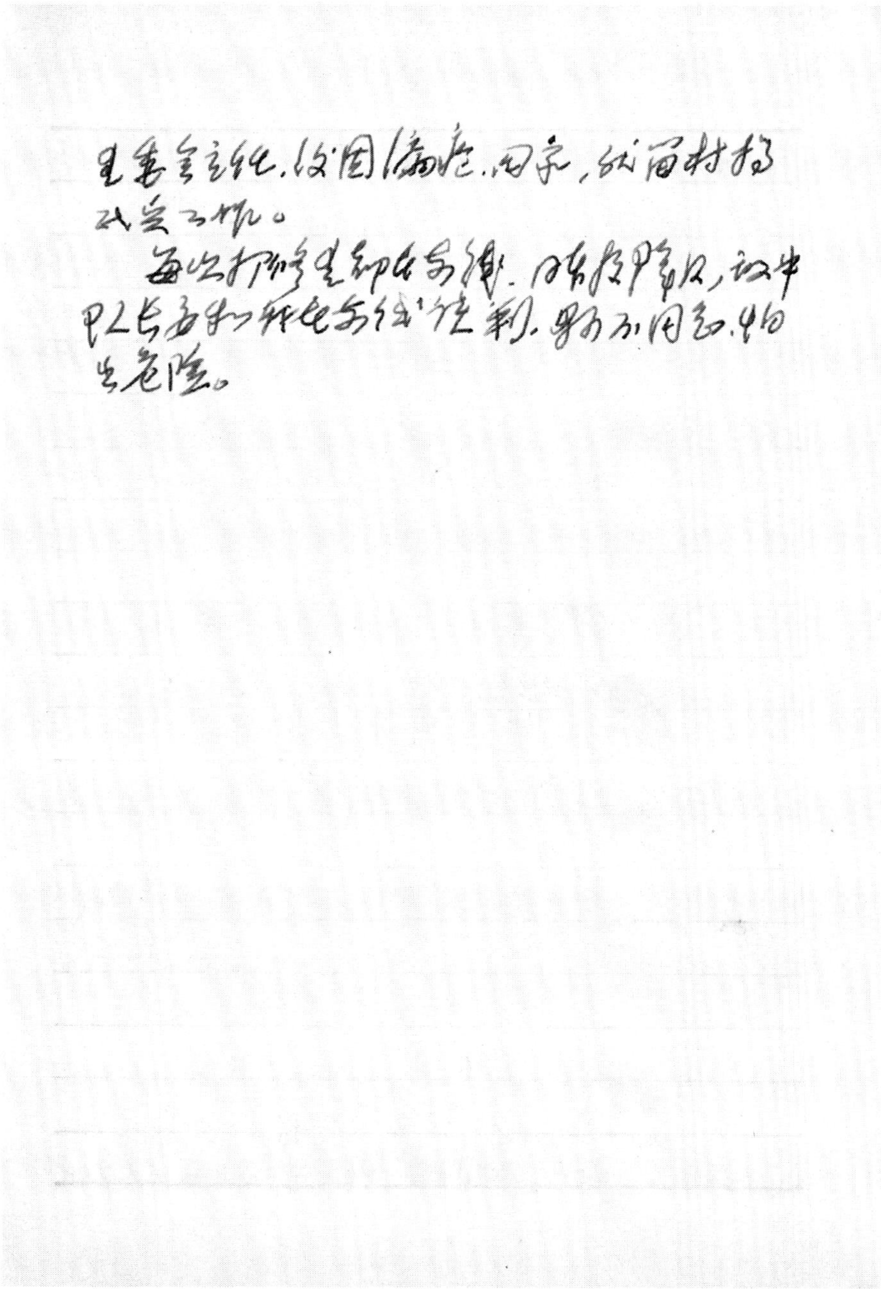

主要会议址，攻围偏店、西宗，然后村格改变了情况。

每次打仗总部都在前线，因为接近阵地，战斗中副总长亲到前线去亲临指挥，有时不用马，也怕出危险。

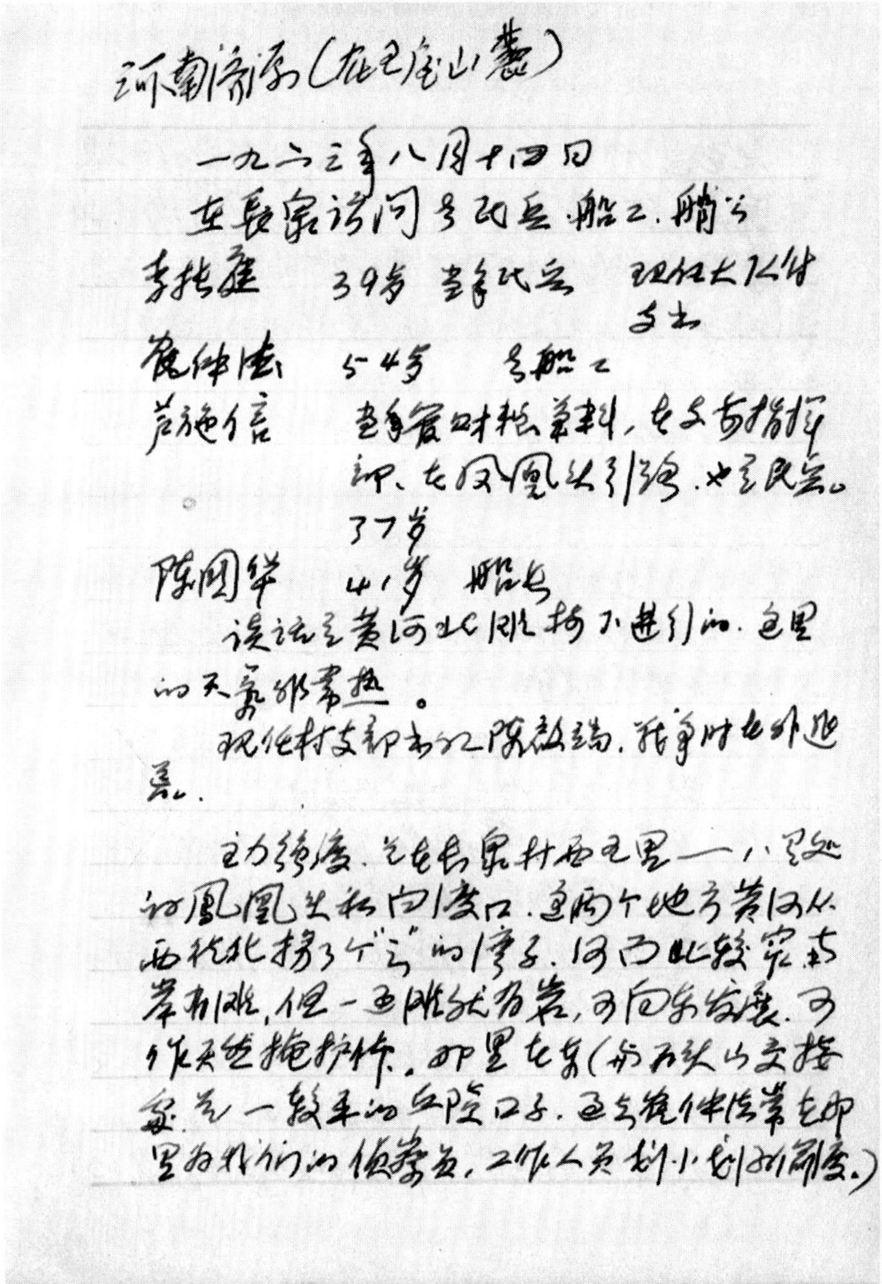

访南流沟（在王屋山麓）

一九六三年八月十四日

在长泉访问了民兵、船工、艄公

李振庭　39岁　当了民兵　现任大队付支书

庞仲法　54岁　当船工

范施信　当年曾以树枝蒸料，在八路军指挥部、在凤凰头引路，也是民兵。37岁

陈国学　41岁　船长

谈话是黄河北岸挡不住我们的，这里的天气那常热。

现任村支部书记陈敬瑞，抗战时在外逃荒。

主力转移，是在长泉村西南里——八里处的凤凰头和白浪口。这两个地方黄河从西往北拐了个弯的湾子，河面比较宽，南岸有山，但一面陡然有岩，可向东发展，可作天然掩护体。那里是在（济源王屋山交接处）是一段平的山陵口子。西岸绝对的……这里为我们的侦察员、工作人员划小船到南岸。）

就在这个门口，山口外面右边是西滩镇，靠西面对凤凰嘴是龙王庙。庙后有两个高地，西面的那座呈字屏形的山，更高。大军渡河时，敌人曾猛扑占领这个山头，被我炮火打得站不住。

南岸的岸山，最高的是双头楼，山头有树木长得不多，敌人在那里修一些点力。

白浪口是在半滩，北岸的河滩较平。

凤凰嘴河滩很小。它的后面，就是陈赓指挥部所在地。因为突然很高，那里全部对着南岸，离河也近，便于指挥。

由杜八连为主组成的80人敢死队，在半滩和登船部队同时出发，但船比人快，故先一步渡过。

渡河是阴历七月初七，黎明时，过河时已看见对岸的人。

那几天正下着阴雨，雨很大，马在过河时不下了，而是挨着天晴了。

我军的前方指挥所，就在凤凰嘴的

一个窝阿里。

张伸法说，过去以上，船工以李同尚气（谐音）的同志，用手指捕他，挖船板，出声音。他们都称他叫李五老，他一个军队也都不到，每人只有两个手榴弹。当时很怕，他说"很有思想"。后来看了以一下，要了不过很多，个个山头都是，有机关枪，有大炮，不怕了，而且非常勇敢。

他有六个孩子，在上船之前，已经对妻子作了交代，说为了人民牺牲。团政委，人都叫他政委，他当然已经付出交代得多了。

当时渡河是三条船，有陈国华（船长）张伸法、陈喜康（船工，当时50多岁）、刘黑（船工50多岁）王玉坤。

陈国华的船最大，载有十一个船工和80名战士。渡过河后，敌人都打跑了，有一个黑色的棒，被他抓住，抢了一条枪。

规定战士绝对服从船长的指挥，只有上面的人能走动。张伸法说，战士可听话了。指挥员叫船往哪划就往哪划，但战士在叫船上指挥。他们一上船就架好机枪。

偷渡时，西边山的敌人打来一颗炮弹，打中船艄。爆炸，撞毛门墙，石崩起的大泥块，把陈益根的腿打了，疼了好几个月。别的毫无伤亡。对岸敌人只打了一枪就被我炮火压住。

去胜利偷渡区的第二次去，有一战士负伤，死了一船工。

陈国华的船总划成章，除去其他船的10多步。计划一天来回十二回，他们吃早饭时，已来回十三回。

船工们几夜没睡觉，但情绪非常高。

造船却在沟里（李白沟和台家沟沟），晚上造，打起火把造船。敌人一发现指挥所就打。

敌人在南岸的山上，修了三座炮楼，但都被我摧毁。

长治对岸的石红山，我在河岸上，山很高，敌修了很多炮楼，开始过河来打，后来队过了河从敌背上，把高的围歼

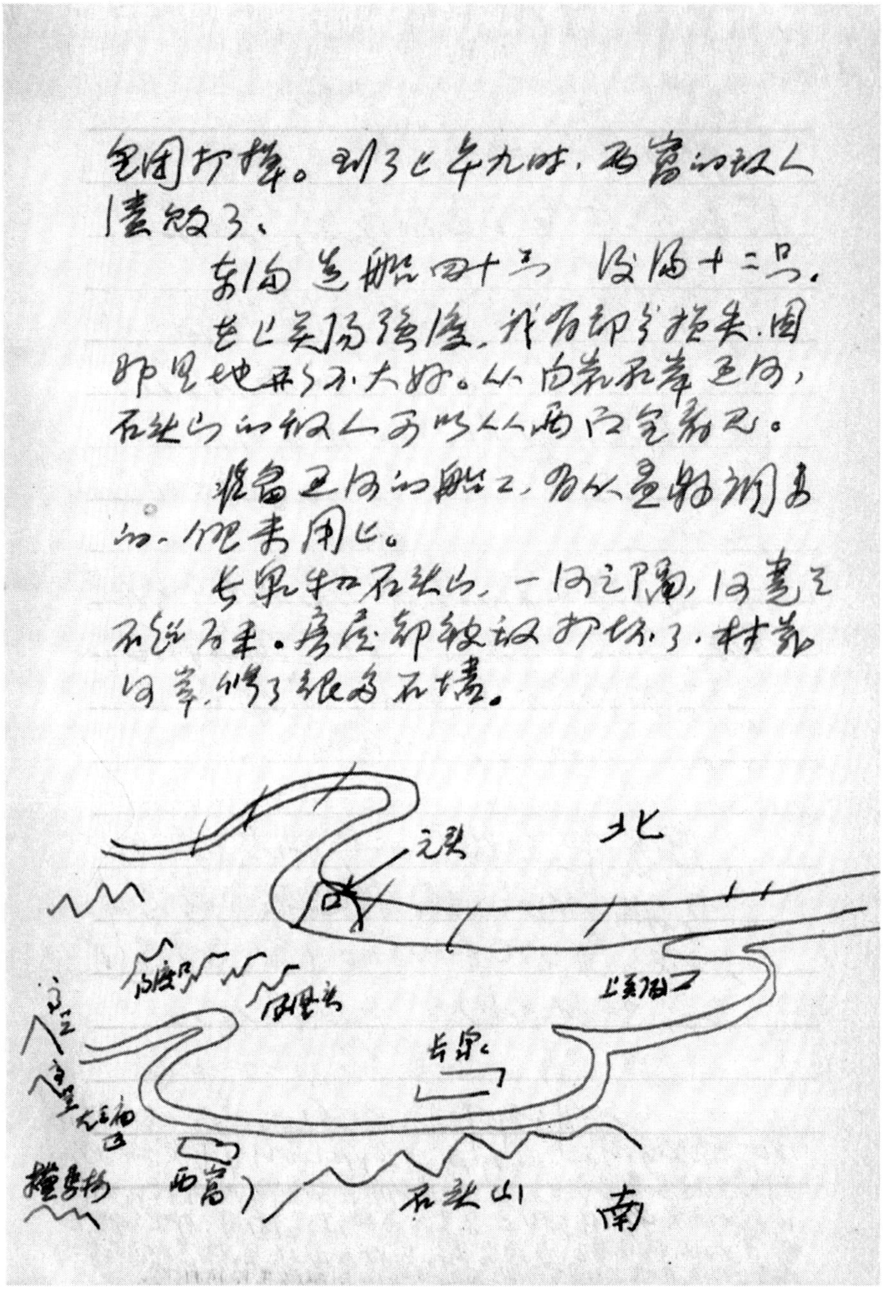

全团打掉。到了上午九时，西营的敌人尽歼了。

东面运船四十只　沉没十二只。

长乐关战斗中，我们部分损失，因那里地形不太好。从白岩右岸过河，石头山的敌人可以从西面包围过来。

准备过河的船只，多从王勃湖来的，但未用上。

长乐和石头山，一河之隔，河里尽是石头石垒。房屋都被敌打坏了。村前河岸，修了很多石墙。

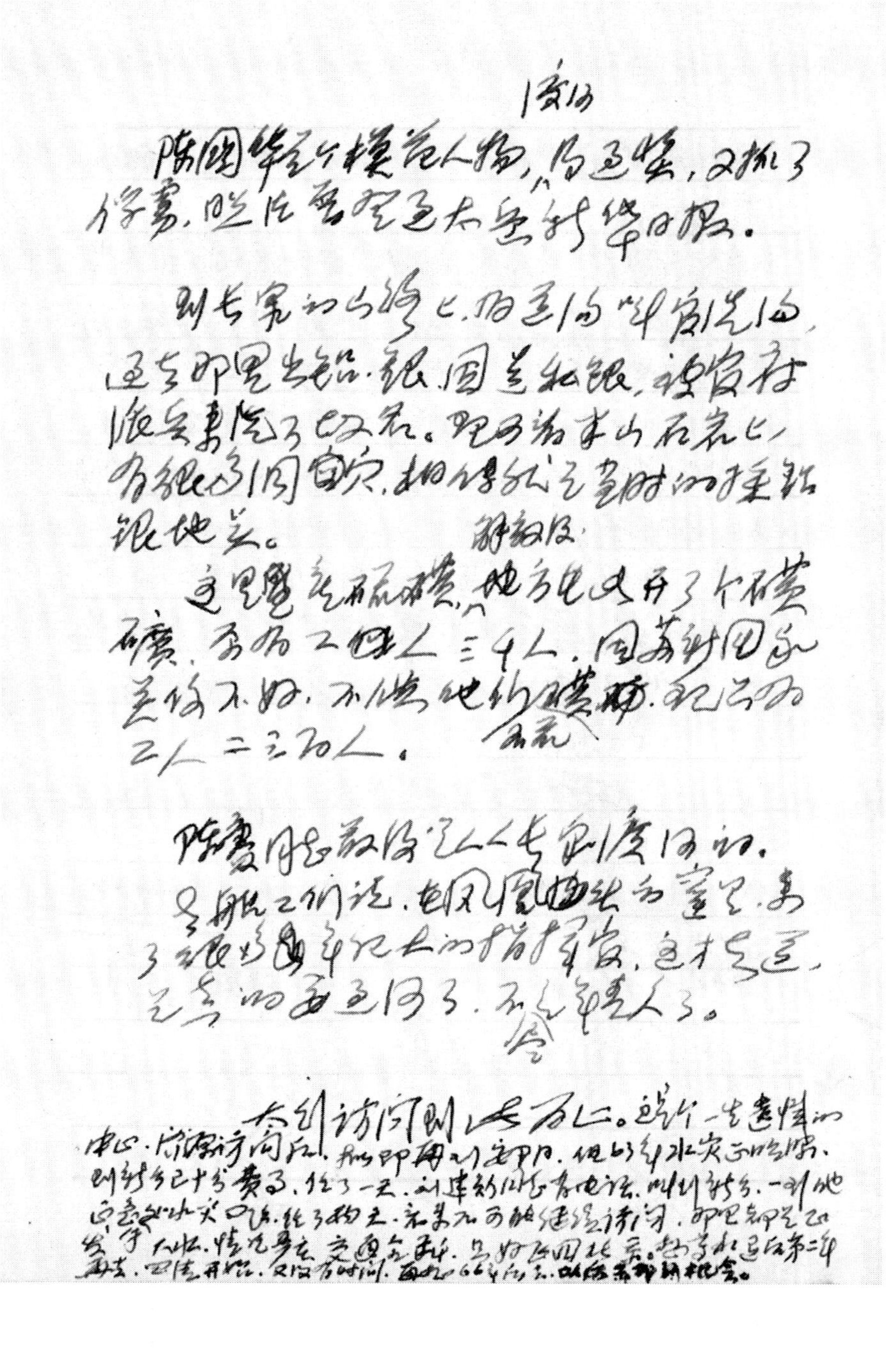

陵川

陈国华是个模范人物，后当过营长，又抓了俘虏。照片登在过太岳新华日报。

刘长宽的小孩说：陵川[illegible]，过去即是出铅、银，因为私银，被官府派兵来[illegible]了。现在这本山石岩上，有银矿洞口，相传就是当时的挖铅银地点。

解放后这里还是石硫磺，地方也又开了个硫黄矿，有工人三千人。因苏联国家关系不好，不能进行硫黄[illegible]。现在有工人二三百人。

陈赓同志[illegible]人之长[illegible]。

[illegible]

今到访问[illegible]。这个一生[illegible]的中农[illegible]

华北内蒙会议的一些纪录 1964.2.

二月廿四日 内蒙察报时情况汇报

牧区阶级斗争是关于社会主义和资本主义的阶级斗争，不仅是我们的后代要斗。

应当内部的揭发经验，材料。

土改的经验较好了。

致力于社会主义的经济斗争，将来还需要我们的努力。

如何发动群众，头人如何不去工作。

要学习十条等经验，如何把中央的正确的策略贯彻下去，就是除中央的几个文件外，我们如何做好。

今日能否推出一套办法。

搞社会主义革命的问题，可能比较复杂了。

现在有些人提出如何处理地富问题，如何团结他们，惩办，正式社会问题，但是不能为此背离中心方向，这是主要的，要坚持教育人。